HEYNE
JUBILÄUMS
REIHE

In derselben Reihe erschienen außerdem als Heyne-Taschenbücher:

Thriller · Band 50/6
Klinik · Band 50/19
Horror · Band 50/21
Das endgültige Buch der Sprüche und Graffiti · Band 50/26
Sinnlichkeit · Band 50/31
Noch mehr Witze · Band 50/34
Das Buch der Sprüche und Graffiti · Band 50/39
Lust · Band 50/40
Beschwingt & heiter · Band 50/47
Sex · Band 50/50
Deutsche Erzähler des 19. Jahrhunderts · Band 50/52
Sehnsucht · Band 50/53
Körner, Sprossen, Keime · Band 50/57
Glück muß man haben · Band 50/59
Männerwitze · Band 50/62
Zauber der Leidenschaft · Band 50/65
Super-Sex · Band 50/67
Ärzte · Band 50/68
Immer fröhlich, immer heiter · Band 50/69
Alptraum · Band 50/71
Bürosprüche · Band 50/72
Lateinamerikanische Erzähler · Band 50/73
Louisiana · Band 50/74
Samurai · Band 50/76
Obsession · Band 50/77
Ratgeber Bauen und Wohnen · Band 50/79
Viel Vergnügen · Band 50/80
Ekstase · Band 50/81
Österreichische Erzähler · Band 50/82
Ratgeber Versicherung · Band 50/83
Grauen Pur · Band 50/84
Fröhlich und beschwingt · Band 50/85
Arztpraxis · Band 50/86
Bombenstimmung · Band 50/87
Starke Frauen · Band 50/88
Heiter und so weiter · Band 50/89
Frauenkrimis · Band 50/90
Lachsalven · Band 50/91
Romantische Liebe · Band 50/92
Geheimnisvolles Erbe · Band 50/93
Hinter dem Schleier · Band 50/94
1000 neue Witze zum Totlachen · Band 50/95
Herr Doktor · Band 50/96
Leidenschaftliche Liebe · Band 50/97
Glücklich und zufrieden · Band 50/98
Crime Ladies · Band 50/99
Die große Liebe · Band 50/100
Psycho · Band 50/101
Tatmotiv: Liebe · Band 50/102
Vergnügliches · Band 50/103
Halbgott in Weiß · Band 50/104
Stürme des Herzens · Band 50/105
König Artus · Band 50/106
Lachen ist ansteckend · Band 50/107
Die Patientin · Band 50/108
Shadorun · Band 50/109
Liebesglück · Band 50/110
Verborgene Zuflucht · Band 50/111
Im Reich der Fantasy · Band 50/112
Bitte lächeln · Band 50/113
U-Boot · Band 50/114
Gefühle · Band 50/115
Thriller spezial · Band 50/116
Hoffnung · Band 50/117
Schwestern · Band 50/118
Notfall · Band 50/119
Liebeserwachen · Band 50/120
Star Trek spezial · Band 50/121
Zärtliches Feuer · Band 50/122
Thriller · Band 50/123
Liebe und Macht · Band 50/124
Macht der Leidenschaft · Band 50/127
Nichts als die Wahrheit · Band 50/128
Rache ist Weiblich · Band 50/129
Akte X · Band 50/130
Männer · Band 50/132
Liebe für ein ganzes Leben · Band 50/133
Mord am Golden Gate · Band 50/134
Herzerfrischend heiter · Band 50/135

HEYNE
JUBILÄUMS
REIHE

Zauber der Leidenschaft

Zwei abenteuerliche Liebesromane

WILHELM HEYNE VERLAG
MÜNCHEN

HEYNE JUBILÄUMSBÄNDE
Nr. 50/141

QUELLENHINWEIS

Johanna Lindsey STÜRMISCHES HERZ/A Heart So Wild

Aus dem Amerikanischen von Hilde Linnert
(Der Titel erschien bereits in der Allgemeinen Reihe
mit der Band-Nr. 01/7843.)

Catherine Coulter LIEBE OHNE SCHULD/Night Fire

Aus dem Amerikanischen von Monika Koch
(Der Titel erschien bereits in der Reihe »Romane für Sie«
mit der Band-Nr. 04/45.)

Umwelthinweis:
Dieses Buch wurde auf chlor- und säurefreiem Papier gedruckt.

2. Auflage

Printed in Germany 2000
Umschlagillustration: Oliviero Berni/Agentur Schlück
Umschlaggestaltung: Atelier Ingrid Schütz, München,
Satz: Buch-Werkstatt GmbH, Bad Aibling
Druck und Bindung: Elsnerdruck, Berlin

ISBN 3-453-14054-0

INHALT

JOHANNA LINDSEY
STÜRMISCHES HERZ

Für Dorene und Jerry,
die besten Freundinnen, die besten Cousinen,
die stets für mich da waren

1. Kapitel

Kansas, 1868

Elroy Brower knallte verärgert seinen Bierkrug auf den Tisch. Der Krach im Saloon lenkte ihn von der üppigen Blondine ab, die auf seinem Schoß saß, und Elroy bekam nur selten Gelegenheit, sich mit einem so verführerischen Geschöpf wie Big Sal näher zu befassen. Es war verdammt deprimierend, wenn man ständig unterbrochen wurde.

Big Sal rieb ihren mächtigen Hintern an Elroys Leistengegend, beugte sich vor und flüsterte ihm etwas ins Ohr. Ihre absolut eindeutigen Vorschläge führten zu dem erwarteten Ergebnis. Sie fühlte, wie seine Hose anschwoll.

»Warum kommst du nicht mit hinauf, Süßer, wo wir allein sein können?« schnurrte sie.

Elroy grinste, denn die Aussicht auf die vor ihm liegenden Stunden erregte ihn. Er hatte vor, Big Sal die ganze Nacht in Beschlag zu nehmen. Die Hure, die er manchmal in Rockley, der seiner Farm nächstgelegenen Stadt, besuchte, war alt und mager. Big Sal hingegen war ein Wonneproppen. Elroy hatte bereits ein kurzes Dankgebet dafür zum Himmel gesandt, daß er in Wichita auf sie gestoßen war.

Die laute, zornige Stimme des Ranchers erregte erneut Elroys Aufmerksamkeit. Was er vor zwei Tagen erlebt hatte, war Grund genug zuzuhören.

Der Rancher erzählte jedem, der es hören wollte, daß er Bill Chapman hieß. Er war gerade erst in den Saloon gekommen und hatte für alle eine Runde ausgegeben, was nicht so großzügig war, wie es klingt, weil sich insgesamt nur sieben Leute im Raum befanden – darunter die beiden Animierdamen. Chapman besaß etwas weiter nördlich eine Ranch und war auf der Suche nach Männern, die von den Indianern, die das Gebiet terrorisierten, genauso die Nase voll hatten wie er. Elroys Interesse war durch das Wort ›Indianer‹ geweckt worden.

Er selbst hatte keinen Ärger mit den Indianern gehabt, jedenfalls bis jetzt noch nicht. Aber er war erst seit zwei Jahren in Kansas. Er wußte, daß sein kleines Anwesen ungeschützt war – ziemlich ungeschützt sogar. Der nächste Nachbar war eine Meile von ihm entfernt und die Stadt Rockley zwei Meilen. Auf der Farm lebten nur Elroy und der junge Peter, ein Tagelöhner, der ihm bei der Ernte half. Elroys Frau war sechs Monate nach ihrer Ankunft in Kansas gestorben.

Das Gefühl, schutzlos zu sein, paßte Elroy überhaupt nicht. Er war groß, ein Meter neunzig, ein Kerl wie ein Baum, und er war daran gewöhnt, daß er dank seiner Größe ohne Probleme durchs Leben kam, außer er beschwor sie selbst herauf. Niemand hatte Lust, nähere Bekanntschaft mit Elroys Fäusten zu machen. Er war jetzt zweiunddreißig und in ausgezeichneter körperlicher Verfassung.

Jetzt machte sich Elroy allerdings wegen der Wilden Sorgen, die die Prärie unsicher machten und darauf aus waren, die anständigen, gottesfürchtigen Menschen zu vertreiben, die hier siedeln wollten.

Diese Wilden hielten nichts von friedlichem Zusammenleben oder gar Chancengleichheit. Die Geschichten, die Elroy gehört hatte, reichten aus, um sogar ihm einen Schauer über den Rücken zu jagen. Noch dazu hatte man ihn darauf aufmerksam gemacht, daß er sich verflucht nahe bei dem Indianerterritorium niederließ – einem riesigen, unfruchtbaren Gebiet zwischen Kansas und Texas. Von seiner Farm bis zur Grenze von Kansas waren es nur fünfunddreißig Meilen. Die Farm lag genau zwischen den Flüssen Arkansas und Walnut, und der Boden war gut, ohne Frage. Da der Krieg jetzt vorbei war, hatte Elroy angenommen, daß die Armee die Indianer in jenen Gebieten festhalten würde, die ihnen zugewiesen worden waren. Doch das war nicht der Fall. Als der Bürgerkrieg ausgebrochen war, hatten die Indianer beschlossen, das auszunützen und gegen die Siedler Krieg zu führen.

Der Bürgerkrieg war vorbei, aber der Krieg gegen die Indianer flammte jetzt erst richtig auf. Sie waren mehr denn je entschlossen, keine Gebiete aufzugeben, die sie als ihr Eigentum betrachteten.

Elroys Angst war schuld daran, daß er an diesem Abend Bill Chapman aufmerksam zuhörte, obwohl er sich lieber mit Big Sal in den ersten Stock zurückgezogen hätte.

Vor zwei Tagen, bevor er mit Peter nach Wichita aufgebrochen war, hatte er eine kleine Gruppe Indianer entdeckt, die die Nordwestecke seiner Farm überquerten. Es war der erste feindselige Trupp, den er erblickte, denn man konnte diese Schar von Kriegern nicht mit den friedlichen Indianern vergleichen, die er auf seinen Reisen nach dem Westen gesehen hatte.

Die erwähnte Gruppe bestand aus acht gut bewaffneten, in Hirschleder gekleideten Männer; sie waren nach Süden geritten. Elroys Bestürzung war so groß, daß er ihnen folgte – natürlich in angemessener Entfernung –, und dadurch entdeckte er ihr Lager am Zusammenfluß des Arkansas mit dem Ninnescah. Am Ostufer des Arkansas standen zehn Indianerzelte, sogenannte Tipis, und mindestens zwölf weitere Wilde, darunter auch Frauen und Kinder, hatten sich dort niedergelassen.

Das Bewußtsein, daß diese Kiowas oder Komantschen durch einen scharfen Ritt seinen Hof innerhalb weniger Stunden erreichen konnten, genügte, um Elroy das Blut in den Adern stocken zu lassen. Er warnte seine Nachbarn vor den so nahe lagernden Indianern und wußte, daß diese Nachricht sie in Panik versetzen würde.

Als Elroy in Wichita eintraf, erzählte er seine Geschichte in der Stadt. Er hatte damit einigen Leuten Angst eingejagt, und jetzt stachelte Bill Chapman die Stammgäste des Saloons auf. Drei Männer erklärten, daß sie mit Chapman und den sechs Cowboys reiten würden, die ihn begleiteten. Einer der Stammgäste erwähnte, daß er in der Stadt zwei Landstreicher kannte, die vielleicht Lust hatten, ein paar Rothäute umzulegen, und begab sich auf die Suche nach ihnen, um sie zu fragen, ob sie mitmachen wollten.

Bill Chapman verfügte jetzt über drei begeisterte Freiwillige und bekam unter Umständen noch zwei dazu. Nun wandte er sich an Elroy, der schweigend zugehört hatte.

»Und wie steht's mit Ihnen, Kumpel?« fragte der große, hagere Rancher. »Sind Sie dabei?«

Elroy schubste Big Sal von seinem Schoß, hielt sie aber am Arm fest, als er zu Chapman trat. »Sollte man die Jagd auf die Indianer nicht der Armee überlassen?« fragte er vorsichtig.

Der Rancher lachte verächtlich. »Damit ihnen die Armee auf die Finger klopft und sie in das Indianerreservat zurückgeleitet? Das entspricht nicht meiner Vorstellung von Gerechtigkeit. Wenn man sicher sein will, daß ein diebischer Indianer einen nicht zum zweiten Mal bestiehlt, muß man ihn umbringen, denn erst dann kann er es nicht mehr tun. Dieser Haufen Kiowas hat vergangene Woche über fünfzehn Stück Vieh aus meiner Herde geschlachtet und sich mit einem Dutzend erstklassiger Pferde aus dem Staub gemacht. Sie haben sich in den letzten Jahren zu oft aus meiner Tasche bedient. Mit diesen Überfällen muß Schluß sein.« Er sah Elroy scharf an. »Machen Sie mit?«

Elroy lief es kalt über den Rücken. Fünfzehn Stück Vieh geschlachtet! Er war mit seinem einzigen Paar Ochsen in die Stadt gekommen, aber das gesamte übrige Vieh auf der Farm konnte in dem einen Tag, den er nun fort war, gestohlen oder geschlachtet worden sein. Ohne Vieh war er am Ende. Wenn die Kiowas ihm einen Besuch abstatteten, war er erledigt.

Elroy sah Bill Chapman unverwandt an. »Ich habe vor zwei Tagen acht Krieger gesehen und bin ihnen gefolgt. Sie haben ihr Lager bei einer Gabelung des Arkansas aufgeschlagen, etwa dreizehn Meilen von meiner Farm entfernt. Wenn sie dem Fluß folgen, sind es von hier ungefähr siebenundzwanzig Meilen.«

»Verdammt noch mal, warum sagen Sie das erst jetzt?« Chapman überlegte. »Das könnten diejenigen sein, hinter denen wir her sind. Ja, sie hätten es in dieser Zeit bis dorthin schaffen können. Diese Schweine kommen rascher voran als jede andere Menschenseele. Waren es Kiowas?«

Elroy zuckte die Schultern. »Für mich sehen alle gleich aus. Aber diese Krieger hatten keine Pferde bei sich. Allerdings befand sich im Lager eine Pferdeherde. Etwa vierzig Tiere.«

»Zeigen Sie mir und meinen Cowboys, wo das Lager ist?« fragte Chapman.

Elroy runzelte die Stirn. »Ich habe kein Pferd dabei. Nur ein Ochsengespann, um einen Pflug auf die Farm zu befördern. Ich würde Sie nur aufhalten.«

»Ich leihe Ihnen ein Pferd.«

»Aber mein Pflug…«

»Ich bezahle die Lagergebühr für die Zeit, die wir fort sind. Sie können ja danach zurückkommen und ihn holen.«

»Wann brechen wir auf?«

»Im Morgengrauen. Wenn wir wie die Teufel reiten und die Kiowas sich nicht vom Fleck rühren, können wir ihr Lager im Lauf des Nachmittags erreichen.«

Elroy sah Big Sal an und grinste breit. Wenn Chapman nicht sofort reiten wollte, hatte er nicht vor, auf seine Nacht mit Big Sal zu verzichten. Ganz bestimmt nicht. Aber morgen …

»Sie können mit mir rechnen. Und auch mit meinem Tagelöhner.«

2. *Kapitel*

Am nächsten Morgen verließen vierzehn zu allem entschlossene Männer Wichita. Der neunzehnjährige Peter war schrecklich aufgeregt, denn er hatte so etwas noch nie mitgemacht. Er war von dieser Gelegenheit begeistert, genau wie einige andere. Manchen Männern machte es einfach Spaß zu töten, und hier bot sich ihnen ein ausgezeichneter Vorwand.

Elroy hatte für keinen der Männer viel übrig. Mit solchen Menschen verband ihn nichts, obwohl alle etwas gemeinsam hatten: jeder hatte einen anderen Grund, die Indianer zu hassen.

Chapmans drei ständige Cowboys nannten nur ihre Vornamen – Tad, Carl und Cincinnati. Die drei Revolvermänner, die Chapman angeheuert hatte, hießen Leroy Curly, Dare Trask und Wade Smith. Einer der Männer aus Wichita war ein herumziehender Zahnarzt, der ausgerechnet Mr. Smiley hieß. Ein anderer war ein arbeitsloser Hilfssheriff, der vor sechs Monaten nach Wichita gekommen und immer noch arbeitslos war. Elroy hätte gern gewußt, wovon der Mann lebte, aber er hütete sich wohlweislich zu fragen. Der dritte Mann aus Wichita besaß genau wie Elroy ein Anwesen und hatte sich am vergangenen Abend zufällig im Saloon befunden. Die beiden Landstreicher waren Brüder, hießen Little Joe und Big Joe Cottle und waren nach Texas unterwegs.

Chapman schlug ein scharfes Tempo an, weil er hoffte, noch ein paar Männer aufzutreiben, und sie ritten mittags in Rockley ein. Aber der Umweg brachte ihnen nur einen weiteren Mann, nämlich Lars Handleys Sohn John. Es stellte sich jedoch heraus, daß sie sich Zeit lassen konnten, denn Big Joe Cottle war auf einem Ersatzpferd vorausgeritten, stieß in Rockley wieder zu ihnen und berichtete, daß die Kiowas immer noch am Fluß lagerten.

Sie erreichten das Lager der Indianer am Nachmittag. Elroy war noch nie in seinem Leben so scharf geritten. Sein Hintern schmerzte mörderisch. Auch die Pferde waren erledigt. Er hätte ein Pferd, das ihm gehörte, nie so erbarmungslos angetrieben.

Die Bäume und die dichte Vegetation am Fluß lieferten Elroy und seinen Gefährten reichlich Deckung. Sie konnten sich nahe an das Lager heranschleichen, um es zu beobachten, denn das Rauschen des Flusses übertönte die leisen Geräusche, die sie verursachten.

Ihnen bot sich ein friedliches Bild. Unter den riesigen Bäumen standen ansehnliche Tipis. Die Kinder versorgten die Pferde, und die Frauen standen in einer Gruppe beisammen und unterhielten sich. Ein einsamer alter Mann spielte mit einem Säugling.

Man kann sich nur schwer vorstellen, daß diese Menschen blutdürstige Wilde sind, dachte Elroy, und daß die Kinder töten und stehlen werden, sobald sie erwachsen sind. Die Frauen waren sogar ärger als die Männer, wenn es darum ging, die Gefangenen zu foltern; das hatte er jedenfalls gehört. Ein einziger Krieger war sichtbar, aber das hatte nichts zu bedeuten. Little Joe meinte, daß die übrigen Krieger vielleicht Siesta hielten, so wie es die Mexikaner tun.

»Wir sollten bis heute abend warten, wenn sie alle ahnungslos schlafen«, schlug Tad vor. »Indianer kämpfen nicht gern bei Nacht. Es hat wohl etwas damit zu tun, daß ihr Geist nicht die ewigen Jagdgründe finden kann, wenn sie im Dunkeln sterben. Eine kleine Überraschung kann niemals schaden.«

»Ich finde, daß wir die Überraschung jetzt auf unserer Seite haben«, meinte Mr. Smiley. »Wenn die Krieger ohnehin alle schlafen...«

»Vielleicht sind sie gar nicht da.«

»Wer sagt das? Vielleicht fertigen sie in den Tipis Waffen an oder bocken auf ihren Frauen«, grinste Leroy Curly.

»Da müßten sie eine Menge Frauen haben. Es sind insgesamt nur zehn Tipis, Curly.«

»Erkennen Sie eines ihrer Pferde, Mr. Chapman?« fragte Elroy.

»Das kann ich nicht sagen, sie stehen zu dicht beisammen, als daß ich sie genau mustern könnte.«

»Ich erkenne jedenfalls Kiowas, wenn ich sie sehe.«

»Das glaube ich nicht, Tad«, widersprach Cincinnati. »Ich glaube, daß es Komantschen sind.«

»Woher willst du das wissen?«

»Genau wie du glaubst, daß du Kiowas erkennst«, antwortete Cincinnati, »erkenne ich Komantschen, wenn ich sie sehe.«

Carl kümmerte sich nicht um die beiden, denn Tad und Cincinnati waren nie der gleichen Meinung. »Was spielt das schon für eine Rolle? Ein Indianer ist ein Indianer. Und hier ist kein Reservat, also sind sie ganz bestimmt nicht friedlich.«

»Ich bin hinter denen her, die mein Vieh…« begann Bill Chapman.

»Klar sind sie das, Boß, aber wollen Sie tatsächlich diese Bande fröhlich weitermachen lassen, auch wenn sie nicht die Viehdiebe sind?«

»Sie könnten es nächstes Jahr sein«, bemerkte Cincinnati, der sein Gewehr überprüfte.

»Was zum Teufel soll das Ganze?« fragte Little Joe. »Soll das heißen, daß wir uns Blasen geritten haben und jetzt kehrtmachen, ohne sie umzubringen? Blödsinn!«

»Beruhige dich, kleiner Bruder. Ich glaube nicht, daß Mr. Chapman an so etwas denkt. Stimmt's, Mr. Chapman?«

»Und ob«, antwortete der Rancher verärgert. »Carl hat recht. Es ist ganz gleich, welche Bande von Viehdieben wir vor uns haben. Wir erledigen diese hier, und die anderen werden es sich zweimal überlegen, bevor sie in der Gegend Überfälle veranstalten.«

»Worauf warten wir dann noch?« Peter sah sich unternehmungslustig um.

»Sorgt nur dafür, daß ihr die Frauen bis zum Schluß aufhebt.« Wade Smith sagte zum ersten Mal etwas. »Ich möchte einige von denen haben. Für meine Mühe, klar?«

»Das ist mir aus dem Herzen gesprochen.« Dare Trask kicherte. »Und ich habe schon geglaubt, daß es wieder ein Routinejob wird.«

Als die Männer zu ihren Pferden zurückschlichen, war ein neues Element zu ihrer Erregung hinzugekommen. Frauen! Daran hatten sie nicht gedacht. Zehn Minuten später zerrissen Gewehrschüsse die Stille. Als der letzte Schuß verhallte, waren vier Indianerinnen übrig, drei Frauen und ein junges Mädchen, das Wade Smith so gut gefallen hatte, daß er nicht auf sie verzichten wollte. Alle vier wurden mehrfach vergewaltigt und dann getötet.

Bei Sonnenuntergang ritten vierzehn Männer zurück. Der ehemalige Hilfssheriff war ihr einziger Toter. Als sie seinen Leichnam fortschafften, fanden sie, daß der Preis nicht hoch gewesen war.

Nachdem sie aufgebrochen waren, trat im Lager Stille ein; der Wind hatte die Schreie davongetragen. Nur das Rauschen des Flusses war zu hören. Niemand trauerte um die toten Komantschen; sie hatten nichts mit der Bande Kiowas zu tun, die Bill Chapmans Ranch überfallen hatte. Niemand trauerte um das junge Mädchen, dessen dunkle Haut und blaue Augen Wade Smith aufgefallen waren; die Augen waren ein Hinweis darauf, daß in ihren Adern ein Tropfen weißes Blut floß. Keiner ihrer Leute hörte, wie sie vor ihrem Tod litt, denn ihre Mutter war gestorben, während das Mädchen noch vergewaltigt wurde.

Sie war in diesem Frühjahr zehn Jahre alt geworden.

3. Kapitel

»Du läßt schon wieder die Schultern hängen, Courtney. Damen halten sich gerade. Haben sie euch in diesem teuren Mädcheninternat denn überhaupt nichts beigebracht?«

Der getadelte Teenager warf seiner neuen Stiefmutter einen raschen Blick zu und wollte etwas erwidern, überlegte es sich aber anders. Es hatte ja doch keinen Sinn. Sarah Whitcomb, jetzt Sarah Harte, hörte nur, was sie hören wollte. Außerdem befaßte sich Sarah schon nicht mehr mit Courtney, denn die in der Ferne auftauchende Farm nahm ihre gesamte Aufmerksamkeit in Anspruch.

Courtney richtete sich trotzdem auf, obwohl ihre Schultermuskeln empört protestierten, und biß die Zähne zusammen. Warum war sie die einzige, die unter Sarahs scharfer Zunge zu leiden hatte? Manchmal wunderte sich Courtney über die neue Persönlichkeit dieser Frau. Sie schwieg jedoch meist und zog sich in sich zurück, so wie sie gelernt hatte, den Schmerz zu unterdrücken. Es kam jetzt sehr selten vor, daß Courtney ihren früheren Mut bewies. Das war meist dann der Fall, wenn sie übermüdet war und ihr die Folgen gleichgültig waren.

Sie war nicht immer so verunsichert, sondern ein frühreifes, mitteilsames Kind gewesen – freundlich und mutwillig. Ihre Mutter hatte sie immer damit geneckt, daß sie ein kleines Teufelchen war. Aber ihre Mutter starb, als Courtney erst sechs Jahre alt war.

In den neun Jahren seither war Courtney von einer Schule auf die nächste geschickt worden, weil ihr Vater infolge seiner tiefen Trauer nicht fähig war, auf die Bedürfnisse des Kindes einzugehen. Doch dieses Arrangement hatte Edward Harte offenbar zugesagt, denn Courtney durfte im Sommer nur für wenige Wochen nach Hause kommen. Und auch dann fand

Edward nie Zeit für sein einziges Kind. Während der Kriegsjahre war er beinahe überhaupt nicht zu Hause gewesen.

Mit fünfzehn hatte Courtney bereits zu lange darunter gelitten, daß sie unerwünscht und ungeliebt war. Sie war nicht mehr offen und freundlich, sondern ein sehr zurückhaltendes, vorsichtiges Mädchen, das sehr empfindlich darauf reagierte, wie man es behandelte, und sich bei der leisesten Andeutung von Mißbilligung zurückzog. Ihre vielen strengen Lehrerinnen hatten ihren Teil dazu beigetragen, der Hauptgrund für die übertriebene Schüchternheit des Mädchens aber war vor allem, daß sie ständig versuchte, die Liebe ihres Vaters wiederzugewinnen.

Edward Harte war ein Arzt, dessen blühende Praxis in Chicago ihn so sehr in Anspruch nahm, daß er außer für seine Patienten kaum für etwas anderes Zeit fand. Er war ein hochgewachsener, eleganter Südstaatler, der sich nach seiner Heirat in Chicago niedergelassen hatte. Courtney war der Ansicht, daß kein anderer Mann so gut aussah und so sehr in seiner Arbeit aufging wie ihr Vater. Sie betete ihn an und starb jedesmal ein bißchen, wenn seine hellbraunen Augen, die sie von ihm geerbt hatte, geistesabwesend auf sie gerichtet waren.

Er hatte vor dem Bürgerkrieg nie Zeit für Courtney gehabt, und nachher war es noch schlimmer geworden. Der Krieg hatte diesem Mann etwas Schreckliches angetan, denn er hatte schließlich aufgrund seiner humanitären Überzeugung gegen seine Heimat kämpfen müssen. Als er 1865 aus dem Krieg zurückkam, nahm er seine Praxis nicht wieder auf. Er lebte zurückgezogen, schloß sich in seinem Arbeitszimmer ein und trank, um die Toten zu vergessen, die er nicht hatte verhindern können. Das Vermögen der Hartes hatte darunter gelitten.

Wenn Edwards ehemaliger Mentor Dr. Amos ihm nicht geschrieben und ihn aufgefordert hätte, seine Praxis in Waco, Texas, zu übernehmen, hätte sich Courtneys Vater wahrscheinlich zu Tode getrunken. Dr. Amos schrieb, daß enttäuschte Südstaatler auf der Suche nach einem neuen Leben in den Westen strömten, und Edward beschloß, es ihnen nachzumachen.

Auch für Courtney sollte es ein neues Leben werden. Sie würde nicht mehr auf Schulen geschickt werden und fern von ihrem Vater leben. Sie würde die Möglichkeit bekommen, ihm zu zeigen, daß sie keine Last für ihn bedeutete und daß sie ihn liebte.

Doch als ihr Zug in Missouri länger aufgehalten wurde als vorgesehen, hatte ihr Vater das Unfaßbare getan und Sarah Whitcomb, die in den letzten fünf Jahren seine Haushälterin gewesen war, geheiratet. Offenbar hatte jemand darauf hingewiesen, daß es ungehörig war, wenn eine dreißigjährige Frau zusammen mit Dr. Harte reiste.

Edward liebte Sarah nicht, und Sarah hatte ein Auge auf Hayden Sorrel geworfen, einen der beiden Männer, die Edward als Begleiter für die gefährliche Reise nach Texas angestellt hatte. Noch am Tag der Hochzeit verwandelte sich Sarah in einen anderen Menschen. Während sie vorher überaus freundlich zu Courtney gewesen war, benahm sie sich jetzt wie eine Xanthippe – herrschsüchtig, nörglerisch, ohne Rücksicht auf die Gefühle anderer. Irgendwann hatte sich Courtney mit dieser Veränderung abgefunden und versuchte nur noch, Sarah aus dem Weg zu gehen. Das war aber nicht so einfach, wenn fünf Personen in einem einzigen Wagen durch die Prärie von Kansas reisten.

Sie waren an diesem Morgen in Wichita aufgebrochen und zunächst dem Arkansas gefolgt, hatten aber jetzt den Fluß verlassen, um ein Anwesen oder eine Stadt zu finden, in der sie die Nacht verbringen konnten. Sobald die zweihundert Meilen lange Strecke durch das Indianerterritorium begann, mußten sie ohnehin unter freiem Himmel übernachten.

Indianerterritorium. Schon das Wort jagte Courtney Angst ein. Aber Hayden Sorrel und der zweite Begleiter, der sich einfach Dallas nannte, behaupteten, daß kein Grund zur Besorgnis bestehe, solange sie Vieh mit sich führten, mit dem sie die Indianer bestechen konnten. Zudem hatte Jesse Chisholm, ein Halbblut-Irokese, eine relativ flache Route zwischen San Antonio in Texas und Wichita entdeckt, über die er bereits 1866 Waren transportiert hatte. Seither verwendeten auch die Siedler diesen Weg und nannten ihn allgemein den Chisholm-Trail.

Joseph McCoy, ein Viehhändler aus Illinois, war in diesem Jahr für die Herden verantwortlich, die durch Kansas kamen – McCoy und die Kansas-Pacific-Railroad, die endlich auf ihrem langsamen Treck nach Westen Abilene erreicht hatten. Da der Smoky Hill River genügend Wasser für Abilene lieferte, es in der Nähe gute Weideflächen gab, und das nahe Fort Riley für Schutz sorgte, war der Chisholm Trail jetzt die ideale Route für die Herden, die in den Osten geliefert wurden.

Die Eisenbahn hatte phänomenale Auswirkungen auf Abilene gehabt. Noch vor einem Jahr hatte die Stadt aus einem Dutzend Blockhütten bestanden. Jetzt gab es allein ein Dutzend Saloons und andere Lasterhöhlen, in denen die Cowboys landeten, die die Herden hierhergetrieben hatten.

Es wäre schön gewesen, wenn die Eisenbahn schon weiter vorgedrungen wäre, doch das war nicht der Fall. Deshalb hatten die Hartes nur bis Abilene relativ bequem reisen können. Dort kauften sie einen Wagen, auf den sie ihre Habseligkeiten verluden; es war ein alter Kasten, der bereits den Trail befahren hatte. Irgendwie wirkte es beruhigend, daß ihr Transportmittel schon einmal heil durchgekommen war.

Courtney wäre viel lieber in den Osten zurückgekehrt und auf Umwegen nach Texas gelangt. Sie hatten auch ursprünglich vorgehabt, nach Süden zu reisen und die texanische Grenze im Osten zu überschreiten. Aber Sarah wollte ihre Verwandten in Kansas City besuchen, bevor sie sich im fernen Texas niederließ. Und als Edward dann von diesem Viehtrail erfuhr, der gefahrlos war und noch dazu an ihrem Ziel – Waco – vorbeiführte, bestand er darauf, daß sie diese Route einschlugen. Schließlich befanden sie sich bereits in Kansas, und wenn sie direkt nach Süden reisten, ersparten sie sich sehr viel Zeit. In Wirklichkeit wollte er es vermeiden, die Südstaaten zu durchqueren und die Zerstörung wiederzusehen, die der Krieg verursacht hatte.

Dallas ritt zu der Farm voraus, die sie entdeckt hatten, und teilte ihnen bei seiner Rückkehr mit, daß sie die Nacht in der Scheune verbringen durften. »Es genügt für eine Nacht, Dr. Harte«, berichtete er Edward. »Es hat keinen Sinn, den Umweg von einer Meile nach Rockley in Kauf zu nehmen. Es ist ohnehin nur eine winzige Stadt. Morgen früh können wir dann direkt zum Fluß zurückfahren.«

Edward nickte, und Dallas blieb jetzt neben dem Wagen. Courtney mochte ihn nicht besonders, genausowenig wie seinen Freund Hayden, der Sarah nicht aus den Augen ließ. Dallas war viel jünger als Hayden, etwa dreiundzwanzig, und interessierte sich für Courtney.

Dallas sah auf seine Art gut aus, und Courtney hätte sich durch sein Interesse geschmeichelt gefühlt, wenn ihr nicht aufgefallen wäre, daß er jede Frau, die ihnen über den Weg lief, mit den Blicken verschlang. Ihr war klar, daß er sich nur deshalb für sie interessierte, weil sie das einzige weibliche Wesen weit und breit war, das für seinen Geschmack jung genug war.

Courtney wußte, daß sie nicht attraktiv war, oder jedenfalls nicht genügend attraktiv, um von einem Mann beachtet zu werden. Sie hatte zwar schöne Haare und Augen, und ihr Gesicht war sogar hübsch, wenn man ihre füllige Gestalt übersah. Aber das bemerkten die Männer meistens nicht. Sie warfen einen Blick auf ihren rundlichen Körper und beachteten sie dann nicht mehr.

Courtney haßte ihre äußere Erscheinung, aber Essen war oft das einzige, was sie tröstete, wenn sie sich unglücklich fühlte. Noch vor ein paar Jahren war es ihr gleichgültig gewesen, wie sie aussah. Wenn andere Kinder sie damit neckten, daß sie dick war, aß sie einfach noch mehr. Als sie sich schließlich mit ihrer Erscheinung befaßte, bemühte sie sich abzunehmen und schaffte es auch. Jetzt bezeichnete man sie nicht mehr als dick, sondern als rundlich.

Etwas hatte sich allerdings nach der Heirat ihres Vaters zum Besseren gewandelt. Er begann, sich um Courtney zu kümmern. Während der langen Fahrt im Wagen unterhielt er sich sogar mit ihr. Sie führte das aber nicht auf die Heirat zurück, sondern auf das erzwungene Zusammensein. Nun, vielleicht war es doch nicht hoffnungslos, vielleicht würde er sie wieder so lieb haben wie vor dem Tod ihrer Mutter.

Edward hielt vor einer großen Scheune an. Courtney, die ihr ganzes bisheriges Leben in Chicago verbracht hatte, konnte noch immer nicht verstehen, daß Menschen wie dieser Farmer, der herauskam, um sie zu begrüßen, bereit waren, fern von anderen Menschen zu leben. Courtney war gern allein, aber in einem Haus, das von anderen Häusern umgeben war, in denen andere Menschen wohnten. In der Abgeschiedenheit dieser Wildnis, in der die Indianer immer noch herumstreiften, hätte sie sich nie sicher gefühlt.

Der Farmer war ein riesiger Mann, wog mindestens zweihundertfünfzig Pfund, und die haselnußbraunen Augen in dem rötlichen Gesicht strahlten sie freundlich an. Er sagte Edward, daß er in die Scheune fahren könne. Sobald das geschehen war, half er Courtney vom Wagen herunter.

»Sie sind aber ein hübsches Mädchen«, stellte er fest, bevor er Sarah die Hand reichte. »Aber Sie sollten etwas Fett ansetzen, Süße. Sie sind mager wie eine Bohnenstange.«

Courtney wurde krebsrot und hoffte inständig, daß Sarah ihn nicht gehört hatte. War der Mann verrückt? Sie hatte sich zwei Jahre lang bemüht abzunehmen, und jetzt behauptete er, sie wäre mager.

Während sie noch versuchte, ihre Verwirrung zu verbergen, trat Dallas hinter sie und flüsterte ihr ins Ohr: »Er ist groß und kräftig, deshalb mag er Frauen, die genauso sind wie er. Am besten, du kümmerst dich nicht um ihn, Kleine. In ein bis zwei Jahren bist du den Babyspeck los, und dann bist du bestimmt das hübscheste Mädchen von Texas.«

Wenn Dallas ihren Gesichtsausdruck gesehen hätte, wäre ihm klar geworden, daß er das Falsche gesagt hatte. Courtney war zutiefst gekränkt. Diese persönliche Kritik von einem Mann war mehr, als sie ertragen konnte. Sie rannte hinaus zur Rückseite der Scheune. In ihren goldbraunen Augen glänzten Tränen.

Zu dick, zu mager – wie konnten die Menschen so grausam sein? Welche der beiden entgegengesetzten Meinungen war ehrlich gemeint? Oder bedeutete es, daß Männer nie die Wahrheit sagten? Courtney wußte nicht mehr, was sie denken sollte.

4. Kapitel

Elroy Brower war in Hochform. Seit sein Haus stand, hatte er noch nie so viele Besucher gehabt. Er hatte gestern keinen einzigen Handgriff getan, aber das störte ihn nicht. Er hatte keine Lust gehabt, seinen Pflug aus Wichita zu holen, denn er war mit einem entsetzlichen Katzenjammer aufgewacht. Auch das störte ihn nicht. Es tat einem Mann gut, wenn er gelegentlich einen Rausch hatte. Er hatte auch eine Menge Gesellschaft gehabt, denn in der Nacht davor hatten Bill Chapman und die anderen in seiner Scheune übernachtet und ihren Sieg mit Whisky gefeiert. Nur die beiden Joes waren nach dem Massaker sofort nach Süden geritten.

Und dann waren gestern der Doktor, seine Damen und die Cowboys des Doktors hereingeschneit. Das mußte man sich einmal vorstellen: Damen nahmen zum Abendessen an seinem Tisch Platz. Sie waren ganz bestimmt richtige Damen, das merkte man schon an ihrer eleganten Reisekleidung und an ihrem Benehmen. Und natürlich an ihrer zarten, weißen Haut. Er hatte die junge sogar dazu gebracht, rot zu werden.

Elroy hätte nichts dagegen gehabt, wenn sie noch ein paar Tage geblieben wären. Sein Pflug konnte warten. Chapman hatte die Lagergebühr und das Futter für die Ochsen bezahlt, und Elroy konnte sie holen, sobald er Lust dazu hatte. Der Doktor hatte gesagt, daß sie am Vormittag aufbrechen würden; er bestand darauf, bei Tagesanbruch auf die Jagd zu gehen, um Elroys Vorräte aufzufüllen. Dagegen war nichts einzuwenden. Der Doktor war ein netter Mensch, ein richtiger Gentleman. Er hatte die drei Kratzer auf Elroys Hals bemerkt und ihm eine Salbe dafür angeboten.

Elroy war bei der Erwähnung der Kratzer verlegen geworden. Er schämte sich zwar nicht, aber vor Damen sprach man nicht über Dinge, wie sie im Lager geschehen waren. Zum

Glück interessierte es den Arzt nicht, woher die Kratzer stammten.

Die Rache war eine erregende Erfahrung gewesen. Elroy hatte nach dem Überfall aufgehört, sich Sorgen darüber zu machen, daß sich die Indianer in der Nähe seines Hauses herumtrieben. Es war verdammt leicht, sie zu töten – und zu vergewaltigen. Er verstand nicht mehr, warum er sich überhaupt den Kopf darüber zerbrochen hatte. Er hatte nur kurz gezögert, als er bemerkte, daß die kleine Wilde, die ihn kratzte, keine reine Indianerin war. Ihre blauen Augen hatten ihn haßerfüllt angeblickt. Aber er vergewaltigte sie trotzdem – all das Töten hatte ihn zu sehr erregt. Er hatte keineswegs ein schlechtes Gewissen, sondern ärgerte sich nur darüber, daß er nicht aufhören konnte, an diese Augen zu denken.

Vermutlich waren die Damen bereits aufgewacht und angekleidet, also konnte er zur Scheune hinübergehen und sie zum Frühstück einladen. Der Arzt und Dallas würden auch bald wieder da sein. Der zweite Cowboy, Sorrel, rasierte sich hinten am Brunnen und erfand dabei bestimmt neue Lügengeschichten für Peter. Elroy befürchtete, daß der Junge nicht mehr lange bei ihm bleiben würde. Er sprach schon davon, in das 7. Kavallerieregiment einzutreten und gegen die Indianer zu kämpfen. Elroy hoffte, daß er damit wenigstens bis nach der Ernte warten würde.

Zwanzig Meter von Elroys Blockhaus entfernt begann sein Kornfeld. Die hohen Halme schwankten sanft. Falls Elroy dies aufgefallen wäre, als er zur Scheune ging, hätte er angenommen, daß ein Tier durch das Feld schlich, denn es war vollkommen windstill. Aber er bemerkte es nicht, denn er überlegte gerade, daß er seinen Pflug holen wollte, sobald die Hartes fort waren.

Courtney war seit einer halben Stunde wach und wartete darauf, daß Sarah mit ihrer Morgentoilette fertig wurde. Sarah war hübsch und brauchte jeden Morgen sehr lange dazu, um ihre Schönheit zur Geltung zu bringen. Sie hatte sogar eine Lotion mitgenommen, die Sonnenbrand verhindern sollte.

Sarahs Eitelkeit war schuld daran, daß sie die Reise so spät angetreten hatten und froh sein mußten, wenn sie Waco noch vor Einbruch des Winters erreichten. Sarah hatte Edward den Besuch bei ihren Verwandten abgebettelt, denn sie wollte mit ihrem Mann, einem bedeutenden Arzt, angeben und allen Leuten in Kansas City zeigen, wie weit sie es gebracht hatte.

Der Farmer machte vor der Tür genügend unnötigen Lärm, bevor er den Kopf hineinsteckte. »Der Speck ist gebraten, meine Damen, und die Eier müssen nur noch in die Pfanne geschlagen werden, wenn Sie zum Frühstück ins Haus kommen möchten?«

»Wie reizend von Ihnen, Mr. Brower«, lächelte Sarah. »Ist mein Mann schon zurückgekommen?«

»Nein, Madam, aber er muß jeden Augenblick da sein. Um diese Jahreszeit gibt es hier sehr viel Wild.«

Elroy schloß die Tür wieder, um ins Haus zurückzukehren. Als er neuerlich klopfte, schüttelte Courtney erstaunt den Kopf. Was wollte er jetzt? Dann wurde die Tür aufgerissen, und Elroy, der seinen Schenkel umklammerte, fiel herein. Ein langer, dünner Stab steckte in seinem Bein.

»Mein Gott, es waren mehrere«, stöhnte er, während er aufstand und dabei den Pfeilschaft abbrach.

»Was ist denn geschehen, Mr. Brower?« fragte Sarah.

Elroy stöhnte wieder. »Indianer. Sie greifen uns an.« Sarah und Courtney starrten ihn mit offenem Mund an, und Elroy befahl heiser: »Dorthin!« Er zeigte auf einen Gegenstand, der wie eine große Futterkiste mit einem Deckel aussah, und erklärte immer aufgeregter: »Ich habe genau aus diesem Grund ein Loch für meine Frau gegraben. Sie war eine große Frau, also sollte es für Sie beide reichen. Kriechen Sie hinein *und kommen Sie nicht heraus,* auch wenn es draußen still wird. Ich muß ins Haus zurück, um mein Gewehr zu holen.«

Dann war er fort. Weder Sarah noch Courtney waren bereit, ihm zu glauben. Es war doch nicht möglich, daß so etwas geschah.

Als ein Schuß fiel, dem sofort ein zweiter folgte, wurde Sarah übel. »Kriech in die Kiste, Courtney«, rief sie, während sie schon vorauslief. »O mein Gott, das kann doch nicht wahr sein, nachdem alles so glatt gegangen ist.«

Courtney gehorchte automatisch und kroch hinter Sarah in die Kiste, die keinen Boden hatte. Das Loch war nicht ganz einen Meter tief, so daß beide darin kauern konnten, ohne daß ihre Köpfe den Rand der Kiste erreichten.

»Mach den Deckel zu!« fuhr Sarah Courtney an. »Wir haben nichts zu befürchten. Sie werden uns nicht finden. Sie werden nicht einmal hier hereinschauen. Sie…«

Sarah verstummte, als hinter der Scheune ein Schrei ertönte, ein entsetzlicher, qualvoller Schrei. Was darauf folgte, war noch schlimmer: Viele Geräusche, tierische Geräusche, die immer lauter wurden. Dann heulte jemand vor der Scheunentür schrill auf. Courtney erwachte aus ihrer Erstarrung, zog den Deckel zu und tauchte sie beide damit in eine Dunkelheit, die an sich schon schrecklich war.

»Sarah! Sarah!«

Courtney begann zu weinen, als sie begriff, daß Sarah in Ohnmacht gefallen war. Obwohl der warme Körper der Frau neben ihr lag, fühlte sie sich einsam. Sie würde sterben, und sie wollte nicht sterben. Sie wußte, daß sie schändlich sterben würde, daß sie schreien und bitten und dann trotzdem sterben würde.

O Gott, wenn ich sterben muß, dann laß mich nicht betteln. Gib mir den Mut, nicht zu betteln.

Edward Harte hatte den ersten Schuß gehört und galoppierte zur Farm zurück. Dallas folgte dicht hinter ihm. Doch als sie näherkamen und sahen, was vor sich ging, machte der Cowboy kehrt und ritt davon. Dallas war kein Held.

Edward wußte nicht, daß er auf dem letzten Stück des Weges allein war, denn er dachte nur daran, daß er seine Tochter retten mußte. Er näherte sich der Farm von der Seite her und erblickte vier Indianer, die um die Leichen von Peter, dem jungen Landarbeiter, und Hayden Sorrel herumstanden. Edwards erster Schuß traf, aber im nächsten Augenblick bohrte sich ihm ein Pfeil in die Schulter. Er war von der Vorderseite der Scheune aus abgeschossen worden, und Edward feuerte in diese Richtung.

Es war sein letzter Schuß. Zwei weitere Pfeile trafen ihn, er fiel vom Pferd und blieb regungslos liegen.

Die acht Komantschenkrieger hatten erreicht, was sie sich vorgenommen hatten. Sie waren der Spur von dreizehn Pferden bis zu der Farm gefolgt. Sie hatten gesehen, daß elf Pferde die Farm verlassen hatten. Damit befanden sich nur zwei der dreizehn Männer auf der Farm, die die Krieger suchten. Einer der beiden war bereits tot. Der Farmer lebte also noch.

Der Farmer hatte nur eine Wunde abbekommen, war aber von seinem Haus und der Scheune abgeschnitten. Vier Krieger spielten jetzt mit ihm und reizten ihn mit ihren Messern, während die anderen Komantschen Haus und Scheune durchsuchten.

Zwei von ihnen betraten die Scheune. Einer kletterte in den Wagen, durchwühlte ihn und warf dabei den Inhalt hinaus. Der andere suchte das Gebäude nach Verstecken ab. Seine Augen ließen keinen Winkel aus.

Sein Gesicht spiegelte seine Gedanken nicht wider, aber sein Herz war von schrecklichem, herzzerreißendem Kummer erfüllt. Als er gestern das Lager der Komantschen erreichte, hatte er den Alptraum vorgefunden, den die Weißen hinterlassen hatten. Er war nach dreijähriger Abwesenheit zu seiner Familie zurückgekehrt und zu spät gekommen, um seine Mutter und seine Schwester zu retten. Die Rache konnte ihre Leiden nie wettmachen, aber sie würde seinen Kummer lindern.

Ihm fielen die Fußabdrücke im Staub auf, und er ging langsam zur Futterkiste. In der Hand hielt er die kurze, rasiermesserscharfe Klinge, mit der er Tiere abhäutete.

Courtney hatte nicht gehört, daß die beiden Indianer die Scheune betraten, denn ihr Herz klopfte so laut, daß es alle Geräusche übertönte.

Der Deckel der Futterkiste flog auf, und Courtney konnte

gerade noch nach Luft schnappen, bevor eine Hand brutal ihre Haare ergriff. Sie schloß die Augen, um den Todesstoß nicht zu sehen. Sie wußte, daß der Indianer ihr die Kehle durchschneiden würde, denn er bog ihren Kopf nach hinten.

Sie öffnete die Augen nicht, aber er wollte, daß sie ihn ansah, wenn er sie tötete. Die zweite Frau lag ohnmächtig im Loch, aber diese war bei Bewußtsein und zitterte. Doch sie sah ihn nicht an, nicht einmal, als er ihre Haare um seine Hand schlang, so straff er konnte. Er wußte, daß er ihr weh tat, aber sie öffnete ihre Augen trotzdem nicht.

Schließlich ließ seine Wut ein wenig nach, und er musterte sie. Dabei wurde ihm klar, daß sie nicht hierher gehörte. Ihre Kleider waren zu schön, ihre von der Sonne kaum getönte Haut war für die Frau oder das Kind eines Farmers zu weiß. Ihre Haare fühlten sich an wie Seide; ihre Farbe war ein Mittelding zwischen braun und blond. Dann musterte er sie noch genauer und stellte fest, daß sie kaum älter sein konnte als vierzehn Jahre.

Als er zum Wagen hinüberblickte, sah er die vielen Kleider, die Krummer Finger hinausgeworfen hatte. Er ließ das Mädchen los.

Courtney war so verängstigt, daß sie die Augen aufschlug. Die Zeit verging, und kein Messer berührte ihren Hals. Doch als sie aufblickte, fiel sie beinahe in Ohnmacht. Noch nie hatte sie so etwas Schreckliches wie diesen Indianer gesehen. Sein Haar war lang, pechschwarz und zu zwei Zöpfen geflochten. Seine nackte Brust war mit Streifen in der Farbe von gewässertem Blut bemalt. Durch eine verschiedenfarbige Bemalung war sein Gesicht in vier Teile geteilt, so daß man seine Züge nicht erkennen konnte. Doch seine Augen waren merkwürdig. Sie schienen nicht zu ihm zu gehören, denn sie wirkten im Gegensatz zu seinem Körper überhaupt nicht bedrohlich.

Er wandte den Blick kurz von ihr ab, so daß sie es wagte, ihn genauer zu mustern. Doch sie kam nur bis zu dem Messer, das er in der Hand hielt und dessen Spitze auf sie gerichtet war. Bei diesem Anblick weiteten sich ihre katzenartigen, goldenen Augen, dann verlor sie das Bewußtsein. Er brummte, als sie neben der anderen Frau zusammensank. Diese dummen Frauen aus dem Osten. Sie hatten sich nicht einmal bewaffnet.

Er zögerte seufzend. Ihre runden, kindlichen Wangen erinnerten ihn zu sehr an seine Schwester. Er konnte sie nicht töten.

So schloß er leise den Deckel der Futterkiste, wandte sich zum Gehen und bedeutete Krummem Finger, daß sie schon zuviel Zeit vergeudet hatten.

5. Kapitel

Elroy Brower verfluchte das Schicksal, das ihn an dem Tag nach Wichita geführt hatte, an dem sich auch Bill Chapman dort aufhielt. Er wußte, daß er sterben würde. Aber wann – wann? Er war meilenweit von seiner Farm entfernt. Die Indianer waren Chapmans Spur nach Norden gefolgt und hatten erst angehalten, als die Sonne direkt über ihren Köpfen stand.

Sobald Elroy begriff, was sie mit ihm vorhatten, war beinahe der ganze Trupp erforderlich, um ihn zu bewältigen. Doch dann lag er nackt an vier Pfähle gebunden auf dem Boden, und Körperteile, die noch nie das Tageslicht gesehen hatten, waren der Mittagssonne ausgesetzt.

Die verdammten Wilden hockten um ihn herum und sahen zu, wie er schwitzte. Einer von ihnen klopfte alle fünf Sekunden mit einem Stock gegen die Pfeilspitze, die in seinem Schenkel steckte, und der Schmerz schoß in Wellen durch seinen Körper.

Er wußte, was sie erreichen wollten. Auf seiner Farm hatten sie sich geduldig verständlich gemacht, hatten zwei Finger in die Höhe gehalten und auf ihn und dann auf die drei Leichen gezeigt. Sie wußten, daß sich zwei der Männer, die an dem Indianermassaker beteiligt gewesen waren, auf der Farm befanden, und daß er einer von ihnen war.

Er versuchte, sie davon zu überzeugen, daß er nicht zu den Männern gehörte, die sie suchten. Schließlich gab es zwei zusätzliche Leichen, wie konnten sie also ihrer Sache so sicher sein? Doch sie glaubten ihm nicht, und jedesmal, wenn er ihnen nicht die erwartete Antwort gab, fügten sie ihm einen Schnitt zu. Er wies bereits ein halbes Dutzend kleiner Wunden auf, als er endlich auf Peters Leiche zeigte; der Junge war tot und konnte nicht mehr leiden. Aber Elroy litt, als er zusah, was sie mit Peters Leiche taten. Sie kastrierten ihn, stopften ihm die Genitalien in den Mund und nähten ihm dann die Lippen zu. Jeder, der Peters verstümmelten Körper fand, mußte annehmen, daß es geschehen war, als Peter noch lebte.

Würde er genauso viel Glück haben wie Peter? Er war vermutlich nur deshalb noch am Leben, weil sie wollten, daß er sie zu den am Massaker beteiligten Männern führte. Doch je länger sie ihn am Leben erhielten, desto mehr würde er leiden. Er konnte ihnen anbieten, ihnen alles zu sagen, was er wußte, doch das nützte ihm nichts, weil die Kerle nicht Englisch verstanden. Außerdem hatte er bei einem Großteil der anderen keine Ahnung, wo sie zu finden waren. Aber das würden sie ihm natürlich nicht glauben.

Einer der Komantschen beugte sich über ihn. Von der Sonne geblendet konnte Elroy nur eine dunkle Gestalt erkennen. Er versuchte, den Kopf zu heben, und erhaschte einen Blick auf die Hände des Indianers in denen der Mann mehrere Pfeile hielt. Wollten sie dem Ganzen ein Ende bereiten? Nein. Der Mann betastete beinahe sanft eine von Elroys Wunden. Dann schob er quälend langsam eine Pfeilspitze in die Wunde, aber schräg, in das Fett- und Muskelgewebe. Sie hatten die Pfeilspitze mit etwas eingerieben, das höllisch brannte. Es war, als ob ein glühendes Kohlestückchen auf seiner Haut lag. Elroy biß die Zähne zusammen und weigerte sich zu schreien. Er schrie auch nicht, als sie mit den anderen Wunden genauso verfuhren. Er hatte nur sechs Wunden, und das konnte er aushalten. Dann würden sie ihn eine Weile in Ruhe und den Schmerz auf seinen Körper einwirken lassen.

Elroy versuchte, den Schmerz zu verdrängen. Er dachte an die Damen, die das Pech gehabt hatten, auf seiner Farm zu übernachten. Er war froh, daß er nicht gesehen hatte, was mit ihnen geschehen war. Und dann sah er plötzlich wieder die Augen vor sich, die ihn so haßerfüllt anblickten. Die Vergewaltigung des indianischen Mädchens war die Leiden nicht wert gewesen, die er jetzt ertragen mußte. Nichts konnte diese Leiden wert sein.

Elroy schrie endlich. Der Indianer hatte ihm einen neuen Schnitt zugefügt und eine weitere Pfeilspitze hineingeschoben. Damit wußte Elroy, daß sie erst aufhören würden, wenn sein Körper voller Pfeile steckte. Das würde er nicht ertragen können. Er schrie und fluchte, wurde aber wieder geschnitten, und das Brennen verwandelte sich in Feuer.

»Schweinehunde! Verdammte Schweinehunde! Ich sage euch alles, was ihr wissen wollt!«

»Tatsächlich?«

Elroy hörte auf zu schreien und vergaß für einen Sekundenbruchteil seine Schmerzen. »Du sprichst Englisch?« keuchte er. »Gott sei Dank!« Jetzt konnte er hoffen. Jetzt konnte er feilschen.

»Was willst du mir erzählen, Farmer?«

Die Stimme klang leise und freundlich und verwirrte Elroy. »Laßt mich gehen, und ich nenne euch die Namen der Männer, die ihr sucht, den Namen jedes einzelnen. Und ich werde euch sagen, wo ihr sie am ehesten findet.«

»Du wirst es uns auf jeden Fall sagen, Farmer. Du kannst nicht um dein Leben feilschen, sondern nur um einen schnellen Tod.«

Elroy hatte sich hoffnungsvoll so weit aufgerichtet, wie es seine Fesseln erlaubten. Jetzt ließ er sich wieder sinken. Er war besiegt. Er konnte nur noch hoffen, daß es schnell gehen würde.

Er erzählte den Indianern alles, jeden Namen, beschrieb die Männer und nannte die Orte, an denen man sie wahrscheinlich finden konnte. Er beantwortete jede ihm gestellte Frage rasch und wahrheitsgemäß und schloß mit: »Und jetzt tötet mich.«

»So wie du unsere Frauen, Mütter und Schwestern getötet hast?«

Der Indianer, der ein so klares, korrektes Englisch sprach, trat zurück. Jetzt konnte Elroy ihn deutlich sehen, sein Gesicht, seine Augen ... o Gott, es waren ihre Augen, die ihn mit dem gleichen glühenden Haß betrachteten. In diesem Augenblick begriff Elroy, daß er nicht rasch sterben würde.

Er fuhr sich mit der Zunge über die Lippen. Er wußte nicht, wie er darauf kam, aber er sagte langsam: »Sie war gut. Sie hatte zwar nicht viel Fleisch auf den Knochen, aber sie hat mir wirklich Vergnügen gemacht. Ich war der letzte, der sie hatte. Sie ist unter mir gestorben, mit meinem...«

Der Krieger heulte auf, und Elroy verstummte. Einer der anderen versuchte, den jungen Indianer zurückzuhalten, aber es gelang ihm nicht. Der Schmerz war für Elroy geringfügig, weil er nur den bereits vorhandenen Schmerz verstärkte. Was ihn tötete, war der Anblick jenes abgetrennten Körperteils, den er gerade hatte erwähnen wollen und den der Komantsche in der hocherhobenen Hand hielt.

In der Scheune starrte Courtney Harte verzweifelt auf den verstreuten Inhalt des Wagens, auf die zerfetzten Kleider, das zerbrochene Porzellan, die zertrampelten Lebensmittel. Sie konnte sich nicht dazu entschließen, das noch Brauchbare herauszusuchen. Im Gegensatz zu Sarah, die ihre Habseligkeiten sortierte, als wäre nichts geschehen, konnte sie sich zu überhaupt nichts entschließen.

Daß sie überhaupt noch am Leben war, hatte Courtney erschüttert. Doch das Schlimmste war, daß ihr Vater verschwunden war.

Berny Bixler, Elroy Browers nächster Nachbar, hatte den Rauch gesehen, weil die Indianer das Haus in Brand gesteckt hatten, und war herübergekommen. Er fand die Leichen hinter dem Haus und die beiden Frauen in der Futterkiste. Es gab keine Spur von Dallas, Elroy oder Dr. Harte. Letzterer war jedoch dagewesen, weil sein Pferd blutbespritzt im Feld stand. War Edward verwundet worden?

»Ich hätte ihn gesehen, wenn er entkommen und nach Rockley gegangen wäre, um Hilfe zu holen«, erklärte ihnen Berny. »Viel eher haben die Indianer ihn und die beiden anderen mitgenommen. Sie sind wahrscheinlich der Ansicht, daß es nicht schaden kann, ein paar kräftige Gefangene zur Verfügung zu haben, bis sie einen anderen Stamm finden, an den sie sich anschließen können.«

»Wie kommen Sie auf diese Idee, Mr. Bixler?« fragte Sarah. »Ich habe geglaubt, daß für gewöhnlich die Frauen gefangengenommen werden.«

»Ich bitte um Entschuldigung, Madam«, meinte Berny, »aber wenn ein Indianer Sie und das junge Mädchen ansieht, dann merkt er sofort, daß Sie die langen Ritte nicht durchhalten könnten.«

»Die langen Ritte?« fuhr ihn Sarah an. »Woher wollen Sie wissen, was die Indianer vorhaben? Genauso gut können sie ihr Lager in der Nähe aufgeschlagen haben.«

»Das hatten sie auch, Madam. Darum geht es ja. Es war kein Viehdiebstahl. Handleys Sohn John hat vor zwei Tagen in Rockley damit geprahlt, daß er, Elroy und Peter gemeinsam mit einigen Männern aus Wichita eine Bande von Kiowas ausgelöscht haben, die Wichita angreifen wollten. Angeblich haben sie den gesamten Trupp umgebracht. Vermutlich haben sie dabei ein paar Indianer übersehen. Die Kerle, die hier zugeschlagen haben, waren wohl auf der Jagd und haben bei ihrer Rückkehr die Toten vorgefunden.«

»Das sind nur Annahmen, Mr. Bixler. Es muß hier außer Kiowas ja auch noch andere Indianer geben.«

Der Farmer war verärgert. »John hat außerdem damit geprahlt, daß sie in dem Lager etwas getan haben, was ich nicht vor Damen erwähnen kann.«

»Also schön«, meinte Sarah höhnisch, »sie haben ein paar Squaws vergewaltigt. Das bedeutet aber noch lange nicht...«

»Dann sehen Sie sich einmal Peters Leiche an, damit Sie wissen, was das bedeutet«, unterbrach er sie scharf. »Aber ich würde es Ihnen nicht empfehlen. Ich werde noch lange Zeit deswegen Alpträume haben. Und wir werden bestimmt irgendwo in der Gegend Elroy finden, den sie sicherlich genauso zugerichtet haben. Man muß nicht besonders klug sein, um herauszubekommen, warum sie nur hinter den beiden her waren. Wenn sie es auf Frauen abgesehen hätten, wären Sie beide ebenfalls vergewaltigt worden. Nein, es war nur Rache, nichts anderes. Und die Indianer werden erst Ruhe geben, wenn sie alle Männer umgebracht haben, an denen sie sich rächen wollen. Sie werden sehen, auch John Handley wird schleunigst aus diesem Gebiet verschwinden.« Nach diesem Vortrag forderte Berny die Frauen mürrisch auf, ihre Habseligkeiten zusammenzusuchen, weil er nicht den ganzen Tag Zeit hatte, und verließ die Scheune. Er konnte es nicht erwarten, sie nach Rockley zu bringen und loszuwerden.

Elroy Bowers Leiche wurde eine Woche später von Soldaten gefunden, die Jagd auf die Indianer machten. John Handley verließ Rockley mit unbekanntem Ziel, und sein Vater hörte nie wieder von ihm. Der Besitzer eines Anwesens in der Nähe von Wichita wurde ebenfalls von Indianern getötet, aber das war der letzte indianische Überfall in diesem Gebiet. Die Ermordung eines Ranchers namens Bill Chapman weiter im Norden hatte vermutlich nichts mit diesen Indianern zu tun, denn er wurde im Schlaf erschlagen, und der Mörder konnte ebensogut einer seiner Cowboys gewesen sein. Sofort nach dem Mord war nämlich ein großer Teil seiner Landarbeiter verschwunden.

Man fand keine Spur von Edward Harte oder Dallas. Sarah Whitcomb Harte betrachtete sich als Witwe. Es war unvorstellbar, daß ein Verwundeter, der von flüchtenden Indianern mitgenommen wurde, lange am Leben blieb.

Courtney war zu betäubt, um sich viele Gedanken zu machen, klammerte sich aber an die Möglichkeit, daß ihr Vater doch noch am Leben war.

Sarah und Courtney waren jetzt aufeinander angewiesen, was beiden das Leben beträchtlich erschwerte.

6. Kapitel

»Da ist noch einer, Charley. Glaubst du, daß es wieder zu einer Schießerei kommt?«

Charley beförderte seinen Kautabak zielsicher in den Spucknapf beim Verandageländer, bevor er den Fremden musterte, der die Straße heraufritt. »Schon möglich. In der Stadt befinden sich noch ein paar Typen wie er.«

Die beiden Oldtimer saßen auf der Veranda vor Lars Handleys Laden und unterhielten sich über alles, was vorüberkam. Von ihrem Platz aus überblickten sie die einzige Straße der Stadt von einem Ende bis zum anderen.

»Glaubst du, daß er zu einem der Viehtriebe gehört hat?« fragte Snub.

»Der Mann sieht eher aus wie ein Revolvermann«, widersprach Charley.

»Es gibt genügend Revolvermänner, die jetzt als Cowboys arbeiten und umgekehrt.«

»Das stimmt.«

Charleys Gesichtsausdruck verriet deutlich, daß er seine Ansicht nicht geändert hatte und nur um des lieben Friedens willen nachgab. »Wie viele er wohl umgelegt hat?« fuhr Snub fort.

»Danach will ich ihn lieber nicht fragen«, brummte Charley. Dann kniff er die Augen zusammen. »Der Kerl kommt mir bekannt vor. Ist er nicht schon einmal hier aufgekreuzt?«

»Du hast recht, Charley. Ungefähr vor zwei Jahren.«

»Eher vor drei oder vier.«

»Richtig, jetzt erinnere ich mich. Er ist spät abends hereingeritten und hat im Hotel übernachtet, ist aber nicht länger geblieben.«

Charley nickte. »Ich kann mich nicht mehr an seinen Namen erinnern. Du vielleicht?«

»Er klang irgendwie ausländisch.«

»Ja, aber mehr fällt mir auch nicht ein. Jetzt werde ich den ganzen Tag darüber nachdenken müssen.«

»Es sieht so aus, als würde er wieder im Hotel absteigen«, bemerkte Snub, als der Fremde vor dem Gebäude vom Pferd glitt. »Wir könnten ja einen Blick ins Gästebuch werfen.«

»Doch nicht jetzt, Snub. Ackermans Frau würde uns sofort an die Luft setzen.«

»Mach dir doch nicht gleich vor Angst in die Hose, Charley. Die alte Hexe liegt vermutlich noch im Bett. Und Miß Courtney wird nichts dagegen haben, wenn wir eine Weile in der Hotelhalle sitzen oder rasch im Buch blättern.«

»Von wegen in die Hose machen«, maulte Charley. »Er hat wahrscheinlich inzwischen seinen Namen geändert, wie sie es alle tun. Aber wenn du dich unbedingt von der Xanthippe, die Harry geheiratet hat, anschreien lassen willst, dann hieve deinen Hintern hoch, und wir machen uns auf den Weg.«

Courtney schloß lächelnd die Tür des Hotelzimmers hinter sich, in dem sie gerade saubergemacht hatte. Sie hatte wieder eine Zeitung gefunden. Rockley besaß keine eigene Zeitung, und sie erfuhr nur dann Neuigkeiten aus der Außenwelt, wenn sie die Gespräche der durchreisenden Fremden belauschte, oder wenn einer von ihnen eine Zeitung liegenließ. Das kam allerdings nicht oft vor. Zeitungen waren in einer Stadt beinahe so wertvoll wie Bücher. Sarah hatte etliche Zeitschriften gesammelt, überließ sie jedoch Courtney nie zum Lesen.

Sie versteckte die Zeitung unter der schmutzigen Bettwäsche, die sie waschen sollte, und ging zur Treppe. Sie wollte die Zeitung in ihr Zimmer bringen, bevor sie die Wäsche in Angriff nahm.

Als sie den unten wartenden Fremden erblickte, blieb sie am oberen Treppenabsatz stehen. Dann tat sie etwas, was bei ihr nur selten vorkam – sie starrte ihn an. Sie ertappte sich dabei, konnte aber ihren Blick trotzdem nicht von ihm wenden.

Sie wußte nicht, warum, aber er fesselte ihr Interesse wie noch kein anderer Mann.

Als erstes fiel ihr auf, daß er groß war und sich sehr gerade hielt. Dann bemerkte sie sein hageres, kühn geschnittenes Profil. Sie war davon überzeugt, daß er beunruhigend gut aussehen mußte, auch wenn sie im Augenblick nur seine linke Gesichtshälfte erblickte. Er war eine dunkle Erscheinung – seine Hose und Jacke waren schwarz, seine Haut bronzefarben, und das glatte Haar, das gerade noch die Ohren bedeckte, war ebenfalls schwarz. Hemd und Halstuch waren dunkelgrau.

Der Mann hatte seinen breitkrempigen Hut nicht abgenommen, aber er trug wenigstens keine Sporen. Das war seltsam, denn er hatte sich seine Satteltaschen über die Schulter gehängt, und Courtney hatte noch keinen Reiter ohne Sporen erlebt.

Dann bemerkte sie, daß er einen doppelten Gürtel trug, was bedeutete, daß er einen Revolver an seinen Schenkel geschnallt hatte. Das war nichts Außergewöhnliches, denn im Westen trugen die meisten Männer Revolver. Aber das Schießeisen und sein Aussehen riefen bei ihr den Eindruck hervor, daß er die Waffe nicht nur zu seinem Schutz brauchte.

Courtney mochte Revolvermänner nicht, denn sie war davon überzeugt, daß sie sagen und tun konnten, was sie wollten. Zu wenige Leute besaßen den Mut, sie zurechtzuweisen – denn das war lebensgefährlich.

Im allgemeinen ließen sich Revolvermänner nur selten in einer Kleinstadt wie Rockley blicken, aber hier lag der Fall anders. In den letzten Jahren war es hier sogar zu zwei Schießereien gekommen. Die Cowboys, die nach den Viehsammelzentren Abilene und Newton unterwegs waren, mußten durch Rockley. Im nächsten Jahr würde Wichita ebenfalls zu einem Viehsammelzentrum aufrücken, und dann würde sich noch mehr Gesindel in der Gegend herumtreiben.

Da Courtney in dem einzigen Hotel der Stadt arbeitete, konnte sie den Revolvermännern nicht ausweichen. Einer hatte sie beinahe vergewaltigt, andere hatten sich mit Küssen begnügt. Man hatte um sie gekämpft, sie verfolgt und ihr die empörendsten Anträge gemacht. Das war der Hauptgrund, warum sie Rockley unbedingt verlassen wollte. Und schon gar nicht hätte sie einen Bewohner von Rockley heiraten wollen – auch wenn sie dann dem Hotel entkommen wäre, in dem sie von morgens bis abends als Dienstmädchen schuftete.

Der Fremde trug sich in das Gästebuch ein und legte die Feder weg. Daraufhin machte Courtney kehrt und lief durch den Korridor zu der Hintertreppe, die direkt ins Freie führte. Es war ein Umweg, aber sie wollte nicht die Küche im Erdgeschoß durchqueren, weil sie dort vielleicht auf Sarah stieß. Sie würde um das Hotel herumgehen und zur Vordertür hereinkommen – aber erst, nachdem der Fremde auf sein Zimmer gegangen war.

Sie wußte nicht, warum sie nicht wollte, daß er sie sah, es war eben so. Es ging bestimmt nicht darum, daß sie ihr ältestes Kleid trug und ihre Haare zerzaust waren. Er würde wahrscheinlich ohnehin nur eine Nacht bleiben, und sie würde ihn nie mehr wiedersehen.

Courtney schlich gebückt an den Fenstern des Speisesaals vorbei und weiter zur Eingangstür, um einen Blick hineinzuwerfen und sich davon zu überzeugen, daß er fort war. Das Bündel Schmutzwäsche, das sie noch immer in den Armen trug, hatte sie vollkommen vergessen. Sie wollte nur die Zeitung in ihrem Zimmer verstecken und sich dann wieder an die Arbeit machen.

Charley und Snub beobachteten verblüfft, wie Courtney vorsichtig durch die Vordertür lugte und dann wieder an die Wand zurückwich, als wolle sie sich verbergen. Dann ging die Tür auf, der Fremde trat heraus und ging über die Veranda zu seinem Pferd. Courtney huschte hinter seinem Rücken in das Hotel.

»Was sollte das Ganze eigentlich?« fragte Snub verständnislos.

Charley beobachtete gerade den Fremden, der das Pferd zum Stall führte. »Was?«

»Es hat ausgesehen, als würde sich Miß Courtney vor dem Kerl verstecken.«

»Daraus kann ich ihr keinen Vorwurf machen. Du erinnerst dich doch noch daran, wie sich der alte Schürzenjäger Barker in ihr Zimmer geschlichen hat. Wer weiß, was geschehen wäre, wenn Harry sie nicht hätte schreien hören und mit seinem Gewehr hingerannt wäre. Und denk an den verrückten Cowboy, der versucht hat, sie auf der Straße auf sein Pferd zu ziehen und mit ihr davonzureiten. Sie hat sich den Knöchel verstaucht, als sie vom Pferd gefallen ist.«

»Sie hat hier wirklich genügend Schwierigkeiten mit Männern gehabt, wahrscheinlich versucht sie deshalb, ihnen möglichst aus dem Weg zu gehen.«

»Trotzdem hat sie sich noch nie so komisch aufgeführt. Findest du nicht?«

»Das stimmt.«

»Dann interessiert sie sich vielleicht für ihn.«

»Ich habe geglaubt, daß sie Reed Taylor heiraten wird.«

»Das möchte ihre Stiefmutter gern, aber Mattie Cates hat mir verraten, daß es nie dazu kommen wird. Miß Courtney kann Reed nicht ausstehen.«

Im Hotel warf Courtney rasch einen Blick in das aufgeschlagene Gästebuch. Der Fremde hieß Chandos. Er hatte nur diesen Namen hingeschrieben.

7. Kapitel

»Bitte beeile dich, Courtney. Ich habe nicht den ganzen Tag Zeit. Du hast versprochen, mir zu helfen, wenn ich den Stoff für mein neues Kleid aussuche.«

Courtney blickte Mattie Cates an, die auf dem umgestülpten Waschtrog saß, und schnaubte sehr undamenhaft. »Wenn du es so fürchterlich eilig hast, dann hilf mir, diese Laken aufzuhängen.«

»Das ist doch nicht dein Ernst. Sobald ich nach Hause komme, muß ich selbst Wäsche waschen. Pearces Hosen sind verdammt schwer. Wenn ich jetzt schon anfange, kann ich meine Arme nachher nicht mehr bewegen. Ich möchte nur wissen, warum ich einen solchen Riesen geheiratet habe.«

»Vielleicht, weil du ihn liebst?« lachte Courtney.

»Vielleicht.« Mattie erwiderte das Lächeln.

Mattie Cates war ein widersprüchliches Wesen. Die zierliche, blauäugige Blondine war für gewöhnlich freundlich und offenherzig, aber sie konnte auch still und zurückhaltend sein. Sie gab sich unabhängig und konnte gelegentlich genauso diktatorisch sein wie Sarah, doch im tiefsten Grund ihres Herzens war sie oft unsicher. Allerdings wußten das nur ihre besten Freundinnen, zu denen natürlich Courtney gehörte.

Mattie war davon überzeugt, daß man vom Leben alles zurückbekommt, was man hineinsteckt, und daß man alles vollbringen kann, wenn man es sich nur fest genug vornimmt. Ihr Lieblingsgrundsatz lautete: »Tu es selbst, denn jemand anderer wird es nicht für dich tun.« Sie hatte bewiesen, daß ihre Philosophie stimmte, als sie vor zwei Jahren ihre Unsicherheit überwand und Pearce Cates eroberte, obwohl er zu dem halben Dutzend Männern gehörte, das in Courtney verliebt war.

Mattie hatte ihrer Freundin nie einen Vorwurf daraus gemacht, daß Pearce in sie verliebt gewesen war. Im Gegenteil, sie hatte sich aufrichtig für Courtney gefreut, als diese sich aus einem häßlichen Entlein in einen schönen Schwan verwandelte, und sie fand es umwerfend komisch, daß Männer, die Courtney bisher keines Blickes gewürdigt hatten, plötzlich dahinschmolzen, wenn sie sie sahen. Gelegentlich fand Mattie, daß Courtney ihre Schöpfung war. Natürlich nicht die Schönheit, denn die kam daher, daß Courtney in den letzten beiden Jahren einige Zentimeter gewachsen war und so schwer gearbeitet hatte, daß der letzte Rest ihres Babyspecks dahinschwand. Doch Courtney war nicht mehr so schüchtern und nervös wie früher und nahm nicht mehr alles, was ihr widerfuhr, als unabänderliches Schicksal hin. Mattie hatte Courtney zwar drängen, stoßen und aufstacheln müssen, aber es war ihr gelungen, ihrer Freundin ein wenig Mut einzuflößen.

Courtney setzte sich jetzt sogar schon gegen Sarah zur Wehr, zwar nicht immer, aber jedenfalls öfter als früher, und ließ sich nicht einmal mehr von Mattie herumschubsen. Sie war sich darüber bewußt geworden, über wieviel Mut sie verfügte.

Jetzt stellte sie den leeren Wäschekorb neben Mattie auf den Wäschetrog. »Schön, Miß Ungeduld, dann gehen wir.«

Mattie legte den Kopf zur Seite. »Willst du dir nicht ein anderes Kleid anziehen oder deine Frisur in Ordnung bringen oder so was?«

Courtney löste das Band, das ihre langen, braunen Haare zusammenhielt, band es frisch und strich ihr Kleid glatt. »Fertig.«

Mattie lachte. »Das wird wohl reichen. Deine alten Kleider sehen immer noch besser aus als mein bestes Baumwollkleid.«

Courtney errötete leicht. Sie war immer noch auf die Garderobe angewiesen, die sie vor vier Jahren besessen hatte, als sie nach Rockley gekommen war. Sie hatte die Kleider inzwischen zwar enger machen und die Säume auslassen müssen, aber es mußte gehen.

Allerdings paßten Courtneys alte Kleider aus Seide, Musselin, Crêpe de Chine und Mohair, die Spitzenkragen und die Umhänge aus Samt überhaupt nicht nach Rockley. Courtney haßte es, aufzufallen, und ihre Kleider bewirkten zu ihrer Verzweiflung genau das Gegenteil – sie fiel den Männern auf.

Rockley war eine kleine Stadt, in der es nur wenige heiratsfähige junge Frauen gab, deshalb hatten in den letzten beiden Jahren mehrere Männer ernsthaft um sie geworben.

Als der junge Schmied Richard sie bat, ihn zu heiraten, war sie so überrascht, daß sie ihm beinahe um den Hals gefallen wäre. Ein echter Heiratsantrag – und sie hatte schon geglaubt, daß sie eine alte Jungfer werden würde. Aber der Schmied liebte sie nicht, sondern wollte nur eine Frau haben. Sie liebte ihn auch nicht, genauso wenig wie Judd, Billy oder Pearce, die sie alle heiraten wollten. Und ganz bestimmt liebte sie ihren neuesten Verehrer Reed Taylor nicht. Er war allerdings davon überzeugt, daß er sie erobern würde.

»Hast du jemals von einem Mr. Chandos gehört, Mattie?«

Courtney wußte nicht, warum ihr die Frage entschlüpft war. Mattie antwortete nachdenklich: »Ich glaube nicht. Er klingt wie ein Name aus unserem Geschichtsunterricht, und dazu ein bißchen spanisch. Warum fragst du?«

»Aus keinem besonderen Grund.«

Doch damit ließ sich Mattie nicht abspeisen. »Komm schon, woher hast du den Namen?«

»Er hat heute früh ein Zimmer im Hotel genommen. Ich wollte nur wissen, ob du ihn vielleicht vom Hörensagen kennst.«

»Wieder so ein Revolvermann?«

»Er sieht so aus.«

»Wenn er älter ist, kannst du Charley oder Snub nach ihm fragen. Sie kennen alle Revolvermänner, vor allem die mit dem schlechtesten Ruf. Und du weißt doch, wie gern sie tratschen.«

»Er ist nicht sehr alt, höchstens fünf- oder sechsundzwanzig.«

»Dann werden sie dir wahrscheinlich nicht sagen können, wie viele Männer er getötet hat.«

»Mattie! So etwas hat mich noch nie interessiert!«

»Warum hast du dann überhaupt gefragt?« Einen Augenblick später fügte sie hinzu: »Ist er das?«

Courtneys Herz setzte kurz aus, beruhigte sich dann aber wieder. Auf der anderen Straßenseite lehnte einer der beiden Revolverhelden, die kürzlich in die Stadt gekommen waren, an einem Pfosten.

»Nein, das ist Jim Ward«, erwiderte sie. »Er ist gestern gemeinsam mit einem zweiten Mann eingetroffen.«

»Jim Ward? Der Name kommt mir bekannt vor. Stand er nicht auf einem der Steckbriefe, die Wild Bill vergangenes Jahr aus Abilene herübergeschickt hat?«

Courtney zuckte die Schultern. »Ich habe nie begriffen, warum Marshal Hickok uns diese Steckbriefe zusendet. Wir haben in der Stadt noch nie einen Marshal gehabt. Auch wenn Mr. Ward steckbrieflich gesucht wird, gibt es hier niemanden, der ihn verhaften könnte.«

»Das stimmt, aber es ist gut, wenn man weiß, vor wem man sich zu hüten hat«, sagte Mattie.

»Ich hüte mich vor allen Fremden.«

»Das ist klar, aber du weißt, was ich meine. Wenn Harry gewußt hätte, daß Parker gesucht wird, hätte er ihn erschossen, statt ihn nur aus der Stadt zu vertreiben.«

»Erinnere mich nicht daran«, wehrte Courtney ab. »Sarah war monatelang wütend, als sie erfuhr, daß in Hays City jemand tausend Dollar Belohnung für Parker kassiert hat.«

Mattie lachte. »Sarah ist immer wegen irgend etwas wütend.«

Die beiden Mädchen überquerten die Straße, um in den Schatten zu gelangen. Courtney ging nur in die Sonne, wenn sie Wäsche aufhing, aber schon das genügte, damit ihre Haut im Sommer wie Gold schimmerte. Es paßte sehr gut zu ihren honigfarbenen Augen.

Lars Handley lächelte die Mädchen an, als sie seinen Laden betraten. Er bediente gerade Berny Bixler, der die beiden ebenfalls freundlich begrüßte.

In Handleys Laden konnte man alles finden, was man brauchte, vorausgesetzt, es diente praktischen Zwecken. Das einzige, was er nicht verkaufte, war Fleisch, aber Zing Hodges, ein ehemaliger Büffeljäger, hatte im Nachbargebäude einen Metzgerladen eröffnet.

In der vorderen Ecke von Handleys Laden schnitt Hector Evans den Männern die Haare, rasierte sie oder zog ihnen einen Zahn. Der Barbier hatte diesen Winkel von Lars gemietet, weil er sich nie darüber klarwerden konnte, ob er für immer in Rockley bleiben würde, und wollte deshalb kein Geld für einen eigenen Laden ausgeben.

Mattie zog Courtney geradewegs zu der Wand, an der die alten Steckbriefe hingen.

»Siehst du?« strahlte sie. »Dreihundert Dollar Belohnung für Jim Ward, der wegen Mordes, Raubüberfällen und zahlreicher anderer Verbrechen gesucht wird, die er in Neu-Mexiko begangen hat.«

Courtney musterte den Steckbrief. »Er wird tot oder lebendig gesucht. Warum tun sie das, Mattie? Es ist für alle Kopfjäger ein Freibrief, ihn zu ermorden.«

»Das müssen sie tun, sonst würde niemand mehr auf Verbrecherjagd gehen. Es kommt immer zu einem Kampf, und wenn der Kopfjäger oder der Marshal nicht flink genug sind, dann ist er tot. Wenn jemand flink genug ist, dann bekommt er die Belohnung – und es gibt einen Verbrecher weniger. Wäre es dir lieber, daß keiner es versucht?«

»Nein, natürlich nicht. Es kommt mir nur so hart vor.«

»Du bist einfach zu zart besaitet, aber es hat dir bestimmt nicht leid getan, daß Parker getötet wurde.«

»Natürlich nicht.«

»Und sie sind alle wie er, Courtney. Es ist bestimmt besser, wenn sie tot sind.«

»Vermutlich, Mattie.«

»Man sollte doch annehmen, daß dieser Idiot seinen Namen ändert, wenn so viele Steckbriefe ausgehängt sind«, meinte Mattie.

»Vielleicht gefällt mir mein Name.«

Die Mädchen fuhren erschrocken herum. Hinter ihnen stand Jim Ward und sah sie keineswegs freundlich an. Er war mittelgroß und hager, hatte engstehende Augen, eine Hakennase und einen langen, struppigen Schnurrbart, der ihm bis zum Kinn hinunterhing. Er riß den Steckbrief herunter, zerknüllte ihn und steckte ihn in die Tasche. Dann blickte er mit seinen kalten, grauen Augen Mattie an, die ausnahmsweise sprachlos war. Schließlich brachte Courtney heraus: »Sie hat es nicht böse gemeint, Mr. Ward.«

»Vielleicht mag ich es nicht, wenn man mich einen Idioten nennt.«

»Wollen Sie mich womöglich erschießen?« höhnte Mattie, die ihren Mut wiedergefunden hatte.

Courtney hätte ihr am liebsten den Mund zugehalten.

»Die Idee klingt großartig«, meinte Ward.

»Sie da drüben!« rief Lars Handley, »ich will in meinem Laden keinen Ärger haben.«

»Dann bleib, wo du bist, Alter«, befahl Ward scharf, und Lars blieb stehen. »Das hier geht nur mich und Miß Großmaul an.« Lars schielte nach dem Gewehr, das er unter dem Ladentisch aufbewahrte, griff aber nicht danach.

Es war totenstill. Charley und Snub waren sofort hinter Ward hereingekommen, hatten sich in die Ecke des Barbiers gesetzt und genossen jetzt das Schauspiel.

Hector war mit der Rasur seines Kunden fertig, und dieser wischte sich das Gesicht ab, traf aber keine Anstalten aufzustehen. Genau wie die anderen beobachtete er gespannt das Drama, das sich zu entwickeln drohte.

Courtney war den Tränen nahe. Und diesen Mann hatte sie noch vor wenigen Augenblicken bedauert, weil ihn irgendwer irgendwann erschießen würde!

»Mattie?« Sie bemühte sich, ruhig zu sprechen. »Gehen wir, Mattie.«

Jim ergriff einen von Matties Zöpfen und zog ihr Gesicht dicht an das seine heran. »Großmaul geht erst, wenn sie sich entschuldigt hat. Dann kümmere ich mich um dich, Süße. Also?« fragte er Mattie.

Matties blaue Augen funkelten.

»Entschuldigen Sie«, sagte sie schließlich leise.

»Lauter!«

»Entschuldigen Sie!« rief das Mädchen wütend.

Er ließ sie grinsend los.

Doch jetzt wandte er sich bösartig lächelnd Courtney zu.

»Warum gehen du und ich nicht irgendwohin, um uns besser kennenzulernen, Süße? Du bist mir sofort aufgefallen…«

»Nein!« platzte Courtney heraus.

»Nein?« Seine Augen wurden schmal. »Du sagst mir nein?«

»Ich muß ins Hotel zurück, Mr. Ward.«

Er packte sie am Arm. »Du hast mich wahrscheinlich nicht verstanden, Kleines. Ich habe gesagt, daß wir uns besser kennenlernen werden, also werden wir das tun.«

»Bitte nicht«, schrie Courtney, als er sie aus dem Laden zerrte. Er kümmerte sich nicht darum.

»Laß sie los, Ward.«

»Was?« Jim blieb stehen und sah sich um. Hatte er richtig gehört?«

»Ich sage es nicht zweimal.«

Jim ließ Courtney nicht los, sondern suchte mit den Blicken den, der da gesprochen hatte.

»Du hast die Wahl, Ward«, meinte dieser gleichgültig. »Zieh oder verschwinde. Aber denk nicht zu lange nach.« Jim Ward ließ Courtney los, um die rechte Hand freizubekommen, und griff nach seinem Revolver.

Einen Augenblick später war er tot.

8. Kapitel

Courtney zwang sich, an glückliche Erlebnisse zu denken – wie sie zum ersten Mal im Herrensattel geritten war, wie Mattie sie schwimmen gelehrt hatte, Sarahs Gesichtsausdruck, als Courtney ihr zum ersten Mal gesagt hatte, sie solle den Mund halten.

Es nützte nichts. Sie sah immer noch den Toten in Lars Handleys Laden vor sich. Er war der erste Tote, den sie zu Gesicht bekommen hatte. Im Laden hatte sie wie verrückt geschrien, bis es Mattie endlich gelungen war, sie zu beruhigen und ins Hotel zu führen. Jetzt lag sie mit einer kalten Kompresse auf den Augen im Bett.

»Komm, trink das.«

»Hör auf, mich zu bemuttern, Mattie.«

»Jemand muß es tun, vor allem, nachdem Sarah so über dich hergefallen ist.« Matties blaue Augen glitzerten angriffslustig. »Die Frau hat vielleicht Nerven – dir die Schuld für das Ganze zu geben. Dabei war ich ganz allein schuld daran.«

Courtney nahm den Umschlag ab und sah Mattie an. Sie brachte es nicht fertig zu widersprechen – Mattie hatte mit ihrer Großspurigkeit das Ganze ins Rollen gebracht.

»Ich weiß nicht, was über mich gekommen ist«, fuhr Mattie leiser fort. »Aber auf dich bin ich wirklich stolz, Courtney. Noch vor zwei Jahren wärst du in Ohnmacht gefallen, und jetzt hast du dich diesem Schwein gestellt.«

»Ich habe Todesängste ausgestanden«, unterbrach sie Courtney. »Hattest du denn überhaupt keine Angst?«

»Natürlich. Aber je mehr Angst ich habe, desto frecher werde ich, ich kann einfach nicht anders. Und jetzt trink das endlich. Es ist Mutters Allheilmittel, und du wirst dich im Handumdrehen wieder putzmunter fühlen.«

»Ich bin nicht krank, Mattie.«

»Trink!«

Courtney trank das Kräutergebräu, schloß dann die Augen und legte sich wieder hin. »Sarah war doch ungerecht, nicht wahr?«

Natürlich. Wenn du mich fragst, war sie nur wütend, weil sie den Kerl nicht früher erkannt hat. Sonst wäre sie nämlich selbst in sein Zimmer geschlichen und hätte ihn erschossen, um die dreihundert Dollar einzustecken.«

»Sarah sollte jemanden erschießen?«

»Ich traue es ihr zu. Ich sehe sie vor mir, wie sie um Mitternacht mit Harrys Gewehr durch den Korridor schleicht…«

»Hör auf, Mattie«, kicherte Courtney.

»So ist es schon besser, du lachst wieder. Und sieh es mal so: Du hast den Rest des Tages frei.«

»So möchte ich es lieber nicht sehen.«

»Hör auf, dir Vorwürfe zu machen. Du kannst nichts dafür, wenn die Männer deinetwegen den Kopf verlieren. Außerdem ist dem Kerl recht geschehen. Du weißt ganz genau, was er mit dir getan hätte.« Courtney erschauerte. Sie wußte es.

»Er hat angenommen, daß ihn niemand aufhalten wird«, fuhr Mattie fort, »und damit hatte er wahrscheinlich recht, denn der einzige, der es wagte, war dieser Fremde. Außerdem hatte Ward die Wahl – ziehen oder verschwinden. Er hat gezogen.« Nach einer kurzen Pause fügte sie hinzu: »Du bist dem Fremden Dank schuldig. Ich würde zu gern wissen, wer er ist.«

»Mr. Chandos.«

»Natürlich! Das hätte ich mir denken können! Kein Wunder, daß du seinetwegen neugierig warst. Er sieht verdammt gut aus, nicht wahr?«

»Eigentlich schon.«

»Eigentlich schon?« grinste Mattie. »Der Mann hat deine Unschuld gerettet, Courtney. Du mußt dich zumindest bei ihm bedanken, bevor er morgen früh die Stadt verläßt.«

»Er verläßt Rockley?«

»Charley und Snub haben in der Halle darüber gesprochen. Er bringt die Leiche nach Wichita, um die Belohnung zu kassieren.«

Courtney war plötzlich erschöpft. »Mußt du nicht nach Hause, Mattie?«

»Eigentlich ja. Pearce wird aber Verständnis dafür haben, daß ich so spät komme, wenn ich ihm erzähle, was geschehen ist. Du mußt mir nur versprechen, daß du nicht den ganzen Abend darüber grübeln wirst.«

»Das werde ich bestimmt nicht tun. Das Ganze hat mich nur in meinem Entschluß bestärkt, irgendwie in den Osten zurückzukehren. Dort kommt es nicht zu solchen Zwischenfällen. Der Westen ist unzivilisiert.«

»Es ist ein Jammer, daß deine Tante gestorben ist. Jetzt hast du niemanden, der dich im Osten aufnehmen wird.«

»Ich weiß, aber ich kann Arbeit annehmen, schlimmstenfalls die gleiche wie in den letzten vier Jahren hier. Das macht mir nichts aus. Ich fühle mich hier nicht sicher, Mattie. Harry beschützt uns nicht. Er weiß kaum, daß es mich gibt. Ich brauche Sicherheit, und weil ich sie bei Harry und Sarah nicht finde, muß ich zumindest an einem Ort leben, an dem ich mich sicher fühle.«

»Du bist also entschlossen, allein zu reisen?«

»Nein«, meinte Courtney trübselig, »das geht nun doch nicht. Aber Hector Evans möchte auch gern von hier fort. Vielleicht entschließt er sich aufgrund der heutigen Ereignisse, in den Osten zurückzukehren. Ich könnte ihn mit dem Geld bezahlen, von dem Sarah nichts weiß.«

»Klar könntest du ihn bezahlen, aber das wäre reine Verschwendung, denn Hector kann sich nicht einmal selbst beschützen, geschweige denn dich. Du weißt, daß in Missouri immer wieder Züge ausgeraubt werden. Wahrscheinlich erwischt dich die Brüder-James-Bande, und dann bist du dein letztes Geld los.«

»Dieses Risiko muß ich eingehen.«

»Wenn du wirklich entschlossen bist, dann suche dir wenigstens einen echten Beschützer. Reed würde es wahrscheinlich tun, wenn du ihn darum bittest.«

»Er würde darauf bestehen, daß ich ihn zuerst heirate.«

»Das könntest du doch tun. Warum nicht?« Courtney runzelte die Stirn. »Darüber macht man keine Witze. Du weißt, daß ich ihn nicht einmal mag.«

»Wir können ein andermal in Ruhe darüber sprechen«, meinte Mattie, »denn ich muß jetzt wirklich nach Hause. Aber komm ja nicht auf die Idee, Hector zu nehmen. Eigentlich brauchst du einen Mann wie Chandos. Der würde bestimmt nicht dulden, daß dir jemand auch nur in die Nähe kommt. Hast du daran gedacht, ihn zu fragen?«

Courtney schauderte. »Das kann ich nicht. Er ist ein Killer.«

»Hast du mir denn überhaupt nicht zugehört, Courtney? Genau diese Art von Mann brauchst du als Begleiter. Du bestehst doch darauf, daß du dich sicher fühlen willst.«

Nachdem Mattie gegangen war, dachte Courtney über alles nach, was ihre Freundin gesagt hatte. Wenn sie nach Westen, Süden oder Norden gereist wäre, dann wäre Mr. Chandos tatsächlich der beste Beschützer gewesen. Aber sie wollte in den Osten, zurück in die Zivilisation. Es war gar nicht so weit bis zur Eisenbahn. Sie brauchte nur deshalb einen Begleiter, damit sie nicht ganz allein unterwegs war.

In einem Punkt hatte Mattie jedoch recht. Courtney mußte sich bei Mr. Chandos bedanken.

Sie brauchte eine ganze Stunde, um sich zu diesem Schritt zu entschließen.

Courtney hoffte, daß sie Mr. Chandos nicht in seinem Zimmer antreffen würde. Um diese Zeit wurde das Abendessen serviert, und es war möglich, daß er sich bereits im Speisesaal befand. Dann konnte sie Mattie wahrheitsgemäß erzählen, daß sie ihn gesucht, aber nicht gefunden hatte. Sie würde ihm einfach einen Zettel mit ein paar Worten hinterlassen.

Sie klopfte zweimal an seine Tür, hielt den Atem an und

lauschte. Als sich nichts rührte, versuchte sie, den Türknauf zu drehen. Die Tür war versperrt. Und einen zweiten Schlüssel zu den Zimmern gab es nicht, weil Harry auf dem Standpunkt stand, daß ein Gast, der sein Zimmer zusperrte, nicht wollte, daß jemand hineinkam.

Courtney atmete erleichtert auf. Dieser Mann war gefährlich, und sie war froh, daß sie ihm ausweichen konnte.

Dennoch war sie merkwürdigerweise enttäuscht, daß sie ihn nicht angetroffen hatte. Ihre Angst war in dem Augenblick verflogen, in dem er Jim Ward befohlen hatte, sie loszulassen. Sie hatte sich zum ersten Mal seit dem Tod ihres Vaters sicher gefühlt.

Courtney wandte sich ab, um den Zettel mit ein paar Dankesworten zu schreiben und ihn unten am Pult zu hinterlegen. Doch in diesem Augenblick ging die Tür auf. Sie drehte sich wieder um und erstarrte, denn er hielt einen Revolver in der Hand.

»Entschuldigung.« Er steckte den Revolver in den Hosenbund, stieß die Tür weiter auf und trat zurück. »Kommen Sie herein.«

»N-nein, das geht nicht.«

»Ist das Wasser denn nicht für mich bestimmt?«

»Ach, natürlich, ja – ich wollte es auf Ihren Waschtisch stellen.«

Courtneys Gesicht glühte, während sie zum Waschtisch lief, den Wasserkrug hinstellte und die Handtücher danebenlegte. Was er wohl von ihr dachte? Zuerst nach der Schießerei in Handleys Laden ein hysterischer Anfall und jetzt dieses idiotische Gestotter.

Courtney brauchte ihren ganzen Mut, um sich umzudrehen und ihn anzusehen. Er lehnte am Türrahmen, hatte die Arme über der Brust verschränkt und verstellte ihr den Ausgang – absichtlich oder unabsichtlich. Er wirkte überhaupt nicht gespannt. Im Gegenteil, seine Haltung war so lässig, daß sie sich noch dümmer vorkam.

Seine schönen, leuchtendblauen Augen musterten sie unverwandt, und sie hatte das Gefühl, daß er bis auf den Grund ihrer Seele blickte. Doch sein Gesichtsausdruck blieb verschlossen; er ließ sich nicht anmerken, ob sie ihn interessierte, ob er neugierig war, oder ob er sie womöglich sogar hübsch fand. Damit weckte er ihre alte Schüchternheit, und sie reagierte mit Zorn darauf.

Bring es hinter dich, Courtney, und sieh zu, daß du von ihm fortkommst, bevor er den letzten Rest deines Selbstvertrauens zerstört, das du im Lauf der Jahre so mühsam erworben hast.

»Mr. Chandos…«

»Nicht Mister. Nur Chandos.«

Es war ihr noch nicht aufgefallen, wie sanft und beruhigend seine tiefe Stimme klang.

Sie war aus dem Konzept geraten und wußte nicht mehr, was sie sagen wollte.

»Sie haben Angst«, stellte er schlicht fest. »Warum?«

»Nein, nein, ich habe keine Angst, wirklich nicht.« *Stottere nicht herum, Courtney.* »Ich wollte mich nur bei Ihnen bedanken. Für das, was Sie heute getan haben.«

»Dafür, daß ich einen Menschen getötet habe?«

»Nein. Nicht dafür.« *O Gott, warum macht er es mir so schwer?* »Ich meine – es war nicht anders möglich. Aber Sie – Sie haben mich gerettet – ich meine – er hat auf niemanden gehört – und Sie haben ihn daran gehindert – und…«

»Ich halte es für besser, wenn Sie dieses Zimmer verlassen, bevor Sie vollkommen zusammenbrechen.«

Er hatte sie durchschaut. Courtney sah unglücklich zu, wie er sich vom Türstock löste und zur Seite trat, und rannte an ihm vorbei.

Doch dann schämte sie sich so sehr über ihr kindisches Benehmen, daß sie stehenblieb und sich umdrehte. Der Blick seiner hellblauen Augen war noch immer unverwandt auf sie gerichtet. Doch jetzt beruhigten sie diese Augen und vertrieben ihre Angst. Sie verstand nicht, wie er das schaffte, war ihm aber dafür dankbar.

»Ich danke Ihnen«, sagte sie einfach.

»Das ist nicht nötig. Man wird mich für meine Mühe bezahlen.«

»Aber Sie haben nicht gewußt, daß er steckbrieflich gesucht wird.«

»Glauben Sie?«

Er war also im Laden gewesen. Vielleicht hatte er zugehört, als Mattie und sie sich unterhielten. Trotzdem …

»Ganz gleich, aus welchem Grund – Sie haben mir geholfen, Mister. Und ich bin Ihnen dankbar, ob Sie es wollen oder nicht.«

»Wie Sie meinen.« Die Worte klangen abschließend.

Courtney nickte steif und ging schnell durch den Korridor zur Treppe. Sie spürte, daß er ihr noch immer nachsah. Gott sei Dank würde er morgen fort sein. Der Mann brachte sie vollkommen aus der Fassung.

9. Kapitel

Als Reed Taylor Courtney an diesem Abend besuchte, weigerte sie sich, mit ihm zu sprechen. Das trug ihr einen scharfen Verweis von Sarah ein, aber das war ihr gleichgültig. Sarah mochte Reed, und Courtney konnte sie verstehen. Die beiden waren einander ähnlich; beide waren despotisch, und es war schwer, mit ihnen zurechtzukommen. Und beide hatten beschlossen, daß Courtney Reed heiraten würde. Was sie selbst wollte, spielte offenbar keine Rolle.

Sarah machte aus ihrem Herzen keine Mördergrube. Am Ende jeder Schimpfkanonade kam unweigerlich der Satz: »Ich möchte, daß du heiratest, damit ich dich endlich los bin. Ich habe dich lange genug durchgefüttert.«

Das war lächerlich. Courtney verdiente ihren Unterhalt doppelt und dreifach. Sarah stellte ihr nur die Unterkunft und das Essen zur Verfügung und hatte ihr nie auch nur einen Penny bezahlt. Um zu eigenem Geld zu kommen, mußte Courtney in ihrer kargen Freizeit für Misses Coffman nähen. Trotzdem hatte sie Sarah nie verraten, daß sie in ihrem Zimmer fünfhundert Dollar versteckt hatte.

Als sie Chicago verließen, hatte Edward Harte einen Teil seiner Möbel verkauft. Sarah wußte nicht, daß Courtney das Geld in Verwahrung genommen und in ihrer Kiste versteckt hatte, in der es sogar den Indianern entgangen war.

Courtney hätte nicht sagen können, warum sie das Geld nicht erwähnt hatte, als Sarah darüber jammerte, daß sie nun arm wie Kirchenmäuse waren, weil Edward stets seine gesamte Barschaft bei sich trug; aber jetzt war sie froh darüber. Wahrscheinlich wäre sie mit dem Geld herausgerückt, wenn sie wirklich in Not geraten wären, es war jedoch nicht nötig gewesen. Sarah hatte sofort für sie beide Arbeit im Hotel gefunden und drei Monate später Harry Ackerman, den Besitzer des Etablissements, geheiratet. Er war kein so guter Fang wie seinerzeit Edward, aber seine Zukunftsaussichten waren rosig.

Die Heirat brachte Courtney nur Nachteile. Sie bekam für ihre Arbeit keinen Lohn mehr, und Sarah gewöhnte sich an, keinen Finger zu rühren und nur noch Befehle zu erteilen.

Courtney wußte genau, warum Sarah sie unbedingt loswerden wollte. Die Leute hatten begonnen, sie als die ›alte Sarah‹ zu bezeichnen, weil sie Courtney für ihre Tochter hielten. Sarah stellte den Sachverhalt zwar immer wieder richtig, aber die Bezeichnung blieb an ihr hängen. Sie war erst vierunddreißig und empfand deshalb diesen Zustand als unerträglich.

Dazu kam, daß Sarah Harry dazu überredet hatte, in das ständig wachsende Wichita zu übersiedeln. Ihr neues Hotel befand sich bereits im Bau. In Wichita konnte man Geld machen. Das meinte auch Reed, dessen neuer Saloon mit Spielhalle in Wichita fertiggestellt sein sollte, bevor die Viehtriebsaison 1873 begann.

Sarah war es gleichgültig, ob Courtney ebenfalls nach Wichita übersiedelte; Hauptsache, sie wohnte nicht mehr bei Harry und ihr.

Courtney sah der Zukunft mit Bangen entgegen. In Wichita würden sich zehnmal so viele unangenehme Zeitgenossen herumtreiben wie in Rockley. Sie wollte nicht in Sarahs neues Hotel übersiedeln und wollte ganz bestimmt nicht Reed heiraten. Aber sie wollte auch nicht allein in Rockley leben.

Sie wälzte sich schlaflos im Bett herum, machte Pläne und verwarf sie wieder. Schließlich zündete sie die Kerze auf ihrem Nachtkästchen an und holte die Zeitung, die sie versteckt hatte, hervor. Zu ihrer Enttäuschung war es kein Blatt aus dem Osten, sondern nur ein acht Monate altes Wochenmagazin aus Fort Worth. Trotzdem breitete sie es auf dem Bett aus und las die ersten Artikel, überblätterte aber den Bericht über eine Schießerei. Das erinnerte sie zu sehr an Mr. Chandos und Jim Ward.

Obwohl sie sich bemühte, gelang es ihr nicht, Chandos aus ihren Gedanken zu verdrängen. Sie mußte zugeben, daß er sie beeindruckt hatte. Er war keineswegs der erste Mann, der ihr gefiel, aber keiner hatte sie so gründlich durcheinandergebracht. Das Merkwürdige daran war, daß sie wußte, wer Chandos war, was er war, und daß sie dennoch seine Anziehungskraft als überwältigend empfand.

Er war hager und von Kopf bis Fuß hart; von seinem Gesicht bis zur schlanken Taille und den kräftigen Muskeln der langen Beine. An einem kleineren Mann hätten seine Schultern zu breit gewirkt, zu seiner hochgewachsenen Gestalt aber paßten sie genau. Sein Gesicht war sonnengebräunt und makellos bis auf eine einzige kleine Narbe auf der linken Wange. Doch sein Mund und seine Augen waren schuld daran, daß er so unverschämt gut aussah. Die Lippen waren ein wenig geschwungen und gerade so voll, daß sie unglaublich sinnlich wirkten. Und die Augen, deren helles Blau durch die dunkle Haut besonders betont wurde, waren infolge der dichten, dunklen, langen Wimpern einfach unwiderstehlich.

Seine Nähe hatte Courtney ihre Weiblichkeit mehr denn je zu Bewußtsein gebracht; das war auch die Erklärung dafür, warum sie sich so unmöglich benommen hatte.

Sie seufzte. Ihr Blick fiel wieder auf die Zeitung und auf das Bild, das sie angestarrt hatte, ohne es bewußt wahrzunehmen. Ihr Herz begann schneller zu klopfen, und sie betrachtete es ungläubig. War es möglich? Nein – ja!

Sie las rasch den Artikel, der zu dem unscharfen Foto gehörte – dem ersten Foto, das sie je in einer Zeitung gesehen hatte. Es ging um die Verhaftung des berüchtigten Viehdiebs Henry McGinnis in McLennan County, Texas, den der Rancher Fletcher Straton auf frischer Tat ertappt hatte. Das Foto zeigte den Viehdieb, der über die Hauptstraße von Waco geführt wurde sowie einige schaulustige Stadtbewohner. Natürlich hatte sich der Fotograf auf McGinnis konzentriert, und die Gesichter der Zuschauer waren unscharf. Trotzdem sah einer von ihnen genau aus wie Edward Harte.

Courtney schlüpfte in ihren Schlafrock und lief mit der Zeitung und Kerze zu Sarahs und Harrys Zimmer. Als sie an die Tür trommelte, fluchte Harry, aber sie stürzte trotzdem hinein. Sarah fuhr sie an: »Weißt du eigentlich, wie spät…«

Courtney unterbrach sie. »Sarah, mein Vater lebt.«

»Was?« riefen die beiden wie aus einem Mund.

Harry sah Sarah von der Seite an. »Bedeutet das, daß wir nicht verheiratet sind, Sarah?«

»Es bedeutet überhaupt nichts«, fauchte Sarah. »Wie kannst du es wagen, Courtney…«

Courtney unterbrach sie wieder, indem sie sich auf den Bettrand setzte. »Sieh doch her, Sarah. Du kannst mir nicht einreden, daß das nicht mein Vater ist.«

Sarah betrachtete das Bild lange, dann entspannte sie sich. »Du kannst weiterschlafen, Harry. Courtneys Fantasie ist mit ihr durchgegangen. Du hättest wirklich bis morgen früh warten können, um uns diesen Unsinn zu erzählen, Courtney.«

»Es ist kein Unsinn. Der Mann ist mein Vater. Und das Foto wurde in Waco gemacht, was beweist…«

Jetzt unterbrach Sarah sie. »Es beweist überhaupt nichts. Schön, es gibt in Waco einen Menschen, der Edward entfernt ähnlich sieht. Das Foto ist unscharf, und die Züge des Mannes sind verschwommen. Wegen einer flüchtigen Ähnlichkeit ist er noch lange nicht Edward. Edward ist tot, Courtney. Alle sind sich darüber einig, daß er die Gefangenschaft unmöglich überlebt haben kann.«

»Alle außer mir«, widersprach Courtney zornig. »Ich habe nie geglaubt, daß er tot ist. Vielleicht ist er geflohen. Vielleicht…«

»Dummkopf. Wo war er dann in diesen vier Jahren? In Waco? Warum hat er nie versucht, uns zu finden?« Sarah seufzte. »Edward ist tot, Courtney. Alles bleibt beim alten. Geh jetzt schlafen.«

»Ich reise nach Waco.«

»Du tust was?« Sarah brauchte einen Augenblick um zu begreifen, dann begann sie zu lachen. »Natürlich fährst du nach Waco. Wenn du dich unbedingt umbringen lassen willst, indem du allein auf Wanderschaft gehst, dann kannst du es von mir aus gern tun.« Dann wurde ihr Ton schneidend. »Und jetzt verschwinde und laß mich schlafen!«

Courtney wollte noch etwas antworten, überlegte es sich aber und verließ schweigend den Raum.

Sie kehrte nicht in ihr Zimmer zurück. Kein Mensch konnte sie davon überzeugen, daß der Mann auf dem Foto nicht ihr Vater war. Er war am Leben. Sie fühlte es instinktiv, hatte es immer gefühlt. Er war nach Waco gezogen – sie wußte nicht, warum, sie wußte auch nicht, warum er nicht versucht hatte, sie zu finden. Aber jetzt würde sie ihn finden.

Zum Teufel mit Sarah. Sie wollte einfach nicht, daß Edward am Leben war. Sie hatte einen Mann gefunden, der sie reich machen würde, und der ihr mehr zusagte als Edward.

Courtney begab sich in die Halle. Auf dem Pult brannte eine Kerze, aber sie entdeckte keine Spur von dem jungen Tom, der in der Nacht am Pult sitzen sollte, falls ein verspäteter Reisender auftauchte. Es war schon vorgekommen, daß sich ein nächtlicher Gast selber auf die Suche nach einem Zimmer begeben mußte und dabei alle Gäste weckte.

Courtney dachte nicht darüber nach, wo sich Tom herumtrieb, und vergaß auch, daß sie nur Nachthemd und Schlafrock anhatte. Sie hielt die Kerze in der Hand, hatte sich die kostbare Zeitung unter den Arm geklemmt und stieg die Treppe zu den Gästezimmern hinauf.

Sie wußte genau, was sie jetzt tun würde. Sie hatte noch nie etwas so Kühnes unternommen, und deshalb dachte sie lieber nicht darüber nach. Ohne zu zögern klopfte sie an die Tür, doch sie war so vernünftig, daß sie nur leise klopfte. Sie wollte ausschließlich Chandos wecken.

Als sie zum dritten Mal klopfte, flog die Tür auf, und sie wurde grob in den Raum gerissen. Eine Hand legte sich ihr auf den Mund, und ihr Rücken wurde an Chandos' harte Brust gepreßt. Die Kerze fiel ihr aus der Hand, und als er die Tür schloß, war es stockfinster im Zimmer.

»Hat ihnen noch niemand gesagt, daß es Ihren Tod bedeuten kann, wenn Sie jemanden mitten in der Nacht wecken? Jemand, der schlaftrunken ist, hätte sich nicht die Zeit genommen festzustellen, daß Sie eine Frau sind.«

Er ließ sie los, und Courtney hielt sich nur mit Mühe auf den Füßen.

»Entschuldigen Sie, bitte, aber ich muß mit Ihnen sprechen. Ich wollte nicht den Morgen abwarten, weil ich Angst hatte, daß ich Sie verfehlen würde. Sie verlassen doch morgen die Stadt?«

Sie verstummte, als ein Streichholz aufflammte. Er hob ihre Kerze auf, zündete sie an und stellte sie auf die kleine Kommode. Neben der Kommode lagen seine Satteltaschen und sein Sattel. Wahrscheinlich hatte er seine Sachen gar nicht erst ausgepackt, damit er jederzeit unverzüglich aufbrechen konnte.

Der Raum hatte sich verändert. Der große, handgewebte Teppich war zusammengerollt und lehnte an der Wand. Warum? Und warum war der kleine Teppich unter das Bett geschoben worden? Er hatte das Wasser und die Handtücher benützt, die sie am Abend heraufgebracht hatte, und die Tücher zum Trocknen über die Stangen des Waschtisches gehängt. Das einzige Fenster war geschlossen und die Vorhänge waren zugezogen. Auf dem Holzstuhl neben dem gußeisernen Ofen hingen ein sauberes blaues Hemd, die schwarze Jakke, das Halstuch und ein Gürtel. Der Revolvergürtel hing neben dem Bett, und das Halfter war leer. Beim Anblick seines zerwühlten Bettes wurde sie verlegen und wich zur Tür zurück. Sie hatte ihn geweckt, und das war absolut ungehörig.

»Es tut mir leid, daß ich Sie gestört habe«, entschuldigte sie sich.

»Aber Sie haben es getan. Deshalb werden Sie dieses Zimmer erst verlassen, wenn ich weiß, warum.«

Das klang wie eine Drohung, und plötzlich fiel ihr auf, daß sein Oberkörper nackt war und daß er die Hose nur hastig übergestreift hatte, so daß sein Nabel frei war. Die dichten, dunklen Haare auf seiner Brust bildeten ein T, dessen senkrechter Strich in der Hose verschwand. In einer seiner Gürtelschlingen steckte ein kurzes, gefährlich aussehendes Messer. Den Revolver hatte er wahrscheinlich hinten in den Hosenbund geschoben.

Nein, er war kein Risiko eingegangen, als er die Tür öffnete.

»Also?«

Sie zuckte zusammen. Seine Stimme klang nicht ungeduldig, aber er hatte sicherlich genug von ihr.

Sie hob zögernd den Blick. Sein Gesichtsausdruck war genauso undurchdringlich wie immer.

»Ich – ich habe gehofft, daß Sie mir helfen werden.«

Er hatte den Revolver tatsächlich hinten in den Hosenbund gesteckt. Jetzt zog er ihn heraus, ging zum Bett und steckte ihn in das Halfter. Dann setzte er sich auf das Bett und sah sie nachdenklich an. Das zerwühlte Bett, der halbbekleidete Mann waren zuviel für Courtney. Ihre Wangen begannen zu brennen.

»Sind Sie in Schwierigkeiten?«

»Nein.«

»Was dann?«

»Würden Sie mich nach Texas bringen?«

Sie hatte es hervorgesprudelt, bevor sie es sich anders überlegte.

Nach einer kurzen Pause fragte er: »Sie sind verrückt, nicht wahr?«

»Nein, ich versichere Ihnen, daß ich es ernst meine. Ich muß nach Texas. Ich habe Grund zu der Annahme, daß mein Vater in Waco lebt.«

»Ich kenne Waco. Die Entfernung von hier dorthin beträgt über vierhundert Meilen, und die Hälfte davon ist Indianerterritorium. Das haben Sie nicht gewußt, nicht wahr?«

»Ich habe es gewußt.«

»Aber Sie hatten nicht vor, diesen Weg zu wählen.«

»Es ist die kürzeste Route. Ich hätte sie vor vier Jahren mit meinem Vater benützt, wenn nicht… Ich kenne die Gefahren. Deshalb bitte ich Sie, mich zu begleiten.«

»Warum ich?«

»Weil es sonst niemanden gibt, den ich darum bitten kann. Das heißt, es gibt einen Mann, aber der Preis, den er verlangt, ist zu hoch. Außerdem haben Sie heute bewiesen, daß Sie durchaus dazu fähig sind, mich zu beschützen. Ich bin davon überzeugt, daß Sie mich heil nach Waco bringen würden.« Sie unterbrach sich und überlegte, ob sie weitersprechen sollte, dann tat sie es. »Außerdem kommen Sie mir irgendwie bekannt vor.«

»Ich vergesse niemals ein Gesicht, Lady.«

»Ich will damit nicht sagen, daß wir einander kennengelernt haben. Ich würde mich bestimmt daran erinnern. Ich glaube, es liegt an Ihren Augen.« Natürlich konnte sie ihm nicht sagen, daß seine Augen sie auf magische Weise beruhigten, denn dann würde er sie bestimmt für verrückt halten. Deshalb fuhr sie fort: »Vielleicht habe ich als Kind jemandem vertraut, der die gleichen Augen hatte wie Sie. Ich weiß es nicht. Aber ich weiß, daß Sie mir das Gefühl der Sicherheit geben – ich fühlte mich zum ersten Mal seit der Trennung von meinem Vater sicher.«

Er stand auf, ging zur Tür und öffnete sie. »Ich bringe Sie nicht nach Texas.«

Sie war verzweifelt. Sie war nie auf die Idee gekommen, daß er ablehnen könnte. »Ich würde Sie dafür bezahlen.«

»Ich lasse mich nicht anheuern.«

»Aber Sie bringen eine Leiche nach Wichita, um die Belohnung zu kassieren.«

Er lächelte amüsiert. »Ich wäre auf dem Weg nach Newton ohnehin durch Wichita gekommen.«

»Ach – ich habe nicht gewußt, daß Sie vorhaben, in Kansas zu bleiben.«

»Das habe ich auch nicht vor.«

»Dann verstehe ich nicht…«

»Ich bleibe bei meinem Nein. Ich bin kein Kindermädchen.«

»Ich bin kein hilfloses Kind«, begann Courtney empört, verstummte aber, als sie seinen ironischen Gesichtsausdruck bemerkte. »Dann werde ich eben jemand anderen finden, der mich nach Waco bringt«, schloß sie.

»Das würde ich Ihnen nicht empfehlen. Man würde sie umbringen.«

Sarah hatte dasselbe gesagt, und Courtneys Zorn wuchs. »Es tut mir leid, daß ich Sie gestört habe, Mister Chandos«, sagte sie scharf, machte kehrt und verließ hoch erhobenen Hauptes sein Zimmer.

10. Kapitel

Das fünfundzwanzig Meilen nördlich von Wichita gelegene Newton lief Abilene allmählich den Rang als Rindersammelzentrum von Kansas ab. Vermutlich aber würde das Glück nur eine Saison dauern, denn Wichita traf bereits Anstalten, den Titel an sich zu reißen.

Die Tanzsäle, Saloons und Bordelle waren südlich der Eisenbahnlinie im Hide-Park-Viertel angesiedelt. In der Stadt hielten sich immer zahlreiche Cowboys auf, und der Höllenlärm dauerte rund um die Uhr an. Schießereien und Prügeleien waren gang und gäbe.

Dieser Rummel war für die Viehtriebsaison charakteristisch, denn die Cowboys erhielten ihren Lohn, sobald sie ihren Zielort erreichten, und brachten das Geld für gewöhnlich innerhalb weniger Tage durch. Chandos ritt durch Hide Park und beobachtete dabei die Viehtreiber. Sobald ihre Taschen leer waren, kehrten die meisten nach Texas zurück; einige versuchten ihr Glück in anderen Städten. Es war natürlich möglich, daß sich einmal einer von ihnen nach Rockley verirrte und dort von Courtney Harte dazu überredet wurde, sie nach Texas zu bringen.

Chandos' Gesicht spiegelte selten seine Gedanken wider, doch jetzt hätte er beinahe die Stirn gerunzelt. Die Vorstellung, daß die junge Courtney Harte mit einem dieser nach Frauen ausgehungerten Cowboys allein in der Prärie unterwegs war, wirkte nicht gerade beruhigend. Noch mehr ärgerte ihn, daß es ihm naheging. Diese dumme Frau aus dem Osten. In den vier Jahren, in denen sie auf sich selbst gestellt gewesen war, hatte sie überhaupt nichts gelernt. Ihr Überlebensinstinkt war entschieden unterentwickelt.

Chandos hielt vor Tuttles Saloon an, stieg aber nicht ab. Er griff in die Tasche seiner Jacke und zog einen kleinen Knäuel

Haare heraus, den er seit vier Jahren bei sich trug. Es waren die Strähnen, die in seiner Hand geblieben waren, als er Courtney an den Haaren gezerrt hatte.

Er hatte damals ihren Namen nicht gekannt, ihn aber bald danach erfahren, als er nach Rockley ritt, um nachzusehen, was aus Kätzchen geworden war. Auch nachdem er ihren wirklichen Namen kannte, hatte er sie in Gedanken nur so genannt. Und er hatte in diesen vier Jahren oft an sie gedacht.

Natürlich hatte er im Geist immer noch das erschrockene Gesicht des Kindes vor sich gesehen, das nicht viel älter war als seine getötete Schwester. Doch das dumme Kind hatte sich zu einer schönen Frau entwickelt – ohne jedoch viel klüger zu werden. Er war davon überzeugt, daß ihr eigensinniger Entschluß, nach Texas zu gelangen, sehr wahrscheinlich dazu führen würde, daß sie vergewaltigt und getötet wurde.

Chandos stieg ab und band sein Pferd vor Tuttles Saloon an. Er betrachtete den Haarknäuel noch einmal, warf ihn dann angewidert weg und stieß die Tür zum Saloon auf.

Obwohl es um die Mittagszeit war, saßen mindestens zwanzig Personen an der Bar und an den Tischen; sogar zwei tiefdekolletierte Damen waren anwesend. An einem Tisch hatte ein Berufsspieler eine Pokerrunde zusammengetrommelt, und am anderen Ende des Raumes trank der Marshal mit einigen Zechkumpanen und machte genausoviel Krach wie die übrigen Trinker. Drei Cowboys stritten freundschaftlich um die beiden Huren. Zwei gefährlich aussehende Individuen tranken schweigend an einem Ecktisch.

»Ist Dare Trask schon vorbeigekommen?« fragte Chandos den Barkeeper, als er einen Drink bestellte.

»Keine Ahnung, Mister. Kennst du einen Dare Trask, Will?« rief der Barkeeper einem Stammgast zu.

»Nicht, daß ich wüßte«, erwiderte Will.

»Er ist mit Wade Smith und Leroy Curly geritten«, ergänzte Chandos.

»Smith kenne ich. Angeblich hat er sich unten in Paris in

Texas mit einer Frau zusammengetan. Die anderen beiden?« Der Mann zuckte die Schultern.

Chandos trank seinen Whisky. Das war wenigstens ein Hinweis. Durch ein paar harmlose Fragen in einem anderen Saloon hatte er erfahren, daß Trask nach Newton unterwegs war; von Smith hatte er jedoch seit zwei Jahren nichts mehr gehört. Dafür hatte er Leroy Curly in einer kleinen Stadt in Neu-Mexiko aufgespürt und nicht einmal einen Streit heraufbeschwören müssen. Curly war der geborene Unruhestifter. Er hatte begeistert die Gelegenheit benützt, Chandos zu beweisen, wie rasch er ziehen konnte, und war dabei gestorben.

Chandos besaß nur eine flüchtige Beschreibung von Dare Trask; ein kleiner Mann, Ende zwanzig, mit braunem Haar und braunen Augen. Die Beschreibung paßte auf zwei der Cowboys und auf einen der Revolverhelden am Ecktisch. Doch Dare Trask besaß ein besonderes Kennzeichen: an der linken Hand fehlte ihm ein Finger. Chandos bestellte einen zweiten Whisky. »Falls Trask vorbeikommt, erzählen Sie ihm, daß Chandos ihn sucht.«

»Chandos? Klar, Mister. Sind Sie ein Freund von ihm?«

»Nein.«

Das genügte. Nichts reizte einen Revolverhelden mehr als die Tatsache, daß ihn jemand suchte, den er nicht kannte. Auf diese Art und Weise hatte Chandos Cincinnati gefunden; er hoffte, daß die Methode auch bei Trask wirken würde.

Sicherheitshalber musterte er die drei Männer, auf die Trasks Beschreibung ungefähr paßte, unauffällig. Jeder von ihnen besaß zehn Finger.

»Verdammt noch mal, was suchen Sie eigentlich, Mister?« fragte der Cowboy, der allein am Tisch zurückblieb, nachdem seine beiden Freunde gerade mit den Huren in den ersten Stock abgezogen waren, was ihm offensichtlich gar nicht paßte.

Chandos kümmerte sich nicht um ihn. Einen Mann, der es auf einen Streit angelegt hat, kann kein Mensch beruhigen.

Der Cowboy stand auf, packte Chandos an der Schulter und drehte ihn zu sich. »Ich habe dich etwas gefragt, du...«

Chandos versetzte ihm einen Tritt in den Unterleib; der Cowboy sank totenblaß auf die Knie und drückte die Hände auf den schmerzenden Körperteil. Chandos zog den Revolver.

Marshal McCluskie war zwar aufgestanden, traf aber keine Anstalten einzugreifen. Er wollte nicht unbedingt dasselbe Schicksal erleiden wie sein Vorgänger, der versucht hatte, Ruhe und Ordnung in Newton einkehren zu lassen. Außerdem legte man sich nicht mit einem Fremden an, der den Revolver bereits in der Hand hielt.

Die anderen beiden Cowboys kamen mit versöhnlich ausgestreckten Händen die Treppe herunter, um ihren Freund einzusammeln. »Nur mit der Ruhe, Mister. Bucky hat soviel Verstand wie eine Fliege. Er wird Ihnen bestimmt keine Schwierigkeiten mehr machen.«

»Verdammt nochmal, ich...«

Einer der beiden Cowboys rammte Bucky den Ellbogen in die Magengrube, während er ihm auf die Füße half. »Halt das Maul, du Idiot, solange du noch eines hast. Du kannst froh sein, daß er dir nicht ein Loch in den Kopf gebrannt hat.«

»Ich bleibe noch einige Stunden in der Stadt, falls euer Freund Lust auf mehr hat«, erklärte Chandos den beiden Cowboys.

»Nein, Sir. Wir bringen Bucky ins Lager zurück und bläuen ihm ein wenig Verstand in den Schädel, wenn er keine Ruhe gibt. Er wird Ihnen nicht mehr über den Weg laufen.«

Davon war Chandos nicht überzeugt; er würde eben auf der Hut sein müssen, bis er Newton wieder verließ.

Sobald Chandos den Revolver ins Halfter gesteckt hatte, schwoll der Lärm im Raum wieder an. Der Marshal nahm mit einem erleichterten Seufzer Platz, und das Kartenspiel ging weiter.

Kurz darauf verließ auch Chandos Tuttles Saloon. Er mußte noch die übrigen Saloons sowie die Tanzsäle und die Bordelle abklappern. In einem der letzteren würde er sich vielleicht länger aufhalten, denn es war Ewigkeiten her, daß er eine Frau gehabt hatte. Als Courtney im Nachthemd vor ihm gestanden hatte, war ihm diese Tatsache brennend heiß zu Bewußtsein gekommen.

In diesem Augenblick erblickte er im Staub den Haarknäuel, den er weggeworfen hatte. Der Wind blies ihn ihm vor die Füße: Chandos hob ihn auf und steckte ihn in die Jackentasche.

11. Kapitel

Während die anständigen Menschen am Sonntagmorgen in der Kirche beteten, saß Reed Taylor in seinem Büro oberhalb des Saloons. Er hatte einen Stuhl ans Fenster gezogen und Groschenromane neben sich liegen.

Abenteuerromane faszinierten ihn, und er war gerade zum zehnten Mal in die Lektüre seines Lieblingsbuchs vertieft, als Ellie May aus seinem Schlafzimmer geschlendert kam und laut gähnte, um ihn auf sich aufmerksam zu machen. Doch er ließ sich nicht ablenken, zumal ihn die vergangene Nacht restlos erschöpft hatte.

»Du hättest mich wecken sollen, Süßer«, murmelte sie kehlig und legte ihm die Arme um den Hals. »Ich habe geglaubt, daß wir den ganzen Tag im Bett verbringen werden.«

»Das war ein Irrtum. Jetzt geh schön brav in dein Zimmer.«

Er tätschelte ihre Hand, ohne von seiner Lektüre aufzublikken, worauf May verärgert den Mund verzog. Sie war hübsch, hatte eine gute Figur und mochte Männer über alles. Das galt übrigens auch für Dora, das Mädchen, das gemeinsam mit ihr in Reeds Saloon arbeitete. Doch Reed ließ nicht zu, daß die zwei auch seine Kunden betreuten. Er hatte sogar einen Revolverhelden angestellt, der dafür sorgen mußte, daß die beiden sich an diese Vorschrift hielten.

Reed betrachtete beide Mädchen als seinen Privatbesitz und konnte äußerst ungemütlich werden, wenn er Lust hatte, mit einer von ihnen ins Bett zu gehen und sie ihn warten ließ. Das Problem bestand nur darin, daß er nach Ansicht seiner Schutzbefohlenen mit keiner von ihnen oft genug ins Bett ging, weil sie ihn sich teilen mußten. Dora und Ellie May waren einmal Freundinnen gewesen, standen einander jetzt aber dank dieser Sachlage feindselig gegenüber.

Am liebsten wäre es Ellie May gewesen, wenn Courtney Harte Reed geheiratet hätte. Vielleicht würde der dann Dora und sie gehen lassen. Er hatte ihnen versprochen, sie nach Wichita mitzunehmen, und vielleicht würde sich dort Verschiedenes ändern.

»Weißt du, worin dein Problem besteht, Reed?« fragte Ellie May. »Du interessierst dich nur für drei Dinge – Geld, die blöden Groschenromane und deine Freundin von gegenüber. Ich wundere mich ja, daß du sie nicht in die Kirche begleitest; allerdings würde der Pfarrer dann vielleicht vor Schreck in Ohnmacht fallen.«

Sie hätte sich ihren Sarkasmus schenken können, denn Reed hörte ihr nicht einmal zu. Sie wandte sich zornig ab, blickte dabei zufällig zum offenen Fenster hinaus, und ihre Augen leuchteten auf.

»Wer wohl der Kerl ist, der Miß Courtney von der Kirche nach Hause begleitet?« fragte sie unschuldig.

Reed sprang auf und schob Ellie May vom Fenster weg, um selbst nachzusehen. Dann zog er die Vorhänge zu, drehte sich um und funkelte sie wütend an.

»Du verdienst eine Tracht Prügel. Du solltest doch Pearce Cates erkennen können.«

»Ach, das war Pearce?« meinte sie scheinheilig.

»Verschwinde!«

Als sie das Zimmer verließ, lächelte sie zufrieden. Es hatte gut getan, Reed aus der Fassung zu bringen, wenn auch nur für kurze Zeit. Er war so daran gewöhnt, seinen Willen durchzusetzen, daß er aus dem Häuschen geriet, wenn ihm etwas in die Quere kam. Er war fest entschlossen, Courtney zu heiraten, und obwohl sie sich bis jetzt weigerte, war er davon überzeugt, daß sie schließlich nachgeben würde.

»Courtney!«

Sie blieb stehen und seufzte tief, als sie Reed Taylor erblickte, der über die Straße auf sie zukam. Ausgerechnet der. Noch ein paar Meter, und sie hätte sich glücklich im Hotel befunden.

Mattie und Pearce blieben ebenfalls stehen, aber Courtney bedeutete ihnen weiterzugehen. Im nächsten Augenblick stand Reed neben ihr; er war offenbar in dem Augenblick aus seinem Saloon gestürzt, in dem er sie sah, denn er hatte weder seinen Rock angezogen noch seinen Hut aufgesetzt. Er wirkte überhaupt etwas ungepflegt; seine blonden Haare waren ungekämmt, und er hatte sich an diesem Tag noch nicht rasiert. Dennoch sah er immer noch sehr gut aus. Die Kombination von dunkelgrünen Augen, Adlernase und Grübchen beim Lächeln war unwiderstehlich. Außerdem war er groß und kräftig – er strahlte Stärke aus. Er war der geborene Gewinner, der typische erfolgreiche Mann.

Manchmal dachte Courtney darüber nach, ob sie seine schlechten Eigenschaften vielleicht zu schwer nahm. Aber sie konnte nicht anders. Er war der herrschsüchtigste, eigensinnigste, hartnäckigste Mann, den sie je kennengelernt hatte. Sie mochte ihn einfach nicht. Doch als sie ihn jetzt begrüßte, ließ sie sich ihre Gefühle nicht anmerken, dazu war sie viel zu gut erzogen.

»Guten Morgen, Reed.«

Er kam sofort zur Sache. »Seit dem Zwischenfall in Handleys Laden hast du keine Zeit für mich gehabt.«

»Ja, und?«

»Hat dich der Zwischenfall so aufgeregt?«

»Natürlich.«

Das stimmte. Aber sie war vor allem damit beschäftigt, jemanden zu finden, der sie nach Texas brachte. Berny Bixler war bereit, ihr einen Wagen und ein kräftiges Pferd zu verkaufen. Ihr fehlte nur noch ein Begleiter.

Doch die Schießerei bei Handley war ein guter Vorwand, um Reed abzuwimmeln.

»Ich habe es kaum glauben können, als ich zurückkam«, erzählte Reed. »Es war ein verdammtes Glück, daß dieser Chandler dabei war.«

»Chandos«, stellte Courtney richtig.

»Was? Ist ja gleich. Ich wollte mich bei ihm dafür bedanken, daß er dir zu Hilfe gekommen ist, aber er ist am nächsten Tag frühmorgens abgereist. Wahrscheinlich war dies ohnehin die beste Lösung, weil der Mann bei der geringsten Herausforderung sofort den Revolver gezogen hat.«

Courtney wußte, was Reed meinte. Es war am nächsten Tag zu einer zweiten Schießerei gekommen, weil Jim Wards Freund Chandos vor dem Hotel herausgefordert hatte. Laut dem alten Charley hatte der Kerl keine Chance gehabt, weil Chandos blitzschnell zog. Chandos hatte seinen Gegner jedoch nicht getötet, sondern nur an der rechten Hand verletzt. Dann hatte er den Verwundeten gefesselt, Jim Wards Leiche auf seinem Pferd festgebunden, und war mit dem Toten und dem Lebenden im Schlepptau nach Wichita geritten.

»Es war nicht deine Aufgabe, dich in meinem Namen bei dem Mann zu bedanken, Reed«, widersprach Courtney. »Ich habe selbst versucht, ihm meinen Dank auszusprechen, aber er wollte nichts davon hören.«

»Es tut mir wirklich leid, daß ich nicht dabei war, um dich zu verteidigen, Liebling«, erklärte Reed aufrichtig. Dann fuhr er ohne Übergang fort: »Aber meine Reise war wenigstens erfolgreich. Ich habe mir in Buffalo City einen erstklassigen Baugrund sichern können. Der Mann, der mir davon erzählt hat, hat recht gehabt. Dank der Eisenbahn ist praktisch über Nacht eine weitere Stadt entstanden, diesmal an der Stelle, an der sich früher das Lager der Schnapsbrenner befunden hat. Sie wurde nach dem Kommandanten der nahegelegenen Garnison Dodge City benannt.«

»Schon wieder ein Viehsammelzentrum?« bemerkte Courtney unbeeindruckt. »Willst du nun dorthin übersiedeln statt nach Wichita?«

»Nein. Ich werde jemanden anstellen, der den Saloon in Dodge leitet; mein Hauptquartier wird aber nach wie vor Wichita sein.«

»Wie unternehmungslustig. Warum behältst du nicht auch deinen Saloon in Rockley, statt ihn niederzureißen?«

»Daran habe ich auch schon gedacht. Wenn du findest…«

»Hör auf, Reed«, unterbrach ihn Courtney schnell. Der Mann war tatsächlich dickhäutig wie ein Elefant. »Was immer du entscheidest, hat nichts mit mir zu tun.«

»Natürlich hat es mit dir zu tun.«

»Du täuschst dich. Ich habe beschlossen, Rockley zu verlassen.«

»Was soll das wieder heißen? Ich weiß, daß du in den Osten zurückkehren möchtest, und dafür habe ich volles Verständnis. Ich bin ja nur deinetwegen in Rockley geblieben. Aber was willst du jetzt noch im Osten? Sarah hat mir erzählt…«

»Es ist mir gleichgültig, was Sarah dir erzählt hat. Und wohin ich von hier ziehe, geht dich überhaupt nichts an.«

»Natürlich geht es mich etwas an.«

Sie hätte am liebsten geschrien. Aber es war immer so gewesen. Ein Nein hatte er noch nie akzeptiert, und er hatte einfach nicht zur Kenntnis genommen, daß sie sich weigerte, ihn zu heiraten. Wie konnte sie ihm das bloß begreiflich machen?

»Ich muß weiter, Reed. Mattie und Pearce warten auf mich.«

»Laß sie warten und hör mir zu. Es geht darum, daß du fortziehen willst. Ich kann dir einfach nicht gestatten…«

»Du kannst mir nicht *gestatten*!« wiederholte sie.

»Ich habe es doch nicht so gemeint«, versuchte er, sie zu beruhigen. Es kam nur selten vor, daß ihre Augen so funkelten wie jetzt, aber dann erregte sie ihn wie keine andere Frau. »Es geht doch nur darum, daß ich in zwei Wochen nach Wichita übersiedle und finde, daß wir vorher heiraten sollten.«

»Nein.«

»Es ist ein verdammt langer Ritt von Wichita hierher und wieder zurück, nur um weiterhin um dich zu werben.«

»Fein.«

Er runzelte die Stirn. »Du hast mir nie einen vernünftigen Grund genannt, warum du mich nicht heiraten willst. Ich weiß, du behauptest, daß du mich nicht liebst…«

»Das hast du also wenigstens gehört.«

»Du wirst lernen, mich zu lieben«, versicherte er lächelnd, und seine Grübchen vertieften sich. »Du wirst dich an mich gewöhnen.«

»Ich will mich nicht an dich gewöhnen, Reed, ich...«

Sie ertrug seinen unerwarteten Kuß, ohne sich zu wehren. Er war nicht widerlich. Reed verstand etwas vom Küssen. Doch die einzige Reaktion, die sie empfand, war Wut. Am liebsten hätte sie ihm eine Ohrfeige gegeben. Doch das Schauspiel, das sie boten, war schon arg genug. Sie wollte es nicht noch schlimmer machen.

Als er sie losließ, trat sie zurück. »Auf Wiedersehen, Reed.«

»Wir werden heiraten, Courtney«, sagte er, als sie an ihm vorüberging.

Courtney reagierte nicht auf diese Worte, die wie eine Drohung geklungen hatten. Vielleicht sollte sie ihre Abreise verschieben, bis Reed nach Wichita übersiedelte. Sie glaubte zwar nicht, daß er versuchen würde, sie am Weggehen zu hindern, aber bei Reed konnte man nie wissen.

Sie war so sehr in ihre Gedanken vertieft, daß sie beinahe in den Revolvermann hineinrannte, der in der Eingangstür des Hotels stand. Er mußte den Arm ausstrecken, um sie daran zu hindern. Wieso hatte sie ihn nicht bemerkt? Hatte er womöglich den Kuß gesehen? Wie immer war sein Gesicht undurchdringlich.

Sie spürte, wie sie errötete, und wurde noch verlegener. Sie warf einen Blick zurück, aber Reed war bereits in seinem Saloon verschwunden.

»Ich habe geglaubt, daß ich Sie nie wieder...«, begann sie, unterbrach sich aber, als er ihr ein Stück Papier in die Hand drückte.

»Können Sie das innerhalb einer Stunde beisammen haben?«

Sie faltete das zerknüllte Blatt auseinander und überflog den Inhalt. Ihr Herz setzte kurz aus. Es war eine Packliste.

Sie blickte zu ihm auf. »Soll das heißen, daß Sie es sich überlegt haben?«

Er erwiderte ihren Blick, wie es schien, eine Ewigkeit lang. Sie war so leicht zu durchschauen: ihre Katzenaugen leuchteten vor Hoffnung und Aufregung.

»Eine Stunde, Lady, oder ich reite allein.«

12. Kapitel

Mattie klopfte nur kurz und öffnete dann sofort die Tür. »Er ist also wiedergekommen?«

Courtney sah sich um. »Was? Ach, Mattie, ich habe vergessen, daß du und Pearce warten. Entschuldige bitte. Aber steh nicht herum, sondern komm herein und hilf mir.«

»Wobei soll ich dir helfen?«

»Was glaubst du wohl?«

Die Augen der Jüngeren weiteten sich, als sie das Durcheinander im Raum betrachtete. Überall lagen Sachen herum, Kleider und Unterröcke waren auf dem Stuhl, dem Bett, dem Tisch verstreut.

»Du meinst, ich soll dir helfen, in deinem Zimmer Ordnung zu machen?«

»Dummchen, ich kann meine Kiste nicht mitnehmen, weil er auf der Liste keinen Wagen, sondern nur ein Pferd mit komplettem Geschirr erwähnt hat. Sieh selbst.« Courtney reichte Mattie die Liste.

Diese starrte sie ungläubig an. »Er will dich also doch nach Texas bringen? Du hast doch gesagt…«

»Er hat es sich überlegt. Er macht nicht viele Worte, Mattie. Er hat mir die Liste gegeben und mich gefragt, ob ich die Sachen innerhalb einer Stunde beisammen haben kann. Und jetzt mach schon, ich habe nicht viel Zeit. Ich muß bei Handley noch Satteltaschen und Vorräte besorgen, ein Pferd kaufen und…«

»Du kannst doch die Strecke nach Texas nicht ohne Wagen zurücklegen, Courtney. Du wirst auf der Erde schlafen müssen.«

»Ich nehme eine Bettrolle mit«, erklärte Courtney fröhlich. »Du siehst ja, daß auf der Liste eine steht.«

»Courtney!«

»Mir bleibt keine andere Wahl, nicht wahr? Und ohne Wagen kommen wir viel schneller voran. Ich werde viel früher in Waco sein, als ich angenommen habe.«

»Du bist noch nie einen ganzen Tag lang geritten, geschweige denn Wochen. Du wirst dich bestimmt so wundreiten...«

»Ich werde es schaffen, Mattie. Ich habe keine Zeit, mit dir zu streiten. Wenn ich nicht fertig werde, reitet er ohne mich.«

»Laß ihn doch. Der Mann hat es viel zu eilig. Er wird dich über die Prärie jagen. Deine Blasen werden Blasen ziehen. Nach zwei Tagen wirst du dir wünschen, tot zu sein, und ihn anflehen, er möge dich zurückbringen. Du wirst bestimmt jemand anderen finden, der dich begleitet.«

»Nein. Kann ich denn den Männern trauen, die durch Rockley durchkommen? Chandos vertraue ich. Du hast selbst gemeint, daß er der Richtige wäre. Außerdem kommt noch etwas dazu. Ich habe das Gefühl, daß Reed versuchen wird, mich zurückzuhalten.«

»Das würde er nie wagen.«

»O doch. Und es gibt nicht viele Männer, die sich Reed widersetzen würden.«

»Und du glaubst, daß Chandos es tun würde? Damit könntest du allerdings recht haben, aber...«

»Ich muß nach Waco, Mattie. Und Chandos ist der beste Begleiter, den ich finden kann. So einfach ist das. Hilfst du mir jetzt? Die Zeit wird knapp.«

»Also schön«, seufzte Mattie. »Was steht noch auf der Liste? Wirst du eine Hose und Hemden kaufen? Er hat sie angeführt.«

Courtney schüttelte den Kopf. »Er hat sie bestimmt nur auf die Liste genommen, weil ich nicht in einem Kleid reiten kann. Aber ich habe aus meinem Mohairrock einen Reitrock geschneidert, und damit ist alles in Ordnung.«

»Glaubst du wirklich, daß das der einzige Grund ist? Vielleicht will er, daß du wie ein Mann aussiehst. Du vergißt, durch was für Gebiete ihr reitet.«

»Fang nicht an, mir die Gefahren zu schildern, Mattie. Ich habe auch so schon genügend Angst.«

»Kaufe dir wenigstens eine Hose, um nichts falsch zu machen.«

»Mr. Handley wird mich für verrückt halten. Außerdem habe ich nicht soviel Zeit.«

Mattie betrachtete die Reisetasche, in die Courtney gerade zwei Kleider stopfte. »Auf der Liste steht zwar, daß du nur wenig Wäsche mitnehmen sollst, aber du bringst in der Tasche noch ein Kleid unter. Warum nicht? Du brauchst ohnehin einen zweiten Sack für die Lebensmittel, und du hast immer noch die Satteltaschen. Du wirst auf deinem Pferd ziemlich eingeengt sein, aber um das kommst du nicht herum.«

»Du kennst dich doch mit Pferden besser aus als ich, Mattie, und hier steht, daß ich ein gutes Pferd brauche. Könntest du vielleicht für mich eins kaufen?«

»Die Auswahl im Stall drüben ist nicht groß. Wenn wir etwas mehr Zeit hätten, würde ich dir ein Prachtstück von unserer Farm bringen.«

»Ich habe aber keine Zeit, Mattie. Er hat gesagt, eine Stunde, und das heißt eine Stunde.«

»Ich werde sehen, was ich tun kann«, murrte Mattie. »Wir treffen uns dann vor Handleys Laden. Weiß Sarah es schon?«

Während Courtney ihrer Freundin Geld gab, meinte sie grinsend: »Machst du Witze? Wenn sie es wüßte, würde sie jetzt hier stehen und mir in den düstersten Farben schildern, was mich erwartet.«

»Warum machst du dich nicht aus dem Staub, ohne es ihr zu sagen? Du würdest dir viel ersparen.«

»Das kann ich nicht, Mattie. Schließlich hat sie sich all die Jahre um mich gekümmert.«

»Um dich gekümmert!« rief Mattie empört. »Sie hat dich bis zum Umfallen schuften lassen.«

Courtney lächelte über die offene Ausdrucksweise ihrer

Freundin. Doch sie hatte sich im Lauf der Jahre ebenfalls angewöhnt, unbekümmerter zu sprechen; zumindest errötete sie nicht mehr, wenn Mattie mit einem Kraftausdruck herausplatzte.

Ihr wurde erst in diesem Augenblick klar, wie lang es dauern würde, bis sie Mattie wiedersah, und sie meinte: »Du wirst mir fehlen, Mattie; ich möchte übrigens, daß du dir von den Dingen, die ich zurücklasse, alles nimmst, was dir gefällt.«

»Soll das heißen, daß ich all die hübschen Kleider haben kann?«

»Mir ist es lieber, wenn du sie hast, und nicht Sarah.«

»Ich weiß wirklich nicht, was ich sagen soll. Ich meine – du wirst mir auch fehlen.«

Sie lief aus dem Zimmer, um nicht in Tränen auszubrechen. Es hatte keinen Sinn; Courtneys Entschluß stand fest.

Auch in Courtneys Augen standen Tränen, während sie rasch fertigpackte und dann in ihr Reitkleid schlüpfte.

Sie traf noch im Hotel auf Sarah. Sie hatte vorgehabt, sich erst im letzten Augenblick zu verabschieden, nachdem sie bei Handley eingekauft hatte, doch das ging nun nicht mehr.

»Du hältst also immer noch an der idiotischen Idee fest, nach Waco zu reisen?« fragte Sarah.

»Allerdings.«

»Wenn du draußen in der Prärie stirbst, du kleine Närrin, will ich verdammt sein, wenn ich um dich trauere.«

»Ich mache mich nicht allein auf den Weg, Sarah.«

»Was? Wer begleitet dich denn?«

»Er heißt Chandos und ist der Mann, der…«

»Ich weiß, wer er ist«, zischte Sarah. Dann begann sie überraschenderweise zu lachen. »Ich verstehe. Der lächerliche Unsinn über deinen Vater war nur ein Vorwand, damit du mit diesem Revolverhelden auf und davon gehen kannst. Ich habe immer schon gewußt, daß du ein Tramp bist.«

Courtneys Augen blitzten zornig. »Das stimmt nicht, Sarah. Aber von mir aus kannst du denken, was du willst. Übrigens, falls mein Vater wirklich am Leben ist, dann bist du eine Ehebrecherin, stimmt's?«

Während des kurzen Augenblicks, in dem Sarah sie sprachlos anstarrte, verließ Courtney das Hotel. Sie befürchtete, daß Sarah ihr folgen würde, doch das war nicht der Fall.

Sie erblickte auf der Straße weder Chandos noch sein Pferd, also blieb ihr noch etwas Zeit. Sie kaufte rasch ein, was sie brauchte, und verabschiedete sich gleich von einigen Leuten, die freundlich zu ihr gewesen waren, denn außer Lars Handley befanden sich zufällig Charley, Snub und die Coffman-Schwestern in seinem Laden.

Mattie kam herein, bevor Courtney fertig war. »Er wartet draußen.«

Courtney sah zum Fester hinaus und erblickte Chandos auf seinem Pferd. In diesem Augenblick empfand sie einen Anflug von Angst. Sie kannte diesen Mann kaum und vertraute ihm dennoch ihr Leben an.

»Er hat ein zweites Pferd mitgebracht«, fuhr Mattie leise fort. »Es ist aufgezäumt und gesattelt. Er hat das Tier gekauft und auch den Sattel ausgesucht. Wahrscheinlich hat er sich ausgerechnet, daß du in Rockley kein ordentliches Reittier bekommen wirst. Ich habe dir trotzdem die alte Nelly gekauft. Ich habe sie wirklich billig bekommen.« Mattie gab Courtney den Rest ihres Geldes zurück. »Du kannst sie zwar nicht reiten, aber sie gibt ein gutes Packpferd ab, und du wirst nicht so beengt sein.«

»Warum klingst du dann so unglücklich?«

»Bin ich gar nicht. Das heißt – du gehst fort … aber das ist nicht alles. Chandos hat mich durcheinandergebracht. Er hat im Stall so entschieden gewirkt, ohne viel zu sprechen. Du hast recht, er macht wirklich nicht viele Worte. Und ich habe eine Heidenangst vor ihm.«

»Aber Mattie!«

»Ich kann es nicht ändern. Woher weißt du eigentlich, daß du ihm vertrauen kannst?«

»Ich vertraue ihm eben. Du vergißt, daß er mich vor dem

schrecklichen Jim Ward gerettet hat. Jetzt ist er wieder bereit, mir zu helfen.«

»Das weiß ich, aber ich möchte gern wissen, warum.«

»Das ist unwichtig, Mattie, ich brauche ihn. Und jetzt komm und hilf mir, das Zeug auf der alten Nelly festzuzurren.«

Chandos reagierte nicht, als die beiden Mädchen aus dem Laden traten. Er stieg nicht einmal ab, um ihnen zu helfen, so daß sie Courtneys Sachen allein auf das Packpferd binden mußten. Courtney beeilte sich; nicht so sehr wegen Chandos, sondern weil sie nicht wollte, daß Reed sie überraschte. Sie blickte immer wieder nervös zu seinem Saloon hinüber und hoffte, daß sie und Chandos Rockley verlassen konnten, bevor es zu einer Szene kam.

Nachdem die beiden Freundinnen einander zum letzten Mal umarmt hatten und Courtney im Sattel saß, fragte Chandos: »Haben Sie alles, was auf der Liste steht?«

»Ja.«

»Es ist wahrscheinlich zu spät, wenn ich Sie jetzt frage, ob Sie reiten können.«

Er sagte es so trocken, daß Courtney lachen mußte. »Ich kann reiten.«

»Dann tun wir's doch, Lady.«

Er ergriff die Zügel der alten Nelly und wandte sich nach Süden. Courtney hatte gerade noch Zeit, Mattie zuzuwinken.

Sie erreichten sehr bald die letzten Häuser von Rockley. Courtney seufzte erleichtert auf und sagte diesem Kapitel ihres Lebens Lebewohl.

Sie gewöhnte sich sehr rasch daran, Chandos' Rücken vor sich zu sehen. Er weigerte sich einfach, neben ihr zu reiten. Sie versuchte einige Male, ihn einzuholen, aber er blieb immer eine gute Pferdelänge vor ihr. Es war nicht weit, aber nicht nahe genug für ein Gespräch. Dennoch wußte er stets, was sie tat. Er drehte sich nie um, aber jedes Mal, wenn ihr Pferd zurückblieb, wurde er langsamer. Er hielt immer die gleiche Entfernung zu ihr ein, was äußerst beruhigend wirkte.

Dieser Eindruck war falsch. Chandos hielt plötzlich an, stieg ab und kam dann zu ihr. Sie blickte ihn fragend an. Die Sonne war noch nicht untergegangen, und sie hatte nicht geglaubt, daß sie das Nachtlager so zeitig aufschlagen würden.

Doch dann regte sich leise Besorgnis in ihr, denn sein Gesichtsausdruck war entschlossen, und seine Augen waren kalt.

Er griff wortlos hinauf und zog sie vom Pferd. Sie schrie erschrocken auf, als sie gegen ihn fiel, und ihre Stiefel an seine Schienbeine prallten. Er zuckte mit keiner Wimper, drückte sie mit einem Arm an sich und umfaßte mit der zweiten Hand ihr Gesäß.

»Chandos, bitte!« rief sie entsetzt. »Was tun Sie?«

Er schwieg. Seine blauen Augen waren eisig, und sie las in ihnen die Antwort auf ihre Frage.

»Warum?«

»Warum nicht.«

Sie wollte es nicht glauben. »Ich habe Ihnen vertraut.«

»Das hätten Sie wahrscheinlich nicht tun sollen«, erklärte er kalt und drückte sie mit beiden Armen an sich.

Courtney begann zu weinen. »Bitte, Sie tun mir weh.«

»Ich werde Ihnen noch viel ärgere Schmerzen zufügen, wenn Sie nicht genau das tun, was ich Ihnen sage, Lady. Legen Sie jetzt die Arme um mich.«

Er wirkte weder zornig, noch sprach er laut. Seine kalte Entschlossenheit erschreckte sie mehr als seine Worte.

Sie sah ihm in die eisigen Augen und gehorchte, weil sie nicht wagte, ihm zu widersprechen. Ihr Herz klopfte rasend. Wie hatte sie sich nur so in ihm irren können?

»So ist es schon besser«, meinte er unbeeindruckt. Dann riß er mit einer einzigen Bewegung ihre Bluse vorn auf.

Courtney schrie auf, und obwohl sie wußte, daß es sinnlos war, konnte sie nicht anders. Sie erreichte damit allerdings nur, daß Chandos sie von sich stieß und sie mit einem Plumps vor seinen Füßen landete. Hastig raffte sie ihre Bluse zusammen.

Sie hatte sich darauf verlassen, daß Chandos sie beschützen würde, und kam sich jetzt verraten und verkauft vor. Sie blickte zu ihm auf, und in ihren Augen lag das tiefe Entsetzen, das sie empfand.

Doch dann erschauerte sie. Er wirkte so erbarmungslos, wie er mit gespreizten Beinen vor ihr stand, so stark, so schön und so grausam.

»Sie haben die Situation offenbar noch immer nicht erfaßt, sonst würden Sie nicht meinen Zorn riskieren, indem Sie schreien.«

»Ich weiß genau, in welcher Situation ich mich befinde.«

»Dann erklären Sie es mir. Sofort.«

»Sie werden mich vergewaltigen.«

»Und?«

»Ich kann Sie nicht daran hindern.«

»Und?«

»Ich weiß nicht, was ich noch sagen sollte.«

»Eine ganze Menge, Lady. Die Vergewaltigung sollte Ihnen die geringste Sorge bereiten. Sie haben sich mir ausgeliefert. Das war dumm, denn jetzt kann ich mit Ihnen tun, was ich will. Habe ich mich klar ausgedrückt? Ich kann Ihnen die Kehle durchschneiden und Sie an einer Stelle liegen lassen, an der kein Mensch jemals Ihre Knochen suchen wird.«

Courtney zitterte wie Espenlaub. Sie hatte das alles nicht bedacht, als noch Zeit dafür gewesen war, und jetzt war es zu spät.

Als sie nicht aufhörte zu zittern, beugte sich Chandos vor und schlug sie ins Gesicht. Sie brach prompt laut heulend in Tränen aus, und er fluchte. Vielleicht verfuhr er zu hart mit ihr, aber sie hatte die Lektion gebraucht.

Er war bereit gewesen, notfalls noch weiter zu gehen, aber das war nicht notwendig. Sie ließ sich leicht in Angst versetzen.

Er legte ihr die Hand auf den Mund, um sie zum Schweigen zu bringen. »Du kannst aufhören zu weinen. Ich tue dir nichts.«

Er erkannte, daß sie ihm nicht glaubte, und seufzte. Er hatte sie tiefer verunsichert, als er vorgehabt hatte. »Hör zu, Kätzchen«, sagte er bewußt sanft. »Schmerz merkt man sich, deshalb habe ich ihn dir zugefügt. Du sollst nicht vergessen, was du heute gelernt hast. Ein anderer hätte dich vergewaltigt, ausgeraubt und wahrscheinlich getötet, um sein Verbrechen zu verbergen. Du kannst dein Leben nicht in die Hände eines Fremden legen, weder in diesem Teil des Landes noch sonstwo. Ich habe versucht, dir das begreiflich zu machen, aber du wolltest nicht auf mich hören. Diesen Trail benützen zu viele gefährliche Männer.«

Sie hatte aufgehört zu weinen. Er nahm die Hand von ihrem Mund und sah zu, wie sie sich mit der kleinen, rosa Zunge über die Lippen fuhr. Dann richtete er sich auf und wandte ihr den Rücken zu.

»Wir können genauso gut unser Nachtlager hier aufschlagen«, meinte er, ohne sie anzusehen. »Morgen früh bringe ich Sie nach Rockley zurück.«

13. Kapitel

Courtney blickte einige Stunden lang zu den Sternen empor. Dann drehte sie sich um und starrte in das erlöschende Feuer. Sie nahm an, daß es gegen Mitternacht war.

Sie hatte sich beruhigt. Chandos hatte sie nicht mehr angerührt und war nur einmal zu ihr gekommen, um ihr einen Teller mit Essen zu geben. Er hatte auch nicht mehr mit ihr gesprochen, denn er war zweifellos der Ansicht, daß er alles Notwendige gesagt hatte.

Dieser Schuft! Wer gab ihm das Recht, sich als ihr Lehrer aufzuspielen? Das Recht, ihr Hoffnung zu machen, und diese Hoffnung dann wieder zu zerstören? Dennoch wagte sie nicht, ihm zu sagen, was sie von seiner ›Lektion‹ hielt. Sie hatte Angst, ihn damit zu provozieren.

Dann kamen die Tränen, Tränen der Verzweiflung. Es waren stumme Tränen, nur gelegentlich schnüffelte sie oder holte stockend Atem. Aber das genügte; Chandos hörte sie.

Er hatte nicht geschlafen, denn seine Gedanken hielten ihn wach. Seine Vorgehensweise bereute er allerdings nicht. Er hatte in bester Absicht gehandelt, auch wenn die Lektion etwas drastisch ausgefallen war. Doch es war besser, wenn das Mädchen jetzt einen Schreck bekam, als wenn es später irgendwo in der Prärie verscharrt wurde. Reden allein hätte nichts genützt, denn sie hätte nicht auf ihn gehört.

Sein Problem war nur, daß ihr Schmerz ihn unerwarteterweise tief getroffen hatte. Es war beinahe wie damals gewesen, als ihr Leben zum ersten Mal in seinen Händen gelegen hatte. In ihm war der Beschützerinstinkt erwacht, und er wollte sie trösten und beruhigen. Daß sie weinte, zerrte an seinen Nerven. Er ertrug es nicht.

Sein erster Gedanke war fortzureiten, bis sie sich beruhigt hatte. Aber dann würde sie natürlich glauben, daß er sie im

Stich ließ, und er wollte ihr nicht noch mehr Angst einjagen. Verdammt! Frauentränen hatten ihn bis jetzt nie beeindruckt. Was war an ihren Tränen anders?

Er stand geräuschlos auf, ging zu ihr hinüber und ließ sich neben sie auf den Boden fallen. Sie zog erschrocken die Luft ein, als er die Arme um sie schloß und sie an sich zog, so daß sie mit dem Rücken zu ihm lag.

»Keine Angst, kleine Katze. Entspann dich. Ich tue dir nichts.«

Sie war steif wie ein Brett. Sie traute ihm nicht, und er konnte ihr daraus kaum einen Vorwurf machen. »Ich werde Sie nur festhalten, nichts sonst«, erklärte er beruhigend. »Dann können Sie endlich aufhören zu weinen.«

Sie wandte sich ihm zu, und ihr tränennasses Gesicht rührte Chandos zutiefst. Ihre Augen waren wie große Wunden.

»Sie haben alles zerstört«, sagte sie jämmerlich.

»Das weiß ich«, bestätigte er, nur um sie zu beruhigen.

»Ich werde meinen Vater niemals finden.«

»Natürlich werden Sie ihn finden. Sie müssen nur eine andere Möglichkeit suchen, um zu ihm zu gelangen.«

»Wie soll ich das tun? Ich habe Ihretwegen so viel Geld für Lebensmittel ausgegeben, daß ich es mir nun nicht mehr leisten kann, nach Waco zu reisen. Ich habe Kleidungsstücke gekauft, die ich niemals tragen werde, ein Pferd, das so alt ist, daß Mr. Sieber es nie zurücknehmen wird, und einen nutzlosen Revolver, der mehr gekostet hat als das Pferd.«

»Ein Revolver ist nie nutzlos«, erklärte Chandos geduldig. »Hätten Sie den Ihren heute getragen, so hätten Sie verhindern können, daß ich auch nur in Ihre Nähe gelange.«

»Ich habe nicht gewußt, daß Sie mich angreifen werden«, erwiderte sie entrüstet.

»Das stimmt«, gab er zu. »Aber Sie hätten darauf gefaßt sein müssen. Hier draußen muß man auf alles gefaßt sein.«

»Jetzt bin ich es.« Sie spannte den Revolver, den sie unter der Decke versteckt hatte.

Er war nicht sonderlich beeindruckt. »Sehr gut, Lady, Sie

lernen. Aber Sie müssen rascher reagieren.« Er griff unter die Decke, packte den Revolver am Lauf und entriß ihn ihr. »Das nächste Mal müssen Sie darauf achten, daß Sie schußbereit sind, vor allem, wenn Ihnen Ihr Ziel so nahe ist.«

»Es hat ja doch keinen Sinn«, seufzte sie hoffnungslos. »Ich hätte Sie ohnehin nicht erschießen können.«

»Wenn die Bedrängnis groß genug ist, kann man beinahe alles erschießen. Aber jetzt hören Sie endlich auf zu weinen, bitte. Ich gebe Ihnen auch Ihr Geld zurück.«

»Danke sehr«, erwiderte sie kurz angebunden und nicht im geringsten besänftigt. »Aber das nützt mir auch nichts. Ganz gleich, wie ich nach Texas gelange – ich kann nicht allein reisen. Und Sie haben mir klargemacht, daß ich niemandem vertrauen kann...«

»Es ist ohnehin falsch, daß Sie Ihren Vater aufsuchen, denn eigentlich sollte er zu Ihnen kommen. Schreiben Sie ihm.«

»Wissen Sie eigentlich, wie lange ein Brief nach Waco unterwegs ist? Sogar ich würde dort früher eintreffen.«

»Ich könnte den Brief hinbringen.«

»Sie reiten nach Waco?«

»Ich hatte es nicht vor, aber ich würde es tun.«

»Sie tun es bestimmt nicht«, widersprach sie unfreundlich. »Sobald wir uns trennen, würden Sie nicht mehr daran denken.«

»Ich habe gesagt, daß ich es tue, und ich pflege meine Versprechen zu halten.«

»Und was ist, wenn mein Vater nicht dort ist? Wie erfahre ich es?« Sie sah ihn bittend an, aber er schien sie nicht zu verstehen.

»Ich werde wahrscheinlich irgendwann wieder vorbeikommen.«

»Irgendwann? Ich soll auf irgendwann warten?«

»Was wollen Sie eigentlich von mir, Lady? Ich habe Wichtigeres zu tun, als Botengänge für Sie zu besorgen.«

»Ich will, daß Sie mich nach Waco bringen. Sie haben gesagt, daß Sie es tun werden.«

»Das habe ich nie gesagt. Ich habe Sie aufgefordert, aufgrund einer Liste eine Ausrüstung zusammenzustellen, und Sie haben den Schluß daraus gezogen, den Sie ziehen wollten.«

Er hatte nicht lauter gesprochen, aber sie spürte, daß er langsam die Geduld verlor. Trotzdem konnte sie nicht einfach darüber hinweggehen.

»Ich verstehe nicht, warum Sie mich nicht nach Waco bringen können. Sie reiten doch ohnehin nach Texas.«

»Sie haben wohl überhaupt nichts begriffen, nicht wahr?« Seine Stimme klang jetzt kalt.

»O doch«, widersprach sie unsicher.

»Wieso wollen Sie dann immer noch mit mir reiten?«

Courtney senkte verlegen den Blick. Er hatte natürlich recht. Eigentlich sollte sie nicht einmal mit ihm reden.

»Ich weiß, warum Sie sich so benommen haben«, meinte sie schüchtern. »Natürlich gefällt mir Ihre Vorgehensweise nicht, aber ich glaube nicht, daß Sie mir etwas antun wollten.«

»Sie haben keine Ahnung, was ich wollte.«

Courtney verkrampfte sich, als seine Arme sich plötzlich fester um sie schlossen.

»Hätten Sie – hätten Sie wirklich …?« stotterte sie.

»Hören Sie zu, Lady«, unterbrach er sie barsch. »Sie haben keine Ahnung, wozu ich fähig bin, also versuchen Sie gar nicht erst, Vermutungen anzustellen.«

»Wollen Sie mir schon wieder Angst machen?«

Er setzte sich auf. »Ich wollte nur, daß Sie aufhören zu weinen. Das ist mir gelungen. Jetzt sollten wir beide versuchen, wenigstens noch ein bißchen zu schlafen.«

»Warum nicht?« meinte sie vorwurfsvoll. »Meine Probleme berühren Sie ja nicht im geringsten. Vergessen Sie, daß ich Sie um Hilfe gebeten habe. Am besten, Sie vergessen alles.«

Chandos stand auf. Ihr spöttischer Ton beeindruckte ihn überhaupt nicht. Sie war eine Frau, und denen konnte man es nie recht machen. Aber ihre nächsten Worte trafen ihn wie ein Schlag in die Magengrube.

»Für mich gibt es doch noch eine Möglichkeit. Reed Taylor wird mich bestimmt nach Waco bringen. Das bedeutet natürlich, daß ich ihn heiraten muß, aber was soll ich sonst tun? Ich habe mich allmählich daran gewöhnt, daß nichts so geht, wie ich es möchte, also spielt auch das keine Rolle mehr.«

Sie hatte sich von ihm abgewandt und sprach mehr mit sich selbst als mit ihm. Dieses Luder! Er wußte nicht, ob er sich einfach nicht um sie kümmern oder ihr etwas Vernunft einbläuen sollte.

»Lady?«

»Was ist jetzt?« fuhr sie ihn an.

Er lächelte. Feige war sie jedenfalls nicht.

»Sie hätten ja gleich sagen können, daß Sie Ihren Körper einsetzen wollen, um nach Waco zu gelangen.«

»Was?« Sie fuhr so heftig herum, daß ihre Decke heruntterglitt. »Ich würde nie…«

»Sie haben gerade gesagt, daß Sie den Kerl heiraten wollen.«

»Das hat doch nichts mit dem zu tun, was Sie gemeint haben.«

»Wirklich? Glauben Sie, daß Sie einen Mann heiraten können, ohne das Bett mit ihm zu teilen?«

Courtney errötete bis über beide Ohren. Sie hatte darüber noch nie nachgedacht, sondern nur geredet, um ihre Wut loszuwerden.

»Sobald Sie mich nach Rockley zurückgebracht haben, geht es Sie überhaupt nichts mehr an, was ich tue«, meinte sie schließlich.

Er trat wieder zu ihr. »Wenn Sie Ihre Jungfräulichkeit verkaufen, wäre ich unter Umständen an dem Geschäft interessiert.«

Sie war sprachlos. Wollte er sie vielleicht nur aus der Fassung bringen?

»Ich habe von einer Heirat gesprochen«, erwiderte sie unsicher. »Sie auch?«

»Nein.«

»Dann haben wir nichts mehr zu besprechen«, erklärte sie entschieden und wandte sich ab.

Chandos sah zu, wie sie nach ihrer Decke griff und sie sich bis zum Kinn hinaufzog.

Er drehte sich um und blickte zum Sternenhimmel empor. Wahrscheinlich war er verrückt geworden.

Trotz dieser Erkenntnis holte er tief Luft und sagte: »Ich bringe sie nach Texas.«

Sie schien einen Augenblick verblüfft, dann sagte sie: »Ihr Preis ist mir zu hoch.«

»Ich stelle keine zusätzlichen Forderungen, Lady. Sie bezahlen, was wir ursprünglich vereinbart hatten.«

Auf einmal, nach allem, was er ihr angetan hatte, überlegte er es sich jetzt wieder anders! Sie war so verärgert, daß sie nur kurz »Nein, danke«, sagte.

»Wie Sie wollen«, erwiderte er unbeeindruckt und kehrte zu seinem Schlafplatz zurück.

Sie war stolz darauf, daß sie abgelehnt hatte. Für wen hielt er sich denn, daß er mit ihrem Leben spielte?

Lange Zeit war nur das Knistern des Feuers zu hören.

Dann flüsterte sie: »Chandos?«

»Ja?«

»Ich habe es mir überlegt. Ich nehme Ihr Angebot an.«

»Dann schlafen Sie endlich, Lady. Wir brechen zeitig auf.«

14. Kapitel

Der Duft nach starkem Kaffee weckte Courtney. Sie blieb einen Augenblick regungslos liegen und genoß die Wärme der Morgensonne, die ihr ins Gesicht schien. Sie hatte noch nie unter freiem Himmel geschlafen und empfand dieses Erwachen als angenehme Abwechslung. Die Bettrolle, die sie auf dem dichten Gras ausgebreitet hatte, war sehr bequem; vielleicht würde es sie wirklich nicht stören, daß sie ohne Wagen reisten.

Doch als sie sich bewegte, sah das Ganze wieder anders aus. Ihr gesamter Körper schmerzte. Dann erinnerte sie sich an Matties Warnung. Sie waren gestern beinahe sechs Stunden geritten, zwar nicht scharf, und sie hatten nur fünfzehn oder zwanzig Meilen zurückgelegt, aber Courtney war es nicht gewohnt, so lange im Sattel zu sitzen. Ihre Muskeln protestierten unmißverständlich.

Als sie sich umdrehte, zuckte sie zusammen. Es war schlimmer, als sie gedacht hatte. Dann fiel ihr Blick auf ihren Begleiter, und sie vergaß ihre Beschwerden.

Chandos rasierte sich gerade. Er stand in etwa drei Metern Entfernung von ihr neben den angebundenen Pferden. Auf dem Boden neben seinen Füßen befand sich ein Rasiernapf mit einem Pinsel darin. Er hatte seinem Pferd bereits den Sattel aufgelegt und einen Rasierspiegel daran befestigt, und zwar so, daß er in ihn hinunterblicken konnte. Courtney hatte ihrem Vater oft beim Rasieren zugesehen, aber bei Chandos war es etwas anderes. Er trug kein Hemd, nur Hose und Stiefel, und den Revolver-Gürtel, den das an seinen Oberschenkel geschnallte Halfter an der rechten Seite hinunterzog.

Sie sah zu, wie er den Arm hob und sich den Schaum vom Gesicht kratzte. Sie sah zu, wie seine Muskeln sich anspannten und bewegten, und konnte den Blick nicht von seinem kräftigen, harten Körper wenden. Seine nackte Haut war dunkel, glatt und faszinierend.

»Ruhig, Surefoot.«

Chandos' Pferd war einen Schritt zur Seite gewichen, und Courtney war darüber erstaunt, wie sanft und beruhigend Chandos' Stimme klingen konnte. Er sprach noch einige Worte in einer ihr unbekannten Sprache zu dem Pferd, und als er schließlich sagte: »Sie sollten sich Kaffee holen, Lady. Wir bleiben nicht mehr lange hier«, schnappte sie nach Luft und errötete. Wußte er, daß sie ihn beobachtet hatte? Wieso hatte er überhaupt bemerkt, daß sie wach war?

Sie setzte sich langsam auf, und ihre Muskeln meldeten sich wieder. Am liebsten hätte sie gestöhnt, aber sie wagte nicht, Chandos zu gestehen, daß sie Schmerzen hatte. Sie waren erst einen Tag geritten. Wenn er auf die Idee kam, daß sie nicht durchhalten würde, überlegte er es sich womöglich wieder.

»Haben Sie vorhin Spanisch gesprochen?« erkundigte sie sich.

»Nein.«

»Mattie hat angenommen, daß Sie vielleicht spanischer Abstammung sind. Kommt Ihr Name aus dem Spanischen?«

»Nein.«

Courtney verzog das Gesicht. Er war aber auch ein Griesgram! Konnte er denn nicht zur Abwechslung einmal freundlich sein? Sie versuchte es noch einmal.

»Wenn Sie kein Spanier sind, was sind Sie dann?«

»Der Kaffee wird kalt, Lady.«

Das kommt davon, wenn man ein höfliches Gespräch führen will, dachte sie. Dann konzentrierte sich ihre Aufmerksamkeit auf den Kaffee. Sie war hungrig!

»Gibt es auch etwas zu essen, Chandos?«

Endlich sah er sie an. Ihre Haare hatten sich im Schlaf gelöst und hingen ihr bis zur Taille herab. Er erinnerte sich daran, wie er sich ihre Haare um die Hand geschlungen hatte. Sie blickte ihn unter schweren Lidern an, und ihre Augen wirkten noch schräger als gewöhnlich. Sie war müde, weil sie geweint hatte und die halbe Nacht wachgeblieben war. Sie hatte offensichtlich keine Ahnung, wie unglaublich verführerisch sie aussah.

»Neben dem Feuer liegen Pfannkuchen«, antwortete er.

»Ist das alles?«

»Am Morgen esse ich für gewöhnlich wenig. Sie hätten gestern abend essen sollen.«

»Ich wäre nicht imstande gewesen, es bei mir zu behalten. Ich war so…« Sie unterbrach sich. *Erwähne nicht den gestrigen Tag, Courtney.* »Pfannkuchen sind großartig, danke.«

Chandos wandte sich wieder seiner Rasur zu. Ich bin ganz bestimmt verrückt, sagte er sich. Das war die einzige Erklärung dafür, daß er eine Frau – diese Frau – durch über vierhundert Meilen Wildnis führen wollte. Ausgerechnet eine gottverdammte Jungfrau. Noch dazu hatte sie nichts Besseres zu tun, als ihn anzustarren und zu glauben, daß er es nicht merkte. Doch er hatte ihren Blick in dem Augenblick gespürt, in dem sie sich ihm zuwandte. Er hatte diese Augen genauso gespürt, als hätten nicht ihre Blicke, sondern ihre Hände seinen Körper liebkost.

Er mochte die Gefühle nicht, die sie in ihm weckte. Aber er würde sie nach Waco bringen. Er mußte es tun, denn sonst könnte er nie ihr schönes, tränenüberströmtes Gesicht, ihre von Verzweiflung erfüllten Katzenaugen vergessen. Er hatte keine Lust, dieses Bild für den Rest seines Lebens mit sich herumzutragen. Es genügte, daß er in den letzten vier Jahren das Bild des verängstigten Mädchens mit sich herumgetragen hatte, das ihn an seine tote Schwester erinnerte.

Zu seinem Verdruß war sie von dem Tag an, als er sie zum ersten Mal erblickte, mit ihm verbunden; verbunden durch das, was er erlitten hatte und was sie erleiden würde. Als er ihr Leben schonte, wurde sie zu einem Teil seines Lebens.

Das wußte sie natürlich nicht. Und es gab auch keinen Grund, warum sie es erfahren sollte.

Es war ein Fehler gewesen, daß er nach Rockley gekommen war, um nachzusehen, ob sie noch dort lebte. Und es war ein noch größerer Fehler gewesen, daß er zurückgekommen war, um sie vor den Folgen ihrer Unüberlegtheit zu bewahren. Er war nicht für sie verantwortlich. Er wollte nur eines: sich von dieser Neigung befreien, das Band zwischen ihnen durchtrennen. Statt dessen brachte er sie nach Waco. Ja, er war eindeutig verrückt.

»Chandos?«

Er wischte sich den restlichen Schaum vom Gesicht, ergriff das Hemd, das am Sattelknopf hing, und wandte sich ihr zu, während er hineinschlüpfte. Sie saß äußerst damenhaft am Feuer und hielt einen Blechnapf in der einen und die Reste eines Pfannkuchens in der anderen Hand. Ihre Wangen waren tiefrot, und sie wich seinem Blick aus. Statt dessen musterte sie die Prärie rings um sie, auf der es weder Büsche noch Bäume gab. Er erriet sofort, worin ihr Problem bestand, und wartete ab, was sie sagen würde.

Sie sah ihn kurz an und wandte dann den Blick wieder ab. »Ich – ich glaube, ich habe … ich meine … ach, vergessen Sie's.«

Er unterdrückte mühsam ein Lachen. Sie war unglaublich. Sie litt lieber, als über etwas zu sprechen, das sie sichtlich für unaussprechlich hielt.

Er schlenderte zum Feuer und hockte sich neben sie. »Sie sollten etwas damit tun«, meinte er und schob ihr eine Locke aus dem Gesicht.

Courtney starrte seine gebräunte Brust mit den dunklen Haaren darauf an. Eigentlich hätte er das Hemd zuknöpfen können, bevor er sich ihr näherte. Doch sie würde sich vermutlich daran gewöhnen müssen, daß sie mit einem Mann unterwegs war, der nichts von guten Umgangsformen hielt.

»Natürlich«, erwiderte sie sittsam. Sie zog die Haarnadeln aus der Tasche, schlang das lange, honigbraune Haar schnell zu einem Knoten und steckte ihn im Nacken fest. Chandos ließ sie dabei nicht aus den Augen. Er würde Abstand von ihr halten müssen.

»Ich breche jetzt auf«, erklärte er unvermittelt. Als sie ihn erschrocken ansah, fügte er hinzu: »Lassen Sie sich nicht zu lange Zeit, sonst werden Sie Mühe haben, mich einzuholen.«

Er packte den Wasserkessel und seinen Blechbecher ein, trat das Feuer aus und ritt davon. Courtney seufzte hörbar erleichtert auf. Jetzt konnte sie endlich ihrem menschlichen Bedürfnis nachgeben.

Dann begriff sie plötzlich, daß er gewußt hatte, worin ihr Problem bestand. Wie schrecklich peinlich! Aber sie mußte wahrscheinlich ihr Zartgefühl vergessen, wenn sie mit einem Mann unterwegs war.

Sie beeilte sich, weil sie befürchtete, daß sie Chandos nicht mehr einholen würde, und machte sich so rasch wie möglich auf den Weg.

Ihre Besorgnis war unnötig gewesen. Er war etwa eine Viertelmeile geritten und hatte dann angehalten. Er blickte nach Westen und drehte sich nicht einmal um, als sie näherkam.

Erst als sie neben ihm hielt, sah er sie an und reichte ihr einen Streifen luftgetrocknetes Fleisch. »Kauen Sie das. Es sollte Ihren Hunger stillen, bis wir zu Mittag Rast machen.«

Er wußte also, daß sie immer noch, trotz der Pfannkuchen, halb verhungert war. »Danke«, flüsterte sie.

Doch Chandos traf keine Anstalten weiterzureiten. Als sie endlich aufblickte, stellte sie fest, daß seine unergründlichen blauen Augen sie fixierten.

»Das ist Ihre letzte Gelegenheit umzukehren, Lady. Das wissen Sie doch?«

»Ich will nicht umkehren.«

»Wissen Sie wirklich, worauf Sie sich einlassen? Hier draußen finden Sie nichts, was auch nur entfernt an Zivilisation erinnert. Und wie ich schon gesagt habe, bin ich kein Kindermädchen. Erwarten Sie nicht, daß ich etwas für Sie tue, was Sie selbst tun können.«

Sie nickte langsam. »Ich werde selbst für mich sorgen. Ich erwarte von Ihnen nur, daß Sie mich beschützen, wenn es notwendig ist. Das werden Sie doch tun?«

»So gut ich kann.«

Während er das getrocknete Fleisch wieder in seiner Satteltasche verstaute, seufzte sie erleichtert auf. Das war wenigstens geklärt. Und wenn er jetzt noch aufhören würde, sich so zu benehmen, als hätte sie sich ihm aufgedrängt, würden sie sogar miteinander auskommen. Er könnte zumindest aufhören, sie Lady zu nennen.

»Ich habe einen Namen, Chandos«, begann sie.

»Ich kenne ihn«, unterbrach er sie, gab seinem Pferd die Sporen und fiel in Galopp.

Sie sah ihm empört nach.

15. Kapitel

Courtney erblickte den Indianer zum ersten Mal kurz vor Mittag, als sie im Begriff waren, den Arkansas zu überqueren. Chandos war nach Westen geritten, bis sie den Fluß erreichten, und ihm dann nach Süden gefolgt, um eine seichte Stelle zu finden.

Courtney war nahezu geblendet, weil sie so lange auf den in der Sonne glitzernden Fluß gestarrt hatte. Deshalb konnte die Bewegung, die sie in dem Gebüsch am gegenüberliegenden Ufer wahrnahm, alles Mögliche gewesen sein. Vielleicht war der Mann mit den schwarzen Zöpfen nur eine Illusion.

Als sie Chandos erzählte, daß sie auf der anderen Seite des Flusses vielleicht einen Indianer erblickt hatte, zuckte er nur mit den Schultern.

»Dann war es eben einer. Machen Sie sich deshalb keine Sorgen.«

Dann faßte er die Zügel ihres Pferdes und die der alten Nell und zog die Tiere in den Fluß. Sie vergaß den Indianer, weil sie damit beschäftigt war, im Sattel zu bleiben. Das eiskalte Wasser reichte ihr bald bis zu den Hüften, und die scheckige Stute bemühte sich krampfhaft, in der starken Strömung nicht den Halt zu verlieren.

Als sie den Fluß hinter sich hatten, ihr Reitrock und ihr Unterrock zum Trocknen über einem Busch hingen und sie die ungewohnte Hose angezogen hatte, freundete sich Courtney mit der kleinen Stute an. Ihre Stute und Chandos' Wallach waren sogenannte Pintos, schöne, blauäugige Tiere. Ihre Zeichnung war beinahe gleich, nur war der Wallach schwarzweiß und die Stute braun-weiß gefleckt.

Die Pintos waren die Lieblingspferde der Indianer – vermutlich wegen ihrer Ausdauer bei langen Ritten. Die Stute war Courtneys erstes Pferd, und sie empfand das Bedürfnis, ihr einen Namen zu geben.

Sie entschloß sich endlich, hinter den Büschen, hinter denen sie sich umgezogen hatte, hervorzukommen und Chandos zum ersten Mal in Hosen gegenüberzutreten.

Sie hatte die Hose im Laden nicht anprobiert und angenommen, daß sie ihr passen würde. Das erwies sich als Irrtum, denn sie saß viel zu knapp.

Chandos stand unten am Fluß und füllte ihre Feldflaschen, doch sie beachtete ihn nicht weiter, als sie sah, daß in dem Kessel über dem Feuer ein Stew brodelte. Das Wasser lief ihr im Mund zusammen; sie ergriff den Löffel und beugte sich über den Kessel, um umzurühren.

»Verdammt nochmal!«

Sie ließ erschrocken den Löffel fallen, richtete sich auf und drehte sich zu Chandos um. Er stand ein paar Schritte von ihr entfernt, hielt die beiden Feldflaschen in der einen Hand und hatte die andere über die Augen gelegt, als wäre er erschrokken. Doch als er die Hand sinken ließ und sie ansah, merkte sie, daß dieser Eindruck nicht stimmte.

»Chandos?«

Er antwortete ihr nicht, sondern ließ den Blick über ihre Rundungen gleiten, die durch die hautenge Hose betont wurden. Sie bekam allmählich das Gefühl, daß sie überhaupt nichts anhatte.

Ihre Wangen brannten. »Sie haben keinen Grund, mich so anzusehen. Ich wollte mir keine Hose kaufen, aber Mattie hat gemeint, daß Sie mich vielleicht für einen Mann ausgeben wollen, also habe ich es getan. Ich habe mir noch nie Hosen gekauft, und ich hatte auch keine Zeit, sie anzuprobieren, weil...«

»Halten Sie den Mund. Es ist verdammt egal, warum Sie sie tragen; ziehen Sie die Hose aus und Ihren Rock wieder an.«

»Aber Sie haben verlangt, daß ich mir eine Hose kaufe!«

»Ich habe gesagt, Hose und Hemd. Und wenn Ihr Verstand

nicht weiter reicht, als Ihren kleinen Arsch zur Schau zu stellen...«

»Wie können Sie es wagen!«

»Reizen Sie mich nicht noch mehr, Lady. Ziehen Sie wieder Ihren Rock an.«

»Er ist noch nicht trocken.«

»Von mir aus kann er triefnaß sein. Ziehen Sie ihn an – sofort!«

»Schön.« Sie drehte sich um und fügte wütend hinzu: »Aber machen Sie mir keine Vorwürfe, wenn ich mich erkälte und Sie...«

Er packte sie an der Schulter und riß sie so heftig herum, daß sie ihm in die Arme fiel. Offenbar war er genauso überrascht wie sie, denn er hielt sie am Gesäß fest und ließ sie auch nicht los, als sie ihr Gleichgewicht wiedergefunden hatte.

Courtney reichte es. »Ich habe geglaubt, daß ich mich umziehen soll?« fragte sie scharf.

Seine Stimme war leise, aber seltsam beunruhigend. »Sie verstehen wohl überhaupt nichts, Kätzchen?«

»Könnten Sie mich vielleicht jetzt loslassen?« fragte sie unsicher.

Er gehorchte nicht sofort, und einen Augenblick lang waren seine Augen genauso verwirrt wie die ihren. Sie bekam plötzlich keine Luft mehr.

»In Zukunft, Lady«, murmelte er schließlich, »würde ich Ihnen raten, mich nicht mehr auf diese Art zu überraschen. Wenn Sie unbedingt wollen, können Sie die Hose auch weiterhin tragen, denn ich habe tatsächlich auf ihr bestanden. Wenn ich meine ... Mißbilligung über Ihren Aufzug nicht verbergen kann, dann ist das schließlich mein Problem, nicht das Ihre.«

»Wenn es Ihnen nichts ausmacht, würde ich dann lieber die Hose anlassen, bis wir gegessen haben und mein Rock etwas getrocknet ist. Ist es Ihnen recht?«

Er nickte, und Courtney ging zum Packpferd, um die Teller zu holen.

Etwa eine Stunde, nachdem sie aufgebrochen waren – sie folgten immer noch dem Fluß, allerdings in einiger Entfernung, um die dichten Büsche an seinem Ufer zu vermeiden –, erblickte Courtney wieder den Indianer. Sie wußte natürlich nicht, ob es derselbe war, aber diesmal war sie sicher, daß sie es sich nicht einbildete. Er hielt auf seinem kleinen Pinto auf einem Hügel westlich von ihnen und beobachtete sie von dort aus.

Sie trieb ihr Pferd an, um Chandos einzuholen. »Sehen Sie ihn?«

»Ja.«

»Was will er?«

»Nichts von uns.«

»Warum beobachtet er uns dann?«

Er wandte ihr endlich den Blick zu. »Beruhigen Sie sich, Lady. Er ist nicht der letzte Indianer, den Sie in den nächsten Wochen sehen werden. Kümmern Sie sich nicht um ihn.«

Der Mann konnte einen tatsächlich in Wut bringen. Doch es beruhigte sie, daß Chandos sich offensichtlich keine Sorgen machte.

Trotzdem erinnerte sich Courtney im Lauf des Nachmittags an all die Indianerüberfälle, von denen sie gehört oder gelesen hatte. Einige davon waren die begreifliche Reaktion auf das Massaker, das General Custers Kavallerie vor etwa vier Jahren an einer Gruppe von befreundeten Cheyennes verübt hatte.

Sie seufzte. Die Weißen töteten. Die Indianer rächten sich. Dann rächten sich wieder die Weißen, und die Indianer schlugen zurück. Würde es jemals aufhören?

Vor einem Jahr hatten in Nord-Texas einhundertfünfzig Kiowas und Komantschen zehn Wagen angegriffen, die Weizen transportierten. Obwohl es dem Leiter des Transports gelungen war, eine Wagenburg zu bilden, so daß einige seiner Männer entkommen konnten, waren alle übrigen getötet und verstümmelt worden.

Angeblich hatte der Kiowahäuptling Satanta diesen Angriff geleitet. Er war leicht zu erkennen, weil er oft den Messinghelm mit Federbusch und den Waffenrock eines US-Generals trug.

Satanta verfügte offensichtlich auch über Humor.

Nachdem er den größten Teil der Pferdeherde von Fort Larned gestohlen hatte, beschwerte er sich in einem Brief an den Befehlshaber des Forts über die schlechte Qualität der gestohlenen Pferde und verlangte, daß man für seinen nächsten Besuch bessere Tiere bereitstellen solle.

Courtney war allerdings sicher, daß sie Satanta auf diesem Trail nicht zu Gesicht bekommen würde, weil er zur Zeit in Texas im Zuchthaus saß. Es gab jedoch genügend andere kriegerische Häuptlinge, und sie sah allmählich ein, daß sie sich auf eine wirklich gefährliche Reise begeben hatte. Ihr blieb nichts anderes übrig, als zu beten und zu hoffen, daß sie sich auf Chandos und auf ihre Pferde verlassen konnte.

16. Kapitel

Chandos wartete, bis er sicher war, daß Courtney schlief. Dann erhob er sich, schlüpfte in seine Stiefel, griff nach seinem Revolver und verließ das Lager.

Er war noch nicht weit gekommen, als Springender Wolf auftauchte und sich ihm anschloß. Keiner von ihnen sprach, bis sie weit genug vom Lager entfernt waren, so daß Courtney sie nicht hören konnte.

»Ist sie deine Frau?«

Chandos blieb stehen und überlegte. Seine Frau? Es klang nicht schlecht. Aber er hatte noch keine Frau als die seine bezeichnet und hatte auch noch nie das Bedürfnis gehabt, es zu tun. Dafür hatte er keine Zeit. Die einzige Frau, die er immer wieder aufsuchte, war die leidenschaftliche Calida; doch Calida gehörte vielen Männern.

»Nein, sie ist nicht meine Frau«, antwortete er endlich.

Springender Wolf hörte den bedauernden Unterton heraus. »Warum nicht?«

Chandos hatte viele Gründe, aber er nannte nur einen. »Sie gehört nicht zu den Frauen, die blind gehorchen, und ich gehöre nicht zu den Männern, die aufgeben, bevor sie etwas zu Ende geführt haben.«

»Aber sie ist bei dir.«

»Für gewöhnlich bist du nicht so neugierig, mein Freund. Hältst du mich für verrückt, wenn ich dir verrate, daß sie stärker, oder vielleicht hartnäckiger ist als ich?«

»Wie bekommt sie Macht über dich?«

»Durch Tränen, gottverdammte Tränen.«

»Ach ja, ich kann mich sehr genau an die Macht der Tränen erinnern.«

Chandos wußte, daß Springender Wolf an seine tote Frau dachte. Obwohl Chandos immer noch darauf aus war, seine

Rache zu vollziehen, versuchte er, das Geschehene zu vergessen. Springender Wolf hingegen hielt die Erinnerung bewußt wach. Sie war seine Nahrung, die ihn am Leben hielt. Erst wenn der letzte der fünfzehn Mörder tot war, würde der Alptraum für Chandos und Springender Wolf vorbei sein. Erst dann würde Chandos im Schlaf keine Todesschreie mehr hören und nicht mehr Springender Wolf vor sich sehen, wie er mit tränenüberströmtem Gesicht neben seiner toten Frau auf die Knie gesunken war und fassungslos seinen zwei Monate alten Sohn anstarrte, der mit durchschnittener Kehle neben ihr lag.

Manchmal wurde auch in Chandos die Erinnerung wieder so stark, daß er seine Umgebung vergaß und innerlich weinte wie an dem Tag, an dem er zurückgekehrt war und vor den hingeschlachteten Indianern stand. Dann sah er wieder seinen weinenden Stiefvater vor sich, der die blutbefleckten Beine seiner toten Frau zugedeckt und ihr die Augen zugedrückt hatte. Diese vor Entsetzen geweiteten schönen, blauen Augen seiner Mutter, der Frau mit den Himmelsaugen, wie sie genannt wurde.

Vielleicht würde er eines Tages imstande sein zu weinen. Dann würde er ihre Schreie nicht mehr hören, und sie konnte endlich in Frieden schlafen.

Aber er glaubte nicht, daß das Bild von Weißer Flügel jemals verblassen würde – seiner kleinen Halbschwester, die er innig geliebt und die ihn angebetet hatte. Wie dieses süße, liebevolle Kind hingeschlachtet worden war, hatte sich unauslöschlich in seine Seele eingebrannt – die gebrochenen Arme, die Spuren der Zähne, der verkrümmte, blutige Körper. Daß seine Mutter vergewaltigt worden war, konnte man vielleicht begreifen, weil sie eine schöne Frau gewesen war. Aber die Vergewaltigung von Weißer Flügel war ein unfaßbarer Greuel.

Von den fünfzehn weißen Mördern waren nur noch zwei am Leben. Springender Wolf und die fünf Krieger, die Chandos begleiteten, hatten innerhalb des ersten Jahres den größten Teil der Schuldigen aufgespürt und hingerichtet. Chandos' Stiefvater hatte die beiden Cottle-Brüder verfolgt und war später tot neben ihren Leichen gefunden worden. Erst als die Schweinehunde begonnen hatten, sich in den Städten zu verstecken, wo eine kleine Gruppe von Indianern nichts gegen sie unternehmen konnte, hatte Chandos sich die Haare schneiden lassen wie ein Weißer und seinen Revolver umgeschnallt, so daß er die Männer aus den Städten hinaustreiben konnte.

Die nur unter den Namen Tad und Carl bekannten Cowboys hatten die Stadt verlassen, als sie erfuhren, daß Chandos sie suchte, und waren Springender Wolf direkt in die Arme gelaufen. Später hatte sich Cincinnati – und danach auch Curly – Chandos gestellt. Beide waren tot.

Chandos hatte es vor allem auf Wade Smith abgesehen, der ihm immer wieder entging – genau wie Trask.

Bevor John Handley starb, hatte er noch mehr Informationen geliefert als der fette Farmer und hatte auch Namen genannt. Trask hatte die junge Frau von Springender Wolf getötet, und der Komantsche würde erst Ruhe finden, wenn Trask tot war. Genauso ging es Chandos mit Wade Smith, der Weißer Flügel gefoltert hatte, bevor er ihr den Hals durchschnitt.

So oft es möglich war, ritten die indianischen Freunde zusammen. Sie waren gemeinsam nach Arizona geritten, wo Chandos Curly fand. Sie hatten Texas mehr als einmal durchquert und waren bis nach Neu-Mexiko und sogar nach Nebraska gelangt. Chandos verließ seine Freunde nur, wenn sie sich Städten näherten. Sie waren auch bei dem letzten Ritt gemeinsam von Texas heraufgekommen, und Chandos wäre mit ihnen zurückgekehrt – wenn Courtney nicht gewesen wäre.

»Er war nicht in Newton«, berichtete Chandos leise.

»Und jetzt?«

»Ich habe gehört, daß Smith sich in Paris in Texas verkrochen hat.«

Eine kurze Pause trat ein.

»Und die Frau?«

»Sie reitet mit mir nach Texas.«

»Dann wirst du auf diesem Ritt auf unsere Gesellschaft verzichten.«

Chandos grinste. »Sie würde kein Verständnis dafür haben. Sie ist heute schon aus dem Häuschen geraten, als sie dich gesehen hat. Wenn auch noch die anderen auftauchen, wird sie wahrscheinlich hysterisch.«

»Du weißt jedenfalls, daß wir in der Nähe sind, wenn du uns brauchst.« Damit verschwand Springender Wolf so geräuschlos, wie er gekommen war.

Chandos blieb stehen, blickte zum Nachthimmel empor und dachte daran, daß erst nach dem Tod des letzten Mörders die Last von seiner Seele genommen sein würde.

Plötzlich erstarrte er, weil er hörte, wie Courtney seinen Namen schrie. Er empfand die gleiche Angst wie an dem schrecklichen Tag, an dem er ins Lager zurückgekehrt war.

Und dann rannte er so schnell er konnte zu ihr zurück.

»Was ist geschehen?«

Courtney sank an seine Brust, klammerte sich an ihn und vergrub ihr Gesicht an seiner Schulter.

»Es tut mir leid – ich bin aufgewacht, und Sie waren nicht da. Ich wollte nicht schreien, aber ich habe geglaubt, daß Sie mich im Stich gelassen haben. Ich hatte so schreckliche Angst, Chandos. Sie würden mich doch nicht verlassen, nicht wahr?«

Er packte ihre Haare und bog ihren Kopf zurück. Dann küßte er sie hart. Seine Lippen, die ihr so sinnlich vorkamen, preßten sich ganz und gar nicht sanft auf die ihren. Weder sein Kuß noch die Art, wie er sie hielt, hatten etwas Zärtliches an sich.

Doch allmählich mischte sich ein neues Gefühl in ihre Verwirrung. Dieses komische Gefühl in ihrem Bauch, das sie schon einmal empfunden hatte.

Als ihr dämmerte, daß sie es war, die den Kuß verlängerte, indem sie sich an ihn klammerte, dachte sie daran, daß sie ihn loslassen, sich von ihm lösen sollte, aber sie tat es nicht. Sie wollte auf keinen Fall, daß der Kuß zu Ende ging.

Aber alles hat einmal ein Ende. Und so ließ Chandos sie schließlich los und schob sie auf Armlänge von sich.

Seine leuchtendblauen Augen waren unverwandt auf sie gerichtet, und das verwirrte sie. Sie wunderte sich etwas zu spät über ihr Benehmen, verstand das seine allerdings noch weniger. Unwillkürlich hob sie die Hand und berührte ihre Lippen.

»Warum haben Sie das getan?«

Chandos brauchte seine gesamte Willenskraft, um etwas Abstand zwischen sie und sich zu legen, und sie fragte ihn, warum er das getan hatte! Andererseits – was konnte man von einer Jungfrau erwarten? Sie wollte wissen, warum? Die weichen, vollen Brüste, die sich an seine Brust preßten, die seidig glatten, nackten Arme, die sich um seinen Hals schlangen. Nur ein dünnes Hemd und ein Unterrock hatten ihre Körper voneinander getrennt. Warum? Großer Gott!

»Chandos?« Sie ließ nicht locker.

Chandos wußte nicht, was er getan hätte, wenn nicht in diesem Augenblick Springender Wolf hinter ihr aufgetaucht wäre. Er hatte offenbar Courtneys Schrei gehört und war zu Hilfe geeilt. Wieviel hatte er gesehen? Zuviel, besagte sein verschmitztes Lächeln, bevor er sich umdrehte und verschwand.

Chandos seufzte tief. »Vergessen Sie es. Es war die einzige Möglichkeit, Sie zum Schweigen zu bringen.«

»O!«

Verdammt noch mal, mußte sie so enttäuscht klingen? Ahnte sie denn nicht, wie schwer es ihm fiel, sich zu beherrschen? Nein, sie ahnte es nicht, rief er sich ins Gedächtnis. Sie hatte keine Ahnung, was sie ihm antat.

Er ging zum Feuer und warf zornig ein Stück Holz hinein. »Gehen Sie schlafen, Lady«, sagte er, ohne sich umzudrehen.

»Wo sind Sie gewesen?«

»Ich habe ein Geräusch gehört und nachgesehen. Es war

nichts. Aber Sie hätten sich davon überzeugen können, ob mein Pferd noch da ist, bevor Sie voreilige Schlüsse zogen. Denken Sie nächstes Mal daran.«

Courtney stöhnte innerlich. Sie hatte sich hoffnungslos lächerlich gemacht. Kein Wunder, daß er so verärgert war. Er mußte denken, daß er ein hysterisches Weib am Hals hatte, das ihm nur Schwierigkeiten bereiten würde.

»Es wird nicht wieder vorkommen...«, begann Courtney, verstummte aber, als er eines der fremden Worte hervorstieß, die er immer verwendete, wenn er außer sich war. Er machte kehrt und trat zu seinem Pferd. »Wohin gehen Sie?«

»Da ich ohnehin hellwach bin, werde ich ein Bad nehmen.« Er holte ein Stück Seife und ein Handtuch aus der Satteltasche.

»Chandos, ich...«

»Gehen Sie schlafen.«

Courtney wickelte sich wieder in ihre Bettrolle und sah ihm wütend nach, als er zum Fluß ging. Sie hatte sich nur entschuldigen wollen; deshalb mußte er ihr nicht gleich den Kopf abreißen. Dann fiel ihr Blick auf ihre ordentlich zusammengelegte Kleidung, und sie wurde krebsrot. Daran hatte sie nicht gedacht. O Gott! Sie hatte sich ihm an den Hals geworfen, obwohl sie nur ihre Leibwäsche anhatte. Wie konnte sie nur?

Courtney wußte nicht, ob sie weinen oder lachen sollte, wenn sie an das absurde Bild dachte, das sie Chandos geboten hatte. Kein Wunder, daß er sich so verhalten hatte. Es war ihm womöglich noch peinlicher gewesen als ihr.

Courtney seufzte und wandte sich dem Feuer und dem dahinter liegenden Fluß zu. Sie hätte gern den Mut aufgebracht, nackt im Fluß zu baden, wie er es tat, statt voll bekleidet ein bißchen Katzenwäsche zu machen. Es wäre bestimmt auch das richtige Heilmittel für ihre schmerzenden Muskeln gewesen.

Sie war noch hellwach, als Chandos ins Lager zurückkehrte, tat jedoch, als würde sie schlafen, weil sie nicht wußte, ob sein Ärger schon verflogen war. Doch sie beobachtete ihn unter ihren gesenkten Lidern hervor.

Er erinnerte sie an ein schlankes Tier, weil er sich so geschmeidig bewegte. Er hatte entschieden etwas Raubtierhaftes an sich, nicht im üblichen Sinn des Wortes, sondern deshalb, weil er seine Umgebung durch seine Selbstsicherheit und Überlegenheit zu beherrschen schien.

Sie sah ihm nach, als er das Handtuch zum Trocknen über einen Strauch breitete und die Seife wieder in der Satteltasche verstaute. Dann hockte er sich ans Feuer und stocherte mit einem Stock darin herum. Als er plötzlich den Kopf wandte und sie ansah, stockte ihr der Atem. Hatte er bemerkt, daß sie ihn beobachtete? Oder doch nicht?

Was hielt er eigentlich von ihr? Vermutlich empfand er sie als Last, die er gern losgeworden wäre.

Als er endlich aufstand und zu seinem Schlafplatz ging, bemerkte sie, daß sein Rücken in der Vertiefung zwischen seinen Schulterblättern noch naß war, und empfand das überwältigende Bedürfnis, seine Haut mit ihren Händen trockenzureiben.

Um Himmels willen, Courtney, schlaf endlich!

17. Kapitel

»Guten Morgen! Der Kaffee ist fertig, und ich habe Ihr Essen warmgehalten.«

Chandos stöhnte, als ihn ihre fröhliche Stimme weckte. Wieso, zum Teufel, war sie vor ihm wach? Dann fiel ihm ein, daß er dank ihr in der vergangenen Nacht kaum geschlafen hatte.

Er musterte sie teilnahmslos.

»Wollen Sie jetzt essen?«

»Nein!« bellte er.

»Das könnten Sie auch freundlicher sagen, verdammt nochmal!«

»Verdammt nochmal?« wiederholte er und begann zu lachen. Sie wirkte sehr komisch.

Courtney starrte ihn verständnislos an. Sie hatte noch nie erlebt, daß er gelächelt, geschweige denn gelacht hatte. Sein strenges Gesicht wurde weich, und er sah noch besser aus – einfach unwiderstehlich.

»Entschuldigen Sie«, sagte er endlich. »Ich habe geglaubt, daß nur die Leute aus dem Westen drastische Ausdrucksweise bevorzugen.«

Courtney lächelte. »Wahrscheinlich ist es der schlechte Einfluß meiner Freundin Mattie. Mit ihren zeitweilig sehr prägnanten Ausdrücken…«

»Zeitweilig?« unterbrach er sie. »Sie fallen wirklich von einem Extrem ins andere.« Er lachte wieder.

Courtneys gute Stimmung verflog schnell. Er machte sich ja über sie lustig.

»Das Essen, mein Herr«, erinnerte sie ihn kurz angebunden.

»Sie haben wohl vergessen, daß ich am Morgen nichts esse?«

»Ich weiß noch genau, was Sie gesagt haben. Sie haben erwähnt, daß Sie am Morgen nur wenig essen, aber nicht, daß Sie überhaupt nicht essen. Deshalb habe ich zwei Pfannkuchen für Sie gemacht, und das ist bestimmt nicht viel. Aber ich möchte darauf hinweisen, daß wir uns die Mittagsrast ersparen können, wenn Sie zum Frühstück mehr essen. Dadurch könnten wir das Tageslicht besser ausnützen. Wir könnten größere Strecken zurücklegen und vielleicht...«

»Wenn Sie imstande sind, eine Zeitlang den Mund zu halten, Lady, dann kann ich Ihnen erklären, daß wir gestern zu Mittag Ihretwegen und nicht meinetwegen Rast gemacht haben. Ohne Sie hätte ich diese Strecke in der halben Zeit zurückgelegt. Aber wenn Ihr Hintern es aushält...«

»Bitte!« unterbrach ihn Courtney. »Entschuldigen Sie. Ich habe nur gedacht ... nein, ich habe überhaupt nicht gedacht. Ich bin tatsächlich ... nicht fähig, länger im Sattel zu sitzen, als es gestern der Fall war. Jedenfalls jetzt noch nicht.« Sie errötete. »Und ich bin Ihnen dankbar dafür, daß Sie an mein ...« Sie verstummte und wurde feuerrot.

»Ich werde jetzt die Pfannkuchen essen«, sagte er.

Courtney stürzte davon, um ihm Kaffee und Pfannkuchen zu bringen. Sie hatte sich wieder einmal blamiert. Er hatte natürlich recht, denn sie hatte nicht daran gedacht, wie sehr ihr Körper schmerzte, und daß sie längere Ritte als den gestrigen noch nicht durchstehen würde. Daß Matties Prophezeiung sich nicht bewahrheitet hatte, verdankte Courtney nur Chandos' Rücksichtnahme.

»Wann gelangen wir eigentlich in das Indianerterritorium?« erkundigte sie sich, um von dem heiklen Thema wegzukommen.

»Etwa zwei Stunden, bevor wir gestern unser Lager aufgeschlagen haben«, meinte er beiläufig.

»O! Schon?« fragte sie verblüfft.

Das Gebiet sah genauso aus wie der Teil von Kansas, den sie verlassen hatten. Was hatte sie eigentlich erwartet? Indianerdörfer? Die Prärie erstreckte sich, soweit sie blicken konnte; Bäume gab es nur an den Ufern der Flüsse. Dennoch war dieses Land den Indianern zugewiesen worden, und irgendwo mußten sie sich befinden.

»Machen Sie sich keine Sorgen, Lady.«

Sie lächelte verlegen. Ließ sie ihre Angst so deutlich merken?

»Warum nennen Sie mich nicht Courtney?« fragte sie unvermittelt.

»Das ist Ihr zivilisierter Name. Er paßt nicht zu einem Ritt durch dieses Land.«

Wieder war sie gekränkt. »Dann ist Chandos wahrscheinlich auch nicht Ihr richtiger Name.«

»Nein.« Sie nahm an, daß sie sich, wie gewöhnlich, mit dieser Antwort begnügen mußte. Doch er überraschte sie, indem er fortfuhr: »Meine Schwester hat mich so genannt, als sie meinen Namen noch nicht aussprechen konnte.«

Courtney hätte gern gewußt, welcher Name ähnlich wie Chandos klang, war aber froh, daß sie mehr über ihn erfahren hatte. Er hatte also eine Schwester.

Er sprach weiter, aber mehr zu sich selbst als zu ihr.

»Ich werde diesen Namen verwenden, bis ich getan habe, was ich mir vorgenommen habe, damit meine Schwester aufhört zu weinen und endlich in Frieden schlafen kann.«

Courtney fröstelte. »Das klingt rätselhaft. Sie wollen mir wohl nicht erklären, was es bedeutet?«

Es schien, als bemerkte er erst jetzt ihre Anwesenheit. Seine leuchtendblauen Augen fixierten sie einen Augenblick, dann erwiderte er: »Es ist besser, wenn Sie es nicht wissen.«

Sie wollte ihm widersprechen, denn sie wollte alles über ihn erfahren. Aber sie beherrschte sich und hielt den Mund.

Während er seinen Kaffee trank, sattelte sie ihr Pferd, weil sie wußte, daß sie dazu doppelt so lange brauchte wie Chandos.

Als sie ihre Bettrolle holte, um sie hinter dem Sattel zu befestigen, fragte sie: »Hat die Stute einen Namen, Chandos?«

»Nein.«

»Könnte ich...«

»Nennen Sie sie, wie Sie wollen, Kätzchen.«

Courtney war sich der Ironie seiner Bemerkung bewußt. Sie konnte ihr Pferd nennen, wie sie wollte – genauso wie Chandos sie nannte, wie er wollte. Er wußte, daß sie es nicht mochte, wenn er sie Lady nannte. Aber Kätzchen? Es war jedenfalls besser als Lady, denn es klang irgendwie vertrauter.

Sie kehrte zum Feuer zurück, um das Geschirr zusammenzuräumen. Dabei betrachtete sie immer wieder verstohlen den sich rasierenden Chandos. Er wandte ihr den Rücken zu, und ihr Blick wanderte langsam und zärtlich über seine Gestalt.

Für einen männlichen Körper war der seine gar nicht so übel. *Hör mit dem Unsinn auf, Courtney. Prachtvoll ist der einzig richtige Ausdruck.* Sie war davon überzeugt, daß ein Bildhauer sich glücklich schätzen würde, wenn ihm Chandos Modell stand.

Während Courtney mit dem Kochgeschirr zum Fluß ging, seufzte sie tief. Sie hatte sich endlich eingestanden, daß sie Chandos' Körper bewunderte.

»›Verlangen‹ würde besser passen als ›Bewunderung‹«, murmelte sie vor sich hin. Dann wurde sie rot. Stimmte das? Hatte sie deshalb dieses komische Gefühl, wenn sie ihn ansah, oder er sie berührte oder gar küßte? Dank Mattie, die sehr offen über ihr Verhältnis zu ihrem Mann sprach, wußte Courtney über körperliches Verlangen besser Bescheid als andere Mädchen.

»Ich kann mich nicht von ihm fernhalten«, hatte Mattie einmal gesagt, und Courtneys Gefühle für Chandos waren ungefähr die gleichen. Sie empfand immer wieder den Drang, ihn zu berühren, mit den Fingern über die glatte Haut und die straffen Muskeln zu streichen.

Sie mußte diese Gefühle unter Kontrolle bekommen, denn Chandos hatte überhaupt kein Interesse für sie gezeigt. Als Frau war sie ihm offensichtlich vollkommen gleichgültig, er mochte sie ja nicht einmal.

Dann fiel ihr der Kuß der vergangenen Nacht wieder ein. Sie war schon von anderen Männern geküßt worden, doch sie hatte keinen dieser Küsse so genossen wie den gestrigen. Wie mußte es erst sein, wenn Chandos jemanden küßte, den er liebte? Zu ihrem Entsetzen ertappte sie sich dabei, daß sie darüber nachdachte, wie dieser Mann in der Liebe war. Primitiv? Wild wie sein Leben? Oder vielleicht sanft? Vielleicht war er alles zugleich.

»Wie lange muß man eine Pfanne eigentlich spülen?«

Courtney zuckte zusammen, ließ die Pfanne ins Wasser fallen und mußte hinterherspringen, als die Strömung sie mitriß. Sie drehte sich mit der Pfanne in der Hand wütend um, um Chandos zu sagen, was sie davon hielt, daß er sich so an sie anschlich. Doch ihr Blick fiel auf seine unglaublich sinnlichen Lippen, und sie blickte rasch wieder weg. »Ich habe mit offenen Augen geträumt«, erklärte sie schuldbewußt und hoffte, daß er nicht erraten würde, wovon sie geträumt hatte.

»Warten Sie damit lieber, bis Sie im Sattel sitzen. Wir sollten längst unterwegs sein.«

Er ging zu den Pferden zurück, und sie blickte ihm erbost nach. So sah also die Wirklichkeit aus. Er war ein rücksichtsloser, harter, wilder Revolverheld. Er war widerwärtig. Und auf keinen Fall der Mann, von dem ein Mädchen träumte.

18. Kapitel

Als ihr Weg sie am nächsten Tag vom Arkansas fortführte, wurde vieles anders. Keine kühle Brise mehr, die lästige Insekten vertrieb. Keine schattenspendenden Bäume mehr. Der Fluß hatte sich nach Südosten gewandt, und Chandos ritt nach Südwesten. Er erklärte Courtney, daß sie im Lauf des Tages jedoch wieder auf den Arkansas stoßen würden, der ein Stück weiter scharf nach Westen abbog. Sie würden gegen Abend eine Gabelung des Flusses überqueren.

Courtney litt unter der Hitze. Es war die erste Septemberwoche, aber die Temperatur war sommerlich und die Luft sehr feucht. Sie schwitzte am ganzen Körper, und ihr Reitrock war zwischen den Beinen völlig durchgeweicht. Sie verlor so viel Flüssigkeit, daß Chandos ihr Trinkwasser mit Salz versetzte, sehr zu ihrem Verdruß.

Am späten Nachmittag erreichten sie das Gebiet der niedrigen, flachen Sandsteinhügel, die sich über den östlichen Teil des Indianerterritoriums erstreckten. Die Hügel waren dicht mit Eichen bestanden, und es gab viel Wild.

Während Courtney nach der zweiten Flußüberquerung ihren Rock auswrang, erklärte ihr Chandos, daß er etwas zum Abendessen besorgen würde. Bis zu seiner Rückkehr sollte das Lager aufgeschlagen sein. Bevor Courtney protestieren konnte, war er fort. Sie setzte sich und sah ihm zornig nach.

Sie wußte, daß er sie damit prüfen wollte, und nahm es ihm übel. Aber sie tat, was er verlangte, versorgte ihre Stute und die alte Nelly und sammelte Holz. Einige Stücke waren nicht ganz trocken, und das Feuer qualmte entsetzlich. Sie stellte Bohnen zum Kochen auf – sie hatten unzählige Konservendosen mit Bohnen mit – und beschloß, nach diesem Ritt nie wieder eine einzige Bohne zu essen. Schließlich buk sie sogar ein Brot.

Als sie fertig war, war sie sehr stolz auf sich. Sie hatte nur etwas mehr als eine Stunde gebraucht und dabei den größten Teil der Zeit den Pferden gewidmet. Erst als sie sich hinsetzen wollte, um auf Chandos' Rückkehr zu warten, fiel ihr ein, daß es eine gute Gelegenheit war, ihren Rock und die Unterwäsche zu waschen. Und sie konnte sogar im Fluß baden.

Bei dem Gedanken daran erwachten ihre Lebensgeister, und so holte sie rasch Seife, Handtuch und Wäsche zum Wechseln und ging zum Ufer. Es bestand aus Steinen, Felsen und Geröllblöcken, von denen einer in den Fluß gefallen war und einen Damm in der Strömung bildete, so daß sie in beinahe stehendem Wasser baden konnte.

Zuerst wusch sie ihre Kleidung und warf sie dann auf die Felsen. Dann wusch sie ihr verfilztes Haar und zuletzt ihre Unterwäsche, allerdings ohne sie auszuziehen. Und schließlich reinigte sie gründlich ihren Körper von Staub und Schweiß. Das Wasser war erfrischend kalt, und sie fühlte sich so wohl wie schon lange nicht.

Am Himmel tauchten die ersten roten und violetten Streifen auf, als sie aus dem Fluß stieg, um ihre nassen Sachen einzusammeln. Sie kam jedoch nur bis zum Rand des Wassers. Vier Reiter auf ihren Pferden versperrten ihr den Weg zum Lager.

Es waren keine Indianer. Doch diese Feststellung beruhigte Courtney keinesfalls. Die vier starrten sie auf eine Art an, die ihr einen Schauer über den Rücken jagte. Die Beine der Männer waren naß, was bedeutete, daß sie den Fluß erst kürzlich überquert hatten.

»Wo ist dein Mann?«

Der, der die Frage gestellt hatte, war von Kopf bis Fuß braun gekleidet. Er war jung, etwa Ende zwanzig. Alle vier waren jung, und sie erinnerte sich an das Sprichwort, daß Revolvermänner jung sterben. Es waren Revolverhelden. Sie hatte gelernt, diese Art von Männern zu erkennen.

»Ich habe dir eine Frage gestellt.« Die Stimme des Mannes war rauh.

Courtney war vor Angst erstarrt. Aber sie mußte sich zusammenreißen.

»Mein Begleiter wird jeden Augenblick da sein.«

Zwei von ihnen lachten. Warum? Der Mann in Braun lachte nicht. »Damit hast du meine Frage nicht beantwortet. Wo ist er?«

»Er ist auf die Jagd gegangen.«

»Wann?«

»Vor über einer Stunde.«

»Ich habe keine Schüsse gehört, Dare«, sagte ein rothaariger Jüngling. »Es sieht so aus, als müßten wir länger warten.«

»Das würde mir passen«, meinte ein großer, schwarzhaariger Kerl mit struppigem Bart. »Ich wüßte schon, wie ich mir die Zeit vertreiben würde.«

Die anderen lachten. »Das kommt nicht in Frage, jedenfalls vorläufig nicht«, erklärte der Mann in Braun. »Bring sie in ihr Lager hinauf, Romero.«

Der Mann, der absaß und auf Courtney zukam, sah genauso mexikanisch aus, wie sein Name klang, nur hatte er leuchtendgrüne Augen. Er war ein wenig größer als sie, drahtig und ganz in Schwarz gekleidet. Sein Gesichtsausdruck war genauso düster und ernst wie der von Chandos; er wirkte äußerst gefährlich.

Als er Courtney erreichte und sie am Arm packte, brachte sie den Mut auf, seine Hand abzuschütteln. »Warten Sie mal…«

»Tu das nicht, bella«, warnte er sie scharf. »Mach mir keine Schwierigkeiten, por favor.«

»Aber ich…«

»Cállate!« zischte er.

Courtney wußte instinktiv, daß er ihr befahl, leise zu sprechen. Sie hatte beinahe den Eindruck, daß er sie beschützen wollte. Die anderen stiegen bereits den Hügel hinauf. Sie begann zu zittern, sowohl weil ihr kalt war als auch aus Angst vor dem Mann neben ihr.

Er faßte sie wieder am Arm, und sie schüttelte ihn wieder ab.

»Sie könnten wenigstens warten, bis ich mich angezogen habe.«

»Du willst die nassen Sachen wieder anziehen?«

»Nein, die dort drüben.« Sie zeigte auf den Busch, bei dem sie ihre trockenen Sachen gelassen hatte.

»Sí, aber schnell, por favor.« Courtney war so aufgeregt, als sie nach dem Handtuch griff, unter dem sie den Revolver versteckt hatte, daß die Waffe laut klappernd auf den Boden fiel. Der Mann gab einen verärgerten Laut von sich, hob den Revolver auf und steckte ihn in seinen Gürtel. Sie schämte sich, als sie daran dachte, was Chandos zu ihrer Ungeschicklichkeit sagen würde, und lief den Hügel hinauf.

Romero folgte ihr und wich ihr nicht von der Seite, als sie stehenblieb. Es kam also nicht in Frage, daß sie die nasse Unterwäsche aus- und die trockene anzog, deshalb streifte sie einfach das Kleid über die nassen Sachen. Es war sofort naß.

»Du wirst dich erkälten, bella«, bemerkte Romero.

»Mir bleibt ja keine Wahl«, fuhr sie ihn an.

Er zuckte die Schultern. »Wie du meinst. Komm.«

Er versuchte nicht wieder, sie am Arm zu packen, sondern bedeutete ihr nur, voranzugehen. Sie sammelte schnell ihre Habseligkeiten ein, und ein paar Minuten später betraten sie die Lichtung, auf der sie das Lager aufgeschlagen hatte.

Die anderen drei Männer saßen an ihrem Lagerfeuer, aßen ihre Bohnen und ihr Brot und tranken ihren Kaffee. Courtney war empört, bekam aber immer mehr Angst.

»Er hat nicht lang gebraucht«, grinste der Schwarzhaarige. »Hab' ich dir nicht erzählt, Johnny Red, wie schnell er zieht?«

Courtney störte die Beleidigung nicht, aber der Mexikaner zischte: »Imbécil! Sie ist eine Lady.«

»Ich will rosa scheißen, wenn sie eine Lady ist«, spottete der Riese. »Bring sie herüber und setz sie hierher.«

Courtney wurde krebsrot, als er auf seinen Schoß klopfte. Sie sah den Mexikaner flehend an, aber dieser zuckte nur die Achseln.

»Das ist deine Sache, bella.«

»Nein!«

Romero zuckte wieder die Schultern, aber diesmal galt es dem Riesen. »Siehst du, Hanchett? Sie will dich nicht näher kennenlernen.«

»Ich pfeif' drauf, was sie will, Romero!« Hanchett sprang auf.

Der Mexikaner stellte sich vor Courtney und wandte sich an Dare. »Willst du deinem Amigo nicht erklären, daß die Frau für dich die einzige Möglichkeit ist, Chandos aus seinem Versteck zu locken? Chandos hat sein Pferd, also hat er keinen Grund, ins Lager zurückzukehren – außer ihretwegen. Wenn meine Frau benützt würde, auch gegen ihren Willen, würde ich sie allerdings nicht zurückhaben wollen, sondern einfach weiterreiten.«

Courtney war über seine Gefühllosigkeit entsetzt. Wie konnte er nur?

Dare überlegte eine Weile und meinte schließlich: »Romero hat recht, Hanchett. Warte, bis ich den Kerl habe und weiß, worauf er aus ist.«

»Kennen Sie Chandos?« erkundigte sich Courtney flüsternd beim Mexikaner.

»Nein.«

»Aber die anderen kennen ihn?«

»Nein. Chandos hat Dare gesucht, ist aber weitergeritten, ohne auf ihn zu warten. Das gefällt Dare nicht.«

»Soll das heißen, daß Sie uns gefolgt sind?«

»Sí. Ihr hattet zwar über einen Tag Vorsprung, und wir haben nicht geglaubt, daß wir euch so bald einholen würden. Aber dann waren wir überrascht, daß ihr so langsam geritten seid.«

Courtney wußte, daß es ihre Schuld war, wenn die Männer Chandos eingeholt hatten.

»Und wenn Ihr Freund seine Antworten bekommt, was geschieht dann?«

»Dann wird Dare ihn töten.«

»Warum denn?«

»Dare will nicht mehr seine Zeit damit vergeuden, ihn aufzuspüren. Chandos' Suche nach Dare war eine Kampfansage. Wir waren damals in Abilene und sind erst zurückgekommen, als dein Mann schon einen Tag weg war.«

»Er ist nicht mein Mann, er bringt mich nur nach Texas«, sagte Courtney.

Er schob ihre Erklärung mit einer Handbewegung beiseite. »Es spielt überhaupt keine Rolle, warum du mit ihm reitest, bella.«

»Man tötet doch einen Menschen nicht aus einem so unsinnigen Grund.«

»Dare schon.«

»Und Sie hindern ihn nicht daran?«

»Mir ist es gleichgültig. Aber du mußt dir deinetwegen keine Sorgen machen. Wir kehren von hier nach Kansas zurück und werden dich mitnehmen.«

»Das ist nicht gerade ein Trost.«

»Es sollte aber einer sein, bella. Die Alternative wäre, daß auch du stirbst. Du hast Zeit, dir zu überlegen, ob du kämpfen willst. Überlege es dir genau, denn wir bekommen dich auf jeden Fall. Und was spielt es für eine Rolle, ob du einen Mann hast oder vier.«

Courtney schüttelte ungläubig den Kopf. »Aber Sie haben doch Hanchett daran gehindert...«

»Weil er dumm ist. Er hätte uns abgelenkt und Chandos dadurch einen Vorteil verschafft.«

Sie versuchte, sein Selbstvertrauen zu erschüttern. »Chandos befindet sich jetzt schon im Vorteil. Sie stehen im Licht, und ihm bietet die Dunkelheit Deckung.«

»Das stimmt, aber wir haben dich.«

Da kam ihr eine Idee. »Ich bin Chandos so auf die Nerven gegangen, daß er bestimmt froh ist, wenn er mich los wird. Sie vergeuden also nur Ihre Zeit.«

»Kein schlechter Versuch, Miß, aber darauf falle ich nicht herein«, sagte Dare vom Feuer her. Er hatte zugehört.

Courtney starrte ins Feuer. Chandos würde die Gefahr bestimmt rechtzeitig erkennen. Warum sollte er sich ihretwegen vier Männern stellen und sein Leben aufs Spiel setzen?

»Wir haben gehört, daß er ein Halbblut ist, stimmt das?«

Courtney begriff erst nach einer Weile, daß Hanchett zu ihr gesprochen hatte. Sie wußten anscheinend wirklich nichts über Chandos. Daß sie selbst genausowenig wußte, mußte sie ihnen nicht auf die Nase binden.

»Wenn Sie damit meinen, daß er zur Hälfte Indianer ist, dann irren Sie sich. Er ist zu drei Vierteln Komantsche. Gibt es ein eigenes Wort dafür?«

Courtney wunderte sich darüber, daß ihre Antwort den großen Mann offensichtlich aus der Fassung brachte. Er starrte in die Dunkelheit jenseits des Lagerfeuers und zuckte zusammen, als eines der Pferde auf einen Ast trat.

»Sie haben vielleicht Nerven, Lady, mit einem Halbblut zu schlafen«, meinte Johnny Red.

Courtneys Augen blitzten. »Ich sage es zum letzten Mal. Chandos ist nicht mein – Geliebter. Aber ich habe gesehen, wie er Jim Ward getötet hat und habe von diesem Augenblick an gewußt, daß er der richtige Mann ist, um mich nach Texas zu bringen.«

»Verdammte Scheiße! Der alte Jim ist tot?« fragte Hanchett. Courtney seufzte. Es überraschte sie nicht, daß die vier Jim Ward kannten. Sie waren genau solche Banditen, wie er einer gewesen war.

»Ja, Chandos hat ihn getötet«, wiederholte sie. »Er ist ein Kopfgeldjäger. Ist er vielleicht deshalb hinter Ihnen her?«

Dare schüttelte unbeeindruckt den Kopf. »Ich werde nicht vom Gesetz gesucht, Miß. Ich achte schon darauf, daß bei meinen Verbrechen keine Zeugen dabei sind.«

Hanchett und Johnny lachten. Courtney versuchte, wieder die Oberhand zu bekommen. »Ich bin davon überzeugt, daß Sie genauso gewissenlos und niederträchtig sind wie Chandos. Er hat mir erzählt, wie viele Skalps er genommen hat. Er behauptet sogar, daß er mit Satanta geritten ist und bis jetzt das Kopfgeld für siebzehn Gesetzlose kassiert hat. Aber das glaube ich ihm nicht. Dazu ist er zu jung. Ich habe ihm gesagt...«

»Halt den Mund«, fuhr Dare sie wütend an.

»Warum? Haben Sie etwas gehört?« fragte Courtney unschuldig. »Das ist wahrscheinlich Chandos. Er müßte längst zurück sein. Aber warum sollte er seine Deckung aufgeben...«

»Stopf ihr etwas ins Maul, Johnny«, befahl Dare.

Der Schuß fiel, als Johnny nach ihr griff. Er traf ihn in die linke Schulter, und der Junge taumelte zurück. Die anderen sprangen auf, auch Courtney.

Johnny wand sich auf dem Boden und schrie, daß sein Knochen zerschmettert sei. Courtney wußte nur eines: Sie mußte Chandos warnen.

»Sie wollen Sie töten, Chandos!«

Dare holte aus, um sie zu schlagen, doch in diesem Augenblick zerschmetterte ihm eine Kugel den Ellbogen. Er ließ den Revolver fallen. Daraufhin richtete Hanchett seine Waffe auf Courtney, doch der Revolver wurde ihm im nächsten Augenblick aus der Hand geschossen.

»Er beschützt die Frau, ihr Idioten«, rief Romero. »Laßt sie in Ruhe.« Dann rief er Chandos zu: »Schießen Sie nicht mehr, Señor, por favor. Ich werfe meinen Revolver weg.« Er tat es und breitete dann die Arme aus. Er ging damit ein beträchtliches Risiko ein, hatte aber offenbar Erfolg, denn Chandos feuerte keinen weiteren Schuß ab. Außerhalb des Lichtscheins des Feuers herrschte tiefe Stille. Neben dem Feuer stöhnte Johnny Red, und Hanchett umklammerte keuchend seine blutende Hand.

Courtneys Angst war beinahe vollkommen verflogen, trotzdem zitterte sie noch. Chandos hatte es geschafft – er hatte die Männer in der Hand.

Warum befahl er den vier Banditen nicht zu verschwinden? Warum sagte er nichts?

Romero ging langsam zu Dare und half ihm, seinen Arm zu verbinden. »Sei vernünftig, Amigo«, flüsterte er. »Er hätte uns alle töten können, hat uns aber nur verwundet. Stell ihm deine Fragen, und dann machen wir uns aus dem Staub.«

»Ich habe immer noch das Mädchen«, zischte Dare.

»Das stimmt nicht, Mister«, widersprach Courtney. »Er hat Sie alle in seinem Schußfeld. Ich könnte jederzeit das Lager verlassen.«

Als wolle Dare nicht wahrhaben, daß er geschlagen war, trat er einen Schritt auf Courtney zu. Wieder knallte ein Schuß; die Kugel bohrte sich in Dares Schenkel, und er fiel mit einem Aufschrei zu Boden.

Romero packte Dare an den Schultern und hielt ihn fest. »Schluß jetzt! Wenn du nicht aufhörst, macht er Siebe aus uns.«

»Sehr richtig.«

»Chandos!« rief Courtney glücklich und wandte sich in die Richtung, aus der seine Stimme kam.

Allmählich gewöhnten sich ihre Augen an die Dunkelheit, und sie entdeckte ihn am Rand der Lichtung. Am liebsten wäre sie zu ihm gelaufen und ihm um den Hals gefallen, aber sie durfte ihn nicht ablenken. Er hatte den Revolver auf die Banditen gerichtet und den Hut in die Stirn gezogen, so daß seine Augen im Schatten lagen und niemand wußte, wen er beobachtete.

»Sie sind also Chandos.« Romero stand auf, hielt dabei aber die Arme deutlich vom Körper weg. »Sie dürften etwas mißverstanden haben, Señor. Sie haben meinen Freund gesucht, und er tut Ihnen den Gefallen, zu Ihnen zu kommen. Er möchte nur wissen, warum Sie hinter ihm her sind.«

»Das ist eine Lüge«, widersprach Courtney heftig. »Er hat vor, Sie zu töten, sobald Sie seine Fragen beantwortet haben. Und dann wollten sie – sie wollten…«

»Das Wort macht dir immer noch Schwierigkeiten, nicht wahr?« fragte Chandos. Sie verstand nicht, daß er in einem solchen Augenblick scherzen konnte.

»Sie hätten es jedenfalls getan«, fuhr sie ihn an.

»Das bezweifle ich ja nicht, Liebling«, erwiderte Chandos.

»Vielleicht könntest du jetzt deine Empörung soweit beherrschen, daß du die Revolver der vier Helden einsammelst.«

Das Wort ›Liebling‹ überraschte sie so sehr, daß sie sich einen Augenblick nicht rührte. Doch dann wurde ihr klar, daß Chandos bei den Männern den Eindruck erwecken wollte, sie wäre seine Frau.

Sie ging von einem Mann zum anderen, achtete dabei darauf, daß sie Chandos nicht die Sicht verstellte, und sammelte die Revolver ein. Ihr eigener Revolver steckte noch in Romeros Gürtel, und als Courtney ihn herauszog, sah sie den Mexikaner triumphierend an.

»Sei nicht rachsüchtig, bella«, sagte er leise. »Denk daran, daß ich dir geholfen habe.«

»Natürlich. Genau wie ich daran denken werde, was Sie nach Chandos' Tod mit mir vorhatten.« Romero war ihr besonders widerwärtig, weil er ihr immer wieder Hoffnung gemacht und diese Hoffnung dann zerstört hatte. Er war der grausamste von allen.

Sie ging am Rand der Lichtung entlang zu Chandos und ließ die Revolver hinter ihm auf den Boden fallen. Ihren eigenen behielt sie. »Ich weiß, daß Sie im Augenblick keinen großen Wert auf Dankbarkeitsbezeugungen legen«, meinte sie und umarmte ihn rasch. »Aber ich muß Ihnen sagen, wie froh ich darüber bin, daß Sie zurückgekommen sind.«

»Sie sind ja ganz naß«, murmelte er.

»Ich habe gerade gebadet, als die vier aufgetaucht sind.«

»Und dabei das Kleid anbehalten?«

»Ich habe natürlich die Unterwäsche anbehalten.«

»Natürlich.« Er lachte.

Und dann sagte er zur Verblüffung aller: »Verschwindet – solange ihr es noch könnt.«

Er ließ sie laufen!

19. Kapitel

Es war kein Vollmond, aber doch so hell, daß Courtney die Männer sehen konnte, wie sie den Nebenfluß des Arkansas überquerten. Chandos stand neben ihr, und sie beobachteten sie, bis sie alle das andere Ufer erreicht hatten, die Richtung nach Norden, Kansas, einschlugen und langsam außer Sicht verschwanden.

Als wäre damit alles in Ordnung, als baumle Dare Trask nicht neben dem Feuer an einem Baum, begann Chandos die beiden Erdhörnchen abzuhäuten, die er offenbar mit bloßen Händen gefangen hatte, da sie keine Wunden aufwiesen. Dann ließ er sie über dem Feuer braten, öffnete eine Dose Bohnen und kochte Kaffee. Courtney, die den Blick nicht von Dare Trask abwenden konnte, war beinahe übel.

Chandos hatte den Männern erklärt, daß Trask zurückbleiben müsse. Dann hatte er Romero gezwungen, Trask mit seinem eigenen Hemd und seiner Hose an Händen und Füßen zu fesseln, und hatte sich von Courtney den Strick aus seiner Satteltasche bringen lassen.

Sobald Chandos das Seil hatte, befahl er Romero, es Trask um die Handgelenke zu binden und dafür zu sorgen, daß es fest genug saß, weil sich Trask sonst bei einem Sturz beide Beine brechen würde. Dann schleppte er Trask zum nächsten Baum, warf das Seil über einen Ast, zog Trask etwa einen Meter in die Höhe und band den Strick am Baumstamm fest.

»Werden Sie ihn töten?« fragte Romero.

»Nein, aber er wird für alles, was er hier getan hat, ein wenig leiden.«

»Er hat Ihnen nichts getan, Señor.«

»Das stimmt, aber er wollte der Lady etwas antun. Außer mir darf sie keiner anrühren, ist das klar?«

»Ich glaube, daß diese Strafe nicht nur mit der Frau, sondern auch mit dem Grund zu tun hat, aus dem Sie meinen Amigo gesucht haben, stimmt's?« fragte Romero.

Chandos antwortete nicht. Er holte die Pferde der Männer, nahm die an den Sätteln befestigten Gewehre an sich und übergab dann die Tiere ihren Reitern. Die Waffen warf er später in den Fluß.

Jetzt waren die Männer fort, und Dare Trask hing noch immer am Baum. Chandos hatte ihm ein Tuch in den Mund gestopft, weil Trask begonnen hatte, nach seinen Männern zu rufen, damit sie ihn befreiten. Seine Wunden bluteten noch, und er litt bestimmt schreckliche Schmerzen.

Courtney wußte, daß Trask diese Strafe verdiente, aber sie konnte das nicht mit ansehen und schon gar nicht, sich an seinen Qualen weiden.

Chandos' Gesichtsausdruck war wie immer undurchdringlich. Er bereitete das Essen zu und verzehrte es schweigend und scheinbar gleichgültig. Aber er ließ Trask nicht aus den Augen.

Als Courtney ihn etwas fragen wollte, befahl er ihr, still zu sein, weil er hören wollte, ob die anderen vielleicht zurückkamen. Sie gehorchte.

Dann befahl er ihr, alles zu verstauen und ihre Pferde zu satteln. Sie war froh darüber, daß sie aufbrachen, und beeilte sich. Doch als sie die Pferde auf die Lichtung führte, traf Chandos keine Anstalten aufzusitzen. Statt dessen sah er sie so ernst an, daß es ihr den Hals zuschnürte.

»Sie – Sie wollen doch nicht – Sie wollen, daß ich ohne Sie aufbreche. Habe ich recht?«

Er ergriff ihre Hand und zog sie auf die andere Seite der Lichtung. »Regen Sie sich nicht auf, Lady. Ich möchte nur, daß Sie ein Stück vorausreiten. Schlagen Sie die Richtung nach Süden ein und lassen Sie die Pferde im Schritt gehen. Ich werde Sie in wenigen Minuten einholen.«

Er nannte sie wieder Lady. Und er meinte es todernst.

Sie konnte es nicht fassen.

»Sie werden ihn töten, nicht wahr?« fragte sie.

»Nein.«

»Dann werden Sie ihn foltern.«

»Wo bleibt die Ruhe, Lady, mit der Sie die vier Desperados an der Nase herumgeführt haben?«

»Sie schicken mich in die Nacht hinaus und erwarten, daß ich ruhig bleibe? Wahrscheinlich haben die Indianer Ihre Schüsse gehört, und draußen in der Finsternis treiben sich jetzt ein Dutzend – nein, Hunderte von Wilden herum.«

»Glauben Sie wirklich, daß ich Sie einer Gefahr aussetzen würde?«

Er sprach so sanft, daß sie verstummte.

»Entschuldigen Sie«, bat sie beschämt. »Ich bin ein fürchterlicher Feigling.«

»Sie sind tapferer, als Sie glauben, Lady. Machen Sie sich jetzt auf den Weg. Es ist besser, wenn Sie nicht hören, was ich Trask zu sagen habe.«

20. Kapitel

Der fehlende Finger war der Beweis dafür, daß Chandos tatsächlich vor Dare Trask stand. Er versuchte, sich zu beherrschen. Der Bandit hatte Chandos' Mutter vergewaltigt, sie jedoch nicht getötet. Alle anderen Männer, die sie mißbraucht hatten, waren bereits tot.

Dare Trask war auch einer der drei Männer, die die Frau von Springender Wolf vergewaltigt hatten. Als Trask mit ihr fertig war, hatte er ihr sein Messer in den Bauch gestoßen und dabei dafür gesorgt, daß sie nicht sofort, sondern erst nach langen Qualen starb.

Trask hatte den Tod verdient – einen langsamen Tod. Er würde sterben – heute oder morgen, vielleicht sogar erst übermorgen. Doch Chandos würde nicht dabei sein. Nach vier Jahren hatte er kaum noch das Bedürfnis, sich zu rächen – außer an Wade Smith. Smith würde von Chandos' Hand sterben. Bei Trask mußte Chandos nur noch dafür sorgen, daß er erfuhr, warum er starb.

Chandos zog Trask den Knebel aus dem Mund und trat zurück. Trask spuckte verächtlich aus: In seinen Augen lag keine Angst. »Ich weiß, daß du mich nicht töten wirst, Halbblut«, krächzte er. »Ich habe gehört, wie du das zu deiner Frau gesagt hast.«

»Bist du sicher, daß du das gehört hast?«

Trasks Stimme klang jetzt weniger aggressiv. »Was zum Teufel willst du von mir? Ich habe deine verdammte Frau nicht angerührt. Du hast keinen Grund…«

»Es hat nichts mit der Frau zu tun, Trask. Ich wollte nicht, daß deine Freunde erfahren, worum es zwischen dir und mir geht. Sie werden sich wundern, wenn sie dich nicht wiedersehen, aber sie werden nie herausbekommen, was hier wirklich geschehen ist.«

»Das glaubst du doch selbst nicht. Sie werden jeden Augenblick zurückkommen – sie lassen mich ganz sicher nicht im Stich.«

Chandos schüttelte den Kopf. »Deine Freunde haben inzwischen bestimmt gemerkt, daß sich in dem Gebiet Indianer befinden, und reiten wie die Wilden, um die Grenze hinter sich zu bringen.«

»Du lügst. Wir haben keine Anzeichen – oder hast du welche gesehen?«

»Das war nicht nötig, ich weiß, daß sie in der Nähe sind. Für gewöhnlich reiten wir zusammen, aber diesmal halten sie wegen der Frau Distanz. Sie hat Angst vor Indianern.«

»Wieso, sie reitet doch mit dir?«

Chandos nickte unbeeindruckt.

»Ich weiß, daß du mir nur Angst einjagen willst, Halbblut«, fuhr Trask fort. »Aber das wird dir nicht gelingen. Wir befinden uns so nahe bei der Grenze, daß sich hier bestimmt keine Indianer herumtreiben.«

»Du wirst merken, daß du dich geirrt hast, sobald sie dich finden. Ich lasse dich sozusagen als Geschenk für die Indianer zurück.«

Jetzt konnte Trask seine Angst nicht mehr verbergen. »Wenn du ohnehin vorhast, mich zu töten, warum tust du es dann nicht? Oder bist du nicht Manns genug dafür?«

Chandos ließ sich nicht reizen. »Ich hätte genügend Grund, dich zu töten. Sieh mir doch in die Augen. Du hast diese Augen schon einmal gesehen, allerdings an einer anderen Person. Oder hast du so viele Frauen vergewaltigt, daß du dich nicht an die Frau erinnern kannst, die ich meine?« Als Trask keuchend Luft holte, fuhr Chandos kalt fort: »Du erinnerst dich also.«

»Das war vor vier Jahren!«

»Hast du vielleicht geglaubt, daß die Zeit dich vor der Rache der Komantschen schützt? Weißt du denn nicht, was aus deinen Gefährten geworden ist, die bei dem Massaker dabei waren?«

Trask erblaßte, denn er wußte es. Er hatte geglaubt, daß die Wilden ihren Rachedurst befriedigt hatten, aber das war ein Irrtum gewesen. In seinem Blick lag jetzt nackte Angst.

Chandos wandte sich befriedigt ab und ergriff die Zügel von Trasks Pferd. »Jetzt weißt du, warum ich will, daß du stirbst, Trask. Aber erinnere dich auch an die junge Komantschen-Frau, die du vergewaltigt und dann zu einem langsamen, qualvollen Tod verurteilt hast.«

»Sie war ja nur eine verdammte Indianerin.«

Angesichts dieser Feststellung vergaß Chandos seine letzten Bedenken. »Sie war eine schöne, sanfte Frau, die in ihrem ganzen Leben keinem Menschen etwas zuleide getan hatte. Du hast sie und ihr Kind getötet, und deshalb schenke ich dich ihrem Mann, der heute noch um sie trauert. Er ist derjenige, der dich haben will, nicht ich.«

Als Chandos fortritt, hörte er statt Trasks Gebrüll die Schreie von Frauen und Kindern, die vergewaltigt, gefoltert, getötet wurden. Er wußte, daß ihre Geister ihm nahe und daß sie mit ihm zufrieden waren.

Nach einer Weile erblickte er Courtney, und die Gespenster verschwanden. Diese süße, unschuldige Frau inmitten der grausamen Welt war Balsam für seine Seele.

Sie hatte mitten auf der baumlosen Ebene angehalten, und der Mond hüllte sie in einen Mantel aus silbernem Licht. Chandos ritt schneller.

Als er sie erreichte, brach sie in Tränen aus. Chandos lächelte. Es war nicht ihre Art, ihre Gefühle zu beherrschen, aber an diesem Abend war es ihr ausgezeichnet gelungen. Sie hatte sich ruhig und mutig verhalten, solange es notwendig gewesen war. Jetzt befand sie sich in Sicherheit und konnte endlich weinen.

Er zog sie von ihrem Pferd auf das seine und drückte sie an seine Brust. Sie schmiegte sich an ihn, hörte aber nicht auf zu weinen, und er wartete geduldig, bis ihre Angst abgeklungen war. Als ihre Tränen endlich versiegten, hob er ihr Gesicht sanft empor und küßte sie.

Courtney begriff sehr rasch, daß der Kuß nicht zufällig war. Ihr schwindelte, sie bekam Angst und stieß Chandos von sich. Dann ging ihr Temperament mit ihr durch.

»Diesmal können Sie aber nicht behaupten, daß Sie mich geküßt haben, um mich zum Schweigen zu bringen.«

»Wollen Sie wirklich wissen, warum ich Sie geküßt habe, kleine Katze? Fragen Sie lieber nicht, sonst gehen wir an Ort und Stelle zu Bett, und dann sind Sie morgen früh nicht mehr so unschuldig wie jetzt.«

Courtney war verblüfft. »Ich habe geglaubt, daß ich Ihnen nicht gefalle.«

Er widersprach nicht, sagte gar nichts, sondern brummte nur. Wie sollte sie bloß schlau werden aus ihm? »Sie sollten mich jetzt lieber wieder auf mein Pferd setzen, Chandos«, meinte sie schließlich.

»Sie finden also, daß es sich jetzt ›gehören‹ würde?«

Sie sehnte sich mit allen Fasern ihres Körpers danach zu bleiben, wo sie war, aber sein Sarkasmus verletzte sie. »Ja«, bestätigte sie.

Sie landete mit einem Ruck in ihrem Sattel und hatte gerade noch Zeit, die Zügel zu ergreifen, bevor ihr Pferd Chandos' Pinto folgte.

Sie ritt wie auf Wolken. Chandos begehrte sie!

21. Kapitel

Chandos begehrt mich. Das war ihr erster Gedanke, als sie am nächsten Morgen erwachte. Doch etwas später wußte sie: Die Wahrheit war eine andere. Sie war eine Idiotin. Natürlich begehrte er sie – sie war die einzige Frau weit und breit, und er war ein Mann. Männer nahmen, was gerade greifbar war. Er hatte sie nie begehrt, sondern von Anfang an deutlich gezeigt, daß sie ihm gleichgültig war. Er hatte einfach das Bedürfnis nach einer Frau – irgendeiner.

»Wollen Sie die Decke umbringen, oder was?«

Courtney fuhr herum. »Was?«

»Sie starren sie an, als wollten Sie sie ermorden.«

»Ach – ich habe schlecht geträumt.«

»Was nicht verwunderlich ist.«

Er hockte mit einem Becher Kaffee in der Hand am Feuer. Er war frisch rasiert und vollständig angekleidet und hatte sogar schon seinen breitkrempigen Reithut aufgesetzt. Offenbar hatte er sie schlafen lassen, bis sie von selbst aufwachte.

»Würden Sie mir Kaffee einschenken, wenn Sie es nicht zu eilig haben?« fragte sie, stand auf und faltete ihre Decke zusammen. Erst jetzt merkte sie, daß sie immer noch die gleichen Sachen anhatte wie am vergangenen Abend. »Ich muß den Verstand verloren haben«, murmelte sie, während sie mit der Hand über das stellenweise noch feuchte Kleid strich.

»Vermutlich eine Spätfolge des Schocks«, meinte Chandos.

Sie funkelte ihn an. »Aber Sie haben nicht unter Schock gestanden. Warum haben Sie mich nicht darauf aufmerksam gemacht?«

»Ich habe es getan. Sie haben sich höflich bedankt und sind sofort eingeschlafen.«

Courtney wandte beschämt den Blick ab. »Ich muß mich umziehen«, stellte sie fest und verschwand.

Doch das war nicht so einfach. Sie hatte am vergangenen Abend, ohne zu überlegen, ihre nassen Sachen zu den anderen in die Reisetasche gesteckt, und jetzt war alles feucht.

Sie blickte verzweifelt von der Tasche zu Chandos und wieder zurück.

»Chandos, ich...«

»So schlimm kann es doch nicht sein, Kätzchen.«

»Ich habe nichts zum Anziehen«, platzte sie heraus.

»Nichts?«

»Nichts. Ich habe die nassen Sachen eingepackt und vergessen, sie zum Trocknen herauszunehmen.«

»Das Trocknen muß bis heute abend warten. Was ist mit der Hose? Ist sie auch naß?«

»Nein, die habe ich in die Satteltasche gesteckt.«

»Dann müssen Sie sich damit begnügen.«

»Aber ich habe geglaubt...«

»Ihnen bleibt nichts anderes übrig. Warten Sie, ich bringe Ihnen eins meiner Hemden.«

Courtney war verblüfft. Er war überhaupt nicht zornig. Einen Augenblick später warf er ihr ein wunderbar weiches, helles Hemd aus Hirschleder zu. Das einzige Problem bestand darin, daß es keine Knöpfe hatte. Es wurde vorne zugeschnürt, und sie hatte nichts Trockenes, was sie darunter hätte anziehen können.

»Machen Sie kein finsteres Gesicht, Kätzchen. Alle meine übrigen Kleidungsstücke müssen erst gewaschen werden.«

»Ich habe nicht ... Ich würde gern Ihre Sachen waschen.«

»Nein«, antwortete er kurz. »Um meine Sachen kümmere ich mich selbst.«

Aber jetzt war er zornig! Courtney holte ihre Hose und verschwand ins Gebüsch. Ein schrecklicher Mensch! Sie hatte ihm ja nur ihre Hilfe angeboten, und er hatte darauf reagiert, als wäre sie darauf aus, seine Frau zu werden.

Fünf Minuten später kehrte Courtney an den Lagerplatz zurück, um ihre Bettrolle zusammenzupacken. Sie war krebsrot, teils aus Ärger, teils aus Verlegenheit. Chandos' Hemd reichte ihr bis weit über die Hüften, deshalb konnte sie es nicht in die Hose stecken. Und der V-förmige Ausschnitt ging ihr bis zum Nabel. Am schlimmsten war aber die Tatsache, daß das Hemd mit Lederriemen zugebunden wurde, die zu steif waren, als daß sie sie hätte straff anziehen können. Das Ergebnis war, daß immer noch ein unzüchtiger, zwei Zentimeter breiter Spalt klaffte.

Sie wandte Chandos so lange wie möglich den Rücken zu, und als sie zum Feuer kam, um sich Kaffee zu holen, hielt sie sich den Hut vor die Brust; ihr wütender Blick sprach Bände. Chandos sagte kein Wort und war sichtlich bemüht, sie nicht anzusehen.

Courtney wollte von sich ablenken und suchte verzweifelt ein Gesprächsthema, als ihr Blick auf das vierte Pferd fiel.

»Waren Sie Trask gegenüber nicht etwas zu hart, als Sie ihn gezwungen haben, zu Fuß nach Kansas zurückzukehren?«

Der sanfte Vorwurf zeigte eine größere Wirkung als vorgesehen. Chandos' Blick wurde eisig, und sie hatte den Eindruck, daß er sie am liebsten geschlagen hätte.

»Da Sie nicht wissen, Lady, was er getan hat, können Sie kaum beurteilen, was für eine Strafe er verdient.«

»Und Sie wissen, was er getan hat?«

»Ja.«

»Was denn?«

»Vergewaltigung, Mord, das Abschlachten von Männern, Frauen und Kindern.«

Courtney wurde blaß. »Warum haben Sie ihn nicht sofort getötet, wenn Sie all das wissen?«

Er stand wortlos auf und ging zu den Pferden.

»Es tut mir leid«, rief sie ihm nach. Hatte er sie überhaupt gehört?

Sie beschloß, Dare Trask einfach zu vergessen. In einem zivilisierten Land wäre er für solche Verbrechen gevierteilt worden. Sie würde einfach nicht weiter an ihn denken.

Sie löschte das kleine Feuer mit dem Rest des Kaffees und

ging zu ihrem Pferd, das Chandos inzwischen gesattelt hatte. Sie fuhr sich rasch mit der Bürste durch die Haare, die zwar sauber, aber hoffnungslos zerstrubbelt waren.

Während sie noch mit einem besonders hartnäckigen Knoten kämpfte, trat Chandos hinter sie. »Da Sie finden, daß ich auf diesem Gebiet eine besondere Begabung besitze, könnte ich Ihnen die Haare schneiden.« Seine Stimme klang scherzhaft, vor allem als er hinzufügte: »Wie viele Skalps habe ich angeblich genommen? Ich habe es mir nicht gemerkt.«

Courtney drehte sich um, und er lächelte sie an. Wie schnell es ihm gelang, eine Mißstimmung zu überwinden!

Dann fiel ihr all das ein, was sie am vergangenen Abend über ihn gesagt hatte, und sie wurde wieder rot. »Wie lange hatten Sie uns schon belauscht?«

»Lang genug.«

»Ich glaube natürlich kein Wort von dem, was ich gesagt habe. Ich wollte die vier nur verunsichern und habe deshalb behauptet, daß Sie zum Teil Indianer sind. Die vier Kerle hatten Sie ja noch nie zu Gesicht bekommen, wie sollten sie da wissen, daß Sie überhaupt nicht wie ein Indianer aussehen?«

»Finden Sie? Haben Sie schon so viele Indianer gesehen, daß Sie das beurteilen können?«

Courtney kam allmählich zum Bewußtsein, daß er sie nicht mehr neckte, sondern es vollkommen ernst meinte. »Sie haben überhaupt kein indianisches Blut, nicht wahr?« Im nächsten Augenblick bedauerte sie die Frage. Aber er antwortete ihr nicht, sondern sah sie nur an.

Sie senkte den Blick. »Vergessen Sie, was ich gesagt habe. Können wir jetzt aufbrechen?«

Er drückte ihr das vom Abendessen übriggebliebene Fleisch in die Hand. »Das müßte bis Mittag genügen.«

»Danke.« Dann stellte sie doch noch eine Frage: »Wissen Sie vielleicht, was ›bella‹ heißt?«

»Es heißt ›schön‹.«

Courtney wurde wieder einmal rot.

22. *Kapitel*

»Wenn Sie noch etwas waschen wollen, sollten Sie es heute abend tun«, erklärte ihr Chandos, sobald sie ihr Nachtlager aufgeschlagen hatten. »Morgen verlassen wir den Arkansas und stoßen frühestens in drei Tagen wieder auf Wasser.«

Courtney hatte nicht mehr sehr viel zu waschen, vielmehr mußte sie alle ihre Kleidungsstücke trocknen lassen.

Chandos versorgte rasch sein und Trasks Pferd und marschierte dann mit seiner Wäsche zum Fluß. Er war damit fertig, bevor Courtney überhaupt begonnen hatte. Als sie ebenfalls fertig war, sah der Lagerplatz wie der Hinterhof einer Pension aus. Auf jedem Busch, Baum und Felsbrocken hingen oder lagen Kleidungsstücke.

Courtney fand es lustig, daß ein Lagerplatz mitten im Indianerterritorium so gemütlich sein konnte. Sie fühlte sich richtig wohl. Zum Teil rührte das auch daher, daß sie mit Chandos zusammen war und sich in seiner Gegenwart vollkommen sicher fühlte. Er war an diesem Abend nicht auf die Jagd gegangen, und sie war davon überzeugt, daß er es getan hatte, um sie nicht allein zu lassen.

Um ihm zu zeigen, wie dankbar sie ihm dafür war, bemühte sie sich, aus dem getrockneten Fleisch und Gemüse ein schmackhaftes Stew zuzubereiten. Sie verwendete die wenigen Gewürze, die sie mitgenommen hatte, und machte sogar ein paar Klöße. Außerdem befand sich keine einzige Bohne in dem Stew. Wenigstens einmal ein Essen ohne diese ewigen Bohnen.

Während Courtney kochte, lehnte Chandos mit geschlossenen Augen an seinem Sattel. Als sie begann, ein Lied vor sich hinzusummen, genügte das, um ihn zu erregen. Offenbar war er Courtney Harte wehrlos verfallen. Wie lange würde er es noch ertragen, daß er sie ständig begehrte, aber nie Erfüllung fand? Es war für Chandos eine ganz neue Erfahrung; er hatte noch nie eine Frau so leidenschaftlich begehrt, daß er kaum an etwas anderes denken konnte, und er hatte noch nie seine Gefühle so eisern im Zaum halten müssen. Courtneys Zauber war für ihn unwiderstehlich.

Aber er würde sie nicht berühren, selbst wenn sie sich ihm anbot ... Nein, das war dann doch übertrieben. So edelmütig war er auch wieder nicht.

Aber dann fiel ihm ein, daß sie sich ihm bereits angeboten und daß er keinen Gebrauch davon gemacht hatte. Er mußte endlich die lächerliche Vorstellung loswerden, daß er sie beschützen mußte – sogar vor ihm selbst. Er dachte an ihre leidenschaftlichen Blicke, ihre zärtlichen Küsse. Sie begehrte ihn, und das stachelte seine Leidenschaft noch mehr auf.

Wußte sie überhaupt, wie sehr sie ihn in Versuchung führte? Wahrscheinlich nicht, denn er hatte darauf geachtet, es sie nicht merken zu lassen. Falls sie es dennoch gemerkt haben sollte, war es ihr offensichtlich gleichgültig, denn sie bemühte sich keineswegs, ihn nicht herauszufordern.

»Wie bringen die Leute es eigentlich fertig, das Vieh über diese Hügel zu treiben, Chandos?«

»Das Vieh wird nicht durch diese Gegend getrieben; der Trail befindet sich etwa fünfzig Meilen westlich von hier.«

»Ich habe geglaubt, daß der Viehtrail der kürzeste Weg nach Waco ist.«

»Das stimmt.«

»Warum folgen wir ihm dann nicht?« fragte sie verwundert.

»Ich muß in Paris, einer Stadt im Nordwesten von Texas, etwas erledigen. Es kostet uns etwa fünf Tage, aber es geht nicht anders. Ich war ursprünglich dorthin unterwegs und will nicht eine ganze Woche verlieren, indem ich Sie erst nach Waco bringe und dann zurückreite. Irgendwelche Einwände?«

»Nein. Sie müssen meinetwegen Ihre Pläne nicht ändern. Ein paar Tage spielen keine Rolle.« Sie rührte das Stew noch einmal um. »Das Essen ist fertig.«

Während sie aß, stellte Courtney fest, daß sie einerseits

glücklich war, weil sie einige Tage länger mit Chandos zusammen sein würde, daß sie sich aber andererseits über ihn ärgerte, weil er es nicht der Mühe wert gefunden hatte, sie über seine Pläne zu unterrichten.

Nach dem Abendessen sah sie zuerst nach ihren Kleidern. Ein Großteil war bereits trocken, so daß sie sich endlich umziehen konnte. Sie ging zum Fluß hinunter. Als sie aus Hose und Hemd schlüpfte, zögerte sie einen Augenblick, sprang dann aber doch ins Wasser. Die Sonne war bereits untergegangen, und Chandos aß noch. Sie würde erst in einigen Tagen wieder Gelegenheit haben, ein Bad zu nehmen.

Das Wasser schimmerte im Mondlicht. Courtney ließ sich im Schatten eines überhängenden Baumes von der Strömung umspülen und kam sich schrecklich verdorben vor, weil sie vollkommen nackt war. Es war einfach herrlich.

Schließlich mußte sie, wenn auch widerstrebend, den Fluß verlassen. Weil sie kein Handtuch hatte, streifte sie das Wasser mit den bloßen Händen von ihrem Körper, und dabei fiel ihr ein, daß sie vor nicht allzu langer Zeit in Versuchung gewesen war, das gleiche mit Chandos' Rücken zu tun. *Hör auf, daran zu denken, Courtney.* Sie kleidete sich rasch an und kehrte zum Lager zurück.

Überrascht stellte sie fest, daß Chandos bereits das Geschirr gereinigt und seine Bettrolle ausgebreitet hatte und jetzt das Feuer mit Asche abdeckte. Sie seufzte. Nach dem erfrischenden Bad war sie im Gegensatz zu ihm überhaupt nicht schläfrig.

Als sie zum Feuer trat, stand er auf. Sein Blick glitt über ihr hellgrünes Seidenkleid, und ihr fiel plötzlich ein, daß sie sich nicht vollständig abgetrocknet hatte, und daß die Seide an ihrem Körper klebte.

»Wenn ich gewußt hätte, daß ich das Geschirr nicht spülen muß, hätte ich mir nicht die Mühe gemacht, mich anzuziehen«, platzte sie heraus. Dann wurde sie rot. Das hatte sie nicht sagen wollen. »Ich meine … ach, vergessen Sie es. Hier.« Courtney reichte ihm sein Hemd. »Nochmals danke.«

Sie wandte sich ab und erschrak, als Chandos sie am Handgelenk packte. »Das nächste Mal lassen Sie mich vorher wissen, was Sie vorhaben. Sie hätten von einer Wasserschlange gebissen, von einem treibenden Baumstamm getroffen oder von Indianern entführt werden können – oder es hätte noch Schlimmeres passieren können.«

»Aber Sie waren doch nicht weit weg«, setzte sie sich zur Wehr. »Sie hätten es gehört, wenn ich um Hilfe gerufen hätte.«

»Wenn Sie noch die Möglichkeit dazu gehabt hätten.«

»Wollen Sie damit sagen, daß ich mich nicht waschen soll...«

»Nein.«

Ihre Augen wurden groß. »Soll das dann heißen...«

»Verdammt noch mal, natürlich nicht. Ich muß Ihnen nicht zuschauen, ich muß nur in der Nähe sein, um Sie beschützen zu können.« Ihm wurde klar, daß es keinen Ausweg aus diesem peinlichen Gespräch gab. »Vergessen Sie es.«

»Was soll ich vergessen? Ihnen Bescheid zu sagen, wenn ich...«

»Vergessen Sie, sich zu waschen.«

»Chandos!«

»Es gehört sich einfach nicht, daß eine Lady auf dem Trail badet.«

»Das ist Unsinn, und das wissen Sie. Ich habe mich nie ganz ausgezogen. Heute abend war es eine Ausnahme, aber...«

Weiter kam sie nicht. Das Bild, das ihre Worte in Chandos' Geist heraufbeschwor, gab ihm den Rest, und er riß sie knurrend an sich.

Als sein Mund den ihren berührte, hatte Courtney das Gefühl, daß ihre gesamte Kraft sie verließ. Ihre Beine gaben unter ihr nach und sie schlang Chandos die Arme um den Hals und klammerte sich an ihn.

Chandos drückte sie mit einem Arm so heftig an sich, daß ihre Brust hart an die seine gepreßt wurde. Mit dem zweiten hielt er ihren Hinterkopf umklammert, so daß sie sich seinem Mund nicht entziehen konnte. Es lag etwas sehr Wildes in der

Art, wie er seine Lippen brutal auf die ihren drückte und sie auseinanderzwang. Und dann berührte seine Zunge die ihre wie ein glühendes Eisen.

Courtney begriff nicht, was die Heftigkeit seines Angriffs sollte, und nahm an, daß er ihr wieder eine Lehre erteilen wollte. Sie bekam Angst und versuchte, sich von ihm zu lösen, aber er hielt sie fest. Sie stieß seine Schultern weg, aber sein Griff wurde nur noch fester.

Soviel sie sich auch wand – sie kam nicht frei.

Chandos bemerkte zuerst nur undeutlich, daß Courtney sich gegen ihn zur Wehr setzte. Er wußte, daß er seine Vorsätze über den Haufen geworfen hatte, aber er war nicht auf die Idee gekommen, daß sein unbeherrschtes Verlangen ihr Angst einjagen könnte. Erst als ihre Abwehr heftiger wurde, kam er wieder zu sich.

Er gab ihren Mund frei, und sie schnappte nach Luft. Er lockerte auch seinen Griff allmählich, so daß sie etwas Abstand zwischen ihn und sich legen konnte.

»War das wieder eine Ihrer Lektionen?« fragte sie.

»Nein.«

»Aber Sie haben mir wehgetan.«

Chandos streichelte ihre Wange. »Das war das Letzte, was ich tun wollte, kleine Katze.«

Seine Stimme und seine Hand auf ihrem Gesicht waren nun sehr sanft, aber Courtney hatte immer noch Angst vor ihm.

»Warum haben Sie mich angegriffen, Chandos?«

Er sah sie verblüfft an. »Angegriffen?«

»Wie würden Sie es denn bezeichnen?«

»Der Sturm auf die Festung«, schlug er trocken vor.

»Wagen Sie nicht zu lachen! Sie sind widerlich und…«

»Schsch, Kätzchen, sei still und hör mir zu. Es tut mir leid, wenn ich dich erschreckt habe. Aber wenn ein Mann eine Frau so sehr begehrt wie ich dich, dann fällt es ihm schwer, sich zu beherrschen. Verstehst du das?«

Sie schwieg einen Augenblick, dann fragte sie erstaunt: »Du – du begehrst mich?«

»Kannst du daran zweifeln?«

Courtney blickte zu Boden, um ihre Freude und ihre Verwirrung zu verbergen.

»Du hast mich zu Beginn nicht begehrt. Tu mir das nicht an, Chandos, nur weil du eine Frau brauchst, und ich hier draußen die einzig verfügbare bin.«

Er hob ihr Kinn und zwang sie, ihn anzusehen. »Das habe ich mir mit meinem dummen Versuch eingebrockt, dir zu widerstehen.« Er seufzte. »Du kannst daran zweifeln, daß es klug von mir ist, dich zu begehren, aber zweifle nicht daran, daß mein Verlangen nach dir in dem Augenblick erwacht ist, in dem du den Laden in Rockley betreten hast. Glaubst du, daß ich sonst dieses Nichts Jim Ward zur Rede gestellt hätte?«

»Nein, sag das nicht.«

»Weißt du, daß ich nahe daran war, deinen Freund Reed zu töten, weil du zugelassen hast, daß er dich küßt?«

»Bitte, Chandos.«

Er zog sie an sich, diesmal sehr sanft, ohne sich um ihren ohnehin nur angedeuteten Widerstand zu kümmern. »Ich kann gegen meine Gefühle genauso wenig etwas tun wie du, Kätzchen. Ich habe versucht, dich in Rockley zurückzulassen und dich zu vergessen, aber ich konnte es nicht. Ich habe versucht, dich nicht anzurühren. Aber auch dagegen kann ich nicht mehr ankämpfen, schon gar nicht, nachdem ich weiß, daß du mich ebenfalls begehrst.«

»Nein, ich…«

Er ließ nicht zu, daß sie es leugnete. Mit einem zweiten Kuß, der genauso zärtlich war wie der erste brutal, lähmte er ihren Willen und ihren Verstand. Doch der größte Zauber ging von seinem Geständnis aus. Er begehrte sie – hatte sie immer begehrt! Diese Vorstellung machte sie glücklich.

Courtney erwiderte seinen Kuß hingebungsvoll. Was sie sich bisher nur in ihrer Fantasie ausgemalt hatte, wurde nun Wirklichkeit, und es wäre ihr am liebsten gewesen, wenn es nie aufgehört hätte. Es schien auch nie aufzuhören, denn er überschüttete sie mit Küssen.

Sie dachte nicht darüber nach, wohin die Küsse führen würden, auch dann nicht, als Chandos sie auf seine Bettrolle trug.

Seine Küsse wurden leidenschaftlicher, und er begann sie auszuziehen. Sie wollte ihn daran hindern, aber er schob ihre Hände weg und küßte sie auf den Hals. Es durchschauerte sie.

Sie mußte einen Entschluß fassen, sagte sie sich. Würde er böse sein, daß sie es soweit hatte kommen lassen und ihn dann zwang aufzuhören? Konnte sie ihn überhaupt dazu zwingen?

Etwas wie Angst regte sich in ihr, und sie flüsterte: »Chandos, ich bin nicht...«

»Sprich nicht, kleine Katze«, flüsterte er ihr ins Ohr. »Ich kann nicht mehr anders.«

Seine Hand glitt in ihr offenes Kleid und suchte erst die eine Brust und dann die andere. Ihr dünnes Hemdchen war kein Schutz vor seiner Hitze. Und als die Lust unerträglich wurde, begann er, an ihrem Ohr zu knabbern.

Seine Leidenschaft überwältigte sie, und sie konnte nicht mehr klar denken. So protestierte sie auch nicht, als er ihr rasch das Kleid auszog. Und sie so leidenschaftlich küßte, daß ihr schwindelte. Schließlich streifte er ihr das Hemdchen über den Kopf. Ihr Oberkörper war jetzt nackt.

Als sein Mund ihre Brust bedeckte, zuckte sie vor Wonne zusammen. Ihre Hände erfaßten seinen Kopf und hielten ihn fest. Sie vergrub die Finger in seinen Haaren und stöhnte vor Lust, als ihre Brustwarze unter seiner Zunge hart wurde. Dann begann er zu saugen, und sie schnurrte wie eine Katze. Chandos stöhnte.

Courtney hatte sich nie träumen lassen, daß es etwas so Wunderbares, so zutiefst Befriedigendes gab. Aber das war noch nicht alles, und Chandos war ungeduldig dabei, ihr alles zu zeigen.

Sie hatte nicht gespürt, daß er ihren Unterrock aufband, doch als seine Hand abwärts glitt, erzitterten ihre Bauchmuskeln. Plötzlich wurde ihr klar, wie weit er gegangen war. Konnte sie ihn aufhalten? Sie zog an seinem Arm, aber es war kein ernst gemeinter Versuch.

Dann drang sein Finger in sie ein, und sie schrie auf.

»Nein!«

Seine Lippen brachten sie rasch zum Schweigen, aber er ließ seinen Finger, wo er war. Sie hatte gegen die Vorstellung protestiert, nicht gegen das Gefühl, das er in ihr weckte. Das ganz bestimmt nicht. Dann wurde sie von einem heftigen, heißen Ausbruch erschüttert, der ihren letzten Widerstand brach.

Als sie wieder ruhig war, als ihre Hand nicht mehr an seinem Arm zog, sondern sich um seinen Hals legte, sah Chandos sie an. Die Glut in seinen Augen hypnotisierte sie, und sie ahnte undeutlich, was es ihn gekostet hatte, seine Leidenschaft bis jetzt im Zaum zu halten. Diese Erkenntnis war beinahe unerträglich.

Er wandte den Blick nicht von ihr ab, während er den harten Knoten in der Spalte zwischen ihren Schenkeln liebkoste. Sie wurde rot, als sie merkte, daß er sie beobachtete.

»Du sollst nicht…«

»Schsch, Kätzchen«, flüsterte er. »Stell dir vor, daß ich in dir bin. Du ahnst nicht, was es für mich bedeutet, daß du so bereit für mich bist.«

Er küßte sie immer wieder, und seine Augen glühten. »Laß zu, daß ich dich liebe, Kätzchen. Ich will dich schnurren hören, wenn ich in dir bin.«

Er ließ sie nicht antworten, sondern küßte sie wieder. Dann löste er sich von ihr, und im nächsten Augenblick glitt der Rest ihrer Kleidung über ihre Beine hinunter und wurde zur Seite geschoben.

»Bleib so, wie du bist«, sagte er, als sie nach der Decke griff. »Du bist schöner als alle Frauen, die ich bis jetzt gekannt habe. Verbirg deine Schönheit nicht vor mir.«

Courtney versuchte ihre Scham zu unterdrücken, weil er sie darum gebeten hatte. Und als er sich dann neben sie hinkniete, und sie ihn dabei beobachtete, wie er sich sein Hemd auszog, vergaß sie ihre Scheu.

Er überraschte sie wieder.

»Berühre mich, Kätzchen. Deine Augen haben mir unzählige Male verraten, daß du es tun möchtest.«

»Das ist nicht wahr.«

»Lügnerin.«

Doch sie hatte keine Zeit, empört zu sein, denn er streifte seine Hose ab. Als die dann das erste Mal alles von ihm sah, zog sie scharf die Luft ein. Sie konnte ihn bestimmt nicht zur Gänze in sich aufnehmen – oder?

Die Angst kam wieder, aber es war eine erregende Angst.

Chandos wußte, daß sie sich fürchtete. Sobald er nackt war, schob er sich zwischen ihre Beine und streckte seinen langen Körper über den ihren, bis sie die Spitze seines Glieds an ihrer Scheide spürte. Er stöhnte auf, seine Lippen preßten sich auf die ihren, und er drang in sie ein. Er fing ihren Schrei mit seinem Mund auf und die Zuckungen ihres Körpers mit dem seinigen.

Nun drang er voll und tief in sie ein, aber der Schmerz hielt nicht an. Die ganze Zeit über küßte er sie so leidenschaftlich, daß ihre Zunge der seinen schließlich antwortete. Seine Hände hielten ihr Gesicht zärtlich umschlossen, und seine Brust streifte ihre Brüste.

Lange Zeit bewegten sich nur Chandos' Mund und seine Hände; als auch seine Hüften begannen, sich zu bewegen, stöhnte Courtney vor Enttäuschung. Es tat so gut, ihn in ihrem Körper zu spüren, und sie glaubte, daß es nun vorbei war. Doch sie merkte bald, daß sie sich geirrt hatte. Er glitt unermüdlich hinein und heraus, mit unendlicher Vorsicht.

»Ja, Kätzchen, sag es mir«, stöhnte er, als sie wieder vor Wonne schnurrte.

Sie tat es. Sie konnte nicht anders. Ihre Arme schlossen sich eng um ihn, und sie hob ihm ihre Hüften entgegen. Sie entdeckte, daß er tiefer in sie eindringen konnte, wenn sie die Beine hob, und sie hob sie immer höher und höher, bis sie in einen pulsierenden, unglaublichen Orgasmus ausbrach und, ohne es zu wollen, seinen Namen schrie.

Sie wußte nicht, daß er sie die ganze Zeit über beobachtet hatte und sich erst jetzt der Leidenschaft hingab, die ihn so lange beherrscht hatte.

23. Kapitel

Den ganzen nächsten Tag über war Courtney verliebt. Nichts störte sie. Weder die Hitze noch die Insekten, und auch nicht der eintönige Ritt. Nichts konnte den Panzer ihres Glücks durchdringen.

Zwei Tage später war sie ihrer Sache nicht mehr so sicher. Und nach drei Tagen war sie ganz anderer Ansicht. Sie konnte unmöglich einen Mann wie Chandos lieben, der sie so in Wut brachte. Sie begehrte ihn immer noch – und verachtete sich deshalb –, aber sie konnte ihn nicht lieben.

Was Courtney in Wut brachte, war die Tatsache, daß er wieder so undurchdringlich und rätselhaft geworden war wie vorher. Er hatte sie zu seiner Frau gemacht, hatte sie zur höchsten Ekstase geführt, und jetzt behandelte er sie genauso gleichgültig wie früher. Sie verstand die Welt nicht mehr.

Doch sie mußte sich der Wahrheit stellen. Sie war benützt worden. Alles, was Chandos ihr in dieser Nacht gesagt hatte, war eine Lüge gewesen. Er hatte seine Begierde befriedigt, und jetzt brauchte er sie nicht mehr.

Wie Chandos vorausgesagt hatte, überquerten sie am Abend des siebten Tages einen Fluß. Da Courtney dabei naß wurde, beschloß sie, nach dem Abendessen ein Bad zu nehmen, ohne es Chandos zu sagen. Sie wollte sich an Chandos rächen, indem sie seine Befehle nicht befolgte.

Ihre Unterwäsche klebte an ihrem Körper und ihre Haare waren tropfnaß, als sie dem Fluß entstieg; in diesem Augenblick spürte sie, daß sie nicht allein war. Ihr Herz blieb beinahe stehen, aber dann erblickte sie ihn. Es war Chandos. Diese Erkenntnis war jedoch auch kein Trost. Er kauerte im Schatten eines Baumes und hatte sie wer weiß wie lange schon beobachtet.

Er erhob sich und ging auf sie zu.

»Komm her, Kätzchen.«

Er hatte sie in den letzten drei Tagen kein einziges Mal so genannt, und seine Stimme hatte auch nie so heiser geklungen. Er hatte wieder Lady zu ihr gesagt – wenn er überhaupt mit ihr sprach.

Courtneys Nasenflügel bebten, und ihre Augen funkelten.

»Geh zum Teufel!« rief sie. »Du wirst mich nicht noch einmal benützen!«

Er ging weiter auf sie zu, und sie wich ins Wasser zurück. Sie wäre noch tiefer in den Fluß gegangen, aber er blieb stehen. Sie starrte ihn trotzig an. Dann fluchte er in der Sprache, die er manchmal benützte, drehte sich um und ging zum Lager zurück.

Sie hatte es geschafft. Sie hatte ihm kühn und mutig standgehalten und war stolz auf sich.

Courtney beschloß, nicht sofort aus dem Wasser zu steigen, obwohl sie fröstelte. Sie hatte nicht gerade Angst vor Chandos, aber sie wollte warten, bis sein Zorn abgeklungen war. Auch als sie aus der Richtung des Lagers einen Schuß vernahm, rührte sie sich nicht. Sie war ja nicht dumm. Wenn er auf so eine List verfiel, um sie zu sich zu locken, dann war sein Zorn noch nicht verraucht.

Weitere zehn Minuten vergingen, dann fing Courtney doch an, sich Sorgen zu machen. Vielleicht hatte sie sich geirrt. Vielleicht hatte er ein wildes Tier getötet. Oder vielleicht hatte jemand auf Chandos geschossen. Vielleicht war er tot!

Courtney lief aus dem Wasser, rannte aber nicht so, wie sie war, die Böschung hinauf. Sie zog erst trockene Unterwäsche, ihren gestreiften Rock und die weiße Seidenbluse an, die sie erst kürzlich geflickt hatte. Alles übrige, auch ihre Stiefel, die von der Flußüberquerung noch naß waren, trug sie in der Hand. Sie betete darum, daß sie auf nichts Kriechendes oder gar Giftiges treten würde, und rannte dann zum Lager. Als sie den Schein des Feuers erblickte, ging sie langsamer und sehr vorsichtig weiter. Trotzdem stolperte sie beinahe über die Schlange, die auf dem Weg lag. Sie war lang und gelbrot, eine Mokassinschlange, deren Biß tödlich war. Die Schlange war tot, aber Courtney schrie trotzdem auf.

»Was?« rief Chandos scharf, und ihre Erleichterung war grenzenlos.

Sie rannte, bis sie ihn sah. Er war am Leben und allein. Er saß am Feuer und ... Courtney blieb stehen und wurde leichenblaß. Chandos hatte einen Stiefel ausgezogen und das Hosenbein bis zum Knie aufgeschnitten. Über seine Wade, an der er einen Schnitt ausquetschte, lief Blut. Er war von der Schlange gebissen worden!

»Warum hast du mich nicht gerufen?« Sie war entsetzt, daß er versucht hatte, sich selbst zu behandeln.

»Du hast sehr lange gebraucht, um nach dem Schuß heraufzukommen. Wärst du gekommen, wenn ich dich gerufen hätte?«

»Wenn du mir gesagt hättest, was geschehen ist, wäre ich gekommen.«

»Hättest du mir geglaubt?«

Er wußte es. Er wußte, was sie gedacht hatte. Wie konnte er so ruhig hier sitzen – nein, er mußte ruhig bleiben, denn sonst verbreitete sich das Gift noch rascher in seinem Körper.

Courtney ließ ihre Sachen fallen, stürzte vor, holte Chandos' Bettrolle und breitete sie neben ihm aus. Ihr Herz klopfte wild.

»Leg dich auf den Bauch.«

»Sag mir nicht, was ich zu tun habe, Frau.«

Sie war empört über seinen Ton, dann aber begriff sie, daß er Schmerzen litt. Auf seiner Wade breitete sich ein großer, grellroter Fleck aus. Er hatte seinen Gürtel wenige Zentimeter oberhalb des Bisses eng um das Bein gebunden. Zwei Zentimeter tiefer, und die Schlange hätte in Chandos' Stiefel gebissen. Was für ein unglaubliches Pech! »Hast du das Gift ausgesaugt?«

Chandos' Blick sprach Bände. »Sieh doch einmal hin, Frau. Wenn du glaubst, daß ich mit dem Mund dorthin komme, dann bist du verrückt.«

Courtney wurde noch blasser. »Das heißt, daß du nicht einmal … warum hast du mich nicht gerufen? Was du jetzt tust, ist ein letztes Hilfsmittel!«

»Du weißt wohl genau Bescheid«, fuhr er sie an.

»Ja. Ich habe meinem Vater zugesehen, wenn er Schlangenbisse behandelt hat. Er ist Arzt und… Hast du den Gürtel schon einmal gelockert? Du solltest es ungefähr alle zehn Minuten tun. Bitte Chandos, leg dich hin. Ich muß das Gift aussaugen, bevor es zu spät ist.«

Er starrte sie so lange an, daß sie schon annahm, er würde sich weigern. Doch dann zuckte er die Schultern und legte sich auf die Bettrolle.

»Der Schnitt ist in Ordnung«, erklärte er ihr mit deutlich schwächerer Stimme. »Ich konnte die Stelle sehen und mit den Händen erreichen, aber nicht mit dem Mund.«

»Spürst du außer den Schmerzen ein Schwächegefühl oder Übelkeit? Kannst du klar sehen?«

»Wer, sagtest du, ist der Arzt – du oder dein Vater?«

Es war eine Erleichterung, daß er noch Witze machen konnte. »Es würde mir helfen, wenn du meine Fragen beantwortest, Chandos. Ich muß wissen, ob das Gift schon in deinen Kreislauf gelangt ist oder nicht.«

»Ich leide unter keiner der erwähnten Beschwerden, Lady«, seufzte er.

»Das ist wenigstens etwas, wenn man bedenkt, wieviel Zeit vergangen ist.«

Aber Courtney war nicht davon überzeugt, daß er die Wahrheit sagte. Es würde ihm ähnlich sehen, nicht zuzugeben, daß er sich schwach fühlte.

Sie kniete neben seiner Wade nieder und machte sich an die Arbeit – es war ihr nicht widerwärtig, sondern einfach etwas, das getan werden mußte. Aber sie hatte Angst, weil soviel Zeit vergangen war.

Chandos rührte sich nicht, während sie sich mit ihm befaßte; er erklärte ihr nur einmal, daß sie die Hand von seinem verdammten Bein nehmen solle. Courtney hörte nicht auf, gleichmäßig zu saugen und zu spucken, bis sie plötzlich krebsrot wurde. Fortan achtete sie darauf, die Hand nicht mehr so hoch oben auf seinen Oberschenkel zu legen. Sie nahm sich vor, ihm später einmal deshalb die Meinung zu sagen. Der Mann konnte seine Begierde nicht einmal beherrschen, wenn er Schmerzen litt!

Sie arbeitete eine Stunde lang, dann konnte sie nicht mehr. Ihre Lippen waren taub, und ihre Wangen schmerzten. Die Wunde blutete nicht mehr, aber sie war gerötet und schrecklich geschwollen. Courtney bedauerte, daß sie keine Zugsalbe mithatte. Noch mehr bedauerte sie es, daß sie nichts von Heilkräutern verstand, denn es gab vielleicht am Flußufer oder im Wald etwas, das das Gift herausziehen oder die Schwellung zum Abklingen bringen konnte.

Statt dessen holte sie Wasser vom Fluß, tauchte einen Lappen hinein und legte ihn auf die Wunde. Alle zehn Minuten lockerte sie den Gürtel, der den Blutstrom unterband, und zog ihn nach einer Minute wieder an.

Sie war unermüdlich. Und als sie endlich dazu kam, ihn zu fragen, wie er sich fühlte, erhielt sie keine Antwort. Chandos war ohnmächtig geworden. Courtney wurde allmählich von Panik erfaßt.

24. Kapitel

»Wenn du mir die Haare abschneidest, Alter, bringe ich dich um.« Chandos hatte diesen und andere Sätze immer wieder gemurmelt, und Courtney hatte sich daraus ein bedrückendes Bild von Chandos' Leben machen können. Er sprach im Schlaf und fieberte hoch.

Irgendwann in der Nacht war sie eingeschlafen, aber nicht für lange Zeit. Sie hatte den Kopf an Chandos' Beine gelehnt, und dann hatte er plötzlich geschrien, daß er erst sterben könne, bis alle tot waren. Sie versuchte, ihn aufzuwecken, aber er stieß sie von sich.

»Verdammt, Calida, laß mich in Ruhe«, knurrte er. »Kriech in Marios Bett. Ich bin müde.«

Danach versuchte sie nicht mehr, ihn zu wecken. Sie wechselte den kalten Umschlag und hörte zu, wie er im Fieberwahn Schießereien, Prügeleien und Auseinandersetzungen mit jemandem erlebte, den er nur ›Alter‹ nannte. Er sprach auch mit Frauen – mit Meara ehrfurchtsvoll, mit Weißer Flügel sanft und mahnend. Seine Stimme klang ganz anders, wenn er mit diesen Frauen sprach, und Courtney schloß daraus, daß er sie sehr gern hatte.

Weißer Flügel war nicht der einzige indianische Name, den er erwähnte, sondern er nannte auch Männernamen, und es gab jemanden, den er nur als ›Freund‹ bezeichnete. Er verteidigte den Komantschen sogar dem ›Alten‹ gegenüber leidenschaftlich, und Courtney fiel ein, daß Chandos nie ihre Frage beantwortet hatte, ob er Indianerblut in den Adern habe.

Sie hatte nie darüber nachgedacht, aber es war möglich. Die seltsame, fremde Sprache, die er manchmal verwendete, konnte ein indianischer Dialekt sein.

Überraschenderweise störte es sie nicht. Für sie war und blieb er Chandos.

Als der Morgen graute, begann Courtney, ernsthaft daran zu zweifeln, daß Chandos überleben würde. Sie war erschöpft und wußte nicht, was sie noch für ihn tun konnte. Die Wunde sah genauso gefährlich aus wie am vergangenen Abend, und die Schwellung war kaum zurückgegangen. Er fieberte immer noch, und seine Schmerzen waren anscheinend stärker geworden, aber er stöhnte und schlug so schwach um sich, als hätte er überhaupt keine Kraft mehr.

»Er hat ihr die Arme gebrochen, damit sie sich nicht wehren kann ... das verdammte Schwein ... nur ein Kind. Tot, alle sind tot.« Er flüsterte nur noch, als hätte er nicht mehr genügend Kraft, um zu sprechen. »Zerreiß die Verbindung ... Kätzchen.«

Sie starrte ihn an. Es war das erste Mal, daß er sie erwähnte.

»Chandos?«

»Kann nicht vergessen ... nicht meine Frau.«

Sein rasselnder Atem machte Courtney mehr Angst als alles andere. Und als sie ihn schüttelte und er nicht aufwachte, begann sie zu weinen.

»Bitte, Chandos!«

»Verdammte Jungfrau ... nicht gut.«

Courtney wollte nicht hören, was er von ihr hielt. Sie konnte es nicht ertragen. Doch seine bisherigen Äußerungen hatten sie verletzt, und sie suchte Zuflucht bei ihrem Zorn.

»Wach auf, verdammt noch mal, damit du mich hören kannst. Ich hasse dich! Du bist grausam und herzlos, und ich weiß nicht, warum ich eine ganze Nacht damit vergeudet habe, dich zu retten. Wach auf!«

Sie schlug mit den Fäusten auf seinen Rücken ein und richtete sich dann erschrocken auf. Sie hatte einen Bewußtlosen geschlagen.

»Verzeih mir, Chandos«, rief sie und rieb seinen Rücken. »Bitte stirb nicht. Ich werde nie wieder auf dich böse sein, ganz gleich, wie unausstehlich du bist. Und wenn du wieder gesund bist, verspreche ich dir, daß ich dich nie mehr begehren werde.«

»Lügnerin.«

Courtney verschluckte sich beinahe. Seine Augen waren noch immer geschlossen.

»Du bist unausstehlich«, zischte sie und stand auf.

Chandos rollte sich auf die Seite und blickte zu ihr auf. »Warum?«

»Warum? Du weißt, warum!« Dann fügte sie zusammenhangslos hinzu: »Und ich bin keine verdammte Jungfrau, das weißt du am besten.«

»Habe ich das behauptet?«

»Vor nicht einmal fünf Minuten.«

»Habe ich womöglich im Schlaf gesprochen?«

»Und wie«, grinste sie, drehte sich um und stolzierte davon.

»Was jemand im Schlaf sagt«, rief er ihr nach, »kann man nicht ernst nehmen. Und um etwas klarzustellen: Ich halte dich schon seit einer ganzen Weile für keine Jungfrau mehr.«

»Geh zum Teufel!« rief sie zurück und ging weiter.

Doch sie kam nur bis zu der toten Schlange, neben der auf einmal ein lederner Schnürbeutel lag, der am vergangenen Abend bestimmt noch nicht dagewesen war.

Ein Schauder lief ihr über den Rücken, und sie sah sich rasch um, aber das Unterholz war so dicht, daß es ein ideales Versteck bot.

Sie starrte den Beutel an und hatte Angst, ihn zu berühren. Er war aus Hirschleder, schön gearbeitet und ungefähr doppelt so groß wie ihre Faust. Er war mit irgend etwas gefüllt.

Wenn in der Nacht jemand vorbeigekommen war, während sie Chandos pflegte, warum hatte sie ihn dann nicht gesehen? Und warum hatte sich dieser Unbekannte nicht gezeigt? War es möglich, daß jemand den Beutel zufällig fallengelassen hatte?

Es war Courtney unheimlich, daß im Lauf der Nacht jemand dagewesen war und beobachtet hatte, wie sie Chandos pflegte. Wer konnte das sein? Und warum hatte der den Lederbeutel hiergelassen?

Sie hob ihn vorsichtig an der Schnur auf und hielt ihn von

ihrem Körper weg, während sie zum Lager zurückkehrte. Chandos lag noch da, wie sie ihn verlassen hatte, und sie rief sich ins Gedächtnis, daß es ihm nicht besser ging, sondern daß er nur wach war. Es war gemein von ihr gewesen, ihm all diese Dinge zu sagen, wenn er so schwach war und sichtlich litt.

»Er sieht nicht aus, als würde er beißen, Kätzchen.«

»Was?« fragte sie verständnislos.

»Der Beutel. Du hältst ihn von deinem Körper weg, aber ich glaube nicht, daß das notwendig ist.«

»Hier.« Courtney ließ den Beutel neben ihm fallen. »Ich möchte ihn lieber nicht selbst aufmachen. Ich habe ihn neben der toten Schlange gefunden.«

»Das verdammte Biest! Am liebsten würde ich sie noch einmal umbringen.«

»Das kann ich dir nachfühlen.« Dann blickte sie zu Boden. »Es tut mir leid, daß ich so wütend geworden bin, Chandos. Einiges, das ich dir gesagt habe, ist unverzeihlich.«

»Vergiß es.« Er war damit beschäftigt, den Beutel zu öffnen. »Gott sei Dank«, rief er, als er eine Pflanze herauszog, an der noch die Wurzeln hingen.

»Was ist das?«

»Schlangenkraut. Das hätte ich letzte Nacht dringend gebraucht. Aber besser spät als gar nicht.«

»Schlangenkraut?« fragte sie mißtrauisch.

»Man zerquetscht es, vermischt den Saft mit Salz und trägt ihn auf die Bißwunde auf. Es ist eines der besten Mittel gegen Schlangengift.« Er hielt ihr die Pflanze hin. »Würdest du es bitte tun?«

Courtney griff nach der Pflanze. »Du weißt, wer sie dagelassen hat, nicht wahr?«

»Ja.«

»Na und?«

Er erwiderte ihren Blick so lange, daß sie bereits annahm, er würde ihr überhaupt nicht antworten. Aber dann sagte er doch: »Ein Freund von mir.«

Sie sah ihn groß an. »Warum hat sich dieser Freund nicht

gezeigt und mir die Pflanze gegeben? Er hätte mir erklären können, was ich damit tun soll.«

Chandos seufzte. »Das hätte er nicht können, weil er nicht Englisch spricht. Und wenn er sich gezeigt hätte, wärst du wahrscheinlich davongerannt.«

»Ein Indianer! Womöglich Springender Wolf?«

Chandos runzelte die Stirn. »Ich habe anscheinend ziemlich viel gesprochen.«

»Du hast dich mit den unterschiedlichsten Leuten unterhalten. Sprichst du immer im Schlaf?«

»Woher soll ich das wissen?«

Die Antwort erfolgte so scharf, daß sie sich abwandte. Sie bereitete die Mixtur zu und kam dann zu Chandos zurück. »Würdest du dich bitte wieder auf den Bauch legen?«

»Nein. Gib mir das Zeug.«

»Das besorge ich.« Sie wich seiner Hand aus und trat hinter ihn. »Du hast schon genug Schaden angerichtet, indem du gestern abend versucht hast, dich selbst zu behandeln – unnötigerweise.«

»Ich habe dich nicht um deine verdammte Hilfe gebeten.«

»Du wärst wohl lieber gestorben, als dir von mir helfen zu lassen.«

Er antwortete nicht und sagte auch sonst nichts mehr.

Courtney war beleidigt. Nach allem, was sie für ihn getan hatte, hätte er wenigstens ein bißchen Dankbarkeit zeigen können. Aber das war ihm offenbar gleichgültig, und es störte ihn anscheinend, daß er auf ihre Hilfe angewiesen war.

»Ist dein Freund immer noch in der Nähe, Chandos?« fragte sie schließlich.

»Willst du ihn kennenlernen?«

»Nein.«

Er seufzte müde. »Im Augenblick befindet er sich bestimmt nicht in der Nähe, falls dir das Sorgen bereitet, Kätzchen. Aber er wird wahrscheinlich nachsehen, ob es mir besser geht. Du wirst ihn jedoch nicht zu Gesicht bekommen, weil er weiß, daß du dich vor ihm fürchtest.«

»Das tue ich nicht. Woher will er das wissen?«

»Ich habe es ihm erzählt.«

»Wann?«

»Was spielt das wieder für eine Rolle.«

»Überhaupt keine.« Sie war mit der Behandlung des Beins fertig und trat wieder vor ihn. »Ich möchte nur wissen, warum er uns folgt. Der Indianer, den ich damals am Fluß gesehen habe, war auch er, nicht wahr? Wie oft hat er sich noch an unser Lager…« Ihre Augen wurden immer größer, während ihr alles Mögliche einfiel.

»In dieser Nacht war er nicht in der Nähe«, beruhigte sie Chandos. »Und er folgt uns nicht. Wir sind zufällig in die gleiche Richtung unterwegs.«

»Wenn ich nicht wäre, würdest du mit ihm reiten, nicht wahr? Kein Wunder, daß du mich nicht mitnehmen wolltest.«

Er runzelte die Brauen. »Ich habe dir gesagt, warum ich dich nicht mitnehmen wollte.«

»Allerdings. Aber du mußt schon entschuldigen, wenn ich nicht einmal mehr die Hälfte von dem glaube, was du mir erzählst.«

Statt sie zu beruhigen – was sie erhofft hatte –, sagte Chandos kein Wort. Sie wußte nicht, ob sie ihn anschreien oder weinen sollte. Schließlich tat sie keines von beiden, sondern richtete sich hoch auf.

»Ich gehe zum Fluß und spüle das Geschirr. Wenn ich nicht in ein paar Minuten zurück bin, dann bin ich auf deinen Freund gestoßen und in Ohnmacht gefallen.«

25. Kapitel

Chandos beobachtete Courtney, während sie die Suppe wärmte, die sie ihm den ganzen Tag über aufgedrängt hatte. Die Nachmittagssonne zauberte einen goldenen Schimmer auf ihre dichten, braunen Haare. Er konnte sich nicht sattsehen an ihr.

Er hatte seinem Kätzchen einen bösen Streich gespielt, und sie würde ihm das heimzahlen. Aber es war das einzig Richtige gewesen. Sie war nicht für ihn geschaffen. Wenn sie ihn besser gekannt hätte, wäre ihr das selbst klar geworden. Und wenn sie alles über ihn erfuhr, würde sie sich sogar vor ihm fürchten.

Im Augenblick war sie jedoch von dem leidenschaftlichen Zorn einer verschmähten Frau erfüllt. Leider tat dieser Zorn Chandos' männlichem Stolz gut. Er konnte nicht leugnen, daß er sich über ihre Reaktion freute und wäre entsetzlich enttäuscht gewesen, wenn sie sich mit seiner gespielten Gleichgültigkeit abgefunden hätte.

Er hatte ihr nicht die Unschuld rauben wollen und hatte sich verdammt bemüht, sich zu beherrschen. Doch nachdem er den Kampf gegen sich selbst verloren hatte, nachdem sie für diese eine, unglaubliche Nacht die seine geworden war, hatte er geglaubt, daß sein brennendes Verlangen befriedigt war. Das war ein Irrtum gewesen. Kaum hatte er sie bei ihrem Bad im Fluß beobachtet, waren alle guten Vorsätze vergessen.

Er war der Schlange beinahe dankbar, denn wenn sie nicht gewesen wäre, hätte er bestimmt wieder eine Liebesnacht mit Courtney verbracht, und das wäre schlecht gewesen. Es würde ihm schon so schwer genug fallen, sich von ihr zu trennen. Wenn sie einander wieder nahekamen, würde es nur schlimmer werden.

Das war ihr natürlich nicht klar. Sie war ganz von ihrer ersten großen Leidenschaft erfüllt und wütend auf ihn, weil sie glaubte, daß er sie benützt hatte. Er seufzte. Doch es war besser so. Noch besser wäre es allerdings gewesen, wenn sie ihn gehaßt hätte.

Natürlich hätte er nie auf sie verzichtet, wenn er nur einen Augenblick hätte glauben können, daß er sie glücklich machen könnte. Doch was für ein Leben konnte er ihr bieten? Vor vier Jahren hatte er beschlossen, die Welt der Weißen zu vergessen und das Leben eines Komantschen zu führen. Dann hatten fünfzehn schlechte Menschen sein Leben zerstört. Was blieb ihm denn, wenn alles vorbei war? Er war so lange umhergestreift, daß er wahrscheinlich nirgends seßhaft werden konnte, nicht einmal bei den Komantschen. Wie konnte sich dann eine weiße Frau mit einem solchen Leben abfinden? Das könnte er seinem Kätzchen nie antun.

Courtney schreckte ihn aus seiner Träumerei auf, indem sie mit einem Teller Brühe neben ihm niederkniete. »Wie fühlst du dich?«

»Genauso beschissen wie das letzte Mal, als du gefragt hast.«

Sie runzelte die Stirn. »Mußt du wirklich so vulgär sein, Chandos?«

»Vulgär? Wenn du wissen willst, was vulgär ist, kann ich dir den Gefallen tun…«

»Nein, danke«, unterbrach sie ihn. »Ich habe vergangene Nacht gehört, wozu du fähig bist.«

»Ich habe also versäumt, wie du errötet bist, Kätzchen?« neckte er sie. »Das tut mir wirklich leid. Dann gefällst du mir nämlich besonders gut. Wenn ein paar vulgäre Ausdrücke genügen…«

»Chandos!«

»Na also. Deine Wangen bekommen sehr leicht Farbe, nicht wahr?«

»Wenn du so unausstehlich sein kannst, liegst du vermutlich nicht im Sterben«, meinte sie bissig. Dann überrumpelte sie ihn. »Sag mir – bist du zum Teil Indianer?«

Er schwieg einen kurzen Augenblick. »Deine Behandlung war in Ordnung, bis du dir in den Kopf gesetzt hast, mir diese dünne Brühe einzuflößen.«

Courtney seufzte tief. »Ein einfaches Ja oder Nein würde mir genügen. Aber wenn du nicht antworten willst, dann laß es bleiben. Es ist mir gleichgültig, ob du Indianer bist oder nicht.«

»Wie tolerant von dir.«

»Und wie höhnisch von dir.«

»Ich weiß doch, daß dir Indianer Todesangst einjagen.«

Sie hob den Kopf. »Ich kann nichts dafür, daß die einzige Erfahrung, die ich mit Indianern gemacht habe, schlecht war. Aber du bist anders als sie.«

Chandos mußte sich zwingen, nicht zu lachen.

»Ich habe dich schon davor gewarnt, in bezug auf mich voreilige Schlüsse zu ziehen. Wenn du aus mir einen Indianer machen willst, dann werde ich die Rolle gern spielen.«

»Dann bist du gar kein…«

»Nein, aber man muß ja nicht Indianer sein, um ein Wilder zu sein. Soll ich es dir beweisen?«

Courtney sprang auf und lief an die andere Seite des Feuers. Dort stemmte sie die Hände in die Hüften und funkelte Chandos wütend an. »Es bereitet dir offenbar perverse Freude, mir Angst einzujagen.«

»Habe ich dir Angst eingejagt?« fragte er unschuldig.

»Natürlich nicht. Aber du hast es versucht, nicht wahr?«

»Natürlich nicht«, ahmte er sie nach.

Er genoß ihren Wutausbruch, er konnte nicht anders. Sie war so verdammt schön, wenn ihre honigbraunen Augen wütend blitzten, sie den Kopf zurückwarf, daß die Haare flogen, und sich würdevoll zu ihrer vollen Größe aufrichtete.

Sein Kosename paßte zu ihr, denn sein Kätzchen konnte eine Tigerin sein. Diese Reise war gut für sie. Sie hatte sich selbst gefunden. Wer weiß, wieviel sie noch über sich herausfinden würde, bis sie Texas erreichten. Noch vor einer Woche war sie so schüchtern gewesen, daß sie in seiner Gegenwart gestottert hatte. Jetzt würde sie nicht einmal dann in Ohnmacht fallen, wenn Springender Wolf vor ihr auftauchte.

»Glaubst du wirklich, daß du mir etwas antun kannst, Chandos, wenn du kaum imstande bist, den Kopf so weit zu heben, daß du deine Suppe trinken kannst?«

Das saß. »Sei vorsichtig, Lady. Du wärst erstaunt darüber, was ein Mann alles fertig bringt, wenn man ihn reizt.«

Courtney zuckte die Schultern. »Ich war nur neugierig.«

»Dann komm zu mir herüber, und ich werde deine Neugierde befriedigen.« Ihre Augen blitzten auf.

»Du machst dir vielleicht wegen deines Zustands keine Sorgen, aber ich tue es. Du sollst deine Kräfte schonen, nicht kämpfen. Und jetzt trink bitte deine Suppe. Dann kannst du dich ausruhen, während ich ein nahrhaftes Abendessen zubereite.«

Er nickte. Warum sollte er sie noch mehr reizen?

26. Kapitel

Es würde regnen. Die dunklen, drohenden Wolken konnten sogar ein Hinweis auf ein Gewitter sein.

Das war das erste, was Courtney bemerkte, als sie aufwachte. Als nächstes bemerkte sie, daß Chandos noch schlief, deshalb benützte sie die Gelegenheit, um die Feldflaschen am Fluß zu füllen, weil sie den Kaffee aufsetzen wollte, bevor er erwachte.

Der Pfad zum Fluß war dunkler als sonst, weil die Sonne nicht schien. Die Düsternis bedrückte sie; außerdem hatte sie keine Lust, den ganzen Tag im Regen zu reiten, selbst wenn Chandos dazu imstande war. Doch es war andererseits auch nicht sehr verlockend, einen Tag lang im Regen zu sitzen, wenn der einzige Schutz, den man besaß, ein Regenmantel war. Aber sie wollte sich nicht beklagen. Das gehörte dazu, wenn man auf einem Trail unterwegs war.

Courtney warf einen vorwurfsvollen Blick zum Himmel, bevor sie sich bückte, um die Feldflaschen zu füllen.

Regen war gar nicht so schlimm, sagte sie sich. Sie sollte dankbar sein, daß es Chandos besser ging. Es gab so vieles, wofür sie dankbar sein mußte, also sollte sie wegen ein wenig Regen nicht gleich Trübsinn blasen.

»Bist du Courtney Harte?«

Sie erstarrte und vergaß, die gefüllte Flasche aus dem Wasser zu heben. Sie vergaß auch, Luft zu holen.

»Bist du taub, Süße?«

»Er hat gesagt, daß Sie nicht Englisch sprechen«, jammerte sie.

»Wer? Von wem sprichst du, zum Teufel?«

Sie drehte sich um, sah den Mann und wurde vor Erleichterung fast ohnmächtig. »Ich habe geglaubt, daß sie ein Komantsche sind. Hier treibt sich nämlich einer rum.«

»Woher willst du das wissen? Hast du ihn gesehen?«

»Nein, eigentlich nicht.«

»Na also, ich auch nicht. Wahrscheinlich ist er gar nicht mehr hier. Wirst du mir jetzt verraten, wer du bist?«

Was war hier los? Der Mann sah nicht furchteinflößend aus. Er hatte ein fröhliches Gesicht, mit Lachfalten um Mund und Augen. Es war ein angenehmes Gesicht, mit leicht geröteten Wangen und hellen grauen Augen. Er war mittelgroß, etwas rundlich und etwa fünfunddreißig Jahre alt.

»Wer sind Sie denn?« fragte sie.

»Jim Evans. Kopfgeldjäger.«

»Aber Sie sehen nicht so aus – ich meine...«

»Ja, ich weiß.« Er grinste breit. »Das ist ein Vorteil für mich, ich passe nicht in die allgemeine Vorstellung. Bist du nun Courtney Harte oder nicht?«

Wenn er ihr nicht verraten hätte, daß er Kopfgeldjäger war, dann hätte sie es vielleicht zugegeben. So konnte sie nur annehmen, daß er auf der Suche nach Chandos war.

»Ich bin nicht Courtney Harte.«

Er grinste wieder. »Du wirst mich doch nicht anlügen? Die Wahrscheinlichkeit, daß es hier draußen zwei Frauen gibt, auf die die Beschreibung paßt, ist sehr gering. Ich bin davon überzeugt, daß ich die echte Courtney Harte gefunden habe.«

»Warum haben Sie sich dann noch die Mühe gemacht zu fragen?«

»Ich mußte es tun. Fehler kann ich mir nicht leisten. Man bezahlt mich nicht dafür, daß ich Fehler mache. Und was ich für dich bekomme, ist nicht gerade ein Pappenstiel. Das kannst du mir glauben.«

»Für mich? Dann sind Sie also nicht hinter – was soll das heißen, was Sie für mich bekommen? Ich werde nicht steckbrieflich gesucht, Mister Evans.«

»Das habe ich auch nicht behauptet.«

»Aber Sie sind doch Kopfgeldjäger.«

»Ich kassiere Belohnungen, und zwar nicht nur für Leute,

die steckbrieflich gesucht werden. Ich spüre jeden beliebigen Burschen aus jedem beliebigen Grund auf, wenn der Zaster stimmt. Bei dir hat er gestimmt. Dein Mann kann es nicht erwarten, dich zurückzubekommen, Süße.«

»Mein Mann?« Ihre Verblüffung verwandelte sich rasch in Zorn, als ihr die Sache dämmerte. »Wie kann er es wagen! Sie sind von Reed Taylor angeheuert, nicht wahr?«

»Er bezahlt, was ich verlangt habe.«

»Aber er ist nicht mein Mann! Er hat überhaupt nichts mit mir zu tun.«

Jim Evans zuckte die Schultern. »Mir ist es vollkommen gleichgültig, was er ist. Er will dich wieder in Kansas haben, also bekommt er dich nach Kansas, denn ich bekomme mein Geld erst, wenn ich die Ware liefere.«

»Ich muß Sie leider enttäuschen, Mister, aber ich kehre nicht nach Kansas zurück, auf gar keinen Fall. Schon gar nicht, weil Reed Taylor mich zurückhaben will. Sie haben leider Ihre Zeit vergeudet. Ausgerechnet...«

»Du hast mich leider noch immer nicht verstanden, Süße.« Seine Stimme klang noch immer freundlich, aber auf seinem Gesicht lag jetzt ein harter Zug. »Ich vergeude meine Zeit nie. Du reitest nach Kansas zurück. Wenn du etwas dagegen einzuwenden hast, mußt du es mit Mr. Taylor austragen, nicht mit mir.«

»Aber ich weigere mich...«

Er zog den Revolver und richtete ihn auf sie. Courtneys Herz schlug plötzlich dreimal so schnell, und als ihr endlich einfiel, daß sie selbst einen Revolver in ihrem Rock stecken hatte, hatte er ihn bereits gefunden und ihr weggenommen.

»Sei nicht so erstaunt, Süße«, grinste er. »Ich verstehe mein Handwerk.«

»Das sehe ich. Aber würden Sie mich wirklich erschießen? Ich glaube nicht, daß Reed auch für meine Leiche bezahlen würde.«

»Das stimmt, aber er hat nicht gesagt, in was für einem Zustand ich dich abliefern muß.«

Courtney überlegte, ob sie das Risiko eingehen und davonlaufen sollte. Aber er kam ihr zuvor.

»Denk gar nicht erst daran, davonzulaufen oder zu schreien. Wenn der Mann, mit dem du zusammen bist, den Weg heruntergerannt kommt, bleibt mir nichts anderes übrig, als ihn umzulegen.« Er deutete flußaufwärts. »Gehen wir.«

»Aber meine Sachen. Sie erwarten doch nicht, daß ich ohne…«

»Kein schlechter Versuch, aber vergiß es. Wenn ich daran denke, was uns der Mexikaner über das Halbblut erzählt hat, mit dem du reitest, ist es mir lieber, wenn ich ihn überhaupt nicht zu Gesicht bekomme. Und wenn wir uns jetzt auf den Weg machen, hat er keine Ahnung, was aus dir geworden ist.«

Sie geriet in Panik. Er hatte recht. Wenn Chandos endlich soweit war, daß er nach ihr suchte, würde es bereits regnen, und ihre Spuren würden verwischt sein.

Sie versuchte, Zeit zu gewinnen, weil sie hoffte, daß Chandos inzwischen aufgewacht und darüber beunruhigt war, daß sie so lange fortblieb. »Heißt der Mexikaner, den Sie erwähnt haben, zufällig Romero?«

»Allerdings. Wir haben ihn und zwei weitere Männer vor nicht allzu langer Zeit getroffen. Die Geschichte, die er uns über dich und deinen Freund erzählt hat, hat es in sich. Es klang, als wäre das Halbblut eine Ein-Mann-Armee. Natürlich kann man einem Fremden nicht alles glauben. Es wäre genauso gut möglich gewesen, daß die drei dich umgebracht hatten und die Schuld auf jemand anderen abwälzen wollten. Pretty Boy war dafür, daß wir sie erschießen und nach Kansas zurückreiten, aber der Mexikaner hat uns zu der Stelle geführt, an der er euch zum letzten Mal gesehen hat, und von dort aus war es nicht schwierig, eure Spur aufzunehmen.«

»Wer ist Pretty Boy?«

»Du glaubst doch nicht, daß ich so wahnsinnig bin, allein durch das Indianerterritorium zu reiten? Die anderen warten mit den Pferden flußaufwärts. Wir haben uns gedacht, daß dein Freund weniger mißtrauisch sein würde, wenn ich allein aufkreuze, und daß ich dann diesen Vorteil ausnützen kann.«

»Und dann haben Sie gesehen, daß ich allein zum Fluß heruntergekommen bin.«

»Richtig. Ich habe eben Glück gehabt. Du kannst mir glauben, Süße, daß ich nicht scharf darauf war, das Halbblut kennenzulernen.«

Er zog sie mit sich, und ihr wurde klar, daß es ihre letzte Gelegenheit war zu schreien. Doch sie brachte es nicht fertig. Wenn Chandos gesund gewesen wäre, hätte sie nicht gezögert. Aber der Schlangenbiß hatte ihn geschwächt, und er könnte getötet werden. Außerdem befand sie sich nicht in Gefahr. Man zwang sie einfach, nach Kansas zurückzukehren, das war alles.

Bald danach bedauerte sie allerdings ihren Entschluß, widerstandslos mitzugehen und nicht nach Chandos zu schreien.

27. Kapitel

Pretty Boy Reavis trug seinen Namen zu Recht; er hatte dichtes, silberblondes, gewelltes Haar und dunkelviolette Augen. Er sah unglaublich gut, sogar schön aus. Er war zweiundzwanzig Jahre alt, schlank, ungefähr einen Meter achtzig groß – ein Mann, von dem jede Frau träumt.

Courtney war von seinem Anblick so beeindruckt, daß sie seine beiden Begleiter zunächst nicht bemerkte. Und Pretty Boy fand sie genauso interessant.

»Taylor hat gesagt, daß du schön bist, Liebling, aber das war eine Untertreibung.«

Courtney nahm an, daß er schon längere Zeit keine Frau gesehen hatte, denn sie trug ihren zerknitterten, schmutzigen Reitrock, sowie die weiße Seidenbluse, die nur noch aus Falten bestand, weil Courtney sie gewaschen, aber nicht gebügelt hatte. Ihre ungekämmten Haare hingen ihr bis auf die Taille herab. Und sie hatte sich seit dem Abend, an dem Chandos von der Schlange gebissen worden war, nicht mehr gewaschen.

»Du reitest mit mir.« Pretty Boy trat vor, um sie von dem Kopfgeldjäger wegzuziehen.

»Pretty Boy…«

»Sie reitet mit mir, Evans«, erklärte er scharf.

Pretty Boy verfügte eindeutig nicht nur über ein schönes Gesicht.

Jim Evans nahm sich die unmißverständliche Warnung zu Herzen und ließ Courtneys Arm los.

Sie fragte sich, wer hier eigentlich das Sagen hatte, aber in diesem Augenblick befahl Evans den Männern aufzusitzen, und sie gehorchten. Evans hatte offenbar den Oberbefehl, Pretty Boy aber hatte dennoch widerspruchslos bekommen, was er wollte.

Pretty Boy wurde gefürchtet. Anscheinend wagte niemand, ihn herauszufordern. Er war vermutlich ein Revolvermann, dem es Spaß machte zu töten.

Sie wurde auf Pretty Boys Pferd gehoben, dann saß er hinter ihr auf. Erst jetzt bemerkte sie den Mexikaner. Er sah sie genauso gleichgültig an wie bei ihrem ersten Zusammentreffen, und das brachte sie sofort in Wut.

»Sie lernen wohl nichts aus ihren Fehlern, Romero?« fragte sie spöttisch.

Er lächelte. »Du bist noch immer voll Feuer, bella, aber du irrst dich, ich lerne.« Er sah zu Jim hinüber, der gerade aufsaß. »Wir haben keine Schüsse gehört, Señor. Was haben Sie mit Chandos getan?«

»Überhaupt nichts«, erwiderte Jim. »Ich mußte nicht in seine Nähe kommen. Sie war unten am Fluß.«

»Soll das heißen, daß er nicht einmal weiß, daß wir sie haben?« Die Frage kam von einem Mann mit langem Gesicht und noch längerem Schnauzbart. »Das gefällt mir! Er wird darauf warten, daß sie zurückkommt, und wird vergeblich warten.« Er lachte. »Ein Halbblut ist nie schlau. Es wird eine ganze Weile dauern, bis ihm dämmert, daß sie fort ist.«

»Sie irren sich«, widersprach Romero. »Meine Amigos und ich haben den Fehler begangen, dieses Halbblut zu unterschätzen. Ich kann erst wieder ruhig schlafen, wenn er tot ist. Und wenn Sie nicht dafür sorgen, dann werde ich es tun.«

Courtney hätte beinahe aufgeschrien, beherrschte sich aber noch rechtzeitig. Auf diese Weise konnte sie den Mexikaner bestimmt nicht zurückhalten.

Sie überlegte rasch. »Danke, Romero. Ich habe schon befürchtet, daß Chandos glauben wird, daß ich ertrunken bin, und mich überhaupt nicht suchen wird.«

»Meint sie es ernst?« fragte Langes Gesicht. Dann wandte er sich direkt an Courtney. »Du willst, daß das Halbblut stirbt?«

»Machen Sie sich nicht lächerlich«, erwiderte sie hochmütig. »Chandos ist viel zu schlau, um sich überrumpeln zu lassen. Aber er kann nur erfahren, was aus mir geworden ist, indem er einen von Ihnen sieht.«

»Du magst Romero nicht sehr, Liebling, nicht wahr?« grinste Pretty Boy. Dann erklärte er den Männern: »Vergeßt ihn. Wenn er uns folgt, kümmere ich mich um ihn.« Offenbar bezweifelte niemand, daß er dazu imstande war, denn sie setzten sich in Bewegung. Courtney atmete erleichtert auf. Chandos befand sich in Sicherheit.

Doch das traf nicht auf sie zu. Pretty Boys Hände begaben sich bald auf Wanderschaft. Sie kamen ihren Brüsten immer näher, und Courtney schnappte empört nach Luft, als er eine Hand auf eine ihrer Brüste legte. Sie riß die Hand weg, doch im selben Augenblick faßte er ihre Hände und drehte ihr die Arme auf den Rücken, so daß ihr vor Schmerz die Tränen in die Augen traten.

»Spiel nicht mit mir, Liebling«, flüsterte er zornig. »Wir wissen beide, daß du mit dem Komantschen geschlafen hast. Gleiches Recht für alle.«

Die Hand, mit der er die Zügel hielt, glitt über ihren Bauch und ihre Brüste. Das Pferd schüttelte den Kopf und wich zur Seite.

»Du hast Glück, weil du mir gefällst, Liebling«, fuhr er fort. »Ich werde dir die anderen vom Leib halten – aber nur so lange, wie du dich dafür erkenntlich zeigst. Taylor will dich wiederhaben, aber ich habe mir bestimmt eine Belohnung für meine Mühe verdient. Es liegt an dir, wie ich sie mir nehme.«

Er ließ ihren Arm los. Courtney schwieg. Was sollte sie schon sagen? Sie war ihm wehrlos ausgeliefert.

Doch sie hatte keineswegs resigniert. Obwohl er so unglaublich gut aussah, stieß seine Grausamkeit sie ab. Sobald der Schmerz in ihrer Schulter nachließ, zeigte sie ihm unmißverständlich, was sie von seiner rohen Behandlung hielt. Die Folgen waren ihr gleichgültig. Sie rammte ihm den Ellbogen in den Magen, worauf ein Handgemenge folgte, weil sie versuchte, vom Pferd zu springen. Er versetzte ihr einen Schlag auf den Kopf, aber sie kämpfte weiter, bis sich seine Arme wie stählerne Klammern um sie schlossen, und sie sich überhaupt nicht mehr rühren konnte. »Also gut«, knurrte er wütend. »Du hast dich klar ausgedrückt. Ich werde dich vorläufig in Ruhe lassen. Aber du solltest darum beten, daß mein Zorn verraucht ist, wenn wir am Abend das Lager aufschlagen.«

Als wolle er die Warnung unterstreichen, zuckte ein Blitz über den Himmel, und sofort danach dröhnte der Donner. Im nächsten Augenblick prasselte der Regen herab und beendete das Gespräch. Pretty Boy zog einen Regenmantel aus der Satteltasche, breitete ihn über sie beide und trieb sein Pferd an.

28. Kapitel

»Was ist aus Dare Trask geworden?«

Courtney antwortete Romero nicht, weil sie es nicht wußte. Sie saß am Feuer und aß ab und zu ein wenig von ihren Bohnen. Ihr Magen brannte vor Angst.

Der Regen hatte am späten Nachmittag aufgehört, und sie hatten das Lager in einem Wald in den Sandsteinhügeln aufgeschlagen. Sie hatte beinahe erwartet, daß Pretty Boy sie schlagen würde, denn er hatte sie sehr grob vom Pferd gestoßen. Doch dann hatte er nur sein Reittier versorgt und würfelte jetzt mit Langes Gesicht. Die beiden Männer blickten immer wieder zu ihr hinüber.

»Was ist los, bella?«

»Der Killer mit dem Engelsgesicht will mich vergewaltigen, und Sie fragen, was los ist?«

Sie blickte Romero wütend an, ihre Augen blitzten, und ihre Haare leuchteten im Feuerschein golden. Sie hatte keine Ahnung, wie verführerisch sie aussah und wie sehr Romero sie in diesem Augenblick begehrte.

»Da kann ich dir leider nicht helfen, bella, denn ich möchte dich ebenfalls haben. Meine Amigos hätten dich mit allen geteilt, aber dazu ist Pretty Boy nicht bereit.«

»Können Sie ihn nicht daran hindern?«

»Du machst Witze, bella. Den Mann fordert keiner heraus, er ist verrückt. Es ist ihm gleichgültig, wen er tötet und warum.«

»Chandos würde ihn herausfordern.«

»Aber er ist nicht hier.«

»Er wird kommen, Romero, ganz bestimmt.«

»Als wir uns das letzte Mal sahen, hast du geschworen, daß du ihm gleichgültig bist.«

»Seither hat sich vieles geändert. Ich bin jetzt seine Frau.«

Romero fluchte. »Es wäre offenbar klüger, wenn ich nicht mit dir und den Hombres reite. Die Sache wird gefährlich.«

»Das stimmt. Aber wenn Sie fortwollen, müssen Sie sofort aufbrechen.«

Courtney überlegte kurz, ob sie womöglich alle dazu bringen konnte, sie zu verlassen. Bei Pretty Boy würde es ihr bestimmt nicht glücken; aber je weniger Männer im Lager blieben, desto eher konnte ihr die Flucht gelingen.

»Chandos hat wahrscheinlich unsere Spur entdeckt, bevor der Regen eingesetzt hat«, erklärte sie Romero. »Er wird mich finden.«

»Heute früh warst du deiner Sache nicht so sicher.«

»Ich wollte nicht, daß Sie sterben. Aber jetzt werde ich es kaum verhindern können.«

Nach einer langen Pause wiederholte Romero seine erste Frage: »Was ist aus Dare Trask geworden?«

»Ich weiß es nicht. Chandos hat mich vorausgeschickt, weil er Trask Dinge sagen wollte, die ich nicht hören sollte.«

»Er hat dich vorausgeschickt, obwohl Indianer in der Nähe waren?« fragte Romero ungläubig.

»Ich war nicht in Gefahr. Sie sind seine Freunde, und sie reiten für gewöhnlich zusammen. Sie haben sich in unserer Nähe befunden, seit wir Kansas verlassen haben, aber sie haben sich außer meiner Sichtweite gehalten, weil Chandos weiß, daß ich Angst vor Indianern habe.«

»Das stimmt. Wenn wir nicht drei Indianer gesehen hätten, wäre ich in der gleichen Nacht zurückgekehrt, um Trask zu retten.«

Courtney war verblüfft, denn sie hatte nur von einem Indianer gewußt. »Ich habe nie ... ich habe geglaubt ... jetzt ist mir klar, daß Trask unmöglich mit dem Leben davongekommen sein kann. Chandos hat Trasks Pferd mitgenommen und mir gesagt, daß er ihn nicht getötet hat. Er hat mir aber auch erzählt, daß Trask etwas Schreckliches getan hat und alles verdient, was ihm deshalb geschehen wird. Chandos hat Trask offenbar zurückgelassen, damit ihn die Komantschen ...«

Sie schluckte krampfhaft. Wahrscheinlich war ihre Vermutung richtig, und sie erkannte zum ersten Mal, wie kaltblütig Chandos sein konnte.

»Treiben sich diese Komantschen immer noch hier herum?« Romero sah sich besorgt um.

»Ja. Als sich Jim Evans heute morgen an mich anschlich, habe ich im ersten Augenblick geglaubt, daß es ein Indianer ist.«

»Wäre es möglich, daß sie Chandos helfen, dich hier rauszuholen?«

Daran hatte sie noch gar nicht gedacht, und in ihr regte sich Hoffnung. Trotzdem antwortete sie: »Nein, sie würden nicht mit Chandos reiten. Warum sollten sie auch? Wenn er es nur mit vier Männern zu tun hat, braucht er keine Hilfe, das hat er schon bewiesen.«

Romero nickte.

»Ich werde mich von dir verabschieden, bella. Deine Nähe ist ungesund.«

»Sie verlassen uns doch nicht?« rief sie ihm nach.

Die anderen hatten Sie gehört, und Pretty Boy stand auf, um Romero den Weg zu verstellen. »Was ist los?«

»Ich habe Ihnen geholfen, die Frau zu finden; das war ein Fehler. Sie hätten sie bei ihrem Mann lassen sollen.«

»Bei Taylor?« fragte Jim verständnislos.

»Nein, Señor, sie ist Chandos' Frau, und deshalb wird er sie holen. Ich möchte lieber nicht dabei sein, wenn er es tut.«

»Lieber reiten Sie nachts alleine fort?« fragte Jim ungläubig. »Sie sind wahnsinnig.«

Pretty Boy mischte sich ein. »Was hat sie Ihnen erzählt, das Sie so erschreckt hat?«

»Sie hat zugegeben, daß sie Chandos' Frau ist.«

»Sollen wir Ihnen tatsächlich glauben, daß sich ein Halbblut darum schert, was aus einer weißen Frau wird?« rief Frank vom Feuer herüber.

Romero musterte die Männer verächtlich. »Ich habe gesehen, was dieses Halbblut meinen Amigos angetan hat, und da war sie noch nicht seine Frau, sondern er war nur ihr Führer. Jetzt gehört sie ihm. Wissen Sie denn nicht, was ein Komantsche mit einem Mann tut, der ihm seine Frau stiehlt?«

»Er ist nur zur Hälfte Komantsche«, bemerkte Jim.

»Dadurch ist er doppelt gefährlich, denn er kann als Weißer und als Komantsche töten. Wir befinden uns tief im Territorium der Indianer, und ich befürchte, daß er nicht allein kommen wird, wenn er sich die Frau zurückholt.«

»Deshalb werden Sie bei uns bleiben, Romero«, erklärte Jim entschieden. »Wir brauchen jeden Revolver...«

»Lassen Sie ihn gehen«, unterbrach ihn Pretty Boy höhnisch. »Ich brauche keinen Feigling zu meiner Unterstützung. Ich brauche überhaupt keine Unterstützung. Ich bin der beste Mann, den es gibt, Evans. Deshalb wollten Sie ja, daß ich Sie begleite, oder etwa nicht?«

Bei dem Wort Feigling spannte sich Romeros Körper. Courtney rief: »Nein!« und hielt sich die Ohren zu.

Er hatte nach seinem Revolver gegriffen, aber Pretty Boy machte seinem Ruf alle Ehre. Courtney sah entsetzt, wie sich ein Blutfleck auf Romeros Brust ausbreitete. Er brach langsam zusammen und rührte sich nicht mehr.

Pretty Boy lächelte, und bei diesem Lächeln wurde Courtney übel.

»Du sorgst jedenfalls für Unruhe, Liebling.«

Courtney erbrach würgend. Als es vorüber war, trat Pretty Boy neben sie. »Ich habe nicht gewußt, daß du so zart besaitet bist, Liebling, sonst hätte ich dich davor gewarnt, hinzusehen.«

»Sie haben ihn bewußt gereizt«, warf sie ihm vor.

»Ich würde mich an deiner Stelle nicht so aufspielen«, wies er sie zurecht. »Du hast ihn ja dazu gebracht, Farbe zu bekennen. Ich mag Feiglinge nicht, das ist alles.«

Courtney stöhnte – nun war sie daran schuld. Nein! Das stimmte nicht. Sie hatte Romero nicht zu der Kraftprobe aufgestachelt – das war Pretty Boys Werk gewesen.

»Ich habe geglaubt, daß die Komantschen Wilde sind, aber Sie sind der Wilde«, zischte sie.

Sie war davon überzeugt, daß er sie schlagen würde, aber er zog sie nur auf die Füße. »Ich glaube, das Problem besteht darin, daß ich mich zu lange nicht um dich gekümmert habe, Liebling.« Er hielt ihren Arm so fest, daß es schmerzte; sie wollte sich losreißen, aber er lockerte den Griff nicht, während er seine Aufmerksamkeit den anderen zuwandte. »Schaff die Leiche fort, Frank – aber laß dir dabei Zeit. Und wenn Sie sich solche Sorgen wegen der Indianer machen, Jim, warum sehen Sie sich dann nicht ein wenig um?«

Courtney wurde blaß.

»Nein!« rief sie. »Wagen Sie nicht, mich mit diesem Ungeheuer allein zu lassen, Evans!«

Evans sah sie nicht einmal an, sondern griff nach seinem Gewehr und verließ das Lager. Frank kümmerte sich genausowenig um sie, als er die Leiche außer Sicht zog. Pretty Boy wandte seine Aufmerksamkeit jetzt Courtney zu, und die Wut in seinen violetten Augen erschreckte sie.

»Sie müssen nicht alles wörtlich nehmen, was ich gesagt habe«, meinte sie ängstlich.

»Natürlich nicht, Liebling.«

Natürlich glaubte er ihr nicht, und Courtney spürte instinktiv, daß dieser Mann kein Mitgefühl kannte. Courtney hatte vor langer Zeit einmal um den Mut gebetet, nicht betteln zu müssen. Damals war es um ihr Leben gegangen. Diesmal war die Situation genauso entsetzlich, und sie befahl sich, weder zu Kreuz zu kriechen noch zu bitten.

Sie flüchtete sich in Zorn.

»Also schön, ich habe es so gemeint. Sie sind ein gemeiner…«

Ihre Wange brannte wie Feuer. Kaum hatte er sie geschlagen, warf er sie zu Boden, und sein Gewicht hinderte sie daran, sich zu bewegen. Sein Mund preßte sich auf den ihren und schnitt ihr die Luft ab.

Seine Zähne glitten über ihre Wange und gruben sich dann in ihren Hals. Courtney schrie auf, packte ihn an den Haaren und riß seinen Kopf zurück. Er war nicht im geringsten beeindruckt, sondern grinste sie an.

»Wenn Sie noch einen Schritt weiter gehen«, keuchte sie, »legt Chandos Sie um.«

»Hast du noch immer nicht begriffen? Ich habe keine Angst vor deinem Halbblut.«

»Wenn Sie keine Angst vor ihm haben, dann sind Sie ein Idiot!«

Seine Hand schloß sich um ihren Hals und drückte brutal zu, so daß sie keine Luft bekam. Er ließ sie beinahe eine Minute kämpfen, bis er sie endlich losließ. Im nächsten Augenblick zerriß er ihr Bluse und Hemd mit einer einzigen Bewegung, und auf ihrer Brust, wo sein Nagel ihre Haut geritzt hatte, bildete sich ein langer, roter Streifen.

»Du solltest lieber den Mund halten«, erklärte er ihr kalt. »Ich habe mir von dir mehr gefallen lassen als je von einem anderen Menschen.«

»Dann hat Ihnen wohl noch niemand die Wahrheit gesagt?«

Die Ohrfeige trieb Courtney die Tränen in die Augen, aber es war, als ritte sie der Teufel; sie konnte einfach nicht den Mund halten.

»Sie haben etwas übersehen, Pretty Boy. Romero war der letzte Mann, den Sie auf diese Art töten konnten. Komantschen kämpfen anders. Fünf oder sechs werden Sie gleichzeitig überfallen. Was nützt Ihnen dann Ihr schneller Revolver?«

»Hast du das dem Mexikaner erzählt, um ihm Angst einzujagen?«

»Nein, ich habe ihm erzählt, daß Chandos wahrscheinlich allein kommen wird, weil er keine Hilfe braucht, um mit Geschmeiß wie...«

Sie schrie auf, als sich seine Finger in ihre Brust gruben. Er drückte ihr die andere Hand auf den Mund, aber sie biß ihn, und er riß die Hand zurück.

»Chandos!« schrie Courtney; sie wußte, daß es keinen Sinn hatte, aber sie brauchte wenigstens ein bißchen Hoffnung.

»Miststück!« knurrte Pretty Boy. »Ich sollte...«

Er unterbrach sich, als ein fürchterlicher Schrei ertönte. Sie erstarrten beide. Es war ein Todesschrei, ein qualvoller Schrei, der Schrei eines Mannes. Dann folgte ein zweiter Schrei, der noch entsetzlicher war als der erste. Im nächsten Augenblick brach jemand durch das Gebüsch, und Frank tauchte im Lager auf.

»Verdammt noch mal!« keuchte Frank atemlos. »Sie haben Evans.«

Pretty Boy war mit dem Revolver in der Hand aufgesprungen. »Es kann ein Bär gewesen sein, oder eine Wildkatze.«

»Klar«, antwortete Frank, »aber du glaubst das genauso wenig wie ich. Es ist ein alter Trick. Sie werden ihn die ganze Nacht foltern, damit wir hören, wie er schreit. Es wird uns wahnsinnig machen, und am Morgen werden sie leichtes Spiel mit uns haben.«

Pretty Boy richtete den Revolver auf Courtney.

»Steh auf. Wir hauen ab.«

Sie erhob sich langsam. »Ich habe geglaubt, daß Sie sich ihnen stellen wollen«, bemerkte sie mit Unschuldsmiene.

Das trug ihr einen weiteren Schlag ein; sie taumelte zurück und landete hart auf dem Boden. Dort blieb sie sitzen, drückte eine Hand auf die Wange und hielt sich mit der anderen die Bluse zu. Sie sah Pretty Boy haßerfüllt in die Augen, und dieser wich wider Willen zurück.

»Sei vorsichtig«, ermahnte ihn Frank. »Sie ist das einzige Druckmittel, das wir besitzen.«

»Wir brechen auf«, erwiderte Pretty Boy selbstsicher. »Wir brauchen kein Druckmittel, wenn wir nicht hier sind.«

»Das geht nicht. Da draußen steht mindestens einer, der uns beobachtet. Wenn wir jetzt versuchen fortzureiten, erledigen sie uns auf der Stelle. Wir müssen überlegen, wie wir aus der Falle rauskommen – leider sind sie im Vorteil.«

Pretty Boy, der wußte, daß Frank recht hatte, drehte sich im Kreis und versuchte, ein Ziel auszumachen. Courtney bereitete seine Furcht perverses Vergnügen, obwohl sie selbst Angst hatte; allerdings aus einem anderen Grund.

In bezug auf Evans hatte sich Frank allerdings geirrt. Zehn

Minuten vergingen, ohne daß ein weiterer Schrei ertönte, und sie nahmen an, daß Evans tot war. Die beiden Männer nahmen auch an, daß die Indianer da draußen wegen Courtney gekommen waren, aber Courtney hielt es für genauso wahrscheinlich, daß die Angreifer zufällig auf das Lager gestoßen waren, und dann würde sie binnen kurzem genauso tot sein wie Pretty Boy und Frank.

»Ich brauche einen Revolver«, erklärte sie daher, während sie aufstand.

»Das kannst du vergessen«, fauchte Pretty Boy.

»Wollen Sie wirklich bis zum bitteren Ende ein Idiot bleiben?« fuhr sie ihn an. »Ich habe vielleicht nicht viel Erfahrung mit Revolvern, aber jemanden, der vor mit steht, kann ich bestimmt treffen.«

»Ja, zum Beispiel mich.«

Frank grinste, und Courtney verzog verzweifelt das Gesicht.

»Kommt denn keiner von Ihnen auf die Idee, daß da draußen alles Mögliche warten kann? Es kann sogar ein wildes Tier sein – Evans hat nicht mehr geschrien. Oder er hat einen Unfall gehabt.«

»Bei einem Unfall schreit kein Mensch so«, wandte Frank ein.

»Also schön.« Courtney zögerte einen Augenblick, dann fuhr sie fort. »Ich muß Ihnen etwas gestehen. Es ist nicht sehr wahrscheinlich, daß Chandos der Angreifer ist. Er ist von einer Schlange gebissen worden und war noch nicht gesund, als Evans mich entdeckt hat. Das ist der wahre Grund, warum ich eine Auseinandersetzung zwischen ihm und Romero vermeiden wollte. Soweit war Chandos noch nicht. Und obwohl es tatsächlich Indianer in diesem Gebiet gibt, nehme ich kaum an, daß sie ausgerechnet mich retten würden. Können Sie sich vorstellen, daß ein echter Komantsche auf die Idee kommt, eine weiße Frau zu retten?«

»Ich kann mir vorstellen, daß eine weiße Frau alles Mögliche erzählt, um einen Revolver in die Hand zu bekommen«, antwortete Pretty Boy. »Und du allemal, Liebling. Deshalb kannst du reden, bis du heiser bist – es bleibt bei meinem Nein.«

»Sie…«

Pretty Boy verlor die Geduld. »Halt den Mund, damit ich hören kann, was draußen los ist.«

Courtney gehorchte. In diesem Augenblick sagte Frank: »Ich kann es nicht glauben. Der Kerl ist verrückt. Er kommt alleine!«

Pretty Boy und Courtney drehten sich um. Chandos kam langsam durch die Bäume geritten, bis er nur noch drei Meter entfernt war. Courtneys Herz klopfte ihr bis zum Hals. Er war ihretwegen gekommen! Er war gekommen, um sie zu retten, obwohl er krank war!

Er sah entsetzlich aus. Der zwei Tage alte Stoppelbart und die zerknautschte Kleidung ließen ihn noch abgezehrter aussehen. Er hatte sich nicht einmal umgezogen.

Pretty Boy grinste. Frank hielt seinen Revolver auf Chandos gerichtet. Chandos hielt die Zügel mit beiden Händen, sein Revolver steckte im Halfter. Er musterte Courtney, und als er ihre zerrissene Kleidung bemerkte, biß er die Zähne zusammen und richtete sich auf.

»Sind Sie allein, Mister?«

Chandos beantwortete Franks Frage nicht. Er stieg ab und trat langsam vor sein Pferd. Courtney hielt die Luft an, denn er hatte seinen Revolver immer noch nicht gezogen, und es war daher für Frank ein Leichtes, den seinen ein wenig zu heben und zu schießen. Doch weder Frank noch Pretty Boy rührten sich. Sie nahmen offenbar an, daß Pfeile auf sie gerichtet waren. Sie konnten nicht glauben, daß Chandos ohne Deckung durch befreundete Komantschen allein in ihr Lager reiten würde.

»Sie sind Chandos?« erkundigte sich Frank.

Chandos nickte. »Aus Ihren Spuren sehe ich, daß Sie zu viert sind. Wo ist der vierte?«

Pretty Boy lächelte. »Das würden Sie wohl gern wissen.«

»Der Mexikaner ist tot, Chandos«, warf Courtney ein.
»Ich habe dir gesagt, daß du den Mund halten sollst.« Pretty Boy holte zum Schlag aus.
»Das würde ich nicht tun.«
Bei Chandos' Worten ließ Pretty Boy die Hand sinken und wandte sich ihm zu. Courtney hatte den Eindruck, daß er im nächsten Augenblick ziehen würde. Frank hinderte ihn daran, indem er bemerkte: »Sie fragen nicht nach Evans. Heißt das, daß Sie ihn getötet haben?«
»Er ist nicht tot.«
»Was zum Teufel haben Sie dann mit ihm gemacht, daß er so geschrien hat?«
»Mir hat einiges von dem, was er gesagt hat, nicht gefallen, und...«
»Das will ich nicht hören, Chandos!« schrie Courtney.
»Vergessen wir es«, stimmte Frank zu. »Aber er ist nicht tot?«
»Ich habe sein Gewehr neben ihm liegen lassen.«
Courtney wußte nicht, was das bedeutete, aber die beiden Männer begriffen sofort. Es war das Stichwort dafür, Schluß mit dem Palaver zu machen, denn Chandos' Absichten waren jetzt klar. Die Luft schien mit Elektrizität geladen zu sein, als die drei Männer auf die erste Bewegung warteten. Sie kam von Frank, der den Revolver hochriß und feuerte.
Courtney schrie. Frank zuckte zusammen, und die Kugel verfehlte ihr Ziel. Chandos zog im selben Augenblick wie Pretty Boy, ließ sich aber zu Boden fallen und schoß dabei zweimal. Der erste Schuß traf Frank mitten in die Brust; er war sofort tot. Der zweite Schuß traf Pretty Boy, der ungläubig die Augen aufriß. Er hatte keinen einzigen Schuß abgefeuert. Nun drückte er auf den Abzug, aber der Revolver flog ihm bei Chandos' drittem Schuß aus der Hand. Die Wucht des Aufpralls ließ ihn um sich selbst drehen, so daß er Courtney vor Augen hatte, als er auf die Knie sank.
»Ich hätte dir doch glauben sollen, Liebling ... das Schwein ... hat mich getötet.«
Er war noch nicht tot und würde noch einige Zeit am Le-

ben bleiben. Aber er würde sterben. Bei einem Bauchschuß gab es keine Rettung, und er wußte es. Seine schönen, violetten Augen waren von Entsetzen gefüllt.

Chandos erhob sich und ging mit steinernem Gesicht zu Pretty Boy hinüber. Er holte dessen Revolver in seinen Gürtel, ohne den Liegenden aus den Augen zu lassen. Trotz seiner Schmerzen begriff Pretty Boy.

»Du hast Evans sein Gewehr gelassen. Laß mir meinen Revolver.«

»Nein.«

»Du kannst ihn nicht so liegen lassen, Chandos«, rief Courtney.

Chandos sah sie nicht einmal an, sondern hielt den Blick unverwandt auf Pretty Boy gerichtet. »Er hat dir Schmerzen zugefügt, er bezahlt dafür.«

»Das sollte meine Entscheidung sein.«

»Ist es aber nicht.« Chandos warf ihr einen raschen Blick zu und schaute dann wieder zu Pretty Boy herab. »Steig auf mein Pferd, Lady. Wir brechen auf.«

Sie lief zu seinem Pferd, aber er erriet, was sie vorhatte. Sie wollte nicht auf ihn warten, sie wollte vor ihm und seiner erbarmungslosen Gerechtigkeit fliehen. Er lief hinter ihr her und bekam sie zu fassen.

»Er hat dir doch Schmerzen zugefügt, nicht wahr?« Seine Stimme klang stahlhart.

»Ja, aber er hat nicht getan, was du annimmst. Evans' Schrei hat ihn daran gehindert.«

»Trotzdem hat er dich verletzt, stell also die Strafe nicht in Frage. Ich hätte seinen Tod viel schlimmer machen können. Ich hätte dafür sorgen können, daß er viel länger dauert.«

Er ließ sie los, und sie rief: »Warum bist du so rachsüchtig? Du bist nicht derjenige, den er verletzt hat.«

»Tut es dir leid, daß ich dich gerettet habe, Kätzchen?«

Courtney blickte zu Boden. »Nein.«

»Dann steig auf mein Pferd und denk nicht einmal im Traum daran, ohne mich fortzureiten. Du hast mich ohnehin genug geärgert. Heute früh hast du mich nicht wissen lassen, daß du dich in Gefahr befindest. Zwing mich nicht wieder, hinter dir herzujagen, Lady; du kannst mich auf keinen Fall loswerden.«

Courtney nickte und trat dann zu Surefoot. Sie war so böse auf Chandos, daß sie beinahe vergaß, wie dankbar sie ihm sein mußte. Er hatte sie vor Pretty Boy gerettet ... aber im Geist sah sie immer noch sein steinernes, eiskaltes Gesicht vor sich.

29. Kapitel

Es war das zweite Mal, daß Courtney den Schauplatz eines Kampfes in der Nacht verließ. Sie saß vor Chandos, wärmend von ihm geschützt. Er hatte erneut für sie getötet. Männer, die hinter ihm her waren, verwundete er nur. Männer, die hinter ihr her waren, tötete er.

Aber er war böse auf sie, und wenige Augenblicke, nachdem sie endgültig anhielten, explodierte seine Leidenschaft. Er hob sie vom Pferd, und ihre Bluse klaffte auseinander. Vielleicht war dies das auslösende Moment. Oder vielleicht war es das Töten. Er hatte nicht nur getötet, sondern war selbst dem Tod nahe gewesen. Es war, als brauche er die Bestätigung, daß er am Leben war, und als fände er sie in ihrem weichen, nachgiebigen Körper.

Courtney war überwältigt. Sie konnte Chandos nicht abwehren, und sie wollte es auch gar nicht. Sie war von zitternder Erregung erfüllt, und die Intensität seiner Leidenschaft riß sie mit. Wenn Chandos seine männliche Überlegenheit auf diese Art beweisen mußte, war es ihr nur zu recht. Sie mußte selbst mit dem Erlebten fertig werden, und das war der beste Weg dazu.

Irgendwo im Hintergrund regte sich der tröstliche Gedanke, daß er gar nicht so böse auf sie sein konnte, wenn er sie lieben wollte.

Er legte sie auf den Boden, und sie klammerte sich an ihn und zog ihn zu sich herunter. Sie spürte das Gras und die Steine trotz ihrer Kleidung, aber das war ihr gleichgültig, denn seine Lippen umschlossen ihre Brustwarze, und er saugte gierig.

Sie stieß kleine, entzückte, kehlige Schreie aus. Chandos verlagerte sein Gewicht zwischen ihre Beine, umschlang sie mit den Armen und drückte sie noch fester an sich. Er preßte seinen Bauch an ihre Lenden und rieb sich an ihr; die heißen Funken der Leidenschaft entflammten ihr tiefstes Inneres und stachelten ihr Verlangen an.

Sie war wild nach ihm, man konnte es nicht anders ausdrücken. Sie biß, kratzte, zog ihn zu sich. Er riß ihr Rock und Unterrock vom Leib und schob die Kleidungsstücke unter ihre Hüften. Sie lag deshalb nicht weicher, aber das störte sie nicht. In ihrer Erregung wirkten ihre Augen noch schräger als sonst, und sein glühender Blick senkte sich in den ihren, während er zwischen ihren Beinen kniete und die Schnallen beider Gürtel öffnete. Selbst in der Dunkelheit nahm ihr sein Blick den Atem. Sie konnte es nicht ertragen, daß er sich entfernte, und zog ihn in dem Augenblick wieder an sich, in dem er nackt war.

Er drang sofort in sie ein, knurrte hungrig, als er leidenschaftlich in sie stieß, und sie seufzte verzückt. Als er sich zurückzog, um erneut in sie einzudringen, fing sie an zu keuchen. Er stieß tief in sie, und sie kam ihm mit gleicher Leidenschaft entgegen, bis sie zu einem überwältigenden, explosionsartigen Orgasmus gelangte. Ihre Exstase hielt sich, bis er sich tief in sie hineingrub und -preßte und die Wärme seines Ergusses sie erfüllte.

Courtney lag unter ihm und begann, sein Gewicht zu spüren. Aber sie hätte sich um nichts in der Welt gerührt. Ihr Herz hämmerte, und ihr Atem ging noch immer stoßweise. Alle möglichen Gedanken schossen ihr durch den Kopf, und plötzlich wurde ihr bewußt, wie sie sich gerade verhalten hatte – beinahe genauso wild wie Chandos.

Er rührte sich, seine Lippen glitten über ihren Hals, und dann setzte er sich auf, so daß der Druck auf ihrer Brust nachließ. Er blickte auf sie hinunter.

»Du hast geschrien.«

»Tatsächlich?« Sie war erstaunt darüber, wie unbekümmert sie sprach.

Er küßte sie lächelnd, und seine Lippen glitten liebkosend über die ihren.

Courtney seufzte. »Jetzt bist du zärtlich.«

»Du wolltest keine Zärtlichkeit, Kätzchen«, erklärte er, und sie errötete. »Aber jetzt möchtest du sie, nicht wahr?«

Sie war zu verlegen, um ihm zu antworten. Er drehte sich auf die Seite, zog sie an sich und empfand den Druck ihrer Brüste auf seine Haut als angenehm. Ein Windhauch streifte sie, und sie erschauerte.

»Kalt?«

»Nur ein bißchen – nein, steh nicht auf.«

Sie legte ihren Arm über ihn. Um einen Mann wie ihn zurückzuhalten, hätte es einer größeren Anstrengung bedurft, aber die Geste genügte. Seine Arme schlossen sich schützend um sie.

»Chandos?«

»Ja, Kätzchen?«

Eine kurze Pause trat ein, weil sie versuchte, Ordnung in ihre Gedanken zu bringen.

»Könntest du mich vielleicht Courtney nennen?« meinte sie schließlich.

»Wolltest du nicht etwas anderes sagen?«

Das stimmte. »Glaubst du, daß er schon tot ist?«

»Ja«, log er.

Ihre Finger glitten durch die Haare auf seiner Brust. Wieder trat eine Pause ein, weil sie nun darüber nachdachte, ob sie ihn fragen durfte, warum Pretty Boy so scheußlich hatte sterben müssen. Andererseits erfüllte sie primitiver Stolz darauf, daß ihr Mann sie gerächt hatte.

»Chandos?«

»Ja?«

»Du bist mir wirklich ganz allein zu Hilfe gekommen, nicht wahr?«

»Hast du vielleicht erwartet, daß ich hier draußen ein Militäraufgebot zusammentrommle?«

»Nein, natürlich nicht. Aber dein Freund Springender Wolf hat sich doch in der Nähe befunden. Und ich hatte geglaubt, daß du noch nicht imstande sein würdest, mich zu suchen.«

Die Muskeln auf seiner Brust verkrampften sich, und ihr wurde klar, daß sie seine Männlichkeit in Frage gestellt hatte – und dabei hatte er einen solchen heroischen Beweis dafür geliefert!

»Du hast also geglaubt, daß ich dich nicht beschützen kann. Hast du dir deshalb am Morgen, als sie dich gefaßt haben, nicht die Mühe gemacht, nach mir zu rufen?«

Courtney seufzte.

»Du mußt schon entschuldigen, aber dein Gesundheitszustand war nicht gerade der beste«, verteidigte sie sich. »Ich habe befürchtet, daß sie dich töten werden.«

»Du wärst erstaunt, was ein Mann leisten kann, wenn er einen Grund dafür hat. Das habe ich dir doch gestern abend erklärt.«

»Und was für einen Grund hattest du, Chandos?« Sie wußte, daß es eine unverschämte Frage war.

»Du bezahlst mich dafür, daß ich dich beschütze, oder hast du auch das vergessen?«

Die Enttäuschung war bitter. Sie bezahlte ihn. War das der einzige Grund? Sie wollte aufstehen, aber er hielt sie fest.

»Unterschätze mich nie wieder, Kätzchen.«

Seine Hand strich über ihre Wange und glitt zu den seidigen Haaren an ihren Schläfen. Er drückte ihr Gesicht wieder an seine Brust. Seine Stimme hatte warm geklungen, und ihre Enttäuschung ließ etwas nach.

Er hatte wenigstens nicht gewollt, daß sie aufstand. Aber sie wollte mehr, viel mehr. Sie wollte, daß er sich wirklich etwas aus ihr machte.

»Sei mir nicht böse, Chandos. Du hast mich ja gefunden. In Wirklichkeit habe ich nie daran gezweifelt, daß du es schaffen wirst.«

Nach einer Weile fragte sie: »Du hast also die Folgen des Schlangenbisses vollkommen überwunden?«

»Das kannst du jetzt noch fragen?«

Sie drückte das Gesicht fester an seine Brust, weil sie errötet war. »Ich meine … hast du noch Schmerzen?«

»Es tut noch höllisch weh.«

Und er hatte sie trotzdem gerettet. Sie lächelte, ohne zu bedenken, daß er die Bewegung an seiner Haut spüren konnte. Geistesabwesend beschrieb sie mit dem Finger Kreise um seine Brustwarze.

»Chandos?«

»Was ist jetzt schon wieder?«

»Was ist, wenn ich schwanger werde?«

Er stieß einen langen Seufzer aus.

»Bist du schwanger?«

»Ich weiß es nicht. Es ist viel zu früh, um es festzustellen. Aber was geschieht, falls ich es bin?«

»Wenn du nicht schwanger bist, dann wirst du es auch nicht werden.« Nach einer langen Pause fügte er hinzu: »Und wenn du schwanger bist, dann bist du es eben.«

Eine äußerst unbefriedigende Antwort. »Würdest du mich dann heiraten?«

»Könntest du so leben wie ich? Immer unterwegs, nie länger als einige Tage an einem Ort?«

»Auf diese Art kann man keine Familie gründen«, meinte sie verärgert.

»Eben«, erklärte er, schob sie von sich und erhob sich.

In ihr kämpften Zorn und Enttäuschung, während sie zusah, wie er sich ankleidete und dann Surefoot absattelte. Dabei warf er seine Bettrolle auf den Boden. Sie starrte den Pakken an. Wie kalt und gefühllos Chandos doch sein konnte!

30. Kapitel

Obwohl sie durchschnittlich fünfundzwanzig bis dreißig Meilen am Tag zurückgelegt hatten, war es Courtney gelungen, die Blasen zu vermeiden, die ihr Mattie prophezeit hatte. Heute war sie jedoch davon überzeugt, daß sie ihnen nicht entgehen würde. Chandos ritt schnell und legte keine Pause ein; er wollte die verlorene Zeit aufholen, und Courtney fragte sich schon, ob er ihr vielleicht wieder eine Lektion erteilen wollte.

Sie hatte den Eindruck, daß er sich seit diesem Morgen besonders anstrengte, um ihr das Leben unangenehm zu machen. Er hatte sie geweckt und sofort zum Aufbruch gezwungen. Und diesmal mußte sie hinter ihm sitzen, was äußerst unbequem war.

Sie erreichten ihr Lager am späten Nachmittag und stellten fest, daß die anderen Pferde versorgt waren, und daß das Feuer immer noch brannte, obwohl es seit gestern früh nicht vorgehalten haben konnte. Chandos stieß einen schrillen Pfiff aus, und zehn Minuten später tauchte der Indianer auf.

Springender Wolf war nicht besonders groß, aber die Komantschen waren schließlich wegen ihrer Reitkünste und nicht wegen ihrer Körpergröße berühmt. Er trug ein altes Militärhemd und hatte einen Karabinergurt umgeschnallt. Seine Mokassins reichten bis zu den Waden; ansonsten waren seine Beine bis auf einen breiten Lendenschurz, der bis zu den Knien ging, nackt. Seine langen Haare waren pechschwarz und hingen offen herab. Die Augen in dem breiten Gesicht waren tiefschwarz, und seine Haut hatte die Farbe von altem Leder. Er war jung und bis auf seine breiten Schultern eher schmächtig. Sein Gewehr hielt er wie einen Säugling in seinen Armen.

Courtney hatte den Atem angehalten, als er das Lager betreten hatte. Jetzt sah sie zu, wie sich die beiden Männer nach der Begrüßung an das Feuer hockten und miteinander redeten – natürlich in der Sprache der Komantschen.

Sie scherten sich überhaupt nicht um sie, aber sie konnte das Abendessen ohnehin nicht zubereiten, solange die beiden am Feuer saßen. Deshalb begann sie, ihr Gepäck durchzugehen, um zu sehen, ob etwas fehlte. Es war alles vorhanden.

Nach kurzer Zeit brach Springender Wolf wieder auf. Doch während zuerst Mißtrauen in seinem Blick gelegen hatte, wirkte er jetzt entspannt, und sie hätte schwören können, daß er unmerklich lächelte.

Er sagte etwas zu ihr, wartete aber nicht, bis Chandos es übersetzt hatte. Sobald er gegangen war, hockte sich Chandos ans Feuer, kaute an einem Grashalm und beobachtete die Stelle, an der sein Freund zwischen den Bäumen verschwunden war.

Da er offenbar nicht die Absicht hatte, Courtney zu verraten, was Springender Wolf gesagt hatte, sah sie nach, was sie von ihren Vorräten für ein Abendessen verwenden konnte.

Als sie die üblichen Bohnen, das Trockenfleisch und die Zutaten für Pfannkuchen zum Feuer gebracht hatte, wandte sich Chandos ihr zu.

»Ich möchte, daß du diese Bluse verbrennst.«

Courtney nahm die Bemerkung nicht ernst. »Möchtest du Pfannkuchen oder Klöße?«

»Verbrenn sie, Kätzchen.«

Er blickte auf das tiefe V, das bis dorthin reichte, wo sie die Bluse zusammengebunden hatte. Das zerrissene Hemd darunter hatte sie verkehrt herum angezogen, so daß sich der Riß jetzt auf ihrem Rücken befand; das Hemd bedeckte ihre Brüste allerdings nur knapp.

»Hat dein Freund eine Bemerkung über meine Bluse gemacht?«

»Schweif nicht vom Thema ab.«

»Das tue ich nicht. Aber wenn es dich glücklich macht, zieh ich eine andere Bluse an.«

»Nun mach schon. Und bring die alte...«

»Das werde ich nicht tun.« Was war bloß mit ihm los? »Ich kann diese Bluse ohne weiteres flicken. Ich habe ja auch die andere ...« Sie unterbrach sich und kniff die Augen zusammen. »Jetzt verstehe ich. Du findest nichts dabei, wenn du meine Bluse zerreißt, aber wenn es jemand anders tut, muß ich sie verbrennen. Das ist der wahre Grund, nicht wahr?«

Er sah sie wütend an, und ihr Zorn schmolz dahin. Eifersucht, Besitzdenken – ganz gleich, worum es sich handelte, es bedeutete, daß er etwas für sie empfand. Daraufhin beschloß sie, seinen Wunsch zu erfüllen.

Sie holte eine korallenrote Bluse und zog sich hinter einem Baum um. Als sie zurückkehrte, ließ sie die zerrissene weiße Bluse wortlos ins Feuer fallen. Die zarte, weiße Seide verbrannte im Nu. Ascheflöckchen wirbelten in die Höhe und wurden vom Wind fortgetragen.

Chandos starrte weiterhin mürrisch in die Flammen.

»Was hat dein Freund zu mir gesagt?« fragte Courtney.

»Er hat nicht zu dir gesprochen.«

»Aber er hat mich angesehen.«

»Er hat *von* dir gesprochen.«

»Und?«

Das nur vom Knistern des Feuers unterbrochene Schweigen hielt an.

»Er hat deinen Mut gelobt«, antwortete Chandos schließlich.

Courtney sah ihn mit großen Augen an, doch er bemerkte es nicht, denn er stand auf und ging zum Fluß hinunter. Sie seufzte und hätte gern gewußt, ob er ihr die Wahrheit gesagt hatte.

In der Tat hatte er ihr nur die halbe Wahrheit gesagt, denn er wollte ihr nicht gestehen, was Springender Wolf wirklich bemerkt hatte: »Deine Frau hat jetzt mehr Mut. Das ist gut, wenn du beschließt, sie zu behalten.«

Natürlich wußte Chandos, daß sie jetzt mutiger war, aber das fiel nicht ins Gewicht. Sie stellte immer noch Ansprüche, die er nie würde befriedigen können. Deshalb konnte er sie nicht bei sich halten. Doch als Springender Wolf Courtney als ›deine Frau‹ bezeichnete, hatte es gut geklungen. Diese verdammte Frau mit ihren verdammten Katzenaugen!

Er würde froh sein, wenn die Reise zu Ende war, denn er bedauerte, daß er sie überhaupt angetreten hatte. Zwei weitere Wochen mit ihr würden die Hölle sein. Das einzig Gute war, daß sie von einer Schwangerschaft gesprochen und ihm damit einen Grund geliefert hatte, sie nicht mehr anzurühren. Das bedeutete natürlich nicht, daß er aufhören würde, sie zu begehren …

Er hatte Angst. Er hatte seit Jahren keine solche Angst mehr empfunden wie in dem Augenblick, in dem er entdeckte, daß sie verschwunden war. Man mußte schon sehr an etwas hängen, wenn man solche Angst bekommen konnte, es zu verlieren. Während er darüber nachdachte, verstärkte sich seine Niedergeschlagenheit, deshalb überlegte er, was er Wade Smith antun würde, wenn er ihn fand. An diese Enttäuschungen war er wenigstens gewöhnt, denn der Mann war ihm zu oft durch die Lappen gegangen. Würde Paris in Texas endlich das Ende der Jagd bedeuten?

Chandos verbrachte eine schlaflose Nacht.

31. Kapitel

Zwei Tagesritte vor Paris in Texas verstauchte sich Courtney den Knöchel. Es war ein dummer Unfall. Sie trat unvorsichtig auf einen großen Stein, und ihr Fuß knickte um. Wenn sie keine Stiefel getragen hätte, wäre es wahrscheinlich noch schlimmer ausgegangen.

Ihr Fuß schwoll so schnell an, daß sie den Stiefel nur mit Mühe herunterbekam. Und als sie ihn endlich ausgezogen hatte, kam sie nicht mehr hinein. Solange sie den Fuß nicht bewegte, hielt sich der Schmerz in Grenzen. Aber daß sie sich schonte und die Reise dadurch verzögerte, kam nicht in Frage. Sie hätte es nicht einmal dann getan, wenn Chandos es vorgeschlagen hätte.

Nach ihrem Unfall änderte sich Chandos' Haltung ihr gegenüber schlagartig. Er war nicht mehr gleichgültig, sondern eifrig um sie bemüht. Sie hatte den Eindruck, daß er gern die Gelegenheit benützte, um sich für ihre Pflege nach dem Schlangenbiß zu revanchieren.

Er hing so sehr an seiner Unabhängigkeit, daß er ihr ihre Hilfe womöglich übelgenommen hatte. Die Schuld beglich er jedenfalls rasch, indem er sie aufmerksam betreute, das Essen kochte und alle vier Pferde versorgte. Er schnitzte ihr sogar eine Krücke aus einem kräftigen Ast und half ihr beim Auf- und Absitzen. Schließlich ritt er so langsam, daß sie täglich ein Drittel weniger als die vorgesehene Strecke schafften.

Bevor sich Courtney verletzt hatte, waren sie in südöstlicher Richtung an einem Bach entlanggeritten; nun bog Chandos scharf nach Südwesten ab. Courtney wußte nicht, daß die Richtungsänderung wegen ihrer Verletzung erfolgte. Sie überquerten den Red River und umgingen dann eine Stadt – zu Courtneys großer Enttäuschung, denn sie lebte seit Wochen fern von jeder Zivilisation.

Einige Stunden später erreichten sie eine andere Stadt, in die Chandos einritt. Er hielt vor einem Restaurant, das ›Mamas Nest‹ hieß. Courtney sehnte sich nach einer Mahlzeit ohne Bohnen und war selig, als Chandos sie in das Lokal führte, obwohl sie staubbedeckt und damit nicht gerade präsentabel war.

Im großen, hellen Speisesaal stand ein Dutzend Tische mit karierten Tischtüchern. Da es Nachmittag war, saßen nur an einem Tisch Gäste. Dieses Paar musterte die beiden Neuankömmlinge von oben bis unten, und die Frau war sichtlich beunruhigt, als sie Chandos näher in Augenschein nahm. Er war ebenfalls staubig und durch den Ritt erschöpft, und sah mit seiner schwarzen Hose, dem grauen, halb offenstehenden Hemd und dem lose um seinen Hals geschlungenen schwarzen Halstuch wie der typische Revolvermann aus.

Chandos warf den beiden nur einen kurzen Blick zu und kümmerte sich dann nicht weiter um sie. Er führte Courtney zu einem Stuhl, erklärte ihr, daß er sofort wieder da sein würde, und verschwand in die Küche. Courtney war nun allein den Blicken des Paares ausgesetzt und wurde immer verlegener, weil sie wußte, wie schmuddelig und schmutzig sie aussah.

Kurz danach ging die Eingangstür auf, und zwei Männer, die beobachtet hatten, wie die Fremden die Straße entlanggeritten waren, betraten das Lokal, um die Neuankömmlinge zu begutachten. Courtneys Nervosität nahm zu. Sie hatte es schon immer gehaßt, im Mittelpunkt der Aufmerksamkeit zu stehen, und es war unmöglich, in Chandos' Begleitung nicht aufzufallen. Er mußte einfach Neugierde erregen.

Als sie sich vorstellte, was diese Leute von ihr hielten, wurde ihr plötzlich klar, was ihr Vater denken würde. Schließlich hatte er seine Haushälterin nur deshalb geheiratet, weil es sich gehörte. Und Courtney reiste allein mit Chandos! Ihr Vater mußte ja das Schlimmste annehmen – was noch dazu zutraf.

Als Chandos zurückkehrte, fielen ihm sofort ihre geröteten

Wangen und ihre verkrampfte Haltung auf. Sie hielt den Blick hartnäckig gesenkt. Was war los? Hatten die zwei Kerle, die inzwischen hereingekommen waren, sie vielleicht belästigt? Er musterte die beiden so scharf, daß sie das Restaurant sofort wieder verließen. Kurz darauf verschwand auch das ältliche Paar.

»Das Essen steht in einer Minute auf dem Tisch, Kätzchen«, verkündete Chandos.

Die Küchentür ging auf, und eine dicke Frau kam auf sie zu. »Das ist Mama. Sie wird sich ein paar Tage lang um dich kümmern«, erklärte Chandos beiläufig.

Courtney musterte die rundliche Mexikanerin, die in schnellem Spanisch auf Chandos einsprach. Sie war klein, hatte graumeliertes Haar, das sie in einem straffen Knoten aufgesteckt hatte, und machte einen sympathischen Eindruck.

Zu einem bunten Baumwollrock trug sie eine weiße Bluse und darüber eine Schürze; ihre Füße steckten in geflochtenen Ledersandalen.

»Was soll das heißen, daß sie sich um mich kümmern wird?« wandte sich Courtney an Chandos. »Wo wirst du denn sein?«

»Ich habe dir ja gesagt, daß ich in Paris etwas zu erledigen habe.«

»Wir befinden uns in Paris!«

Er setzte sich ihr gegenüber an den Tisch und bedeutete Mama, sie allein zu lassen. Courtney sah der davonwatschelnden Frau nach und wandte sich dann wieder Chandos zu.

»Was hast du schon wieder ausgeheckt? Wenn du glaubst, du kannst...«

»Beruhige dich, Frau.« Er beugte sich über den Tisch und ergriff ihre Hand. »Wir befinden uns nicht in Paris, sondern in Alameda. Während ich meine Angelegenheiten erledige, werden einige Ruhetage deinem Knöchel guttun. Ich wollte dich nicht alleinlassen, deshalb habe ich dich hierhergebracht.«

»Warum solltest du mich allein lassen? Was hast du in Paris zu erledigen?«

»Das geht dich nichts an, Lady.«

Wie sie es haßte, wenn er ihr gegenüber diesen Ton anschlug! »Du kommst nicht zurück, nicht wahr? Du läßt mich einfach hier sitzen.«

»Du solltest mich besser kennen. Ich habe dich bis hierher gebracht und werde dich nicht einfach ein paar Meilen vor deinem Ziel im Stich lassen.«

Das milderte ihre Enttäuschung nicht. Sie wollte nicht bei Fremden bleiben, und sie wollte nicht, daß Chandos sie verließ.

»Ich habe geglaubt, daß du mich nach Paris mitnimmst, und daß wir von dort weiterreiten.«

»Ich habe es mir anders überlegt.«

»Wegen meines Knöchels?«

Er fand, daß er diese Frage bereits beantwortet hatte. »Hör mal, ich bleibe nur ungefähr vier Tage weg. Es wird dir guttun, wenn du deinem Fuß so lange Ruhe gönnst.«

»Aber warum hier? Warum nicht in Paris?«

Er seufzte. »In Paris kenne ich keinen Menschen. Durch Alameda komme ich dagegen oft, wenn ich das Indianerterritorium durchquere. Ich kenne Mama. Ich kann mich darauf verlassen, daß sie sich während meiner Abwesenheit um dich kümmert. Du befindest dich hier in guten Händen, Kätzchen. Ich würde dich nicht allein lassen, wenn...«

»Aber Chandos...«

»Verdammt noch mal!« explodierte er. »Fang nicht an...« Er unterbrach sich, weil Mama auf einem großen Tablett das Essen hereintrug. Als sie an den Tisch trat, erhob sich Chandos.

»Ich gehe jetzt, Mama. Sorge dafür, daß sie nach dem Essen badet, und dann steck sie ins Bett.«

Er ging zur Tür, machte dann aber auf halbem Weg kehrt und kam zurück. Er beugte sich zu Courtney hinunter und hob sie aus dem Stuhl. Seine Arme schlossen sich wie Schraubstöcke um sie, und sein Kuß nahm ihr den Atem.

»Ich komme wieder, Kätzchen«, murmelte er heiser. »Kratze niemanden, während ich fort bin.«

Dann ging er. Mama starrte Courtney an, aber Courtney starrte die Tür an und versuchte, ihre Tränen zu unterdrükken. Wenn sie jetzt schon so verzweifelt darüber war, daß er sie nur für vier Tage verließ, wie würde ihr dann erst zumute sein, wenn er sich in Waco für immer von ihr verabschiedete?

32. Kapitel

Zwei Tage lang saß Courtney nur am Fenster ihres Zimmers über dem Restaurant und blickte auf die Straße hinunter. Wenn Mama Alvarez mit ihr schimpfte, weil sie eigentlich im Bett liegen sollte, lächelte Courtney nur und widersprach nicht. Mama meinte es gut. Courtney wußte, daß es dumm von ihr war, am Fenster Ausschau zu halten, da Chandos wahrscheinlich noch nicht einmal in Paris angelangt war. Aber sie rührte sich nicht vom Fleck.

Sie hatte den Fuß auf einen gepolsterten Schemel gelegt und beobachtete das Leben und Treiben in der kleinen Stadt, die nur etwas größer war als Rockley. Sie dachte sehr viel nach, während sie in diesem Zimmer saß, und obwohl sie sich Vernunft predigte, konnte sie eine Tatsache nicht leugnen: Sie liebte Chandos. Sie liebte ihn mehr, als sie es je für möglich gehalten hatte.

Es ging nicht nur darum, daß sie sich bei ihm sicher fühlte. Das war wichtig, aber sie begehrte ihn auch. Und wie sehr sie ihn begehrte! Dazu kam, daß er zärtlich war, wenn sie Zärtlichkeit brauchte, und liebevoll, wenn sie Liebe brauchte. Und selbst seine einsame Unabhängigkeit berührte sie. Wie auch seine abwehrende Haltung, mit der er niemanden an sich heranließ. Dadurch wirkte er so unendlich verwundbar.

Doch trotz all dieser Tatsachen machte sich Courtney nichts vor. Sie wußte, daß sie Chandos nicht haben konnte, auch wenn sie sich noch so sehr nach ihm sehnte. Er hatte ihr klar zu verstehen gegeben, daß eine Beziehung auf Dauer für ihn nicht in Frage kam. Sie mußte realistisch denken. Sie würde Chandos nie heiraten können.

Immer schon hatte sie daran gezweifelt, daß sie die wahre Liebe erleben und daß der Partner ihre Gefühle erwidern würde. Aber es war kein Trost, daß sie damit rechtbehalten hatte.

Am zweiten Tag ihres Aufenthaltes bei Mama lernte Courtney Mamas Tochter kennen. Das Mädchen stürzte ohne anzuklopfen in Courtneys Zimmer und stellte sich vor. Es war auf beiden Seiten Haß auf den ersten Blick, denn Courtney kannte den Namen des Mädchens aus Chandos' Fieberträumen, und Calida Alvarez wußte, daß Chandos Courtney hierhergebracht hatte.

Calida war schön, lebhaft, hatte glänzendschwarze Haare und boshaft funkelnde, braune Augen. Sie war nur vier Jahre älter als Courtney, aber diese vier Jahre machten sehr viel aus. Das von Natur aus leidenschaftliche Mädchen verfügte über die Selbstsicherheit, die Courtney immer gefehlt hatte.

So sah Courtney Calida. Calida hingegen sah in Courtney ihre erste ernsthafte Rivalin: eine junge Dame, die kühl und höflich, ruhig und beherrscht war, und deren leicht sonnengebräuntes Gesicht überwältigend schön war. Goldene Haut, braunes, golden glänzendes Haar, schräge Katzenaugen, die wie alter Whisky schimmerten. Courtneys gesamte Erscheinung war goldbraun, und Calida hätte ihr am liebsten die Augen ausgekratzt. Statt dessen griff sie mit Worten an.

»Ich hoffe, daß Sie einen guten Grund dafür haben, mit meinem Chandos zu reisen.«

»Mit *Ihrem* Chandos?«

»Sí, meinem.«

»Er lebt also hier?«

Die Ältere war nicht auf einen Gegenangriff gefaßt und stammelte etwas, riß sich aber wieder zusammen.

»Er hält sich hier mehr auf als an jedem anderen Ort.«

»Dadurch wird er kaum zu Ihrem Chandos. Wenn Sie allerdings gesagt hätten, daß er Ihr Mann ist ...« Sie lächelte freundlich und ließ die Andeutung in der Luft hängen.

»Ich bin diejenige, die sich geweigert hat, ihn zu heiraten. Wenn ich ihn heiraten will, muß ich nur mit den Fingern schnappen.« Sie tat es.

Courtney spürte, wie Zorn in ihr aufstieg. Wußte Chandos, wie sicher Calida Alvarez seiner war? War sie mit gutem Grund ihrer Sache so sicher?

»Das ist alles schön und gut, Miß Alvarez, aber solange Sie keinen Ring am Finger tragen, geht es Sie nichts an, warum ich mit Chandos reise.«

»Und ob es mich etwas angeht!« schrie Calida so laut, daß man es auf der Straße hören konnte.

Jetzt reichte es Courtney endgültig. »Da irren Sie sich«, antwortete sie langsam, mit wütendem Unterton. »Falls Sie noch Fragen haben, würde ich vorschlagen, daß Sie sie für Chandos aufheben. Und jetzt verschwinden Sie.«

»Puta!« fauchte Calida. »Ich werde mit Chandos sprechen, darauf können Sie sich verlassen. Ich werde dafür sorgen, daß er Sie hierläßt, aber nicht im Haus meiner Mama.«

Courtney schlug die Tür hinter dem Mädchen zu und bemerkte dabei, daß ihre Hände zitterten. Konnte Calida ihre Drohung wahrmachen? Konnte sie Chandos wirklich dazu bringen, Courtney hier sitzenzulassen? Courtney begann, sich Sorgen zu machen. Chandos kannte Calida seit langem, und zwar intim. Letzteres traf zwar auch auf Courtney zu, aber Chandos suchte Calida oft auf, während er sich von Courtney fernzuhalten versuchte.

Calida stürmte wutentbrannt in Marios Saloon, in dem sie abends arbeitete. Sie wohnte zwar bei ihrer Mutter, aber ihr Leben gehörte ihr, und sie tat, was sie wollte, arbeitete, wo sie wollte, und hatte für die Zureden ihrer Mama taube Ohren.

Calida arbeitete im Saloon, weil das Leben dort aufregend war. Es kam gelegentlich zu Schießereien und Prügeleien – oft ihretwegen. Aufregung war für Calida lebensnotwendig, und sie fühlte sich am wohlsten, wenn es richtig rund ging; sie sorgte für Wirbel, indem sie zwei Männer gegeneinander ausspielte oder einer Frau den Mann abspenstig machte und dann zusah, wie sich das Drama entwickelte. Noch nie hatte jemand versucht, Calida an ihrem Treiben zu hindern; sie hatte immer bekommen, was sie wollte.

Doch jetzt kochte sie vor Wut. Sie hatte von der Gringa nicht die Antworten bekommen, die sie hören wollte. Und diese Gringa war auch nicht aus der Fassung geraten, als sie erfuhr, daß Chandos eine zweite Frau hatte.

Vielleicht war zwischen Chandos und der Gringa wirklich nichts vorgefallen. War das möglich? Vielleicht bedeutete der Kuß, den ihre Mama beobachtet hatte, nichts. Im Grunde war Calida jedoch davon überzeugt, daß zwischen Chandos und Courtney etwas lief. Er war noch nie zuvor mit einer Frau geritten. Chandos war ein Einzelgänger, und das war eine der Eigenschaften, die Calida an ihm liebte; das, und die Aura von Gefahr, die ihn umgab.

Sie wußte, daß Chandos ein Revolvermann war, aber sie glaubte, daß er auch ein Gesetzloser war. Sie hatte ihn zwar nie danach gefragt, aber sie war ihrer Sache sicher. Gesetzlose erregten Calida mehr als alle anderen Männer. Sie standen außerhalb des Gesetzes, man wußte nie, wie sie reagieren würden, sie lebten gefährlich. Sie kamen oft auf der Flucht durch Alameda, meist, um im Indianerterritorium unterzutauchen. Calida kannte viele Gesetzlose und war mit etlichen von ihnen ins Bett gegangen. Aber Chandos war etwas Besonderes.

Er hatte nie gesagt, daß er sie liebte. Er hatte nie versucht, sie mit schönen Worten herumzukriegen. Es war auch zwecklos, ihm etwas vorzumachen. Wenn er sagte, daß er sie wolle, dann wollte er sie. Und wenn sie versuchte, ihn zappeln zu lassen oder ihn eifersüchtig zu machen, ließ er sie einfach stehen. Seine Gleichgültigkeit reizte sie und war der Grund dafür, daß sie ihm jedesmal zur Verfügung stand, wenn er in die Stadt kam, ganz gleich, mit wem sie gerade beisammen war. Chandos kam immer zu ihr. Er stieg auch immer bei ihrer Mama ab, was ganz bequem war.

Chandos mochte nämlich keine Hotels, und als er das erste Mal nach Alameda kam, überredete er Mama dazu, ihm ein Zimmer zu vermieten. Im Haus standen immer Zimmer leer, denn Calidas erwachsene Brüder hatten sich schon selbständig gemacht. Mama mochte Chandos und wußte, was Calida und er nachts trieben. Calida nahm auch andere Männer auf ihr Zimmer mit, sogar Mario. Und obwohl ihre Mutter diese anderen Männer ganz und gar nicht schätzte, hatte sie längst den Versuch aufgegeben, Calida zu bessern.

Und jetzt hatte der Mann, den Calida als ihr ausschließliches Eigentum betrachtete, eine andere Frau in die Stadt gebracht und Calidas Mama gebeten, sich um sie zu kümmern. Das war eine Unverschämtheit.

»Warum funkeln deine Augen so, Chica?«

»Diese – diese…« Sie unterbrach sich, sah Mario nachdenklich an und lächelte. »Nichts von Bedeutung. Gib mir einen Whisky, bevor ich anfange zu bedienen, aber laß das Wasser weg.«

Sie sah ihm genau zu, während er ihren Drink einschenkte. Mario, ein Vetter zweiten Grades, war vor neun Jahren mit ihrer Familie nach Alameda gekommen. Die Familie war vorher von einer Stadt in die andere gezogen, weil es an vielen Orten nicht geduldet wurde, daß Mexikaner Geschäfte betrieben. Im weiter nördlich gelegenen Alameda war man toleranter, weil sich dorthin noch nie Mexikaner verirrt hatten. Alle schätzten Mamas Küche, und so erhob niemand Einspruch, als Mario gegenüber von ihrem Restaurant einen Saloon aufmachte. Der Saloon lief gut, weil Marios Schnaps gut und billiger als der seiner Konkurrenten war.

Wenn Calida in großzügiger Stimmung war, ging sie mit Mario ins Bett. So wie viele andere Männer hätte auch er sie jederzeit geheiratet, aber Calida wollte keinen Ehemann, und schon gar nicht Mario. Er sah zwar gut aus, und mit den samtbraunen Augen und dem dünnen Schnurrbart wirkte er wie ein spanischer Grande. Auch seine Muskeln waren beachtlich. Aber im Grunde seines Herzens war Mario ein Feigling. Er würde nie um sie kämpfen.

Als Mario Calida das Glas mit dem Whisky reichte, schenkte sie ihm wieder ein Lächeln. Ein vielversprechender Plan nahm in ihrem Geist allmählich Gestalt an.

»Mama hat einen Gast, eine schöne Gringa«, erwähnte sie beiläufig. »Aber Mama weiß nicht, daß sie eine Puta ist.«

»Und woher weißt du es?«

»Sie hat mir anvertraut, daß sie nur so lange in unserem Haus bleiben will, bis es ihrem verletzten Fuß besser geht. Dann will sie in Berthas Haus übersiedeln.«

Marios Neugierde war geweckt. Er war ein häufiger Gast in Berthas Bordell, obwohl ihn nur einige der Mädchen akzeptierten. Eine neue Hure, noch dazu eine schöne, würde in Berthas Haus sehr begehrt sein. Mario war allerdings klar, daß er der letzte wäre, der sie bekäme.

»Wirst du es Mama verraten?« erkundigte er sich.

Calida schob die Lippen vor. »Ich wüßte nicht, warum. Sie war sehr freundlich und sehr gesprächig – und eigentlich tut sie mir leid. Ich kann mir gut vorstellen, wie es ist, wenn man einen Mann nötig hat und keiner zur Verfügung steht. Aber das ist schließlich ihr Problem.«

»*Das* hat sie dir erzählt?«

Calida nickte, beugte sich über die Theke und flüsterte: »Sie hat mich sogar gefragt, ob ich jemanden kenne, der – interessiert wäre. Hättest du Lust?«

Er runzelte die Stirn, und sie lachte. »Komm schon, Mario. Ich weiß doch, daß du irgendwann bei ihr landen wirst. Es macht mir nichts aus, weil ich weiß, daß sie dir nichts bedeuten wird. Aber willst du warten, bis sie verbraucht ist, oder ist es dir lieber, du bekommst sie, wenn sie nach einem Mann ausgehungert ist?«

Sie hatte ihn so weit, sie kannte diesen Gesichtsausdruck. Schon die Vorstellung, daß er der erste sein würde, der an die neue Frau herankam, erregte Mario.

»Und was ist mit deiner Mama?« fragte er.

»Warte bis morgen abend. Mama ist zu Anne Harwells Geburtstagsparty eingeladen, und sie will hingehen, sobald der letzte Gast das Restaurant verlassen hat. Natürlich wird sie nicht sehr lang bleiben, sie will ja am nächsten Tag zur Kirche gehen. Aber wenn du keinen Lärm machst, wird dich die

Gringa bestimmt die ganze Nacht behalten, und du kannst das Haus am Morgen verlassen, während Mama in der Kirche ist.«

»Wirst du ihr sagen, daß ich zu ihr komme?«

»O nein, Mario, es soll eine Überraschung für sie sein. Ich will auf keinen Fall, daß sie sich mir verpflichtet fühlt. Sorge nur dafür, daß sie keine Gelegenheit hat zu schreien, bevor du ihr erklären kannst, warum du gekommen bist.«

Wenn alles glatt ging, dachte Calida, würde Chandos gerade im richtigen Augenblick zurückkommen. Sie bedauerte jetzt schon, daß sie bei der Szene nicht dabei sein konnte. Aber allein der Gedanke daran machte sie glücklich.

33. Kapitel

Ein gelber Lichtfleck fiel auf die Lehmstraße hinter dem kleinen Haus. An diesem Abend war es in der Nebenstraße still, weil sich der Samstagabendwirbel auf die Hauptstraße beschränkte.

Chandos hatte erfahren, daß in dieser Straße hauptsächlich die Mädchen aus den Tanzhallen wohnten. Eines dieser Mädchen war Wade Smiths Freundin. Sie hieß Loretta.

Chandos hatte viel Zeit mit der Suche nach ihr vergeudet, weil Smith unter falschem Namen in Paris lebte. Außerdem führte er ein sehr zurückgezogenes Dasein, weil er steckbrieflich gesucht wurde. Nur wenige Leute kannten ihn unter seinem Decknamen Will Green, aber kein einziger Mensch kannte seinen richtigen Namen.

Chandos wußte, daß dieser Will Green vielleicht der falsche Mann war, aber genausogut konnte es der richtige sein. Er stand im Schatten auf der gegenüberliegenden Straßenseite und beobachtete lange Zeit das kleine Haus, bevor er sich ihm mit dem Revolver in der Hand näherte. Sein Herz schlug schnell, und er war von Erregung erfüllt. Das war die Auseinandersetzung, die er herbeigesehnt hatte. Er würde dem Mann, der seine Schwester auf dem Gewissen hatte, Aug in Aug gegenüberstehen.

Chandos schlich vorsichtig zur Tür und drehte behutsam am Knauf. Die Tür war nicht versperrt. Er drückte das Ohr an das Holz und horchte. Außer dem Blut, das in seinen Schläfen hämmerte, vernahm er kein Geräusch.

Ganz langsam drehte er den Türknauf ein zweites Mal und stieß dann die Tür mit einem Fußtritt auf. Die gesamte Vorderfront des Hauses erzitterte. Auf einem Regal kamen Teller ins Rutschen, und eine Tasse rollte über den Lehmboden. Im Bett wandte sich ein blonder Kopf Chandos zu und blickte in die Mündung seines Revolvers.

Die Brüste, die sich unter dem dünnen Laken abzeichneten, waren winzig und kaum entwickelt. Das Mädchen konnte höchstens dreizehn oder vierzehn Jahre alt sein. Befand er sich im falschen Haus?

»Loretta?«

»Ja.«

Das Mädchen duckte sich.

Chandos stieß langsam die Luft aus. Es war das richtige Haus. Er hätte daran denken müssen, daß Smith junge Mädchen bevorzugte.

Sie war brutal verprügelt worden. Eine Gesichtshälfte war blau und geschwollen. Das Auge in der anderen Hälfte war ebenfalls blau geschlagen. Ein häßlicher, dunkler Bluterguß reichte vom Schlüsselbein bis zur linken Schulter, und auch die Oberarme waren mit blauen Flecken bedeckt, als hätte man sie grob festgehalten. Chandos wollte nicht daran denken, wie ihr Körper unter dem Laken aussah.

»Wo ist er?«

»Wer?«

Sie klang rührend jung und sehr verängstigt, und ihm wurde bewußt, wie er aussah. Seit seiner Trennung von Courtney hatte er sich nicht mehr rasiert, und sein Revolver war immer noch auf das Mädchen gerichtet. Er steckte ihn ein.

»Ich will dir nichts tun. Ich suche Smith.«

Sie erstarrte. Die Angst in ihrem Gesicht schwand, und ihr gesundes Auge blitzte zornig auf.

»Sie kommen zu spät, Mister. Ich habe das Schwein angezeigt. Als er mich das letzte Mal zusammengeschlagen hat, war es das allerletzte Mal.«

»Er sitzt im Gefängnis?«

»Darauf können Sie Gift nehmen! Ich habe gewußt, daß ein Ranger in der Stadt ist, sonst hätte ich es nicht getan. Ich hatte Angst, daß unser Gefängnis nicht sicher genug ist, deshalb habe ich meinen Freund Pepper gebeten, den Ranger zu mir zu schicken, und dem habe ich verraten, wer Wade wirklich ist. Wade hat mir nämlich von dem Mädchen erzählt, das er in San Antonio umgebracht hat. Dann hat er mir einmal damit gedroht, daß er mich genauso kalt machen würde, und das habe ich ihm geglaubt.«

»Hat der Ranger ihn mitgenommen?« Chandos versuchte, seine Ungeduld im Zaum zu halten.

»Ja. Der Ranger ist später mit dem Marshal wiedergekommen und hat Wade erwischt, als er mit mir im Bett lag. Ich habe dem Schwein am besten gefallen, wenn ich so aussah wie jetzt.«

»Wann war das?«

»Vor drei Tagen.«

Chandos stöhnte. Drei gottverdammte Tage. Wenn der Schlangenbiß und Courtneys Entführung nicht dazwischengekommen wären, hätte er Smith noch angetroffen.

»Wenn Sie mit ihm sprechen wollen, Mister«, fuhr Loretta fort, »müssen Sie sich beeilen. Der Ranger hat über Wade Bescheid gewußt. Er hat gesagt, daß sie in San Antonio genügend Beweismaterial gegen ihn besitzen, um ihn nach einer kurzen Verhandlung rasch zu hängen.«

Das glaubte ihr Chandos aufs Wort. Er war kurz nach der Ermordung des Mädchens nach San Antonio gekommen und hatte dort alle grausigen Einzelheiten erfahren, und dort hatte er auch Smiths Spur verloren.

»Danke, Kind«, nickte Chandos.

»Ich bin kein Kind. Ich sehe jedenfalls nicht wie eins aus, wenn ich mich schminke. Ich arbeite seit einem Jahr in der Tanzhalle.«

»Das sollte gesetzlich verboten werden.«

»Was Sie nicht sagen. Ein Revolvermann, der Predigten hält, ist etwas ganz Neues.« Als er nicht reagierte, sondern sich nur zum Gehen wandte, rief sie: »He, Mister, Sie haben mir nicht erzählt, warum Sie Wade suchen.«

Chandos drehte sich um. Das Mädchen hatte keine Ahnung, was für ein Glück es gehabt hatte, denn sie hätte ohne weiteres Smiths nächstes Opfer sein können.

»Ich habe ihn wegen Mordes gesucht. Das Mädchen in San Antonio war nicht die einzige, die er getötet hat.«

Sie bekam eine Gänsehaut.

»Sie glauben doch nicht, daß er dem Ranger entkommen wird?«

»Nein.«

»Vielleicht werde ich in eine andere Stadt übersiedeln, sobald meine Rippen geheilt sind.« Sie sprach mehr zu sich selbst als zu ihm.

Chandos schloß die Tür hinter sich, blieb dann stehen und dachte darüber nach, wie er den Ranger einholen konnte. Wahrscheinlich würde er es schaffen, aber der Polizist konnte ihm Smith nicht einfach ausliefern. Es würde zu einem Kampf kommen, und einen Ranger, der nur seine Pflicht tat, konnte er doch nicht umlegen.

Er mußte auch an sein Kätzchen denken. Wenn er nicht innerhalb von vier Tagen nach Alameda zurückkehrte, würde sie annehmen, daß er sie belogen hatte. Womöglich kam sie dann auf die Idee, allein nach Waco zu reiten.

Damit war klar, was er zu tun hatte. Aber ihm gefiel diese Entscheidung ganz und gar nicht. Wann war sie eigentlich zu dem Wichtigsten in seinem Leben geworden?

Während Chandos zum Stall ging, überwand er seine Enttäuschung. Nur weil er Smith neuerlich verfehlt hatte, gab er ihn noch lange nicht auf. Es war ja nicht das erste Mal. Er würde Courtney nach Waco bringen und dann nach San Antonio weiterreiten. Er war auf keinen Fall bereit, Smith dem Henker zu überlassen. Der Kerl gehörte ihm allein.

34. Kapitel

Samstag nachmittag schrieb Courtney Mattie einen Brief. Sie hatte Rockley vor drei Wochen verlassen – waren wirklich erst drei Wochen vergangen? Es kam ihr vor, daß Monate dazwischen lagen. Mattie würde sich freuen, zu erfahren, daß Courtney ihren Entschluß nicht bereute.

Mama Alvarez hatte ihr versichert, daß immer wieder Leute durch Alameda kamen, die nach Kansas unterwegs waren, und daß einer von ihnen bestimmt bereit sein würde, Courtneys Brief zu befördern. So berichtete Courtney ausführlich über ihre Abenteuer, erwähnte aber nicht, daß sie sich in ihren Begleiter verliebt hatte. Am Ende des Briefes versicherte sie ihrer Freundin noch einmal, daß sie ihren Vater bestimmt finden würde.

Laut Mama Alvarez brauchte sie nicht einmal mehr eine Woche bis Waco, und das hieß, daß sie bald erfahren würde, ob ihre Eingebung richtig gewesen war. Sie wagte nicht, an die Möglichkeit zu denken, daß sie sich geirrt hatte, denn dann saß sie in Waco fest, allein und ohne Geld. Sie hatte keine Ahnung, was sie dann beginnen sollte.

Der Tag verging ereignislos. Courtney saß nicht mehr am Fenster, um nach Chandos Ausschau zu halten. Sie hatte zum Essen ins Restaurant hinuntergehen wollen, aber Mama hatte es ihr untersagt, weil Chandos angeordnet hatte, daß sie im Bett bleiben und den Knöchel schonen sollte. Es ging ihr auch schon besser; sie konnte sogar ohne Krücke herumgehen. Trotzdem fügte sie sich. Mama Alvarez meinte es gut mit ihr – sie war überhaupt das genaue Gegenteil ihrer Tochter.

Courtney hatte mit ihr geplaudert und erfahren, daß Calida nachts in einem Saloon arbeitete, in dem sie die Gäste bediente – das war aber schon alles, was sie tat, hatte Mama hastig versichert. Courtney spürte, daß Mama mit der Tätigkeit ihrer Tochter nicht einverstanden war, denn sie betonte immer wieder, daß Calida nur arbeitete, weil es ihr Spaß machte, und nicht, weil sie das Geld brauchte.

»Meine Tochter ist eigensinnig. Aber sie ist erwachsen – was kann ich da tun?«

Courtney war froh darüber, daß ein weiterer Tag vergangen war, ohne daß sie mit der unleidigen Calida zusammengetroffen war, und dachte nicht mehr an sie.

An diesem Abend ging sie zeitig zu Bett. Mama war zu einer Party eingeladen, und Calida arbeitete im Saloon, so daß es still im Haus war. Auf der Straße ging es allerdings um so lauter zu, weil Samstag war. Die Männer durchzechten die Nacht, denn sie wußten, daß sie am Sonntag ausschlafen konnten. Die meisten hatten ja keine Frauen, die sie in die Kirche schleppten.

Courtney konnte lange nicht einschlafen. Als ihr schließlich doch die Augen zufielen, träumte sie, und der Traum wurde sehr bald unangenehm. Etwas bereitete ihr Schmerzen. Auf ihrer Brust lastete ein Gewicht und erdrückte sie, so daß sie nicht atmen konnte. Sie weinte. Und dann war Chandos da und tröstete sie, wie nur er es verstand.

Er küßte sie, und als sie langsam aufwachte, stellte sie fest, daß sie tatsächlich geküßt wurde. Sein Gewicht lag auf ihr, und davon hatte sie geträumt. Sie wunderte sich nicht darüber, daß er sie nicht geweckt hatte, sondern war einfach glücklich darüber, daß er zu ihr gekommen war.

Sie schlang ihm die Arme um den Hals und zog ihn an sich. Sein Schnurrbart kitzelte sie. Courtney erstarrte.

»Sie sind nicht Chandos«, schrie sie und begann, sich zu wehren.

Infolge ihres Entsetzens überschlug sich ihre Stimme, und eine Hand preßte sich auf ihren Mund. Dann stieß sein Hüftknochen an den ihren, und sie spürte sein hartes Glied am Bauch. Er war nackt. Bei dieser Erkenntnis wollte sie aufschreien, aber seine Hand erstickte den Schrei.

»Schsch ... Dios!« Sie hatte ihn in die Hand gebissen. Er riß die Hand zurück, drückte sie ihr aber sofort wieder auf den Mund. »Was ist los mit dir, Frau?« zischte er verzweifelt.

Courtney versuchte zu sprechen, aber seine Hand verschloß ihr immer noch den Mund.

»Nein, ich bin nicht Chandos«, bestätigte er gereizt. »Was willst du überhaupt von ihm? Er ist ein sehr gewalttätiger Mensch und außerdem gar nicht hier. Du wirst dich statt dessen mit mir zufrieden geben, ja?«

Sie schüttelte so heftig den Kopf, daß sie beinahe seine Hand abschüttelte.

»Hast du vielleicht etwas gegen Mexikaner?« fragte er scharf, und der Zorn in seiner Stimme veranlaßte sie, sich nicht mehr zu rühren.

»Calida hat mir gesagt, daß du dringend einen Mann brauchst«, fuhr er fort, »und daß du keine großen Ansprüche stellst. Ich bin zu dir gekommen, um dir einen Gefallen zu tun – nicht, um mich dir aufzuzwingen. Möchtest du mich zuerst sehen? Geht es darum?«

Die verblüffte Courtney nickte langsam.

»Und du wirst nicht schreien, wenn ich die Hand wegnehme?« Sie schüttelte den Kopf. Er zog die Hand weg, und sie blieb still.

Er löste sich von ihr, ließ sie aber nicht aus den Augen, während er aus dem Bett stieg. Sie schrie noch immer nicht, und er entspannte sich.

Courtney wußte, daß es sinnlos war zu schreien. Im Haus befand sich außer ihnen beiden kein Mensch, und bei dem Lärm auf der Straße würde sie niemand hören. Statt dessen tastete sie vorsichtig und langsam unter dem Kissen nach ihrem Revolver. Sie war froh, daß sie es sich auf dem Trail angewöhnt hatte, ihn griffbereit zu haben, obwohl sie nicht glaubte, daß sie gezwungen sein würde, auf den Fremden zu schießen.

In dem Augenblick, als er ein Streichholz entzündete und

sich nach einer Lampe umsah, gelang es Courtney, das Laken über sich zu ziehen und den Revolver auf ihn zu richten. Als er die Waffe erblickte, erstarrte er und hörte sogar auf zu atmen.

»Lassen Sie das Streichholz nicht fallen, Mister«, warnte ihn Courtney. »Wenn es ausgeht, schieße ich.«

Sie entspannte sich allmählich. Die Macht, die ihr der Revolver verlieh, war berauschend. Der Fremde wußte zum Glück nicht, daß sie nie imstande wäre zu feuern. Aber ihre Hand zitterte nicht, und sie hatte keine Angst mehr. Dafür zitterte er.

»Zünden Sie die Lampe an, aber machen Sie keine rasche Bewegung ... schön langsam, so ist es recht. Jetzt können Sie das Streichholz ausblasen.« Er befolgte ihre Anweisung. »Gut so. Wer zum Teufel sind Sie eigentlich?«

»Mario.«

»Mario?« Sie runzelte nachdenklich die Stirn. »Wo habe ich ...?«

Dann fiel es ihr ein. Chandos hatte den Namen in seinen Fieberträumen erwähnt. Was hatte er noch gesagt? Daß Calida in Marios Bett steigen solle.

»Sie sind also ein Freund von Calida?«

»Wir sind verwandt.«

»Verwandt? Wie schön für Sie.«

Bei ihrem Ton wurde er noch nervöser. »Darf ich meine Sachen anziehen, Señorita? Ich glaube, ich habe einen Fehler begangen.«

»Nein, nicht Sie haben den Fehler begangen, Mario, sondern Ihre reizende Cousine. Ja, ziehen Sie sich nur an. Und beeilen Sie sich.«

Er gehorchte, und als er soweit war, daß sie ihm nicht krampfhaft ins Gesicht schauen mußte, um nicht zu erröten, sah sie sich ihn genauer an. Er war groß und kräftig, vor allem sein Oberkörper war sehr muskulös. Er hätte ihr wahrscheinlich mit bloßen Händen das Genick brechen können. Wenn er bereit gewesen wäre, Gewalt anzuwenden, hätte ihr

ihr Widerstand nichts genützt. Aber zum Glück war er kein wirklich schlechter Mensch.

»Ich werde jetzt gehen«, schlug er hoffnungsvoll vor. »Natürlich nur, wenn Sie es gestatten.«

Er wollte damit erreichen, daß sie den Revolver sinken ließ, aber sie tat ihm nicht den Gefallen.

»Noch einen Augenblick, Mario. Was hat Ihnen Calida genau gesagt?«

»Vermutlich Lügen.«

»Das bezweifle ich nicht, aber was für Lügen genau?« Er beschloß, es hinter sich zu bringen. »Sie hat gesagt, daß Sie eine Hure sind, Señorita, und daß Sie nach Alameda gekommen sind, um in Berthas Haus zu arbeiten.«

Courtneys Wangen glühten. »Berthas Haus ist ein Bordell, nicht wahr?«

»Ja, ein sehr elegantes Bordell.«

»Und warum bin ich dann hier, wenn ich eigentlich zu Bertha wollte?«

»Calida hat gesagt, daß Sie sich den Fuß verletzt haben.«

»Das stimmt.«

»Sie hat gesagt, daß Sie bei ihrer Mama wohnen, bis Ihr Fuß geheilt ist.«

»Das ist doch nicht alles, was sie Ihnen gesagt hat, Mario. Sprechen Sie weiter.«

»Ich fürchte, es wird Ihnen nicht gefallen.«

»Ich will es trotzdem hören.«

»Sie hat gesagt, daß Sie einen Mann haben wollen, daß Sie nicht warten können ... bis Sie zu Bertha übersiedeln. Sie hat gesagt, daß Sie sie gebeten haben, einen Mann für Sie aufzutreiben, daß Sie es ohne Mann nicht mehr aushalten.«

»Diese verlogene ...«, explodierte Courtney. »Hat sie wirklich gesagt, daß ich es nicht mehr aushalte?«

Er nickte heftig, ohne sie aus den Augen zu lassen. Ihre Wut war unübersehbar, und ihr Revolver war immer noch auf sein Herz gerichtet.

Dann überraschte Sie ihn, indem sie nur meinte: »Sie können gehen. Nein, ziehen Sie Ihre Stiefel nicht an, Sie können Sie in der Hand tragen. Und wenn Sie sich jemals wieder in meinem Zimmer blicken lassen, Mario, schieße ich Ihnen ein Loch in den Schädel.«

Er glaubte ihr aufs Wort.

35. Kapitel

Calida wartete die ganze Nacht darauf, daß Mario in den Saloon zurückkehrte. Als der Saloon schloß, wartete sie in seinem Zimmer auf ihn. Gegen vier Uhr früh schlief sie schließlich ein.

Courtney wartete ebenfalls, und zwar darauf, daß Calida nach Hause kam. Sie ging wütend im Zimmer auf und ab und hörte gegen zehn Uhr, wie Mama von der Party heimkehrte. Danach blieb das Haus jedoch still. Schließlich gab sie auf, ging zu Bett und schlief ein.

Trotz der kurzen Nachtruhe erwachten Calida und Courtney am Sonntag morgen zeitig. Bei Calida grenzte das an ein Wunder, denn sie schlief immer in den Tag hinein. Aber sie konnte es nicht erwarten zu erfahren, wie das von ihr inszenierte Drama geendet hatte.

Mario war noch immer nicht zu Hause, deshalb nahm sie an, daß er die Gringa tatsächlich herumgekriegt und die Nacht mit ihr verbracht hatte. Sie verließ lächelnd den Saloon und überlegte dabei, wie sie Chandos diese Neuigkeit beibringen würde.

Unterdessen beobachtete Mario, wie sie die Straße hinuntertänzelte. Er liebte diese Puta, doch gleichzeitig haßte er sie auch. Sie hatte ihn zum letzten Mal hereingelegt! Er wußte, was sie jetzt dachte, denn er war absichtlich nicht nach Hause gegangen, damit sie auf diesen Gedanken kommen sollte. Ihm war klargeworden, daß sie im Saloon auf ihn warten würde, und er war deshalb zu Bertha gegangen und hatte sich vollaufen lassen. Er hatte überhaupt nicht geschlafen.

Jetzt konnte er kaum noch die Augen offenhalten. Seit es hell geworden war, hatte er an Berthas Fenster gestanden und darauf gewartet, daß Calida auftauchte. Von Berthas Haus aus konnte man gut die gesamte Hauptstraße überblicken.

Vor fünfzehn Minuten hatte die Gringa das Fenster ihres Zimmers geöffnet. Und vor fünf Minuten war Mama in die Kirche gegangen.

Mario hätte gern miterlebt, was sich jetzt abspielte, doch schon das Bewußtsein, daß Calidas Plan zur Abwechslung einmal schiefgegangen war, befriedigte ihn. Jetzt würde sie am eigenen Leib erfahren, wie es war, wenn man in die Mündung eines Revolvers blickte, den eine wütende Frau auf einen richtet. Jedenfalls konnte er endlich seiner Müdigkeit nachgeben; er schlief neben der Hure ein, die im Bett hinter ihm schnarchte.

Courtney stand am Küchenherd und schenkte sich eine Tasse Kaffee ein, den Mama gekocht hatte, bevor sie zur Kirche ging. Sie geriet immer noch in Wut, wenn sie daran dachte, was in der vergangenen Nacht hätte geschehen können.

Als Calida die Küche betrat, stand sie Courtney gegenüber. Sie war darüber erstaunt, daß Courtney schon auf war und daß sie allein war.

Calida schlenderte mit wiegenden Hüften an ihr vorbei und grinste, als sie Courtneys übernächtigtes Gesicht bemerkte.

»Wie war deine Nacht, Puta?« kicherte sie. »Ist Mario noch da?«

»Mario ist nicht bei mir geblieben«, antwortete Courtney ruhig. »Er hatte Angst, daß ich ihn erschießen würde.«

Calidas Lächeln schwand. »Lügnerin. Wo ist er denn, wenn er nicht hier ist? Er ist heute nacht nicht nach Hause gekommen.«

»Wahrscheinlich liegt er bei einer anderen Frau im Bett, weil er hier nicht bekommen hat, worauf er aus war.«

»Das behauptest du, aber ich bezweifle, daß Chandos es glauben wird.«

Jetzt begriff Courtney. Die Intrige hatte also Chandos gegolten; sie hätte es sich denken können.

Sie ließ die Kaffeetasse fallen und versetzte der überraschten Calida eine schallende Ohrfeige. Calida knurrte, und im nächsten Augenblick wälzten sich die beiden Frauen auf dem Boden. Calida hatte reichliche Erfahrungen in Raufereien und benützte jeden gemeinen Trick, den sie kannte. Courtney hatte sich zwar noch nie in dieser Lage befunden, aber sie war auch noch nie so wütend gewesen, und der Kampf war ein Ventil für ihren Zorn. Sie setzte sich wild zur Wehr.

Courtney brachte zwei weitere Ohrfeigen an, und bei der zweiten begann Calidas Nase zu bluten. Doch dann rammte Calida Courtney das Knie wuchtig in den Magen, und als diese daraufhin ihren Griff lockerte, sprang Calida auf und rannte zum Küchenschrank. Courtney kam ebenfalls auf die Füße; in diesem Augenblick drehte sich Calida triumphierend mit einem Messer in der Hand um.

Courtney erstarrte.

»Worauf wartest du?« spottete Calida. »Du wolltest mein Blut, also komm und hol es dir.«

Courtney beobachtete das Messer, mit dem Calida spielerisch nach ihr stieß. Sie dachte einen Augenblick daran, aufzugeben, überlegte es sich aber sofort wieder. Damit würde sie Calida den Sieg überlassen, und das kam nicht in Frage. Courtneys Ehre verlangte, daß sie diesen Kampf für sich entschied.

Calida hielt Courtneys Zögern für eine Kapitulation und war davon überzeugt, daß sie gesiegt hatte. Auf keinen Fall jedoch hatte sie erwartet, daß Courtney vorspringen, sie am Handgelenk packen und versuchen würde, ihr das Messer zu entreißen.

Calidas Gedanken rasten. Sie wagte nicht, eine Gringa zu töten, auch wenn diese sie angegriffen hatte. Man würde sie hängen, denn sie war Mexikanerin. Die Gringa hingegen könnte eine Mexikanerin töten, und ihr Gesichtsausdruck ließ keinen Zweifel daran, daß sie das Messer benützen würde, wenn sie es nur in die Finger bekäme.

Calida bekam es mit der Angst zu tun. Das Mädchen war verrückt.

Courtney umklammerte Calidas Handgelenk fester und trat einen Schritt vor.

»Laß es fallen!«

Die Mädchen wichen erschrocken zurück. Im Türrahmen stand Chandos; sein Gesichtsausdruck verhieß nichts Gutes.

»Ich habe gesagt, du sollst das verdammte Messer fallen lassen!«

Das Messer schlug klirrend auf dem Boden auf, und die Mädchen wichen noch weiter zurück. Calida begann, ihre Kleidung in Ordnung zu bringen und sich das Blut vom Gesicht zu wischen. Courtney fiel nichts Besseres ein, als die Kaffeetasse aufzuheben, die sie hatte fallenlassen. Sie konnte Chandos nicht in die Augen sehen, denn sie schämte sich zu Tode darüber, daß er sie bei einer Rauferei überrascht hatte.

»Ich warte«, sagte Chandos.

Courtney starrte Calida an, die den Kopf zurückwarf und den Blick erwiderte. Sie hatte sich bis jetzt immer noch aus jeder Situation herauslügen können.

»Die Gringa, die du hierhergebracht hast, hat mich angegriffen.«

»Ist das wahr, Courtney?«

Courtney drehte sich mit ungläubig geweiteten Augen zu ihm um. »Auf einmal nennst du mich Courtney? Warum? Warum ausgerechnet jetzt?«

Er ließ seufzend seine Satteltaschen auf den Boden fallen, dann ging er langsam auf sie zu. »Was zum Teufel hat dich in solche Wut versetzt?«

»Sie ist eifersüchtig, Liebster«, schnurrte Calida.

Courtney schnappte nach Luft. »Das ist eine Lüge! Wenn du anfängst zu lügen, du Miststück, dann muß ich ihm die Wahrheit erzählen!«

»Dann erzähl ihm doch, wie du mich aus deinem Zimmer hinausgeworfen hast, als du mich zum ersten Mal gesehen hast. Sie war gräßlich zu mir, Chandos. Ich habe sie nur gefragt, warum sie hierhergekommen ist, und sie hat mich angeschrien, daß es mich einen Dreck angeht.«

»Wenn ich mich richtig erinnere, hast an dem Tag du das Schreien besorgt«, stellte Courtney fest.

»Ich?« fragte Calida mit großen, erstaunten Kinderaugen. »Ich wollte dich begrüßen, und du…«

»Halt den Mund, Calida.« Chandos' Geduld war am Ende. Er packte Courtney an den Armen und zog sie zu sich. »Es wäre besser, wenn du es mir rasch erklärst. Ich bin die ganze Nacht geritten, bin todmüde und habe keine Lust herauszubekommen, was Lüge und was Wahrheit ist. Erzähl mir jetzt, was sich abgespielt hat.«

Courtney kam sich wie ein in die Enge getriebenes Tier vor und ging zum Angriff über. »Du willst wissen, was geschehen ist? Also gut. Ich bin heute nacht aufgewacht, weil ein Mann in meinem Bett lag – er war genauso nackt wie ich. Deine Geliebte hatte ihn zu mir geschickt!«

Sein Griff wurde fester, aber seine Stimme klang jetzt ganz sanft.

»Hat er dir etwas getan?«

Ihre Wut ließ nach. Er war von maßlosem Zorn erfüllt, und daß dies seine erste Sorge war, schmeichelte ihr.

»Nein.«

»Wie weit ist er…?«

»Chandos!« Sie brachte es nicht fertig, vor Calida darüber zu sprechen, aber Chandos verlor allmählich die Beherrschung.

»Du mußt wie eine Tote geschlafen haben, wenn er dich ausziehen konnte, ohne daß du aufgewacht bist. Wie weit ist er…?«

»Ich habe meine Kleider abgelegt, bevor ich schlafen gegangen bin. Ich hatte wegen des Straßenlärms das Fenster geschlossen, und es war heiß im Zimmer. Ich habe geschlafen, als er sich ins Zimmer schlich. Wahrscheinlich hat er sich ausgezogen, bevor er ins Bett gekrochen ist.«

»Wie weit ist er…?«

»Er hat mich nur geküßt. Sobald ich seinen Schnurrbart spürte, habe ich gewußt, daß er nicht…« Sie unterbrach sich, und als sie weitersprach, flüsterte sie nur noch: »…du bist.«

»Und dann?«

»Ich habe ihm natürlich klargemacht, daß ich nicht damit einverstanden bin. Darauf war er nicht gefaßt. Er ist aufgestanden, um die Lampe anzuzünden, und sobald er aus dem Bett war, habe ich meinen Revolver unter dem Kissen hervorgeholt. Er hatte solche Angst, daß er mir die Wahrheit gestand.«

Beide sahen gleichzeitig Calida an.

»Eine reizende Geschichte, Gringa«, höhnte Calida, »aber Mario ist heute nacht nicht nach Hause gekommen. Wo war er denn, wenn er die Nacht nicht mit dir verbracht hat?«

Chandos schob Courtney zur Seite und wandte sich Calida zu. Sie hatte Chandos noch nie so erlebt. Zum ersten Mal kam ihr der Gedanke, daß er ihr vielleicht nicht so ohne weiteres glauben würde, und sie ballte die Fäuste.

»Mario?« fragte er wütend. »Du hast Mario zu ihr geschickt?«

Calida wich zurück. »Geschickt? Nein. Ich habe nur erwähnt, daß sie hier ist, und ihm vorgeschlagen, herzukommen und sie kennenzulernen. Er sollte sie ein wenig aufheitern, weil sie so allein war. Wenn die Gringa ihn in ihr Bett genommen hat, kann ich nichts dafür.«

»Du verlogenes Miststück!« stieß Courtney hervor.

Chandos nahm Calida ihr Märchen nicht ab. Seine Hand schloß sich um ihren Hals.

»Ich sollte dir das Genick brechen, du gemeines Luder! Die Frau, der du eins auswischen wolltest, steht unter meinem Schutz. Ich habe geglaubt, daß sie sich hier in Sicherheit befindet, wenn ich sie schon allein lassen muß. Aber du mußtest dein hinterhältiges Spiel treiben, und jetzt muß ich einen Mann töten, gegen den ich nichts habe, nur weil er sich von dir hat hereinlegen lassen.«

Calida wurde blaß. »Ihn töten? Weshalb denn? Er hat nichts getan. Sie hat bestätigt, daß er ihr nichts getan hat!« Chandos stieß sie von sich. »Er ist in ihr Zimmer eingedrungen und hat ihr Angst eingejagt. Seine Hände haben sie betastet. Das ist Grund genug.«

Er ging zur Tür, aber Courtney lief hinter ihm her, packte

ihn am Arm und hielt ihn zurück. Sie hatte Angst, war zornig und gleichzeitig erregt.

»Du nimmst deine Beschützerrolle manchmal zu ernst, Chandos. Natürlich schätze ich diese Eigenschaft an dir, aber wenn ich Marios Tod gewollt hätte, hätte ich ihn selbst erschießen können.«

»Das bringst du nicht fertig, Kätzchen«, murmelte er beinahe belustigt.

»Da wäre ich nicht so sicher«, widersprach sie. »Du darfst Mario nicht töten, er kann nichts dafür. Sie hat ihm vorgelogen, daß ich hierhergekommen bin, um bei Bertha zu arbeiten. Sie hat ihm eingeredet, daß ich eine Hure bin und einen Mann brauche, daß ich...« Courtneys Wut brach wieder durch, »...es nicht mehr ohne Mann aushalte!« Chandos schnappte nach Luft. »Wage nicht zu lachen!« fuhr sie ihn an.

»Daran würde ich nicht einmal im Traum denken.« Sie musterte ihn mißtrauisch. Die Mordlust war jedenfalls aus seinen Augen verschwunden.

»Das ist die Geschichte, die sie ihm erzählt hat. Er ist also eigentlich gekommen, um mir einen Gefallen zu erweisen.«

»Ich habe ja gewußt, daß du es so sehen wirst!«

»Sei nicht sarkastisch, Chandos. Es hätte viel schlimmer kommen können. Er hätte mir seinen Willen aufzwingen können, auch nachdem ich ihm erklärt hatte, daß ich ihn nicht will. Aber das hat er nicht getan.«

»Also schön«, seufzte Chandos. »Ich werde ihn nicht töten. Aber ich muß trotzdem noch etwas erledigen. Warte in deinem Zimmer auf mich, Kätzchen.«

Sie zögerte unsicher, und er strich ihr sanft über die Wange. »Es handelt sich um nichts, wogegen du etwas einzuwenden hättest, Kätzchen. Geh jetzt. Sorg dafür, daß du wieder präsentabel aussiehst oder schlafe ein bißchen. Du kannst den Schlaf bestimmt brauchen. Ich bleibe nicht lange fort.«

Seine Stimme beruhigte sie, und sie wußte, daß sie keinen Grund mehr hatte, sich Sorgen zu machen. Also ließ sie ihn mit Calida in der Küche allein und kehrte in ihr Zimmer zurück.

36. Kapitel

In dem Augenblick, in dem Courtney ihr Zimmer betrat, meldeten sich sehr schmerzhaft die Verletzungen und blauen Flecken, die sie beim Kampf mit Calida davongetragen hatte. Auch ihr Knöchel schmerzte ärger denn je. Sie humpelte zu dem kleinen Spiegel und stöhnte, als sie sich betrachtete. Du meine Güte! Chandos hatte sie in diesem Zustand gesehen!

Ihr Haar war verfilzt. Dunkle Kaffeeflecken bedeckten ihren Rock. Ihr Kleid war an mehreren Stellen zerrissen. An der Schulter entdeckte sie Bißspuren, die von getrocknetem Blut umgeben waren. Auch auf ihrem Hals klebte getrocknetes Blut, und am Augenwinkel sowie hinter dem Ohr hatte sie Kratzspuren, genau wie auf ihren Handrücken.

Sie wußte, daß die Blutergüsse erst später zum Vorschein kommen würden. Diese verdammte Calida. Aber Chandos hatte ihr geglaubt und erkannt, wie Calida in Wirklichkeit war. Courtney bezweifelte, daß er mit diesem Luder jemals wieder ins Bett gehen würde, und konnte einen Anflug von Schadenfreude nicht unterdrücken.

Sie hatte das Bedürfnis nach einem Bad und ging deshalb wieder hinunter. Chandos und Calida waren fort. Während das Badewasser warm wurde, wischte sie den verschütteten Kaffee auf. Mama kam gerade rechtzeitig aus der Kirche nach Hause, um ihr beim Hinauftragen des Wassers zu helfen. Courtney erzählte nicht, was sich hier abgespielt hatte, sondern erwähnte nur, daß Chandos wieder da war.

Als sie fertig war und gerade das Badewasser wieder hinuntertragen wollte, kam Chandos herein. Er dachte nicht daran, vorher anzuklopfen. Es störte sie auch nicht, denn sie hatte sich daran gewöhnt, daß er sich über solche Kleinigkeiten hinwegsetzte.

Sein Zustand erschreckte sie. Er sah beinahe genauso mitgenommen aus wie sie und drückte sich die Hand auf den Brustkorb.

»Genau das brauche ich«, erklärte er, als er das Badewasser bemerkte.

»Bilde dir nicht ein, daß du es mir verschweigen kannst«, stellte sie entschieden fest.

»Es gibt nichts zu erzählen.« Er seufzte. »Ich habe ihn nicht getötet. Aber ich konnte es nicht einfach dabei bewenden lassen. Calida hat in dem Augenblick die Flucht ergriffen, in dem du die Küche verlassen hast, sonst hätte ich sie erwürgt.«

»Mario hat sich doch überhaupt nichts zuschulden kommen lassen, Chandos.«

»Er hat dich berührt.«

Sie war überrascht, weil die Antwort äußerst besitzergreifend klang, hütete sich aber, es auszusprechen. »Wer hat gewonnen?«

»Man könnte es als unentschieden bezeichnen.« Er setzte sich stöhnend auf das Bett. »Aber ich glaube, daß mir der verdammte Kerl eine Rippe gebrochen hat.«

Sie lief zu ihm hin und griff nach seinen Hemdknöpfen. »Laß mich nachsehen.«

Er faßte ihre Hände, bevor sie ihn berühren konnte, und sie blickte ihn fragend an. Seine leuchtendblauen Augen wollten ihr offenbar etwas erklären, aber sie verstand es nicht. Sie ahnte ja nicht, wie sein Körper reagierte, wenn sie ihn berührte.

Sie verzichtete also darauf, ihm zu helfen, und meinte: »Du wolltest baden. Ich gehe solange aus dem Zimmer.«

»Du kannst bleiben. Ich bin davon überzeugt, daß du mir den Rücken zukehren wirst.«

»Aber es gehört sich nicht...

»Du bleibst, verdammt nochmal!«

»Von mir aus.«

Courtney marschierte zum Fenster, zog sich einen Stuhl heran und setzte sich steif aufgerichtet hin.

»Wie geht es deinem Knöchel?« erkundigte er sich.

»Besser.«

Er runzelte die Stirn. »Schmolle nicht, Kätzchen. Ich möchte nur vermeiden, daß du Calida über den Weg läufst, wenn ich nicht dabei bin!«

Sie hörte, wie seine Kleidungsstücke nacheinander auf den Fußboden fielen, und bemühte sich verzweifelt, sich auf die Vorgänge auf der Straße zu konzentrieren. Die Kirchgänger standen in Gruppen beisammen, und zwei kleine Jungen spielten Ball. Ein kleines Mädchen lief hinter einem Hund her, der mit ihrem Häubchen davonrannte. Courtney sah dies alles und sah es doch nicht. Chandos' Stiefel polterten auf den Boden, und sie zuckte zusammen.

Es war ja schön und gut, daß er sie in Sichtweite behalten wollte, um sie zu beschützen, aber in diesem Augenblick schätzte Courtney seine Einstellung gar nicht. Begriff er denn nicht, daß sie im Geist jede seiner Bewegungen vor sich sah? Wie oft hatte er mit nacktem Oberkörper vor ihr gestanden. Sie wußte, wie sein Körper aussah, und gerade jetzt stellte sie sich vor, wie er nackt in die Wanne stieg. Ihr Herz schlug schneller.

Das Wasser spritzte, und er schnappte nach Luft, denn es mußte inzwischen kalt geworden sein. Sie sah im Geist, wie er eine Gänsehaut bekam. Dann stellte sie sich vor, daß sie ihn trockenrieb.

Courtney sprang auf. Wie konnte er es wagen, sie diesen Vorstellungen auszusetzen? Sie hatte das Gefühl, daß sie dahinschmolz, und er badete fröhlich, ohne einen einzigen Gedanken daran zu verschwenden, wie ihr zumute war. Dieses gefühllose Biest.

»Setz dich, Kätzchen. Oder noch besser, leg dich hin und ruh dich aus.«

Seine Stimme klang heiser, und sie empfand sie wie eine Liebkosung. Sie setzte sich.

Denk an etwas anderes, Courtney, ganz gleich, woran.

»Hast du in Paris alles erledigen können?«

»Ich muß nach San Antonio.«

»Bevor oder nachdem du mich nach Waco bringst?«

»Nachher. Und ich muß mich beeilen, deshalb werden wir scharf reiten. Glaubst du, daß du es schaffen wirst?«

»Mir bleibt ja keine andere Wahl.«

Sie war darüber entsetzt, wie vorwurfsvoll ihre Stimme klang. Aber sie konnte nicht anders. Sie war davon überzeugt, daß die Angelegenheit, die er in San Antonio erledigen mußte, nur ein Vorwand war, um sie so rasch wie möglich loszuwerden.

»Stimmt etwas nicht, Kätzchen?«

»Nein, nein. Reiten wir noch heute?«

»Nein, ich brauche etwas Ruhe. Und du hast vergangene Nacht bestimmt auch nicht viel geschlafen.«

»Das ist richtig.«

Eine Weile herrschte Stille, dann fragte er: »Kannst du vielleicht etwas auftreiben, womit ich meine Rippe bandagieren kann?«

»Was zum Beispiel?«

»Vielleicht einen Unterrock.«

»Von mir kannst du keinen bekommen, weil ich nur zwei besitze. Aber ich werde nachsehen…«

»Vergiß es«, unterbrach er sie. »Sie ist wahrscheinlich ohnehin nicht gebrochen, sondern nur geprellt.«

Durfte sie das Zimmer nicht einmal für einen Augenblick verlassen? »Bedroht mich jemand, Chandos? Gibt es einen bestimmten Grund, warum ich hier bleiben soll?«

»Eigentlich solltest du daran gewöhnt sein, mit mir allein zu sein, Kätzchen. Warum bist du plötzlich so ängstlich?«

»Weil es sich nicht gehört, daß ich im Zimmer bin, während du badest.«

»Wenn dich sonst nichts stört – ich bin fertig.«

Courtney sah sich um. Chandos saß auf dem Bettrand; bis auf das Handtuch, das er sich um die Hüften geschlungen hatte, war er nackt. Sie wandte sich wieder ab.

»Könntest du vielleicht etwas anziehen?«

»Ich habe meine Sachen dummerweise unten in der Küche gelassen.«

»Ich habe deine Satteltaschen heraufgebracht. Sie liegen neben dem Tisch.«

»Dann hab ein Herz für mich und bring sie mir, bitte. Ich kann mich nicht mehr rühren.«

Sie hatte plötzlich das Gefühl, daß er mit ihr spielte, verdrängte aber den Gedanken. Ohne ihn anzusehen, holte sie die Satteltaschen und legte sie auf das Bett.

»Wenn du so müde bist, kannst du mein Bett haben. Ich kann heute nacht bestimmt in einem anderen Zimmer schlafen.«

»Das Bett ist groß genug für zwei.« Sein Ton duldete keinen Widerspruch.

»Ich finde das gar nicht komisch.«

»Das weiß ich.«

Jetzt sah sie ihn an. »Warum tust du das? Wenn du glaubst, daß ich schlafen kann, wenn du neben mir liegst, dann irrst du dich.«

»Du bist noch nie in einem Bett geliebt worden, Kätzchen.« Er lächelte sie träge an, und ihr stockte der Atem. Ihre Knie gaben nach, und sie griff nach einem Halt.

Er stand auf. Sein Handtuch fiel zu Boden, und sie konnte nicht mehr daran zweifeln, daß er es ernst meinte. Sein Körper war schlank, glatt und feucht, und sie sehnte sich danach, ihm in die Arme zu sinken.

Aber sie tat es nicht. Auch wenn sie danach fieberte, ihn zu lieben, hätte sie seine Gleichgültigkeit nachher nicht noch einmal ertragen.

»Komm her, Kätzchen.« Er faßte Courtney unter's Kinn und zog ihr Gesicht zu sich heran. »Du hast den ganzen Vormittag gefaucht. Jetzt sollst du wieder schnurren.«

»Nicht«, flüsterte sie, doch dann berührten seine Lippen die ihren.

Er lehnte sich zurück, ohne sie loszulassen. Seine Daumen strichen über ihre Lippen, und ihr Körper neigte sich ihm zu.

»Entschuldige, Kätzchen. Ich wollte nicht, daß es soweit kommt. Das weißt du.«

»Warum tust du es dann?«

»Ich kann nicht anders. Wenn du deine Gefühle so deutlich zeigst und ich weiß, daß du mich begehrst, verliere ich den Verstand.«

»Das ist unfair.«

»Glaubst du, ich mag es, wenn ich die Beherrschung verliere?«

»Bitte, Chandos…«

»Ich brauche dich, aber das ist nicht alles.« Er zog sie an sich, und seine Lippen glitten über ihre Wangen. »Er hat dich berührt. Ich muß seine Berührung aus deinem Gedächtnis löschen, ich kann nicht anders.«

Wie konnte sie ihm da noch widerstehen? Auch wenn er es nie zugeben würde, verrieten ihr diese Worte, wie sehr sie ihm am Herzen lag.

37. *Kapitel*

Der nächtliche Himmel war wie schwarzer Samt, auf dem glitzernde Diamanten verstreut waren. In der Ferne brüllten Rinder, und noch weiter entfernt heulte ein Luchs. Die Nacht war kühl, aber nicht kalt. Eine sanfte Brise bewegte die Blätter eines Baumes auf der Spitze des Hügels.

Die Pferde stapften den Hügel hinauf und hielten unter dem Baum. Auf der Ebene unter ihnen flackerten Dutzende von Lichtern.

»Was für eine Stadt ist das?« fragte Courtney.

»Das ist keine Stadt, sondern die Bar M-Ranch.«

»Sie sieht so groß aus.«

»Das ist sie auch. Was immer Fletcher Straton anfängt, führt er im großen Stil durch.«

Courtney kannte den Namen. Sie hatte ihn in dem Zeitungsartikel gelesen, zu dem das Bild gehörte, auf dem sie ihren Vater entdeckt hatte. Fletcher Straton war der Rancher, dessen Leute den Viehdieb gefangen hatten.

»Warum halten wir hier?« fragte Courtney, als sie abstieg und zu ihrem Pferd trat. »Du willst doch nicht hier lagern, wenn Waco nicht mehr weit ist.«

»Bis zur Stadt sind es noch gut vier Meilen.«

Seine Hände legten sich um ihre Taille, und er hob sie vom Pferd. Es war das erste Mal seit ihrem Aufbruch von Alameda, daß er es tat. Es war das erste Mal seit Alameda, daß er ihr so nahe kam.

Sobald ihre Füße den Boden berührten, nahm sie die Hände von seinen Schultern, doch er ließ sie nicht los. »Können wir nicht doch bis Waco reiten?« fragte sie schüchtern.

»Ich will hier nicht lagern, Kätzchen. Ich sage dir Lebewohl.«

Courtney erstarrte. »Du reitest nicht mit mir nach Waco?«

»Ich hatte es nie vor. Es gibt Leute in der Stadt, mit denen ich nicht zusammentreffen will. Und ich hätte dich ohnehin in Waco nie dir selbst überlassen. Ich muß sicher sein, daß du bei jemandem untergebracht bist, dem ich vertrauen kann. Auf der Bar M gibt es eine Dame, mit der ich befreundet bin. Das ist die beste Lösung.«

»Du läßt mich wieder einmal bei einer deiner Geliebten?« rief sie empört.

»Verdammt nochmal, Margaret Rowley ist Stratons Haushälterin. Sie ist eine englische Lady und sehr mütterlich.«

»Vermutlich eine kleine, alte Dame«, höhnte sie.

Er überhörte ihren Ton. »Du darfst sie auf keinen Fall so nennen. Als ich es einmal getan habe, hat es mir eine Ohrfeige eingetragen.«

Courtneys Hals war wie zugeschnürt. Er wollte sie tatsächlich verlassen, einfach aus ihrem Leben verschwinden. Sie hatte geglaubt, daß sie ihm mehr bedeutete.

»Sieh mich nicht so an, Kätzchen.«

Er wandte sich ab. Sie sah benommen zu, wie er zornig einige Äste zerbrach und ein Feuer entfachte. Als es brannte, drehte er sich wieder zu ihr um.

»Ich muß San Antonio erreichen, bevor es zu spät ist. Ich kann keine Zeit damit verlieren, dich in der Stadt unterzubringen.«

»Du mußt mich nicht unterbringen. Mein Vater ist Arzt. Wenn er dort lebt, wird es nicht schwierig sein, ihn zu finden.«

»*Wenn* er dort lebt.« Funken stoben. »Wenn er nicht dort lebt, hast du wenigstens jemanden, mit dem du besprechen kannst, was du als nächstes unternehmen sollst. Margaret Rowley ist eine gute Frau und kennt in Waco praktisch jeden. Sie wird auch wissen, ob dein Vater da ist, und du erfährst es dadurch noch heute abend.«

»*Ich* erfahre es? Du wirst nicht einmal so lange bei mir bleiben, bis ich es weiß?«

»Nein.«

Ihr Mißtrauen erwachte. »Du wirst mich also nicht einmal bis auf die Ranch begleiten?«

»Ich kann es nicht. Es gibt auf der Bar M Leute, mit denen ich nicht zusammentreffen will. Aber ich werde hier warten, bis ich sehe, daß du sicher dort angelangt bist.«

Jetzt blickte Chandos sie endlich an, und es brach ihm beinahe das Herz. Auf ihrem Gesicht kämpften Kummer, Verständnislosigkeit, Verwirrung. Ihre Augen waren glasig, weil sie verzweifelt versuchte, die Tränen zurückzuhalten.

»Verdammt nochmal«, explodierte er. »Glaubst du, daß es mir Spaß macht, dich hierzulassen? Ich habe geschworen, daß ich diesem Ort nie wieder in die Nähe kommen werde.«

Courtney wandte sich ab, damit er nicht die Tränen sah, die ihr nun doch über die Wangen rollten. »Warum, Chandos?« fragte sie mit erstickter Stimme. »Warum läßt du mich hier zurück, wenn du selbst nicht einmal in die Nähe der Farm kommen willst?«

Er trat hinter sie und legte ihr die Hände auf die Schultern. Seine Berührung war für Courtney zuviel, und ihre Tränen flossen jetzt hemmungslos.

»Ich mag die Menschen auf Bar M nicht – mit Ausnahme der alten Dame. Es ist mir unbegreiflich, aber Margaret Rowley arbeitet gern dort. Wenn ich jemand anders wüßte, der vertrauenswürdig ist, würde ich dich nicht hierher bringen. Aber sie ist der einzige Mensch, bei dem ich dich lassen kann, ohne daß ich mir deinetwegen Sorgen machen muß.«

»Dir meinetwegen Sorgen machen?« Das war zuviel. »Du hast deine Arbeit getan und wirst mich nie wiedersehen. Weshalb solltest du dir also Sorgen machen?«

Er riß sie herum, so daß sie ihn ansehen mußte. »Sprich nicht so mit mir.«

»Und was ist mit mir?« rief sie. »Ist es dir vollkommen gleichgültig, was ich empfinde?« Er schüttelte sie. »Was willst du überhaupt von mir?«

»Ich – ich…«

Nein, sie würde es nicht sagen. Sie würde nicht betteln. Sie würde ihn nicht bitten, sie nicht zu verlassen, auch wenn dieser Abschied ihr das Herz brach. Sie würde auch nicht sagen, daß sie ihn liebte. Wenn er sie so einfach verlassen konnte, dann würde sie damit ohnehin nichts erreichen.

Sie stieß ihn von sich. »Ich will nichts von dir. Hör auf, mich wie ein Kind zu behandeln. Ich habe dich gebraucht, um hierher zu kommen, und nicht, damit du mich irgendwo unterbringst. Das schaffe ich auch allein. Ich bin ja schließlich nicht hilflos. Und ich mag es nicht, wenn man mich Fremden aufdrängt. Und…«

»Bist du fertig?«

»Nein. Ich bin dir Geld schuldig. Ich werde es holen.« Sie wollte an ihm vorbeigehen, aber er ergriff sie am Arm. »Ich brauche dein verdammtes Geld nicht.«

»Mach dich nicht lächerlich. Deshalb hast du mich ja…«

»Das Geld hat überhaupt nichts damit zu tun. Ich habe dir schon oft gesagt, Kätzchen, daß du in bezug auf mich keine voreiligen Schlüsse ziehen sollst. Du kennst mich nicht. Du weißt überhaupt nichts von mir – stimmt's?«

Damit konnte er ihr keine Angst mehr einjagen. »Ich kenne dich besser, als du glaubst.«

»Wirklich?« Er verstärkte seinen Griff. »Soll ich dir verraten, warum ich nach San Antonio muß?«

»Mir wäre es lieber, du tust es nicht.«

»Ich muß dort einen Mann töten. Es ist ein vollkommen ungesetzlicher Mord. Ich bin zu Gericht über ihn gesessen, habe ihn für schuldig befunden und richte ihn jetzt hin. Es gibt dabei nur eine Schwierigkeit. Er befindet sich in Gewahrsam der Obrigkeit und soll gehenkt werden.«

»Was stört dich daran?«

»Er muß von meiner Hand sterben.«

»Aber wenn er schon im Gefängnis sitzt – du willst dich doch nicht gegen das Gesetz stellen?«

»O doch. Ich weiß allerdings noch nicht, wie ich ihn herausbekomme. Das Wichtigste ist, daß ich in San Antonio eintreffe, bevor sie ihn hängen.«

»Du hast bestimmt gute Gründe dafür, aber...«

»Verdammt, hör endlich auf.« Er wollte nicht, daß sie Verständnis für ihn hatte, er wollte, daß sie sich jetzt und hier gegen ihn wandte, so daß er nicht in Versuchung geriet, später zu ihr zurückzukehren. »Was muß ich dir noch erzählen, um dir die Augen über mich zu öffnen? Ich bin nicht der Mensch, für den du mich hältst.«

»Warum tust du das, Chandos? Genügt es nicht, daß du mich verläßt, daß ich dich nie wiedersehen werde? Willst du, daß ich dich auch noch hasse?«

»Du haßt mich schon, du weißt es nur noch nicht.« Eine dunkle Vorahnung ließ sie erschauern, als er das Messer aus dem Gürtel zog. »Wirst du mich töten?« fragte sie ungläubig.

»Ich habe es vor vier Jahren nicht fertiggebracht, Kätzchen. Wie kommst du auf die Idee, daß ich jetzt dazu fähig wäre?«

»Was meinst du mit ›vor vier Jahren‹?« Sie ließ das Messer nicht aus den Augen, während er damit über den Zeigefinger seiner rechten Hand fuhr. »Was tust du?«

»Wenn du mich immer noch begehrst, dann besteht die Verbindung zwischen uns noch, und ich muß sie zerreißen.«

»Was für eine Verbindung?«

»Die Verbindung, die sich vor vier Jahren zwischen uns gebildet hat.«

»Ich verstehe immer noch nicht.« Das Messer schnitt jetzt in seinen linken Zeigefinger. »Chandos!«

Er ließ das Messer fallen, hob die Hände zum Gesicht, legte beide Zeigefinger auf die Mitte seiner Stirn und bewegte sie nach außen zu den Schläfen hin, so daß sie oberhalb seiner Augenbrauen leuchtendrote Blutspuren hinterließen. Dann führte er die Finger zur Nasenwurzel zurück und von dort über die Wangen hinunter zum Kinn, so daß weitere blutige Streifen zurückblieben.

Einen Augenblick lang sah Courtney nur die blutigen Streifen, die Courtneys Gesicht in vier Teile zerschnitten. Doch dann fiel ihr auf, wie kraß sich seine blauen Augen von der bronzefarbenen Haut abhoben.

»Du! Das warst du! O Gott!«

Sie war kaum fähig, klar zu denken, weil die alte Angst in ihr aufstieg, und rannte blindlings davon. Auf halber Höhe des Hügels holte er sie ein. Sie stürzten beide zu Boden, doch er fing die Wucht des Aufpralls ab und legte die Arme schützend um sie, als sie bis zum Fuß des Hügels hinunterkollerten.

Als sie zum Stillstand kamen, versuchte Courtney aufzustehen, doch er drückte sie auf den Boden. Ihre Angst versetzte sie zurück in Elroy Browers Scheune.

»Warum hast du es mir gezeigt? Warum? Wisch dir das Blut ab! Das bist nicht du.«

»O doch, ich bin es«, erwiderte er erbarmungslos. »Das bin ich, so bin ich immer gewesen.«

»Nein!« Sie schüttelte abwehrend den Kopf und konnte nicht mehr damit aufhören. »Nein, nein.«

»Sieh mich an!«

»Nein! Du hast meinen Vater getötet. *Du* hast meinen Vater getötet!«

»Genau das habe ich bestimmt nicht getan. Lieg doch endlich still, verdammt!« Er packte ihre Hände, die auf ihn einschlugen, und drückte sie auf ihr aufgelöstes Haar, das über den Boden gebreitet war. »Wir haben nur den Farmer mitgenommen. Die übrigen ließen wir liegen, weil wir annahmen, daß sie tot waren.«

»Der Farmer.« Sie stöhnte, als die Erinnerung wiederkehrte. »Ich weiß, was ihm die Indianer angetan haben. Mattie hat einmal gehört, wie die Leute darüber gesprochen haben, und hat es mir erzählt. Wie konntest du dich daran beteiligen? Wie konntest du zulassen, daß sie ihn so verstümmelten?«

»Zulassen?« Er schüttelte den Kopf. »Täusche dich nicht. Der Farmer hat mir gehört. Er ist von meiner Hand gestorben.«

Er hätte ihr erklären können, warum er es getan hatte, aber er schwieg. Er wartete, bis sie sich von ihm losriß und auf die

Bar M zulief. Als sie aus seinem Blickfeld verschwand, erhob er sich langsam.

Er hatte getan, was er sich vorgenommen hatte. Was immer sie für ihn empfand – er hatte es getötet. Jetzt würde er nie erfahren, ob sie mit dem Leben zufrieden gewesen wäre, das er ihr hätte bieten können. Er hatte ihr die Freiheit gegeben. Wenn es für ihn nur genauso einfach gewesen wäre, sich von ihr zu befreien …

Chandos wischte sich das Blut vom Gesicht und stieg den Hügel hinauf. Als er näherkam, wurden die Pferde unruhig. Wahrscheinlich waren sie genauso unruhig geworden, als sich der Cowboy genähert hatte, aber Chandos war mit Courtney so beschäftigt gewesen, daß er ihn nicht bemerkt hatte. Sogar jetzt war er noch so geistesabwesend, daß er den am Feuer hockenden Mann erst bemerkte, als er bis auf einen Meter an ihn herangekommen war. Er hatte nicht geglaubt, daß er diesen Menschen jemals wiedersehen würde.

»Immer mit der Ruhe, Kane«, sagte der Mann, als Chandos' Haltung drohend wurde. »Du willst doch einen Menschen nicht nur deshalb erschießen, weil er spät von der Weide nach Hause kommt? Ich wollte nur nachsehen, wieso hier ein Feuer brennt.«

»Du hättest es bleiben lassen sollen, Sägezahn.« Es klang drohend. »Diesmal hättest du es bleiben lassen sollen.«

»Ich habe es jedenfalls nicht bleiben lassen. Und du vergißt, wer dich gelehrt hat, deinen Revolver zu benützen.«

»Ich habe es nicht vergessen, aber ich habe seither auch sehr oft Gelegenheit gehabt zu üben.«

Der Mann grinste und zeigte dabei die vollkommen gerade Zahnreihe, die ihm seinen Spitznamen eingetragen hatte. Er behauptete, daß seine Zähne früher kreuz und quer gestanden und ihn beim Essen gestört hätten; deshalb hatte er sie mit einer Säge bearbeitet, um zu sehen, ob er dann besser kauen konnte.

Er war Ende vierzig, hager, aber kräftig, und durch das

braune Haar zogen sich graue Strähnen. Für Sägezahn waren Rinder, Pferde und Revolver wichtig; in dieser Reihenfolge. Er war Vorarbeiter auf der Bar M und, soweit das möglich war, Fletcher Stratons bester Freund.

»Scheiße, du hast dich wohl überhaupt nicht verändert?« brummte Sägezahn, als er merkte, daß Chandos sich nicht entspannte. »Ich habe meinen Augen nicht getraut, als ich deinen Pinto gesehen habe. Ich vergesse ein Pferd nie.«

»Ich würde vorschlagen, du vergißt, daß du ihn und mich gesehen hast.« Chandos bückte sich und hob das Messer auf, das er vorher fallen gelassen hatte.

»Ich habe auch deine Stimme wiedererkannt.« Sägezahn grinste. »Ich kann nichts dafür, daß ich euch gehört habe, ihr habt ja laut genug geschrien. Es war eine äußerst seltsame Methode, ihr Angst einzujagen. Würdest du die Neugierde eines alten Mannes befriedigen?«

»Nein.«

»Das habe ich nicht anders erwartet.«

»Ich könnte dich töten, Sägezahn, und Meilen von hier entfernt sein, bevor man deine Leiche findet. Kann ich wirklich nur auf diese Weise sicher sein, daß du dem Alten nicht erzählen wirst, daß du mich gesehen hast?«

»Wenn du hier nur vorbeigekommen bist, spielt es doch keine Rolle, ob er davon erfährt.«

»Ich möchte nicht, daß er auf die Idee kommt, er könnte mit Hilfe der Frau an mich herankommen.«

»Wäre das möglich?«

»Nein.«

»Du hast zu schnell geantwortet, Kane. Bist du sicher, daß es die Wahrheit ist?«

»Verdammt, Sägezahn! Ich *will* dich nicht töten.«

»Schon gut, schon gut.« Sägezahn stand langsam auf und streckte seine leeren Hände deutlich von sich. »Wenn es dir so wichtig ist, dann werde ich vergessen können, daß ich dich gesehen habe.«

»Und halte dich von der Frau fern.«

»Das wird schwierig sein. Schließlich hast du sie ja hiergelassen.«

»Bei Margaret Rowley. Sie wird nicht lang bleiben.«

»Fletcher wird wissen wollen, wer sie ist.« Sägezahn beobachtete Chandos gespannt.

»Er wird den Zusammenhang nicht herausfinden, solange du den Mund hältst.«

»Hast du sie deshalb erschreckt, damit sie nichts ausplaudert?«

»Du fragst zuviel, Sägezahn. Aber du hast immer schon deine Nase in Dinge gesteckt, die dich nichts angehen. Die Frau bedeutet mir nichts. Und sie kann Fletcher nichts erzählen, weil sie nicht weiß, wer ich bin. Falls du diese Situation veränderst, zündest du nur ein Feuer an, für das du kein Löschwasser hast, weil ich auf dem Rückweg nicht hier vorbeikommen werde.«

»Wohin bist du unterwegs?«

»Verdammter Bluthund.«

»Es war nur eine freundschaftliche Frage«, grinste Sägezahn.

»Erzähl das deiner Großmutter.« Chandos saß auf Surefoot auf, ergriff die Zügel von Trasks Pferd und erklärte: »Die anderen beiden Pferde gehören ihr. Du kannst sie mitnehmen oder warten, bis sie jemand holt. Sie wird wahrscheinlich behaupten, daß sie abgeworfen wurde, also wird sich einer der Landarbeiter auf die Suche nach den Pferden machen – es sei denn, du holst sie ein, bevor sie die Ranch erreicht. Aber falls es dir gelingt, behalte deine verdammten freundschaftlichen Fragen für dich, ja? Sie ist heute abend nicht in der Verfassung, ein Verhör durchzustehen.«

Damit ritt Chandos fort, und Sägezahn trat das Feuer aus. »Die Frau bedeutet ihm nichts?« Er grinste. »Das kann er seiner Großmutter erzählen.«

38. Kapitel

In der Ferne hoben sich flackernde Lichter vom Nachthimmel ab. Die Rinder brüllten immer noch leise. Die Welt um Courtney hatte sich nicht verändert, obwohl in ihr eine Welt zusammengebrochen war. Die Erkenntnis, daß sie einen Wilden, einen wilden Indianer liebte, schmerzte unerträglich.

In diesem Augenblick bedeutete Indianer für sie etwas Böses, Schreckliches. Ein wilder Schlachter. Nein, nicht er, nicht ihr Chandos! Doch es war wahr.

Auf halbem Weg zur Ranch blendeten sie die Tränen so sehr, daß sie auf die Knie sank und in lautes, herzzerreißendes Schluchzen ausbrach. Kein Geräusch verriet ihr, daß er ihr folgte. Diesmal würden sie keine starken Arme umschlingen, keine tröstende Stimme würde ihr erklären, daß es eine Lüge war, oder es ihr wenigstens begreiflich machen. Mein Gott, *warum* nur?

Sie versuchte, sich an den Überfall auf Browers Farm zu erinnern. Es fiel ihr nicht leicht, denn sie hatte sich aus Leibeskräften bemüht, die Erinnerung daran zu verdrängen. Aber jetzt brach alles wieder hervor, die Angst, das Entsetzen, als die Futterkiste geöffnet wurde. Als sie glaubte, daß ihre letzte Stunde geschlagen hatte, und um die Kraft betete, nicht zu betteln. Und dann hatte sie den Indianer gesehen – nein, keinen Indianer, sondern Chandos. Sie hatte Chandos gesehen. Aber an diesem Tag war er wirklich ein Indianer gewesen, mit langem, zu Zöpfen geflochtenem Haar, mit Kriegsbemalung, mit Messer. Und er hatte sie töten wollen. Sie erinnerte sich an seine Hand, die an ihren Haaren gerissen hatte, an ihre Angst und an seine Augen, die nicht die Augen eines Indianers waren. Sie hatte nur gewußt, daß die Augen nicht zu dem furchteinflößenden Gesicht paßten, daß sie nichts Entsetzliches an sich hatten.

Jetzt wußte sie, warum sie, als sie den Revolverhelden zum ersten Mal sah, das Gefühl gehabt hatte, sie könnte ihm ihr Leben anvertrauen.

Chandos hatte gesagt, daß damals eine Verbindung zwischen ihnen entstanden war. Was bedeutete das? Was für eine Verbindung? Und warum hatte er damals gemeinsam mit den Indianern angegriffen und gemordet?

Courtneys Tränen versiegten allmählich, als sie sich genauer an diesen Tag erinnerte. Was hatte Berny Bixler Sarah über Rache erklärt? Die Indianer wollten sich für den Überfall auf ihr Lager rächen. Lars Handleys Sohn John, der so rasch aus Rockley verschwunden war, hatte anscheinend damit geprahlt, daß er gemeinsam mit einer Gruppe von Männern eine Bande Kiowas einschließlich der Frauen und Kinder ausgerottet hatte. Sie waren vermutlich Chandos' Freunde gewesen. Bixler hatte behauptet, daß die Indianer erst Ruhe geben würden, wenn sie alle daran beteiligten Männer getötet hatten. Wahrscheinlich waren jetzt alle tot, es sei denn … Trask! War er einer von ihnen? Chandos hatte gesagt, daß er Vergewaltigungen und Morde auf dem Gewissen hatte. Und der Mann in San Antonio? Gehörte er auch dazu?

Wen hatte Chandos bei diesem Massaker verloren, daß er Elroy Bower auf so schreckliche Weise tötete? Daß er nach all dieser Zeit noch nach Rache dürstete?

»Gehören die beiden Gäule Ihnen, Miß?«

Courtney zog erschrocken die Luft ein und stand auf.

Der Mann kam näher, und sie erblickte die alte Nelly sowie den Pinto, dem sie nie einen Namen gegeben hatte, weil sie annahm, daß sie ihn nicht behalten würde. Jetzt hatte ihn Chandos doch nicht mitgenommen.

»Wo haben Sie sie gefunden?« fragte sie unsicher.

»Er ist fort, falls Sie das wissen möchten.«

»Sie haben gesehen, daß er fortgeritten ist?«

»Ja, Madam.«

Warum bekam sie Angst? War es nur deshalb, weil Chandos gesagt hatte, er wolle hier niemanden sehen? Sie hatte keinen Grund mehr, sich seinetwegen Sorgen zu machen.

»Sie kennen ihn vermutlich nicht?« fragte sie trotz allem.

»O doch.«

Sie saß auf den Pinto auf, und ihre Stimmung sank auf den Nullpunkt. Das war einfach großartig – es war genau das, was Chandos vermeiden wollte. Wenn sich daraus Schwierigkeiten ergaben, würde er wahrscheinlich sie dafür verantwortlich machen.

»Arbeiten Sie auf der Bar M?«

»Ja, Madam. Ich heiße Sägezahn – so nennt man mich jedenfalls.«

»Ich bin Courtney Harte. Ich wollte gar nicht zur Farm, sondern würde viel lieber weiter nach Waco reiten und mir dort ein Zimmer nehmen. Es gibt doch Hotels in der Stadt?«

»Ja, Madam, aber es sind noch gut vier Meilen.«

»Ich weiß, ich weiß«, erwiderte sie ungeduldig. »Aber ich wäre Ihnen sehr dankbar, wenn Sie mich hinbringen könnten.«

Sägezahn schwieg. Er war der letzte, der sich weigerte, einer in Schwierigkeiten geratenen Lady zu helfen. Im Gegenteil, er bemühte sich für gewöhnlich sehr, dem schwächeren Geschlecht hilfreich zur Seite zu stehen. Aber in diesem Fall gab es einfach zu viele offene Fragen. Fletcher würde ihm die Haut bei lebendigem Leib abziehen, wenn er herausbekam, wer die Dame hierhergebracht hatte, und daß Sägezahn sie hatte entwischen lassen.

»Hören Sie, Madam«, redete er ihr zu, »ich komme gerade von der Weide herein. Ich habe seit dem Morgen nichts mehr zwischen den Zähnen gehabt, und Ihnen geht es wahrscheinlich ähnlich. Es ist heute einfach zu spät, um noch in die Stadt zu reiten. Außerdem muß es ja einen Grund geben, warum Sie zur Bar M gekommen sind.«

»Allerdings«, erwiderte Courtney enttäuscht. »Ich soll mich an Margaret Rowley wenden, eine Frau, die ich überhaupt nicht kenne, nur weil er es so haben will. Ich bin doch wirklich kein Kind mehr. Ich brauche keinen Hüter.« Ein Streichholz flammte auf, und die beiden musterten einander zum ersten Mal. Sägezahn verbrannte sich beinahe die Finger. Er grinste.

»Kommen Sie, ich bringe Sie zu Maggie.«

»Maggie?«

»Margaret. Sie hat ein eigenes Häuschen weiter hinten, obwohl sie sich um diese Zeit noch im großen Haus aufhält. Und machen Sie sich keine Sorgen, Sie werden Maggie auf den ersten Blick mögen. Ich bin außerdem sicher, daß Sie ihr ebenfalls gefallen werden.«

»Das ist sehr freundlich von Ihnen, aber … na schön.« Sie trieb den Pinto an, weil sie wußte, daß ihr nichts anderes übrigblieb. Nach einer kurzen Pause fragte sie: »Würde es Ihnen etwas ausmachen, nicht zu erwähnen, wer mich hierhergebracht hat, oder daß Sie ihn überhaupt gesehen haben?«

»Würde es Ihnen etwas ausmachen, mir zu sagen, warum Sie das wünschen?«

»Warum?« Courtney war sofort auf der Hut. »Woher soll ich wissen, warum? Chandos gibt keine Erklärungen ab. Er hat mir gesagt, daß er nicht mit den Leuten von der Farm zusammentreffen will, und mehr weiß ich nicht.«

»Er nennt sich jetzt also Chandos?«

Sie warf ihm einen Blick zu. »Sie haben doch behauptet, daß Sie ihn kennen.«

»Als er das letzte Mal hier war, hatte er sich einen endlosen indianischen Namen zugelegt, den sich niemand merken und schon gar nicht aussprechen konnte.«

»Das sieht ihm ähnlich.«

»Kennen Sie ihn schon lange?«

»Nein … na ja, wenn man bedenkt … nein, eigentlich nicht … Du meine Güte, ich drücke mich wohl nicht sehr klar aus? Ich kenne ihn seit ungefähr einem Monat. Er hat mich von Kansas hierhergebracht.«

»Kansas!« Sägezahn stieß einen Pfiff aus. »Das ist verdammt weit weg, Madam.«

»Das stimmt.«

»Auf einem so langen Ritt lernt man sich wahrscheinlich recht gut kennen.«

»Das sollte man annehmen. Aber ich habe heute abend festgestellt, daß ich ihn überhaupt nicht kenne.«

»Haben Sie eine Ahnung, wohin er geritten ist, Miß Harte?«

»Ja, nach...« Sie unterbrach sich und sah zu der dunklen Gestalt hinüber, die neben ihr ritt. Womöglich wurde Chandos hier steckbrieflich gesucht. »Es tut mir leid, aber mir ist der Name der Stadt entfallen.«

Sie war überrascht, als Sägezahn lachte. »Er bedeutet Ihnen sehr viel, nicht wahr?«

»Er bedeutet mir überhaupt nichts«, versicherte sie hochmütig, und er lachte wieder.

39. Kapitel

Noch bevor sie den vorderen Hof erreichten, drangen die Klänge einer Gitarre durch die stille Nacht zu Courtney. Dann kam das große Haus in Sicht, dessen Zimmer und vordere Veranda hell beleuchtet waren. Auf der Veranda saßen Männer auf Stühlen, dem Geländer und sogar auf der breiten Treppe, die zur Eingangstür führte. Gelächter und leise Gespräche begleiteten die Gitarrenmusik. Es war eine angenehme, kameradschaftliche Atmosphäre, die die Bar M in freundlichem Lichte erscheinen ließ. Hier lebte es sich offensichtlich gut.

Doch Courtney fühlte sich unbehaglich, als sie sah, daß sich auf der Veranda nur Männer, viele Männer befanden. In dem Augenblick, in dem die Männer sie erblickten, brach die Musik abrupt ab.

Als Sägezahn ihre Pferde zur Veranda führte, herrschte tiefe Stille. Kein Laut war zu hören.

Sägezahns Lachen durchbrach das Schweigen. »Habt ihr Hinterwäldler noch nie eine Dame gesehen? Verdammt – ich bitte um Entschuldigung, Madam –, sie ist doch kein Gespenst. Dru, hiev deinen Hintern hoch und sag Maggie, daß sie Besuch bekommt – in ihrem Haus.« Ein junger Mann mit Lockenkopf sprang auf und verschwand rücklings durch die Eingangstür, um Courtney möglichst lang im Auge zu behalten.

»Und jetzt hört mal zu, ihr Viehtreiber. Das ist Miß Harte«, fuhr Sägezahn fort. »Ich weiß nicht, wie lange sie hierbleibt. Ich weiß nicht, ob ihr sie überhaupt noch einmal zu Gesicht bekommt, deshalb greift an eure Hüte, solange ihr Gelegenheit dazu habt.« Ein paar Männer folgten seiner Aufforderung, während die meisten Courtney weiterhin nur stumm anstarrten. »Ich habe noch nie so viele Schwachsinnige auf einem Haufen gesehen«, lachte Sägezahn. »Kommen Sie mit, Madam.«

Courtney rang sich ein Lächeln ab, dann trieb sie ihren Pinto an und folgte Sägezahn um das Haus herum. Im gleichen Augenblick trampelten Stiefel über die Veranda, und sie wußte, daß sämtliche Cowboys über das Geländer hingen und hinter ihr herstarrten.

»Das hat Ihnen Spaß gemacht, was?« fragte sie zornig den vor ihr reitenden Sägezahn.

»Die Jungs brauchen von Zeit zu Zeit etwas, das sie in Schwung bringt. Aber ich habe nicht geglaubt, daß sie nicht nur den Verstand, sondern auch die Sprache verlieren würden. Sie sind eine mächtig hübsche Frau, Madam. Die Jungs werden jetzt einen Monat lang Witze darüber reißen, daß es keinem von ihnen eingefallen ist, ›Guten Tag‹ zu sagen, solange sie die Möglichkeit dazu hatten.« Sie erreichten die Rückseite des Hauses. »Da sind wir. Maggie wird bestimmt jeden Augenblick da sein.«

Sägezahn saß ab. Sie standen vor einem Häuschen, das eher nach Neuengland als nach Texas gepaßt hätte. Das kleine, weißgetünchte Haus bezauberte Courtney sofort. Es hatte einen Holzzaun, einen blumengesäumten Fußweg, Fensterläden und sogar Blumentöpfe auf den Fenstersimsen. Es war anheimelnd und hübsch und wirkte neben dem texanischen Ranch-Haus vollkommen fehl am Platz. Im Vorgarten gab es Rasen, und an seinem linken Rand einen großen, alten Baum. Die Eingangstür war sogar von einem Spalier umgeben, an dem sich tapfer ein Weinstock rankte.

»Miß Harte?«

»Was? O.«

Courtney wandte widerstrebend den Blick vom Häuschen ab und ließ sich von Sägezahn aus dem Sattel helfen, der sie freundlich ansah. Jetzt erst bemerkte sie, daß er nicht besonders groß und eher feingliedrig war.

An der Rückseite des Farmhauses fiel eine Tür ins Schloß. »Das wird Maggie sein.«

Eine kleine Frau eilte über den Hof zwischen den beiden Gebäuden und legte sich im Gehen einen Schal über die Schultern. Im Lichtschein des großen Hauses konnte Courtney ihr graumeliertes Haar erkennen, einen rundlichen Körper, und als sie dann näherkam, auch ihre lebhaften, grünen Augen.

»Und wer ist meine Besucherin, Sägezahn?«

»Das soll sie dir selbst erzählen. Ein Freund von dir hat sie hergebracht.«

»Tatsächlich? Wer?«

Courtney warf Sägezahn einen schnellen Blick zu, entspannte sich aber, als er Maggie nicht antwortete. »Chandos«, sagte sie an seiner Stelle. »Jedenfalls nennt er sich jetzt so.«

Maggie wiederholte den Namen nachdenklich und schüttelte den Kopf. »Nein, ich erinnere mich nicht an den Namen. Aber auf der Farm kommen und gehen sehr viele junge Männer, und ich freue mich, wenn wenigstens einige sich meiner erinnern und mich als ihre Freundin betrachten.«

»Also hör dir das an«, neckte sie Sägezahn. »Als würde dich nicht jeder Mensch lieben, Maggie.«

Courtney hatte zur Abwechslung einmal das Vergnügen zu sehen, wie jemand anders errötete. Das machte ihr Maggie sofort sympathisch. Aber Stolz war Stolz, sagte sie sich.

»Wenn Sie sich nicht an Chandos erinnern, dann kann ich wirklich nicht verlangen...«

»Das ist reiner Unsinn, Kind. Sobald Sie mir ein wenig von ihm erzählt haben, um mein Gedächtnis aufzufrischen, erinnere ich mich bestimmt an ihn. Ich vergesse nie jemanden, nicht wahr, Sägezahn?«

»Das stimmt. Aber jetzt hole ich Ihre Tasche herein.« Courtney folgte ihm zu den Pferden und flüsterte: »Kann ich ihr von ihm erzählen? Er hat nicht gesagt ... Ich weiß ja nicht, warum er nicht hierherkommen wollte. Aber Sie wissen es, nicht wahr?«

»Ja, ich weiß es, und ja, Sie können es Maggie erzählen. Sie hat immer auf seiner Seite gestanden.«

Das weckte natürlich Courtneys Neugierde, doch bevor sie eine Frage stellen konnte, erklärte Sägezahn: »Ich werde mich jetzt um Ihre Pferde kümmern, Madam. Und ich hoffe, daß Sie eine Weile bei uns bleiben.«

Sie verstand ihn sofort. »Chandos wird meinetwegen nicht zurückkommen.«

»Sind Sie sicher?«

Damit führte er die Pferde weg. Courtney blieb mit der Tasche in der Hand stehen, bis Maggie sie ins Häuschen holte.

»Sie sehen gar nicht glücklich aus, Kind«, bemerkte sie sanft. »Ist Ihnen der Mann, der Sie hierhergebracht hat, so wichtig?«

Courtney brachte es nicht fertig, die Wahrheit zu sagen. »Er – er war mein Begleiter. Ich habe ihn dafür bezahlt, daß er mich nach Waco bringt, aber er hat dann mein Geld doch nicht angenommen. Er hat mich auch nicht nach Waco gebracht. Er hat mich hierhergebracht und behauptet, daß Sie seine Freundin sind, daß Sie der einzige Mensch sind, dem er in dieser Gegend trauen kann, und daß er sich keine Sorgen machen will, weil ich auf mich allein gestellt bin. Das ist doch ein Witz! Er will sich keine Sorgen um mich machen, nachdem er mich endlich losgeworden ist.« Ihr Hals war schon wieder wie zugeschnürt. »Er hat mich einfach sitzenlassen. Ich war so...«

Die Tränen ließen sich nicht mehr zurückhalten, und als Maggie sie an ihre Schulter zog, war Courtney ihr dankbar. Es war zwar fürchterlich peinlich, aber der Kummer war so groß, daß sie nicht anders konnte.

Courtney war klar, daß sie keinen Anspruch auf Chandos hatte, und sie wußte auch, daß er nicht der Mensch war, für den sie ihn gehalten hatte. Sie konnte immer noch nicht begreifen, wie er so schrecklich rachsüchtig sein konnte. Doch obwohl ihr das alles bekannt war, und obwohl sie eigentlich froh darüber sein sollte, daß sie ihn nie wiedersehen würde, kam sie sich verraten und verlassen vor, und das tat schrecklich weh.

Maggie setzte Courtney auf ein Sofa, ein wertvolles Chippendale-Möbel, das Courtney später bewunderte, und reichte ihr ein spitzenbesetztes Taschentuch. Sie verließ ihren jungen Gast kurz, um die Lampen im Wohnzimmer anzuzünden, kehrte dann zurück und schloß Courtney in die Arme, bis diese sich allmählich beruhigte.

»Na also.« Maggie ersetzte das nasse Taschentuch durch ein trockenes. »Ich habe immer schon gesagt, daß es nichts Besseres für den Organismus gibt, als sich einmal richtig auszuweinen. Aber das kann man Männern natürlich nicht erklären, und auf der Farm gibt es leider nur Männer. Es tut so gut, zur Abwechslung einmal bei einer Frau Mutterstelle zu vertreten.«

»Entschuldigen Sie, daß ich mich so gehen ließ«, schnüffelte Courtney.

»Dafür müssen Sie sich nicht entschuldigen. Wenn man das Bedürfnis hat zu weinen, dann soll man es tun. Fühlen Sie sich jetzt besser?«

»Eigentlich nicht.«

Maggie lächelte und streichelte Courtneys Hand. »Lieben Sie ihn so sehr?«

»Nein«, antwortete Courtney entschieden, dann stöhnte sie: »Ich weiß es nicht. Ich habe ihn geliebt, aber wie kann ich ihn nach allem, was ich heute abend von ihm erfahren habe, weiterhin lieben? Er ist zu Grausamkeiten fähig...«

»Um Himmels willen, was hat er Ihnen angetan, Liebste?«

»Nicht mir. Er hat einen Mann aus Rache verstümmelt und getötet.«

»Und er hat es Ihnen erzählt?« Maggie war entsetzt.

»Mir war die Tatsache bereits bekannt. Chandos hat nur zugegeben, daß er derjenige war, der es getan hat. Und jetzt ist er unterwegs, um einen weiteren Mann zu töten, wahrscheinlich auf die gleiche entsetzliche Art. Vielleicht verdienen diese Männer dieses Schicksal, das kann ich nicht beurteilen, aber daß er fähig ist, so grausam zu sein...«

»Männer tun manchmal entsetzliche Dinge. Gott allein

weiß, warum. Doch die meisten von ihnen haben wenigstens einen Grund für ihre Handlungen. Das wird ja auch auf Ihren jungen Mann zutreffen.«

»Ich bin mir dessen nicht sicher.« Courtney schilderte Maggie in kurzen Worten den Komantschenüberfall. »Ich weiß, daß er Freunde unter den Komantschen hat«, schloß sie. »Vielleicht hat er sogar bei ihnen gelebt. Doch ist das ein ausreichender Grund für seine Gewalttätigkeit?«

»Vielleicht hatte er eine Frau bei den Komantschen. Es gibt viele Weiße, die Indianerinnen heiraten. Und wenn sie vergewaltigt wurde, bevor man sie getötet hat, wäre dies eine Erklärung für die Verstümmelungen.«

Courtney seufzte. Sie hatte den Gedanken an eine indianische Frau von sich gewiesen, aber Maggie konnte damit recht haben. Es wäre jedenfalls eine Erklärung dafür, warum Chandos die Indianer so gut kannte.

»Was ich denke, spielt ohnedies keine Rolle, weil ich Chandos nie wiedersehen werde.«

»Und darüber sind Sie sehr unglücklich, leugnen Sie es nicht. Jetzt muß ich allerdings zugeben, daß ich sehr gern wissen möchte, wer dieser junge Mann eigentlich ist. Könnten Sie ihn mir beschreiben?«

Courtney sah Maggie nicht an, als sie antwortete: »Chandos ist ein Revolvermann, und zwar ein sehr guter. Das war einer der Gründe, warum ich mich bei ihm sicher gefühlt habe. Er ist groß und dunkel und sieht sehr gut aus. Er hat schwarze Haare und blaue Augen.« Als Maggie schwieg, fuhr Courtney fort: »Er ist schweigsam und macht ungern große Worte. Es ist genauso leicht, einen Zahn zu ziehen, wie Chandos eine Information zu entlocken.«

Maggie seufzte. »Ihre Beschreibung paßt auf mindestens ein Dutzend Männer, die sich kürzere oder längere Zeit auf dieser Ranch aufgehalten haben.«

»Ich wüßte nicht, was ich Ihnen sonst noch erzählen könnte. Ach ja, Sägezahn hat erwähnt, daß Chandos einen indianischen Namen benützt hat, als er hier war.«

»Wir haben nur zwei junge Männer mit indianischen Namen hier gehabt. Einer von ihnen war ein Halbblut, und er hat auch blaue Augen gehabt«, erinnerte sich Maggie.

»Man könnte Chandos für ein Halbblut halten, obwohl er behauptet, daß er keines ist.«

»Wenn er keines ist, dann...« Maggie unterbrach sich. »Warum hat er Sie nicht hierherbegleitet?«

»Er wollte nicht. Er hat gesagt, daß es auf der Ranch Menschen gibt, mit denen er nicht zusammentreffen möchte. Vielleicht hat er etwas Verbotenes getan. Vielleicht wird er steckbrieflich gesucht oder so.«

»Können Sie sich an noch etwas erinnern?« In Maggies Stimme lag jetzt etwas Drängendes.

»Er hat mich davor gewarnt, Sie als alte Dame zu bezeichnen«, lächelte Courtney verlegen. »Angeblich haben Sie ihm eine Ohrfeige gegeben, als er es einmal getan hat.«

Maggie schnappte nach Luft. »Großer Gott!«

»Wissen Sie jetzt, wen ich meine?«

»Natürlich. Durch diese Ohrfeige sind wir Freunde geworden. Es war nicht einfach, an ihn heranzukommen.«

»*Wird* er steckbrieflich gesucht?« Courtney mußte es wissen.

»Nein, außer man hält Fletchers Worte für ein Gesetz. Er hat die Farm nicht gerade in gutem Einvernehmen verlassen, und Fletcher hat im Zorn einige sehr böse Drohungen ausgestoßen. Sie sind einander übrigens nichts schuldig geblieben. Aber das ist vier Jahre her, und Fletcher bereut es...«

»Vier Jahre?« unterbrach sie Courtney. »Damals ist er doch mit den Komantschen geritten.«

»Ja, er ist damals zu den Komantschen zurückgekehrt ... mein Gott, dieser Überfall muß zu dieser Zeit erfolgt sein. Seine Mutter hat bei den Komantschen gelebt. Und er hat eine kleine Halbschwester gehabt, die er anbetete. Dann sind also beide tot ... der arme Junge.«

Courtney war blaß geworden. Seine *Mutter*? Eine *Schwester*? Warum hatte er ihr davon nichts erzählt? Er hatte einmal eine Schwester erwähnt, die ihn Chandos genannt hat. Er hatte auch erklärt, daß er diesen Namen so lange tragen würde, bis er seine Aufgabe erfüllt hätte und seine Schwester in Frieden schlafen könne.

Courtney starrte blicklos zum Fenster hinaus. Sie hatte überhaupt nichts begriffen. Diese Männer hatten seine Mutter und seine Schwester getötet. Sie konnte nur ahnen, wie sehr er gelitten haben mußte. Sie selbst hatte nie daran geglaubt, daß ihr Vater tot war, hatte aber doch allein unter der Trennung schon sehr gelitten. Und Chandos hatte wahrscheinlich sogar die Leichen gesehen....

»Könnten wir uns über etwas anderes unterhalten, Madam?« Courtney war wieder den Tränen nahe.

»Natürlich. Vielleicht möchten Sie mir erzählen, weshalb Sie hierhergekommen sind.«

»Ja«, stimmte Courtney erleichtert zu. »Ich suche meinen Vater. Chandos hat gemeint, daß Sie bestimmt wissen, ob er in Waco lebt. Er behauptet, daß Sie hier jedermann kennen. Dabei fällt mir ein, daß ich mich noch gar nicht vorgestellt habe. Ich heiße Courtney Harte.«

»Harte? Es gibt einen Doktor Harte in Waco, aber...«

»Das ist er!« Courtney sprang vor Erregung auf. »Ich habe recht gehabt. Er lebt. Er lebt hier. Ich habe es gewußt!«

Maggie schüttelte verwundert den Kopf. »Das verstehe ich nicht. Ella Harte hat erwähnt, daß Doktor Hartes einzige Tochter bei einem Indianerüberfall ums Leben gekommen ist.«

Courtney starrte Maggie mit großen Augen an. »Er hat geglaubt, daß ich tot bin?«

»Sie sind angeblich beim Brand des Farmhauses, in das Sie sich mit Ihrer Stiefmutter geflüchtet hatten, gestorben. Das hat er jedenfalls Ella erzählt.«

»Aber wir waren doch in der Scheune, in der Futterkiste! Wer ist Ella?«

»Doktor Hartes Frau. Sie haben vor zwei Monaten geheiratet.«

Courtney ließ sich ernüchtert ins Sofa zurückfallen. Eine Frau. Nein, noch eine Frau! Das war entsetzlich ungerecht. Würde sie ihn nie für sich allein haben? Nicht einmal für kurze Zeit? Sie war nur um zwei Monate zu spät gekommen!

In ihrer Verzweiflung verwendete sie einen von Chandos' Lieblingsausdrücken. »Verdammt nochmal!«

40. Kapitel

In der hell erleuchteten Küche saß nur Sägezahn am Tisch; er hatte ein Glas Milch und ein Stück Kirschkuchen vor sich. Als Maggie zur Hintertür hereinkam, rührte er sich nicht. Er erkannte sie an ihrem Schritt. Als sie zu ihm trat, lehnte er sich zurück und blickte sie an. »Wirst du es ihm sagen?«

Maggie erwiderte den Blick. »Du hast es also gewußt. Wirst du es ihm vielleicht erzählen?«

»Ganz sicher nicht. Ich war nur neugierig, was du tun wirst. Außerdem hat der Junge mich schwören lassen, daß ich unser Zusammentreffen vergessen werde. Er hat es mir sehr nachdrücklich ans Herz gelegt. Du weißt ja, wie er sein kann.«

Maggie verschränkte die Arme und sah zur Tür, die von der Küche ins Haus führte. »Ist er noch oben?«

»Vermutlich. Es ist noch früh. Wie geht es der kleinen Dame?«

»Ich habe sie zu Bett gebracht. Hast du gewußt, daß sie Doktor Hartes Tochter ist?«

»Tatsächlich? Das ist eine Erleichterung für mich. Dann wird sie ja noch eine Weile hierbleiben; wenn nicht auf der Farm, dann in der Stadt.«

»Da bin ich nicht so sicher«, seufzte Maggie. »Es hat die Kleine schwer erschüttert, daß ihr Vater wieder verheiratet ist. Sie ist eine sehr unglückliche junge Dame.«

»Das wird sich ändern, sobald Kane zurückkommt.«

»Glaubst du, daß er das tun wird?«

Sägezahn nickte. »Ich habe nie erlebt, daß ihm etwas nahegangen ist, aber heute abend war es der Fall. Das Mädchen ist ihm überaus wichtig. Du bist anscheinend der gleichen Meinung, sonst würdest du nicht daran denken, es Fletcher zu erzählen.«

»Das ist nicht der eigentliche Grund. Wenn es nur darum ginge, würde ich alte Wunden nicht wieder aufreißen, noch dazu, wenn er neuerlich enttäuscht werden könnte. Aber Miß Harte hat mir erzählt, daß vor vier Jahren eine Reihe von Komantschen von Weißen abgeschlachtet wurden, und daß der Junge seither die Mörder sucht, um sich zu rächen.«

»Verdammt«, flüsterte Sägezahn. »Dann ist Meara tot.«

»Anscheinend. Ermordet. Fletcher hat das Recht, es zu erfahren.«

Courtney wurde durch laute Stimmen geweckt, die immer lauter wurden, je mehr sie sich dem Häuschen näherten. Dann flog die Tür auf, und Courtney zog erschrocken das Laken über ihr Hemd hinauf. Im Türrahmen stand ein Riese von einem Mann. Hinter ihm kam Maggie, die ihn jetzt zur Seite schob und ins Zimmer trat. Sie musterte Courtney, dann wandte sie sich dem Mann zu. »Sehen Sie, was Sie angerichtet haben?« fragte sie laut und verärgert. »Sie haben das arme Mädchen erschreckt. Es hätte doch wirklich bis zum Morgen Zeit gehabt!«

Der Mann trat nun ebenfalls ins Zimmer und drängte Maggie sanft aber bestimmt aus dem Weg. Er ließ Courtney nicht aus den Augen und wirkte äußerst entschlossen.

Er war groß und kräftig, hatte breite Schultern, einen mächtigen Brustkasten und muskulöse Arme. Seine braunen Augen waren ausdrucksvoll, und in seinem dichten, braunen Haar befand sich genau über der Stirn eine graue Strähne. Der dichte Schnurrbart war graumeliert. Hätte er nicht so bedrohlich gewirkt, so hätte man ihn als attraktiv bezeichnen können.

Courtney richtete sich auf. Sie lag auf dem Sofa, denn sie hatte sich geweigert, Maggie aus ihrem Bett zu vertreiben.

»Wer sind Sie, Mister?« fragte sie.

Ihre Direktheit verblüffte ihn. Er warf Maggie einen Blick zu, als wolle er fragen, ob das wirklich das arme, verängstigte Mädchen sei. Offenbar war er daran gewöhnt, daß ihm die Menschen aufs Wort gehorchten.

War das vielleicht der Besitzer der Bar M?

»Ich bin Fletcher Straton, Miß Harte«, stellte er sich mürrisch vor. »Wie ich gehört habe, kennen Sie meinen Sohn Kane recht gut.«

»Das stimmt nicht. Und wenn Sie hier hereingestürzt sind, um...«

»Sie kennen ihn als Chandos.«

Ihre Augen wurden schmal. »Ich glaube Ihnen nicht. Chandos hätte Ihren Namen benutzt, wenn er von Ihnen gesprochen hätte. Wenn Sie sein Vater wären, hätte er es mir gesagt, und das hat er nicht getan.«

»Seit Meara ihn mir weggenommen hat, hat Kane mich nicht mehr Vater genannt. Meara ist seine Mutter – eine schwarzhaarige, blauäugige, dickschädlige Irin, die niemals verzeihen kann. Er hat ihre Augen geerbt. Daran habe ich ihn erkannt, als er hier auftauchte – zehn Jahre, nachdem ich die Hoffnung aufgegeben hatte, die beiden lebend wiederzusehen.«

Die verblüffte Courtney sah Maggie fragend an.

»Es ist wahr«, bestätigte Maggie. »Und ich hätte Ihr Vertrauen nicht mißbraucht, wenn er nicht das Recht hätte, alles zu erfahren.« Sie blickte auf ihre Hände hinunter. »Sie haben mir keine Möglichkeit gelassen, Ihnen alles zu erzählen, Fletcher, sondern sind sofort zu Miß Harte gestürzt. Es fällt mir nicht leicht, weiterzusprechen. Meara ist tot, genau wie die Komantschen, bei denen sie gelebt hat. Aus Miß Hartes Erzählung schließe ich, daß Kane zu den Komantschen zurückgekehrt ist, als er die Farm verließ. Er fand nur noch Tote vor und jagt seither die weißen Mörder.«

Einen Augenblick lang verlor Fletcher seine Selbstbeherrschung. Sein Gesicht verzog sich schmerzverzerrt, und er wirkte plötzlich um Jahre älter. Doch dann bekam er sich wieder in die Gewalt, und sein Gesicht wurde hart.

»Hat Kane Ihnen erzählt, daß seine Mutter tot ist?« fragte er Courtney.

Sie hätte ihm gern etwas Hoffnung gelassen, obwohl sie

nicht erklären konnte, warum sie dieses Bedürfnis empfand. Er machte den Eindruck eines harten Mannes. Allem Anschein nach mochte ihn nicht einmal sein eigener Sohn.

Trotzdem …

»Chandos hat seine Mutter mir gegenüber nie erwähnt«, erwiderte sie wahrheitsgemäß. »Ich weiß, daß es ein Massaker gegeben hat. Chandos hat gemeinsam mit den überlebenden Komantschen die Farm überfallen, auf der meine Familie und ich übernachteten. Obwohl beinahe alle anderen damals getötet wurden, schonte Chandos mein Leben. Was er dem Farmer angetan hat, der sich am Massaker beteiligt hatte, war entsetzlich. Aber wenn seine Mutter ver … – getötet wurde, kann ich verstehen, was ihn dazu getrieben hat. Einen Beweis dafür, daß seine Mutter tot ist, muß ich Ihnen allerdings schuldig bleiben. Da müssen Sie schon Chandos fragen.«

»Wo befindet er sich?«

»Das kann ich Ihnen nicht sagen.«

»Können oder wollen Sie nicht?«

Angesichts seines scharfen Tons schwand Courtneys Mitleid. »Ich will es nicht. Ich kenne Sie nicht, Mister Streton, aber ich weiß, daß Chandos Sie nicht sehen wollte. Warum soll ich Ihnen dann erzählen, wo Sie ihn finden können?«

»Sie halten wohl zu ihm, was?« knurrte er. Er war es nicht gewohnt, daß man ihm einen Strich durch die Rechnung machte. »Vielleicht darf ich Sie aber daran erinnern, junge Dame, unter wessen Dach Sie schlafen.«

»Wenn das so ist, verlasse ich Ihr Haus!« fuhr Courtney ihn an. Sie schlang sich die Decke um und erhob sich.

»Setzen Sie sich, verdammt nochmal!«

»Ich denke nicht daran.«

Maggies leises Lachen unterbrach die spannungsgeladene Stille. »Sie müssen Ihre Taktik ändern, Fletcher. Das Mädchen hat sich einen Monat lang in der Gesellschaft Ihres Sohnes befunden. Sein Trotz hat auf sie abgefärbt – jedenfalls wenn es sich um Ihre Person handelt.«

Fletcher sah Maggie finster an, Courtney sah Maggie finster an. Maggie erhob sich mit einem dramatischen Seufzer.

»Ich hätte angenommen, Fletcher Straton, daß ein alter Kerl wie Sie aus seinen Fehlern lernt«, sagte sie streng. »Haben Sie nicht schon einmal diesen Weg eingeschlagen? Haben Sie nicht schon hundertmal gesagt, daß Sie es beim nächsten Mal besser machen würden? Jetzt hätten Sie die Möglichkeit dazu, aber ich habe den Eindruck, daß Sie immer wieder dieselben Fehler machen. Den ersten haben Sie schon begangen. Statt dem Mädchen zu erklären, was es für Sie bedeutet, wenn Sie etwas über Kane erfahren, wollen Sie sie einschüchtern. Warum soll sie überhaupt mit Ihnen sprechen? Sie verbringt nur diese eine Nacht hier – unter meinem Dach, möchte ich noch hinzufügen. Sie ist nicht auf Sie angewiesen, warum sollte sie sich dann überhaupt mit Ihnen befassen? Wenn ich Miß Harte wäre, würde ich es nicht tun.«

Damit verließ Maggie das Häuschen. Die Stille, die daraufhin in dem kleinen Wohnzimmer eintrat, war unbehaglich, um es milde auszudrücken. Courtney setzte sich wieder auf das Sofa, denn sie bedauerte allmählich, daß sie die Beherrschung verloren hatte. Schließlich war dieser Mann Chandos' Vater, und jeder von ihnen wollte vom anderen etwas über Chandos erfahren.

»Entschuldigen Sie«, begann sie, mußte aber lächeln, weil Fletcher im gleichen Augenblick das gleiche sagte.

»Vielleicht können wir noch einmal von vorn beginnen, Mister Straton. Würden Sie mir erzählen, warum Chandos nicht einmal in die Nähe der Farm kommen wollte?«

»Chandos!« knurrte er verächtlich. »Verdammt nochmal! Entschuldigen Sie, aber der Junge verwendet jeden beliebigen Namen, nur nicht den, den ich ihm gegeben habe. Solange er hier war, hat er nie auf Kane gehört. Man konnte ihn rufen, wie man wollte, sogar mit ›he, du‹, dann sah er einen wenigstens an. Aber bei Kane stellte er sich taub.«

»Verlangen Sie nicht von mir, daß ich ihn Kane nenne«,

meinte Courtney entschieden. »Für mich ist und bleibt er Chandos.«

»Schon gut, schon gut«, brummte Fletcher. »Aber verlangen *Sie* nicht, daß ich ihn Chandos nenne.«

»Abgemacht«, lachte Courtney.

Fletcher zog sich einen Stuhl heran und setzte sich. »Zu Ihrer Frage: Es ist nicht weiter verwunderlich, daß Kane seine Anwesenheit vor mir geheimhalten wollte. Als er vor vier Jahren davonlief, schickte ich meine Leute hinter ihm her. Natürlich holten sie ihn nie ein. Er führte sie drei Wochen lang vergnügt an der Nase herum, bis er genug davon hatte und spurlos verschwand.

Er muß natürlich annehmen, daß ich wieder versuchen werde, ihn hierzubehalten. Deshalb wollte er sich nicht zeigen.«

»Würden Sie denn versuchen, ihn hierzubehalten?«

»Verdammt nochmal, Entschuldigung, natürlich würde ich es tun«, gab Fletcher unbeirrt zu. »Aber auf andere Art. Diesmal würde ich ihn bitten zu bleiben. Ich würde mich bemühen, ihm zu zeigen, daß es diesmal anders sein würde und nicht so wie früher.«

»Und wie war es früher?«

»Ich habe einen Fehler nach dem anderen begangen«, gestand Fletcher schuldbewußt. »Das habe ich inzwischen eingesehen. Ich habe ihn zum Beispiel wie einen kleinen Jungen behandelt, während bei den Komantschen ein Achtzehnjähriger bereits als erwachsener Mann gilt. Er war nämlich achtzehn, als er zurückkam. Dann habe ich versucht, ihm alles abzugewöhnen, was er bei den Komantschen gelernt hatte; lauter Dinge, die für ihn selbstverständlich waren, da er ja lange bei ihnen gelebt hatte. Es brachte mich immer wieder in Wut, daß er alles zurückwies, was ich ihm geben wollte.«

»Sie haben gesagt, daß Sie ihn zehn Jahre lang für tot gehalten haben. Hat er während dieser ganzen Zeit bei den Komantschen gelebt?«

»Ja, zusammen mit seiner Mutter. Sie ist mir nämlich davongelaufen. Ich kann ihr keinen Vorwurf daraus machen, denn ich war absolut kein Muster an ehelicher Treue. Aber sie hätte den Jungen nicht mitnehmen dürfen. Sie hat gewußt, wieviel er mir bedeutete.«

»Sie können nicht erwarten, daß eine Mutter auf ihr Kind verzichtet.«

»Das nicht, aber wenn zwei Menschen nicht miteinander auskommen, gibt es andere Möglichkeiten, auseinanderzugehen. Ich hätte ihr alles gegeben, was sie verlangte. Sie hätte sich niederlassen können, wo sie wollte. Ich hätte dafür nur gefordert, daß Kane abwechselnd je ein halbes Jahr bei ihr und bei mir lebte. Statt dessen verschwand sie. Ich hatte keine Ahnung, was aus ihr geworden war, bis Kane hier auftauchte. Erst dann erfuhr ich, wo sie sich all die Jahre versteckt gehalten hatte.

Zunächst versteckten sie sich gar nicht, sondern wurden von Kiowas gefangengenommen und an die Komantschen verkauft. Ein junger Komantsche kaufte beide. Er nahm Meara zur Frau und adoptierte Kane.« Fletcher schüttelte den Kopf.

»Sie hätten sehen sollen, wie Kane in Hirschlederkleidung auf die Farm geritten kam, jeder Zoll ein Komantsche. Er trug lange, verdammte – Entschuldigung – Zöpfe und weigerte sich, sie abzuschneiden. Es ist ein wahres Wunder, daß keiner meiner Männer ihn erschossen hat.« Courtney konnte sich sehr gut vorstellen, wie der junge Chandos in den Hof der Bar M einritt und den fremden Weißen gegenübertrat. Im Gegensatz zu ihr hatte er keine Angst gehabt, sondern hatte ihnen sogar die Stirn geboten. Und was mußte sein Vater dabei empfunden haben, als sein Sohn als Wilder zurückkehrte? Courtney sah die Schwierigkeiten förmlich vor Augen.

Plötzlich fiel ihr Chandos' Traum ein.

»Hat er Sie ›Alter‹ genannt, Mister Straton?«

»Er nannte mich nie anders. Hat er es Ihnen erzählt?«

»Nein. Er wurde von einer Giftschlange gebissen, während wir auf dem Trail waren. Der eigensinnige Dummkopf hat mich nicht einmal gerufen, damit ich ihm hätte helfen können. Es hatte nämlich vorher eine Meinungsverschiedenheit zwischen uns gegeben ... Jedenfalls bekam er Fieber und sprach im Schlaf. Er erwähnte auch...«

Sie wollte Chandos' Worte nicht wiederholen. »Er war jedenfalls dagegen, daß Sie ihm die Haare abschnitten. Haben Sie es tatsächlich versucht?«

Fletcher rutschte unruhig auf seinem Stuhl herum. »Das war mein größter Fehler, und damit habe ich ihn endgültig vertrieben! Wir hatten wieder einmal gestritten, und ich habe meinen Männern befohlen, ihn einzufangen und ihm die verdammten Zöpfe abzuschneiden. Es kam zu einer riesigen Rauferei. Kane verwundete drei meiner Männer mit seinem Messer, bis Sägezahn es ihm aus der Hand schoß. Sägezahn hat ihm übrigens das Schießen beigebracht. Aber solange Chandos hier war, trug er nie einen Revolver, sondern immer nur das Messer. Es hat mich verrückt gemacht, daß er sich verdammt nochmal geweigert hat, Entschuldigung, sich wie ein Weißer zu benehmen. Er wollte immer nur die Hirschlederhose tragen, und manchmal höchstens noch eine Weste. Wenn es kalt wurde, zog er vielleicht einmal eine Jacke an. Aber das war schon alles. Er wollte um keinen Preis ein Hemd tragen, obwohl ich ihm Dutzende davon kaufte. Ich habe heute noch das Gefühl, daß er es nur getan hat, um mich zu reizen.«

»Aber warum? Wollte er nicht auf der Farm leben?«

»Das ist es ja.« Fletcher stieß einen tiefen, bedauernden Seufzer aus. »Als Kane herkam, nahm ich an, daß er für immer bleiben wollte. Ich glaubte, daß er aus eigenem Antrieb gekommen war. Deshalb verstand ich nicht, warum er sich mir gegenüber von Anfang an so feindselig benahm. Er hielt sich immer abseits und nahm sogar seine Mahlzeiten alleine ein, außer wenn er draußen auf der Weide arbeitete. Es gab auch keinen einzigen Tag, an dem er nicht etwas für die Mahlzeiten mit nach Hause brachte, selbst wenn er vor Sonnenaufgang aufstehen mußte, um auf die Jagd zu gehen. Er wollte nur dann Essen von mir annehmen, wenn er es ersetzte, verdammt nochmal. Entschuldigung!«

»Bitte, Mister Straton«, unterbrach ihn Courtney, »Sie müssen sich nicht jedes Mal für ein Wort entschuldigen, das ich mir dank Ihres Sohnes selbst angewöhnt habe.«

»Tatsächlich?« Er lächelte zum ersten Mal. »Als er hier auftauchte, fluchte er nur in der Komantschensprache. Es freut mich, daß er bei mir wenigstens etwas gelernt hat.« Courtney verdrehte die Augen. *Darauf* war der Mann stolz?

»Was sagten Sie gerade?«

»Ja, wie gesagt, er hielt sich abseits. Er sprach nicht mit den Männern, und schon gar nicht mit mir. Wenn man sich mit ihm unterhalten wollte, mußte man die Unterhaltung allein bestreiten. Ich kann mich nicht erinnern, daß er jemals von sich aus ein Gespräch begonnen hätte. Dabei merkte man an seinen Augen, daß er voller Fragen steckte. Aber er verfügte über eine unglaubliche Geduld. Er wartete einfach, bis seine Fragen beantwortet wurden, ohne daß er sie hatte stellen müssen. Er wollte nämlich alles und jedes lernen, das wir ihm beibringen konnten, und es ist ihm gelungen. Nach einem Jahr gab es auf dieser Ranch nichts, was er nicht tun konnte. Das war ein weiterer Grund, warum ich annahm, daß er aus freien Stücken hier war.«

»Und das traf nicht zu?«

»Nein. Aber das erfuhr ich nicht von ihm, sondern von Maggie, zwei Jahre nach seinem Eintreffen. Ihr gegenüber war er offener. Sie war und blieb der einzige Mensch, der ihn näher kennenlernte.«

»Und warum ist er gekommen?«

»Seiner Mutter zuliebe. Man könnte sagen, daß sie ihn dazu gezwungen hat, in Wirklichkeit aber hätte er alles für sie getan. Er hatte das Alter erreicht, in dem er ein vollwertiges Mitglied dieser Komantschenschar gewesen wäre, und er hätte alle Privilegien besessen, die ein Mann bei ihnen hat, also er hätte auch eine Frau nehmen können. Seine Mutter aber wollte wahrscheinlich, daß er auch das Leben der Weißen kennenlernte, bevor er sich endgültig für ein Leben als Komantsche entschied, so daß er später diese Entscheidung nicht bereute. Das rechne ich Meara hoch an. Sie hat an den Jungen gedacht, nicht an sich.

Sie hatte ihn gebeten, es fünf Jahre hier zu versuchen. Nach drei Jahren riß er aus. Sie wollte, daß er alle Vorteile des Reichtums genoß, denn ich bin ein reicher Mann. Aber er verachtete mein Geld. Sie hatte wahrscheinlich gehofft, daß er vorurteilslos hierherkommen und es ernstlich versuchen würde, bevor er einen Entschluß faßte. Aber der Junge hatte sich schon entschieden, bevor er bei uns eintraf.

Nach zehn Jahren bei den Indianern war Kane in jedem Sinne des Wortes – bis auf seine Abstammung – ein Komantsche. Er hat nie versucht, sich hier einzufügen. Er diente einfach seine Zeit ab und lernte dabei soviel wie möglich von uns Weißen, wie er uns bestimmt im Geist nannte. Er war also wenigstens bereit, sich Wissen anzueignen. Er wäre vielleicht sogar die vollen fünf Jahre geblieben, wenn ich nicht die Sache mit seinen verdammten Zöpfen dramatisiert hätte.«

»Chandos trägt keine Zöpfe mehr«, warf Courtney leise ein.

»Nein? Wirklich nicht? Das ist wenigstens etwas. Aber er lebt ja auch nicht mehr bei den Komantschen.«

»Das stimmt nicht ganz«, widersprach Courtney. »Er hat die Männer, die das Lager der Komantschen angegriffen haben, nicht allein zur Strecke gebracht. Während unseres Ritts durch das Indianerterritorium befanden sich seine indianischen Freunde ständig in unserer Nähe. Er hätte mit ihnen reiten können, wenn er sich nicht bereit erklärt hätte, mich nach Waco zu begleiten.«

»Warum hat er sich eigentlich dazu bereit erklärt, Miß Harte?« Fletcher war sichtlich neugierig. »Das sieht Kane doch überhaupt nicht ähnlich.«

»Zuerst wollte er auch gar nicht. Er versuchte mich unbedingt davon zu überzeugen, daß es für mich am besten wäre, die Reise gar nicht erst anzutreten. Ich hatte schon alle Hoffnung aufgegeben, als er es sich plötzlich anders überlegte. Damals nahm ich an, daß er es tat, weil er ohnehin nach Texas wollte. Ich hatte ihm mein gesamtes Geld angeboten, falls er mich mitnahm, und er war damit einverstanden gewesen. Als ich ihn aber heute abend bezahlen wollte, wurde er zornig und sagte, er habe es nicht des Geldes wegen getan.« Sie zuckte hilflos die Schultern. »Er erklärte mir auch, daß ich in bezug auf seine Person nichts voraussetzen und auch nicht versuchen solle, seine Motive zu begreifen. Damit hat er sicherlich recht. Ich habe keine Ahnung, warum er etwas tut. Er ist der sanfteste Mensch, den ich kenne, und gleichzeitig der wildeste. Er kann zärtlich sein und mich beschützen, und dann wendet er sich gegen mich und will mich dazu bringen, daß ich ihn hasse.«

»Zärtlich? Beschützer? Ich hätte nie geglaubt, daß man diese Begriffe auf Kane anwenden kann.«

»Vier Jahre sind eine lange Zeit, Mister Straton. Sind Sie noch der gleiche Mensch, der Sie vor vier Jahren waren?«

»Leider ja. Alte Esel lernen nichts dazu.«

»Sie wollen also immer noch aus Chandos einen anderen Menschen machen?«

»Nein, wenigstens in dieser Beziehung bin ich klüger geworden. Er ist zwar mein Sohn, aber nicht mein Eigentum. Aber verdammt – haben Sie ›zärtlich‹ gesagt?«

Courtney wurde rot. Sie hatte ja praktisch zugegeben, wie es zwischen ihr und Chandos stand, denn warum wäre sonst ein Mann wie Chandos zärtlich?

»Chandos ist der zärtlichste Mann, den ich kenne, Mister Straton, aber er ist es nur sehr selten. Die meiste Zeit über ist er kalt, kurz angebunden, reizt einen bis zur Weißglut, ist eigensinnig, natürlich auch gefährlich, tödlich und erbarmungslos. Ach ja, auch herzlos. Und unberechenbar…«

»Ich habe schon begriffen«, unterbrach Fletcher sie lächelnd. »Er hat sich also doch nicht allzusehr verändert. Aber wieso haben Sie sich eigentlich in ihn verliebt, kleine Dame, wenn diese Beschreibung auf ihn zutrifft?«

Sie überlegte, ob sie es leugnen sollte, aber das hatte keinen Sinn. Außerdem wußte Fletcher wahrscheinlich von Maggie, daß Courtney Chandos liebte.

»Ich kann es auch nicht erklären. Sie, Maggie und Sägezahn haben jedoch offenbar einen falschen Eindruck bekommen und glauben, daß Chandos meinetwegen hierher zurückkommen wird. Das wird er nicht tun. Ich habe gesagt, daß er zärtlich war, aber nicht, daß er mich liebt. Falls er jemals hierher zurückkommt, dann bestimmt nicht meinetwegen.«

»Ich würde mich trotzdem freuen, wenn Sie auf meine Kosten eine Zeitlang hierblieben, Miß Harte.«

»Ich habe ohnehin die Absicht, in Waco zu bleiben.«

»Ich meine hier auf der Ranch.«

Sie schüttelte den Kopf.

»Hat Maggie Ihnen nicht erzählt, daß mein Vater in Waco lebt? Er ist der Grund, warum ich nach Texas gekommen bin; ich habe ihn gesucht.«

»Ich weiß, Doktor Edward Harte. Aber das bedeutet nicht, daß Sie bei ihm leben müssen. Er ist frisch verheiratet. Sind Sie sicher, daß Sie bei ihm und seiner jungen Frau wohnen wollen?«

Es wäre ihr lieber gewesen, wenn er diese Frage nicht gestellt hätte. »Ich kann überhaupt erst dann etwas sagen, wenn ich mit meinem Vater gesprochen habe. Aber ich könnte auf keinen Fall hierbleiben.«

»Das sehe ich ganz anders. Wir sind einander nicht mehr fremd, und es gibt etwas, das wir gemeinsam haben. Wir lieben beide meinen Sohn.«

41. Kapitel

»Es ist jetzt eine nette, ansehnliche Stadt«, erklärte Sägezahn, während sie im Wagen die Hauptstraße hinunterfuhren. »Sie war vor dem Krieg kleiner, aber nachher sind zahlreiche Südstaatler hierher übersiedelt und haben sich eine neue Existenz aufgebaut. Auch die Viehtreiber haben auf dem Weg nach Norden hier Station gemacht, und auch das war für die Entwicklung der Stadt günstig.«

»Aber es ist kein Viehverladeplatz, nicht wahr?« fragte Courtney besorgt.

»Wie die Viehverladeplätze in Kansas? Nein, Madam. Wenn die Cowboys hier durchkommen, haben sie es noch nicht nötig, Dampf abzulassen; das kommt erst, wenn sie den langen Ritt durch das Indianerterritorium hinter sich haben.«

Courtney lächelte. Natürlich war Texas ganz anders als Kansas. Sie erinnerte sich daran, wie froh sie gewesen war, nach dem Zweihundertmeilenritt durch unbesiedeltes Gebiet endlich in eine Stadt zu kommen, ein Bad zu nehmen, etwas Ordentliches zu essen und in einem Bett zu schlafen. Jetzt verstand sie, warum die Viehtreiber das Bedürfnis hatten, auf den Putz zu hauen. Sie hoffte nur, daß sie es nicht ausgerechnet hier tun würden.

Sie bemerkte etliche Männer, die einen Revolver trugen, doch nur wenige von ihnen sahen wie Revolverhelden aus. Aber es gab in Waco wenigstens einen Marshal, der auf die Einhaltung der Gesetze achtete, was in Rockley nicht der Fall gewesen war.

Courtney sah aber auch viele Männer, die keinen Revolver trugen, sowie sehr elegant gekleidete Damen, die in Begleitung von Gentlemen über die Plankenwege schlenderten. Und es gab Mexikaner, einige Indianer und sogar einen Chinesen. Waco schien tatsächlich eine Stadt zu sein.

»Das ist das Haus Ihres Vaters«, sagte Sägezahn. »Hier hat er auch seine Praxis.«

Es war nicht mit ihrem Heim in Chicago zu vergleichen, aber es war ein hübsches, einstöckiges, gut instand gehaltenes Haus; frisch angelegte Blumenrabatten verliefen rings um das Gebäude und am Zaun entlang. Auf der Veranda standen Stühle; eine gepolsterte Bank war mit Ketten am überhängenden Dach befestigt, so daß sie als Schaukel verwendet werden konnte. Courtney konnte sich sehr gut vorstellen, wie angenehm es war, an einem lauen Sommerabend hier zu sitzen. Man konnte die Hauptstraße von einem Ende bis zum anderen überblicken, während man selbst im Hintergrund blieb.

»Wie sieht seine Frau aus, Sägezahn?« fragte Courtney nervös, als sie vor dem Haus hielten.

»Miß Ella?« erwiderte Sägezahn. »Sie ist eine wirklich reizende Dame, das sagen alle. Sie ist Lehrerin und nach dem Krieg mit ihrem Bruder hierhergekommen. Er ist Anwalt und hat im Krieg einen Arm verloren. Miß Ella hat in seiner Anwaltskanzlei gearbeitet, bis die Lehrerin, die wir damals hatten, in den Osten zurückkehrte. Miß Ella hat der Stadt angeboten, den Posten zu übernehmen, und seither unterrichtet sie.«

Courtneys Unruhe wurde immer größer. Schon wieder eine Stiefmutter, mit der sie fertigwerden mußte. Ihr stand sehr deutlich vor Augen, wie unerträglich ihre erste gewesen war. Aber diesmal hatte ihr Vater nicht aus Schicklichkeitsgründen, sondern wahrscheinlich aus Liebe geheiratet, und das war hoffentlich ein großer Unterschied.

»Also, Madam?«

Sie hatte gar nicht bemerkt, daß Sägezahn darauf wartete, ihr aus dem Wagen zu helfen. »Entschuldigen Sie.« Sie ergriff seine Hand und sprang auf den Boden. »Ich bin etwas aufgeregt, denn es ist so lange her, seit ich zum letzten Mal mit meinem Vater beisammen war. Und in diesen vier Jahren habe ich mich sehr verändert. Sehe ich wenigstens halbwegs präsentabel aus?«

»Sie sehen so hübsch aus, daß sogar ein eingefleischter Junggeselle wie ich Sie vom Fleck weg heiraten würde.«

»Heißt das jetzt ja?« lachte sie.

Er holte ihre Reisetasche hinter dem Kutschbock hervor und zeigte dann auf die Pferde, die hinten am Wagen angebunden waren.

»Ich werde Ihre Pferde in den Mietstall bringen. Ihr Vater hat dort seinen Buggy eingestellt.«

»Danke.« Courtney hauchte ihm einen Kuß auf die Wange. »Und danke dafür, daß Sie mich in die Stadt gebracht haben. Werde ich Sie bald wiedersehen?«

»Das ist anzunehmen. Fletcher wird wahrscheinlich mich oder einen der Männer täglich in die Stadt schicken, damit wir Sie aufsuchen.«

»Um zu sehen, ob Chandos aufgetaucht ist?«

»Richtig. Es ist auch möglich, daß er jemanden anstellt, der das Haus Ihres Vaters ständig beobachtet. Ich traue es ihm zu.«

Courtney schüttelte bedauernd den Kopf. »Dabei wird nichts herauskommen. Es ist schade, daß er das nicht einsehen will.«

»Er sieht nur, daß sich ihm eine Chance bietet, seinen Sohn wiederzubekommen. Und er hofft, daß Kane jetzt bereit sein wird, sich Ihretwegen irgendwo niederzulassen. Er wäre schon damit zufrieden, daß Chandos in der Nähe der Ranch lebt, so daß er ihn von Zeit zu Zeit sehen kann. Wenn Sie erlebt hätten, wie die beiden aufeinander losgegangen sind, würden Sie es nicht für möglich halten, aber Fletcher liebt seinen Sohn.«

»Chandos hat mich einmal gefragt, ob ich so leben könnte wie er, immer unterwegs sein, nie länger als ein paar Tage an einem Ort bleiben. Ich glaube nicht, daß er sich jemals irgendwo niederlassen wird, Sägezahn.«

»Wenn Sie mir die Frage gestatten – wie sind Sie auf dieses Thema zu sprechen gekommen?«

Courtney wurde rot. »Ich habe ihn gefragt, ob er mich heiraten würde. Er hat nein gesagt!«

Sägezahn war sowohl darüber erstaunt, daß sie so eine Frage gestellt hatte, als auch darüber, daß Kane nein gesagt hatte. »Soll das heißen, daß er Ihnen einfach einen Korb gegeben hat?«

»Nein. Er hat mich nur gefragt, ob ich so leben könnte wie er.«

»Und dann haben Sie ihm einen Korb gegeben.«

»Nein. Ich habe ihm erklärt, daß man auf diese Weise keine Familie gründen kann, und er hat mir zugestimmt. Damit war die Diskussion zu Ende.«

»Könnten Sie denn so leben wie er?«

Courtney runzelte nachdenklich die Stirn. »Das weiß ich nicht. Ich war der Ansicht, daß die Sicherheit und Geborgenheit eines eigenen Heims wichtiger sind als alles andere. Aber ich habe in den letzten Jahren gelernt, daß die Geborgenheit eines eigenen Heims von den Menschen abhängt, die in ihm leben.«

Sie wußte, daß sie einem Fremden gegenüber praktisch eine Lebensbeichte ablegte, aber sie fuhr trotzdem fort. »Ich habe mich bei Chandos immer sicher gefühlt, sogar mitten im Indianerterritorium. Aber ich möchte einmal Kinder haben, und Kinder können nicht ständig auf der Wanderschaft sein. Deshalb weiß ich es nicht.« Sie seufzte.

»Auch Männer geben manchmal ihren Standpunkt auf.«

Manche Männer vielleicht, dachte Courtney, aber Chandos bestimmt nicht.

Sägezahn fand inzwischen, daß er sie lange genug aufgehalten hatte, und wandte sich den Pferden zu.

Courtney sah ihm kurz nach, marschierte dann entschlossen zur Eingangstür und klopfte. Die Tür wurde beinahe sofort geöffnet, und Courtney stand einer großen, spindeldürren Frau gegenüber.

»Ella?«

»Um Himmels willen, nein. Ich bin Mrs. Manning, die Haushälterin. Wenn Sie mit Mrs. Harte sprechen wollen, finden Sie sie um diese Zeit in der Schule.«

»Nein, ich bin eigentlich gekommen, um mit Mr. Edward Harte zu sprechen.«

»Kommen Sie herein. Sie werden eine Weile warten müssen. Er macht gerade einen Krankenbesuch.«

Mrs. Manning führte Courtney in das Wartezimmer und ließ sie allein. Das war Courtney nur recht, denn sie wollte dieser Frau keine Erklärungen abgeben, und sie brauchte Zeit um sich zu fassen, bevor sie ihrem Vater gegenübertrat. Zum Glück waren keine Patienten anwesend.

Es waren die längsten zwanzig Minuten ihres Lebens. Sie wetzte herum, zupfte an Haaren und Kleid, stand auf, ging auf und ab, setzte sich in den nächsten Stuhl. Endlich ging die Vordertür auf, und ihr Vater rief Mrs. Manning zu, daß er wieder zurück sei. Er ging in seine Praxis und kam dabei an der offenen Tür des Wartezimmers vorbei.

Zu ihrer eigenen Verblüffung versagte Courtney die Stimme. Sie wollte ihn rufen, brachte aber keinen Ton heraus.

Im nächsten Augenblick kam er zurück und blieb in der Tür stehen. Sie erhob sich und sah ihn sprachlos und mit offenem Mund an. Der Kloß in ihrem Hals wurde immer größer.

Zunächst erkannte er sie nicht, doch etwas hinderte auch ihn am Sprechen. Er sah sie einfach an. Vielleicht brachten ihn ihre Augen, oder vielmehr der flehende Ausdruck in ihnen, auf die richtige Spur.

»Mein Gott – Courtney!«

»Daddy!«

Er lief zu ihr hin, und sie warf sich in seine Arme. Als er sie an sich drückte, erfüllte sie eine unglaubliche Freude. Ihr Vater hielt sie in den Armen, wie sie es so oft erträumt hatte!

Erst nach einer sehr langen Weile schob Edward sie von sich und betrachtete sie. Seine Hände glitten über ihr Gesicht und wischten ihr die Tränen ab. Auch sein Gesicht war tränennaß. In diesem Augenblick erkannte Courtney, daß ihr Vater sie liebte und immer geliebt hatte. Sie hatte in ihrem Unverstand grundlos an ihm gezweifelt; sie hatte sich in ihrem Unglück vergraben und die Wahrheit nicht sehen wollen.

»Ich habe geglaubt, daß du tot bist, Courtney«, flüsterte er.

»Ich weiß, Daddy.«

»Ich habe gesehen, wie die Indianer davonritten. Sie nahmen nur den Farmer mit, du warst nicht dabei.«

»Ich war in der Scheune.«

»Ich habe dich in der Scheune gesucht. Ich habe nach dir gerufen, bis ich heiser war.«

»Du hast nicht in der Futterkiste nachgesehen.« In ihrer Stimme lag kein Vorwurf, es war einfach eine Feststellung.

»Natürlich nicht. Sie war ja nicht groß genug. Wieso konntest du …«

»Mr. Bower hatte unterhalb der Futterkiste ein Loch gegraben, damit sich seine inzwischen verstorbene Frau dort verstecken konnte. Als der Überfall begann, befand er sich in der Scheune und erklärte Sarah und mir, wir sollten in die Futterkiste kriechen. Wir haben beide das Bewußtsein verloren und dich wahrscheinlich deshalb nicht gehört.«

Er brauchte einen Augenblick, um die volle Tragweite ihrer Worte zu erfassen.

»Sarah ist ebenfalls am Leben?«

Courtney nickte. »Und ebenfalls wieder verheiratet.«

Sie erzählte ihm, daß alle geglaubt hatten, die Komantschen hätten ihn als Gefangenen mitgenommen; und daß es praktisch auszuschließen war, daß er die Gefangenschaft überlebte, denn er war ja verwundet. Dann schilderte sie kurz, wie es ihr in den letzten vier Jahren ergangen war, und berichtete von dem Foto in der alten Zeitung.

»Sarah hat gemeint, daß ich verrückt bin, aber vermutlich wollte sie einfach nicht glauben, daß du am Leben bist. Sie ist gerne mit Harry verheiratet.«

»Ich habe ebenfalls wieder geheiratet, Courtney.«

»Das weiß ich. Ich habe die letzte Nacht auf der Bar M bei Margaret Rowley verbracht. Sie hat mir von Ella erzählt.«

Courtneys Vater schaute geistesabwesend zum Fenster

hinaus. »Großer Gott, jetzt habe ich doch tatsächlich zwei Frauen! Da muß ich etwas unternehmen.«

»Und Sarah hat zwei Männer«, grinste Courtney. »Aber sie wird sicherlich ebenfalls der Meinung sein, daß eine Annulierung einfacher ist als zwei Scheidungen.«

»Das hoffe ich sehr.«

»Warum hast du eigentlich die Farm verlassen, Daddy?« fragte Courtney. »Du warst verwundet. Warum hast du nicht gewartet, bis Hilfe eintraf?«

»Ich konnte es nicht ertragen, dortzubleiben, weil ich geglaubt habe, daß du in dem Haus verbrannt bist. Ich wollte nur eines: fort. Jetzt weiß ich, daß es die falsche Entscheidung war, aber damals konnte ich nicht klar denken. Daran, daß ich mir nicht einmal ein Pferd genommen habe, sondern zu Fuß gegangen bin, merkst du, in welchem Geisteszustand ich mich befunden habe. Ich bin bis zum Fluß gelangt und dort zusammengebrochen. Ein Prediger und seine Familie haben mich gefunden. Wir befanden uns bereits tief im Indianerterritorium, als mir klar wurde, daß sie mich nach Texas brachten.«

»Und so bist du nach Waco gelangt.«

»Ja. Ich habe versucht zu vergessen. Ich habe mir ein neues Leben aufgebaut. Es gibt hier viele gute Menschen.« Plötzlich hielt er inne und fragte: »Wieso hast du auf der Bar M übernachtet, statt in die Stadt zu reiten?«

»Chandos hat mich nur bis dorthin gebracht.«

»Chandos? Was ist das für ein Name?«

Der Name, den ich verwenden werde, bis ich durchgeführt habe, was ich mir vorgenommen habe. »So hat ihn seine Schwester genannt. Eigentlich ist er Fletcher Stratons Sohn, oder besser dessen entfremdeter Sohn. Es ist schwierig, die komplizierten Lebensumstände von Chandos zu erklären.«

»Erzähl mir, wie du von Kansas hierhergelangt bist.«

»Chandos hat mich hierhergebracht.«

»Er allein?« Sie nickte. »Du bist allein mit ihm gereist?« Sein entsetzter Gesichtsausdruck verriet ihr, daß er noch immer an den moralischen Grundsätzen festhielt, die ihn gezwungen hatten, seine Haushälterin zu heiraten. Zu ihrer Überraschung merkte Courtney, daß sie sich über ihren Vater ärgerte.

»Sieh mich doch an, Daddy. Ich bin kein Kind mehr. Ich bin alt genug, um selbst Entscheidungen zu treffen. Und wenn ich mich entschlossen habe, mit einem Mann allein zu reisen, weil es die einzige Möglichkeit für mich war, hierherzugelangen, dann mußt du dich damit abfinden. Außerdem ist es bereits geschehen, und ich bin hier.«

»Aber war alles – in Ordnung?«

»Chandos hat mich beschützt und dafür gesorgt, daß mir nichts zustößt.«

»Das habe ich nicht gemeint.«

»Ach Daddy«, seufzte Courtney.

»Daddy…?« fragte jemand erstaunt aus dem Vorzimmer. »Ich habe geglaubt, daß du nur eine Tochter hattest, Edward.«

Courtney war froh, weil die Unterbrechung genau im richtigen Augenblick erfolgte. Sie befürchtete, daß ihr Vater Chandos gegenüber die für Eltern typische Haltung einnehmen würde. Aber sie war nicht mehr so verschüchtert wie früher. Sie hatte nicht die Absicht, sich für etwas zu entschuldigen, das sie nicht im geringsten bedauerte. Allerdings war es nicht gerade der richtige Anfang für eine neue Beziehung zu ihrem Vater.

Obwohl sie eigentlich entschlossen war, die Dame, die in der Tür stand, nicht zu mögen, ging sie jetzt erleichtert um ihren Vater herum und streckte der anderen lächelnd die Hand entgegen.

»Sie müssen Ella sein. Ja, er hat nur eine Tochter – mich –, und wie Sie sehen, bin ich gesund und munter. Doch ich überlasse es Vater, Ihnen alles zu erzählen. Ich habe meine Reisetasche auf der Veranda stehen lassen, und wenn Mrs. Manning mir mein Zimmer zurechtmachen könnte …«

Sie war im Begriff, an der überraschten Ella vorbei in den

Vorraum zu gehen, als ihr Vater sagte: »Wir werden dieses Gespräch später fortsetzen.« Der warnende Unterton in seiner Stimme war nicht zu überhören.

»Wenn es sein muß.« Sie versuchte, fröhlich zu klingen. »Aber ich möchte mich jetzt wirklich frischmachen. Und ich bin davon überzeugt, daß Ella im Augenblick kaum Zeit hat – oder ist die Schule für heute bereits zu Ende?«

»Nein, nein, ich muß gleich wieder zurück.«

Courtney lächelte die leicht verwirrte Dame an, bevor sie den Raum verließ, zog die Tür hinter sich zu und lehnte sich mit geschlossenen Augen an die Wand. Sie vernahm die Stimmen im Zimmer – ihr Vater erklärte, und Ella freute sich offensichtlich mit ihm.

Ella war hübsch und unerwartet jung, ungefähr fünfundzwanzig. Sie hatte leuchtendrote Haare und grüne Augen und sah gar nicht wie eine Lehrerin aus.

Natürlich liebte ihr Vater Ella, und Courtney würde nur Unruhe in ihr Leben bringen.

Sie seufzte, stieß sich von der Wand ab und holte ihre Tasche.

42. Kapitel

Mit einer Geschicklichkeit, die sie sich nicht zugetraut hätte, schaffte es Courtney, die Diskussion über Chandos hinauszuzögern. Sie lenkte ihren Vater ab, indem sie sich nach seinem Leben in Waco erkundigte, wissen wollte, wie er Ella kennengelernt hatte, und so weiter. Auch nahmen ihn seine Patienten sehr in Anspruch – wie vertraut ihr das von Chicago her war –, deshalb bekam sie ihn nur am späten Nachmittag und am Abend zu Gesicht, und sogar da mußte er oft fort.

Sie lernte Ella näher kennen und mochte sie. Sie war ganz anders als Sarah. Aber Ella mußte jeden Tag in ihrer Schule unterrichten, und Courtney war sehr oft für längere Zeit allein.

Es dauerte nicht lang, bis sie sich langweilte. Sie zog in Erwägung, Mrs. Mannings Aufgaben zu übernehmen. Schließlich war sie durchaus imstande, einen Haushalt zu führen. Aber dann erfuhr sie eines Tages Mrs. Mannings Lebensgeschichte und erkannte, wie glücklich es diese machte, bei den Hartes zu arbeiten. Damit war auch dieser Plan ins Wasser gefallen. Doch Courtney hatte so viele Jahre gearbeitet, daß sie jetzt nicht fähig war, ihre Tage zu vertrödeln. Sie brauchte eine Beschäftigung.

Einige Tage lang half sie ihrem Vater in seiner Praxis, worüber er sich sehr freute. Sie hatte sich immer schon gewünscht, ihn bei seiner Arbeit zu unterstützen, hatte aber nicht gewußt, wie sehr diese Arbeit sie belasten würde. Sie war zu mitfühlend und nahm an den Kranken zuviel Anteil. Als sie einmal beim Anblick eines verkrüppelten Kindes zusammenbrach, gab sie diese Tätigkeit auf.

Zehn Tage, nachdem Courtney im Haus ihres Vater eingetroffen war, beschloß sie, es wieder zu verlassen. Es ging nicht nur darum, daß sie sich hier so nutzlos fühlte. Fletcher

Straton hatte recht gehabt: Sie war eine Belastung für die junge Ehe. Edward und Ella hatten wenig Zeit füreinander, und jetzt waren sie gezwungen, einen Großteil dieser Zeit mit ihr zu verbringen. Die beiden fingen gerade erst an, miteinander vertraut zu werden, und Courtneys Anwesenheit wirkte oft störend.

Am schlimmsten waren die Nächte. Courtney hörte, wie ihr Vater und Ella sich im Zimmer neben ihr unterhielten, und sie hörte auch, wie sie sich liebten. Wenn sie sie dann am Morgen sah, errötete sie. Es war mehr, als sie ertragen konnte. Es nützte auch nichts, daß sie ihren Kopf unter dem Kissen vergrub. Und dieser Zustand ließ sich nicht ändern, denn es gab im Haus nur drei Schlafzimmer, und im dritten schlief Mrs. Manning.

Courtney redete sich ein, daß dies die Gründe waren, warum sie das Haus ihres Vaters verließ. In Wirklichkeit fehlte ihr jedoch Chandos so sehr, daß sie zutiefst unglücklich war, und es fiel ihr immer schwerer, Fröhlichkeit vorzutäuschen.

Sie erzählte ihrem Vater, daß sie Maggie für ein paar Tage besuchen wollte, war jedoch fest entschlossen, Fletcher Straton dazu zu überreden, daß er ihr Arbeit gab. Auf einer so großen Ranch mußte sich eine Beschäftigung für sie finden lassen.

Als sie auf der Ranch eintraf und Fletcher sagte, was sie vorhatte, war er entzückt. Jetzt mußte er nicht mehr jeden Tag einen Mann in die Stadt schicken, der das Haus ihres Vaters zu beobachten hatte.

Irgendwann brachte sie den Mut auf, ihrem Vater mitzuteilen, daß sie nicht in sein Haus zurückkehren würde. Er war sichtlich enttäuscht und wies darauf hin, daß sie es nicht nötig hätte zu arbeiten. Er erinnerte sie daran, daß sie einander gerade erst wiedergefunden hatten. Doch sie erklärte ihm, daß sie einander sehen konnten, so oft sie wollten; von der Bar M in die Stadt waren es ja nur vier Meilen.

Doch diese Argumente hatte sie sich nur für ihren Vater zurechtgelegt. In Wirklichkeit wollte sie auf der Ranch leben und sich an Fletcher Stratons Zuversicht klammern, daß Chandos zurückkommen würde. Sie brauchte diese Hoffnung wie die Luft zum Atmen.

Am ersten Abend auf der Ranch genoß sie die gemeinsame Mahlzeit mit Fletcher, weil er alles tat, damit sie sich bei ihm zu Hause fühlte. Maggie und Sägezahn aßen mit ihnen, und jedem fiel etwas anderes ein, was Courtney auf der Ranch tun könnte. Die Vorschläge reichten von einer Katalogisierung von Fletchers Bibliothek über eine neue Innenausstattung für das große Haus bis zur Namensgebung für die neugeborenen Kälber. Sägezahn erstickte beinahe vor Lachen, als er hörte, daß Fletcher persönlich jedem neugeborenen Kalb einen Namen gab.

Nach dem Abendessen saßen sie noch eine Weile beisammen und tauschten Erinnerungen aus. Maggie erzählte, wie Fletcher sie in Galvestone gefunden hatte. Er befand sich seit langem auf der Suche nach einer Haushälterin und erkannte auf den ersten Blick, daß sie die Richtige war. Doch sie war nach New Hampshire zu ihrer Schwester unterwegs und hatte nicht die Absicht, in Texas zu bleiben.

Fletcher versprach ihr, daß er sie in seinem Haus nach Gutdünken schalten und walten lassen würde; und weil Maggie wußte, daß ihre Schwester die Zügel ihres Haushaltes nicht aus der Hand geben würde, nahm sie Fletchers Angebot an. Allerdings hatte sie erst ja gesagt – das behauptete jedenfalls Fletcher –, als er ihr ein eigenes kleines Haus zusicherte, das genauso aussehen würde wie ihr Häuschen in England. Er hielt Wort; sie bekam das Häuschen, das sie zurückgelassen hatte, denn Fletcher ließ es mit dem gesamten Mobiliar und Zubehör per Schiff nach Amerika befördern.

Dann erzählte Sägezahn, wie Fletcher und er einander kennengelernt hatten. Es war in einer mondlosen Nacht in der Prärie gewesen, und jeder von ihnen hatte ein Geräusch gehört. Keiner wußte, ob es sich um ein Tier oder einen Indianer handelte, und beide waren deshalb die ganze Nacht wachgeblieben. Im Morgengrauen stellten sie fest, daß ganze zehn

Meter sie voneinander trennten, und schlossen lachend Freundschaft.

Als Courtney sich schlafen legte, war ihr so leicht ums Herz wie schon lange nicht. Es tat gut, mit Menschen zusammenzusein, die Chandos nahestanden und ihn mochten. Und niemand hier würde jemals behaupten, daß Chandos nicht der Richtige für sie war – was ihr Vater ganz bestimmt tun würde, wenn er erfuhr, daß sie einen Revolvermann liebte.

Eine sanfte Brise bewegte die Vorhänge am offenen Fenster. Courtney drehte sich auf die andere Seite, dehnte und streckte sich schlaftrunken, als sich plötzlich eine Hand auf ihren Mund preßte. Sie schnappte nach Luft. Ein Körper legte sich auf den ihren, lastete schwer auf ihr und hinderte sie daran, sich zu bewegen. Diesmal hatte sie keinen Revolver unter dem Kissen, denn auf der Bar M hatte sie sich bisher sicher gefühlt.

»Was zum Teufel suchst du hier?«

Seine Stimme klang rauh und zornig, für Courtney war sie jedoch das Lieblichste, das sie je gehört hatte. Sie versuchte zu sprechen, aber er nahm die Hand nicht weg.

»Ich habe auf dem Weg hierher beinahe mein Pferd zuschanden geritten, und dann finde ich dich ausgerechnet dort, wo du auf keinen Fall zu sein hast. Noch dazu habe ich vor ein paar Minuten die alte Frau zu Tode erschreckt, weil ich geglaubt habe, daß du bei ihr Unterschlupf gefunden hast. Aber nein, du mußt in dem verdammten Haupthaus schlafen, und ich habe geschworen, daß ich es nie wieder betreten werde. Ich muß den Verstand verloren haben. Was zum Teufel suchst du hier?«

Courtney schüttelte den Kopf und versuchte, seine Hand abzuschütteln. Warum gab er ihren Mund nicht frei? Er wußte doch, daß sie überglücklich war und ganz bestimmt nicht schreien würde. Nein, das konnte er ja nicht wissen. Sie hatte ihn auf dem Hügel stehengelassen und war davongelaufen.

Er hatte versucht, sie gegen ihn aufzubringen, und mußte jetzt annehmen, daß es ihm gelungen war. Doch was suchte er in diesem Fall hier?

Er lehnte seufzend seine Stirn an die ihre. Er hatte seinen Zorn abreagiert. Aber was tat er wirklich hier, fragte sie sich nochmals.

Als hätte er ihre Gedanken gelesen, fuhr er fort: »Ich konnte es nicht dabei bewenden lassen. Ich mußte mich vergewissern, ob es dir gut geht, ob sich alles so entwickelt hat, wie du es dir vorgestellt hast. War es so? Nein, natürlich nicht, sonst wärst du in der Stadt bei deinem Vater und nicht hier auf der Bar M. Ich weiß, daß dein Vater in Waco lebt, denn ich habe ihn und seine Frau gesehen. Was ist geschehen, Kätzchen? Hat es dich aus der Fassung gebracht, daß er wieder geheiratet hat? Du kannst als Antwort den Kopf schütteln oder nikken.«

Sie tat keines von beiden, denn sie hatte nicht vor, auf dieses einseitige Gespräch einzugehen. Statt dessen biß sie ihn in die Hand.

»Autsch!« Er riß die Hand weg.

»Geschieht dir recht, Chandos! Was denkst du dir eigentlich, wenn du mich festhältst und mir keine Möglichkeit gibst, deine Fragen zu beantworten?« Sie setzte sich auf. »Wenn du nur hergekommen bist, weil du sehen wolltest, ob es mir gut geht, dann kannst du wieder verschwinden.« Er stand auf. »Wage nicht, das Zimmer zu verlassen!« fuhr sie ihn an und klammerte sich an seinen Arm.

Er hatte es ohnehin nicht vorgehabt. Er riß ein Streichholz an und entdeckte die Lampe neben ihrem Bett. Während er die Lampe anzündete, ließ sie ihn nicht aus den Augen. Er sah schrecklich aus, seine dunkle Kleidung war staubbedeckt, und die Müdigkeit in seinem Gesicht war nicht zu übersehen. Er hatte sich wer weiß wie lange nicht mehr rasiert und war jeder Zoll ein harter, gefährlicher Revolvermann. Für sie war er jedoch der wunderbarste Mann auf der Welt.

Er blickte auf sie hinunter, und als seine hellblauen Augen

sie musterten, empfand Courtney die wohlbekannte Spannung in ihrem Bauch. Sie trug ein züchtiges weißes Baumwollnachthemd, das sie in Waco gekauft hatte. Das Weiß hob die goldene Bräune ihrer Haut hervor, und ihre Augen waren nur wenig dunkler als ihr Teint. Die Sonne hatte goldene Strähnen in ihr Haar gezaubert.

»Wie kommt es, daß du noch hübscher aussiehst?«

Sie versuchte, bei seiner Frage nicht rot zu werden.

»Vielleicht kommt es daher, daß du mich so lange nicht gesehen hast.«

»Vielleicht.«

Keinem von ihnen fiel auf, daß zehn Tage kein langer Zeitraum waren, denn für beide waren diese zehn Tage eine Ewigkeit in der Hölle gewesen.

»Ich habe geglaubt, daß ich dich nie mehr wiedersehen werde, Chandos«, flüsterte sie.

»Das habe ich auch gedacht.« Er setzte sich auf den Bettrand, so daß sie ihm Platz machen mußte. »Als ich San Antonio verließ, war ich fest entschlossen, nach Mexiko zu reiten. Ich habe es genau einen Tag geschafft, die Richtung beizubehalten, dann bin ich umgekehrt.«

Sie hatte auf eine Liebeserklärung gehofft, aber er war zornig, weil er gegen seinen Willen zurückgekommen war. Infolge der Enttäuschung wurde auch sie zornig.

»Warum?« fragte sie. »Und wenn du mir wieder erzählst, daß du nur nachsehen wolltest, ob es mir gutgeht, dann verprügle ich dich.«

Er lächelte beinahe. »Nach der Art, wie wir uns trennten, habe ich nicht angenommen, daß du eine andere Erklärung akzeptieren würdest.«

»Versuch es mal.«

»Ich konnte es einfach nicht dabei bewenden lassen, Kätzchen. Ich hatte geglaubt, daß es mir leichter fallen würde, mich von dir fernzuhalten, wenn du mich haßt. Aber das war ein Irrtum. Es gibt anscheinend nichts, was mich von dir fernhalten kann.«

Sie schöpfte wieder Hoffnung. »Ist das so schlimm?«

»Ich glaube schon. Du kannst unmöglich das Bedürfnis gehabt haben, mich wiederzusehen.«

Er hoffte sichtlich, daß sie ihm widersprechen würde, aber es fiel ihr nicht ein, ihn nach allem, was er ihr angetan hatte, so billig davonkommen zu lassen.

»Wenn du das geglaubt hast, dann frage ich mich, wo du die Frechheit hernimmst, in mein Zimmer einzusteigen.«

»Das frage ich mich auch. Aber ich habe ja schon gesagt, daß ich wahrscheinlich den Verstand verloren habe. Vor allem deshalb, weil ich *hierher* zu dir gekommen bin.« Seine Handbewegung umfaßte die gesamte Bar M.

»Du tust ja, als wäre die Ranch ein einziges Gefängnis. Kein Mensch wird dich zwingen hierzubleiben, am allerwenigsten dein Vater.«

Er erstarrte und runzelte die Stirn. »Du weißt Bescheid?«

»Ja. Und ich begreife nicht, warum du es mir nicht erzählt hast. Du mußt doch gewußt haben, daß ich vom aufrührerischen Kane Straton hören würde.«

»Versuch nicht schon wieder, danach zu urteilen, was du gehört hast, Kätzchen. Du kennst nur die Version des Alten.«

»Dann erzähl mir die deine.«

Er zuckte die Schultern. »Er hat geglaubt, daß er meiner sicher ist, daß ich scharf darauf sein würde, die Farm zu bekommen, und alles schlucken würde, was er mir zumutete, nur um hierbleiben zu können. Deshalb bestrafte er mich für die Sünden meiner Mutter, bestrafte mich, weil sie lieber mit den Komantschen als mit ihm gelebt hatte. Er ließ seinen Haß und seine Verbitterung an mir aus und wunderte sich, als er dafür nur Verachtung erntete.« Er schüttelte den Kopf über so viel Unverstand.

»Bist du sicher, daß es so war, Chandos? Warst du nicht schon voreingenommen, als du hierherkamst? Deine Mutter muß es Fletcher übelgenommen haben, daß er ihr keine andere Wahl ließ, als davonzulaufen, und das muß dich beeinflußt haben. Du warst ja noch ein Kind. Vielleicht war das Verhalten deines Vaters nur die Reaktion auf dein Verhalten ihm gegenüber.«

»Du weißt nicht, wovon du sprichst.«

»Ich weiß, daß er dich liebt und daß er die Fehler bereut, die er in bezug auf dich begangen hat. Und ich weiß, daß er alles dafür geben würde, wenn du es noch einmal mit ihm versuchst.«

»Du meinst, daß er alles dafür geben würde, wenn er mich endgültig in den Menschen verwandeln kann, den er immer aus mir machen wollte.«

»Nein. Es war ihm eine Lehre. Das hier ist doch dein Zuhause, Chandos. Bedeutet dir das gar nichts? Mir bedeutet es etwas, und das ist der Grund, weshalb ich hier bin.«

»Weil du geglaubt hast, daß das der beste Ort ist, um dich vor mir zu verstecken? Daß ich es nie wagen würde, hierherzukommen?«

Das tat weh. »Nein! Weil du mich hiergelassen hast, und ich mich dir hier einfach näher fühle.«

Diese Antwort hatte er nicht erwartet. Sein Zorn verpuffte wie die Luft aus einem Ballon, den man mit einer Nadel ansticht. Doch merkwürdigerweise strahlte er gleichzeitig.

»Kätzchen.« Seine Stimme klang heiser.

Seine Hand glitt über ihre Wange. Er beugte sich vor, seine Lippen berührten die ihren, und es war, als breche ein Damm. Die Leidenschaft überwältigte beide und brachte alle Wenn und Aber zum Verstummen.

Augenblicke später waren sie nackt, klammerten sich aneinander und küßten einander gierig. Chandos liebte sie wild und besitzergreifend wie noch nie zuvor, und sie erwiderte seine Liebe so leidenschaftlich und intensiv wie nie zuvor.

Sie sprachen mit ihren Körpern, drückten mit ihnen alles aus, was sie nicht in Worte fassen konnten, und jeder schenkte dem anderen die Liebe, das Begehren und die Sehnsucht, die beide von Anfang an beherrscht hatten. Morgen würde der Liebesakt vielleicht nur noch eine weitere Erinnerung sein, aber heute war Courtney Chandos' Frau.

43. Kapitel

Courtney öffnete die Tür zu ihrem Zimmer vorsichtig einen Spaltbreit und lugte hinein. Chandos schlief immer noch, was kein Wunder war. Seit der Trennung von ihr hatte er insgesamt dreißig Stunden geschlafen – für zehn Tage entschieden zu wenig.

Sie trat ins Zimmer, schloß die Tür hinter sich und musterte ihn. Sie würde ihn so lang schlafen lassen, wie er wollte, und würde auch niemandem verraten, daß er hier war. Maggie wußte es zwar, hatte aber nicht vor, es Fletcher zu erzählen. Sie gönnte dem alten Hornochsen die Überraschung. Außerdem war sie davon überzeugt, daß Chandos nicht sofort wieder verschwinden würde.

Courtney hoffte, daß Maggie recht behielt, teilte aber ihre Zuversicht nicht ganz. Es stand zwar fest, daß Chandos sie noch immer begehrte, denn er hatte es ihr vergangene Nacht auf jede nur erdenkliche Art bewiesen. Doch das bedeutete noch lange nicht, daß er sie für immer haben wollte. Und es bedeutete auch nicht, daß er sie nicht wieder verlassen würde.

Doch noch hatte sie Grund zu hoffen. Er war zurückgekommen und hatte ihr gestanden, daß er sich nicht von ihr fernhalten konnte. Dieses Wissen versetzte Courtney in Hochstimmung.

Maggie hatte Courtney Chandos' Satteltaschen gegeben, und diese stellte sie jetzt in eine Ecke. Dann trat sie wieder vor den Spiegel, denn sie konnte es immer noch nicht fassen, wie strahlend sie an diesem Morgen aussah. War die Liebe daran schuld? Nein, es war das Glück, das aus ihren Augen leuchtete, das sie dazu trieb, zu lachen, zu singen, sogar zu schreien. Es fiel ihr schwer, diesen Drang zu unterdrücken.

Eine Zeitlang saß sie am Fenster und betrachtete den schlafenden Chandos. Sie wußte zwar, daß sie das Zimmer verlassen und sich eine Beschäftigung suchen sollte, aber sie wurde die Befürchtung nicht los, daß Chandos nicht mehr im Zimmer sein würde, wenn sie später zurückkam. Das war natürlich absurd, denn wenn er sie diesmal verließ, würde er ihr zumindest sagen, wann sie ihn wiedersehen würde. Das war er ihr schuldig. Trotzdem ließ sie ihn lieber nicht aus den Augen.

Sie trat langsam ans Bett. Sie wollte ihn nicht wecken, sondern ihm nur näher sein. Doch das genügte ihr nicht, und nach einigen Minuten legte sie sich vorsichtig neben ihn. Er regte sich nicht, denn er schlief fest und schnarchte sogar ein bißchen. Das war ein Hinweis darauf, wie erschöpft er war. Er war so müde, daß er nicht einmal aufwachen würde, wenn …

Ihre Finger glitten leicht über die harten Muskeln auf seiner Brust. Er hatte sich nur mit einem dünnen Laken zugedeckt, und Courtney weidete sich an seinem Anblick. Als er sich noch immer nicht rührte, wurde sie kühner und fuhr mit den Fingern über seinen Körper und seine muskulösen Schenkel.

Plötzlich schnappte sie nach Luft. Ein bestimmter Körperteil hatte sich erregt und Chandos raunte: »Hör nicht auf, Kätzchen.«

Sie wurde krebsrot. »Du warst die ganze Zeit über wach«, meinte sie vorwurfsvoll.

»Eine der Schattenseiten des Wanderlebens.«

Er sah sie aus schlaftrunkenen Augen an und wirkte in diesem Zustand unglaublich sexy. Doch Courtney war so verlegen, daß sie schleunigst das Bett räumte. »Deine Sachen sind im Zimmer, falls du dich rasieren möchtest. Du kannst aber auch weiterschlafen. Ich wollte dich nicht wecken. Und du kannst es ruhig tun, denn niemand weiß, daß du hier bist.«

Er setzte sich auf. »Vorläufig weiß es noch niemand. Aber es wird nicht lang dauern, bis jemand Surefoot hinter Maggies Haus entdeckt.«

»Darum hat sich Maggie gekümmert. Sie hat Surefoot in ihr Wohnzimmer geschleppt.«

»Was?«

Courtney kicherte. »Ich habe meinen Augen nicht getraut, als ich ihn dort erblickte, aber er trägt es mit Würde. Maggie will damit wiedergutmachen, daß sie Fletcher erzählt hat, daß du mich hierhergebracht hast. Diesmal bleibt es dir überlassen, ob er es erfährt.«

Chandos brummte und fuhr sich mit der Hand über das Gesicht. »Ich muß mich rasieren.«

Courtney zeigte auf die Satteltasche in der Ecke, setzte sich dann aufs Bett und sah ihm zu. »Wirst du mit deinem Vater sprechen?«

»Nein.« Er fuhr in seine schwarze Hose und blickte sie dabei streng an. »Und versuch ja nicht, den Friedensengel zu spielen. Ich will mit diesem Mann nichts zu tun haben.«

»Er ist mürrisch, hart und brüllt viel herum, aber er ist gar nicht so übel.«

Chandos sah sie an, und sie schaute seufzend zu Boden.

Als sie nach einer Weile wieder aufblickte, stand er vor dem Waschtisch und seifte sich das Gesicht ein. »Hast du den Mann in San Antonio gefunden?«

Die Muskeln auf seinem Rücken verkrampften sich. »Ich habe ihn gefunden. Man hatte ihm den Prozeß gemacht, und er sollte hängen.«

»Dann hast du ihn also nicht getötet?«

»Ich habe ihn aus dem Gefängnis geholt«, antwortete er gleichgültig. »Es war nicht schwierig, denn Smith hatte in San Antonio keine Freunde, deshalb haben sie auch keine besonderen Vorsichtsmaßnahmen ergriffen.«

Chandos war jetzt mit dem Rasieren fertig und wandte sich ihr zu. Seine Augen waren noch nie so eisig gewesen, und in seiner Stimme hatte noch nie ein solcher Haß gelegen. »Ich habe ihm unter anderem beide Arme gebrochen und ihn dann gehenkt, aber da war er schon tot. Das Schwein muß Verdacht geschöpft haben; vielleicht hat er Trasks Pferd wiedererkannt, das ich für ihn mitgebracht hatte. Vielleicht fragte er sich auch, warum ich ihn da herausholte. Er griff mich jedenfalls in dem Augenblick an, in dem wir anhielten, bekam ein Messer zu fassen, und wir kämpften darum. Dabei fiel er in das Messer und starb innerhalb von Sekunden. Es war nicht genug, es war zu wenig für das, was er Weißer Flügel angetan hat.«

Courtney ging durch das Zimmer zu ihm hin und legte ihm die Arme um den Hals. Es dauerte eine Weile, bis er darauf reagierte, doch dann zog er sie an sich.

»War Weißer Flügel deine Schwester?«

»Ja.«

Er erzählte ihr von dem Tag, an dem er zurückgekommen war und vor den Leichen seiner Mutter und seiner Schwester gestanden hatte, die vergewaltigt und ermordet worden war. Noch während er sprach, begann Courtney zu schluchzen, und schließlich tröstete er sie.

»Weine nicht, Kätzchen. Ich habe es nie ertragen, daß du weinst. Es ist vorbei. Sie müssen jetzt auch nicht mehr weinen und können in Frieden schlafen.«

Er küßte sie zärtlich, und dann küßte er sie noch einmal. Auch das war eine Möglichkeit, Trost zu finden – und zu vergessen.

44. Kapitel

Es war früher Nachmittag, als Courtney aus dem Bett kletterte. Chandos war wieder eingeschlafen, und diesmal war sie entschlossen, ihn nicht zu stören. Das Schicksal seiner Schwester und seiner Mutter hatte sie tief erschüttert, und sie mußte sich zwingen, die Gedanken daran zu verdrängen. Schließlich lag das alles vier Jahre zurück, und sogar Chandos hatte gelernt, damit zu leben, obwohl er es nie ganz vergessen konnte.

Sie hatte gerade den letzten Knopf an ihrem Kleid geschlossen, als jemand an die Tür klopfte. Sie blickte rasch zum Bett hinüber. Chandos war durch das Klopfen aufgewacht und hatte die Augen geöffnet. Er warf Courtney einen warnenden Blick zu, aber seine Besorgnis war unnötig. Sie würde niemandem verraten, daß er sich in ihrem Zimmer befand.

Sie ging rasch zur Tür und öffnete sie einen Spaltbreit.

»Ja?«

»Sie haben Besuch, Señorita«, meldete eine der Mexikanerinnen, die Maggie im Haushalt halfen. »Ein Señor Taylor. Er wartet mit Señor Straton auf der Veranda, und...«

»Taylor?« unterbrach Courtney sie scharf. »Hast du Taylor gesagt?«

»Sí.«

»Danke.« Courtney schlug die Tür zu, denn sie war von einem Zorn erfüllt, wie sie ihn noch nie empfunden hatte. »Reed Taylor! Ich kann es nicht glauben! Wie kann er es nach allem, was er mir angetan hat, wagen, hier aufzutauchen? Er hat mich entführen lassen! Das – das ist – o!«

»Courtney! Verdammt, komm zurück!« rief Chandos ihr nach, als sie aus dem Zimmer stürmte. Er fluchte wild, weil sie einfach weiterrannte, und er ihr kaum splitterfasernackt nachlaufen konnte.

Kochend vor Wut erreichte Courtney die Vordertür und

riß sie auf. Vor ihr stand Reed: dunkler Anzug, Rüschenhemd, Hut in der Hand. Wie immer der vollendete Gentleman. Und er lächelte!

»Du bist verrückt!« zischte sie ihn an, während sie auf die Veranda trat. Sie ließ ihn nicht aus den Augen. »Ist dir nicht klar, daß ich dich verhaften lassen könnte?«

»Courtney, mein Liebling, ist das die richtige Art, einen Mann zu begrüßen, der den ganzen weiten Weg zurückgelegt hat, um dich wiederzusehen?«

Sie schloß die Augen. Sie hätte daran denken müssen, wie stur er war. Schließlich war alles, was sie ihm je gesagt hatte, von seinem Dickschädel abgeprallt.

»Nenn mich nicht Liebling«, fuhr sie ihn an. »Du dürftest mich nicht einmal Courtney nennen. Als deine Männer nicht zurückkamen, hättest du doch begreifen müssen, was los ist. Ich wollte nicht gefunden werden, Reed. Du hattest nicht das Recht, diese – diese Galgenvögel hinter mir herzuschicken!«

Er packte sie am Arm und zog sie von den Männern weg, die um sie herumstanden und sie beobachteten. Aber er dachte nicht daran, leiser zu sprechen, und kam schon gar nicht auf die Idee, daß außer ihr noch andere Leute wütend werden könnten.

»Einer dieser Männer ist zurückgekommen, Courtney – er war halbtot. Der Revolvermann, mit dem du durchgebrannt bist, hat ihm die Zunge herausgeschnitten und ihm die Hand abgehackt. Sobald ich erfuhr, wozu dieser Verrückte fähig ist, konnte ich dich einfach nicht weiterhin bei ihm lassen, das siehst du doch ein?«

»Ich bin davon überzeugt, daß die Geschichte eine maßlose Übertreibung ist«, widersprach Courtney.

Chandos war gerade rechtzeitig eingetroffen, um die letzten beiden Äußerungen zu hören.

»Damit hat sie recht«, meinte er lässig. »Ich habe dem Kerl nur die Zunge aufgeschlitzt, nachdem er mir erzählt hat, daß er Courtney im Lager zurückgelassen hat, damit einer von seinen Freunden sie vergewaltigen kann. Und ich habe ihm obendrein die ersten beiden Finger seiner Schußhand gebrochen, bevor ich ihn an einen Baum gebunden habe. Seine Schmerzschwelle ist eben extrem niedrig, das ist alles. Wie steht es mit Ihrer Schmerzschwelle, Taylor?«

Reed überhörte die Frage und wandte sich an Courtney. »Was sucht der Kerl hier?«

Courtney antwortete nicht, sondern starrte Chandos an, der in der Tür stand und nur die Hose und darüber den Revolvergurt trug. Sie wußte, daß er sich sichtlich beherrschen mußte, um nicht nach dem Revolver zu greifen. Dann bemerkte sie zum ersten Mal die anderen – die Cowboys schauten gespannt zu, Fletcher grinste von einem Ohr bis zum anderen und ließ Chandos nicht aus den Augen, Sägezahn starrte Taylor finster an, und hinter Sägezahn stand … ihr Vater. Ausgerechnet ihr Vater! Er hatte das Ganze miterlebt.

»Warum reitest du nicht wieder zurück, Reed?« schlug sie ihm vor. Er hielt sie noch immer fest, und auf seinem Gesicht lag der eigensinnige Ausdruck, den sie so gut kannte. Sie wußte, daß es keinen Sinn hatte, versuchte es aber trotzdem. »Daß du hierhergekommen bist, war vollkommen zwecklos. Ich werde dich bestimmt nicht heiraten, und ich werde ganz bestimmt nicht mit dir nach Kansas zurückkehren. Und falls du versuchen solltest, es zu erzwingen, wie du es schon einmal getan hast, bekommst du es mit dem Gericht zu tun.«

»Du bist aufgeregt«, erwiderte Reed knapp. »Du mußt mir nur die Möglichkeit geben…«

»Sie hat Ihnen schon die Möglichkeit gegeben, Taylor – die Möglichkeit zu verschwinden.« Chandos trat vor. »Jetzt haben Sie es mit mir zu tun. Nehmen Sie Ihre dreckigen Pfoten von meiner Frau.«

Reed sah ihn an, ließ Courtney aber noch immer nicht los. »Wollen Sie auf mich feuern, Schnellschießer?« höhnte er. »Wollen Sie mich vor allen diesen Zeugen erschießen?« Er deutete mit einer Kopfbewegung auf die Zuschauer.

»Aber nicht doch.« Chandos zog lächelnd den Revolver,

wirbelte ihn um den Finger und reichte ihn Courtney. »Ich werde nicht lang brauchen, Kätzchen«, murmelte er, und im gleichen Augenblick knallte seine Faust auf Taylors Kinn.

Reed flog nach hinten und riß Courtney beinahe mit, aber Chandos faßte sie um die Taille und verhinderte dadurch, daß sie gemeinsam mit Reed die Verandatreppe hinunterkullerte. Dann lächelte er sie um Entschuldigung bittend an, schob sie zur Seite und hechtete hinter dem Gestürzten her.

Courtney blieb auf der Veranda stehen und sah zu, wie zwei erwachsene Männer sich bemühten, einander mit bloßen Fäusten umzubringen. Sie versuchte nicht einmal, sie zurückzuhalten, denn sie war immer noch verwirrt, weil Chandos sie als ›meine Frau‹ bezeichnet hatte. Noch dazu in Anwesenheit seines Vaters – und ihres Vaters. Meinte er es tatsächlich ernst?

Jemand legte ihr den Arm um die Schultern, und sie blickte auf. Aber ihr Vater sah nicht sie an, sondern beobachtete den Kampf.

»Du hast vermutlich keine Einwände gegen die Feststellungen des jungen Mannes?« erkundigte er sich beiläufig.

»Nein.«

Sie vernahm einen besonders mörderischen Schlag, und als sie sich umdrehte, landete Chandos gerade der Länge nach im Staub. Sie trat unwillkürlich einen Schritt vor, aber er war schon wieder auf den Beinen und versetzte Reed einen kräftigen Schwinger in die Magengrube. Dennoch begann sie, sich Sorgen zu machen. Chandos war zwar größer, aber Reed war kräftig wie ein Stier.

»Gehe ich recht in der Annahme, daß dies der Mann ist, der dich nach Texas gebracht hat?« Edwards Ton war immer noch beiläufig.

»Ja, ja.« Sie konzentrierte sich ganz auf den Kampf.

»Courtney, mein Liebling, sieh mich an.«

Sie wandte ihre Aufmerksamkeit von Chandos ab. »Ja, Daddy?«

»Liebst du ihn?«

»O ja! Mehr, als ich für möglich gehalten hätte.« Dann fügte sie zögernd hinzu: »Du hast doch nichts dagegen, Daddy?«

»Das weiß ich noch nicht genau. Ist er immer so … stürmisch?«

»Nein, aber beschützen tut er mich immer.«

»Dann spricht wenigstens das für ihn«, seufzte ihr Vater.

»Bitte, Daddy, bilde dir erst ein Urteil über ihn, wenn du ihn näher kennst. Nur weil er ein Revolvermann ist…«

»Es gibt eine Menge anständige Männer, die Revolvermänner sind, das weiß ich!«

»Und er ist so lange allein gewesen, daß er nicht daran gewöhnt ist, gesellschaftlich oder freundschaftlich mit jemandem zu verkehren, also verfalle nicht in den Fehler…«

»Es gibt auch eine Menge anständiger schweigsamer Männer, mein Liebling.«

Sie lächelte verlegen. »Du bemühst dich wirklich, die Sache vorurteilslos zu sehen.«

»Kann ich es denn riskieren, mich anders zu verhalten? Ich möchte nicht unbedingt mit seinen Fäusten Bekanntschaft machen.«

»Er würde bestimmt nicht…«, begann sie, merkte dann aber, daß er sie nur neckte.

Die zuschauenden Cowboys brachen in Jubel aus. Sie hatten sehr rasch erkannt, auf wessen Seite sie zu stehen hatten, denn Fletcher beugte sich über das Verandageländer und feuerte seinen Sohn lautstark an. Als Courtney hinüberblickte, schlugen Fletcher und Sägezahn einander gerade auf die Schultern, als hätten sie den Kampf gewonnen.

Courtney trat zu der Schar von Gratulanten, die sich um Chandos drängte. Er bückte sich leicht und preßte eine Hand auf den Magen. Sein Gesicht hatte auch einiges abbekommen.

»Es sieht so aus, als würden meine Dienste benötigt«, rief ihr Edward zu.

»Ja«, antwortete Courtney, ohne Chandos aus den Augen zu lassen.

»Ich habe den anderen gemeint«, lachte Edward.

»Was? Ach, vergeude nicht deine Zeit«, meinte Courtney ohne einen Funken Mitgefühl. Reed lag k. o. auf dem Boden. »Wenn jemand eine Tracht Prügel verdient hat, dann war er es. Du würdest nicht glauben, wie sehr dieser Mann von sich eingenommen ist. Er hat einfach kein Nein akzeptiert.«

»Hoffen wir, daß er diesmal begriffen hat, Kätzchen.« Chandos stolperte auf sie zu. »Ich möchte den Kerl nicht deshalb erschießen müssen, weil er ein verbohrter, blödsinniger Dickschädel ist.«

»Bitte setz dich, Chandos.« Sie führte ihn zu der Veranda.

»Fang nicht an, mir vorzuschreiben, was ich tun oder lassen soll, Frau.«

Sie versetzte ihm einen Stoß, so daß er auf der Treppe landete. »Sieh dich doch einmal an.« Sie strich ihm das Haar aus der Stirn und musterte sein Gesicht. »Hol deine Tasche, Daddy.«

»Daddy?« Chandos sah sich um und verzog das Gesicht. »Du hättest mich warnen können.«

Sie grinste. »Er hat den Kampf genossen.«

Chandos brummte etwas Unverständliches.

»Dein Vater übrigens auch.«

Er fluchte und blickte jetzt zu Fletcher hinüber, der seinen Männern gerade befahl, Taylor auf sein Pferd zu heben und ihn in Richtung Kansas in Bewegung zu setzen. »Was ist das hier eigentlich? Ein verdammtes Familientreffen?«

Sie wußte, daß er nur deshalb so böse war, weil er das Gefühl hatte, in der Falle zu sitzen. »Es könnte eines werden, wenn du damit einverstanden wärst«, meinte sie.

»Ich bin deinetwegen hierhergekommen und aus keinem anderen Grund.«

»Tatsächlich?«

»Das weißt du am besten.«

Sie schlug plötzlich den gleichen Ton an wie er. »Dann sag es, Chandos. Ich habe es von dir noch nie gehört.«

Er runzelte die Stirn. Sein Vater lehnte nur wenige Schritte von ihm entfernt am Verandageländer. Neben ihm saß Sägezahn auf dem Geländer und versuchte vergeblich, nicht zu grinsen. Keiner von ihnen bemühte sich im geringsten, sein Interesse an den Vorgängen zu verbergen. Was noch schlimmer war: Ihr Vater hörte genauso interessiert zu.

Chandos spürte, daß alle Augen auf ihm ruhten, aber vor allem spürte er Courtneys entschlossenen, fordernden Blick. Und plötzlich war nur sie wichtig.

»Du bist meine Frau, Kätzchen. Du bist es von dem Augenblick an gewesen, als ich dich zum ersten Mal erblickte.«

Sie war noch immer nicht zufrieden. »Sag es!«

Er grinste und zog sie auf seinen Schoß, wo sie steif aufgerichtet wartete, bis er schließlich erklärte: »Ich liebe dich. Das wolltest du doch hören. Ich liebe dich so sehr, daß ich mich ohne dich ganz verloren fühle.«

»O Chandos!« Sie schmiegte sich an ihn und schlang ihm die Arme um den Hals. »Ich liebe...«

Er unterbrach sie. »Überlege genau, bevor du etwas sagst, Kätzchen. Denn wenn du mir deine Liebe schenkst, werde ich nie zulassen, daß du sie mir wieder entziehst. Ich kann mir nicht weiterhin den Kopf darüber zerbrechen, ob ich imstande bin, dich glücklich zu machen oder nicht. Ich werde mein Möglichstes tun, aber du kannst es dir später nicht mehr anders überlegen. Verstehst du mich? Wenn du bereit bist, meine Frau zu werden, lasse ich dich niemals mehr gehen.«

»Gilt das für beide Teile?« fragte sie leicht verstimmt, und Chandos lachte. »Worauf du dich verlassen kannst.«

»Dann werde ich jetzt meine Bedingungen klarlegen. Du hast gerade gesagt, daß du mich liebst, und ich werde ebenfalls nicht zulassen, daß du es zurücknimmst. Genau wie du werde ich mein Möglichstes tun, um dich glücklich zu machen. Aber falls du es dir später einmal anders überlegen solltest, dann kann ich dir heute schon versprechen, daß du in dem ganzen verdammten Land keinen Ort finden wirst, an dem du dich vor mir verstecken kannst. Das erste, was du mir beibringen mußt, wird nämlich Spuren lesen sein, und das zweite schießen. Hast du mich verstanden, Chandos?«

»Ja, Madam.«

»Gut.« Jetzt lächelte sie, und ihre Wangen waren rosig angehaucht, weil ihr bewußt wurde, wie kühn und dreist sie gesprochen hatte. Sie beugte sich ganz nahe zu seinem Gesicht. »Ich liebe dich nämlich. Ich liebe dich so sehr, daß ich sterben wollte, als du mich verlassen hast. Ich möchte nie wieder so unglücklich sein, Chandos.«

»Ich auch nicht«, erklärte er leidenschaftlich, beugte sich ebenfalls vor und küßte sie innig. »Du hast das Schnurren noch nicht verlernt, Kätzchen.«

»Chandos!«

Er grinste. Jetzt hatte auch sie gemerkt, daß sie nicht allein waren. Er mochte es, wenn sie errötete. »Bist du deiner Sache sicher, Kätzchen?« fragte er leise.

»Ja.«

»Und du kannst so leben wie ich?«

»Ich werde das Leben führen, das du willst, selbst wenn ich unsere Kinder auf dem Rücken herumschleppen muß.«

»Kinder!«

»Noch nicht«, flüsterte sie empört und tödlich verlegen und warf schnell einen Blick zu ihrem Vater hinüber.

Chandos drückte sie lachend an sich. Sie hatte ihn noch nie so sorglos und glücklich erlebt. Wie sehr sie ihn liebte!

»Aber wir werden Kinder haben, nicht wahr?« fragte er nachdenklich. »Vielleicht wäre ein Haus gar keine so schlechte Idee.«

Courtney sah ihn verblüfft an. »Ist das dein Ernst?«

»Ich könnte es mit einer Ranch versuchen. Der Alte hat dafür gesorgt, daß ich die Viehzucht aus dem FF lerne. Er hat auch in einer Bank in Waco auf meinen Namen ein Vermögen hinterlegt, das ich bis jetzt noch nicht angerührt habe. Damit könnten wir ein schönes Stück Land kaufen. Dem Alten würde etwas Konkurrenz nicht schaden.«

Courtney war die einzige, die Chandos grinsen sah, als der

›Alte‹ zu stottern begann. Sägezahn erstickte beinahe, weil er versuchte, das Lachen zu unterdrücken. Sogar Edward, der die Treppe herunterkam und zu ihnen trat, grinste.

»Meine Arzttasche werde ich wohl nicht brauchen. Jemand, der so viel Sinn für Humor beweist, kann nicht schwer verletzt sein.«

»Damit haben Sie recht, Doc. Stört es Sie, wenn ich Sie Doc nenne?«

»Überhaupt nicht, obwohl Edward auch in Ordnung wäre, denn Sie werden ja demnächst mein Schwiegersohn sein.«

»Im Augenblick brauche ich nur ein Bad und – habe ich eigentlich vom Heiraten gesprochen, Kätzchen?«

»Hast du nicht.« Sie mußte über den Gesichtsausdruck ihres Vaters lachen. »Er neckt uns immer noch, Daddy. Sag es ihm, Chandos. Chandos?«

»Autsch!« Er zog ihre Hand aus seinen Haaren. »Willst du mir wirklich eine Zeremonie des weißen Mannes zumuten, die mit meinen Gefühlen überhaupt nichts zu tun hat? Ich habe mich vor Zeugen erklärt. Du hast dich erklärt. Du bist bereits meine Frau, Kätzchen.«

»Es würde meinen Vater glücklich machen.«

»Dich auch?«

»Ja.«

»Dann habe ich mir eben nur einen Spaß gemacht.«

Sie schloß ihn in die Arme und war so glücklich, daß sie es beinahe nicht mehr aushielt. Er war in mancher Hinsicht erbarmungslos und wild, aber er war auch ihr Chandos, der zärtlich sein konnte, wenn es darauf ankam. Und er liebte sie! Daß er ihr zuliebe seßhaft werden wollte, bewies es zweifelsfrei.

Courtney wollte, daß alle Leute in ihrer Umgebung genauso glücklich waren wie sie, auch Fletcher. »Warum gibst du nicht zu, daß du deinen Vater auch nur auf den Arm genommen hast?«

»Weil das nicht stimmt.« Chandos drehte sich zu Fletcher um. »Kannst du die Konkurrenz verkraften, Alter?«

»Verdammt nochmal, und ob ich das kann!« brüllte Fletcher.

»Das habe ich mir gedacht«, grinste Chandos.

Es dauerte einen Augenblick, dann bildeten sich Lachfältchen um Fletchers Augen. Er gestattete sich allerdings nicht zu lächeln, denn das hätte nicht zu seinem Image gepaßt. Aber er platzte beinahe vor Vergnügen. Er hatte seinen Sohn noch nie so erlebt, so herzlich, offen und zugänglich.

Es war ein Anfang. Es war ein verdammt guter Anfang.

CATHERINE COULTER
LIEBE OHNE SCHULD

Prolog

Rendel Hall, Sussex, England
November 1812

Er wußte, daß er sie von nun an in der Hand hatte. Sie hatte begriffen, daß sie von ihrem habgierigen Bruder nichts erwarten konnte. Und was ihre runzelige Kammerzofe Dorcas anging, so genügte offenbar eine kleine Drohung gegen deren Wohlergehen, um die Kleine gefügig zu machen. Er wunderte sich, daß er nicht schon früher auf diesen Gedanken gekommen war.

Er blickte auf seine zarte, siebzehnjährige Frau hinunter, die nackt vor ihm kniete. Sie hielt den Kopf gesenkt und hatte die Arme eng um ihren Körper geschlungen. Er mochte es, wenn ihr dichtes Haar zu beiden Seiten des Kopfes herabhing und den Boden berührte. Sie atmete heftig, und ihre schmächtigen Schultern zitterten bei der Erinnerung an seinen Ledergürtel.

»Du warst sehr ungehorsam«, sagte er sanft, während er das Ende des Gürtels ganz leicht auf ihren Rücken klatschen ließ. Obwohl der Gürtel einen der neuen Striemen berührte, bewegte sie sich keinen Zentimeter und schwieg beharrlich, was ihm gefiel. Schon häufig hatte sie versucht, ihm Widerstand zu leisten, ihm davonzulaufen, doch jetzt war er sicher, es geschafft zu haben.

»Du wirst mich niemals mehr verlassen«, fuhr er fort. »Ich bin sehr enttäuscht von dir, Arielle. Einfach zu deinem Bruder zu laufen und ihn mit diesen wilden Geschichten zu belästigen!«

Sie verharrte weiterhin regungslos und schwieg.

»Nein, das hättest du wirklich nicht tun sollen«, fügte er nach einer kleinen Pause hinzu. Diesmal traf sie der Gürtel weiter unten, in der Nähe ihrer Taille. Sie war schon immer schlank gewesen, doch jetzt war sie richtiggehend mager. Er verabscheute den Anblick ihrer hervorstehenden Rippen. Seine Frauen mußten fleischiger sein. »Wie, um alles in der Welt, kann ich meiner Pflicht genügen, wenn du nur aus Knochen bestehst?«

Sie schwieg.

Er runzelte die Brauen. »Sieh mich an! Ich möchte dein Gesicht sehen.«

Er beobachtete, wie sie zusammenzuckte und dann langsam den Kopf hob, wobei sie sich das Haar aus dem Gesicht strich. Trotz ihres ganz offensichtlichen Versagens als Frau gefiel sie ihm immer noch. Ihr wunderschönes Haar – ja, seine Mutter hätte es einfach nur als rot bezeichnet, doch er war ein gebildeter Mann und wußte es besser, weil er Italien bereist und Bilder von Tizian gesehen hatte.

Ja, ihr Haar hatte ihn von Anfang an begeistert, und auch ihre klaren, blauen Augen, die ihn normalerweise ängstlich ansahen. Er mochte es, wenn sie vor Furcht erbleichte und ihre Haut noch farbloser wurde. »Ich finde es so schön, daß du keine Sommersprossen hast, mein Schatz«, bemerkte er eigentlich mehr zu sich selbst. »Wirklich, sehr ungewöhnlich. Sieh mich an, Arielle!« Manchmal gelang es ihr, ihre Furcht vor ihm zu verbergen und direkt durch ihn hindurch zu sehen, was ihn außerordentlich beunruhigte.

Diesmal sah sie ihm gerade ins Gesicht, doch er konnte weder Haß noch Furcht in ihren Augen entdecken, sondern eher eine Art Wachsamkeit.

Normalerweise sah er es gern, wenn sie sich vor ihm fürchtete, doch im Augenblick wollte er es nicht übertreiben. Er war sich sicher, daß sie begriffen hatte, daß sie sein Eigentum war und so lange bei ihm bleiben mußte, wie er das wollte.

»Gut«, meinte er schließlich und lächelte ihr zu, »ich glaube, damit ist deine kleine Sünde ausreichend bestraft. Du darfst jetzt mit mir sprechen, Arielle. Ich möchte, daß du mir haarklein berichtest, was du deinem Bruder alles erzählt hast, oder ich werde auch noch deine schönen Hüften bearbeiten.

Bisher habe ich dich noch kaum berührt, weil ich augenblicklich gnädig gestimmt bin. Sage mir die Wahrheit, und zwar die ganze, oder ich werde der alten Frau ebenfalls eine kleine Kostprobe meines Gürtels verabreichen.«

Arielle glaubte ihm aufs Wort. Sie fühlte sich grenzenlos erschöpft, doch die pochenden Schmerzen, die seine Schläge auf ihrem Rücken und ihren Schenkeln zurückgelassen hatten, waren wenigstens ein Beweis dafür, daß sie noch am Leben war. Um ihn nicht noch weiter durch Widerspenstigkeit zu reizen, begann sie, langsam und deutlich zu sprechen. »Du hattest mir sehr weh getan, und ich konnte es nicht mehr ertragen.« Überrascht stellte sie fest, daß ihre Stimme sanft klang, und das gab ihr Kraft.

Doch bevor sie noch weitersprechen konnte, unterbrach er sie scharf. »Was hast du denn erwartet? Ich habe dir beigebracht, wie man einen Mann erregt, doch du hast die Anweisungen nur stümperhaft befolgt. Sollte ich dich etwa dafür loben, daß du mich nicht befriedigt hast?«

Klugerweise sagte Arielle kein Wort.

»Sprich weiter!« befahl er gereizt.

Als er einen Schritt zurücktrat, entspannte sie sich ein wenig. Vom Knien waren ihre Muskeln völlig verkrampft. Sie beobachtete, wie er sich in einem Sessel niederließ und den Ledergürtel wie ein Knäuel um seine Hand wickelte. Weshalb er wohl alle Einzelheiten ihrer Unterhaltung mit Evan erfahren wollte? Als ihr seine Motive klar wurden, hätte sie am liebsten über ihre unglaubliche Naivität gelacht. Natürlich wollte er sich vor ihr aufspielen, um ihr seine Macht zu beweisen. Mit ruhiger, fast gleichmütiger Stimme fuhr sie fort, sah sich in Gedanken wieder in ihrem Schlafzimmer und spürte erneut die schon fast vergessenen Qualen…

»Ich kann es nicht länger ertragen!« hatte sie Dorcas zugerufen, während ihre langjährige Kammerzofe ihr vorsichtig die geschwollenen Striemen mit einem warmen, feuchten Tuch behandelt hatte.

»Diese Schwellungen wird man nicht sehr lange sehen«, hatte Dorcas bemerkt. »Liegen Sie still, damit ich Sie jetzt mit der Creme einreiben kann!«

»Ich hasse ihn! Ich kann es nicht länger aushalten!«

»Dann werden wir eben gehen, sobald Sie kräftig genug sind.«

Ohne auf ihren schmerzenden Rücken zu achten, hatte Arielle sich umgedreht. »Aber Sie haben doch gesagt, daß es wenig Zweck hätte, sich an Evan zu wenden. Mein Bruder würde mich nur auslachen. Lieber sollte ich auf die Rückkehr von Nesta und ihrem Mann warten.«

»Ja, das stimmt, das habe ich gesagt, doch unter diesen Umständen – nun, seine Grausamkeit steht deutlich genug auf Ihrem Rücken geschrieben! Ich halte zwar nicht allzu viel von Mr. Goddis, doch wenn er diese Striemen sieht, muß er Ihnen einfach helfen! Schließlich befinden sich Ihre Halbschwester und ihr Mann augenblicklich irgendwo in Amerika. Mehr wissen wir nicht. Bisher haben wir höchstens alle drei Monate einen Brief von Miß Nesta und ihrem Baron Sherard erhalten, und es ist auch noch völlig ungewiß, wann sie wieder nach England heimkehren werden. Mit meiner Hilfe werden Sie die knapp zehn Meilen nach Leslie Farm schon schaffen!«

Arielle hatte sich aufgerichtet, wobei sie heftig die Zähne hatte zusammenbeißen müssen. »Ich möchte am liebsten auf der Stelle verschwinden, Dorcas!«

»Nein, nein, nicht ganz so hastig! Wir müssen wenigstens warten, bis er zu Bett gegangen und es im Haus ruhig geworden ist. Legen Sie sich wieder hin, damit ich Ihren Rücken einreiben kann. Es sollen doch keine Narben zurückbleiben!«

»Narben? Pah, davon habe ich doch schon mehr als genug! Ich glaube, sie gefallen ihm so gut, weil er sie mir eigenhändig beigebracht hat.« Langsam hatte sie sich wieder hingelegt und dabei daran gedacht, welch anständiges, unschuldiges Mädchen sie noch bis vor kurzem gewesen war. Seit Evan sie zur Ehe mit Paisley Cochrane, dem Viscount Rendel, gezwungen hatte, war sie praktisch dauernd geschlagen worden. Nackt hatte sie alles über sich ergehen lassen müssen. Bei der Erinnerung hatte es sie gewürgt, doch ihr Magen war leer gewesen. Voller Panik hatte sie plötzlich befürchtet, sich möglicherweise an seine sexuellen Praktiken zu gewöhnen, wenn sie länger bei ihm blieb.

Nachdem Dorcas ihr geholfen hatte, einen kleinen Koffer zu packen, hatten sie Rendel Hall zur Geisterstunde, wie Dorcas abergläubisch gemurmelt hatte, verlassen. Da Arielle mit Pferden aufgewachsen war, war es ihr leichtgefallen, die Tiere zu beruhigen und zwei von ihnen zu satteln. Ohne auf ihren schmerzenden Rücken zu achten, hatte sie der nicht gerade leichtgewichtigen Dorcas in den Sattel geholfen. Die Novembernacht war klar und kalt gewesen, und die Sterne hatten ihren Weg erleuchtet.

Mitten in der Nacht waren die Straßen einsam und verlassen gewesen, so daß sie gegen ein Uhr morgens das Haus erreicht hatten, das früher ihr Elternhaus gewesen war. Das rechteckige Gebäude aus der Zeit Queen Annes wurde nach dem Namen ihres Vaters und wegen der wenigen Ländereien einfach Leslie Farm genannt. Vor acht Monaten war Arielle zum letzten Mal hier gewesen. Bevor der alte Butler, Turp, der ein recht unfreundliches Wesen hatte, ihnen, mit der Nachtmütze auf dem Kopf, völlig verblüfft die Tür geöffnet hatte, hatte Arielle noch rasch ein Stoßgebet zum Himmel geschickt, daß Evan ihr beistehen und ihr Schutz bieten möge.

»Hallo, Turp!« hatte sie den Butler begrüßt. »Bitte, holen Sie Mr. Goddis!«

»Das geht nicht, er schläft«, hatte Turp brummend entgegnet.

»Das kann ich mir denken, aber ich möchte, daß Sie ihn trotzdem wecken. Er wird Ihnen schon keinen Vorwurf machen.«

Fünfzehn Minuten später hatte Evan Goddis die Bibliothek von Leslie Farm betreten, die einst der ganze Stolz von Arielles Vater gewesen war. Mittlerweile war der Raum reichlich staubig und die Luft sehr muffig, da Evan für die Bücher nur Verachtung übrig hatte, weil sie Gedanken enthielten, die ihm fremd waren. In seinem grauen Brokatmantel war er unter der Tür stehengeblieben und hatte seine Halbschwester mit kritisch hochgezogener Augenbraue gemustert.

»Nun?« hatte er auf die ihm eigene Art geschnarrt, die Arielle augenblicklich hatte erschauern lassen. »Was, zum Teufel, führt dich hierher, Arielle? Ein etwas dramatischer Auftritt, nach meinem Geschmack. Mitten in der Nacht einfach hier aufzukreuzen! Und noch dazu ohne den lieben Paisley.«

»Ich habe meinen Mann verlassen«, hatte sie hastig erklärt. »Er ist grausam, sadistisch und – und nicht normal, Evan! Ich bitte dich um deinen Schutz.«

»Das ist ja interessant.« Langsam hatte er den Raum betreten. Er war größer als die meisten und hatte dünne Storchenbeine. Sein sandbraunes Haar umgab seinen Schädel wie ein Kranz, und seine Augen hatten die Farbe von dünnem Haferschleim. Zum ersten Mal hatte Arielle bemerkt, daß eigentlich alles an ihm dünn und spärlich war, und nur inständig gehofft, daß sich sein Mitgefühl nicht als ebenso mager erweisen würde.

»Diesen Raum habe ich schon immer gehaßt«, hatte er bemerkt, während er die Regale im flackernden Kerzenlicht gemustert hatte. »Hier drinnen ist der Geist deines Vaters lebendig. Manchmal kann ich ihn regelrecht fühlen. Ihn konnte ich übrigens ebensowenig leiden!«

»Evan, du mußt mir helfen!«

Er war vor ihr stehengeblieben. »Bist du immer noch nicht schwanger?«

Zuerst war sie nur blaß geworden, doch dann hatte sie ein lautes, wildes Lachen überkommen. »Schwanger? Oh, wie komisch, Evan!«

Er hatte ihr eine Weile zugesehen, doch als das schrecklich krächzende Lachen nicht hatte enden wollen, hatte er sie angeherrscht: »Sei still, Arielle! Nimm dich zusammen! Demnach hat der alte Narr nicht einmal das geschafft?«

Sie hatte nur stumm den Kopf geschüttelt und verzweifelt um Fassung gerungen.

»Aber genau deswegen hat er dich doch geheiratet«, hatte Evan verwundert bemerkt, während er mit seinem langen Zeigefinger nachdenklich über sein Kinn gefahren war.

»Was soll das heißen?«

»Der alte Narr hat damals seine Karten offen auf den Tisch gelegt. Nachdem er dich, deine Jugend und deine Schönheit gesehen hatte, glaubte er felsenfest daran, daß du seine Manneskraft wiedererwecken könntest. Hast du ihn etwa enttäuscht?«

»Ja.«

»Dann ist meine Halbschwester immer noch Jungfrau?«

Sie hatte ihn angesehen, und in ihren Augen hatten sich Erfahrungen und Wissen gespiegelt, die nicht zu ihrem Alter paßten. Wieder entrang sich ein hartes Lachen ihrer Kehle. »Jungfrau? Ach, Evan, das ist wirklich komisch! Wahrscheinlich hätte ich diese einfache Sache wesentlich lieber gemacht als alles, wozu er mich gezwungen hat.« Sie hatte eine Pause eingelegt, um sich zu fassen. »Er schlägt mich, Evan. Er mißbraucht mich, und ich kann unmöglich länger bei ihm bleiben! Ich möchte nach Hause kommen, und du sollst mich beschützen. Er darf mir nicht mehr zu nahe kommen!«

»Bist du jetzt völlig verrückt geworden, Arielle?«

Wortlos hatte sie ihren grünen Umhang abgelegt und war aufgestanden. Nachdem sie ihr Kleid geöffnet und sich umgedreht hatte, ließ sie das Oberteil und das einfache, weiße Hemd bis zur Taille heruntergleiten und raffte ihr langes Haar über einer Schulter zusammen. »Das hat er mir angetan«, war alles gewesen, was sie gesagt hatte.

Sie hatte einen tiefen Atemzug gehört und dann gespürt, wie sein langer, dünner Finger vorsichtig einige der Striemen nachgezeichnet hatte. Nachdem er seine Untersuchung beendet hatte, hatte sie sich wieder angekleidet und sich ihm zugewandt. Seltsam, hatte sie dabei gedacht, wie wenig Ähnlichkeit doch zwischen uns besteht, obwohl wir dieselbe

Mutter hatten. Wahrscheinlich sah er seinem Vater, John Goddis, ähnlich, den ihre Mutter aber niemals erwähnt hatte.

»Nun? Wirst du diesen perversen alten Mann von mir fernhalten und mich beschützen?«

Evan hatte sie nur angelächelt und dann auf seinen Finger geblickt, mit dem er sie berührt hatte. »Geh nach oben, in dein ehemaliges Zimmer, Arielle! Morgen früh werden wir uns unterhalten.«

Hoffnung hatte in ihren Augen geschimmert. »Du wirst mir helfen!« hatte sie gerufen und war ihm um den Hals gefallen. »Oh, Evan, ich danke dir! Ich wußte, daß Dorcas unrecht hatte!«

Als er sie hatte umarmen wollen, war ihm ihr verletzter Rücken eingefallen, und er hatte die Hand sinken lassen. »Geh jetzt zu Bett, Arielle...«

Arielle starrte ihren Mann unverwandt an. Den Rest kannte er ja. Sie wartete und beobachtete, wie er das Ende des Gürtels leicht auf seine Handfläche klatschen ließ. »Am nächsten Morgen«, sagte sie schließlich, »hast du im Eßzimmer mit Evan auf mich gewartet.«

»Ja«, erinnerte sich Paisley. »Du hast mir sehr viele Schwierigkeiten verursacht, und ich mußte dich bestrafen. Du hast deine Pflichten verletzt, doch jetzt hast du hoffentlich begriffen, wie die Dinge in Wirklichkeit sind.«

Sein Lächeln ließ sie vor Angst und Verachtung erschauern.

»Ist Evan eigentlich dein Bruder oder dein Halbbruder?«

Sie starrte ihn nur wortlos an.

»Bestimmt nur dein Halbbruder, denn du bist ihm gleichgültig. Tatsächlich verachtet er dich sogar, weil du von einem anderen Mann gezeugt wurdest. Wie dein Vater nur so dumm sein und ausgerechnet ihn mit der Fürsorge für dich betrauen konnte, hat mich schon immer gewundert. Weißt du eigentlich, daß er dich mir verkauft hat? Fünfzehntausend habe ich für dich bezahlt, und als ich heute morgen hier ankam, hat mir dein verehrter Halbbruder eröffnet, daß ich dich für weitere fünftausend Pfund zurückkaufen könnte. Er hat dich einfach ein zweites Mal verkauft! Was sagst du denn dazu?«

Anfangs fühlte Arielle sich wie betäubt, doch dann spürte sie, wie die Wut in ihr wuchs und wie sie die Kontrolle über sich verlor. Ohne zu wissen, was sie tat, sprang sie auf und stürzte sich mit wilden Schreien auf ihn. Sie fühlte, wie sich ihre Fingernägel in seine Muskeln gruben, spürte sein Blut hervorquellen und hörte seine Flüche. Auch als er nach ihr schlug, konnte sie nicht von ihm ablassen. Der heftige Schlag ließ sie zu Boden stürzen, wobei sie mit dem Kopf gegen ein Stuhlbein stieß, so daß weiße Blitze vor ihren Augen tanzten. Dann verlor sie das Bewußtsein.

Rendel Hall, Sussex, England
Ein Jahr später

Arielle fürchtete sich, doch sie wußte nicht genau, weshalb. Sie betrachtete Etienne DuPons, den unehelichen Sohn ihres Mannes mit einer französischen Näherin, die inzwischen verstorben war. Der junge Mann sah seinem Vater verblüffend ähnlich. Seine Hakennase war ebenso gekrümmt, und auch seine Unterlippe war voller als die obere. Dasselbe vorspringende Kinn und ebenso durchdringend blickende, blaugraue Augen. Unwillkürlich fürchtete sich Arielle vor ihm und legte ganz langsam ihre Gabel auf den Teller, weil sie nicht unnötigerweise die Aufmerksamkeit ihres Mannes auf sich ziehen wollte. Etienne war schon seit fast zwei Wochen ihr Gast, doch Arielle ging ihm geflissentlich aus dem Weg. Obwohl er sie weder pausenlos bewunderte noch ihr eifrig den Hof machte, spürte sie doch immer wieder, wie Paisleys Blick abschätzend zwischen ihr und seinem Sohn hin und her ging.

»Schmeckt dir der Fasan nicht, Arielle?«

Ihm entging einfach nichts, was um so verwunderlicher

war, als seine Sehkraft zunehmend nachließ. »Er schmeckt ausgezeichnet, Paisley, doch ich bin nicht sehr hungrig.«

»Trotzdem wirst du ihn essen. Du willst mich doch nicht ärgerlich machen, oder?«

Gehorsam nahm Arielle ihre Gabel wieder auf und aß weiter. Seit der Ankunft seines Sohnes hatte Paisley sie nicht mehr geschlagen, und sie hatte auch nicht endlose Stunden nackt, an den Haken in der Decke angebunden, stehen müssen oder vor ihrem Mann knien und ihm mit dem Mund... sie erschauerte, und der Fasan drohte, ihr im Hals steckenzubleiben.

Während sie ihren Gedanken nachhing, hörte sie, wie Paisley sich an Etienne wandte. »Sie sieht wirklich nicht wie achtzehn aus, oder? Aber sie ist es. Sie ist bereits seit zwei Jahren mit mir verheiratet.«

Was interessierte Etienne ihr Alter? Vorsichtig blickte Arielle zu ihm hinüber, doch als sie bemerkte, daß er sie ansah, schlug ihr Herz heftiger, und ihre Hände wurden feucht. »Möchten Sie noch Wein, Etienne?«

»*Non, madame*«, antwortete Etienne ganz locker. Dann wandte er sich wieder seinem Vater zu, wobei er sich zu einem freundlichen Gesichtsausdruck zwingen mußte. Weshalb hatte ihn dieser scheußliche, alte Mann so überschwenglich willkommen geheißen und ihn zum Bleiben aufgefordert? Etienne konnte sich das nicht erklären, denn eigentlich war er nur nach England gekommen, weil seine Mutter ihn auf dem Totenbett darum gebeten hatte. Vielleicht wollte ihn der alte Lord Rendel für eine seiner Machenschaften benutzen? Das klang zwar ein wenig melodramatisch, doch diesem verkommenen Menschen war alles zuzutrauen. Oder wollte er ihn etwa legitimieren und zum Erben einsetzen? Das wäre wenigstens etwas, besonders, da er offenbar mit seiner Frau keine Kinder bekommen konnte.

»Findest du sie annehmbar?«

Etienne betrachtete die von hervorstehenden Adern überzogene Hand des alten Mannes und stellte sich vor, wie sie über Arielles Fleisch glitt. »*Oui*, mehr als nur annehmbar«, erwiderte er. »Wenn sie nicht so zauberhaft wäre, hättest du sie vermutlich nicht geheiratet.«

Arielle verfolgte die Unterhaltung und überlegte insgeheim, was der alte Mann wohl damit bezweckte.

»Wie wahr«, meinte Paisley, während er sich wieder seinem Teller zuwandte.

Nach dem Essen befahl Paisley Arielle, ihnen etwas auf dem Flügel vorzuspielen. »Ihr Spiel ist jammervoll, denn sie ist faul und mag nicht üben. Doch da sie nicht ganz untalentiert ist, überwinde ich mich von Zeit zu Zeit und höre ihr zu.«

Der Flügel war völlig verstimmt, und die Tasten waren vergilbt und teilweise sogar beschädigt. Arielle spielte, obwohl es schauerlich klang. Als Paisley ihr schließlich befahl, damit aufzuhören, gehorchte sie unverzüglich und faltete ihre Hände im Schoß. In dieser Haltung verharrte sie. Als sie nämlich einmal nach eigenem Gutdünken ihr Spiel beendet hatte, hatte Paisley sie geschlagen, ohne Rücksicht darauf zu nehmen, daß der Butler Philfer im selben Augenblick den Wohnraum betreten hatte.

»Wir wollen jetzt lieber Tee trinken, mein liebes Mädchen«, meinte Paisley. »Läute nach Philfer!«

Nachdem der Tee serviert worden war, wandte sich Paisley an Arielle. »Du kannst jetzt nach oben gehen, Arielle. Du bekommst keinen Tee.«

Sie gehorchte aufs Wort. »Gute Nacht, Etienne, gute Nacht, Mylord.«

Erlöst verließ Arielle den Raum und rannte beinahe nach oben. Sie freute sich auf die Atmosphäre der Sicherheit in ihrem Schlafzimmer und schenkte der Verbindungstür, die in die Räume ihres Mannes führte, keinen einzigen Blick. »Dorcas!« rief sie vernehmlich, denn ihre alte Kammerzofe wurde allmählich taub.

Fünfzehn Minuten später war Arielle ausgezogen, hatte ihr Haar gekämmt und kletterte ins Bett. Eigentlich wollte sie sich nur entspannt hinlegen und die unverhoffte Atempause so richtig genießen, doch sie schlief fast augenblicklich ein.

Etwa eine Stunde später wurde sie von hellem Licht geblendet, man rüttelte sie, und schließlich hörte sie Paisleys Stimme.

»Du sollst endlich folgen, Arielle! Steh auf!«

Sie versuchte, sich ihm zu entziehen. »Nein«, flüsterte sie, »oh, nein!«

»Du wirst mir auf der Stelle gehorchen, du kleine Schlampe, oder ich ziehe dir die Haut ab! Dann wirst du sehr schnell sehen, was du von deiner Frechheit hast. Ich kann mir denken, daß dieser Anblick deiner Kammerzofe nicht gerade gefallen wird!«

Arielle erhob sich augenblicklich und griff nach ihrem Morgenmantel.

»Den brauchst du nicht.« Er riß ihn ihr aus der Hand und warf ihn quer durch den Raum. »Los, komm jetzt!«

Willenlos folgte sie ihrem Mann durch die Verbindungstür, in sein Zimmer hinüber. Er war noch völlig bekleidet, was nur bedeuten konnte, daß sie ihn ausziehen mußte. Er hatte ihr beigebracht, es ganz langsam zu tun und ihn dabei immer wieder zu liebkosen. Rasch schloß sie die Augen und versuchte, sich auf das Unvermeidliche vorzubereiten, denn sie wußte, daß ihr keine andere Wahl blieb, als ihm zu gehorchen.

»Ist sie nicht wunderschön?«

Arielle erstarrte. Vor dem hell lodernden Kaminfeuer stand Etienne. Er trug einen Morgenmantel und seine Füße waren nackt.

»Sie ist einfach wundervoll«, pflichtete Etienne in seinem seltsamen Englisch mit starkem Akzent bei.

Paisley lachte. »Nun, meine Süße, kannst du dir denken, was ich von dir möchte?«

Sie wandte sich zu ihm um, und in ihren Augen waren Begreifen und zugleich tiefer Haß zu lesen. »Nein!« flüsterte sie voll panikartigem Schrecken. »Das kannst du doch nicht…«

»Ich kann tun, was mir beliebt, Arielle. Du hast mich tief enttäuscht, weil du mir noch keinen Erben geboren hast. Da Etienne mein Sohn ist, soll er dir jetzt ein Kind machen. Ich glaube, er würde es auch für mich tun, wenn er dich abstoßend fände. Ich möchte, daß du ihm jetzt zeigst, was du bei mir gelernt hast. Er soll alle deine Fähigkeiten kennenlernen, die sich ja weitgehend auf das Schlafzimmer beschränken. Also, gib dir Mühe! Du wirst ihm bestimmt viel Vergnügen bereiten!«

»Nein!«

Bevor sie noch weglaufen konnte, hatte er sie bereits wieder eingefangen, und während sie sich gegen seinen Griff wehrte, riß er ihr das Nachthemd herunter und drückte sie mit dem Rücken gegen sich. »Nun, Etienne, gefällt dir ihr Körper, oder findest du sie zu dünn?«

»Nein!«

»Sie ist wirklich wunderschön«, antwortete Etienne. »Ich habe allerdings bisher noch keine Frau vergewaltigt und möchte es auch jetzt nicht tun.«

Paisley lachte, während seine Arme ihren Brustkorb zusammenschnürten, bis sie nicht mehr atmen konnte. »Keine Sorge, heute nacht wird sie dich befriedigen. Und morgen, mein Junge, wird sie sanft und entgegenkommend sein. Ich werde sie halten, während du sie nimmst. Sie ist nämlich immer noch Jungfrau.« Dann lachte er wieder.

»Aber es ist doch keineswegs sicher, daß sie gleich ein Kind bekommt«, meinte Etienne.

»Das ist richtig. Deshalb wirst du es immer wieder tun, bis sie ein Kind erwartet. Und du wirst dafür großzügig entschädigt werden, mein Junge. Das verspreche ich dir!«

Arielle schluckte. Dicke Tränen rollten über ihre Wangen, die Nase lief und ihr Haar hing völlig zerzaust herunter. Paisley drehte sie zu sich herum und schlug ihr einmal kräftig ins Gesicht.

»Jetzt ist es aber genug, Arielle! Hör auf zu schluchzen, sonst lasse ich dich die Peitsche schmecken! Zeige ihm, daß alle Frauen im Grunde ihres Herzens Huren sind! Bis dein kleiner Bauch gefüllt wird, mußt du dich noch eine Nacht lang gedulden. Etienne, lege jetzt deinen Morgenmantel ab, damit sie deinen Körper bewundern kann. Hebe die Augen, mein Liebes, und sieh dir an, was ich dir zum Geschenk machen möchte!«

Arielle gehorchte und sah zu, wie Etienne seinen Morgenmantel zu Boden gleiten ließ. Sein Körper war, im Vergleich zu dem seines Vaters, wesentlich schöner, doch als Arielle sein erregtes Glied hervorstehen sah, wimmerte sie. Sie fühlte, wie die Hände ihres Mannes über ihre Brüste strichen, und wußte, daß eine Weigerung nur weitere Erniedrigung und endlose Schmerzen für sie und weiteren Kummer für Dorcas bedeuten würde. Mit größter Mühe zwang sie sich zur Ruhe.

»Was denkst du, Arielle? Gefällt dir dieser junge Hengst?«

Sie schwieg.

»Nun gut. Ich werde dich jetzt loslassen, Arielle, und dann wirst du Etiennes ganz offensichtlich drängende Bedürfnisse befriedigen. Danach darfst du zu Bett gehen und dich auf den morgigen Abend freuen.«

Arielle gehorchte automatisch. Alles war anders als gewöhnlich, denn das Glied war geschwollen, hart und dick. Als es vorüber war, sank sie zu Boden und preßte ihr Gesicht in den grünen Aubussonteppich vor dem Kamin.

»Gut gemacht, mein Mädchen! Geh jetzt zu Bett!«

Blitzartig sprang Arielle auf und wischte sich über die Lippen. Während sie durch die Verbindungstür stürzte, hörte sie Paisleys Lachen hinter sich. Hastig spülte sie ihren Mund am Waschtisch, doch trotzdem mußte sie sich übergeben. Es war einfach zuviel, sie konnte es nicht ertragen.

Sie starrte auf die Gitter vor ihrem Fenster, die Paisley vor einem Jahr, nach ihrer Flucht zu ihrem Halbbruder, hatte anbringen lassen, und dachte daran, daß auch ihre Zimmertür regelmäßig abgeschlossen wurde. Paisley ging keinerlei Risiko mehr ein, und die einzige Möglichkeit, ihm zu entkommen, war der Selbstmord. Lange starrte sie auf die Glasfigur auf ihrem Nachttisch. Die Scherben wären bestimmt scharf genug, dachte sie, während sie wie in Trance bewegungslos dastand und auf ihre Handgelenke hinuntersah.

Am nächsten Morgen rief Paisley Dorcas herbei und bewachte persönlich das Bad und die anschließende Ankleidezeremonie. Dann führte er seine Frau nach unten. Den ganzen Tag über ließ er sie keine Sekunde aus den Augen und begleitete sie sogar zur Toilette.

Am Abend dieses Tages verschluckte sich Paisley Cochrane in Gegenwart seiner Frau und seines unehelichen Sohnes beim Essen an einer Gräte und erstickte jämmerlich.

1. Kapitel

Schlachtfeld, Toulouse, Frankreich
April 1814

Der üble Gestank brachte ihn zur Besinnung. Als er die Augen öffnete und zum Sternenhimmel emporsah, begriff er noch nicht ganz, daß der üblc Geruch, der seine Nase peinigte, von mcnschlichem Blut und vom Tod stammte. Er hörte leises Stöhnen, aber sein Bewußtsein reagierte noch nicht. Erst eine ganze Weile später stellte er fest, daß er sich nicht bewegen konnte, doch er hatte keine Erklärung dafür. Was war los mit ihm? Was war geschehen?

Ob er tot war? Nein, nicht tot, dachte er, aber vielleicht starb er gerade. Plötzlich stand die grausame Schlacht mit allen schrecklichen Einzelheiten wieder vor ihm, doch hastig verschloß er sein Gehirn vor diesen entsetzlichen Bildern.

Später, dachte er. Falls er ein Später erleben sollte, war noch genug Zeit, sich an alles zu erinnern.

Er überlegte kurz, ob Wellington die Schlacht wohl gewonnen hatte. Das war zumindest zweifelhaft, denn falls es ihm nicht gelungen war, die schweren Kanonen pünktlich herbeizuschaffen, hatten die Franzosen sich ergeben müssen und konnten in Ruhe nach Paris marschieren. Was war geschehen? Als er wieder einen verzweifelten Versuch machte, seine Beine zu bewegen, begriff er, daß sein totes Pferd auf ihm lag und ihn an den Erdboden fesselte. Er versuchte festzustellen, ob er verletzt war, doch er fühlte keinerlei Schmerzen. Sein Körper schien ihm nicht zu gehören. Hatte man ihn für tot gehalten und einfach liegen lassen? Nicht sehr wahrscheinlich. Wo waren seine Männer? O Gott, hoffentlich waren sie nicht umgekommen!

Sekundenlang überkam ihn panische Furcht, doch nach einigen tiefen Atemzügen hatte er sie überwunden. Im selben Augenblick fühlte er einen leichten Schmerz an seiner Seite, und sofort konzentrierten sich alle seine Gedanken darauf. Kurze Zeit später hatte er sich wieder beruhigt und beschloß, in Ruhe abzuwarten, bis Joshua kam. Joshua würde mit Sicherheit kommen. Er hatte ihn noch nie im Stich gelassen.

Dann wanderten seine Gedanken zurück, zu einem wunderschönen Frühlingstag in Sussex. Seine Erinnerung war noch sehr lebendig, so daß er das lächelnde Gesicht des Mädchens deutlich vor sich sah. Helles Sonnenlicht schimmerte auf ihren dichten Haaren. Mit ihren fünfzehn Jahren war Arielle Leslie 1811 zwar noch ein Kind gewesen, doch er hatte sie trotzdem heftiger begehrt als irgend etwas anderes in seinem Leben. Das helle, klare Lachen des jungen Mädchens klang noch immer unverändert fröhlich in seinen Ohren...

Sussex, England
1811

Im Mai des Jahres 1811 erholte er sich zu Hause von den Folgen einer Schußverletzung, die mit großem Blutverlust und heftigen Schmerzen verbunden gewesen war. Er hatte die Verwundung überlebt und war zufällig gerade rechtzeitig nach Ravensworth Abbey zurückgekehrt, um an der Beerdigung seines Bruders teilzunehmen. Montrose Drummond, der Siebte Earl of Ravensworth, wurde in der Familiengruft neben seinem Vater Charles Edward Drummond und ihrer Mutter Alicia Mary Drummond beigesetzt, was keineswegs bedeutete, daß der Dummkopf es auch verdient hatte, neben den alten Drummonds in die Ewigkeit einzugehen. Montrose hatte sich wegen einer verheirateten Frau duelliert und war von deren Ehemann geradewegs ins Herz getroffen worden. Der verrückte Narr! Es hatte eine ganze Weile gedauert, bis er begriffen hatte, daß jetzt er, Burke Carlyle Beresford Drummond, der achte Earl von Ravensworth war.

Nach dem Begräbnis saß die Familie in der Bibliothek. Man hatte die dichten, schweren Vorhänge ganz zurückgeschlagen, um den warmen Sonnenschein ins Zimmer zu lassen.

»Was soll jetzt nur aus mir werden?« jammerte Lannie mit lauter, verzweifelt klingender Stimme. »Und wie wird es den armen, vaterlosen Engelchen ergehen? Oh, es ist einfach schrecklich! Wenn wir nicht verhungern wollen, werde ich mich vielleicht sogar verkaufen müssen!«

Burke mußte lächeln, als er beobachtete, wie Lloyd Kinnard, Lord Boyle, sein einziger Schwager und Ehemann seiner älteren Schwester Corinne, gerade noch sein Lachen unterdrückte und statt dessen lieber hustete.

»Verzeih mir«, japste er und erntete einen vorwurfsvollen Blick von Lannie.

Burke betrachtete seine Schwägerin und wünschte inständig, sie würde endlich ihren hübsch geformten Mund halten. Ihre Klagen wiederholten sich. Offenbar war ihre Kreativität aufgebraucht. Sie konnte doch nicht im Ernst glauben, daß er sie samt ihren Kindern aus dem Haus weisen würde! Schweigen breitete sich aus, doch Lady Boyle bedachte Lannie mit einem Blick, der diese glatt umgeworfen hätte, wenn sie ihrer Schwägerin auch nur die geringste Aufmerksamkeit geschenkt hätte.

»Ich reite ein wenig aus«, verkündete Burke und verließ rasch die Bibliothek. Er trug seinen Arm zwar noch in der Schlinge, die Schmerzen plagten ihn nur noch ganz gelegentlich.

»Sei aber um vier Uhr zurück, Burke!« rief Corinne ihm nach. »Dann wird Mr. Hodges Montroses Testament verlesen.«

»In Ordnung«, rief er zurück und mußte schmunzeln, als er gerade noch hörte, wie Lord Boyle nach einem Brandy verlangte, was ihm jedoch von seiner Frau mit dem Hinweis auf seine bereits ziemlich gerötete Nase abgeschlagen wurde.

Darlie sattelte Burkes schwarzen Hengst namens Ashes

und half seinem Herrn in den Sattel. »Geben Sie acht auf sich, Mylord!« sagte der Mann.

»Oh, ja, das werde ich«, erwiderte Burke und lächelte dem alten Mann zu, der ihn schon als kleinen Jungen auf sein erstes Pony gesetzt hatte.

Seinen letzten Besuch vor vier Jahren hatte er nicht in allzu guter Erinnerung. Damals war sein Vater gestorben, und Burke war nur so lange geblieben, wie es die Höflichkeit erfordert hatte. Diesmal war er gerade rechtzeitig eingetroffen, um seinen Bruder zu beerdigen und der achte Earl of Ravensworth zu werden. Dieser verdammte Titel! Er wollte ihn nicht, hatte ihn niemals gewollt, denn von jetzt ab würde er kein freier Mensch mehr sein.

Burke ritt die lange, gewundene Lindenallee entlang, die zu beiden Seiten von untadelig beschnittenen Eibenbüschen gesäumt wurde. Wenigstens hatte Montrose den Besitz gut instand gehalten. Ohne nachzudenken, wandte Burke sich nach Osten, wo ein kleiner, verschwiegener See die Grenze zwischen seinem Besitz und dem der Leslies bildete. Und tatsächlich entpuppte sich der Bunbury Lake als ebenso idyllisch, wie Burke ihn seit über fünfzehn Jahren im Gedächtnis hatte.

Vorsichtig stieg er ab und band sein Pferd an einen Ahornbaum. Dann atmete er erst einmal tief durch. Weidenzweige hingen tief über der stillen Wasseroberfläche, und auf der sonnenüberfluteten Frühlingswiese blühten die Gänseblümchen. Burke ließ sich unter einer Eiche nieder und lehnte sich gegen den Stamm. Mücken summten um seinen Kopf, während er langsam auf einem Grashalm kaute und dem Konzert der Frösche lauschte, das immer wieder die tiefe Stille unterbrach.

Als Ashes plötzlich seinen Kopf hob, schnupperte und dann leise schnaubte, reagierte Burke nicht. Offensichtlich kam jemand, doch er hatte nicht die Absicht, seinen wunderschönen Platz zu räumen. Schließlich hatte er ihn als erster entdeckt.

Und dann sah er sie. Sie ritt eine braune Stute und lachte, weil ihr Pferd immer wieder mit eigenartigen Schritten seitwärts tänzelte. Von ihrem Gesicht war nichts zu sehen, weil es größtenteils von einem scharlachroten Hut mit Feder verdeckt wurde. Sie trug ein leuchtendgrünes Reitkleid, und als ihr Pferd wieder einmal tänzelte, konnte er einen ihrer Stiefel bewundern. Er überlegte, wer sie wohl war, und wartete darauf, daß sie ihn bemerkte.

Als es geschah, hielt sie einen Augenblick inne, bevor sie ihm zuwinkte.

»Guten Tag!« rief sie mit heller, klarer Stimme. »Sie müssen der neue Earl sein, wenn ich mich nicht irre. Ich habe nämlich gehört, daß der neue Earl verwundet ist. Irgendwie sehen Sie aus wie ein Held, obwohl ich bisher noch keinem begegnet bin. Oh, Entschuldigung! Ich heiße Arielle und ich hoffe, daß ich nicht unwissentlich das Gebiet der Drummonds betreten habe. Soviel ich weiß, gehört dieses schöne Fleckchen noch den Leslies, oder sollte es wenigstens, falls dem nicht so ist!«

Während sie gesprochen hatte, war Burke aufgestanden und säuberte seine Hose. »Kommen Sie doch herüber!« rief er ihr zu, während er seine schwärzlichbraune Jacke zurechtzupfte.

Sie nickte und ritt vorsichtig am Ende des kleinen Sees durch das flache Wasser. Als ihr Tier genau vor ihm zum Stehen kam, streckte sie ihm unbefangen lächelnd ihre Hand entgegen. »Ich bin Arielle Leslie, Mylord.«

»Und ich bin Burke Drummond.«

»Major Lord Ravensworth«, korrigierte sie ihn übermütig.

»Ja, das ist richtig. Möchten Sie mir nicht einen Augenblick Gesellschaft leisten? Wir können dieses Gebiet ja solange für neutral erklären!«

»Sehr gern«, stimmte sie zu und rutschte rasch vom Pferd, damit er sich mit seinem verwundeten Arm nicht bemühen mußte.

Erst als sie vor ihm stand und zu ihm aufsah, stellte er

plötzlich fest, wie schön sie war. Doch es lag nicht an ihrer Schönheit, daß er sich auf einmal so seltsam fühlte. In seinem Leben hatte er schon viele schöne Frauen getroffen. Nein, es war etwas anderes, das seinen gleichmäßigen Herzschlag durcheinanderbrachte. Sie war sehr jung, ganz entsetzlich jung. Er konnte es einfach nicht fassen. Er wußte, daß er sie anstarrte, doch er konnte es nicht ändern. Er begehrte sie.

Guter Gott, was war nur los? Er schüttelte den Kopf und kam sich vor wie der Held einer lächerlichen Geschichte, der sich Hals über Kopf in das erste weibliche Wesen verliebte. Es war doch einfach lächerlich, einfach absurd!

»Setzen Sie sich doch!« forderte er sie schließlich auf. »Leider habe ich keine Erfrischungen dabei.«

»Das macht doch nichts. Ich habe auch nur eine halbe Karotte für Mindle. Ashes ist wirklich ein wunderbarer Hengst.«

»Sie kennen ihn?«

»Aber ja. Montrose hat mir niemals erlaubt, ihn zu reiten. Er hat behauptet, daß ich zu klein sei, um mit ihm umzugehen. Aber das ist natürlich Unsinn. Ich bin weder zu jung noch zu schwach!«

»Aber natürlich nicht!«

»Sie machen sich über mich lustig, oder?«

»Nein, ganz im Gegenteil. Sie gefallen mir. Wie alt sind Sie?«

Sie schwieg einige Augenblicke und sah ihn nur mit schiefgelegtem Kopf fragend an. Als er ihr tief in die Augen blickte, spürte er, wie es ihm die Füße wegzog. Er schluckte mühsam und dankte dem Himmel, daß sie viel zu jung war, um seine offensichtliche Betörtheit zu bemerken.

»Ich bin fünfzehn Jahre alt. Und Sie, Mylord?«

»Ich bin vierundzwanzig.«

»Im Oktober werde ich allerdings schon sechzehn. Der Altersunterschied ist also gar nicht so gewaltig.«

»Nein, später nicht, doch im Augenblick…« Er unterbrach sich entsetzt. Das mußte aufhören!

»Nur neun Jahre, genauer acht und ein halbes. Vor neun Jahren war ich noch ein kleines Mädchen, während Sie bereits ein junger Mann waren.«

»So wie Sie jetzt eine junge Dame sind?«

»Ja, genau.« Sie sprach ganz ernst, doch er bemerkte das zitternde Grübchen auf ihrer linken Wange sehr wohl. »Für Ihr jugendliches Alter haben Sie schon hübsch viel erreicht, Mylord!«

»Ich bin ein ganz normaler Mann, Arielle, und ich möchte, daß Sie mich Burke nennen. An diesem bezaubernden Ort wirkt soviel Förmlichkeit störend.«

»Also gut. Für eine Grafenwürde kann man ja nichts, doch um Major zu werden, muß man schon etwas leisten. Ich nehme an, Sie haben unzählige französische Soldaten zum Teufel geschickt, und bestimmt auf sehr furchteinflößende Weise! Wie geht es Ihrer Verwundung?«

»Ich bin in Kürze wieder einsatzfähig und werde dann auf den Kriegsschauplatz zurückkehren. Ich hoffe, Sie nehmen es mir nicht übel, wenn ich Ihnen sage, daß Sie wunderschönes Haar haben. Wirklich, eine sehr ungewöhnliche, ausgefallene Farbe.«

»Mein Vater sagt, daß ihn die Farbe an Tizian erinnert.«

»Ja, damit hat er völlig recht!«

»Ganz gleich, was ich damit anstelle, es bleibt rot! Ich habe gelernt, die Dinge so hinzunehmen, wie sie sind.«

Er wollte schon zustimmen, doch dann zögerte er. Er wollte es keineswegs hinnehmen, daß er sich in ein fünfzehnjähriges Mädchen verliebte. War es ihr wunderschönes Haar? Oder hatten ihn die klaren, blauen Augen bezaubert? Guter Gott, er war ja bereits ganz fasziniert. Aber er wollte sich nicht verlieben. Sie war außerdem nur ein Mädchen, nicht einmal eine Frau! Er war noch nie wirklich verliebt gewesen und wollte auch nicht ausgerechnet jetzt damit anfangen! Aber offensichtlich hatte er keine Wahl mehr.

»Nein, damit bin ich nicht einverstanden.«

»Verzeihung, Mylord – Burke –, aber ich weiß nicht mehr,

wovon wir gesprochen haben. Sie haben so lange geschwiegen.«

»Ich habe es ebenfalls vergessen. Sie haben doch eine Schwester, nicht wahr? Ich kann mich leider nicht mehr an ihren Namen erinnern.«

»Ja, eine Halbschwester. Sie heißt Nesta und ist mit Alec Carrick, Baron Sherard, verheiratet.«

»Aber den kenne ich! Ich habe ihn vor einigen Jahren in London getroffen. Wenn ich mich recht erinnere, wollte er damals Junggeselle bleiben. Völlig verrückt! Sieht Ihre Schwester Ihnen ähnlich?«

»Nein, überhaupt nicht. Ihr Baron hat sich Hals über Kopf in sie verliebt, und vor drei Monaten sind sie nach Amerika gefahren, wo sie wohl noch eine ganze Weile bleiben werden. Ich habe außerdem noch einen Halbbruder namens Evan Goddis, den ich allerdings auch nur selten sehe. Meine Mutter war früher mit John Goddis verheiratet, und aus dieser Ehe stammen Nesta und Evan. Ihr Mann muß irgendwann unter mysteriösen Umständen ums Leben gekommen sein, doch Mutter hat mit mir nie darüber gesprochen. Später hat sie dann meinen Vater geheiratet und mich geboren. Vor zwei Jahren ist sie gestorben.«

»Oh, das tut mir aber leid. Das wußte ich nicht. Ich bin ihr jedenfalls dankbar, daß sie eine so schöne Tochter hatte.«

»Ich glaube, dafür kann man nicht allzu viel, Mylord.«

»Sie haben wieder vergessen, mich Burke zu nennen. Ich möchte, daß wir Freunde werden.«

»Also gut. Aber dann müssen Sie mich auch Arielle nennen. Mein Vater hat eine gewisse Vorliebe für etwas romantische, flatterhafte Namen…«

»Ihr Name paßt ganz ausgezeichnet zu Ihnen!«

»Soll das heißen, daß ich flatterhaft bin? Wenn ich nichts daran ändern kann, muß ich es eben hinnehmen.«

»Ist das nicht ein wenig übertrieben?«

»Für Übertreibungen ist die liebe Lannie zuständig. Sie ist darin Meister! Oh, ich vergaß, daß sie Ihre Schwägerin ist!«

»Aber es stimmt doch! Sie ist tatsächlich ein wenig töricht, und eigentlich bin ich nur ausgeritten, um ihren melodramatischen Tiraden zu entgehen.«

»Sie macht das aber sehr gut!«

»Aber wenn es sich immer um dasselbe Thema dreht, wird es langweilig!«

»Oh, natürlich, um Montrose. Hat sie etwa jedem, der es hören wollte, weisgemacht, daß sie bei dem neuen Earl Kohlen schleppen müßte, um ihre armen, kleinen Kinder durchzubringen?«

Burke brach in herzhaftes Gelächter aus. »Wie ich sehe, kennen Sie meine Schwägerin sehr gut!«

»Ja, nur in Wirklichkeit ist sie gar nicht so schrecklich, eher ein wenig wunderlich! Es tut mir leid, daß Montrose tot ist. Meinem Vater übrigens ebenso, doch er lehnt Beerdigungen als heidnische Zeremonien ab und nimmt grundsätzlich nicht an ihnen teil. Ich hoffe, Sie verzeihen uns, daß wir nicht gekommen sind.«

»Das tue ich«, erwiderte Burke. Er betrachtete ihr Profil, während sie ihre Blicke über den See schweifen ließ. Ihm war im Augenblick völlig gleichgültig, was Sir Arthur von Beerdigungen hielt.

»Weshalb starren Sie mich so an?« Sie wandte sich zu ihm um, und Spottlust und Lachen schimmerten in ihren Augen. »Bestimmt wegen meiner Nase, nicht wahr? Als ich sechs war, hat meine Mutter mir schon gesagt, daß ich besser nicht auf Schönheit hoffen soll. Ich habe die Nase der Leslies geerbt.«

»Es ist eine wunderschöne Nase. In dieser Beziehung hatte Ihre Mutter unrecht.«

»Ha! Sie sind nur höflich! Doch jetzt muß ich gehen, sonst regt mein Vater sich zu sehr auf. Eigentlich ist er ja sehr nett, doch da ich sein einziges Kind bin, macht er sich um so mehr Sorgen.«

»Darf ich Sie nach Hause begleiten?«

»Kennen Sie meinen Vater?«

»Ich habe ihn einmal getroffen, als ich noch ein kleiner Junge war, doch das liegt mindestens schon vierzehn Jahre zurück.«

»Dann lieber nicht. Augenblicklich steckt er mitten in einer Übersetzungsarbeit – ich glaube, Aristophanes – und kann schon gelegentlich recht ruppig werden, wenn er mit einem Satz nicht zurechtkommt. Ich bin offenbar die einzige, die mit ihm umgehen kann. Wenn ich nicht da bin, brüllt er jeden an. Auf Wiedersehen, Burke, und auch weiterhin gute Besserung!«

»Vielen Dank.« Er half ihr in den Sattel. Die Bewegung schmerzte ihn zwar, doch er mußte sie einfach berühren. Ihre Taille war schmal wie alles an ihr, und seine Hände stellten fest, daß sie eigentlich nur aus knochigen, geraden Linien bestand. Trotzdem zitterten seine Finger, und er stand wie angewurzelt und starrte ihr etwas töricht nach.

Als sie sich im Sattel umwandte und ihn immer noch auf derselben Stelle stehen sah, winkte sie ihm fröhlich zum Abschied zu.

Das nächste Mal traf er sie, als sie zum Tee bei Lannie, in Ravensworth Abbey, eingeladen war.

»Oh, Arielle, dieses schreckliche Testament! Ich muß gestehen, daß ich niemals in meinem Leben so geschockt war!«

»Aber, Lannie«, meinte Arielle beschwichtigend, während sie es vermied, Burke anzusehen. »Poppet oder Virgie konnten doch nicht gut Earl of Ravensworth werden! Leider traut man Mädchen die Verantwortung nicht zu.«

»Da bin ich etwas anderer Meinung«, bemerkte Burke, während er daran dachte, daß Arielle mehr Einfluß auf diesen verdammten Earl of Ravensworth hatte als irgend jemand sonst.

»Du würdest es glatt tun!« meinte Lannie spöttisch. »Und ausgerechnet ihm hat Montrose die Vormundschaft über meine armen kleinen Kinder übertragen!«

Arielle spitzte die Lippen, um nicht in Lachen auszubrechen. »Burke wird bestimmt ein wunderbarer Vormund sein, Lannie! Oder hätten Sie lieber Mr. Hodges gehabt?«

»O nein! Doch nicht diesen elenden, alten Geizkragen!«

»Na also! Burke wird mit Sicherheit immer großzügig sein.«

»Das stimmt, Lannie«, versicherte Burke, während er Arielle beobachtete. Sie trug ein weichfließendes, hochgeschlossenes Schulmädchenkleid aus lavendelfarbenem Musselin, mit einer breiten Schärpe um die Taille. Ihr Haar… Er schluckte. Ihr Haar fiel in dichten Locken über ihre Schultern. Eigentlich hatte er sich vorgenommen, sie heute als das wahrzunehmen, was sie in Wirklichkeit war: Eine bezaubernde junge Dame, die eigentlich noch auf die Schulbank gehörte. Doch als sie den Salon betreten hatte, hatte ihn dasselbe Gefühl wie am Beerdigungstag überfallen. Verdammt, sie war noch nicht einmal erwachsen! Er fluchte leise in seine Teetasse.

»Haben Sie etwas gesagt, Burke?« fragte Arielle.

»Sicher wird der liebe Burke einige Gegenleistungen erwarten«, vermutete Lannie. »Schließlich ist er der Earl!«

»Dagegen ist nichts zu sagen«, meinte Arielle, deren unschuldige, blaue Augen frech und listig glitzerten, während sie ungeniert mit ihm flirtete. »Sie werden ihm ein wenig schmeicheln müssen.«

»Und wie soll ich das anfangen?« fragte Lannie.

»Das wird nicht ganz einfach sein, denn Joshua hat mir gesagt, daß…«

»Sie kennen Joshua? Joshua hat sich mit Ihnen unterhalten?« Völlig überrascht starrte Burke sie an. Joshua Tucker war zwar nicht gerade ein ausgesprochener Weiberfeind, doch er hatte beträchtliche Vorurteile dem weiblichen Geschlecht gegenüber und äußerte seine Meinung für gewöhnlich sehr freimütig. Er war anhänglich wie eine Zecke, und sein Einfallsreichtum und seine Findigkeit hatten sie beide während der vergangenen fünf Jahre aus mancher schwierigen Situation gerettet.

»Aber natürlich«, erwiderte Arielle, »er hat sich mit Darlie unterhalten, und ich habe mich vorgestellt. Er hat versichert, daß er nach Kräften für Sie sorgt und erwähnt, daß Sie überhaupt nicht eitel sind.«

Lannie lachte laut auf. »Wirklich, Arielle, Sie haben keine Ahnung, wovon Sie sprechen! Montrose hat mir einmal von einem Mädchen erzählt, das Burke damals in Oxford...«

»Es reicht, Lannie!« unterbrach er sie ganz sanft.

»Unterbrechen Sie Lannie doch nicht«, beschwerte sich Arielle, »wenn sie Ihre Heldentaten bei Frauen rühmen will!«

»Ich glaube nicht, daß sie meine Heldentaten rühmen will!«

»Lannie ist doch so liebevoll, so freundlich«, entgegnete Arielle und sah Lady Ravensworth dabei mit ihren sanften, blauen Augen vielsagend an, worauf diese ihr zuzwinkerte.

Burke lehnte sich zurück. Seltsam, wie Arielle die Zügel dieser Unterhaltung in die Hand genommen hatte, obwohl Lannie doch sieben Jahre älter war als sie. »Ich möchte gern noch eine Tasse Tee, Lannie!« bat er und überlegte, was Joshua wohl zu dieser Frau sagen würde.

»Wirst du jetzt deine Armeelaufbahn aufgeben, Burke?«

Er schüttelte energisch den Kopf. »Nein, Lannie, das kann ich nicht. Jedenfalls nicht, bevor die Dinge beendet sind.«

»Das könnte ich auch nicht«, bemerkte Arielle, wobei ihre Augen vor Begeisterung leuchteten. »Ich wünschte, ich wäre ein Mann!«

»Für die Armee wären Sie ein bißchen zu jung, meine Liebe.«

»Falls du nicht überlebst, wird Vetter Radnor Earl of Ravensworth«, bemerkte Lannie spitz.

»Das ist ja allerhand«, lachte Burke. »Ich habe Radnor seit mindestens sechs oder sieben Jahren nicht mehr gesehen. Was macht er eigentlich?«

»Er ist Vikar«, berichtete Lannie. »Aber ein Kinn hat er noch immer nicht. Statt dessen läßt er sich zur Tarnung einen kleinen Bart wachsen.«

Burke brach in schallendes Gelächter aus. »Rad ist Vikar?« Das war zuviel für ihn. Er verschluckte sich und fühlte Sekunden später, wie Arielles Hand ihm auf den Rücken klopfte. Nachdem der Hustenanfall vorüber war, atmete er den Duft ihres Körpers ein und hätte ihr am liebsten sofort das alberne Kinderkleidchen vom Leib gerissen und sie auf den Teppich geworfen…

»Geht es wieder, Burke?«

»Ja, danke, Arielle! Ich denke darüber nach, weshalb unser Vetter nicht zur Beerdigung erschienen ist.«

»Er ist augenblicklich in Schottland«, erzählte Lannie, »und kümmert sich um eine Großtante, die er zu beerben hofft.«

»Das hört sich ja an, als sei dieser Mensch unausstehlich«, bemerkte Arielle.

»Das ist er auch, mit Sicherheit! Möchten Sie jetzt vielleicht Ashes reiten, Arielle?«

Diesen Nachmittag würde er niemals vergessen, denn an diesem Nachmittag hatte sich Burke Carlyle Beresford Drummond zum ersten und einzigen Mal in seinem Leben verliebt, und zwar mit Haut und Haaren. Gleichzeitig hatten seine Pläne zur Rückkehr auf den Kriegsschauplatz erste Gestalt angenommen.

Drei Tage später sah er Arielle Leslie zum letzten Mal. Er machte ihr einen Abschiedsbesuch und traf dabei Sir Arthur wieder, der ihn mit ebenso klarblauen Augen anblickte wie seine Tochter.

»Vergessen Sie mich nicht ganz!« ermahnte er sie in leichtem, fast scherzendem Ton.

»Wie könnte ich das?« Er sah leise Traurigkeit in ihren Augen.

»Aber ganz bestimmt werden Sie mich vergessen, Mylord. Ich bin nur ein dummes Mädchen, doch Sie sind ein Held und…«

»Dumm mit Sicherheit nicht, meine Liebe. Wahrscheinlich werde ich längere Zeit fort sein, vielleicht mehrere Jahre. Nach meiner Rückkehr würde ich mich gern wieder melden, wenn Ihnen das recht ist.«

Lächelnd legte sie ihm die Hand auf den Arm. »Ich freue

mich schon jetzt darauf, doch ich glaube nicht, daß Sie dann Zeit für mich haben werden. Zahlreiche Damen werden Sie umschwärmen und sich um Ihre Aufmerksamkeit bewerben. Wenn es Ihnen Freude macht, werde ich dabei sein.«

»Ja, es wird mir mehr Freude machen, als ich in Worte fassen kann.«

Gar zu gern hätte er sie gebeten, ihm zu schreiben, doch das hätte bedeutet, die Grenze des Erlaubten zu überschreiten.

Er bemerkte sehr wohl, daß Sir Arthur leicht die Stirn runzelte, doch er wußte nicht, ob die griechischen Übersetzungen oder die offensichtliche Verliebtheit des Earl of Ravensworth in seine junge, unschuldige Tochter der Grund dafür waren. Deshalb verabschiedete er sich daraufhin rasch.

Toulouse, Frankreich
1814

Wieder hörte er das Stöhnen, doch diesmal stellte Burke fest, daß es aus seiner eigenen Kehle kam. Er war nicht bei Arielle, sondern lag mitten auf dem Schlachtfeld in der Nähe von Toulouse unter seinem Pferd begraben und war offenbar verwundet.

Der Schmerz in seiner Seite überfiel ihn nun in Wellen und hatte ihn rasch in die Gegenwart zurückgebracht. Heftig biß er die Zähne aufeinander, um nicht zu schreien.

»Major Lord! Endlich habe ich Sie gefunden!«

»Joshua«, hörte Burke seine schwache Stimme sagen. »Ich wußte, Sie würden kommen! Offenbar ist das Pferd über mir zusammengebrochen.«

»Ja, bleiben Sie liegen. Ich werde rasch Hilfe holen.«

Eine gute Stunde später lag Burke so bequem wie möglich auf einem Feldbett, in seinem Zelt. Joshua hatte sich mit gekreuzten Beinen neben ihm auf dem Boden niedergelassen und berichtete ihm vom Verlauf des Geschehens. Burke war unter dem Leintuch, das man über ihn gebreitet hatte, nackt bis auf die Bandage, die den Säbelhieb an seiner Seite bedeckte. Er hörte nur mit halbem Ohr zu, weil ihn Erinnerungen und Schmerzen gefangen hielten.

»Es ist Zeit, Major Lord«, sagte Joshua, während er sich erhob und sich über seinen Herrn beugte. »Der Arzt hat Ihnen dieses Schlafmittel verordnet. Sie haben zuviel Blut verloren und müssen sich ausruhen. Protestieren ist nicht gestattet.«

»Das will ich doch gar nicht«, entgegnete Burke und trank gehorsam seine Medizin, während Joshua eine Decke über ihn breitete.

Dann lächelte er Joshua zu, der sich ganz offensichtlich Sorgen um ihn machte. »Ich werde bald wieder gesund sein.«

Das nächste, was er hörte, war Joshuas aufgeregte Stimme: »Major Lord! Major Lord!«

Burke fühlte, wie jemand sein Gesicht tätschelte, und versuchte, sich umzudrehen und wieder zu Arielle zurückzukehren, doch es gelang ihm nicht.

»Major Lord! Sie müssen aufwachen. Der Duke of Wellington ist hier!«

»Ich will aber nicht!« erklärte Burke ganz klar und energisch.

»Nun, darauf kann Ihr Kommandeur keine Rücksicht nehmen, Ravensworth.«

Mühevoll öffnete Burke die Augen und erkannte Wellington, der müde auf ihn hinuntersah. Seine Uniform war untadelig wie immer, und in seinen blanken Stiefeln konnte man sich spiegeln.

»Sir«, brachte Burke heraus und versuchte, die Hand zu heben.

»Liegen Sie still, Burke! Ich habe nur wenig Zeit, mein Junge, denn ich muß nach Paris. Ich wollte Ihnen nur noch persönlich sagen, daß alle Opfer, alle Toten umsonst waren. Napoleon hatte bereits abgedankt!«

Burke starrte ihn an.

»Sie scherzen!«

»Ich wünschte, es wäre so. Doch Gott hat meine Gebete erst erhört, als noch einmal beinahe fünftausend Männer gefallen waren. Der Arzt hat mir bestätigt, daß Ihre Verwundung bald heilen wird, mein Junge. Kehren Sie nach England zurück, Burke! Es ist vorbei, jedenfalls für Sie!«

Ja, dachte Burke später, endlich war alles vorbei. Arielle war inzwischen achtzehn Jahre alt und wurde im Oktober neunzehn, wie er sich erinnerte. Alt genug, um zu heiraten. Alt genug für ihn.

Doch was sollte er tun, falls sie sich bereits an einen anderen Mann gebunden hätte?

Daran wollte er nicht denken. Während der vergangenen drei Jahre hatte er hin und wieder Briefe von Lannie erhalten. Ob sie wohl den Grund für seine Bitte erraten hatte, ihm das Leben in Ravensworth und seiner unmittelbaren Umgebung zu schildern? Sechs Monate, nachdem er England verlassen hatte, war Sir Arthur gestorben, und Burke hatte Arielle einen Kondolenzbrief geschrieben, auf den er natürlich keine Antwort erhalten hatte.

Was hatte sie wohl seit dem Frühjahr 1811 gemacht? Lannie hatte ihm über alle Hochzeiten im Umkreis von etwa fünfzig Meilen um Ravensworth berichtet, doch Arielle hatte sie nie erwähnt. Vielleicht wartete sie ja tatsächlich auf ihn.

Dieser Gedanke beflügelte Burke und führte dazu, daß die Verwundung schneller heilte, als der Arzt vorhergesehen hatte.

2. *Kapitel*

Ravensworth Abbey
Juni 1814

Burke fühlte sich in seinem eigenen Haus immer noch nicht recht heimisch. Als achter Earl of Ravensworth war er für jede Seele, die auf seinem Grund und Boden lebte, verantwortlich wie ein absoluter Herrscher, und außerdem war es seine Pflicht, einen Erben zu zeugen, der sein Lebenswerk später fortführen würde. Nachdenklich blickte er sich im sogenannten goldenen Salon mit den zarten, vergoldeten Möbeln und den kostbaren Einlegearbeiten um und hoffte inständig, daß der zierliche Stuhl, auf dem er sich niedergelassen hatte, sein Gewicht auch aushalten würde.

Als Junge hatte er diesen Lieblingsraum seiner Mutter nur äußerst selten betreten dürfen, und irgendwie konnte er sich seine zarte Mutter in diesem prachtvollen, fast etwas überladen wirkenden Raum nur sehr schwer vorstellen.

Seine Schwägerin saß ihm genau gegenüber und strich Poppets Kleid glatt. »Sie sehen wirklich reizend aus, Lannie. Ganz ehrlich, sie sind dir gelungen!«

Lannie lächelte ein wenig und klatschte dann energisch in die Hände.

Augenblicke später erschien Mrs. Mack, die als Virgies und Poppets Kindermädchen fungierte, und nahm die Mädchen bei der Hand, um sie aus dem Salon zu führen.

Unter der Tür drehte Poppet sich um. »Onkel Burke, spielst du nachher noch mit uns?«

»Aber natürlich, Poppet. Ich freue mich sogar darauf. Was werden wir denn spielen?«

»Am liebsten Soldaten«, erwiderte Virgie. »Ich möchte bei dir gern Sergeant sein und mit Kanonen auf die Franzosen ballern!«

»O je«, entfuhr es Burke voller Erstaunen, »werden wir nicht mit den Puppen Tee trinken?«

Ein verächtlicher Blick war die Antwort, und Lannie seufzte. »Frage mich bitte nicht, Burke! Ich habe keine Ahnung, woher die kleinen Ungeheuer diese blutrünstigen Ideen haben!« Bis die Mädchen endgültig verschwunden waren, stärkte sie sich mit einem kleinen Kuchen und sagte schließlich: »Ich nehme an, daß du jetzt endgültig zu Hause bleiben wirst, Burke?«

»Ja, für mich ist der Krieg vorbei. Und ich hoffe, daß Napoleon uns auch nicht länger Schwierigkeiten machen wird!«

»Ich verstehe immer noch nicht ganz, weshalb Wellington ihn nicht einfach an die Wand gestellt und erschossen hat, statt so viel Geld auszugeben, um ihn auf einer Insel gefangenzuhalten! Das ist doch völlig verrückt!«

Burke lächelte und überlegte im stillen, ob die Kleinen nicht einiges von der Redeweise ihrer Mutter übernommen hatten. Die gute Lannie hatte sich während seiner Abwesenheit überhaupt nicht verändert. Und wie stand es mit Arielle? Mit Sicherheit war sie inzwischen erwachsen und eine Frau geworden, und bald würde sie seine Frau sein. Nachdenklich sah Burke Lannie über seine gefalteten Hände hinweg an und überlegte, wie er unauffällig das Gespräch auf Arielle bringen konnte.

»Ich hoffe, daß du irgendwann einen neuen Verwalter einstellen wirst, denn Cerlew ist ein Flegel. Der Mann rechnet mir in einem fort meine Ausgaben nach, als ob ich irgend jemand wäre! Das ist wirklich ärgerlich!«

Demnach machte Cerlew seine Sache gut, dachte Burke. Insgesamt machte der Besitz einen wesentlich besseren Eindruck als vor seiner Abreise. Alles war gut in Schuß, sauber und gepflegt. Sogar Joshua war das aufgefallen.

Burke räusperte sich, doch Lannie kam ihm zuvor. »Corinne wird bestimmt auch bald herkommen und sich einmischen. Hast du ihr geschrieben?«

»Das war nicht nötig, denn ich habe auf der Rückreise aus

Frankreich bei ihnen in London Station gemacht. Ihr Sohn Jocelyn studiert inzwischen in Oxford.«

Während sich Lannie ausführlich über die Eigenarten des Knaben ausließ, erinnerte sich Burke an die verrückte Atmosphäre, die in London geherrscht hatte. Seit Zar Alexander am sechsten Juni nach England gekommen war, war über Nacht alles Russische in Mode gekommen. Burke hatte an zahlreichen Bällen teilgenommen, die Damen hofiert, mit den Herren die Schlacht von Toulouse besprochen und dabei immer nur an Arielle gedacht. Einige Male hatte er während dieser Woche erwogen, sich eine Geliebte zu nehmen, doch in Wirklichkeit wollte er keine andere Frau. Er begehrte einzig und allein Arielle.

»Burke! Ich glaube, du hast mir überhaupt nicht zugehört! Hier kommt Montague mit dem Tee.«

Mit seinem dichten, weißen Haar sah Montague eigentlich eher wie ein alter Bischof aus, dachte Burke. »Vielen Dank, Montague«, sagte er und lächelte dem alten Diener zu.

»Ich möchte noch bemerken, Mylord, daß es Zeit für eine Ruhepause ist. Joshua wartet bestimmt schon oben in Ihrem Zimmer auf Sie.«

»Obwohl ich nun schon eine ganze Zeit lang Zivilist bin, gibt man mir immer noch Befehle!«

»Lord Ravensworth hat völlig recht«, meinte Lannie zu Montague. »Sie sollten ihn wirklich nicht…«

»Ich habe doch nur gescherzt, Lannie! Ja, Montague, Sie haben völlig recht. Ich fühle mich tatsächlich ein wenig müde. Ich danke Ihnen.«

Doch er wollte Lannie nicht verlassen, bevor er etwas über Arielle in Erfahrung gebracht hatte. Nachdem sie ihm Tee eingeschenkt hatte, lehnte er sich in seinen Sessel zurück und versuchte, möglichst unbeteiligt auszusehen. Vorsichtig nippte er an seiner Tasse. »Erzähle mir ein wenig von unseren Nachbarn!«

Lannie gehorchte bis zur Erschöpfung, und als sie schließlich eine Pause einlegte, fragte Burke ganz direkt. »Und wie geht es den Leslies? Du hast mir geschrieben, daß Arthur Leslie gestorben ist.«

»Du lieber Himmel, das war ja doch schon vor einigen Jahren!«

»Nun, so lange ist das nun auch wieder nicht her! Wie ist es der Familie seither ergangen?«

»Du meinst Arielle?«

»Ja«, sagte Burke hastig, während er sich unbewußt nach vorn beugte und Lannie unverwandt anblickte.

»Ich habe dir doch alles geschrieben!« erwiderte sie. »Ich kann mich genau daran erinnern!«

»Was hast du mir geschrieben? Und wann?«

»Ach, du lieber Himmel. Vor Jahren schon habe ich dir geschrieben, daß Arielle geheiratet hat.«

Die Tasse fiel zu Boden, und Burke sah zu, wie sie von dem Aubussonteppich auf den harten Holzboden rollte und zerbrach. Die braune Flüssigkeit bildete kleine Pfützen, doch Burke saß wie erstarrt.

»Burke! Was ist los? Schmerzt dich deine Wunde?«

»Nein, nein, es geht mir gut. Ich bin nur ein wenig müde.«

In Wirklichkeit erstickte er beinahe. In seinem Innern wühlte ein heftiger Schmerz, den er kaum ertragen konnte. Mühsam befeuchtete er seine Lippen. »Wann? Und wen?«

»Nun, inzwischen ist sie bereits seit einigen Monaten Witwe. Wenn ich mich nicht irre, ist es schon fast ein Jahr her, doch man bekommt sie nie zu Gesicht. Mit sechzehn hat sie Paisley Cochrane geheiratet.«

Wortlos starrte Burke seine Schwägerin an. Paisley Cochrane! Dieser alte Satyr war doch schon für seine Verschlagenheit berühmt gewesen, als Burke noch ein kleiner Junge gewesen war! Dieser Mann sollte Arielle geheiratet haben? Ungläubig schüttelte er den Kopf. »Und ihr Vater hat zugestimmt?«

»Aber nein! Ihr Halbbruder, Evan Goddis, wurde nach Sir Arthurs Tod ihr Vormund. Wenn du mich fragst, hat er alles eingefädelt! Nicht einmal sechs Monate nach Sir Arthurs

Tod! Später ist Paisley dann unter etwas merkwürdigen Umständen gestorben – natürlich hat es ziemliches Gerede gegeben.«

Doch Burke hörte ihr schon längst nicht mehr zu. »Wohnt sie jetzt in Rendel Hall?« Cochranes Besitz lag ungefähr zehn Meilen östlich von Ravensworth.

»Aber natürlich. Sie hat ja alles geerbt. Ganz im Gegenteil zu mir, die…«

»Laß es gut sein, Lannie«, ermahnte Burke sie freundlich, während er sich erhob.

»Wohin gehst du?«

»Nach oben. Ich möchte mich ein wenig ausruhen. Wir sehen uns dann beim Abendessen.«

Nachdem Joshua ihn versorgt hatte, lag er bewegungslos im Bett und starrte zu den nackten Stuckengeln hinauf, die die Zimmerdecke schmückten. Mit sechzehn Jahren hatte sie Viscount Rendel geheiratet! Der Mann war doch mindestens fünfzig Jahre alt! Und er hatte sie berührt, sie gestreichelt und – Burke gab sich einen Ruck. Er wollte nicht daran denken, denn er konnte die Vergangenheit nicht ändern. Er mußte die Tatsache akzeptieren oder sich alles aus dem Kopf schlagen. So einfach war das!

Die ganzen Jahre über hatte er nichts davon geahnt – ein einziger verlorener Brief! Ironie des Schicksals! Doch da sie inzwischen Witwe geworden war, war das eigentlich unwichtig. Er wollte sie endlich wiedersehen, ihr den Hof machen, sie heiraten und die Vergangenheit vergessen.

Er hatte nicht daran gedacht, Lannie zu fragen, ob Arielle Kinder hatte. Falls es so war, wollte er sie wie seine eigenen aufziehen. Beim Abendessen erkundigte er sich danach.

»Nein«, antwortete Lannie. »Der alte Paisley hat sie ja nur geheiratet, weil er sich einen Erben erhofft hat, doch das ist ihm nicht geglückt. Weshalb fragst du danach, Burke?«

»Ich habe sie als reizendes, junges Mädchen in Erinnerung«, sagte er, während seine Augen über das Tafelsilber glitten. »Hast du sie seit der Hochzeit einmal gesehen?«

»Nein, nie. Nach ihrer Hochzeit war sie praktisch wie vom Erdboden verschwunden. Sehr seltsam. Niemand hat sie zu Gesicht bekommen. Den Gerüchten habe ich allerdings keine Beachtung geschenkt, denn schließlich leben wir in einer modernen Zeit und nicht im Mittelalter!«

»Welchem Gerede?«

Lannie zuckte die Achseln. »Ach, kaum zu glauben! Man hat behauptet, daß Viscount Rendel seine Frau praktisch wie eine Gefangene behandelte und ihr den Umgang mit anderen Menschen regelrecht verbot…«

»Aber du hast doch gerade selbst gesagt, daß man sie seit ihrer Hochzeit nicht mehr gesehen hat!«

»Ja, aber der Viscount hat sie doch bestimmt nicht wie eine Gefangene eingesperrt! Das ist einfach zu verrückt! Hast du eigentlich jemals etwas von ihrem Halbbruder gehört? Er genießt ja wirklich nicht den besten Ruf, und man erzählt sich, daß er Arielle für eine größere Summe gezwungen haben soll, den armen Paisley zu heiraten. Ich habe keine Ahnung, ob etwas Wahres daran ist.«

»Weshalb nennst du Paisley arm?«

»Nun, er hatte keinen Erben. Kurz vor seinem ungewöhnlichen Tod ist sein unehelicher Sohn aus Frankreich zu Besuch gekommen.«

»Wie ist Paisley denn gestorben?«

»Er hat sich beim Essen an einer Gräte verschluckt und ist erstickt. Sehr ungewöhnlich, nicht wahr? Die Diener haben behauptet, daß sein unehelicher Sohn und Arielle regungslos dagesessen und zugesehen haben, bis er tot war.«

»Das hört sich sehr unglaubhaft an.«

»Meine Meinung!«

»Hast du Arielle seit – seit Rendels Tod gesehen?«

»Ja, als ich eine Freundin in East Grinstead besucht habe. Wir sind in einem zauberhaften, kleinen Hutgeschäft gewesen, wo es wunderschöne Bänder…«

»Wann war das? Und welchen Eindruck machte sie?«

Lannie löffelte den letzten Rest ihrer Suppe und überlegte

kurz, ob ihre Figur wohl eine weitere Portion vertragen könnte, doch seufzend entschied sie sich dagegen.

»Lannie!«

»Wie bitte? O ja, natürlich! Wir sprachen von Arielle. Wie ich schon gesagt habe, habe ich sie in East Grinstead getroffen. Sie sah gut aus. Na ja, vielleicht doch nicht ganz so gut. Sie war viel zu dünn, aber das war sie eigentlich schon immer. Mir ist nur aufgefallen, daß sie keine Trauerkleidung trug.« Sie machte eine kleine Pause und wiegte dabei nachdenklich ihren Kopf. »Weshalb interessierst du dich eigentlich so sehr für Lady Rendel, Burke?«

Bevor Burke sich noch eine passende Antwort einfallen lassen konnte, fuhr sie bereits fort: »Es kommt mir direkt komisch vor, sie Lady Rendel zu nennen! Schließlich ist sie gerade erst achtzehn Jahre alt! Falls du sie siehst, dann grüße sie herzlich von mir. Ich habe früher ihre Gesellschaft immer sehr gern gehabt.«

Rendel Hall

Langsam ließ Arielle ihren Stickrahmen sinken. »Wo haben Sie das erfahren?«

»Im Dorf. Mrs. Cranage hat ihn gesehen und mir gesagt, daß er nicht allein war.«

»Evan«, sagte Arielle tonlos, wobei ein gequälter Ausdruck in ihren Augen stand.

»Ja, Etienne DuPons hat ihn begleitet. Aber weshalb? Was kann Evan Goddis von diesem Mann wollen? Geld scheint er doch wirklich nicht zu haben.«

»Keine Ahnung«, bemerkte Arielle. »Ich habe gedacht, daß Etienne gleich nach der Beerdigung seines Vaters nach Frankreich zurückgekehrt ist.«

»Das hat er ja vielleicht auch getan, doch jetzt ist er jedenfalls wieder da.« Gedankenvoll betrachtete Dorcas ihre Herrin. Das arme Kind hatte in den Händen dieses Monsters viel gelitten. Wann würde sie endlich wieder einmal lachen oder unter Leute gehen? Was hielt sie nur immer noch wie eine Gefangene in Rendel Hall? »Lord Rendel ist nun schon eine ganze Zeit tot, und ich hoffe nicht, daß Sie ihn ein volles Jahr betrauern wollen.«

Arielle betrachtete ihr blaßgelbes Musselinkleid. Trauerkleidung konnte man das doch wirklich nicht nennen. Für sie war es die Farbe der Freude. Dorcas war der einzige vertraute Mensch, der ihr geblieben war. Von Nesta hatte sie immer wieder nur kurze Mitteilungen erhalten, in denen jedoch von Heimreise nicht die Rede gewesen war.

Schließlich erhob sich Arielle und ging zu den hohen Bogenfenstern hinüber, von wo aus sie die abfallende Wiese vor dem Haus überblicken konnte. Alles, was sie sah, gehörte jetzt ihr. Sie war zwar nicht übermäßig reich, doch vermögend genug, um zu tun, was ihr gefiel. Jedenfalls behauptete das der Verwalter, Harold Jewells, bei ihren regelmäßigen Monatsbesprechungen. Vor zwei Wochen erst hatte er sie aufgefordert, doch einmal nach London zu fahren und sich ein wenig zu amüsieren, doch sie hatte ihn nur angestarrt. Nein, sie konnte nicht wegfahren. Noch nicht. Sie hatte noch zuviel Angst und schämte sich zu sehr. Die Leute würden sie durchschauen und die Wahrheit in ihren Augen lesen. Nein, das konnte sie noch nicht ertragen. Sie konnte noch keinem Mann gegenübertreten, und der Gedanke daran, wie sie sie behandeln, sie ansehen würden, war ihr zuwider. Selbst die Gegenwart des dürren, glatzköpfigen und durchaus harmlosen Mr. Jewells konnte sie nur mit Mühe verkraften.

Mit etwas gezwungenem Lächeln wandte sie sich an Dorcas. »Ich werde ein wenig ausreiten. Die arme Mindle hatte seit zwei Tagen keine Bewegung mehr, und ich möchte den Sonnenschein ausnützen.«

»Nehmen Sie aber einen Begleiter mit!« rief Dorcas ihr nach.

»Ja, ich werde Geordie mitnehmen.« Sogar auf ihrem eigenen Besitz fürchtete sich Arielle. Die Angst vor ihrem Halbbruder kam ihr manchmal geradezu lächerlich vor, doch sie konnte sie nicht abstellen. Und jetzt war auch noch Etienne aufgetaucht. Weshalb hatten sich denn nicht alle ihre Ängste mit Paisleys Tod in Luft aufgelöst? Was konnte Evan ihr eigentlich anhaben? Oder gar Etienne? Eigentlich gar nichts, doch die Furcht blieb bestehen und lähmte sie.

Nachdem Geordie Mindle gesattelt hatte, half er Arielle hinauf. »Ich bin gleich fertig.«

»Lassen Sie sich Zeit«, antwortete Arielle, während sie ihrem Stallmeister nachsah. Er war Schotte und stammte aus Glasgow. Obwohl er ziemlich klein war, war er so drahtig und stark, daß er mit Leichtigkeit das Genick eines Mannes brechen konnte. Und er war ihr treu ergeben. Sie hatte fast alle ehemaligen Angestellten ihres Mannes nach dessen Tod entlassen, weil sie ihm ergeben gedient hatten und nicht ihr. Nur den Butler Philfer hatte sie behalten, allerdings nicht aus Sympathie, sondern weil er zu alt war, um noch eine Stellung zu finden, und außerdem keine Familie besaß.

Wenn Arielle ausritt, mied sie unwillkürlich die nähere Umgebung von Leslie Farm. Ob Etienne wohl bei Evan wohnte? Und aus welchem Grund? Schaudernd erinnerte sich Arielle an die Stunden, nachdem die Beerdigung vorüber und das Testament verlesen worden war. Etienne hatte im düsteren Wohnraum auf sie gewartet und sofort hatten wieder die Bilder jener Nacht vor ihr gestanden.

»Sie werden uns morgen verlassen, Etienne«, hatte sie gesagt, doch er hatte sie nur lange angesehen.

»Ich möchte, daß Sie mich heute nacht noch einmal verwöhnen, Arielle. Mein Vater hat mir eine Nacht mit Ihnen versprochen, und die will ich haben! Wir können es auch jetzt gleich tun. Kommen Sie mit nach oben, in mein Zimmer!« Schweigend hatte sie ihn angestarrt. Niemand konnte ihr jetzt noch befehlen. Paisley war tot, und sie war frei. »Niemals, Etienne!«

Er hatte sie ehrlich verwirrt angesehen. »Aber weshalb denn nicht? Ich bin doch nicht mein Vater! Ich habe Sehnsucht nach Ihnen und möchte Ihren Körper genießen. Es wird Ihnen bestimmt gefallen! Mein Vater hat mir verraten, daß Sie Zärtlichkeiten lieben. Es wird Ihnen gefallen, Arielle! Ich möchte Sie gern für immer behalten und Sie nach einer angemessenen Frist heiraten.«

Arielle war zur Klingel hinübergegangen und hatte daran gezogen.

»Was haben Sie vor?«

Sie hatte nur den Kopf geschüttelt, und als Philfer drei Minuten später den Raum betreten hatte, hatte sie ihm befohlen, Monsieurs DuPons' Sachen zusammenpacken zu lassen und dafür zu sorgen, daß er binnen einer Stunde das Haus verließe.

»Wie Sie wünschen, Mylady.«

Etienne hatte gewartet, bis Philfer hinausgegangen war, doch dann hatte er sich nicht länger zurückhalten können. »*Non!* Das können Sie mir nicht antun! Schließlich ist dieses Haus auch mein Haus – mein Vater wollte, daß ich bleibe. Ich begehre Sie wirklich, Arielle!«

Das war zuviel gewesen. Hatte er wirklich geglaubt, daß sie in dieser entsetzlichen Nacht Vergnügen empfunden hatte? Sie hatte nur den Kopf geschüttelt. »Hören Sie, Etienne! Ich mag Sie nicht und möchte ein für allemal nichts mehr mit Ihnen zu tun haben! Ihr Vater hat mich zu Dingen gezwungen, die ich nicht tun wollte. Verstehen Sie mich? Ich möchte Sie niemals wiedersehen! Verlassen Sie augenblicklich mein Haus!«

Seine blassen Augen hatten so gefährlich geglitzert, daß sie unwillkürlich einen Schritt zurückgetreten war.

»Ich werde Sie bekommen, Arielle! Mein Vater hat es mir versprochen!«

»Ihr Vater ist tot. Tot und begraben!«

Nach einem langen, durchdringenden Blick hatte Etienne sich schließlich knapp verbeugt und den Raum verlassen.

Wenn sie jetzt darüber nachdachte, begriff sie, daß sie auch aus diesem Grund seitdem die Gesellschaft anderer Menschen mied. Ihr war unerklärlich, wie Etienne auf den Gedanken hatte kommen können, daß sie die entsetzliche Prozedur genossen hätte. Hatte er es aus ihrem Benehmen geschlossen? Hatte er vielleicht sogar mit anderen darüber gesprochen? Seufzend drängte sie die Gedanken zurück, denn die Begebenheit lag nun schon mehrere Monate zurück.

»Wohin reiten wir, Mylady!« fragte Geordie, als er auf Rigby zurückkam.

Arielle mußte sich richtiggehend zusammenreißen. »Mir ist alles recht. Haben Sie einen Vorschlag?«

Er sah sie geradewegs an. »Ja, ich würde mich gern in die Höhle eines gräßlichen Löwen wagen.«

Sie erstarrte. »Eines bestimmten gräßlichen Löwen?«

»In die Höhle eines Löwen, der in Wirklichkeit ein gottverdammter Schurke ist, falls Sie mir meine Ausdrucksweise verzeihen!«

Arielle hatte niemals mit Geordie über ihren Halbbruder gesprochen. Woher wußte er von ihm? Wenn sie genau darüber nachdachte, war sie Evan während der vergangenen sieben Monate wie ein Feigling ausgewichen. Vielleicht sollte sie wirklich endlich beginnen, den Tatsachen ins Auge zu sehen. »Also gut«, stimmte sie zu, während sie Mindle in die andere Richtung dirigierte. »Sehen wir uns ein bißchen um. Vielleicht können wir herausfinden, ob sich Monsieur DuPons bei Evan Goddis eingenistet hat.«

Geordie rieb sich die Hände. »Diese kleine Ratte!«

Arielle mußte herzlich lachen, doch Augenblicke später fühlte sie, wie die Furcht rasch zurückkehrte. Als sie mehr als eine Stunde später das Herrenhaus vor sich liegen sah, empfand sie keinerlei Heimweh. Alles machte einen lieblosen, wenig gepflegten Eindruck.

»Miß Arielle!«

»Hallo, Jud! Wie geht es Ihnen? Ist Mr. Goddis zu Hause?«

»Ja, Madam. Mir geht es gut und meiner Frau auch. Möchten Sie Mr. Goddis besuchen?«

»Aber ja«, erwiderte sie und ließ sich vom Pferd helfen.

Dann wandte sie sich an Geordie. »Ich kann Sie nicht gut mit hineinnehmen, aber ich möchte Sie bitten, sich in der Nähe der Fenster dort drüben aufzuhalten. Fühlen Sie sich jetzt wie der heilige Georg, Geordie?«

»Ein wenig schon, Mylady.«

Geordie sah ihr nach, wie sie mit erhobenem Kinn und aufrechtem Gang auf die breite Haustür zuging. Armes, kleines Ding, dachte er, doch er wußte, daß sie diesen Gang hinter sich bringen mußte, wenn sie die Angst vor ihrem teuflischen Halbbruder endlich loswerden wollte. Sie hatte sich viel zu lange von allem zurückgezogen und nur mit ihren Ängsten gelebt, statt sich um ihren Besitz zu kümmern, wie es ihre Pflicht war. Vielleicht konnte sie nach dieser Begegnung endlich in ein normales Leben zurückfinden.

Er erinnerte sich noch gut daran, wie er vor etwa sechs Monaten einen Mann getroffen hatte, der gerade von Lady Rendel aus dem Haus gewiesen worden war. Er hatte sich alle Vorwürfe und Beleidigungen angehört, Informationen gesammelt und sich am folgenden Tag bei Lady Rendel vorgestellt, die ihn vom Fleck weg eingestellt hatte. Behalten Sie einen kühlen Kopf, Mädchen, mahnte er sie im stillen, und zeigen Sie ein wenig Rückgrat! Nachdem sie außer Sichtweite war, ging er rasch hinüber zur Ostseite, wo einige Fenster im Erdgeschoß geöffnet waren.

Der untersetzte Butler Turp überbrachte Evan die Nachricht, daß seine Schwester im kleinen Salon auf ihn wartete. Verblüfft runzelte Evan die Stirn. Weshalb besuchte sie ihn nach so vielen Monaten so plötzlich, wo sie ihm doch einige Male das Betreten von Rendel Hall untersagt hatte? Er wollte sie jetzt dafür ein wenig warten lassen, bis er seine Gedanken geordnet hatte. Was Etienne betraf, so hatte er seine Zweifel und wollte ihn lieber vorläufig aus dem Spiel lassen.

»Meine liebe Arielle!« begrüßte er sie, als er nach einiger Zeit den Raum betrat. »Wie hübsch du aussiehst. Gar nicht wie eine trauernde Witwe!«

Arielle erbleichte, und ihre Hände wurden feucht. »Hallo,

Evan!« Erleichtert hörte sie, daß ihre Stimme völlig natürlich klang. »Du siehst ebenfalls gut aus. Aber weshalb schließlich auch nicht?«

Er verbeugte sich. Sein gutsitzendes Jackett verbarg sehr geschickt seine schmächtige Brust und die schmalen Schultern, doch seine Beine sahen immer noch wie Strohhalme aus.

»Diesen Raum hat mein Vater ganz besonders geliebt«, bemerkte Arielle, während sie sich umsah. »Abends haben wir immer hier am Kamin Schach gespielt.«

»Diese reizende Szene gehört ja wohl mittlerweile der Vergangenheit an, oder nicht? Ich habe dich einige Male aufgesucht, weil ich mir Sorgen um dich gemacht habe.«

»Ich nehme an, ich darf mich setzen«, sagte sie, während sie sich auf einem Stuhl niederließ und ihr Reitkleid zurechtzupfte. Ein heimlicher Blick aus dem Fenster hatte ihr bestätigt, daß Geordie hinter dem Eibengebüsch auf seinem Posten stand.

»Wie ich schon gesagt habe, habe ich mir Sorgen gemacht«, bemerkte Evan noch einmal kühl. Das kleine Biest hatte sich ganz offensichtlich verändert und wollte es ihm zeigen. »Doch offenbar glaubst du mir nicht, dabei bist du doch meine Schwester.«

»Halbschwester, Evan.«

»Außer mir hast du niemanden, Arielle. Wo Nesta steckt, wissen wir nicht, und wann wir sie und ihren Baron wiedersehen werden, ist äußerst ungewiß.«

Entschlossen fixierte ihn Arielle. Sie mußte dieses Gespenst endlich loswerden! »Paisley hat mir gesagt, was du getan hast, Evan. Du mußt jetzt nicht den liebenden Bruder spielen. Ich weiß, daß du mich verkauft hast. Paisley hat fünfzehntausend Pfund für mich bezahlt und, nachdem ich dich um Hilfe gebeten hatte, noch einmal fünftausend als Lösegeld!«

Evan erblaßte und ballte die Fäuste. »Das ist eine schamlose Lüge! Du hast dem alten Bastard doch hoffentlich nicht geglaubt! Ich schwöre, daß kein Wort davon wahr ist!«

Ganz ruhig sah sie ihn an. »Vielleicht ist es ja verrückt, doch ich glaube, daß er die Wahrheit gesagt hat, die volle Wahrheit.«

»Höre mich an, Arielle! Ich mußte dich an diesem Morgen mit ihm gehen lassen. Ich hatte keine andere Wahl, denn er ist – war dein Mann und alle Rechte waren auf seiner Seite. Er hat mich bedroht! Er wollte mich vernichten.«

Sie glaubte ihm kein Wort und erhob sich ganz langsam. »Ich bedauere zutiefst, daß wir dieselbe Mutter haben!« sagte sie verächtlich, während sie zur Tür ging.

»Arielle, warte! Hör zu, er hat mir an diesem Morgen versprochen, daß er dich nicht wieder schlagen würde. Er hat es geschworen! Das habe ich von ihm verlangt.«

Arielle ließ sich nicht beeindrucken und ging weiter.

»Bleib stehen! So kannst du nicht gehen!«

Sie fühlte, wie seine langen, dünnen Finger ihren Oberarm umklammerten. Sekundenlang stieg entsetzliche, lähmende Furcht in ihr hoch, doch dann blieb sie ganz ruhig stehen. Sie hatte keine Angst mehr, jetzt nicht mehr. Doch noch während sie das dachte, überfielen sie Zweifel und sie fragte sich, ob das wohl ihr Leben lang so weitergehen würde.

»Hör mir zu, Arielle! Es ging nicht um Lösegeld! Paisley besaß Informationen, vernichtende Informationen über meinen Vater und hat mir gedroht, sie auszuplaudern, wenn ich dich nicht mit ihm verheirate. Es ist die reine Wahrheit! Ich bin zwar nicht besonders stolz auf ihn, doch ich liebe meinen Vater und konnte das nicht zulassen. Bei deiner Hochzeit sollte ich die Informationen erhalten, doch er hat mich belogen. Nachdem du weggelaufen warst, hat er mir wieder gedroht. Ich hatte wirklich keine andere Wahl!«

»Laß mich los, Evan!« Nachdem er gehorcht hatte, sagte sie ganz ruhig. »Dein Vater ist tot. Er war es schon damals, aber ich nicht. Du hast dir um einen Toten mehr Sorgen gemacht als um das Leben deiner eigenen Schwester! Ich verachte dich, Evan!«

Sie hatte die Worte so zischend hervorgestoßen, daß er unwillkürlich zurücktrat. »Arielle, bitte! Versuch doch, mich zu verstehen!«

»Ich bin hergekommen, um dir endlich meine Meinung zu sagen. Ich halte dich für einen ziemlich schäbigen Menschen, Evan.«

»Mein Vater ist nicht tot! Er wäre am Galgen gestorben, wenn ich ihn nicht gerettet hätte!«

»Du lügst. Ich kann mich noch sehr gut erinnern, wie die Bediensteten vor langer Zeit über das schandbare Leben und das traurige Ende des John Goddis getratscht haben, doch lassen wir das! Wenn du dir so viele Gedanken um mich machst, verstehe ich nicht, daß Etienne hier ist.« Sie wartete, doch als er schwieg, fuhr sie fort: »Offenbar kannst du mir die Frage nicht beantworten. Adieu, Evan! Ich möchte dich niemals wiedersehen!«

Ihre Finger hatten den Türknauf bereits gedreht, als er flüsternd die Antwort hervorstieß. »Etienne DuPons liebt dich. Er hat mich um Vermittlung gebeten. Er haßt seinen Vater, den er ja nicht einmal gut kannte, wie du sehr wohl weißt, Arielle! Er hat überhaupt keine Ähnlichkeit mit Paisley Cochrane.«

Sekundenlang war Arielle unsicher, doch dann schüttelte sie den Kopf. Sie konnte die Nacht nicht vergessen, in der Paisley sie gezwungen hatte, seinen Sohn zu befriedigen. Wieder hörte sie Etiennes Stöhnen, fühlte, wie seine Finger in ihrem Haar wühlten, während er ihren Kopf gegen seinen Körper preßte. Zitternd riß sie die Tür auf. »Nein, nein, verdammt!«

»Du bist eine hartherzige Frau geworden, Arielle«, stellte Evan fest. »Der arme Etienne hat jetzt überhaupt nichts mehr!«

Arielle fuhr herum. »Er verdient auch nichts! Adieu, Evan!«

Er erwiderte nichts, sondern sah ihr nur schweigend nach, wie sie die Halle durchquerte und sich noch kurz mit Turp unterhielt, bevor sie das Haus verließ. Er war keineswegs völlig am Boden zerstört, denn er hatte Arielles kurzes Zögern sehr wohl bemerkt und überlegte bereits, wie er diese Unsicherheit noch verstärken könnte. Pfeifend stieg er die Treppe zu Etiennes Schlafzimmer hinauf.

»Nun, wie ist es gelaufen?«

»Mein Halbbruder ist ein schäbiger, gemeiner Mensch«, stellte Arielle erleichtert fest.

Doch auch für Geordies Ohren klang ihre Antwort nicht restlos überzeugend. Er musterte seine Herrin unauffällig von der Seite, sagte jedoch nichts.

»Wissen Sie, wozu ich jetzt Lust habe, Geordie?«

»Nicht im mindesten.«

»Ich möchte zum Bunberry Lake reiten, aber allein. Dort ist es schön einsam, und ich kann in Ruhe nachdenken.«

»Meinen Sie den winzigen See zwischen dem Land der Leslies und dem der Drummonds?«

»Genau den«, erwiderte sie lachend, »doch wie Sie das sagen, könnte man meinen, er sei nur eine schlammige Pfütze!«

Er erwiderte nichts, sondern freute sich, daß sie endlich einmal mit ihm gescherzt und ihn angelächelt hatte. Vielleicht ging es ihr ja jetzt wirklich besser, nachdem sie Evan Goddis ins Gesicht gesehen hatte! Er verabschiedete sich und sah ihr nach, bis sie außer Sichtweite war.

Als Arielle ganz langsam auf den blaugrün schimmernden See zuritt, hob Mindle plötzlich den Kopf und schnaubte leise. Arielle erstarrte.

Dann sah sie den Mann. Auf die Entfernung konnte sie ihn nicht erkennen, doch sie erkannte sein Pferd. Es war Ashes. Burke Drummond war nach Hause zurückgekehrt.

3. Kapitel

Sofort wurde Arielle von längst vergessenen Gefühlen überschwemmt und die Erinnerungen an den Frühlingsnachmittag vor drei Jahren überfielen sie mit aller Macht. Aus der Entfernung sah Burke genauso aus wie damals. Er stand unter einer Eiche und wirkte groß, etwas gebeugt und sehr kraftvoll.

Erst mit einiger Verspätung begriff Arielle, daß Burke nach Hause gekommen war, weil der Krieg inzwischen vorüber war. Sie hatte sich selbst so von der Welt abgeschlossen, daß sie den Ereignissen in Frankreich nur wenig Beachtung geschenkt hatte. Sie hatte nur gehört, daß Napoleon inzwischen auf einer Insel gefangengesetzt worden war.

»Kommen Sie herüber!« rief Burke und winkte ihr zu.

Seine tiefe, volle Stimme versetzte Arielle augenblicklich um drei Jahre zurück. Sie hatte sie auf der Stelle wiedererkannt.

Lächelnd strich sich Arielle über die Wange und erinnerte sich plötzlich wieder an die scharlachrote Feder ihres Hutes, den sie damals getragen hatte. Dann winkte sie zurück und ritt durch das flache Ende des Sees zu ihm hinüber.

Burke hatte geahnt, nein, gewußt, daß er sie eines Tages hier treffen würde. Er hatte unbedingt vermeiden wollen, sie in Rendel Hall zu besuchen, denn er hätte es nicht ertragen, sie im Haus eines anderen Mannes zu sehen und begreifen zu müssen, daß sie zu Paisley Cochrane gehörte. Wenn er doch damals nur nicht so anständig gewesen wäre, dann wäre heute er mit ihr verheiratet! Er hätte nicht warten sollen!

Äußerlich hatte sie sich überhaupt nicht verändert, nur daß ihr Reitkleid diesmal hellgrau war. Oft hatte er sich vorgestellt, was er im Augenblick des Wiedersehens fühlen würde, wie er sie ansehen würde. Ob er noch dieselbe Sehnsucht empfinden und sie am liebsten auf der Stelle lieben würde?

Doch als er in ihr blasses Gesicht mit den großen, weit aufgerissenen Augen blickte, wollte er sie nur noch in die Arme nehmen, ihr Gesicht an seine Schulter pressen, ihr sanft über das dichte Haar streicheln und alles sagen, was sich im Lauf der Zeit in ihm aufgestaut hatte.

»Burke.«

Ihre Stimme klang weich und ein wenig zaghaft. Als er merkte, daß er den Atem angehalten hatte, entspannte er sich und lächelte ihr zu. Er fühlte sich wunderbar. Alle Fragen und alle Zweifel waren verschwunden. Arielle stand vor ihm, und sie gehörte ihm. Ihre Heirat mit Paisley Cochrane war bedeutungslos. Bald würde sie ihm gehören, und zwar für immer. Doch er wußte, daß er achtsam vorgehen mußte, denn sie hatte ja noch keine Ahnung von seinen Gefühlen, die ihm ja selbst vor wenigen Minuten klargeworden waren.

»Hallo, Arielle!« Er streckte hilfreich die Hände aus, doch zu seiner Überraschung wich sie ihm aus und rutschte allein herunter. Dann band sie Mindle neben Ashes an den Baum.

»Beim letzten Mal durfte ich Ihnen nicht helfen, weil mein Arm verletzt war, aber heute?«

»Ich bin doch nicht hilflos«, erwiderte sie und wußte nicht genau, weshalb sie es gesagt hatte und weshalb sie überhaupt hier war.

»Ihr Haar ist immer noch genauso schön.«

»Wie bitte? Oh, ja.« Nervös strich sie über ihr Haar.

»Sie sind gewachsen.«

»Das stimmt. Ich bin endlich erwachsen geworden.«

Irgend etwas in ihrer Stimme klang seltsam traurig. »Und wunderschön«, ergänzte er und lächelte, doch sie starrte nur zurück, als ob er ein Geist wäre.

Sie wünschte, sie wäre nicht hergekommen. Seltsam, welch unterschiedliche Gefühle er in ihr weckte! Er hatte sich verändert. Natürlich war er noch genauso charmant, doch sein Gesicht war ernster, härter geworden, so als ob er mehr gesehen hätte, als man aushalten konnte. Die netten Grübchen waren allerdings immer noch da und auch die dichten Brauen, die seinem Gesicht einen etwas übermütigen und zugleich fragenden Ausdruck verliehen.

»Ich freue mich, daß Sie wieder zu Hause sind«, brachte sie schließlich heraus. »Sie waren lange weg. Seit wann sind Sie zurück?«

Burke konnte die Augen nicht von ihr abwenden. Sie war nervös und unsicher. Einerseits war sie ein Rätsel für ihn, doch andererseits auch faszinierend. Sie war immer noch zu dünn, dachte er, doch gleichzeitig bemerkte er ihre Brüste und die schmale Taille. Aus dem schlaksigen, jungen Mädchen war eine schlanke Frau geworden. Aber ihre Gesichtszüge waren immer noch so rein, so unschuldig... Er besann sich und erinnerte sich daran, daß sie ihm eine Frage gestellt hatte. Doch statt zu antworten, starrte er sie genauso verliebt an wie vor drei Jahren.

»In Ravensworth Abbey? Seit zwei Tagen. Setzen Sie sich doch, Arielle!«

Sie zupfte an ihrem Rock und war sichtlich nervös. »Ich – ich weiß nicht recht, Mylord...«

»Damals hat mich das junge Mädchen Burke genannt. Erinnern Sie sich? Will die junge Frau das nicht beibehalten?«

Natürlich erinnerte sie sich! Doch seine Redeweise beunruhigte sie so sehr, daß sie am liebsten davongelaufen wäre. »Also gut, Burke. Doch jetzt muß ich nach Hause.«

»So ein Unsinn! Sie sind doch die Herrin, oder werden Sie von Ihrem Butler ohne Abendessen ins Bett geschickt, wenn Sie zu spät kommen?«

Sie mußte lächeln. »Wahrscheinlich nicht, doch seine Blicke werden mich tadeln.« *Und sie fürchtete sich vor Philfers durchdringenden, wissenden Blicken!*

Er sah zu, wie sie sich im Gras niederließ, ihren Rock glattstrich und schließlich die Hände im Schoß faltete.

»Ich hoffe, daß Sie diesmal nicht verwundet wurden.«

Als er sich neben sie setzte, rutschte sie ein wenig zur Seite. »Doch, aber nicht sehr schwer. Nur ein Säbelhieb in die Seite.«

Sie zog eine Grimasse. »Oh, das tut mir aber leid. Schmerzt es sehr?«

»Jetzt nicht mehr.«

»Werden Sie jetzt in England bleiben?«

»Ja, nachdem Napoleon aufgegeben hat, werde ich mich endlich um meinen Besitz kümmern.« Eigentlich möchte ich das alles gar nicht sagen, dachte er, sondern sie viel lieber um ihre Hand bitten. Doch statt dessen fuhr er fort: »Erinnern Sie sich noch an das, was Sie vor drei Jahren gesagt haben, Arielle?«

Fragend legte sie den Kopf auf die Seite und sah ihn an. Ja, sie hatte gesagt, daß sie zusammen mit allen anderen Frauen auf ihn warten würde. Oh, nein, dachte sie und schüttelte leicht den Kopf. »Weshalb?«

Er lachte, um seine Verlegenheit zu überspielen. »Sind Sie so vergeßlich geworden?«

Sie mußte etwas gegen diese Entwicklung unternehmen. »Haben Sie inzwischen geheiratet? Haben Sie Kinder?«

Völlig entgeistert zog er eine Braue in die Höhe. »Weshalb glauben Sie, daß ich verheiratet sein könnte?«

»Das ist doch nur natürlich! Schließlich sind Sie ja erwachsen, und außerdem brauchen Sie einen Erben…« Sie schwieg verlegen.

»Wenn ich mich nicht irre, habe ich Sie nach dem Nachmittag vor drei Jahren gefragt, oder?«

»Ach, damals war ich noch ein richtiges Kind, vertrauensvoll und dumm. Ich hatte noch keine Ahnung vom Leben.«

Ihre Stimme war voller Bitterkeit, und er fragte sich, was inzwischen geschehen war. War es Paisley Cochranes Schuld? »Natürlich brauche ich einen Erben«, sagte er ganz sanft, »doch dazu brauche ich erst einmal eine Frau.« Er lächelte sie an, und ganz von selbst stand die Zärtlichkeit, die er für sie empfand, in seinen Augen. »Können Sie mir vielleicht einen Vorschlag machen?«

Nein, dachte sie voller Panik. Er konnte unmöglich meinen, was sie annahm. Oh, nein! Das konnte er unmöglich wollen – sie fühlte sich so benutzt und schmutzig. Seine Frau zu werden, bedeutete nur, daß alles wieder von vorn beginnen würde, die Ängste, die Schmerzen, die Hilflosigkeit. Sie sprang auf und schüttelte heftig den Kopf. »Nein, ich habe keine Vorschläge. In der Nachbarschaft wohnen zahlreiche reizende Frauen, die Sie sicher bald alle kennenlernen werden. Jetzt muß ich aber wirklich gehen!«

Er sah nur Furcht und Verachtung in ihren Augen und versuchte, sie etwas zu beruhigen. »Nicht so schnell, Arielle!«

»Ich sollte wirklich nicht allein mit Ihnen hier sitzen.«

»Vor drei Jahren hat Sie das nicht gestört. Kommen Sie, wir wollen uns besser kennenlernen. Ich war sehr betroffen, als ich vom Tod Ihres Vaters erfuhr. Das habe ich Ihnen aber geschrieben.«

Arielle beobachtete ihn voller Unsicherheit. Er war jetzt sehr beherrscht und ruhig. Vielleicht hatte sie ihn nur mißverstanden, denn eigentlich hatte sie nur die besten Erinnerungen an ihn. Doch da er ein Mann war, sollte sie ihm besser nicht zu sehr vertrauen. »Ja, ich habe Ihren Brief erhalten, aber ich konnte natürlich nicht antworten.«

»Das weiß ich. Schließlich waren Sie noch zu jung.«

»Jung und unerfahren und dumm. Wie geht es Lannie, und was machen Poppet und Virgie?«

Wenigstens ist sie nicht davongelaufen, dachte er. »Lannie ist so unverändert, wie sie immer war. Sie hat Sie übrigens vermißt. Meine zwei kleinen Nichten sind wirklich reizende Mädchen geworden.«

»Das freut mich.«

War das jetzt alles, fragte er sich, während sein Blick über den lieblichen See glitt. »Ich dachte, wir beide wären Freunde gewesen. Ist das nicht mehr so?«

Freunde! Mit einem Mann befreundet zu sein, schien ihr undenkbar, denn ein solches Verhältnis verlangte Vertrauen, und genau das konnte es nach ihrer Erfahrung zwischen

Männern und Frauen niemals geben. »Ich glaube nicht, daß das möglich ist«, antwortete sie ehrlich.

»Und weshalb nicht? Mir sind doch inzwischen keine zwei Köpfe gewachsen, und ich bin eigentlich auch immer noch ein Ehrenmann!« Seine Worte hatten leicht klingen und sie aufheitern sollen, doch ihr Gesichtsausdruck blieb ernst.

Er wäre niemals darauf gekommen, daß sie ihn im Augenblick als echte Bedrohung empfand. Sie sah nur einen großen Mann, der stark und kräftig genug war, um sie ganz leicht überwältigen und schlagen zu können. Sein gutes Aussehen machte sie nur noch mißtrauischer. Von dem Helden ihrer Jungmädchenträume war nichts mehr übriggeblieben.

Nach dem Tod ihres Vaters hatte Evan ihr weiteres Leben bestimmt, und sie hatte den Earl of Ravensworth aus ihrer Erinnerung gestrichen.

Sie sah, wie er sich über die Haare strich, in denen der Wind spielte, und betrachtete seine dunklen, dichten Augenwimpern. Sein Gesicht war streng und wies ihn unmißverständlich als Führungspersönlichkeit aus, die keinen Widerspruch duldete. Arielle fühlte plötzlich nur noch kalte, nackte Furcht. Er war ein Mann, und sie durfte ihm nicht vertrauen. Nein, sie wollte seine Freundschaft nicht, denn sie war weder leichtgläubig noch dumm.

»Arielle?«

»Ja.«

»Was ist los? Wollen Sie mir nicht sagen, was Sie quält?«

Ein gutaussehender, charmanter Mann, der einen einwickelte, bevor er zuschlug. Er streckte seine Hand nach ihr aus, eine starke, braune Hand, die doch so leicht verwunden und quälen konnte. Mit der Zunge befeuchtete Arielle ihre ausgetrockneten Lippen. Im Gegensatz zu Evan war der Earl of Ravensworth von Kopf bis Fuß eine eindrucksvolle Erscheinung. Doch dann sah sie ihn plötzlich nackt vor sich, wie Etienne damals vor dem Kamin. Sie schnappte förmlich nach Luft und sprang auf.

»Weshalb wollen Sie mir nicht sagen, was los ist?« fragte er mit sanfter, beruhigender Stimme.

»Ich muß weg! Adieu!« Rasch lief sie zu Mindle hinüber und stieg auf, doch als sie feststellte, daß sie vergessen hatte, das Pferd loszubinden, erstarrte sie sekundenlang vor Angst.

Zitternd beobachtete sie, wie er langsam aufstand, sich sorgfältig die Hose abklopfte und zu ihr herüberkam. Nachdem er Mindles Zügel gelöst hatte und sie Arielle reichte, stellte er fest, daß ihre Pupillen vergrößert und starr waren.

Er vergaß seinen Ärger und seine Enttäuschung und fragte sich, was mit ihr los war.

»Ich möchte Sie gern besuchen«, sagte er sehr förmlich. »Werden Sie morgen zu Hause sein?«

»Weshalb?«

Er lächelte. »Um unsere Freundschaft zu erneuern. Ich fürchte, ich habe mir da etwas vorgenommen, aber vielleicht werden Sie ja dann mit mir reden.«

Was sollte sie ihm sagen? »Nun gut«, entgegnete sie, und er ärgerte sich über ihren schnippischen Ton. Was wollte sie eigentlich? Weder sah er scheußlich aus, noch war er alt. Er hatte noch alle Zähne und war schlank, außerdem besaß er einen Titel und reich war er auch. Also, was gefiel ihr denn nicht, zum Teufel?

»Ich werde nach dem Mittagessen kommen. Auf Wiedersehen, Arielle.«

Unsicher sah sie ihn an. Wenn Dorcas in der Nähe war, konnte ihr in Rendel Hall nicht allzu viel passieren. Also nickte sie nur kurz und ritt schnurstracks davon.

Burke rührte sich nicht von der Stelle, sondern starrte ihr nur wortlos nach. Das war nicht mehr die Arielle, an die er sich erinnerte, doch er begehrte sie unverändert. Achselzuckend tätschelte er Ashes' Nase. »Nun, alter Junge! Ich fürchte, da wartet eine Aufgabe für uns!«

Ashes wieherte zustimmend.

»Was hat sie nur? Weshalb behandelt sie mich, als ob ich die Pest hätte?«

Doch diesmal wußte selbst Ashes keine Antwort.

Arielle fror, ihre Zähne klapperten gegeneinander. Sie lag nackt mit gespreizten Armen und Beinen auf dem Bett, und ihre Hände und Füße waren mit Satinbändern an die Bettpfosten gefesselt. Natürlich war auch er da. Völlig angezogen stand er vor dem Kamin und ließ eine Reitpeitsche leicht gegen seine Handfläche wippen. Sie jammerte nicht, denn es würde ohnehin nichts nützen, sondern die Qual nur verschlimmern. Sie starrte angstvoll auf die Peitsche, deren Schläge sie schon zu spüren glaubte. Diesmal lag sie allerdings auf dem Rücken, während sie normalerweise auf dem Boden kniete.

Und plötzlich waren noch andere Männer im Raum, die Brandy tranken, lachten und sich lautstark unterhielten, doch Arielle konnte kein Wort verstehen. Einer sah zu ihr herüber und machte eine obszöne Geste, und kurz darauf war sie von den Männern umringt, die sie anstarrten und Reitpeitschen schwangen. Irgendwann packte einer mit seinen dicken Fingern ihr Kinn und küßte sie brutal. Sie wandte sich ab, wollte schreien und fühlte plötzlich, wie zahllose Hände ihren Körper betasteten. Sie versuchte noch einmal zu schreien, doch es kam kein Laut über ihre Lippen. Und dann war nur noch Paisley da. Er beschimpfte sie voller Verachtung, weil niemand Interesse an ihr hätte. Er hatte die Männer sogar betrunken gemacht, aber sie hätten trotzdem nicht gewollt. Sie sei nichts weiter als eine wertlose Schlampe.

Am liebsten hätte sie zurückgebrüllt, daß sie froh darüber sei, doch sie schmeckte nur das Salz ihrer Tränen. In diesem Augenblick schleuderte Paisley die Reitpeitsche zu Boden und öffnete seine Hose. Angstvoll starrte sie wie gebannt auf sein erregtes Glied. Als er sich dann über sie beugte und sie seine Hände auf ihrem Körper spürte, entrang sich ihr ein durchdringender Schrei.

Doch es war nicht Paisley, der in ihren Körper eindrang. Es war Burke Drummond.

Entsetzt fuhr Arielle hoch und rieb sich unwillkürlich ihre Gelenke.

Glücklicherweise war alles nur ein Traum gewesen, beruhigte sie sich, doch offenbar erstreckte sich ihre Furcht vor allem Männlichen auch auf Burke Drummond. Er hatte sich in ihrem Traum genauso ekelhaft und abstoßend brutal verhalten wie Paisley Cochrane.

Sie kroch unter die Decke, um sich zu wärmen, doch ihre Zähne klapperten unvermindert, und sie fragte sich, ob sie jemals in ihrem Leben wieder warm werden würde.

»Sie kann Sie leider nicht empfangen, Mylord.«

Burke betrachtete die verschlagenen Gesichtszüge des alten Butlers und wußte, daß er ihn nur bestechen müßte, um die gewünschten Auskünfte zu erhalten. Weshalb wollte Arielle ihn nicht sehen? »Sagen Sie ihr, daß der Earl of Ravensworth sie sprechen möchte!«

»Das weiß sie, Mylord. Trotzdem soll ich sie entschuldigen.« Geflissentlich entfernte Philfer ein Stäubchen von seiner schwarzen Jacke. »Möglich wäre es schon, daß sie gar nicht so unpäßlich ist, wie es den Anschein hat.«

Dieser elende Kerl ist doch tatsächlich bestechlich! dachte Burke empört. »Richten Sie ihr meine besten Wünsche aus! Ich werde morgen wiederkommen«, sagte er unbeeindruckt.

»Selbstverständlich, Mylord.«

Burke wußte sehr genau, daß sie nicht krank war und ihn nur einfach nicht sehen wollte. Doch weshalb? Wirkte er etwa abstoßend auf sie, oder hatte sie Angst vor ihm? Konnte es sein, daß sie tatsächlich noch um ihren verstorbenen Mann trauerte? Nachdenklich ging er zum Stall hinüber, wo er Joshua mit Ashes zurückgelassen hatte. Joshua war vom Offiziersburschen zum Diener avanciert und hatte ihm heute seine Begleitung angeboten. Als Burke um die Ecke bog, sah er, daß Joshua sich mit einem drahtigen, kleinen

Mann unterhielt, der einen sehr robusten, kräftigen Eindruck machte.

»Mylord, ich möchte Ihnen Geordie vorstellen. Er ist Lady Rendels Stallmeister.«

Burke war ein wenig irritiert, doch er nickte höflich. »Hallo, Geordie!«

»Mylord!« grüßte dieser und musterte Burke von Kopf bis Fuß, was dieser fast amüsiert über sich ergehen ließ.

»Wir werden morgen noch einmal wiederkommen, Joshua«, bemerkte Burke an Joshua gewandt, ohne Geordie zu beachten.

»In Ordnung«, meinte Geordie. »Dann bis morgen, Mylord! Joshua!«

»Was hatte das alles zu bedeuten?« fragte Burke, während sie die schmale Zufahrt entlangritten.

Joshua beugte sich nach vorn und kraulte sein Pferd hinter den Ohren. »Nun, Major Lord, ich bin mitgekommen, weil ich wissen wollte, was aus dem hübschen, kleinen Mädchen geworden ist. Geordie hat mich genauestens nach Ihnen und Ihren Absichten gegenüber seiner Herrin ausgefragt.«

Burke wandte sich Joshua zu, während seine Faust die Zügel umklammerte. »Joshua! Wissen Sie eigentlich, wie…« Er brach ab und suchte nach Möglichkeiten, seinen Zorn in Worte zu fassen, ohne seinen langjährigen Kameraden und Freund zu beleidigen.

»Nur zu, Major Lord! Genau das würde ich auch sagen!«

»Aber du magst doch keine Frauen!«

»Das stimmt, aber diese Kleine, dieses Wesen ohne Falsch, war schon immer etwas Besonderes.«

»Sie meinen das ernst, nehme ich an?«

»Ja. Sie hat mir schon immer gefallen, obwohl ich sonst das weibliche Geschlecht nicht besonders schätze. Geordie würde für das Mädchen, wie er sie nennt, durchs Feuer gehen. Nachdem ihr Mann gestorben war, hat sie alle Bediensteten entlassen, die ihm treu ergeben waren. Als Geordie gehört hat, wie einer von ihnen über Lady Rendel geschimpft und sie in den

Schmutz gezogen hat, war er so wütend, daß er auf der Stelle zu ihr hingegangen ist. Sie hat ihn eingestellt, und seitdem beschützt er sie, wenn Sie so wollen.«

»Und das haben Sie alles in so kurzer Zeit erfahren? Der seltsame Butler hat mich nämlich nicht vorgelassen.«

»Der Butler heißt Philfer. Geordie sagt, daß Lady Rendel den alten Trottel nicht loswerden kann, weil sie ein viel zu gutes Herz hat.«

»Gut, dann muß sie ihn aber in Pension schicken. Er ist ein unehrlicher Mann und hat nicht einen einzigen Funken Ehrgefühl oder Loyalität im Leib!«

Joshua nickte nur und schwieg, da sein Bericht beendet war, und Burke grübelte darüber nach, weshalb Arielle Geordie als Schutz benötigte.

Arielle ließ die Spitzengardine wieder zurückfallen und wandte sich seufzend vom Fenster ab. Er war fortgegangen, ohne eine Szene zu machen, und sie wollte jetzt endlich versuchen, die bedrückenden Traumbilder, die sie noch immer verfolgten, loszuwerden. Als Philfer ihr etwa eine Stunde später mitteilte, daß Lord Ravensworth die Absicht geäußert hatte, morgen wiederzukommen, nickte sie nur schweigend.

Am selben Abend besuchte sie ihr Halbbruder Evan, den Philfer ganz offensichtlich eingelassen haben mußte. Ohne Vorwarnung stand er plötzlich vor ihr und erschreckte sie zutiefst. Sie erhob sich zögernd, während sie fieberhaft überlegte, wo sich Dorcas wohl augenblicklich aufhalten konnte. Sie fühlte sich verlassen und hatte plötzlich entsetzliche Angst.

4. Kapitel

»Guten Abend, Arielle! Ich hoffe, ich komme nicht allzu ungelegen!«

Arielle starrte ihren Bruder nur ungläubig an. »Ich war nicht darauf gefaßt, dich noch einmal zu sehen«, sagte sie schließlich kühl. »Wie bist du eigentlich hereingekommen?«

»Das nenne ich eine liebenswerte Begrüßung! Ich wollte nur noch einmal nach dir sehen. Dein Butler war nicht auf seinem Posten, und die Tür stand offen. Du bist mir doch nicht böse, daß ich hereingekommen bin, oder?«

Sie zog eine Augenbraue in die Höhe, denn sie wußte genau, daß er gelogen hatte. Philfer mußte ihn eingelassen haben. Womöglich gegen eine Bestechungssumme? Ein entsetzlicher Gedanke!

»Kann ich dir Tee anbieten?«

»Brandy wäre mir lieber.«

Bei dem Wort Brandy dachte sie sofort wieder an den Traum der vergangenen Nacht. Sie ging zu einem kleinen Tisch hinüber und goß ihm ein Glas ein.

»Leistest du mir nicht Gesellschaft?« fragte er, als sie es ihm reichte.

Sie schüttelte den Kopf. »Was willst du, Evan? Rasch! Ich möchte, daß du wieder gehst.«

Er schlürfte seinen Brandy, während er sie eingehend betrachtete. »Ich wollte dir noch einmal sagen, wie leid es mir tut. Ich hatte wirklich keine Ahnung, daß Paisley Cochrane so…«

»Es reicht!« schimpfte sie.

»Also gut, mein Vater ist wirklich nicht tot, Arielle, und das kann ich auch beweisen. Hättest du nicht auch deinen Vater um jeden Preis geschützt und mich dafür geopfert?«

»An deiner Stelle sicher!«

Er ging nicht darauf ein, sondern sprach langsam weiter. »Er lebt in Paris und ist krank. Ich muß zu ihm. Hier ist ein Brief von ihm. Lies ihn, damit du glaubst, daß ich dich nicht angelogen habe. Ich würde dich niemals wissentlich verletzen, Arielle! Das schwöre ich!«

Ganz automatisch nahm Arielle das Blatt Papier und entfaltete es. In krakeliger Handschrift war in wenigen Sätzen zu lesen, was Evan ihr gerade erzählt hatte, und unterschrieben war das Ganze mit »Dein dich liebender Vater«.

Sie reichte ihm den Brief zurück. »Demnach lebt er noch, doch was habe ich damit zu tun?« Dann leuchtete plötzlich Erkenntnis in ihren Augen auf. »Ah, jetzt verstehe ich! Wie konnte ich nur so dumm sein! Falls dein Vater tatsächlich noch lebt, ist meine Mutter niemals rechtmäßig mit Arthur Leslie verheiratet gewesen. In diesem Fall wäre ich dann ein uneheliches Kind. Ist das so richtig, Evan?«

Gequält sah er sie an. »Du kannst sicher sein, daß ich es nicht an die große Glocke hängen werde.«

Ha! dachte sie. »Und was willst du dann?«

»Ich brauche Geld«, antwortete er.

»Für Geld willst du also über meine zweifelhafte Herkunft schweigen? Das nenne ich Erpressung, Evan!« Sie lächelte ihn an und sagte ganz langsam und betont deutlich: »Falls du Wert darauf legst, kannst du jedem erzählen, daß deine Halbschwester ein uneheliches Kind ist! Glaube mir, Evan, mir ist es wirklich herzlich egal. Du und deine Drohungen bringen mich eher zum Lachen. Und jetzt verschwinde!«

»Nun gut, dann gehe ich jetzt. Ich danke dir, daß du mich angehört hast, Arielle.«

»Das hätte ich bestimmt nicht getan, wenn Philfer auf seinem Posten gewesen wäre!«

»Wahrscheinlich stimmt das sogar. Nun, was habe ich eigentlich erwartet? Daß du mir verzeihst, wofür ich nichts konnte?« Er seufzte tief, und wieder fühlte sich Arielle eine Sekunde lang unsicher, doch dann schüttelte sie den Kopf über sich selbst. Die zwanzigtausend Pfund konnte er nicht ableugnen, denn Paisley hatte genau Buch geführt.

»Adieu, Evan!«

Sie drehte sich auf dem Absatz um und verließ das Zimmer, ohne darauf zu achten, ob er ihr folgte.

Aus dem Augenwinkel sah sie Philfer mit schuldbewußtem Gesicht aus der Küche kommen. Doch sie schenkte ihm keinerlei Beachtung, als er mit seinen Entschuldigungen begann, sondern ließ ihn stehen und betrat das kleine Speisezimmer, wo Dorcas bereits Platz genommen hatte.

»Ist er fort?« fragte Dorcas gespannt.

»Ich glaube schon. Ich war überrascht, daß Sie nicht hereingeplatzt sind, um mich zu retten.«

»Was hat er gewollt?«

»Er wollte mich erpressen. Er hat behauptet, daß sein Vater noch lebt, woraus automatisch folgt, daß ich dann ein uneheliches Kind wäre. Mein Geld sollte ihm den Mund verschließen, doch ich habe das Ansinnen abgelehnt.«

»John Goddis soll noch leben? Das ist absurd! Ich war doch selbst bei Ihrer Mutter, als man ihn mit zerschossener Brust nach Hause gebracht hat! Der Schurke war tot, sehr tot sogar!«

Stirnrunzelnd widmete sich Arielle ihrem Teller und fragte schließlich: »Weshalb hat er es dann trotzdem versucht? Weiß er denn nicht, daß Sie dabei gewesen sind?«

Dorcas zuckte die Achseln. »Das nehme ich an. Woher hätte er es auch wissen sollen, wo er doch selbst gar nicht dort war?«

Lauter interessante Informationen, dachte Arielle, während sie sich einen Bissen geschmorten Schinken in den Mund schob.

Etwa zur selben Zeit wurde auch in Ravensworth Abbey zu Abend gegessen. Während man Lammfleisch mit jungen Karotten verzehrte, verkündete Lannie, daß sie die Absicht hätte, in genau drei Tagen nach London zu reisen.

Als Burke an die erholsame Stille dachte, die er nach ihrer Abreise genießen durfte, hätte er ihr fast applaudiert, doch er unterdrückte seinen Freudenschrei und bemerkte nur höflich: »Aha! Wirst du in Ravensworth House wohnen?«

»Nein. Corinne und Lloyd haben mich eingeladen, wie du weißt, und selbstverständlich auch die Mädchen.«

Ehrlich gesagt, hatte er keine Ahnung gehabt und war etwas überrascht. Seine ältere Schwester nahm für gewöhnlich kein Blatt vor den Mund und hielt Lannie, geradeheraus gesagt, für eine Närrin. Weshalb hatte sie sie wohl eingeladen?

»Wie lange wirst du in London bleiben?«

Lannie vergaß ihr Essen und beugte sich aufgeregt nach vorn. »Weißt du, London ist zur Zeit schrecklich aufregend. Der Zar ist immer noch dort und außerdem viele andere Hoheiten. Corinne hat mir geschrieben, daß jeden Abend Bälle stattfinden, obwohl doch die Saison längst vorüber ist!«

»Ja, ich weiß. Ich habe den Betrieb kaum ertragen können.«

»Du bist ja auch ein Mann! So langweilig! Ich werde meine Modistin aufsuchen... Jetzt mach nicht so einen sparsamen Mund, Burke! Du mußt keine Angst um dein Geld haben! Wie du weißt, bin ich seit Montroses Tod mit meinem Witwengeld sehr sorgsam umgegangen, und dank deiner Großzügigkeit...«

Burke betrachtete angelegentlich seinen Teller und tat so, als ob er ihr zuhörte, doch statt dessen stellte er sich vor, wie er Arielle nach Ravensworth Abbey einlud. Ob ihr sein Haus gefiel? Ob sie... Entschlossen beendete er diese Gedanken, denn er wußte ja nicht einmal, ob er sie wiedersehen würde.

»...Corinne hat mir von einem Gentleman geschrieben, falls du neugierig geworden bist und es genau wissen willst. Nun, er heißt Percy Kingstone und ist Baronet. Corinne hat geschrieben, daß Lord Carver ein sehr charmanter Mann ist und ich ihn unbedingt...«

Unverwandt starrte Burke auf seinen Teller. Nein, das durfte ihm Arielle nicht antun. Er war nicht einverstanden, denn er liebte sie und wollte sie heiraten.

»...natürlich werde ich Virgie und Poppet mitnehmen, obwohl sich die beiden immer anstellen, wenn sie Kutsche fahren müssen. Ich werde...«

Ich werde das Ganze als militärische Aufgabe betrachten, entschied Burke und griff nach seinem Glas. Während der rote Wein im Glas kreiste, erinnerte er sich an ihr Haar, dieses glänzende Tizianrot... Er fluchte leise und beschloß, alles zu wagen.

»...ich wußte, daß du darauf bestehen würdest, lieber Burke, und deshalb habe ich James bereits davon in Kenntnis gesetzt, daß ich den Wagen nehmen werde. Ich denke, daß mir ein Vorreiter als Schutz genügt.«

Verwundert sah Burke seine Schwägerin an. Offenbar hatte sie ununterbrochen gesprochen, doch worüber, wußte er nicht. Jedenfalls nickte er und sagte warmherzig: »Du kannst alles bekommen, Lannie.« Und gleichzeitig betete er, daß sie nicht wie Salome sein Haupt auf einem Tablett gefordert hatte.

Später saß Burke vor einem prasselnden Kaminfeuer in der Bibliothek und genoß seinen Brandy. Es war reichlich kühl für Juni, doch vielleicht saßen ihm auch nur noch die Strapazen des spanisch-portugiesischen Feldzugs in den Knochen. Unwillkürlich dachte er an Knight, den er auf seinem Rückweg nach England kurz in Paris getroffen hatte. Bestimmt würde er Arielle gefallen, wie er auch allen anderen Frauen gefiel. Bei diesem Gedanken runzelte er die Stirn. Nein, Knight war ein Ehrenmann und würde niemals die Rechte anderer verletzen. Und plötzlich dachte er wieder an drei heiße Tage, die er mit Knight und zwei temperamentvollen Damen in Portugal erlebt hatte. Die Erinnerung an die anstrengenden Tage war so lebendig und lebhaft, daß ihn die Erregung übermannte. Leise fluchend erhob er sich.

Er begehrte Arielle und mußte immerfort an ihre Augen denken.

Da er ahnte, daß sie ihm bestimmt wieder ausweichen wollte, griff er zu einer List. Am nächsten Tag postierte er Joshua an der Frontseite von Rendel Hall, während er sich im Garten versteckte. Er kam sich zwar reichlich dumm vor, doch er tat es trotzdem. Ungefähr nach einer Stunde schlich Joshua wie ein Soldat hinter den feindlichen Linien durch die Büsche zu ihm in den Garten.

»Sie geht zum Stall, Major Lord.«

»Bitte, Joshua, lassen Sie doch endlich diese Anrede!«

»Zu Befehl!« entgegnete Joshua und fragte dann nachdenklich: »Was haben Sie eigentlich mit dem Mädchen vor?«

»Mädchen?«

»So nennt Geordie sie, und ich finde auch, daß das paßt. Sie ist noch so jung!«

»Ich möchte ihr nur Gesellschaft leisten«, antwortete Burke. »Oder haben Sie gedacht, daß ich sie entführen und gefangenhalten will?« Er lachte, und bevor Joshua noch antworten konnte, fuhr er ernster fort: »Reiten Sie jetzt nach Hause, Joshua. Sie haben Ihre Sache gut gemacht.«

Joshua nickte zwar, doch er hatte beschlossen, noch ein wenig mit Geordie zu plaudern, sobald Lady Rendel und sein Herr davongeritten waren. Ganz offensichtlich war der Earl bis über beide Ohren verliebt, was Joshua bisher noch nicht erlebt hatte, und er wollte gern noch nähere Einzelheiten über das Mädchen erfahren.

Arielle tätschelte Mindles Hals. »Ein bißchen Bewegung wird dir nicht schaden. Vielen Dank, Geordie. Nein, Sie müssen mich nicht begleiten. Ich reite nicht allzu weit.« Jedenfalls nicht in die Richtung von Bunberry Lake oder Leslie Farm, dachte sie.

»Sind Sie sicher?«

»Ja, ganz sicher.«

Geordie half Arielle in den Sattel und trat dann zurück. Er grüßte kurz und lächelte.

»Ich werde in ungefähr einer Stunde zurück sein. Mr. Jewells hat seinen Besuch angekündigt.« Während sie das sagte, trieb sie Mindle an, und kurz darauf fühlte sie, wie der Wind an ihren Hutnadeln zerrte.

Sie sah ihn erst, als er schon beinahe neben ihr war, und da war es zu spät. Sie zügelte Mindle und bemühte sich, nicht allzu überrascht auszusehen. »Hallo!« sagte sie schließlich.

»Hallo, Arielle! Ich freue mich, daß Sie ausgeritten sind.«

»Was wünschen Sie?«

»Sie zu sehen, natürlich. Genau wie gestern, als Sie mich weggeschickt haben. Den Grund wüßte ich immer noch gern.«

»Ich habe mich nicht wohl gefühlt.«

Ein Blick auf ihr blasses Gesicht verriet ihm, daß sie kein Meister im Lügen war. Der Wind hatte heftig an ihrem Haar gezerrt, so daß sich zwei lange Strähnen über ihrer rechten Brust kringelten. Er wollte sie schon mit der Hand zurückstreichen, als er sich besann und zurückzuckte. »Was hat Ihnen denn gefehlt?«

»Ich hatte Kopfschmerzen«, log sie.

»Aha«, erwiderte er und ärgerte sich, daß sie heimlich versuchte, die Entfernung zwischen ihren Pferden zu vergrößern.

Arielle ertappte sich dabei, daß sie ihn anstarrte. Er sah noch viel besser aus, als sie ihn in Erinnerung hatte, und trug sein dickes braunes Haar länger, seit er den Militärdienst quittiert hatte. Nur seine braunen Augen hatten sich nicht verändert. Sie wirkten sowohl intelligent als auch äußerst gefühlvoll. Obwohl an seiner äußerlichen perfekten Erscheinung und seinem Benehmen nichts auszusetzen war, fürchtete sie sich doch vor ihm, denn ihr stand immer noch der entsetzliche Traum vor Augen.

Schließlich raffte Burke sich auf und unterbrach das Schweigen. »Ich möchte Sie für Freitag zum Tee nach Ravensworth Abbey einladen.«

Sie wollte schon den Kopf schütteln, doch dann besann sie sich. Wenn sie es rasch hinter sich brachte, ließ er sie vielleicht danach in Ruhe. Außerdem war ein Besuch in seinem Haus dank der geschwätzigen, amüsanten Lannie ungefährlich. »Also gut«, stimmte sie schließlich zu.

»Genauso haben Sie sich schon einmal mit mir verabredet. Kann ich mich diesmal darauf verlassen?«

Der Ton seiner Worte ließ sie zurückzucken. Was wollte er eigentlich von ihr? Trotzig reckte sie ihr Kinn in die Höhe, und ihre Stimme war so kühl, wie ein Januartag in Yorkshire. »Ich verspreche, daß ich Ihnen Bescheid geben werde, falls ich mich wieder nicht gut fühle.«

»Ich dachte eigentlich, daß Ladies nur einmal im Monat Kopfschmerzen haben!«

Arielle zuckte zusammen, als ob er sie geschlagen hätte. Er war gefährlich, und er benahm sich keineswegs wie ein Gentleman! Ohne ein weiteres Wort gab sie Mindle die Peitsche und galoppierte davon.

Angesichts seiner Dummheit und seiner Zudringlichkeit, fluchte Burke innerlich. »Arielle! Warten Sie!«

Er sah, wie sie sich sekundenlang nach ihm umwandte, wodurch Mindle beim Überspringen eines Zauns ein wenig nach links getragen wurde. Burke fühlte, wie ihm das Blut in den Adern erstarrte. »Arielle! Passen Sie auf!«

Doch es war zu spät. Der Schrei blieb ihr in der Kehle stekken. Mindle war mit den Beinen am obersten Stück des Zauns hängengeblieben und ruderte verzweifelt durch die Luft. Im selben Augenblick sah Arielle den Graben auf der anderen Seite und bot ihr ganzes reiterisches Können auf. Die Stute erreichte auch tatsächlich die andere Seite, doch beim Aufsprung knickten ihre Vorderbeine ein, so daß Arielle im hohen Bogen über den Kopf des Tieres flog. Weil alles so rasch ging, hatte sie keine Sekunde Zeit gehabt, sich zu fürchten.

Als sie mit der Schulter auf den felsigen Untergrund aufschlug, durchfuhr sie ein heißer Schmerz, doch nur für einige Sekunden. Kurz darauf schlug ihr Kopf gegen den Stein, und sie wurde ohnmächtig.

Noch nie hatte Burke soviel Angst empfunden. Sein großer Hengst flog förmlich über den Zaun, und Sekunden später stieg er neben Mindle ab, die sich inzwischen aufgerappelt hatte und heftig schnaubte. Doch seine Aufmerksamkeit galt einzig Arielle. Er ertappte sich dabei, daß er leise betete, während er neben ihr niederkniete und nach dem Pulsschlag an ihrer Kehle fühlte. Glücklicherweise war er stark und kräftig. Daraufhin machte sich Burke zartfühlend und sorgfältig an die Untersuchung von Armen und Beinen. Offensichtlich war nichts gebrochen. Falls sie allerdings innere Blutungen haben sollte, war er machtlos.

Nachdem er die Hutnadel entfernt hatte, tastete er ihren Kopf ab und entdeckte kurze Zeit später eine dicke Schwellung hinter ihrem linken Ohr. Er seufzte erleichtert und hoffte inständig, daß sie nur eine Gehirnerschütterung davongetragen hatte. Sie mußte einfach wieder gesund werden! Er ließ sich neben ihr nieder und bettete ihren Kopf auf seinen Schenkel. Vorsichtig streichelte er über ihre Nase, ihr Kinn und ihre Wangenknochen und murmelte fasziniert: »Ich begehre dich, Arielle. Heirate mich!«

Sie stöhnte. Zart bettete er ihren Kopf auf seine Handfläche, und unabsichtlich streichelte die andere ihre Kehle. Er hatte solche Sehnsucht nach diesen Berührungen, daß er sich nicht beherrschen konnte. Schließlich hob er seine Hand und legte sie auf ihre Brust. Er spürte den starken Herzschlag und überließ sich mit geschlossenen Augen einem unglaublichen Wohlgefühl. Erst einige Sekunden später merkte er, was er tat, und nahm seine Hand von ihrer Brust. Offenbar war er völlig verrückt geworden! Sie war besinnungslos, und ihm fiel nichts Besseres ein, als sie zu betasten!

»Arielle! Wachen Sie auf! Öffnen Sie die Augen!« Er rüttelte sie leicht.

Wieder stöhnte sie, doch dann schlug sie die Augen auf und starrte ihn verwirrt und verständnislos an.

»Es ist nicht viel passiert«, beruhigte er sie. »Sie sind gestürzt. Schmerzt Ihr Kopf?«

Arielle stellte fest, daß sie auf dem Rücken lag und er ihren Kopf hielt. Durch seine Schuld hatte Mindle den Zaun berührt. Alles war seine Schuld! »Ja, ich habe Kopfschmerzen«, sagte sie kalt.

Burke grinste und hielt sie fest, als sie sich von ihm abwenden wollte. »Pst! Liegen Sie still! Am besten bewegen Sie sich überhaupt nicht!«

Als ein heftiger Schmerz ihren Kopf durchzuckte, wußte sie, daß er recht hatte. Übelkeit überfiel sie, sie mußte würgen und schloß die Augen.

»Pst!« mahnte er sie noch einmal ganz sanft. »Müssen Sie sich übergeben?«

Dieser Gedanke war ihr unerträglich. Sie gab keine Antwort, sondern hielt ihre Lippen fest geschlossen und betete.

»Atmen Sie tief durch und bewegen Sie sich nicht!« Leicht massierten seine Finger ihre Stirn. »Sie hätten nicht weglaufen sollen! Ich weiß, daß meine Bemerkung sehr dumm war, doch Sie haben mich dazu gereizt. Vielleicht können Sie mir das verzeihen, denn normalerweise benehme ich mich wie ein Gentleman.«

Im Augenblick hätte es sie nicht einmal gestört, wenn er der Teufel persönlich gewesen wäre. »Ich möchte nach Hause!« jammerte sie. »Ich möchte in meinem eigenen Bett sterben.«

Leider waren sie nicht weit von Rendel Hall entfernt, so daß es für Burke keinen Grund gab, Arielle nach Ravensworth Abbey zu bringen. »Einverstanden, aber bleiben Sie noch einige Minuten liegen, bis Sie sich noch ein wenig mehr erholt haben.«

Arielle schwieg. Sie fühlte die Wärme seines Schenkels unter ihrer Schulter und spürte den Druck seiner Hand auf ihrem Arm. Sie haßte dieses Ausgeliefertsein und die Furcht, die in ihrem Innern wie ein Fremdkörper lebte. Vor Qual liefen ihr stumm die Tränen über das Gesicht.

Als Burke merkte, daß sie weinte, war er entsetzt. Rasch wischte er die Tränen weg und flüsterte ihr tröstende Worte zu. »Es wird alles wieder gut werden«, sagte er wieder und wieder. »Bald werden Sie sich wieder so fühlen, als ob nichts geschehen wäre!«

Während er sprach, kroch sie mühsam auf ihre Knie und

mußte sich prompt übergeben. Als es längst vorüber war, würgte sie immer noch weiter, und er hielt ihre Schultern und stützte sie. Er wußte, wie schwach man sich in solchen Augenblicken fühlte. Schließlich reichte er ihr sein Taschentuch, und sie wischte sich den Mund ab. Am liebsten hätte er sie in diesem Augenblick auf die Arme genommen, nach Hause getragen und niemals mehr fortgelassen. Er wollte...

»Ich möchte jetzt nach Hause«, bat Arielle, ohne ihn anzusehen. Sie fühlte sich so grenzenlos elend. »Bitte, ich möchte jetzt nach Hause.«

»Also gut. Haben Sie genug Vertrauen zu mir, um sich von mir tragen zu lassen?«

Für Widerspruch war sie zu schwach. Nein, sie vertraute ihm nicht, aber sie erkannte sehr wohl, daß ihr keine andere Wahl blieb.

Sie fühlte, wie er ihre Beine umfaßte, sie auf seine Arme hob und aufstand.

O, Herr im Himmel, ist sie leicht! dachte er. Viel zu dünn, viel zu mager! »Halten Sie sich fest!« befahl er, als sie bei Ashes angekommen waren. Dann packte er sie mit einem Arm und stieg gleichzeitig auf. »Geordie wird Mindle holen und versorgen. Machen Sie sich darüber keine Gedanken.«

Während des kurzen Ritts nach Rendel Hall hielt Burke Arielle eng an sich gedrückt und lauschte auf jeden ihrer Laute. Zu seiner Erleichterung wußte Geordie von allein, was zu tun war. Burke trug Arielle inzwischen nach oben, in ihr Schlafzimmer. Überrascht stellte er fest, daß sie nicht im Zimmer des Hausherrn schlief. Dorcas heftete sich an seine Fersen, war in einem fort im Weg und rang verzweifelt die Hände, bis er sie mit seiner Bitte nach Wasser beschäftigte.

Der seltsame Philfer benahm sich, als ob Burke in *sein* Haus eingedrungen wäre, und Burke war dankbar, als Geordie ihn schließlich zurechtwies: »Halten Sie den Mund! Bringen Sie zuerst einmal ein Glas Brandy und führen Sie dann den Arzt herauf!«

Doktor Mortimer Arkwright, ein dürrer, ein wenig gebeugter Mann von beinahe sechzig Jahren, begrüßte Burke mit der barschen Stimme, die ihm nun schon seit fast fünfzig Jahren eigen war. Der alte Mann hatte Burke auf die Welt gebracht, wofür dieser ihm unverändert dankbar war. Er hatte eigentlich angenommen, daß Doktor Arkwright längst gestorben sei, und machte eine entsprechende Bemerkung.

»Noch nicht!« bemerkte Doktor Arkwright mit fast zahnlosem Grinsen. »Ich praktiziere zwar nicht mehr, doch der Stallbursche kam zuerst zu mir, weil ich so nahe wohne. Es erschien mir unsinnig, den Jungen erst noch zu Mark Brody zu schicken. Kennen Sie Brody?«

»Ja, vor drei Jahren habe ich ihn kennengelernt. Er hat damals gerade hier angefangen«, antwortete Burke und berichtete anschließend dem Arzt, was geschehen war.

»Arielle Leslie, armes, kleines Mädchen! Nun, dann wollen wir sie uns einmal ansehen. Was haben Sie überhaupt mit ihr gemacht?«

Eine gute Frage, dachte Burke, doch er antwortete nicht, sondern ging nur rasch in Arielles Zimmer voraus.

»Sie ist inzwischen erwachsen geworden«, bemerkte der Arzt, während er auf sie hinuntersah. »Öffnen Sie die Augen, Mädchen, und sagen Sie, wo es wehtut!«

Arielle stöhnte nur. »Mein Kopf. Schreckliche Schmerzen!«

Doktor Arkwright brummte. »Ich schätze Frauen, die wenig Worte machen. So, Mädchen, jetzt öffnen Sie die Augen und sagen Sie mir, wie viele Finger ich hochhalte!«

Schweigend trat Burke zurück und beobachtete, mit welcher Umsicht der alte Mann Arielle untersuchte. Einige Minuten später drehte sich Doktor Arkwright zu ihm um. »Ich kann ihr im Augenblick wegen der Gehirnerschütterung kein Schmerzmittel geben. Wecken Sie sie alle paar Stunden auf und fragen Sie sie, wie sie heißt und wo sie sich befindet. In acht Stunden etwa kann sie dann ein Schmerzmittel bekommen. Ich werde es verschreiben.«

Erst in diesem Augenblick fand Dorcas ihre Sprache wieder. »Er wohnt doch gar nicht hier! Er hat sie nur nach Hause gebracht.«

Doktor Arkwright sah Burke an und brummte wieder. »So ist das also.«

Als die beiden kurze Zeit später das Haus verließen, erkundigte sich Burke nach Arielles Aussichten. »Wie lange wird es wohl dauern? Wird sie es überstehen?«

»Wenn ich irgendwelche Befürchtungen hätte, würde ich jetzt nicht gehen. Regen Sie sich nicht auf. Morgen früh wird sie schon wieder in der Badewanne singen!«

»Ich habe mich sehr erschreckt, als sie über den Hals des Pferdes geflogen ist.«

»Das ist nur verständlich«, meinte Doktor Arkwright. »Sie ist wirklich eine Schönheit! Manchmal habe ich mir überlegt, wie sie jetzt wohl aussieht. Seit Sir Arthurs Tod habe ich sie nicht mehr zu Gesicht bekommen. Werden Sie morgen wiederkommen, um sich nach ihrem Befinden zu erkundigen?«

Burke nickte und wartete, bis Doktor Arkwright seinen kleinen Wagen bestiegen hatte und davongefahren war.

»Geht es ihr gut?«

»Ja, Geordie. Doktor Arkwright hat es geschworen. Sie passen ein wenig auf, nicht wahr?«

»Ja, das mache ich. Der alte Philfer ist ja nicht sehr zuverlässig.«

Burke wäre am liebsten noch länger geblieben, doch es gab keinen Grund mehr, und so kehrte er widerstrebend nach Ravensworth Abbey zurück, wo er einen langen Abend und eine unruhige Nacht verbrachte.

»Singt sie schon wieder?« war seine erste Frage, als er Dorcas am darauffolgenden Morgen begrüßte.

Die alte Frau lächelte. »Beinahe. Möchten Sie sie sehen?«

Burke konnte es kaum fassen, daß ihn offenbar jeder in Arielles Umgebung mochte. Nur Arielle war widerspenstig und bekämpfte ihn. »Aber natürlich«, antwortete er und folgte Dorcas nach oben. »Sie betreuen sie schon immer, nicht wahr?«

»Ja, früher war sie ganz reizend, offen, herzlich und fröhlich.«

»Schade, daß sie sich so verändert hat.«

»Was haben Sie denn erwartet? Das mußte doch so kommen! Arielle, ich bringe einen Besucher mit.«

Sie wandte sich unter der Tür um und deutete hinter sich in den Flur, doch Arielle rief bereits mit gequälter Stimme: »Bitte, nicht, Dorcas! Bitte, ich möchte niemanden...«

»Hallo, Arielle! Ich bin es nur. Nun, Sie sehen ja bereits recht gut aus. Was macht der Kopf?«

In Wirklichkeit sah sie miserabel aus. Ihr Haar war zerzaust, das Gesicht bleich wie die Wand, und an der linken Schläfe prangte eine Beule, die in allen Regenbogenfarben schillerte. Arielle zog sich die Decke bis zum Kinn und drückte sich eng an das Kopfteil ihres Betts. Als er einen Schritt auf sie zutrat, hörte er, wie sie nach Luft schnappte.

Irgendwie ist ihr Verhalten seltsam, dachte er irritiert. Fast wie ein junges Mädchen, das niemals verheiratet war.

Solange ihre Kammerzofe anwesend war, mußte sie sich doch keine Sorgen machen. Also, weshalb benahm sie sich so eigenartig?

Er versuchte ein Lächeln. »Ich war ein wenig besorgt und möchte gern wissen, ob es bei unserer Verabredung am Freitag bleibt?«

Sie nickte, doch bevor sie die Augen senken konnte, sah er, daß sie gelogen hatte. Sie hatte ganz offensichtlich ihre Meinung geändert. Ob sie kränker war, als Doktor Arkwright meinte?

Was sollte er jetzt tun? Gehen wollte er noch nicht, jedenfalls nicht sofort. »Haben Sie eigentlich schon gefrühstückt?«

Sie schüttelte den Kopf, worauf sie augenblicklich stöhnte.

»Haben Sie denn Appetit?«

»Das ist eine ausgezeichnete Idee«, bemerkte Dorcas. »Bessie wird Ihnen sofort ein wenig Toast und Tee bringen.«

Arielle wollte die alte Frau aufhalten, doch die kümmerte sich nicht um ihr Rufen.

»Sie können sich völlig sicher fühlen«, sagte Burke mit hochgezogener Braue. »Ich verführe nämlich keine Frauen, die so scheußliche Beulen haben.«

Als sie nicht antwortete, sah er sich ein wenig in ihrem Schlafzimmer um. Was er erwartet hatte, wußte er nicht, jedenfalls nicht das. Der Raum wirkte wie eine Mönchszelle und enthielt nur wenige, strenge Möbelstücke. Keine Spur von Weiblichkeit, kein Schmuck. Schließlich blieb sein Blick an der Tür zum benachbarten Zimmer hängen.

»War dort das Schlafzimmer Ihres Mannes?« fragte er mit finsterer Miene. Eine schreckliche Vorstellung, daß der alte Mann durch diese Tür hereingekommen war und Arielle berührt hatte!

Arielle spürte Burkes Ärger, doch sie begriff nicht, weshalb, und wollte es auch nicht begreifen. Sie wollte, daß er endlich ihr Zimmer verließ. Sein Geruch, seine Vitalität füllten den Raum, und seine Männlichkeit erdrückte sie.

»Gehen Sie jetzt endlich, Mylord!«

Finster sah er sie an. »Nur wenn Sie mir versprechen, am Freitag nach Ravensworth Abbey zu kommen!«

Sie nagte an ihrer Unterlippe, während seine Ungeduld zusehends wuchs.

»Nein«, antwortete sie schließlich sehr leise.

5. Kapitel

Burke starrte sie nur fassungslos an. Er konnte sich nicht erinnern, wann er zum letzten Mal von einer Frau abgewiesen worden war, doch er wußte sehr genau, daß es noch niemals so geschmerzt hatte wie diesmal. Und gleichzeitig machte ihre Ablehnung ihn so wütend, daß er beinahe keinen klaren Gedanken mehr fassen konnte. »Weshalb?«

»Bitte«, bat sie, »bitte, lassen Sie mich allein! Ich möchte niemanden sehen – ich bin Witwe und möchte es bleiben.«

»Wie lange ist Ihr Mann schon tot?« fragte Burke schroff. »Sieben oder acht Monate? Um Himmels willen, Arielle, er war doch ein alter Mann! Wollen Sie denn nicht endlich einen jungen Mann, der Ihnen soviel mehr geben kann?«

Arielle wollte schon lachen, doch dann besann sie sich. Ganz offensichtlich wußte er nicht mehr, was er sagte. Wenn sie schwieg, würde er wahrscheinlich gehen. Doch Burke war hartnäckiger, als sie angenommen hatte.

»Sie können doch diesen alten Satyr unmöglich geliebt haben! Er war ein abscheulicher, alter Greis! Sehen Sie mich an! – Erinnern Sie sich an Ihre Gefühle, die Sie vor drei Jahren empfunden haben?«

Sie erinnerte sich sehr wohl, doch das gehörte nicht mehr zu ihrem jetzigen Leben. Stumm blickte sie auf ihre Hände.

»Verdammt!« Unvermittelt beugte er sich über sie, packte ihre Arme und zog sie an seine Brust. Hart und aggressiv preßte er seinen Mund auf ihren, und seine Zunge liebkoste ihre fest geschlossenen Lippen. »Öffnen Sie den Mund!«

Sie tat es, weil sie ihn beschimpfen wollte, und dann fühlte sie seine Zunge…

»Hier kommt das Frühstück – oh, mein Gott!«

Burke erstarrte, als er Dorcas' Stimme hörte. Ganz langsam

ließ er Arielle los und richtete sich wieder auf. »Ich werde wiederkommen, Arielle!«

»Nein!«

»O doch! Wir sind noch nicht fertig!« Mit gequältem Gesichtsausdruck schüttelte er den Kopf. »Und das werden wir wahrscheinlich auch niemals sein.« Damit wandte er sich ab und verließ das Zimmer.

Arielle starrte ihm nach. »Er ist viel stärker als Paisley«, sagte sie leise. Dann stand sie auf und ging zu den Fenstern hinüber. Als sie Burke zum Stall hinübergehen sah, lehnte sie seufzend die Stirn gegen das Glas. Und am selben Abend wußte sie genau, was sie tun mußte.

Mr. Gregory Lapwing, der ehemalige Anwalt von Sir Arthur, nahm gegenüber der Tochter seines alten Freundes Platz. Er kannte sie schon seit ihrer Kindheit und mochte sie sehr. Er selbst war mit einer hübschen, neunzehnjährigen Frau verheiratet und sehr verliebt.

»Ich freue mich, daß Sie gekommen sind, Mr. Lapwing!« begrüßte ihn Arielle.

»Die Freude ist ganz auf meiner Seite, Arielle! Kann ich Ihnen irgendwie helfen?«

Sie sah ein wenig krank aus und war sehr blaß und dünn. Ob sie immer noch um ihren toten Ehemann trauerte? Drei Jahre hatte er sie jetzt nicht mehr gesehen. Er wußte nicht, weshalb Sir Arthur ihre Fürsorge ausgerechnet ihrem Halbbruder übertragen hatte, doch er nahm an, daß Sir Arthur wahrscheinlich gute Gründe dafür gehabt hatte. Arielles überstürzte Heirat mit Lord Rendel hatte ihn entsetzt, doch im Lauf der Zeit hatte er es vergessen. Bis heute.

»Ich möchte Rendel Hall und das dazugehörige Land mit allem Inventar verkaufen, und zwar sofort!«

Langjährige Erfahrung hatte Mr. Lapwing gelehrt, völlig unbeeindruckt zu erscheinen. »Darf ich fragen, weshalb?« fragte er höflich.

»Ich möchte das Land verlassen und nach Paris ziehen. Seit

Ludwig XVIII. den Thron bestiegen hat, besteht ja keine Gefahr mehr.« Und sie fügte hinzu, wobei ein Grübchen auf ihrer linken Wange erschien: »Außerdem spreche ich Französisch. Mein Vater hat damals darauf bestanden, daß ich es lerne.«

»Aha«, meinte Mr. Lapwing stirnrunzelnd. »Darf ich fragen, weshalb Sie sich an mich wenden und nicht an Lord Rendels Anwalt?«

»Ich kenne ihn nicht«, erwiderte Arielle, doch das stimmte nicht ganz. In Wahrheit traute sie ihm nicht, weil er Paisley zu ergeben gewesen war. »Wissen Sie, hier hält mich nichts mehr! Ich möchte verreisen!«

Mr. Lapwing erhob sich. »Für eine Lady ist dieser Wunsch höchst ungewöhnlich. Sie brauchen doch einen gewissen Schutz und die entsprechende Begleitung…«

Wie lächerlich, dachte Arielle. Hier, im schönen England, hat mich auch niemand beschützt! Männer! Doch da sie gelernt hatte, sich klug zu verhalten, gab sie sanft und respektvoll Bescheid: »Aber natürlich, Mr. Lapwing! Sie müssen sich wirklich keine Sorgen machen. Ich werde mich um standesgemäße Begleitung bemühen.«

»Aber…«

»Ich habe mich unwiderruflich entschieden, Sir.«

»Nun gut. Wer ist Lord Rendels Anwalt?«

»Jeffrey Chaucer. Wie ich gehört habe, war seine verstorbene Mutter eine Dichterin. Kennen Sie ihn, Sir?«

»Ja«, erwiderte Mr. Lapwing knapp. »Wer einen so lächerlichen Namen hat, den kann man nicht vergessen. Eine Dichterin, so? Nun, das ist jetzt nebensächlich. Ich werde auf der Stelle meine Fühler ausstrecken und außerdem einen Mann herschicken, der mit Ihrem Verwalter…«

»Mr. Harold Jewells ist sein Name.«

»Ah, ja. Er wird ein genaues Verzeichnis aller Möbel, Gebäude, Pächterhäuser und ähnlicher Dinge anlegen.«

»Wann kann ich Ihrer Meinung nach das Land verlassen?«

»Ich habe keine Ahnung – vielleicht in einem Monat? Ohne einen Käufer können wir nicht allzu viel unternehmen.«

Also muß sie sich einen Monat lang verstecken. Sofort dachte sie an Brighton, wo sie sich mit Dorcas verborgen halten konnte, bis alles vorbei war. »Wunderbar!« sagte sie dann laut. »Oh, ich habe noch etwas vergessen. Ich möchte eine Bedingung stellen: Und zwar darf der Käufer weder Pächter noch Diener entlassen.«

»Das ist zwar sehr ungewöhnlich, doch ich werde Ihren Wunsch berücksichtigen. Grenzt Ihr Land im Osten nicht an den Besitz von Ravensworth?«

»Ja«, antwortete Arielle plötzlich sehr kühl. »Weshalb fragen Sie, Sir?«

»Aus keinem besonderen Grund, nur zu meiner Information.« Doch in Wirklichkeit hatte Mr. Lapwing eine Idee, die er Arielle jedoch noch nicht mitteilen wollte, um ihr keine Enttäuschung zu bereiten. Nach seiner Rückkehr nach East Grinstead traf er unverzüglich eine Verabredung mit dem Earl of Ravensworth.

Als Mr. Lapwing am darauffolgenden Montag von George Cerlew, dem Verwalter von Ravensworth, in die Bibliothek geführt wurde, überlegte Burke, was dieser Mann wohl von ihm wollte. Er sollte es gleich erfahren.

Er konnte nicht begreifen, was er soeben gehört hatte, und fragte deshalb noch einmal: »Wie bitte, Sir?«

»Ja, Sir, Lady Rendel möchte so rasch wie möglich verkaufen. Da Ihre Ländereien aneinandergrenzen, wollte ich Ihnen zuerst ein Angebot machen. Ich kann Ihnen leider noch nicht mit Zahlen dienen, da bisher noch keine Inventarliste aufgestellt wurde. Falls Sie interessiert sind, könnte Ihr Verwalter gleich mit einem meiner Männer zusammenarbeiten.«

Burke schien nicht ganz bei der Sache zu sein und winkte ungeduldig mit der Hand. »Einen Augenblick, Sir! Weshalb will Lady Rendel denn überhaupt verkaufen?«

Mr. Lapwing hatte volles Verständnis dafür, daß niemand

die Katze im Sack kaufen wollte. »Mit dem Besitz selbst hat das nichts zu tun, Mylord. Lady Rendel ist bereits seit einiger Zeit verwitwet und möchte England gern verlassen. Sie plant, sich in Paris niederzulassen. Wahrscheinlich sind die Erinnerungen an ihren Mann noch so schmerzvoll, denn schließlich war es sein Haus, wie Sie ja wissen. Damen sind in dieser Beziehung oft sehr eigen.«

»Aha«, war alles, was Burke dazu sagte. Dann versank er für einige Minuten in Schweigen. Für ihn war ganz offensichtlich, daß Arielle das einzig und allein seinetwegen tat. Doch weshalb wollte sie davonlaufen? Weshalb war sie so argwöhnisch? Schließlich faßte er einen Entschluß: »Ich werde alles kaufen. Mein Verwalter, Mr. Cerlew, wird mit Ihrem Mann zusammenarbeiten, wie Sie vorgeschlagen haben. Ich werde einen anständigen Preis bieten.«

»Ich dachte, daß Sie interessiert sein würden, Mylord. Lady Rendel stellt allerdings eine Bedingung, und zwar möchte sie nicht, daß irgendeiner ihrer Pächter und Diener entlassen wird.«

»Nein, natürlich nicht«, meinte Burke abwesend.

»Lady Rendel wird entzückt sein, so rasch ein Angebot zu erhalten, denn sie hat es eilig, wie ich Ihnen ja bereits gesagt habe.«

»Ich stelle allerdings ebenfalls eine Bedingung, Mr. Lapwing.«

Mr. Lapwing zog fragend eine Augenbraue hoch.

»Ich möchte keinesfalls, daß Lady Rendel erfährt, wer der Käufer ist. Unter keinen Umständen dürfen Sie ihr das mitteilen!«

»Das wird schwierig werden, Mylord. Wie können wir das geheimhalten, wenn Ihr Verwalter mit Mr. Jewells zusammenarbeitet?«

»Das ist allerdings wahr«, meinte Burke stirnrunzelnd. »Ich werde noch darüber nachdenken. Trotzdem können Sie schon mit Ihrer Arbeit beginnen.«

Mr. Lapwing war mit allem einverstanden, obwohl er die

Bedingung des Earl of Ravensworth zumindest unverständlich fand. Von seinem Verdienst plante er, seiner kleinen Frau, Lottie, ein hübsches Smaragdhalsband zu kaufen. Zufrieden vor sich hinpfeifend, machte er sich auf den Weg nach Rendel Hall.

Auf dem Weg nach London, wo er seinen Rechtsanwalt mit der Abwicklung der Angelegenheit beauftragen wollte, dachte Burke daran, daß Arielle vom Tag des Verkaufs an für ihn nicht mehr erreichbar sein würde. Im Gegenteil, sein Geld würde ihr sogar noch die Flucht vor ihm ermöglichen. Doch wollte er sie wirklich wie eine Sklavin an sich fesseln? Als er sich an ihr letztes Treffen erinnerte, biß er heftig die Zähne aufeinander. Ja, er wollte sie, er wollte sie besitzen.

Nach seiner Ankunft suchte er zuerst seine Schwester Corinne, deren Ehemann, Lord Boyle, und die vor kurzem angekommene Lannie auf. Er berichtete kurz von seinem Kauf, weil er verhindern wollte, daß sie es durch Zufall erfuhren.

»Äußerst ungewöhnlich«, bemerkte Corinne, nachdem er geendet hatte. »Ungewöhnlich, daß ein junges Mädchen England verläßt, nicht wahr?«

»Bestimmt geht es um einen Mann«, meinte Lord Kinnard. »Mit Sicherheit sogar!«

Nach Lannies Meinung, die Arielle allerdings nur wenig, also so gut wie gar nicht kannte, steckte niemals ein Mann dahinter. Wahrscheinlich war das Mädchen nur ein wenig überspannt.

»Trotzdem wüßte ich gern, weshalb sie das tut«, sagte Corinne.

»Ich habe keine Ahnung«, antwortete Burke abschließend.

»Wie teuer ist der Besitz?« wollte Lord Boyle wissen.

»Den Preis kenne ich noch nicht«, meinte Burke. »Doch ich nehme an, daß er vernünftig sein wird.«

Höflich lehnte Burke die Einladung seiner Schwester zum Mittagessen ab und ging statt dessen zu White's. Zu seiner großen Freude saß Knight Winthrop, Viscount Castlerosse, vor einem Stapel Geldscheinen am Spieltisch und winkte ihm zu, neben ihm Platz zu nehmen, während er seinem Gegenüber, Lord Lucy, die letzte Karte hinwarf.

Als dieser zähneknirschend seine Niederlage einräumen mußte, meinte Knight nur: »Es tut mir leid, alter Freund!« und sammelte die Scheine ein. »Ich fürchte, wir müssen aufhören, denn ganz offensichtlich braucht mich mein Freund.«

Während Lord Lucy sich einen neuen Partner suchte und Knight sich das Geld in die Tasche stopfte, bemerkte Burke: »Sie sind ein Hai, Knight!«

»Kann ich etwas dafür, daß dieser Mann sich so dumm anstellt? Er hatte doch alle Trümpfe in der Hand!« Knight Winthrop winkte einem der Kellner und bestellte eine Flasche vom besten französischen Brandy. »Was macht Ihre Verwundung?«

»Ich bin zufrieden. Keine ziehenden Schmerzen und auch kein Taubheitsgefühl mehr.«

»Na wunderbar. Im Augenblick sind ja weitere Blessuren nicht zu befürchten. Was führt Sie denn nach London, Burke? Wollen Sie ein wenig spielen, oder suchen Sie ein Abenteuer? Ich hoffe, Sie haben nicht nur Geschäftliches im Sinn, oder?«

Burke betrachtete seinen besten Freund einige Zeit schweigend. »Eine Frau wäre mir im Augenblick schon sehr willkommen. Ich glaube, ich würde vor morgen früh nicht mehr aufhören, so ausgehungert bin ich!«

Knight lachte. »Wenigstens sind Sie noch jung genug, um derartige Wünsche in die Tat umzusetzen.«

»Ach, gehen Sie zum Teufel, Knight!« seufzte Burke und fuhr sich mit den Fingern durch sein dichtes Haar.

»Nein, nein. Sie möchten eine Frau, und Sie werden sie bekommen. Sie heißt Laura und ist eine sehr warmherzige, liebevolle Person. Bestimmt wird sie Vergnügen an Ihnen haben – natürlich nicht so viel wie mit mir, aber immerhin genug. Ich werde Sie hinbringen, und morgen früh werden wir bei mir frühstücken. Dann können wir unsere Unterhaltung fortsetzen.«

Burke lachte ungläubig und verlegen. »Sie wollen mir Ihre Geliebte überlassen?« Doch Knight schüttelte den Kopf.

»Wer ist sie dann?«

»Die Freundin meiner Geliebten.«

»Ich weiß nicht recht. Es stimmt zwar, daß ich im Augenblick frustriert bin. Das Mädchen, das ich nun schon seit beinahe drei Jahren begehre, will nichts mit mir zu tun haben!« *Sie will sogar England verlassen, um mir aus dem Weg zu gehen!*

Knight war völlig überrascht und sah Burke gequält an. »Sie kennen doch meine Einstellung zur Ehe, alter Freund! Spielen Sie etwa mit diesem Gedanken?«

»Ja.«

»Und kann ich es Ihnen nicht ausreden? Wollen Sie nicht lieber die Kleine zu Ihrer Geliebten machen?«

»Kommt nicht in Frage.«

»Möchten Sie mir vielleicht den Namen dieses tugendhaften Wesens verraten?«

»Ich glaube nicht. Noch nicht, Knight.«

»Nun gut, dann verbringen Sie erst einmal die Nacht mit Laura, und morgen werden wir dann weitersehen. Noch sind Sie ja ein freier Mensch, und die Zukunft muß Sie nicht belasten. Lassen Sie sich heute nacht von Laura verwöhnen.«

Nachdem Burke zugestimmt hatte, begleitete ihn Knight zu einem kleinen, hübschen Haus in der Curzon Street. Laura entsprach tatsächlich seiner Beschreibung: Weich, warm, mit großen Brüsten und sehr anschmiegsam. Eigentlich glaubte Burke nicht, daß sie ihr Vergnügen vortäuschte, doch im Grunde war es ihm gleichgültig. Als er den Höhepunkt erreichte, reckte er sich plötzlich empor und schrie mit zurückgelegtem Kopf ganz laut: »Arielle!«

Einige Augenblicke lang lag er völlig erschöpft und ausgepumpt bewegungslos auf dem Mädchen und wunderte sich, daß er noch atmete.

»Haben Sie die letzte Zeit in einem Kloster verbracht, Mylord?«

Burke hatte Schwierigkeiten, sich auf die Ellenbogen hochzustützen. »So kann man es auch nennen«, antwortete er lächelnd. »Es tut mir leid, daß ich so hemmungslos war, aber…«

»Das macht doch nichts.« Sie bewegte sich ein wenig unter ihm, und Sekunden später war er wieder bereit und zitterte vor Begierde.

Ein wenig wehmütig lächelte er ihr zu und küßte sie dann ausgiebig. Diesmal tat er alles ganz langsam und gründlich, so daß auch Laura zu ihrem Vergnügen kam.

Laura beobachtete ihn, während er schlief. Er war nicht nur ein schöner Mann, sondern auch so wunderbar normal, was seine sexuellen Bedürfnisse anging. Wer war wohl diese Arielle? Etwa seine Frau? Nein, er benahm sich nicht, als ob er verheiratet wäre. Als er ungefähr eine halbe Stunde später wieder voller Begehren erwachte, gab sie sich ihm ohne Zurückhaltung hin.

»Ach, mir geht es einfach wunderbar!« seufzte Burke schließlich.

Laura kicherte und strich mit ihren Zehen an seinem Bein entlang. Dabei sah sie ihm geradewegs in die Augen und sagte ohne Umschweife: »Im Augenblick habe ich keinen Liebhaber, und Sie könnten mir schon gefallen, Mylord.«

Burke fühlte sich herrlich entspannt und zufrieden. Seit Jahren hatte er keine Geliebte mehr gehabt, da er als Offizier nie gewußt hatte, was ihn im nächsten Augenblick erwartete. Und jetzt hatte er eigentlich die Absicht, Arielle so bald wie nur möglich zu heiraten.

Er fühlte, wie Laura sich unter ihm bewegte und ihre Muskeln spannte, doch diesmal war er für eine Reaktion viel zu träge. Sie war eine wunderschöne Frau, da gab es keinen Zweifel, und er hatte sich selten so entspannt gefühlt. Leise fluchend zog er sich schließlich von ihr zurück, ließ sich auf die Seite rollen und legte einen Arm unter den Kopf.

»Ich bin unentschlossen«, sagte er schließlich.

»Ist diese Arielle der Grund?«

Er erstarrte, als er sich daran erinnerte, laut ihren Namen gerufen zu haben. Und dann fluchte er wieder.

»Verzeihen Sie, Mylord, ist sie etwa Ihre Frau?«

»Nein«, antwortete er schroff. Und nach einem Seufzer fügte er hinzu: »Sie wird es werden – aber das braucht Zeit und eine gewisse Portion Kaltschnäuzigkeit, wenn Sie so wollen.«

Laura begriff überhaupt nichts, und auch er hätte nicht sagen können, weshalb er sich so ausgedrückt hatte. Er wußte nur, daß er alles tun würde, um Arielle zu bekommen.

In diesem Augenblick fühlte er Lauras weiche Hand über seinen Körper streichen, spürte, wie ihre Finger über seinen Bauch wanderten, bis sie sein Glied umfaßten und liebkosten. Eigentlich hätte er tot und erledigt sein müssen, doch genau das Gegenteil war der Fall. »Also gut«, sagte er und wandte sich ihr wieder zu. »Bis zu meiner Hochzeit bin ich einverstanden.«

Laura war zufrieden. Zwar war sie auch ein wenig traurig, doch das zählte nicht weiter.

Rendel Hall

»Nein, Dorcas, ich werde mit niemandem sprechen, bevor der Vertrag nicht endgültig unterzeichnet ist. In letzter Minute kann sich immer noch allerhand ändern.«

Dorcas nickte zustimmend und sah zu, wie ihre junge Herrin aufstand, ihre Strickarbeit zu Boden fallen ließ und zu den Fenstern hinüberging. Sie war dabeigewesen, als Arielle vor zwei Tagen mit Mr. Jewells gesprochen und ihn von ihrer Absicht unterrichtet hatte. Sie hatte ihn angewiesen, Mr. Lapwing bei seiner Arbeit zu unterstützen, worauf er sie seltsam angesehen und auch entsetzlich geschwitzt hatte.

»Was ist denn los, Mr. Jewells?« hatte Arielle ihn gefragt.

»Eigentlich überhaupt nichts, Mylady, aber wollen Sie sich die Sache nicht noch einmal überlegen?«

»Nein, das möchte ich nicht. Um Ihre Stellung müssen Sie sich nicht ängstigen. Ich habe mir ausbedungen, daß der Käufer alles unverändert übernehmen muß.«

Sie mochte den rundlichen Mr. Jewells mit seiner großen Brille und den schmierigen Manieren nicht besonders, doch er tat seine Arbeit, wie er ihr jede Woche immer wieder versicherte. Da sie ganz offensichtlich entschlossen war, hatte er sich rasch verabschiedet.

Der Besuch von Paisleys Anwalt, Mr. Jeffrey Chaucer, hatte Arielle dann doch überrascht. Im Gegensatz zu Mr. Jewells etwas verwirrtem Verhalten hatte sich der Anwalt geradezu wild gebärdet.

Doch nun hatte sie einen Käufer, was sie den beiden jedoch noch nicht mitgeteilt hatte, weil sie nicht noch mehr Einwände hören wollte. Sie preßte ihre Nase näher an die Scheibe und sah, wie Mr. Lapwings Wagen die Auffahrt heraufkam.

Er sah etwas mitgenommen, wenn nicht sogar verzweifelt aus, dachte sie, als er hinter Philfer in den Wohnraum trat. Als wenn die Welt über ihm zusammengebrochen wäre. »Sir?« begrüßte sie ihn.

Mr. Lapwing streifte Dorcas mit einem kurzen Blick und sagte: »Ich würde gern vertraulich mit Ihnen sprechen, Lady Rendel!«

»Aber selbstverständlich!« entgegnete sie. Und als sie allein waren, fragte sie: »Was ist los, Sir?«

Lapwing holte tief Luft. »Jewells und Chaucer haben den Besitz ruiniert. Sie haben England inzwischen verlassen.«

Fassungslos starrte Arielle ihn an. »Aber – aber wie denn?«

»Sie haben Chaucer Anwaltsvollmacht gegeben. Daraufhin hat er Rendel Hall und das gesamte Pachtland bis zur Höchstgrenze verschuldet. Jewells hat seit dem Tod Ihres Mannes die Pacht eingezogen. Es ist nichts übrig, absolut nichts! Mein Gott! Es ist einfach lächerlich! Haben Sie denn niemals nachgeprüft? Haben Sie denn nicht...«

»Nein, ich habe geglaubt, was mir Mr. Chaucer und Mr. Jewells gesagt haben. Doch woher kam das Geld, das ich seit dem Tod meines Mannes…«

»Jewells hat es ganz einfach über Chaucer geborgt. Die beiden hätten vermutlich so weitergemacht, bis die Bank nichts mehr herausgerückt hätte.«

Sprachlos sank Arielle auf einen Stuhl. »Soll das heißen, daß ich keinen einzigen Penny mehr besitze?«

Lapwing nickte betreten. »Ich fürchte, das ist die Wahrheit. Ich werde die Gläubiger hinhalten, solange ich kann. Doch Neuigkeiten wie diese verbreiten sich leider immer blitzartig.« Er schluckte, als er ihr entsetztes Gesicht sah. »Es tut mir wirklich leid!«

»Das muß es auch, denn ich nehme an, daß nun mein Käufer kein allzu großes Interesse mehr hat. Aber das ist mir inzwischen auch gleichgültig!«

»Ich weiß es nicht. Ich habe bisher noch nicht wieder mit ihm gesprochen.«

»Wer ist es denn? Da ja ohnehin alles in Frage gestellt ist, können Sie es mir genauso gut sagen.«

»Es ist Burke Drummond, der Earl of Ravensworth.«

Arielle rang nach Luft und wurde leichenblaß.

»Mylady!« Lapwing streckte die Hand aus, doch Arielle zuckte automatisch zurück.

»Ich besitze also absolut nichts mehr, Sir?«

Er schüttelte den Kopf. »Nur noch ein bißchen Zeit. Ich hoffe, daß man Sie noch einen Monat schonen wird, doch das weiß ich noch nicht.«

Er überlegte, wohin sie sich wenden könnte. Ihren Halbbruder, Evan Goddis, konnte er absolut nicht leiden, doch wen hatte sie sonst? »Wissen Sie, wo sich Ihre Halbschwester im Augenblick aufhält?«

»Nein.« Dann hob sie den Kopf. »Ganz offenbar habe ich in einer Traumwelt gelebt. Ich habe zwar weder Mr. Jewells noch Mr. Chaucer völlig vertraut, aber da ich sie habe gewähren lassen, ist wohl alles meine eigene Schuld.«

Das ist die Wahrheit, dachte er, und es schmerzte ihn. »Ich

habe mir einige Gedanken über Ihre Lage gemacht, Arielle. Weshalb heiraten Sie denn nicht wieder?«

Sie zuckte zurück und wurde noch blasser, falls das überhaupt möglich war, doch sie sagte nichts, sondern schüttelte nur den Kopf.

»Seit dem Tod Ihres Mannes ist zwar noch kein ganzes Jahr vergangen, doch Sie haben keinen Spielraum mehr. Sie sind doch eine wunderschöne, junge Frau, und es gibt bestimmt viele Gentlemen, die…«

»Nein! Bitte, erwähnen Sie das nie wieder, Mr. Lapwing. Wenn Sie mit Lord Ravensworth sprechen, dann richten Sie ihm bitte aus, daß mein Besitz jetzt sehr billig zu haben ist.«

»Ja, das werde ich tun.«

»Gut«, sagte Arielle. Wenn Burke erfuhr, daß sie arm war, würde er sie vielleicht endlich in Ruhe lassen. »Bitte, entschuldigen Sie mich jetzt, Sir, aber ich muß noch über Verschiedenes nachdenken.«

Als Mr. Lapwing Burke von der veränderten Situation berichtete, lächelte dieser und rieb sich die Hände. »Jetzt habe ich sie!« stieß er hervor.

Und er schmiedete bereits Pläne, bevor Mr. Lapwing noch recht aus dem Haus war.

6. *Kapitel*

Arielle traute ihren Augen nicht. Sie las Nestas Brief wieder und wieder und hätte am liebsten vor Erleichterung getanzt.

Nesta und Baron Sherard befanden sich augenblicklich in Boston und forderten Arielle auf, zu ihnen zu kommen und bei ihnen zu bleiben. Erst jetzt hatte sie nämlich Arielles Brief erreicht, in dem diese ihnen Paisleys Tod mitgeteilt hatte und der ihnen von Station zu Station ihrer Reise nachgeschickt worden war.

Arielle schickte ein Dankgebet zum Himmel und konnte es kaum erwarten, Dorcas die Neuigkeit mitzuteilen. Als sie in die Halle trat, sah sie gerade noch, wie Evan Philfer etwas zusteckte, was dieser rasch verschwinden ließ. Sie hatte schon immer vermutet, daß ihr Butler bestechlich war, doch nun hatte sie endlich den Beweis. Jetzt war ihr das allerdings völlig gleichgültig, denn in Kürze würde der alte Mann ohnehin seine Quittung bekommen.

Fröhlich begrüßte sie Evan. »Wie schön, daß du kommst, Evan. Da kann ich dir ja gleich meine Neuigkeit mitteilen.«

Philfer fuhr herum und erbleichte, doch Evan kam lächelnd zu ihr herüber. »Guten Morgen, meine liebe Schwester! Was gibt es denn Neues?«

»Du bist der erste, der es erfährt, Evan. Ich werde in Kürze nach Boston reisen.« Als er sie verständnislos anstarrte, fuhr sie fort: »Nesta ist dort! Sie hat mich eingeladen, und ich kann so lange bleiben, wie ich möchte!«

»Und was wird in der Zwischenzeit aus Rendel Hall und deinen Verpflichtungen?«

»Sprichst du von Paisley Cochranes Haus? Das wird schon alles seinen rechten Gang gehen.« Arielle hatte nicht die Absicht, ihm ihre schwierige Lage zu schildern. Er würde es noch früh genug erfahren, wenn die Gläubiger kamen und alles auflösten. Geordie war der einzige, um den sie sich sorgte, und sie wollte ihn gern mit nach Amerika nehmen, falls er damit einverstanden war.

»Dann wünsche ich dir alles Gute, Arielle! Soll ich in deiner Abwesenheit nach dem Rechten sehen?«

Am liebsten hätte sie ihm ins Gesicht gelacht, denn seine Habgier war so offensichtlich. »Aber natürlich, Evan. Du wirst dich bestimmt um alles kümmern.«

»Oh, aber selbstverständlich! Du kannst mir völlig vertrauen.«

Da es jedoch bestimmt nicht möglich war, ihm Vollmachten zu übertragen, ohne daß er von der Sache mit Jewells und Chaucer Wind bekam, machte sie einen Rückzieher. »Nun, vielleicht sollte ich es doch lieber nicht tun. Ich möchte es mir noch überlegen.« Weitere Erklärungen gab sie ihm nicht, sondern lächelte ihn nur strahlend an. »Bist du eigentlich aus einem bestimmten Grund gekommen, Evan?«

Am liebsten hätte er sie erwürgt! »Nein«, brachte er mühsam heraus. »Eigentlich nicht. Wann wirst du aufbrechen, und wer wird dich begleiten?«

»Ich fahre am Donnerstag nach Southampton.«

»Das ist ja schon in zwei Tagen!«

»Genau!« Sie hatte sich blitzartig entschieden, weil sie wußte, daß sie in einem so großen Hafen mit Sicherheit in der nächsten Zeit ein Schiff erreichen würde. »Ich werde Dorcas und Geordie mitnehmen, wenn sie einverstanden sind. Doch jetzt habe ich allerhand zu tun, lieber Bruder. Ich bin sicher, daß Philfer dich ebenso gern hinausbegleitet, wie er dich hereingebeten hat.« Sie machte auf dem Absatz kehrt und ging summend davon, ohne sich weiter um ihn zu kümmern.

Etienne DuPons war aufgeregt und nervös, und außerdem schwitzte er beträchtlich, in seinem langen, schwarzen Mantel. Er hätte gern auf diese alberne Verkleidung verzichtet, doch Evan hatte darauf bestanden.

»Sie darf uns keinesfalls erkennen!« hatte er gesagt. »Später spielt es dann keine Rolle mehr.«

Etienne hielt sein Pferd sorgfältig im dichten Schatten einer gewaltigen Eiche. Als Vorreiter erwarteten sie Geordie, den er aus dem Verkehr ziehen sollte, wie man das nannte.

Und wo blieb Arielle?

Als er an sie dachte, mußte er sekundenlang die Augen schließen. Er sah wieder, wie sie vor ihm kniete, fühlte, wie ihre weiche Hand ihn streichelte und ihr Mund ihn berührte... Sein Stöhnen brachte ihn rasch wieder in die Gegenwart zurück.

Wo blieb sie nur?

Als sich plötzlich Hufschlag näherte, zog er eine Pistole aus seinem Gürtel, entsicherte sie und spähte vorsichtig durch das Laub. Erst als er erkannte, daß der Reiter ein Fremder war, zog er sich leise fluchend tiefer in den Schatten zurück.

Wo, zum Teufel, blieb sie nur?

Während Burke im Schatten eines Ahornbaums wartete, dachte er daran, daß er Arielle eigentlich noch nie gesagt hatte, daß er sie liebte. Daß er sie bereits seit drei Jahren liebte und sie heiraten wollte. Seit dem Freitag, an dem er sie geküßt und wütend zurückgelassen hatte, hatte er sie nicht mehr gesehen. Und als er von Mr. Lapwing erfahren hatte, daß sie alles verkaufen und davonlaufen wollte, war er beinahe verrückt geworden.

Er schüttelte den Kopf, während er weiterhin die Straße beobachtete. Es stimmte, daß er verrückt war, denn kein normaler Mensch würde tun, was er vorhatte. Ach, zum Teufel! Als er von Mr. Lapwing gehört hatte, daß Arielles Anwalt und ihr Verwalter sie um ihr gesamtes Vermögen gebracht hatten, war er auf der Stelle nach Rendel Hall geritten, wo man ihn erwartungsgemäß wieder nicht eingelassen hatte.

Nachträglich war er fast froh darüber, denn unter Umständen hätte er voreilige Dinge getan. Wieder ging ihm das Gespräch mit Mr. Lapwing durch den Kopf. Wenn er ihn an diesem Tag nicht aufgesucht hätte, hätte er niemals erfahren, was Arielle plante. Doch er war hingegangen.

»Falls Sie noch an dem Besitz interessiert sind«, hatte Mr. Lapwing gesagt und nervös einen Federhalter zwischen den Fingern gedreht, »dann können Sie ihn jetzt bestimmt günstig von den Gläubigern erwerben.«

Burke hatte den Kopf geschüttelt. Er hatte den Besitz ja nur kaufen wollen, um Arielle die Möglichkeit und die Mittel zu geben, sich frei für ihn zu entscheiden. Jetzt mußte er sich etwas anderes einfallen lassen.

»Für Lady Rendel ist Ihre Entscheidung ohnehin unerheblich.«

»Wie bitte?« hatte er gefragt. »Es tut mir leid, aber ich habe an etwas anderes gedacht. Was ist unerheblich?«

»Ihre Entscheidung, Mylord. Lady Rendel hat eine Einladung von ihrer Schwester aus Boston erhalten und wird morgen bereits abreisen. Im Augenblick befinden wir uns zwar noch im Kriegszustand mit den Amerikanern, doch es ist mir gelungen, eine Passage auf einem holländischen Handelsschiff zu bekommen.«

Burke hatte ihn nur angestarrt und begriffen, daß er unverzüglich handeln mußte.

»Ich bin tatsächlich verrückt«, brummte er vor sich hin, und sein riesiger, etwas grobknochiger Hengst Dandy, den Arielle nicht kannte, schnaubte, als wenn er ihm zustimmen wollte.

Als sich Hufschläge näherten, verhielt Burke sich absolut ruhig. Aller Wahrscheinlichkeit nach war das Geordie – und damit Joshuas Aufgabe. Er winkte kurz und sah, wie Joshua sein Zeichen erwiderte.

An dieser Stelle führte die Straße fast geradeaus, so daß sie Geordie bereits sehen konnten, als er noch ungefähr zehn Meter von ihnen entfernt war. Rasch zog sich Joshua die Maske vor das Gesicht und galoppierte aus seinem Versteck.

»Halt, oder ich schieße!«

Geordie zügelte seinen Wallach und wandte sich der

Stimme zu. Verrückter Kerl! Bei ihm war doch nichts zu holen!

Ein Mann in einem langen schwarzen Mantel bedrohte ihn mit einer Pistole. »Keine falsche Bewegung! Absteigen!«

O Gott! dachte Geordie. Ein Amateur! Er stieg ab, ohne die Pistole in der behandschuhten Hand aus den Augen zu lassen.

»Legen Sie sich aufs Gesicht!«

Die Stimme klang irgendwie vertraut, doch Geordie konnte sich beim besten Willen nicht erinnern.

Rasch fesselte Joshua Geordies Hände auf dem Rücken und zog ihm dann eine Maske über das Gesicht. »Los! Gehen wir!« befahl er und riß ihn hoch. »Wenn Sie mir Schwierigkeiten machen, erschieße ich Sie!«

»Sie sind verrückt«, entgegnete Geordie. »Was wollen Sie denn ausgerechnet von mir?«

»Nichts«, erwiderte Joshua wahrheitsgemäß und verschwand mit seinem Gefangenen im Gebüsch. Dort wandte er sich kurz um, winkte Burke zu und war wenige Augenblicke später verschwunden.

Burkes Spannung steigerte sich. Sein Herz schlug schneller, und seine Hände wurden feucht. Und dann erblickte er den Wagen. Jetzt wurde es ernst! Er ritt in die Mitte der Straße, zog seine Pistole und wartete.

Als der Fahrer, Samuel, begriff, daß der schwarze Reiter vor ihm auf der Straße eine Pistole auf ihn gerichtet hielt, stand er auf und brachte die Pferde mit aller Macht zum Stehen. Arielle wollte sich abstützen, doch sie wurde trotzdem auf die gegenüberliegende Sitzbank neben Dorcas geschleudert.

Dann rappelte sie sich hoch und steckte ihren Kopf aus dem Fenster. »Sam, was, in aller Welt...« Ihre Stimme erstarb, als sie den Straßenräuber erblickte. »Was wollen Sie?« herrschte sie ihn an, während sie an den Inhalt ihres Beutels dachte. Die hundert Pfund waren ihr einziger Besitz. Es war wirklich nicht gerecht! Wo steckte nur Geordie?

»Aussteigen!« kommandierte der Mann.

»Nein!« rief Dorcas und umklammerte Arielles Arm.

»Lassen Sie mich los, Dorcas! Wahrscheinlich hat er es nur auf mein Geld abgesehen und läßt uns dann fahren.« Mutig öffnete sie die Tür und sprang auf die staubige Straße. Wo war Geordie, wo steckte er nur?

Burke starrte sie an. Sie war wirklich zauberhaft schön, aber blaß und ängstlich. Sein Atem beschleunigte sich. »Kommen Sie zu mir!« verlangte er und versuchte, seine Stimme zu verstellen, so daß sie ihn nicht erkannte.

»Nehmen Sie lieber mein Geld!« rief sie und warf ihm ihren Beutel zu.

Burke fing ihn und wog ihn in der Hand. »Wieviel?«

»Bestimmt genug«, erwiderte Arielle zähneknirschend.

»Ich werde es später zählen. Dann werden wir entscheiden. Wohin geht denn die Reise?«

Während sein Pferd ganz langsam auf das Mädchen zuging, sah er, wie sie noch blasser wurde.

»Nach Southampton«, stieß sie hervor. »Verschwinden Sie doch endlich! Was wollen Sie denn noch? Was haben Sie mit meinem Vorreiter gemacht?«

»Ihm ist nichts geschehen, das verspreche ich!«

»Gehen Sie weg! Ich muß mein Schiff erreichen! Es fährt morgen früh, und es ist meine letzte Chance.«

»Und wohin fährt es?« Er war ihr bereits ganz nah.

»Nach Boston, zu meiner Schwester. Können Sie denn niemand anderen ausrauben? Ich habe wirklich nicht viel Geld, und ich brauche es dringend! Ich kann…«

Blitzartig griff Burke nach ihr, so daß sie vor lauter Schreck ihren Satz nicht beenden konnte. Er umfaßte ihre Taille und galoppierte dabei bereits mit ihr davon, während sie sich wie eine Wilde gegen ihn wehrte. Doch wenige Augenblicke später hatte er sie überwältigt und bäuchlings vor sich auf den Sattel gedrückt. Er hörte noch, wie Dorcas schrie und sah das verblüffte Gesicht des Kutschers, der die Szene mit offenstehendem Mund beobachtet hatte.

»Ihr wird nichts geschehen!« rief er zurück.

Als Arielle sich wieder zu wehren versuchte, drückte er sie energisch zurück. »Sei vernünftig, Arielle, sonst passiert dir noch etwas!« Während er Dandy die Sporen gab und sie die Straße entlang davongaloppierten, fiel ihm plötzlich auf, daß er sie beim Namen genannt hatte, und er fluchte im stillen.

Keuchend fragte Arielle: »Woher kennen Sie mich? Wer sind Sie?«

Er schwieg, denn er wollte sich nicht zu erkennen geben, solange sie so hilflos vor ihm auf dem Sattel hing.

»Wohin bringen Sie mich?« preßte sie hervor, während ihr Gesicht gegen seinen Schenkel gedrückt wurde. Sogar durch den dicken Mantelstoff hindurch konnte sie das Spiel seiner Muskeln fühlen. Durch die schaukelnde Bewegung des Pferdes wurde ihr zunehmend schwindlig. »Ich fürchte, ich muß mich übergeben, wenn ich mich nicht aufsetzen darf!«

»Also gut«, gestand er stirnrunzelnd zu und brachte sein Pferd zum Stehen. Dann zog er sie hoch und setzte sie rittlings vor sich auf den Sattel. Dabei schob sich ihr Rock ein wenig hoch, so daß er ihre hübschen Beine bewundern konnte. Er schluckte heftig.

Dann faßte er um sie herum die Zügel und warnte sie: »Keine falsche Bewegung!«

»Wer sind Sie? Was wollen Sie von mir?«

Er schwieg.

»Wohin bringen Sie mich?«

Seine Arme umfaßten sie nur fester. »Sei still!« zischte er leise direkt in ihr linkes Ohr.

Arielle war verzweifelt. Diese Situation war zuviel für sie. Soeben erst hatte sie begonnen, ihre Freiheit zu genießen, und schon war alles wieder vorbei! Er schien stark und kräftig zu sein, und sie fürchtete sich vor ihm. Im Augenblick hätte sie alles darum gegeben, eine Pistole zu besitzen. »Was haben Sie mit Geordie gemacht?«

Burke hörte die Angst in ihren Worten. »Ihm wird nichts geschehen. Das verspreche ich.«

»Dann sagen Sie mir doch, was Sie wollen!«

»Bald. Ruhe dich jetzt lieber ein bißchen aus, denn wir haben noch einen weiten Weg.«

Dieser Mensch mußte tatsächlich verrückt sein! Wie konnte sie in dieser Situation überhaupt nur an Ruhe denken! Doch die gleichmäßige Bewegung und der überstandene Schrecken zeigten irgendwann Wirkung, und kurze Zeit darauf war sie tatsächlich eingeschlafen. Burke war sehr erleichtert, denn das ersparte es ihm, ihr die Augen verbinden zu müssen.

Er bettete Arielle in seine Armbeuge und hatte endlich Zeit, das Mädchen zu betrachten. Er war wirklich verrückt, dachte er wieder, während er vorsichtig die Hutnadeln entfernte, bevor er ihr die verrutschte Kappe abnahm. Dann fuhr er mit den Fingern durch ihr wunderschönes, leuchtendes Haar. Er stellte sich vor, daß es ihr Gesicht wie ein Strahlenkranz umgab, während sie auf seinem Bett lag und er sich über sie beugte und spürte, wie sie ihre Schenkel für ihn öffnete.

Sein leises Stöhnen riß ihn ziemlich unvermittelt aus seinem schönen Traum, und er konzentrierte sich wieder auf den Weg. Dandy legte ein hübsches Tempo vor, so daß es bis zum Jagdhaus von Knight Winthrop, das etwa zwei Meilen nördlich von Shepherd Smeath lag, nicht mehr allzu weit war. Kurze Zeit später erreichten sie eine Gabelung, an deren Wegweiser sich Burke erinnerte. Links ging es nach Rowhams und rechts nach Shepherd Smeath. Kurz nach der Gabelung verengte sich die Straße, und mächtige Eichen bildeten ein dichtes Dach, unter dem sie entlangritten. Dann passierten sie Hookham Farm, wie Knight es beschrieben hatte, und bogen kurz darauf in einen Seitenweg ab, der direkt zu einem kleinen, zweistöckigen Haus führte. Es war von oben bis unten mit Efeu bewachsen, und rundherum duftete es nach Sommerrosen und Hibiskus.

Burke war erleichtert, daß Arielle immer noch schlief. Vorsichtig stieg er vom Pferd und hielt sie dabei fest im Arm. Dann schloß er die Tür auf und trug seine Last nach oben, wo er sie im hübsch möblierten Schlafzimmer des Hausherrn aufs Bett legte. Sorgfältig deckte er sie zu, bevor er das Zimmer wieder verließ und die Tür hinter sich abschloß. Als nächstes führte er Dandy in den kleinen Stall hinter dem Haus, versorgte ihn und kehrte kurze Zeit später ins Haus zurück.

Als Arielle erwachte, blieb sie erst einmal ganz still liegen. Sie saß nicht mehr auf dem Pferd und wurde auch nicht mehr festgehalten. Vorsichtig blickte sie sich um und stellte fest, daß sie unter einer dünnen Wolldecke auf einem breiten, mit Brokat bezogenen Himmelbett lag. Sie war völlig angezogen und trug sogar noch ihre Schuhe.

Ihr Entführer war nirgendwo zu sehen. Ganz langsam setzte sie sich auf und blickte sich im Raum um. Sie hatte keine Ahnung, wo sie war, und auch der schwere, geschnitzte Eichenschrank und die kleine Kommode mit der Waschschüssel und dem Krug aus feinem Porzellan halfen ihr nicht weiter. Die Tür war natürlich verschlossen, worauf Arielle rasch zu den Fenstern hinüberging und die Gardinen zur Seite schob. Das Schlafzimmer befand sich im ersten Stock, doch das schreckte sie nicht. Rasch entriegelte sie das Fenster und schob es nach oben. Von der Brüstung bis zum Boden waren es schätzungsweise vier Meter. Höchstwahrscheinlich würde sie sich ein bißchen verletzen, aber trotzdem…

In diesem Augenblick öffnete sich die Tür. Arielle, die gerade einen Fuß auf die Fensterbank gesetzt hatte, fuhr herum und umklammerte vor Schrecken den Fensterrahmen. »Burke!« entfuhr es ihr, während sie überhaupt nichts mehr begriff.

»Komm her, Arielle! Sonst fällst du noch aus dem Fenster.«

»Auf keinen Fall!« entgegnete sie trotzig und stellte einen Fuß auf das schmale Sims außerhalb des Fensters. »Bleiben Sie, wo Sie sind, oder ich werde hinunterspringen!«

»Weshalb denn?«

»Weshalb was?«

»Weshalb willst du denn aus dem Fenster springen?«

»Also gut, ich war voreilig. Sagen Sie mir, was Sie von mir wollen, und dann werde ich mir überlegen, ob ich springe.«

Mit Schreien, Weinen, Tränen hatte er gerechnet, aber nicht mit einer Diskussion zwischen Himmel und Erde. Sie schien völlig ruhig zu sein. »Du hast mich ja nicht in dein Haus gelassen«, sagte er und wußte im selben Augenblick, daß er es falsch angefangen hatte, doch er war verwirrt.

»So? Evan durfte es doch auch nicht, denn schließlich ist es – war es mein Haus. Doch er hat den Butler bestochen.«

»Das hätte ich wissen müssen!«

»Mylord, ich frage noch einmal: Was wollen Sie von mir?«

»Nun, es ist schon spät. Ich werde mich erst einmal ums Essen kümmern.« Damit drehte er sich um und ging zur Tür.

»Warten Sie!« rief sie hinter ihm her, doch er drehte sich nicht um. »Das ist ja lächerlich! Ich habe keinen Hunger. Ich will viel lieber erfahren, weshalb ich hier bin!«

»Später«, hörte sie noch.

Als sich der Schlüssel im Schloß drehte, stand sie immer noch mit einem Bein auf dem Sims außerhalb des Fensters und wußte absolut nicht, was sie tun sollte. Seltsamerweise war ihre Angst ein wenig geringer geworden. Burke war ein Gentleman, mit dem man bestimmt reden konnte. Jedenfalls hoffte sie das. Weshalb hatte er sie wohl entführt? Sie erinnerte sich wieder an den Augenblick, als er sie geküßt hatte, und meinte, seine Zunge auf ihren Lippen zu spüren und die Hitze seines Körpers. Und plötzlich wußte sie, was er von ihr wollte.

Er wollte sie zu seiner Geliebten machen und sie ebenso grausam behandeln, wie Männer das mit ihren Frauen taten. Doch dann überlegte sie, daß sie ihre Geliebten wahrscheinlich besser behandeln mußten, da sie ja nicht durch ein Versprechen an sie gebunden waren und sie jederzeit verlassen konnten. Ja, möglicherweise war es vielleicht sogar erstrebenswerter, nur eine Geliebte zu sein.

»Aber ich werde es trotzdem nicht tun!« schwor sie laut. Sie wollte lieber den schweren Eichenschrank vor die Tür rücken, denn er sah stabil genug aus, um einer Belagerung standzuhalten. Sie begann zurück ins Zimmer zu klettern, doch als ihr Rock an einem Vorsprung hängenblieb, wurde sie durch den Ruck zurückgerissen. Sie verlor die Balance, schrie einmal laut auf und stürzte hinunter.

7. Kapitel

Hobhouse

Arielle drehte sich in der Luft einmal um sich selbst und starrte dann in Burke Drummonds entsetztes Gesicht. Ich werde ihn zermalmen! war der einzige Gedanke, der sie beherrschte.

Und genau das tat sie. Burke ließ die Leiter fallen und streckte instinktiv die Arme aus, doch das half nichts. Arielle landete mit voller Wucht auf seiner Brust und brachte ihn aus dem Gleichgewicht, so daß sie beide zu Boden krachten.

Da es am Tag zuvor geregnet hatte und das Gras dicht und feucht war, war der Aufprall nicht ganz so stark. Obwohl Burke der Atem aus dem Brustkorb gepreßt wurde, umklammerte er Arielle, die der Länge nach auf ihm lag.

Arielle empfand plötzlich panische Angst, doch nicht um sich selbst, sondern um ihn. Sie versuchte, sich zu befreien, doch das gelang ihr nicht. »Burke! Ist alles in Ordnung? Geht es dir gut? Burke!«

Er öffnete ganz langsam ein Auge und sah ihr mitten ins Gesicht. Es machte ihn glücklich, daß sie offenbar schreckliche Angst hatte, ihn umgebracht zu haben. Wie gern hätte er länger das Gefühl genossen, daß sich ihr Körper so eng an seinen schmiegte, doch der Gedanke, daß sie ihn so sehr hassen oder fürchten könnte, daß sie deshalb aus dem Fenster gesprungen war, ließ ihn innehalten.

Ohne Vorwarnung rollte er sich mit ihr zusammen auf die Seite, so daß er sie besser ansehen konnte. »Weshalb bist du heruntergesprungen?«

»Bin ich nicht! Ich wollte den Schrank vor die Tür rücken, doch als ich wieder ins Zimmer klettern wollte, ist mein Rock hängengeblieben und ich habe das Gleichgewicht verloren und bin heruntergefallen. O Gott, es ist einfach entsetzlich! Was wollen Sie von mir, Burke?«

Er fühlte sich grenzenlos erleichtert, daß sie nicht absichtlich gesprungen war. »Zuerst einmal möchte ich, daß du wieder ›du‹ zu mir sagst, wie gerade eben, und dann möchte ich schnellstens ins Haus gehen, weil es gleich regnen wird.«

Als er aufstand, zog er sie mit sich. »Komm jetzt!« Er packte ihre Hand, doch als Arielle ihre Beine gegen den Boden stemmte, zerrte er sie einfach mit sich.

»Ich muß nach Southampton!« protestierte sie, doch er reagierte nicht, sondern schob sie energisch ins Haus und knallte die Tür hinter ihnen zu. »Wo sind Dorcas und Sam, und was ist aus Geordie geworden? Falls sie verletzt wurden, werde ich…«

»Den Schrank hätte ich mit Leichtigkeit beiseite gerückt«, unterbrach er sie. Dann ließ er sie los und betrachtete sie. Ihr Haar hing in Strähnen herunter, ihr gelbes Kleid war unter dem rechten Arm eingerissen und eines ihrer Schuhbänder hatte sich gelöst. Sie sah einfach wundervoll aus!

»Der Schrank ist aus Eichenholz und sehr schwer.«

»Trotzdem! Schließlich bin ich ein Held, wie du mir einmal gesagt hast, und Helden können schwere Schränke mit Leichtigkeit rutschen.« Er lachte sie an. »Ist es nicht schön hier? Dieses Jagdhaus gehört einem Freund von mir. Es heißt Hobhouse.«

Arielle schenkte der Balkendecke, der wunderschönen Täfelung und den bleiverglasten Fenstern kaum Beachtung. »Das ist mir alles gleichgültig! Ich möchte nur weg!«

Er trat einen Schritt auf sie zu, doch als sie zurückschreckte, hielt er inne. Er erkannte die Angst in ihren Augen und fühlte sich unwohl. Es war nur natürlich, daß sich eine Frau fürchtete, die mit einem Mann, mit dem sie nicht verheiratet war, allein in einer Jagdhütte, mitten in der Wildnis, saß.

»Hab keine Angst!« beruhigte er sie. »Komm, wir gehen jetzt ins Wohnzimmer, trinken einen Sherry und besiegeln unsere Freundschaft.«

»Ich möchte lieber fort«, wiederholte Arielle.

»Noch nicht.« Er streckte die Hand aus und fuhr in energischerem Ton fort, wie er das als Kommandant gelernt hatte: »Und falls du nicht gehorchst, werde ich dich eben tragen!«

Sie wußte, daß sie keine andere Wahl hatte, als ihm zu gehorchen, denn ohne Zweifel war er in der Lage, sie zu allem zu zwingen.

Sie nahm sich vor, auf seine Wünsche einzugehen. Außerdem war ein Glas Sherry noch nicht das Schlimmste. Sie zuckte die Achseln und ging zwei Schritte, bis sie über eines ihrer Schuhbänder stolperte.

»Bleib stehen!« sagte Burke. Dann bückte er sich und befestigte das Band um ihren Knöchel. Arielle sah indessen auf sein dunkles Haar hinunter und dachte unwillkürlich an Paisley, der an dieser Stelle kahl gewesen war. Sie schüttelte sich, doch sofort zwang sie sich zur Ruhe.

»Fertig«, verkündete Burke und lächelte sie an. »Aber ich hätte dich auch gern getragen.«

Wortlos ging sie an ihm vorbei, in den Wohnraum, der mit einem blaßblauen Sofa, zwei passenden Sesseln und verschiedenen Tischchen ebenso stilvoll möbliert war wie der Schlafraum im oberen Stockwerk. Ein dicker, rosafarbener Teppich bedeckte den Boden.

Burke ging zu einem Tischchen hinüber und schenkte zwei Gläser ein. Als er Arielle eines reichte, berührte er ihre eiskalten Finger und runzelte die Stirn. »Ist dir kalt?«

»Nein«, antwortete sie. Sie hatte nur Angst.

»Komm, setz dich, Arielle!«

Sie gehorchte und nahm auf dem Sofa Platz. Nach längerem Schweigen brach es dann ganz plötzlich aus ihr heraus. »Ich werde keinesfalls deine Geliebte. Du kannst mich also genauso gut gleich nach Southampton bringen.«

Er war so verblüfft, daß ihm die Worte fehlten. Langsam ging er zum Kamin hinüber, lehnte sich gegen den Sims und betrachtete gedankenvoll sein Glas. »Vielleicht irre ich mich ja«, sagte er schließlich, »doch ich kann mich nicht erinnern, daß ich dich jemals um eine derartige Gunst gebeten hätte.«

»Ich hoffe sehr, daß du bereits eine hast!«

»Nun – eigentlich ja, aber nur bis…«

»Na, wunderbar! Dann laß doch mich in Ruhe!« Sie stürzte ihren Sherry in einem Zug hinunter und sprang auf.

»Setz dich wieder hin, Arielle!«

Sie kannte diesen herrischen Ton nur zu gut und erschauerte. Wie gebannt blickte sie auf ihre Hände und wagte nicht, den Blick zu heben.

»Du glaubst also tatsächlich, daß ich eine Frau entführen muß, wenn ich meine Lust befriedigen will? Das ist ja wirklich kein sehr großes Kompliment!«

»Nun ja, – ach, ich weiß nicht!«

»Oder glaubst du vielleicht, daß ich dich jetzt nur noch als Geliebte begehre, weil du nichts mehr besitzt?«

»Demnach hat Mr. Lapwing das auch schon ausgeplaudert.«

»Ja, er war sehr hilfsbereit. Einen Earl unter seinen Mandanten zu haben, bedeutet ihm in bezug auf seine junge Frau sicher sehr viel. Er hat mir auch von deiner geplanten Reise nach Amerika berichtet.«

Arielle hatte ihre eigene Meinung, was das Verhältnis zwischen alten Männern und jungen Frauen betraf. Wenn Burke darüber sprach, hätte man meinen können, daß die junge Frau Mr. Lapwing dirigierte.

»Ich bin jetzt tatsächlich arm«, sagte Arielle. Solange er dort am Kamin stehenblieb, war die Entfernung zwischen ihnen groß genug, so daß sie sich mit ihm unterhalten konnte. »Die hundert Pfund in meinem Beutel sind alles, was ich habe. In Zukunft werde ich bei meiner Halbschwester in Boston leben.«

»Außerdem«, fuhr Burke fort, ohne auf ihre Worte einzugehen, »hat Mr. Lapwing mir von deinem Halbbruder, Evan Goddis, erzählt, der ja ein ziemlicher Halunke sein muß. Wolltest du eigentlich den unehelichen Sohn deines Mannes, diesen Etienne DuPons, heiraten?«

Empört sah sie ihn an. »Ich bin doch nicht verrückt!«

Zu ihrer Überraschung lachte er. »Aber ich, mein Liebes! Als ich heute deinen Wagen anhielt, war mir klar, daß es keine Rettung für mich gibt. Ich habe mich damit abgefunden, verrückt zu sein. Und das ist allein deine Schuld!«

Diesen Vorwurf kannte Arielle nur zu gut, und sie wollte nicht näher darauf eingehen. »Ich möchte jetzt aber wirklich weg!«

»Es tut mir leid, aber das kann ich nicht zulassen.«

»Und weshalb nicht? Du hast doch selbst gesagt, daß du mich als Geliebte gar nicht willst…«

»Wenn du das sagst…«

»Mach dich nicht über mich lustig!«

»Also gut«, sagte er und wurde plötzlich sehr ernst. »Als Geliebte will ich dich tatsächlich nicht…«

»Wozu dann das alles?« Ihre großen, klaren Augen blickten mitten in seine Seele.

»Ich möchte dich heiraten.«

Arielle zog sich ganz in sich zurück und preßte sich gegen die Sofalehne. *Heiraten!* »Du bist ja verrückt!« flüsterte sie.

»Darüber sind wir uns doch längst einig. Ich meine es ganz ernst, Arielle. Ich habe dich vom ersten Augenblick unserer Begegnung am Bunberry Lake begehrt und anfangs gegen mein Gefühl angekämpft, weil du noch so verdammt jung warst. Doch die Gedanken an dich haben mich nach Spanien und Frankreich begleitet. Nach der Schlacht von Toulouse hast du mir Kraft gegeben, die Bilder zu ertragen, die normalerweise die Seele eines Mannes zerstören. Ich wußte damals nicht, daß du verheiratet warst, weil einer von Lannies Briefen verlorengegangen ist. Inzwischen ist dein Mann jedoch tot, und ich bin am Leben. Und du bist frei! Heirate mich, Arielle! Werde meine Geliebte und die Mutter meiner Kinder!«

Arielle starrte ihn an und sah in Gedanken vor sich, was er ihr in Zukunft antun würde. Er war so groß, stark und mächtig. Der Schmerz, den er ihr zufügen würde, war die Realität, und nicht die Worte, die er ihr zuflüsterte. Ihm würde sie niemals entkommen können! O Gott, diese schrecklichen Schmerzen! Ein erstickter Seufzer entrang sich ihr, als sie langsam den Kopf abwandte. Dann stand sie auf und ging zur Tür.

»Arielle?«

Ihre Hand lag bereits auf der Klinke.

»Geh nicht! Komm wieder her!«

Sie schüttelte nur den Kopf, wandte sich aber nicht um.

»Komm her!«

Wieder diese energische Stimme.

Sie drückte die Klinke nieder, doch die Tür ließ sich nicht öffnen, denn über ihrem Kopf drückte seine Hand dagegen. Sie hatte ihn nicht kommen hören. Ergeben schloß sie die Augen. Daß er sie heiraten wollte, war absoluter Wahnsinn.

»Und wenn ich dich nicht heiraten will?« flüsterte sie und empfand gleichzeitig tiefe Angst. Wie würde er reagieren? Würde er sie schlagen?

Doch Burke schwieg. Er sah auf sie hinunter und hätte so gern gewußt, was in ihrem kleinen Kopf vorging. »Hast du denn deinen Mann so sehr geliebt?«

Sie verzog das Gesicht. »Wie kommst du denn darauf?«

»Du scheinst immer noch um ihn zu trauern.«

»Nein, ganz und gar nicht.«

»Du wirst meine Frau, Arielle! Ich bin fest entschlossen. Wenn du behauptest, daß ich dich unter Druck setze, dann hast du recht, aber ich lasse dich erst von hier fort, wenn du mich geheiratet hast.«

»Nein!« Schreiend fuhr sie herum und schlug hemmungslos auf ihn ein, bis er sie so eng in die Arme schloß, daß sie sich nicht mehr bewegen konnte. Weshalb hatte sie nur so heftig reagiert, dachte sie entsetzt. Jetzt würde er sie bestimmt bestrafen. Sie fühlte, wie die Angst vor dem Kommenden in ihr hochkroch, und während ihr die Tränen über das Gesicht liefen, wartete sie auf das Unvermeidliche.

Doch Burke hob nur seine Hand, um ihren Kopf gegen seine Schulter zu drücken. »Pst!« flüsterte er und küßte sie aufs Haar. »Es ist alles gut, Arielle! Nein, nein, Liebes, weine nicht! Bitte, nicht!«

Sie begriff überhaupt nichts mehr. Wahrscheinlich wollte er sie nur in Sicherheit wiegen, um sie dann um so tiefer zu verletzen. Er war doch so stark, und sie hatte nicht die geringste Chance gegen ihn. Sie kämpfte nicht mehr, sondern lehnte sich nur an ihn und wartete. Doch nichts geschah.

Sie wartete noch einige Zeit weiter, doch es geschah immer noch nichts.

»Möchtest du vielleicht eine Tasse Tee?«

»Ja«, antwortete sie und hoffte nur, daß er sie endlich loslassen würde, damit sie wieder ein wenig Abstand gewinnen konnte. Während ihrer qualvollen Zeit mit Paisley hatte sie gelernt, von Augenblick zu Augenblick zu reagieren.

»Ich verstehe dich nicht. Du bist mir ein Rätsel.«

»Du bist schließlich ein Mann«, sprudelte es aus ihr heraus, »und nichts, was ich sage oder tue, interessiert dich wirklich.«

»Glaubst du tatsächlich, daß mir deine Gefühle gleichgültig sind?« Er war ehrlich verblüfft.

»Nun gut, falls dir meine Gefühle tatsächlich etwas bedeuten, dann höre mir gut zu: Ich möchte fort von hier. Ich möchte weder dich noch irgendeinen anderen Mann jemals heiraten. Niemals, hörst du?«

»Ja, ich höre dich ausgezeichnet. Du schreist ja laut genug. Ich bin nur froh, daß keine Dienerschaft anwesend ist. Die müßten ja meinen, daß hier jemand umgebracht wird!«

Diese Scherze brachten Arielle wieder völlig außer Fassung.

»Arielle«, sagte er und trat einen Schritt näher, doch als sie zurückwich und erbleichte, blieb er stehen. »Was ist los mit dir? Ich will dir doch nichts tun!«

Er spielte dieses männliche Spiel nach Regeln, die sie nicht kannte. Paisleys Schliche und Verhaltensweisen hatte sie zum Schluß so gut durchschaut, daß sie nicht mehr darauf hereinfiel. Doch Burke sah so zuverlässig aus, schien es so gut zu meinen. Trotzdem traute sie ihm nicht. Sie schüttelte den Kopf und spürte, wie sie sich voller Abwehr verkrampfte.

Als er sich neben sie setzte und ihre Hand nahm, spürte er ihren inneren Widerstand, obwohl ihre Hand schlaff in der seinen lag. »Wirst du mich heiraten, Arielle?«

Er fühlte, wie sie erschauerte. Arielle betrachtete die Hand, die auf ihrer lag, eine große, kraftvolle und leicht gebräunte Hand, die ihr die Kleider herunterreißen und ihr Qualen zufügen konnte. Genauso gut konnte sie sich um ihre Kehle legen und ihr die Luft abschnüren, bis sie ohnmächtig war.

»Und wenn ich es nicht tue, was machst du dann?«

Er lächelte sie an, doch sie ließ sich nicht täuschen, sondern blieb steif und aufrecht sitzen.

Er zuckte die Achseln. »Wir werden eben hierbleiben, bis du einverstanden bist. Wir können genauso gut nach Frankreich oder Italien fahren, nur zu deiner Halbschwester möchte ich erst, wenn du mit mir verheiratet bist.«

Plötzlich strahlte sie voller Hoffnung. »Wirst du wirklich mit mir zu Nesta fahren?«

»Wenn wir verheiratet sind, können wir überallhin fahren.«

Sie schüttelte ihren Kopf. »Nein, nein, lieber nicht. Du tust es ja doch nicht. Du lügst mich an.«

»Nein, bestimmt nicht. Du solltest mir das nicht einfach so unterstellen. Ich werde mit dir zu deiner Schwester fahren. Das verspreche ich dir.«

»Wirklich? Ganz bestimmt?«

Er lächelte über die widerstreitenden Gefühle, die sich auf ihrem Gesicht spiegelten. Im Augenblick war sie sogar imstande, seine Werbung zu akzeptieren, nur um ihn verlassen zu können.

Irgendwie war sie ihm ein Rätsel. Er wollte ihr schon sagen, daß sie fahren würden, sobald sie ein Kind von ihm erwartete, doch er schwieg. Sollte sie ruhig Pläne machen! In der Zwischenzeit würde er das Zaubernetz um sie weben, wie sie es vor drei Jahren mit ihm gemacht hatte! Es mußte ihm einfach gelingen!

Er ließ ihre Hand los, lehnte sich zurück und kreuzte die Arme vor der Brust. »Heirate mich, und wir machen augenblicklich Pläne für unseren Besuch in Amerika!« Er lachte sie an.

»Weshalb suchst du dir nicht jemanden, der dich mag? Was du getan hast, ist doch völlig verrückt!«

»Ich hätte dir ja auch nach Amerika folgen können, doch ich war um deine Sicherheit besorgt, da sich die beiden Länder ja noch immer im Krieg befinden.«

Verblüfft starrte sie ihn an. »Du hast mich also nur entführt, um mich zu retten?«

»So kann man es ausdrücken.«

Völlig unvermittelt erinnerte sich Arielle plötzlich an den Nachmittag vor drei Jahren, als sie diesen eindrucksvollen Helden bewundert hatte. Sie hörte auch wieder, wie er sie sanft und spöttisch geneckt hatte – eigentlich genau wie heute. Nein – Arielle schüttelte den Kopf – diese kleine, verrückte Närrin existierte nicht mehr. Sie hatte damals nicht gewagt, an die Zuneigung eines so eindrucksvollen Mannes zu glauben, aber insgeheim hatte sie ihre romantischen Gefühle gehegt, bis ihr Vater plötzlich gestorben war.

Danach hatte sie den Kummer kennengelernt. Sie war mit Paisley Cochrane verheiratet worden und hatte begriffen, daß Männer ihre Frauen genauso benutzten, wie sie es mit Pferden, Hunden und Dienern taten. Und ohne nachzudenken, fragte sie ihn: »Hast du wirklich eine Geliebte?«

»Ja, doch mit Sicherheit nur bis zu unserer Hochzeit, denn danach werde ich dich keine einzige Sekunde von meiner Seite lassen. Für eine Geliebte ist dann kein Raum mehr.«

Weil du dann alles tun mußt, was sie jetzt tut! hätte Arielle am liebsten ergänzt. Wenn er jedoch seine Geliebte behielt, ließ er sie vermutlich in Frieden. »Wie heißt sie?« fragte sie ganz ruhig.

»Laura.« Er schüttelte den Kopf. »Weshalb möchtest du das wissen?«

Sie zuckte die Achseln. »Es ist ein schöner Name. Vielleicht möchtest du das Mädchen ja lieber behalten?«

Burke konnte kaum glauben, daß Arielle ihre Worte ernst meinte. »Nein, das möchte ich bestimmt nicht, denn ich finde es entsetzlich, wenn ein verheirateter Mann seine Frau betrügt und belügt.«

Mit diesen Sätzen hätte er das kleine Mädchen von vor drei Jahren sicherlich überzeugen und beeindrucken können, doch nicht Arielle Leslie Cochrane, Lady Rendel! »Ich halte das nicht für so wichtig.«

»Soll das heißen, daß du dir als meine Frau ohne Gewissensbisse einen Liebhaber nehmen würdest?«

Diese Vorstellung war so lächerlich, daß sie kicherte. »Einen Liebhaber?«

»Ja oder nein?«

Sie schüttelte den Kopf und gab kleine, glucksende Laute von sich.

»Das ist die verrückteste Unterhaltung, die ich je geführt habe, Arielle! Willst du mich heiraten?«

Mit einem Schlag erstickte das Lachen. Sie sah ihn an, doch sie ließ sich nicht täuschen. Sie hatte viel zuviel Angst, noch einmal abzulehnen. »Ich – ich weiß nicht. Ich möchte dich um Zeit bitten, damit ich es mir überlegen kann.«

»Das ist doch immerhin ein Anfang«, entgegnete er und lächelte.

Sie seufzte erleichtert. Offenbar hatte sie genau die richtigen Worte gefunden. Ganz langsam stand sie auf und erwartete in jedem Augenblick, zurückgezogen zu werden, doch er berührte sie nicht. »Ich möchte mich ein wenig hinlegen.«

»Aber du wirst nicht wieder aus dem Fenster springen, oder?«

»Nein.« Doch sie dachte an zusammengeknotete Bettücher.

»Oh, bevor ich es vergesse: Ich habe deine hundert Pfund an mich genommen. Falls es dir also gelingen sollte, unverletzt den Erdboden zu erreichen, ohne mich ein weiteres Mal zu zerschmettern, wirst du trotzdem nicht allzu weit kommen.«

Sie wirbelte herum. »Dazu hattest du kein Recht! Du hast mich bestohlen! Ich hasse dich!« Dann warf sie die Tür hinter sich zu und lief nach oben.

Burke blieb still sitzen. Wenn sie unbedingt wegrennen wollte, sollte er sie eigentlich gehen lassen. Doch er wußte genau, daß er das nicht konnte. Er glaubte fest daran, daß sie ihn eines Tages lieben würde. Er mußte ihr nur Zeit lassen – aber nicht genug, um irgendwelche Bettücher zusammenzuknoten. Vielleicht sollte er sie doch besser in dem kleinen Schlafraum einsperren, dessen Fenster so schmal waren, daß man sich nicht hindurchzwängen konnte.

Während er die Treppe hinaufstieg, dachte er an ihre Unterhaltung, falls man das überhaupt so nennen konnte. Arielles zwischen Unterwürfigkeit und Trotz schwankendes Benehmen war ihm unerklärlich, aber sie würden es schon noch lernen, einander zu verstehen. Jedenfalls wollte er nicht von seiner eingeschlagenen Linie abweichen.

Er konnte es einfach nicht. Hatte sie ihn vielleicht belogen und trauerte sie doch immer noch um ihren verstorbenen Mann? Nein, das glaubte er eigentlich nicht. Irgend etwas stimmte nicht mit diesem Mädchen, doch mit der Zeit würde er es schon herausfinden.

8. Kapitel

Ein hereinbrechender Sturm hatte es zeitig dunkel werden lassen. Arielle saß bewegungslos auf dem Rand ihres Bettes und starrte die Fenster an, gegen die der Regen trommelte. Selbst wenn sie Bettücher gehabt hätte, wäre sie bei diesem Wetter nicht weit gekommen. Sie seufzte und überlegte, was sie tun konnte. Auf der blanken Matratze wollte sie nicht schlafen. Burke war kurz nach ihr ins Zimmer gekommen, hatte stillschweigend die Bettwäsche abgezogen und ihr nur freundlich zugelächelt.

Als sie wieder seine Schritte auf dem Korridor hörte, erhob sie sich ängstlich. Die Kerze neben ihrem Bett war fast heruntergebrannt.

»Arielle? Komm, es gibt Essen. Du mußt meine Kochkünste bewundern.«

Sie wußte nicht, womit sie gerechnet hatte, jedenfalls nicht mit einer so fröhlichen Stimme. Schließlich hatte er sie doch entführt! »Ich komme!« rief sie, da sie ohnehin keine andere Wahl hatte.

Sie machte sich gar nicht erst die Mühe, in den Spiegel zu schauen, sondern strich nur kurz über ihr Kleid, zupfte den Riß unter dem rechten Arm zurecht und trat dann mit der Kerze auf den Flur hinaus, wo Burke sie bereits erwartete.

In seinen Augen sah sie so bezaubernd aus, daß er sie am liebsten in die Arme genommen und geküßt hätte, bis ihr schwindlig geworden wäre. Lächelnd bot er ihr den Arm. »Mylady?«

Er hatte sich umgezogen. Sein schwarzer Anzug saß tadellos, und sein Hemd war blütenweiß und gestärkt. Arielle schwieg, denn sie wußte, daß es jetzt schwierig wurde. Sie mußte ihn davon überzeugen, daß sie ihn nicht wollte und er sie freilassen sollte. Sie hatte insgeheim gehofft, daß ihr etwas zerrupftes Äußeres ihr dabei helfen würde, doch offenbar schien sie ihm so erst richtig zu gefallen.

»Ich habe Schinkensandwiches zubereitet«, verkündete er, während er sie in das kleine, getäfelte Speisezimmer führte. Im Gegensatz zur überwiegend leichten Möblierung des Hauses stand hier ein dunkler, mächtiger Tisch, an dem acht Personen Platz fanden.

»Vielmehr habe ich den Schinken und das Brot aufgeschnitten und alles auf einem Teller arrangiert. Die Schildkrötensuppe ist eine Spende der Haushälterin, die ganz in der Nähe wohnt. Und den Wein mußte ich nur entkorken.« Er schob ihr den Stuhl zurecht.

Er hatte den Platz zu seiner Rechten für sie gedeckt, was ihr viel zu nahe war, doch sie zwang sich zur Ruhe.

»Möchtest du Suppe? Es tut mir leid, aber sie sieht etwas grünlich aus.«

»So ist sie aber genau richtig«, entgegnete sie und nickte, da ihr Magen vor Hunger knurrte.

Die einzige Lichtquelle war ein großer Kerzenleuchter, in dessen Schein Arielles Haare herrlich schimmerten. Sie hatte sich nicht die Mühe gemacht, ihre Locken auszukämmen und zu frisieren, doch Burke war das gleichgültig. Er liebte es, wenn ihr das Haar wild und ungebändigt über den Rücken herunterhing.

»Ich habe ein Problem«, sagte er, nachdem sie den ersten Gang beendet hatten. »Kannst du mir sagen, worüber ich mich mit einer Dame unterhalten kann, die ich leider entführen mußte? Ich möchte ihr weder Kummer bereiten noch Angst machen.«

»Laß die Dame doch einfach gehen! Wie du weißt, ist sie sehr verschwiegen und wird mit niemandem darüber reden. Allerdings mußt du ihr sagen, wo sie ihre Diener und ihre Kutsche findet.«

»Aber ich fürchte um ihren guten Ruf! Schließlich war sie die ganze Zeit über allein, mit einem Mann, mit dem sie nicht verheiratet ist...«

»Dieser gute Ruf ist deiner Dame herzlich gleichgültig. Sie könnte ein ganzes Jahr mit dir zusammen sein, und trotzdem würde sich nichts ändern!«

Nachdem sie beide vom Schinken genommen hatten, trat wieder eine kurze Pause ein. Nach einiger Zeit erhob Burke sein Glas und ließ die rote Flüssigkeit darin kreisen.

»Die Dame ist wirklich zauberhaft, und der Herr sähe es gern, wenn sie ihm glaubte.«

»Das kann die Dame aber nicht«, erwiderte Arielle ganz ruhig und streifte ihn sekundenlang mit ihren Blicken.

»Und weshalb nicht, zum Teufel?«

»Bitte, Mylord!«

»Burke.«

»Also gut, Burke. Die Dame ist schließlich nicht dumm! Doch jetzt Schluß mit diesem Unsinn! Laß mich gehen! Du kannst dich darauf verlassen, daß ich es wirklich niemandem…«

»Sei still, Arielle! Ich werde dich nicht weglassen. Ich werde dir statt dessen beweisen, daß ich es ernst meine, und du wirst merken, daß du nicht ohne mich leben kannst. Du wirst schon noch lernen, mich zu lieben. Da du mir keine Chance dazu gegeben hast, habe ich sie mir eben genommen!«

»Dich lieben«, wiederholte sie langsam und starrte ihn dabei an.

»Genau das.«

»Das ist unmöglich!«

»Weshalb?«

Fast hätte sie herausgeschrien, daß Liebe nur eine Erfindung von Männern war, um Frauen in ihre Gewalt zu bekommen, doch sie beherrschte sich. Sie wollte ihn lieber überzeugen.

»Du erinnerst dich an eine ganz andere Arielle, Burke. Dieses Mädchen hat dir natürlich gefallen, weil sie dich verehrt hat, doch sie ist mittlerweile tot und gestorben! Suche dir lieber eine andere! Es tut mir leid, aber ich möchte dich nicht anlügen.«

»Dieses Mädchen, mein Schatz, sitzt augenblicklich genau neben mir. Sie ist nicht gestorben, sondern nur erwachsen geworden. Wenn du allerdings deine Jungfräulichkeit meinst, dann kann ich dir nur erwidern, daß mir das gleichgültig ist. Ich wünschte, ich hätte dich damals geheiratet, doch ich habe es nicht getan. Es lohnt sich nicht, über die Vergangenheit zu klagen und zu jammern, sondern ich möchte in Zukunft mit dir leben. Und genau das werde ich auch erreichen. Ich bin fest entschlossen.«

»Aber ich will dich doch nicht!«

»Das glaube ich nie und nimmer. Du hast mich damals geliebt, und dieses Gefühl wird wiederkommen.«

Am liebsten hätte sie aufgeschrien, doch statt dessen zog sie die Brauen zusammen und sagte finster: »Ich hatte nicht nur einen Mann, sondern viele. Wahrscheinlich zu viele. Vielleicht sogar mehr als manche dieser käuflichen Damen. Such dir lieber ein nettes, unschuldiges Mädchen, Burke!«

»Du hattest tatsächlich mehrere Liebhaber? Nun ja, dein Mann war alt, und sicher warst du oft einsam und wurdest verführt, nicht wahr?«

Das war der richtige Weg. Sie wollte ihn so lange abschrecken, bis er sie gern gehen ließ. »Nein, nicht verführt. Eher war es umgekehrt. Und in bezug auf seinen unehelichen Sohn, Etienne, hattest du recht. Er hat sehr viel Freude an mir gehabt.« Das war tatsächlich die Wahrheit, dachte sie, während Übelkeit in ihr aufstieg. »Und ich an ihm übrigens auch.« Die letzten Worte hatte sie kaum herausbringen können. Nie hätte sie gedacht, daß es ihr so schwerfallen würde, in diesem Ton zu reden.

»Hat dein Mann davon gewußt?« fragte er sanft, als ob es ihn nicht interessierte. Doch Arielle war so mit Lügen beschäftigt, daß sie sein Entsetzen gar nicht bemerkte.

»Natürlich wußte er es. Es – hat ihm gefallen.«

»Weshalb hast du ihn eigentlich geheiratet?«

Weil man mich dazu gezwungen hat, und ich nicht gewagt habe, mich zu widersetzen. Ich war erst sechzehn und noch sehr unschul-

dig. Und außerdem war ich nach dem Tod meines Vaters sehr verzweifelt und durcheinander... Sie starrte auf die Schinkenreste auf ihrem Teller und wunderte sich, daß es ihr so leicht über die Lippen ging: »Er war reich.«

»So reich nun auch wieder nicht. Da hättest du lieber auf mich warten sollen! Ich habe doch gesagt, daß ich zurückkomme.«

»Nur eine Närrin hätte das geglaubt!«

Burke spürte sehr genau, daß sie Lüge mit Wahrheit mischte, doch er hätte das eine nicht vom anderen unterscheiden können. »Die Spatz-in-der-Hand-Methode?«

Ganz bestimmt hatte Evan so gedacht. Arielle nickte. Natürlich hatte sie mit ihrem Halbbruder niemals über den Earl of Ravensworth gesprochen, denn sie sprach fast nie mit ihm. Nachdem man sie mit Paisley Cochrane verheiratet, und dieser ihr in der ersten Nacht das Nachthemd vom Leib gerissen hatte, hatte sie angefangen zu begreifen. Sie seufzte gequält.

Burke tätschelte ihre Hand. »Was ist los? Woran denkst du?«

»Nichts ist los«, sagte sie, doch es hörte sich an wie ein Aufschrei.

»Also gut.« Er lehnte sich zurück. »Ich möchte, daß du ganz klar weißt, daß du heute nacht mit mir schlafen wirst.«

Sie hatte noch nie mit einem Mann geschlafen. »Weshalb möchtest du mit mir schlafen? Das hört sich seltsam an.«

Er war ein wenig verwirrt. »Soll das heißen... Ach, vergiß es! Du wirst bei mir schlafen, nachdem ich dich geliebt habe.«

Er wußte, daß sie reagieren würde, doch mit dem, was sie dann tat, hatte er nicht gerechnet. Sie warf ihm ihren Teller mit dem restlichen Schinkenstückchen mitten ins Gesicht und war bereits in der Halle, bevor er es richtig begriffen hatte.

»Arielle!« In der Eile warf er seinen Stuhl um und sah gerade noch, wie sie durch die Haustür verschwand. Draußen goß es in Strömen, und bereits nach drei Schritten hatte ihn der eiskalte Regen völlig durchnäßt. Einerseits war er wütend, doch andererseits hatte er Angst um sie. Bevor sie im Stall verschwand, sah er noch, daß ihr das Haar in Strähnen am Kopf klebte und ihr Kleid völlig durchweicht an ihr herunterhing.

Im Stall war es dunkel, und es roch nach Pferden, Leder und Heu. Rasch verkroch sich Arielle in der hintersten Ecke, als auch schon die Stalltür ins Schloß fiel.

Burke wußte, wo die Laterne hing, und so dauerte es nicht lange, bis er sie angezündet hatte. Als er sie hochhob, sah er, daß sich Arielle eng an die entfernteste Wand drückte und eine Reitpeitsche in der Hand hielt. Ihre Brüste hoben und senkten sich, und unter dem nassen Kleid zeichneten sich ihre Brustwarzen deutlich ab.

»Komm mir nicht zu nahe!« Ihr Gesicht war leichenblaß.

Er hatte nicht die Absicht, denn sie sah wildentschlossen aus. »Durchaus nicht«, meinte er ganz sanft, während er die Lampe auf einer Futterkiste abstellte. Dann richtete er sich auf und lehnte sich gegen einen Pfosten. »Kannst du mir vielleicht erklären, was dieser Unsinn soll?«

Sie hob die Peitsche und erklärte mit vor Angst und Kälte zitternder Stimme: »Geh weg! Ich verschwinde. Ich werde dich schlagen, wenn du mich daran hindern willst.«

»Tatsächlich? Das würde mich wundern.« Er hatte jetzt genug und trat entschlossen einen Schritt auf sie zu.

Die lähmende Angst, die Arielle nur zu genau kannte, ergriff wieder von ihr Besitz. Sie schloß die Augen, und Sekunden später schlug sie zu.

Offenbar hatte sie ihn getroffen, denn sie hörte, wie er nach Luft schnappte. Doch gleichzeitig packte er ihr Handgelenk und entwand ihr die Peitsche. »Das tut weh!«

Als er seinen schmerzenden Arm rieb, sah sie, daß der Schlag seinen Jackenärmel aufgerissen hatte. Wie gebannt blickte sie auf die Peitsche in seiner Hand. Sie wußte, daß sie zu weit gegangen war. Sie hatte den Kopf verloren und mußte jetzt dafür bezahlen. »Bitte, tu mir nicht weh!« flüsterte sie, ohne die Peitsche aus den Augen zu lassen. »Bitte!«

»Umgekehrt! Du hast mir wehgetan«, entgegnete er, während er überlegte, was er jetzt tun sollte.

»Ich – ich werde ja alles tun«, würgte sie hervor.

»Du weißt, was ich möchte, Arielle!«

»Ja, also gut, aber bitte…«

Voller Verwirrung sah er zu, wie sie anfing, die Knöpfe ihres Kleides zu öffnen. Ihre Hände zitterten so heftig, daß sie manche Knöpfe abriß, weil sie nicht gleich aufgingen. Wollte sie etwa, daß er sie gleich hier, im Heu, liebte? So ganz naß?

Als er einen Schritt auf sie zutrat, blickte sie rasch hoch und hob dann abwehrend die Hände. »Ich beeile mich ja schon!« keuchte sie. »Bitte, noch einen Augenblick!«

Er sah, wie das zerrissene, klatschnasse Kleid auf den strohbedeckten Boden fiel. Ihr Hemd war aus einfachem, weißem Stoff und durch die Nässe so durchsichtig, daß er ihre Brüste deutlich sehen konnte. Wie eine Verrückte zerrte sie an den schmalen Hemdträgern und dann an ihren Unterröcken. In Windeseile wickelte sie ihre Schuhbänder ab und schlüpfte aus den Strümpfen. Fassungslos starrte Burke sie an, als sie, völlig bewegungslos, nackt vor ihm stand.

Und dann sah er, wie sie auf ihn zuging, wie sie vor ihm niederkniete, und dann fühlte er ihre Finger an seinen Hosenknöpfen. Mit verblüffender Schnelligkeit hatte sie sie geöffnet und sein steifes Glied hervorgeholt, das vor Begehren schmerzte.

Als sich ihre Lippen um sein Glied schlossen, erstarrte er. Er japste nach Luft, weil er es einfach nicht glauben konnte. »Was, zum Teufel, machst du da?«

Mit verzweifelndem Blick flehte sie ihn an: »Bitte, ich will ja tun, was du möchtest, aber laß mir einen Augenblick Zeit…«

Burke stöhnte, als sie sein Glied diesmal ganz tief in den Mund nahm. Er fühlte ihre geübten Finger, spürte ihre Zunge und ihre Lippen… Dann packte er ihre Schultern und schob sie weg. »Hör sofort auf damit!«

Sie wich zurück und versuchte, sich mit Armen und Händen zu bedecken, doch dann ließ sie ihre Hände auf ihre Schenkel sinken und saß ganz still.

Burke starrte sie nur an, während er versuchte, einen klaren Gedanken zu fassen. Sein Glied war noch immer erregt und voller Sehnsucht, doch wütend richtete er sich auf und zog sie wieder an. »Weshalb hast du das gemacht?« brachte er schließlich heraus. Als er sah, wie sie zitterte, fluchte er leise.

Er wollte sich gerade nach ihrem Kleid bücken, als sie ihn plötzlich unterbrach: »Bitte, nicht! Sag mir lieber, was du willst. Du wirst sehen, ich kann es, es wird dir gefallen. Ich schwöre es!«

Mit weit aufgerissenen, starren Augen fixierte sie ihr Kleid, das als nasses Häufchen auf dem Stroh lag, und ihr Gesicht war leichenblaß. Kopfschüttelnd bückte er sich nach dem Kleid.

»Nein!« schrie sie.

»Arielle, ich verstehe dich einfach nicht. Was…« Fassungslos sah er zu, wie sie zur Wand hinüberkroch und sich wie ein in die Enge getriebenes Tier dort zusammenkrümmte.

»Arielle?« Doch beim Klang seiner Stimme schrumpfte sie noch mehr in sich zusammen. Ihr nasses Haar hing über Schultern und Rücken herunter. »Ich wollte doch nur dein Kleid aufheben.« Er sprach absichtlich sehr ruhig und langsam. Doch sie bewegte sich nicht. Erst, als er ganz genau hinsah, fiel ihm auf, daß sie überhaupt nicht ihr Kleid fixierte, sondern die Reitpeitsche, die dicht daneben auf dem Boden lag. »Hast du Angst, daß ich dich schlage?«

Blitzschnell sprang sie auf. »Bitte, nicht!« schrie sie und lief zur Stalltür hinüber.

Diesmal war er schneller, doch sie war trotzdem klatschnaß, als er sie endlich zu fassen bekam. »Hör auf damit!« rief er. Er benötigte seine ganzen Kräfte, um sie zu bändigen und wieder in den Stall zurückzutragen. »Verdammt! Hör auf, nach mir zu schlagen. Ich möchte doch nur noch dein Kleid holen!«

Doch sie hörte nur den ärgerlichen Ton. »Du willst bestimmt die Peitsche holen!«

O Gott! dachte er, während er ihr Kleid aufhob und es, so gut es ging, um sie herumwickelte. Rasch löschte er die Laterne und trug Arielle dann im Eilschritt hinüber ins Haus, wobei er sie so gut wie möglich vor dem eiskalten Regen zu schützen versuchte.

Erst oben, in seinem Schlafzimmer, setzte er sie ab und zog ihr das nasse Kleid herunter. Sie stand bewegungslos und starrte auf den Boden, während er ihr in seinen blauen, samtenen Hausmantel half und den Gürtel in der Taille verknotete.

»Setz dich an den Kamin!« sagte er und reichte ihr ein Handtuch.

»Aber es brennt doch gar kein Feuer«, entgegnete sie.

»Das mache ich schon. Trockne deine Haare ab!«

Während er Papier und Holz in den Kamin schichtete, stellte er erleichtert fest, daß seine Hände ganz ruhig waren. Die Ereignisse der vergangenen halben Stunde kamen ihm vor wie ein böser Traum. Wenige Augenblicke später loderten die ersten Flammen hoch. »Komm näher ans Feuer, Arielle!«

Als er sich umdrehte, sah er, wie sie mit langsamen Bewegungen ihr Haar frottierte. Ihr Gesicht war völlig ausdruckslos.

Ohne ihn zu beachten, trat sie näher zum Feuer und ließ sich in einen kleinen Sessel sinken. Burke holte einen Kamm von seinem Frisiertisch, zog sich einen Stuhl hinter ihren Sessel und begann, langsam und sorgfältig ihr Haar zu entwirren.

Sie drehte sich um und nahm ihn zum ersten Mal wahr. Ganz langsam entzog sie sich ihm und bat: »Laß mich das machen.«

Nachdem er ihr den Kamm überlassen hatte, sagte er, eigentlich mehr zu sich selbst: »Dann werde ich rasch meine nassen Sachen ausziehen.« Sich vor ihr zu entkleiden, fiel ihm nicht leicht, obwohl es nach dem Vorfall im Stall ein wenig kindisch war. Trotzdem war er froh, daß sie ihn überhaupt nicht beachtete. Nachdem er sich entkleidet hatte, schlüpfte er rasch in seinen alten Morgenmantel aus burgunderfarbenem Samt, der an den Ellenbogen schon ganz abgewetzt war.

Inzwischen war Arielle fertig, und ihr Haar war nur noch ein wenig feucht.

Burke betrachtete sie nachdenklich und fühlte sich schrecklich hilflos und ratlos.

»Arielle«, begann er schließlich, »wir müssen miteinander reden, aber vorher hole ich dir noch einen Brandy.«

Als er wieder ins Zimmer trat, hatte sie sich überhaupt nicht bewegt. Er ging zu ihr hinüber und hockte sich vor ihr auf seine Fersen. Sie zog sich zwar zurück, doch das hatte er erwartet.

Auch mit der unverhohlenen Furcht in ihren Augen hatte er gerechnet, doch trotzdem traf ihn ihr Mißtrauen tief.

»Hier, trink den Brandy! Er wird dich aufwärmen.« Und das Schlafmittel, das er hineingemischt hatte, würde ihr hoffentlich die nötige Ruhe schenken. Jedenfalls hoffte er das.

Sie starrte das Glas an, als ob er ihr einen Giftbecher anböte, doch als sie merkte, daß sich seine Brauen unwillig zusammenzogen, ergriff sie das Glas.

Sie schüttete den Brandy in einem Zug hinunter und mußte husten, als sich seine wilde Hitze in ihrem Körper ausbreitete.

»Und jetzt – jetzt erkläre mir bitte, weshalb du das gemacht hast.«

Sie starrte ihn an, als ob er irre wäre. »Ich dachte, daß du sicher nicht wolltest, daß ich dich ausziehe, denn es war doch so schrecklich kalt im Stall. Ich wollte nur tun, was dir gefällt, und da du es mir nicht gesagt hast, habe ich eben versucht – hätte ich dich ausziehen sollen?«

Gepeinigt schloß er die Augen und wollte nichts mehr hören. »Genug, Arielle!«

Sie schauderte bei seinem scharfen Ton, doch Burke bemerkte es nicht, weil er in die Flammen starrte. »Ich habe dich nicht um diesen Dienst gebeten.«

Sie sah ihn merkwürdig an.
»Weshalb hast du es getan?«
»Du hattest doch die Peitsche in der Hand«, sagte sie, so als ob sie einem absoluten Idioten die größte Selbstverständlichkeit der Welt mitteilte. Dabei knoteten sich ihre Finger in den Samt des Morgenmantels.
»Nein, das stimmt nicht. Du hattest die Peitsche und du hast mich sogar damit geschlagen. Ich habe nichts dergleichen getan.« Unbewußt rieb er seinen linken Oberarm, wo ihn der Peitschenhieb getroffen hatte. Die Haut war zwar unverletzt, doch sie brannte wie Feuer.
Plötzlich sah sie sehr jung und sehr verloren aus. »Ich glaube dir nicht. Du hättest mich bestimmt geschlagen. Du willst mich nur hereinlegen, aber ich gehe nicht in die Falle. Hast du mich verstanden?« Sie sprang auf, machte zwei Schritte und stolperte dann über den viel zu langen Morgenmantel. Burke fing sie auf und drückte sie an sich.
»Du kannst endlich aufhören, vor mir davonzulaufen. Ich werde dich immer wieder einholen! Und jetzt bringe ich dich ins Bett.«
Sie wurde steif wie ein Brett.
»Nein, keine Angst. Heute nacht werde ich dich nicht lieben. Du brauchst Schlaf, Arielle. Morgen werden wir uns weiter unterhalten.«
Sie glaubte ihm kein Wort. »Ich möchte in mein Zimmer.«
»Die Bettwäsche ist doch abgezogen.«
»Das macht mir nichts aus.«
»Kommt überhaupt nicht in Frage.« Er führte sie zum Bett hinüber und schlug die Decken zurück. »Los, jetzt! Hinein mit dir!« Dann deckte er sie wie ein Kind zu, während sie jeden seiner Handgriffe mißtrauisch beobachtete und sich die Dekke bis unter das Kinn hochzog. »Wir werden über alles reden, wenn du dich ausgeruht hast. Gute Nacht!« Dann löschte er die Kerze und kehrte zum Kamin zurück. Und wenn ich ausgeruht bin, fügte er im stillen hinzu. Er stand noch einmal auf, um die Tür abzuschließen, bevor er es sich in einem Sessel

vor dem Kamin bequem machte. Wie eine erfahrene Dirne hatte sie ihn befriedigen wollen, dachte er, und die Erinnerung ließ ihn zornig werden. Diese verdammte Peitsche.

Bis auf den Regen, der vernehmlich gegen die Fenster trommelte, war alles still. In einiger Entfernung donnerte es, und wenige Augenblicke später erhellte ein weißer Blitz den Raum.

Was, zum Teufel, sollte er nur tun? Er war schon beinahe eingeschlafen, als er plötzlich unterdrücktes Schluchzen hörte. Er bewegte keinen Muskel. Wieder ein Schluchzer, und dann noch einer. Und schließlich vernahm er leises Stöhnen und einen kleinen, erstickten Aufschrei.

Blitzartig sprang er auf und lief zum Bett hinüber.

9. Kapitel

Hastig zündete Burke die Kerze neben dem Bett an. Er hatte angenommen, daß Arielle einen Alptraum durchlitt, doch sie schien ruhig zu schlafen. Plötzlich stöhnte sie jedoch leise und bewegte ihren Kopf unruhig auf dem Kissen hin und her. Ihr Gesicht war leicht gerötet, und ihr Atem ging hart und stoßweise. Als Burke ihre Stirn befühlte, fluchte er leise. Zweifellos hatte sie Fieber.

»Arielle!« Er schüttelte sie vorsichtig. »Wach auf, du träumst!«

Sie erkannte die Stimme des Mannes, der im Schatten des Stalls stand. Ihren Namen hatte sie verstanden, aber nicht das, was er sonst noch gemurmelt hatte. Er lächelte sie an und streckte ihr die Hand entgegen, doch seine andere Hand war hinter seinem Rücken verborgen.

»Arielle.«

Wieder hatte er gerufen. Nur zu gern hätte sie ihm geglaubt und wäre zu ihm gelaufen. Doch plötzlich erschien die zweite Hand, und die hielt die Reitpeitsche. Lachend erklärte er ihr, daß er sie für ihre Ungeschicklichkeit bestrafen müsse. *Weshalb lachst du?* rief sie, doch es kam kein Laut aus ihrer Kehle. Sie sah die Peitsche niedersausen, sah ihren nackten Körper wie aus weiter Ferne, doch sie fühlte nichts. Die schneidende Qual blieb aus, aber dennoch krümmte sie sich zusammen.

»Verdammt! Wach auf!« Er schüttelte sie, und sie wehrte sich wie eine Irre.

Schließlich legte sich Burke neben sie ins Bett und zog sie ganz fest an sich. Obwohl sie weiterzappelte, hielt er sie fest und legte ein Bein über ihre, so daß sie ruhighalten mußte.

»Pst!« flüsterte er, während er ihren Kopf mit beiden Händen umfaßte. »Mein Liebes.«

Sie spürte seine Hände und fühlte seinen warmen Atem. Nein, es war kein Traum. Er hielt sie fest, und gleich würde er sie quälen. Sie hatte entsetzliche Angst. »Bitte!« flüsterte sie. »Tu mir nicht weh!«

Burke mußte die Augen schließen, so sehr schmerzten ihn ihre Worte. Er wünschte, daß Paisley Cochrane noch am Leben wäre, so daß er ihn eigenhändig umbringen könnte. »Nein, Arielle, ich werde dir niemals wehtun. Ich schwöre es!«

Sie konnte ihm nicht glauben, obwohl seine Stimme sanft und zuverlässig klang. Bestimmt log er sie an. Im selben Augenblick stellte sie fest, daß etwas mit ihr nicht in Ordnung war. Ihr Kopf platzte beinahe vor Schmerzen, ihr Hals war rauh und ihre Brust eng. »Laß mich allein.«

»Deine Stirn ist heiß. Du hast Fieber.« Burke seufzte. »Wenn du mir vertrauen würdest, wäre alles leichter.«

»Geh weg!«

Er tat es, doch nur um ein Handtuch zu holen. Er befeuchtete es in der Waschschüssel und kühlte Arielles Gesicht. Offenbar empfand sie es als Wohltat, denn sie überließ sich ihm willig. Natürlich hätte er eigentlich ihren ganzen Körper abreiben müssen, doch er wagte es nicht. Irgendwann schlief Arielle ein, und als Burke ihre Stirn berührte, war sie kühl. Wahrscheinlich hatte sie nur eine leichte Erkältung, dachte er, doch vorsichtshalber holte er noch eine weitere Decke. Schließlich kroch er neben Arielle ins Bett, doch er berührte sie nicht.

Als er erwachte, war es bereits hell. Der Regen hatte aufgehört, und helles Sonnenlicht strömte durch die langen, schmalen Fenster in den Raum. Neben ihm schlief Arielle noch tief und fest. Er lächelte kurz, als er daran dachte, daß er von nun an jeden Morgen neben ihr aufwachen würde. Doch dann kam die Erinnerung zurück.

Nachdem er aufgestanden war und sich angezogen hatte, befühlte er Arielles Stirn, die förmlich glühte. »Du lieber Himmel!« entfuhr es ihm, worauf er einige Augenblicke lang intensiv nachdachte. Dann verließ er das Zimmer.

Etwa eine Stunde später führte er einen breitschultrigen, schottischen Arzt namens Doktor Armbruster an Arielles Bett.

»Wenn ich Sie richtig verstanden habe, Sir, dann ist Ihre Frau ganz plötzlich erkrankt?«

»Ja«, antwortete Burke. »Ich habe ihr Gesicht mit einem nassen Tuch gekühlt, bis das Fieber unten war. Doch als ich heute morgen erwachte, fand ich sie in diesem Zustand vor.«

Gerade, als sich der Arzt über sie beugte, erwachte Arielle und schrie erschrocken auf. Sie war zwar schwach, aber dennoch gelang es ihr, nach ihm zu schlagen.

Doktor Armbruster packte ihre Handgelenke. »Ich nehme an, daß es noch nicht ganz so schlimm war, denn sonst hätten Sie sie wohl kaum allein gelassen. Sie befindet sich im Delirium. Halten Sie bitte ihre Hände fest, Mylord! Ich muß ihre Lunge abhören.«

Burke versuchte, Arielle zu beruhigen, doch es war sinnlos. In ihren Augen war er ein Monster und manchmal glaubte er schon beinahe selbst daran. Trotzdem murmelte er in einem fort beruhigende Worte.

Schließlich richtete sich Doktor Armbruster auf. Einer seiner Lieblingsaussprüche war, daß ein schottischer Arzt vielleicht nicht immer weiß, was seinem Patienten fehlt, diesen aber dafür keinesfalls mit Medikamenten umbringt. »Sie müssen folgendes tun, Mylord.« Dann gab er Burke eine Reihe von Anweisungen und kündigte abschließend an: »Ich werde der Haushälterin von Hobhouse sagen, daß sie herkommen soll. Dem Mädchen ebenfalls. Wenn es Ihnen recht ist, besorge ich Ihnen auch gern eine Frau aus der Nachbarschaft, die die Pflege übernehmen kann.«

»Nein, vielen Dank, aber das werde ich selbst übernehmen«, entgegnete Burke. »Sie wird es doch schaffen, oder?«

Doktor Armbruster redete normalerweise nicht um den Brei herum, doch als er die Angst des jungen Earl erkannte, beruhigte er ihn. »Sie ist jung, und obwohl sie sehr zerbrechlich aussieht, ist sie in Wirklichkeit ziemlich zäh. Wir können nur abwarten, Mylord. Ich werde am späteren Nachmittag wiederkommen.«

Als Doktor Armbruster Hobhouse verließ, beschloß er, vorsichtshalber doch bei dem Pfarrer vorbeizuschauen. Das konnte nie schaden.

Zwei Stunden später hielten die Köchin, Mrs. Ringlestone, und das Hausmädchen Ruby Einzug in Hobhouse.

»Sie hat Schüttelfrost«, empfing Mrs. Ringlestone Burke, als dieser nach kurzer Abwesenheit wieder ins Schlafzimmer zurückkehrte. »Die arme Kleine! Versuchen Sie doch einmal, ob Sie ihr ein bißchen von meiner Rinderbrühe einflößen können. Von mir will sie nichts nehmen.«

Burke nickte nur und setzte sich auf den Bettrand. »Komm, Arielle!« mahnte er energisch, weil er wußte, daß sie auf zaghaftes Reden nicht reagieren würde. »Mach den Mund auf!«

Sie schien ihn nicht gehört zu haben.

»Mach augenblicklich den Mund auf!«

Diesmal gehorchte sie, und es gelang ihm, ihr eine halbe Tasse Suppe einzuflößen. Mrs. Ringlestone fand das Verfahren zwar etwas brutal, doch sie sagte nichts. Es war schließlich die Hauptsache, daß er Erfolg gehabt hatte.

»Das wird eine lange Nacht werden«, meinte sie.

Es wurde die längste Nacht in Burkes Leben. Gegen Morgen war er überzeugt, daß Arielle sterben würde. Er konnte nichts weiter tun, als zu warten. Manchmal warf sie sich unruhig im Bett hin und her und dann war sie wieder still und leichenblaß, daß er es kaum mitansehen konnte und fast an seinen Tränen erstickte. Als er endlich in eine Art Erschöpfungsschlaf verfiel, lagen seine Finger immer noch auf ihrem Puls, um sich zu vergewissern, daß sie noch lebte.

»Ich möchte gern wissen, weshalb sie sich so aufgibt? Ich verstehe es nicht! Sie ist jung, schön und offensichtlich noch nicht lange verheiratet. Also, was ist der Grund für dieses Verhalten?«

Doktor Armbruster hatte eigentlich mehr zu sich selbst gesprochen, doch plötzlich wußte Burke, was er zu tun hatte. Er sprach einige Zeit mit dem Arzt, worauf dieser seinen längst überfälligen Besuch bei dem Pfarrer machte.

Während Burke wartete, kühlte er Arielles Stirn pausenlos mit dem feuchten Tuch. Er hatte herausgefunden, daß leises Reden Arielle beruhigte. Irgendwie hatte er das Gefühl, daß sie ihn trotz allem hörte und auch verstand. »Wie du weißt, war mein Bruder ein sehr liebenswerter und lustiger Mensch. Allerdings konnte er auch sehr eigensinnig sein, und meistens war ich sein Opfer. Wenn er sich etwas in den Kopf gesetzt hatte, konnte keine Macht der Welt ihn davon abbringen, und ich erst recht nicht. Ich erinnere mich, daß ich eines Tages ein Pony namens Victor geschenkt bekam. Vom ersten Augenblick an war Montrose neidisch und wollte es haben, doch es gehörte nun einmal mir, und ich hätte es auch um nichts in der Welt hergegeben. Weißt du, was mein Bruder getan hat?«

»Mylord, der Pfarrer ist hier«, meldete Mrs. Ringlestone.

»Nun, den Pfarrer hat mein Bruder natürlich nicht gerufen«, sagte Burke und wandte sich rasch dem schmächtigen, alten Mann mit dem schütteren Haar zu, der ein sanftes, leicht ermüdetes Lächeln zur Schau trug. »Es ist sehr gut, daß Sie gekommen sind, Sir«, begrüßte ihn Burke. »Bitte, nehmen Sie Platz. Ich muß etwas Wichtiges mit Ihnen besprechen.« Und dann unterbreitete er dem Pfarrer seine Bitte.

Der alte Mann konnte Burkes Schilderung der Situation nur zustimmen. »Ich muß allerdings den Bischof um Erlaubnis fragen, Mylord, aber...«

»Sie sehen ja selbst, daß die Zeit drängt. Möglicherweise stirbt sie schon bald.«

»Oh, ja, natürlich! Sie haben recht. Was schlagen Sie vor?«

»Halten Sie einfach die Zeremonie ab. Ich werde persönlich mit dem Bischof sprechen, sobald es ihr besser geht oder sie...« Er konnte das Wort nicht aussprechen, doch schließlich zwang er sich, fortzufahren. »Mit Sicherheit ist der Bischof einverstanden, denn schließlich handelt es sich um einen absoluten Notfall.«

»Es ist höchst ungewöhnlich, Mylord, aber – nun, ich kann

eigentlich auch nichts Böses daran entdecken. Bestimmt bekommen wir nachträglich die Genehmigung.«

»Ich werde die Zeugen holen.«

»Aber wird sie denn antworten können, Mylord?«

»Ganz bestimmt!« versicherte Burke. »Während Sie sich vorbereiten, Sir, werde ich die Frauen holen.«

Etwa dreißig Minuten später saß Burke neben Arielle auf dem Bett und hielt ihre Hand. Sie lag im Delirium, doch im Augenblick war das vielleicht sogar gut. Doktor Armbruster stand auf der anderen Seite des Betts, und Mrs. Ringlestone und Ruby hatten sich hinter dem Pfarrer aufgestellt.

»Liebe Anwesende«, begann der Pfarrer, »wir haben uns hier versammelt, um diese beiden Menschen...«

»So war das nicht!« schrie Arielle plötzlich laut.

»Nein, das weiß ich ja«, beruhigte sie Burke. »Pst, mein Liebes, du wirst gerade getraut!«

Der Pfarrer räusperte sich. »Nun – um diesen Mann und diese Frau in Gottes Namen zu vereinigen...«

»Vater, bitte, verlaß mich nicht!«

»Nein, Arielle, ich werde dich nicht verlassen. Niemals!«

»... und was Gott zusammengefügt hat, das soll der Mensch nicht scheiden.«

»Amen«, ergänzte Burke.

»Jetzt müssen Sie mir nachsprechen, Lady Rendel: Ich, Arielle Leslie Cochrane, nehme dich, Burke Carlyle, ah, Beresford Drummond zu meinem Ehemann...«

»Das ist zu lang für sie, das schafft sie nicht«, sagte Burke. »Wenn sie mit »ja« antworten soll, dann sagen Sie es mir.«

»... bis daß der Tod uns scheidet. Jetzt muß die Antwort kommen, Mylord.«

»Arielle, hör zu!« Er packte ihr Kinn und befahl ihr mit energischer Stimme: »Sage: Ja, ich will!«

»Ja, ich will.«

»Wunderbar! Das hast du sehr gut gemacht, mein Schatz!«

»Sehr seltsam«, meinte Doktor Armbruster. »Offensichtlich reagiert sie auf energische Töne!«

Der Pfarrer wunderte sich und überlegte, welches Verhältnis die beiden wohl miteinander hatten. »Nun zu Ihnen, Mylord. Oh, ich fürchte, das ist alles schrecklich unvorschriftsmäßig.«

Mrs. Ringlestone schnaubte, und Ruby hatte feuchte Augen.

Burke wiederholte seinen Schwur und lächelte auf Arielle hinunter, als er »Ja, ich will« sagte.

»Und hiermit erkläre ich Sie für Mann und Frau. Oh, ist sie überhaupt bei Bewußtsein?«

»Ja, so ziemlich«, erklärte Doktor Armbruster. »Das haben Sie großartig gemacht, Mylord!«

Mrs. Ringlestone und Ruby verließen den Raum, um eine kleine Erfrischung zu holen. »Kuchen und Wein ist zwar nicht gerade ein vorschriftsmäßiges Hochzeitsfrühstück, Mylord, aber irgend etwas mußten wir schließlich servieren!«

»Falls die junge Dame es nicht schaffen sollte, wird sie jetzt wenigstens als tugendhafte Frau vor unseren Herrn treten. Sie haben sehr großherzig gehandelt, Mylord!« Plötzlich fiel dem Pfarrer etwas ein. »Sie müssen noch die Heiratspapiere unterschreiben. Wie…«

»Geben Sie sie nur her«, sagte Burke. »Das werden wir auch noch schaffen.«

Doktor Armbruster zweifelte keine Sekunde, daß dem jungen Mann auch das gelingen würde. Er beobachtete, wie Burke seine Frau auf den Schoß nahm, ihr die Feder in die Hand drückte und ihr mit energischer Stimme befahl, ihren Namen zu schreiben. Der Pfarrer war überrascht, daß die junge Frau sofort tat, um was ihr Mann sie gebeten hatte. Nach der Unterschrift nahm er das Papier und stellte fest, daß der Name leidlich lesbar war. Wieder schüttelte er den Kopf. »Höchst ungewöhnlich…«

Burke hätte am liebsten gelacht, doch er tat es nicht. Arielle war gegen seine Brust gesunken, und er legte sie ganz sanft zurück auf ihr Kissen.

»Sie schläft«, bemerkte Doktor Armbruster sehr erleichtert.

»Wahrscheinlich hatten Sie recht, daß ihr mangelnder Lebenswille tatsächlich darauf zurückzuführen war, daß sie nicht mit Ihnen verheiratet war. Als Ihre Geliebte fühlte sie sich schuldig, und als sie dann auch noch schwanger wurde, haben sich diese Schuldgefühle und die Hoffnungslosigkeit einander verstärkt. Durch die Eheschließung haben Sie diese Schuld von ihr genommen, und sie kann sich jetzt sicher und geborgen fühlen. Bestimmt wird sie ihren Lebenswillen wiederfinden. Eine sehr interessante Theorie, die ich unbedingt mit meinen Kollegen in London besprechen muß.«

Arielles angebliche Schwangerschaft war nach Burkes Ansicht genau das richtige gewesen, um den Pfarrer von der Notwendigkeit einer sofortigen Trauung zu überzeugen.

»Indem Sie diese junge Frau von der Sünde befreit haben, haben Sie sich bestimmt einen Platz im Himmel erobert. Wirklich, eine großherzige Tat«, betonte der Pfarrer.

»Dabei war ich es doch, der sie verführt hat«, wandte Burke ein, der diese Reden kaum ertragen konnte. »Muß ich denn dann nicht härter bestraft werden?«

»Sie sind ein Mann, Mylord«, entgegnete der Pfarrer ohne das geringste Zögern. »Bereits in der Bibel steht, daß die Frau als Versucherin die Quelle allen Übels ist. Ein Mann kann schwach sein, Mylord, aber nur wenige verhalten sich so nobel, wie Sie das heute getan haben. Ich werde für Sie beten.«

Als Ruby und Mrs. Ringlestone mit dem Tablett ins Zimmer traten und diese Unterhaltung unterbrachen, war Burke sehr erleichtert. Arielle war jetzt endlich seine Frau! Sie wußte es zwar noch nicht, doch das machte keinen Unterschied. Jetzt mußte sie nur noch gesund werden!

»Beten Sie lieber für meine Frau, Sir!« sagte er, als er den alten Mann verabschiedete. »Ich liebe sie und möchte sie nicht verlieren. Das könnte ich nicht ertragen!«

»Da Ihre Frau Gott und Armbruster auf ihrer Seite hat, wird sie es schon schaffen, Mylord. Ich werde morgen noch einmal vorbeikommen.«

Voller Angst, Unruhe und nagender Ungewißheit nahm Burke die Wache am Bett seiner Frau wieder auf.

Als Arielle die Augen öffnete, fühlte sie sich träge und seltsam ruhig. Im ersten Augenblick wußte sie nicht, wo sie sich befand, und erinnerte sich nur dunkel an die schmalen, hohen Fenster, durch die helles Sonnenlicht in den Raum strömte. Im Kamin loderte ein helles Feuer, und es war beinahe unerträglich heiß im Zimmer.

»Hallo! Bist du endlich aufgewacht!«

Verwirrt drehte sie ihren Kopf in die Richtung, aus der die Stimme gekommen war. Die Stimme eines Mannes, dunkel und ruhig, Burkes Stimme. Alle Muskeln in ihrem Körper spannten sich.

»Nein, nein, mein Liebes, hab keine Angst! Ich denke, du hast das Schlimmste überstanden. Deine Augen strahlen jedenfalls wieder.« Er lächelte sanft, doch am liebsten wäre er vor lauter Freude tanzend und schreiend durchs Zimmer gesprungen.

Sie öffnete den Mund und brachte schließlich mit ziemlicher Anstrengung eine Frage heraus: »Was – was ist geschehen?«

»Ich werde dir alle Fragen beantworten, doch vorher möchte ich wissen, ob du Hunger oder Durst hast.«

Augenblicklich lief ihr das Wasser im Mund zusammen. Er lächelte nur und verließ das Zimmer. Sie hörte, wie er draußen im Flur nach einer Mrs. Ringlestone rief, und als er zurückkam, reichte er ihr ein Glas Wasser. »Bitte sehr! Komm, laß mich dir helfen.«

Er stützte sie, während sie trank. »Wunderbar«, lobte er sie und legte sie wieder auf das Kissen zurück. »Mrs. Ringlestone ist unsere Köchin. Sie wird dir gleich etwas bringen. Wie fühlst du dich jetzt?«

»Eigentlich gut«, antwortete sie ein wenig abwesend, »nur ziemlich schwach.«

»Das ist kein Wunder, denn du warst sehr krank. Ich habe mir die allergrößten Sorgen gemacht.«

»Wie lange war ich krank?«

»Acht Tage. Du hast eine Lungenentzündung bekommen, nachdem du so leichtsinnig in den eiskalten Regen hinausgelaufen bist. Kannst du dich erinnern?«

Sie runzelte die Brauen und dachte angestrengt nach, bis sie Kopfschmerzen bekam. »Dunkel«, sagte sie nur.

Als er sah, daß sie vor Schmerz zusammenzuckte, beschwichtigte er rasch: »Es tut mir leid. Denk nicht mehr daran, entspanne dich lieber und werde schnell gesund. Du siehst schon viel besser aus«, bemerkte er, obwohl sie schrecklich abgemagert war und ihr Haar stumpf und leblos herunterhing.

In diesem Augenblick klopfte es an der Tür. »Herein! Ah, Mrs. Ringlestone mit dem Essen! Arielle, mein Liebes, dies ist unsere Köchin, Mrs. Ringlestone.«

»Mylady!«

»Hallo!« grüßte Arielle zurück.

Burke setzte seine Frau auf und stopfte ihr einige Kissen in den Rücken. Mrs. Ringlestone hatte eine Graupensuppe und warmen Toast mit Butter zubereitet. »Vielen Dank, Mrs. Ringlestone! Ich werde schon darauf achten, daß sie die Suppe nicht verschüttet.«

Arielle hätte gar nicht gegen den Satz protestieren können, denn sie war viel zu beschäftigt, einen Löffel voll Suppe in ihren Mund zu bugsieren. Leise lächelnd beobachtete Burke ihre Bemühungen und setzte sich rasch neben sie, als er sah, daß sie erschöpft war.

»Noch mehr?« fragte er, während er ihr den Löffel aus der Hand nahm.

»Ja, bitte.«

Wenige Augenblicke später schloß sie die Augen, und Burke räumte das Tablett beiseite. Vor Schrecken hätte er es beinahe fallen lassen, denn plötzlich fragte sie mit völlig klarer, deutlicher Stimme: »Wer war der dünne, alte Mann mit dem schütteren, weißen Haar?« Danach schlief sie ein.

Demnach erinnerte sie sich also doch an etwas!

Als Arielle das nächste Mal erwachte, war es bereits dunkel. Burke hatte Mrs. Ringlestone und Ruby bereits vor einer Stunde nach Hause geschickt und es sich mit einem Buch neben Arielles Bett bequem gemacht. Knights Bibliothek bot zwar keine allzu große Auswahl, doch das interessierte Burke im Augenblick nicht im geringsten.

»Hallo!« sagte er, noch bevor sie die Augen ganz geöffnet hatte.

»Ich habe Durst.«

»Sofort.«

Während Arielle das ganze Glas austrank, überlegte Burke, wie er am besten bewerkstelligen konnte, sie auf den Topf zu setzen, denn mit Sicherheit war sie noch viel zu schwach, um das allein erledigen zu können.

»Hast du Hunger? Mrs. Ringlestone hat Essen für dich gerichtet.«

Schweigend nickte sie, doch sobald er das Zimmer verlassen hatte, sah sie sich nach dem Nachttopf um. Ich muß es einfach schaffen, dachte sie. Doch es gelang ihr nur unter allergrößten Schwierigkeiten, und sie konnte sich nicht erinnern, jemals so schwach und zittrig gewesen zu sein. Als Burke mit dem Tablett ins Zimmer trat, saß sie bereits wieder auf der Bettkante und umklammerte einen der Pfosten. Ihr Nachthemd war bis zu den Knien hochgeschoben, und ihr Atem ging stoßweise.

Sie war blaß und in Schweiß gebadet, doch Burke sagte nichts, sondern stellte nur das Tablett direkt neben dem Bett ab. »Laß mich dir wieder ins Bett helfen!«

Sie reckte ihr Kinn empor. »Ich brauche deine Hilfe nicht. Ich schaffe es…«

Sie fühlte, wie sie mit Leichtigkeit hochgehoben und gleich darauf ins Bett gesetzt wurde. Diesmal konnte sie schon wesentlich besser essen, doch als sie schließlich müde wurde, gestattete sie Burke widerstandslos, ihr das restliche Hühnerfleisch zu füttern.

Zufrieden lehnte sie sich anschließend in die Kissen zurück und seufzte. »Bin ich tatsächlich fast gestorben?«

Er stellte seinen Becher mit Kaffee auf das Tablett zurück. »Ja«, antwortete er, »ja, du bist fast gestorben. Du hast mich zu Tode erschreckt. Doch jetzt hast du es ja überstanden.«

»Kann ich dann jetzt weg?«

Er schüttelte den Kopf. »Das ist völlig unmöglich.«

»Was soll denn das heißen?«

»Daß ich mit deinen hundert Pfund den Arzt bezahlt habe.«

»Du hast *was*?«

Er grinste verlegen. »Ich hatte fast kein Geld dabei und mußte also zwangsläufig den Arzt mit deinem Geld bezahlen.«

»Das wirst du mir aber zurückgeben, oder?«

»Ich hatte ohnehin vor, dir eine größere Summe pro Vierteljahr zur Verfügung zu stellen. Du mußt dir keine Sorgen machen.«

»Burke! Höre endlich auf mit diesem Unsinn! Ich habe nicht die Absicht...«

»Möchtest du vielleicht ein Bad nehmen? Deinem Haar kann es mit Sicherheit nicht schaden.«

Der Gedanke war so verlockend, daß Arielle ihren übrigen Kummer fürs erste vergaß. »Ja, aber nur ohne dich.«

»Du brauchst aber meine Hilfe, Arielle.«

Sie äußerte sich nicht, und als die Wanne gefüllt war, ließ sie sich widerspruchslos von Burke aus dem Bett helfen. Wie entsetzlich dünn sie war, dachte er, wie zerbrechlich. Aber glücklicherweise war ihr Wille ungebrochen und stark.

Neben der Badewanne drehte er Arielle zu sich um und sagte ganz ernst: »Hör mir jetzt zu! Ich habe dich die ganzen Tage über gepflegt und alles für dich getan. Du brauchst dich also vor mir nicht zu schämen. Du kannst unmöglich allein baden. Ich werde dir also helfen und auch dein Haar waschen. Einverstanden?«

Mit leiser, fast ein wenig gequälter Stimme fragte sie: »Hast du wirklich alles gemacht? Alles?«

»Ja, alles.«

»Und weshalb?«

»Darüber sprechen wir später, wenn du wieder im Bett bist.« Er half ihr, das Nachthemd über den Kopf zu ziehen, und als sie in der Wanne saß, löste er ihren Zopf und bürstete die Locken aus. »Ich glaube, das Haar waschen wir am besten zuerst«, beschloß er.

Es war keine leichte Aufgabe, und er stellte sich auch nicht gerade geschickt an. Doch schließlich hatte er auch die letzte Seife herausgewaschen. »Den Rest kannst du jetzt selbst waschen, oder? Ich werde in der Zwischenzeit dein Bett neu beziehen.«

Arielle hatte gar keine Zeit, sich zu schämen, denn sie zitterte und mußte alle Kräfte zusammennehmen. Als Burke aufstand, sah er sie sekundenlang an. Ihre Brüste wurden zwar vom Wasser bedeckt, doch er kannte ihre Form auswendig. Sie hatte wunderschöne Brüste, die fast ein wenig zu groß für ihren schmalen Körper waren. Während der vergangenen Tage hatte ihn jede Berührung erregt, und er hatte auch jetzt alle Mühe, seine lustvollen Gedanken und Bilder zu verdrängen und sich wieder seiner eigentlichen Aufgabe zuzuwenden.

Als er gerade das Bett gerichtet hatte, hörte er einen kleinen Aufschrei hinter seinem Rücken. Rasch fuhr er herum und sah gerade noch, wie Arielle mit einem Handtuch in der Hand aus der Wanne stieg. Sie verlor die Balance und stürzte zu Boden, bevor er noch reagieren konnte.

10. Kapitel

Arielle lag mit abgespreizten Armen und Beinen auf dem Boden und kam sich sehr sehr dumm vor.

»Arielle!«

Sie sah die Angst und die Sorge in seinen dunklen Augen und beruhigte ihn sofort. »Es ist nichts passiert. Ich fühle mich nur ein wenig schwindlig.« Sie hätte sich gern bedeckt, doch ihr fehlte die Kraft. Es war zuviel für sie. Also wandte sie nur den Kopf ab, während sie ein Schluchzen unterdrückte.

Burke hob sie auf, packte das Handtuch und trug sie zum Kamin hinüber. Dort setzte er sich in einen Sessel und begann, Arielle abzutrocknen. Offenbar hatte sie das Kämpfen aufgegeben, denn sie lehnte ganz friedlich den Kopf gegen seine Schulter. Mit größter Mühe versuchte er, sie so wenig wie möglich zu berühren, doch es gelang ihm nicht. Ganz leicht strichen seine Finger über ihre linke Brust. Nein, ich werde nicht hinsehen! dachte er. Ich will nicht darauf reagieren und mich wie ein Tier benehmen! Doch er konnte nicht widerstehen. Als er sah, daß sich ihre Brustwarze aufgerichtet hatte, brachte ihn dieser Anblick beinahe um den Verstand.

Mit aller Macht verdrängte er diese Gedanken und besann sich auf die kühle Nüchternheit, die ihm im Krieg so manches Mal das Leben gerettet hatte. Fast ein wenig grob rubbelte er sie ab, bis er zu den weniger gefährlichen Füßen kam. Er bewunderte ihre Schönheit, machte einige verlegene Bemerkungen, über die er sich insgeheim ärgerte und frottierte schließlich ihr Haar.

Trotz aller Bemühungen wuchs ihm die Situation über den Kopf. Das Handtuch, das er um sie geschlungen hatte, war nicht groß genug, so daß er wahre Folterqualen litt. Schließlich trug er sie zum Bett hinüber, wo er den Bademantel praktisch zweimal um sie herumwickelte und sorgfältig mit dem Gürtel verschnürte. Wenn sie genügend Kraft gehabt hätte, hätte sie mit Sicherheit protestiert, doch so sagte sie gar nichts und ließ sich auch wortlos wieder zum Kamin zurücktragen.

Dort machte es Burke beiden bequem und kämmte Arielles Haar, bis es schließlich fast trocken war. Das Kaminfeuer strahlte wohlige Wärme aus, und durch die gleichförmige Bewegung waren beide in kürzester Zeit tief und fest eingeschlafen.

Als Burke erwachte, war es bereits dunkel. Vom lodernden Feuer war nur noch ein wenig Glut übriggeblieben, und sein linker Arm war eingeschlafen. Arielle hat sich an ihn gekuschelt und schlief so entspannt, daß seine erotischen Fantasien augenblicklich erwachten. Er drückte sie näher an sich und atmete ihren lieblichen Duft ein. Endlich ist sie meine Frau, dachte er, während er auf das Rauschen der Blätter und auf die Geräusche des Hauses lauschte. Einige Zeit später nahm er Arielle auf die Arme und trug sie ins Bett.

Diesmal schlug Arielle als erste die Augen auf. Sie fühlte sich wunderbar warm, und es dauerte einige Zeit, bis sie merkte, daß diese Wärme von Burke ausstrahlte. Einer seiner Arme hielt sie gegen ihn gepreßt, ihr Kopf lag auf seiner Brust und eines ihrer Beine über seinen Schenkeln. Er atmete tief und regelmäßig, und als sie ihre Hand auf seiner Brust ausstreckte, fühlte sie störrische Haare und erstarrte. Er war nackt.

»Burke?«

Er murmelte im Schlaf und packte sie fester. Ganz langsam und vorsichtig entzog sie sich ihm und schloß erschrocken den Bademantel, der sich während der Nacht geöffnet hatte.

»Guten Morgen! Hast du gut geschlafen?« fragte er plötzlich, als sie es beinahe geschafft hatte.

Wortlos sahen sie einander an.

»Du hast Stoppeln im Gesicht«, stellte sie fest.

»Das pflegt bei Männern so zu sein.«

»Außerdem hast du Haare auf der Brust.«

»Ich fürchte, die wachsen überall. Nur auf dem Rücken habe ich keine.«

Eine lächerliche Unterhaltung! dachte Arielle. »Ich möchte jetzt gehen.«

»Sofort? So? In meinem Bademantel?«

Sie senkte den Kopf. Seine Scherze hörten sich wirklich harmlos an, doch ihre Furcht blieb. Die Realität war anders. Er lag hier nackt neben ihr und konnte jederzeit tun, was ihm gefiel. »Es geht mir viel besser«, sagte sie und rutschte ein wenig zur Seite.

»Na, wunderbar. Ich werde mich jetzt anziehen, und vielleicht kann ich auch ein Nachthemd für dich finden.«

»Ein Nachthemd? Wo willst du denn das finden?«

»Ich habe eines für dich gekauft.« Der erste Schritt auf dem Weg zur Wahrheit, dachte er. »Und zwar in London, als ich deine Entführung geplant habe. Ich konnte ja schlecht auch noch dein Gepäck entführen. Wenn du in den Schrank im anderen Zimmer gesehen hättest, hättest du einige Kleider, Schuhe und Unterwäsche gefunden. Allerdings habe ich nur ein Nachthemd gekauft, und das hast du während deiner Krankheit getragen. Ich weiß nicht, ob Mrs. Ringlestone es inzwischen gewaschen hat.«

Er wußte nicht, was in ihrem Kopf vorging, denn sie schwieg.

Als er aus dem Bett stieg, wandte sie den Kopf ab und drehte sich auch nicht um, als er bereits längst angezogen war. Von der Tür her warf er ihr einen langen, liebevollen Blick zu. Er wußte, daß er die Wahrheit nicht mehr lange geheimhalten konnte. Mrs. Ringlestone und Ruby konnten sich nur allzu leicht versprechen. Er mußte es ihr jetzt endlich sagen und ihr dann auch den schmalen Goldreif an den Finger stecken.

Als er wieder ins Zimmer trat, hatte sie sich an den Kamin gesetzt und eine Decke über ihre Beine gebreitet. Sie hatte ihre Haare gekämmt und sie mit einer dicken Strähne zusammengefaßt. In ihrem schmalen Gesicht wirkten die Augen noch größer als sonst. Für ihn war sie die schönste Frau, die er jemals geliebt hatte, dachte er und lächelte über seine Gedanken. »Mrs. Ringlestone wird dir bald das Frühstück bringen. Hast du Hunger?«

»Ja.«

»Na, wunderbar. Außerdem müssen wir etwas miteinander besprechen.«

»Ich möchte nur weg.«

»Über etwas anderes.«

»Ich will aber über nichts anderes sprechen.«

»Das tut mir leid, aber es muß sein. Erinnerst du dich, daß ich versprochen habe, mit dir nach Boston zu deiner Schwester zu fahren, wenn du mich heiratest?«

Sie runzelte mißtrauisch die Stirn, doch die Frage hatte ihre Neugier geweckt. »Ja, weshalb?«

Er atmete tief ein und holte den Ehering aus seiner Tasche. Dann nahm er ihre Hand, und bevor sie noch begriff, was geschah, hatte er ihn ihr über den Knöchel des Mittelfingers geschoben. Der Ring saß ein wenig eng, doch das konnte ihm nur recht sein. »Wir sind verheiratet«, erklärte er.

Fassungslos starrte Arielle auf den Ring. Dann zerrte sie an ihm, doch sie konnte ihn nicht abziehen. »Das ist ja lächerlich! Natürlich sind wir nicht verheiratet! Ich...« Plötzlich wirkte sie unsicher und irgendwie betroffen. »Dieser kleine, schmächtige Mann – und der andere, mit dem seltsamen Akzent...«

»Der schmächtige Mann ist der Pfarrer. Er hat uns getraut. Der andere ist Doktor Armbruster. Er ist Schotte, daher der Akzent.«

»Aber trotzdem ist es unmöglich. Eine Frau muß einverstanden sein! Das weiß ich doch genau!«

Burke beugte sich hinunter und legte seine Hände auf die Armlehnen ihres Sessels, so daß sein Gesicht dem ihren ganz nahe war. »Ich werde dir alles erklären, Liebes.« Dann richtete er sich auf und lehnte sich an den Kamin. »Im Grund ist alles ganz einfach gewesen. Du lagst im Delirium, und ich hatte große Angst, daß du es nicht überleben würdest. Du hast im Delirium geredet, und immer und immer wieder hast du gesagt, daß du mich willst. Du könntest dein Leben nicht mehr ertragen, und als ich dich gefragt habe, ob du mich heiraten willst, hast du ja gesagt.«

»Das ist eine Lüge! Niemals…«

»Doch, im Delirium, Arielle. Jedenfalls habe ich gespürt, daß tief in dir dieser Wunsch existierte. Ich habe mit dem Pfarrer darüber geredet, und er hat zugestimmt. Er hat uns getraut, und ich habe später vom Bischof die Erlaubnis eingeholt und die Papiere bekommen. Wir sind also ganz legal verheiratet.«

»Ich kann mich an nichts erinnern.«

Die Angst in ihrer Stimme schmerzte ihn zutiefst, und er haßte es, daß er sie belog. »Arielle, ich konnte dich doch nicht zwingen, mich zu heiraten! Du hast klar und deutlich ›Ja, ich will‹ gesagt, als der Pfarrer dich gefragt hat, ob du mich heiraten willst. Außerdem gab es drei Zeugen und du hast die Heiratsurkunde unterschrieben. Es ist wirklich wahr.«

»Es kann einfach nicht wahr sein!«

»Du wirst sehen, es wird wunderbar werden!«

Bitterböse sah sie ihn an. »Hast du denn keine Angst, daß ich dich umbringe, wie ich es mit meinem Mann gemacht habe?«

»Nein. Hast du – hast du ihn tatsächlich umgebracht?«

»Ja«, erwiderte sie giftig. »Und mit dir werde ich es genauso machen.«

Gar zu gern hätte er ihr etwas Tröstliches gesagt. »Ich werde versuchen, dich glücklich zu machen, Arielle!«

»Tatsächlich?«

»Aber natürlich! Ich liebe dich doch.«

In diesem Augenblick klopfte es, und eine glücklich strahlende Mrs. Ringlestone betrat das Zimmer. »Oh, ich wußte, daß es Ihnen heute viel besser gehen würde, Mylady! Ich kann gar nicht sagen, wie sehr ich mich freue! Hier kommt das Frühstück…«

Arielle achtete überhaupt nicht auf Mrs. Ringlestones Gerede, sondern blickte Burke unverwandt an.

Ihr Ehemann! Jetzt gehörte sie ihm, wie sie einst Paisley gehört hatte. Er hatte jedes Recht, sie so zu behandeln, wie es ihm gerade gefiel. Und plötzlich erinnerte sie sich wieder an ihren Traum, als Burke sich nackt über sie gebeugt hatte. Und er war nicht impotent wie Paisley! Der Alptraum war wahr geworden, und sie bemerkte gar nicht, daß ihr unablässig die Tränen über das Gesicht liefen.

Mrs. Ringlestone verstummte abrupt, als ihr Blick auf die junge Ehefrau fiel.

»Bitte, lassen Sie uns allein, Mrs. Ringlestone«, sagte Burke.

Nachdem sie die Tür hinter sich geschlossen hatte, nahm er Arielle in die Arme und zog sie auf seinen Schoß. Sie protestierte nicht und schien weit weg zu sein. Er konnte es kaum ertragen. »Sag mir, weshalb du weinst!«

Sie schüttelte nur den Kopf.

»Du wirst es auf der Stelle sagen!« befahl er im schärfsten Ton, der ihm möglich war, und es wirkte.

»Ich werde es nicht tun! Ich werde es mir nicht gefallen lassen!« Sie zitterte vor Angst und Entsetzen.

»Was wirst du nicht tun? Antworte endlich!«

»Dieser schreckliche Traum ist wahr geworden, aber ich werde dir nicht erlauben, mir weh zu tun! Ich werde es nicht tun!«

»Erzähle mir deinen Traum!«

Es wäre ihr nicht eingefallen, das zu verweigern. Wenn er in diesem Ton mit ihr sprach, mußte sie gehorchen. »In der Nacht, nachdem wir uns am Bunbery Lake wiedergetroffen haben, habe ich einen Alptraum gehabt. Paisley war da und noch viele andere Männer – und dann warst du an Paisleys Stelle. Du warst in meinem Bett und wolltest mich zwingen. Ich konnte dich nicht hindern, denn du bist stärker als ich. Verstehst du mich jetzt?«

»Ja«, antwortete er, obwohl er nicht viel begriff. »Weshalb wollte ich dich denn zwingen? Das verstehe ich nicht.«

»Du bist doch ein Mann!«

»Ja, aber ein Mann, der dich liebt.«

»Ach, das gibt es doch gar nicht! Das ist dummes Zeug. Du erzählst mir Lügen.«

Burke legte den Kopf in den Nacken und schloß die Augen. Am liebsten hätte er ihr in diesem Augenblick anvertraut, daß er die Wahrheit kannte, doch er war nicht sicher, wie sie es aufnehmen würde. Die Wahrheit über ihre Eheschließung zu verdauen, war wahrscheinlich im Augenblick mehr als genug für sie! Niemals im Leben würde er den hilflosen Zorn vergessen, der ihn überkommen hatte, als er alles durchschaut hatte. Sein wunderschönes, unschuldiges Mädchen war von einem Monster mißbraucht worden.

Niemals würde er es vergessen. Alles stand ihm so deutlich vor Augen, als wenn es gerade erst geschehen wäre. In ihrer Hochzeitsnacht, die er sich wahrlich anders vorgestellt hatte, hatte er ihren fieberheißen Körper mit nassen Tüchern abgerieben. Dabei hatte er sie auch auf den Bauch gedreht und ihren dicken Zopf über die Schulter geschoben. Während er mit langen, gleichmäßigen Bewegungen ihren Rücken, die Schenkel und die Hüften abgerieben hatte, hatte er im hellen Licht einer neuen Kerze feine, weiße Linien entdeckt und ungläubig den Kopf geschüttelt. Doch es war keine Täuschung gewesen. Ganz vorsichtig hatte er eine Narbe berührt, dann eine andere – es waren so entsetzlich viele gewesen. Am liebsten hätte er laut geschrieen. Ganz offensichtlich hatte man sie häufig und brutal geschlagen. Doch wer konnte das getan haben? Ihr Vater? Oder ihr Halbbruder? Er hatte den Kopf geschüttelt. Nein, natürlich ihr Ehemann! Deshalb auch diese panische Angst vor Männern! Deshalb hatte sie ihn also nicht heiraten wollen.

Als das Fieber schließlich gesunken war, hatte er sie vorsichtig auf den Rücken gedreht und auch auf ihren Brüsten und ihrem Bauch die feinen, weißen Narben entdeckt. Es hatte ihn regelrecht gewürgt, und er war rasch zu ihr ins Bett gekrochen und hatte sie ganz fest an sich gedrückt. Ein sechzehn Jahre altes Mädchen so entsetzlich zu mißhandeln! Er hätte es mit Sicherheit nicht geglaubt, wenn er es nicht mit eigenen Augen gesehen hätte. Während er sich in der Vergangenheit die wunderschönsten Geschichten ausgedacht und sie in seinen Träumen immer wieder zärtlich berührt hatte, war sie geschlagen worden, hatte vor ihrem Mann niederknien und ihn wie eine geübte Hure mit dem Mund befriedigen müssen!

Du lieber Himmel, er konnte es kaum aushalten, daran zu denken! Aber natürlich tat er es immer wieder. Die Reitpeitsche in seiner Hand hatte sie augenblicklich gefügig gemacht. Voller Hast hatte sie sich die Kleider heruntergerissen, damit es nur ja nicht zu lange dauerte! Ob Paisley Cochrane sie wohl auch anderen Männern überlassen hatte? Wahrscheinlich schon. Wenn er sie doch nur vor drei Jahren geheiratet hätte! dachte er wieder und wieder. Zum Teufel mit allen Skrupeln!

Doch was sollte er jetzt tun? Als er sah, daß sie frühstückte, lächelte er, doch es gelang ihm nicht recht. Wie sollte er nur mit seinem Wissen umgehen? Nachdem sie fertig war, brachte er sie wieder ins Bett und trug das Tablett vor die Tür. Inzwischen war er zu dem Entschluß gekommen, nicht darüber zu sprechen, um sie nicht zu unüberlegten Reaktionen zu treiben. Er wollte lieber versuchen, ihr Vertrauen zu gewinnen und sie erst einmal an sich, an seinen Körper und an seine Berührungen gewöhnen.

»Du bist sehr stark«, sagte sie plötzlich völlig überraschend.

Alles, was sie sagt, bekommt nun eine andere Bedeutung, dachte er. »Ja, damit ich dich besser beschützen kann. Du sollst meine Stärke nicht fürchten, sondern dich darüber freuen.«

»Du bist außerdem sehr redegewandt, Burke.«

»Sind in deinen Augen alle Männer nur Lügner und grausame, heißhungrige Unholde?«

»Ja.« Sie reckte zwar ihr Kinn empor, doch er erkannte deutlich die gleichzeitige Furcht in ihren Augen wegen dieser kleinen Aufsässigkeit. Als er aufstand, zuckte sie zurück.

Doch er übersah ihre Reaktion geflissentlich. »Wenn es dir besser geht, werden wir nach Ravensworth Abbey fahren. Dort wirst du auch deine Diener wiedertreffen.«

»Ich möchte lieber nach Boston. Du hast es versprochen!«

»Ja, das werden wir auch tun.« *Sobald du schwanger bist*, dachte er im stillen und sagte statt dessen: »Sobald der Krieg zwischen beiden Ländern vorbei ist, was vermutlich im Herbst der Fall sein wird. Möchtest du jetzt ein Weilchen schlafen?«

Sie nickte, und er wußte sofort, daß sie mit allem einverstanden war, wenn sie ihn nur für einige Zeit loswurde.

»Was machst du da?« rief sie mit schriller Stimme.

Er lächelte nur und fuhr fort, seine Hose aufzuknöpfen. Dann zog er sie samt Unterwäsche aus und stand nackt vor ihr. Er war nicht besonders erregt, doch wenn sie ihn weiter so betrachtete, würde es bestimmt nicht mehr lange dauern. »Ich nehme ein Bad«, verkündete er ganz selbstverständlich. »Möchtest du mir Gesellschaft leisten?«

»Nein! Kannst du das nicht woanders tun, oder mich wenigstens gehen lassen?«

Während er auf sie zuging, wußte er, daß sie seinen Körper betrachtete, und sofort reagierten seine Gefühle, und sein Glied schwoll an und wuchs. Doch er machte sich nichts daraus. Schließlich war sie ja kein unschuldiges Kind mehr und sollte ruhig wissen, daß er sie als Frau begehrte.

Doch als er die Angst in ihren Augen sah, hielt er inne und schlüpfte in seinen Morgenmantel. Beim nächsten Mal würde sie schon harmloser reagieren und irgendwann hätte sie sich an ihn gewöhnt. Er kannte ihren Körper so gut und wollte kein Fremder für Arielle bleiben.

»Möchtest du dich nicht ein bißchen mit mir unterhalten?« fragte er mit hochgezogenen Brauen.

»Ich möchte mich lieber anziehen und weggehen.«

»Dr. Armbruster wird bald kommen. Wenn er meint, daß es dir gut tut, werde ich dich hinuntertragen.«

Dann legte er ganz selbstverständlich seinen Bademantel

ab und stieg in die Wanne. Singend wusch er sich und beobachtete aus den Augenwinkeln ihren etwas gequälten Gesichtsausdruck. War sein Gesang daran schuld oder etwa der Anblick seines männlichen Körpers?

Dr. Armbruster fand es keineswegs ungewöhnlich, daß Burke sich kurz mit ihm besprach, und war durchaus einverstanden, Arielles Schwangerschaft nicht zur Sprache zu bringen, um seine Patientin nicht unnötig aufzuregen.

Guter Gott, dachte er fünf Minuten später, sie hat ja tatsächlich Angst vor mir. Arielle saß mit verschränkten Armen vor ihm und verfolgte mißtrauisch jede seiner Bewegungen, so daß er alle seine Überzeugungskraft aufbieten mußte, wie er das bei einem kranken Kind getan hätte. Er trat einen Schritt zurück, lächelte und beschloß, ganz langsam vorzugehen.

»Sie haben ja prächtige Fortschritte gemacht, Mylady! Wie geht es Ihnen?«

»Recht gut, Sir.«

»Ihr Ehemann hat sich ja wirklich rührend um Sie gekümmert. Er ist eine ausgezeichnete Krankenschwester. Da Sie beide ein wenig mitgenommen aussehen, empfehle ich für die nächste Zeit sehr viel Ruhe.«

»Wann kann meine Frau reisen?« wollte Burke wissen.

»Morgen, denke ich.« Dann trat er langsam einen Schritt näher und registrierte Arielles leichtes Zucken. »Ich muß unbedingt noch einmal ihre Lunge abhören, Mylady.«

Doktor Armbruster sah, wie sie krampfhaft schluckte, doch er bewegte sich erst, als sie genickt hatte. Weder hob er ihr Nachthemd hoch, noch berührte er sie.

Es war zwar ein wenig schwierig, doch schließlich schaffte er es. Glücklicherweise waren ihre Lungen frei. »Ja«, meinte er abschließend, »ich glaube schon, daß Sie fahren können. Sie sollten nur nicht übertreiben. Wohin soll denn die Reise gehen?«

»Nicht allzu weit. Nach Sussex, in die Nähe von East Grinstead.«

»Aber Sie werden einen Wagen benutzen, Mylord?«

»Selbstverständlich. Sobald meine Frau müde wird, können wir anhalten. Ich werde mich schon um sie kümmern.«

Doktor Armbruster nickte und wandte sich dann an Arielle. »Befolgen Sie nur die Ratschläge Ihres Mannes, Mylady. Er ist nämlich fast so vernünftig und klug wie ein Schotte!«

Das interessierte Arielle jedoch nicht im geringsten. Sie wollte ihn lieber fragen, ob sie tatsächlich mit dem Earl of Ravensworth verheiratet war, doch sie fürchtete Burkes Unwillen.

»Haben Sie noch eine Frage, Mylady?« wollte Doktor Armbruster wissen, dem Arielles Zögern nicht entgangen war.

Sie blickte zu Burke hinüber, und er begriff augenblicklich, daß sie die Frage nicht stellen wollte, weil sie seinen Zorn fürchtete. Er mußte ihr zu Hilfe kommen.

»Arielle, möchtest du Doktor Armbruster vielleicht noch einige Fragen zu unserer Heirat stellen?«

Sie war sehr überrascht und gleichzeitig ein wenig beunruhigt. »Ja, wenn es möglich ist. Es war vor einer Woche, nicht wahr?«

»Ja, es war eine schöne Feier. Der Pfarrer hat seine Aufgabe gut gemacht, genau wie Sie und Ihr Mann. Jetzt muß ich aber los. Falls es noch Fragen gibt, stehe ich gern zu Ihrer Verfügung. Auf Wiedersehen, Mylady.« Damit ging er zur Tür und drehte sich noch einmal um. »Sie haben einen wundervollen Ehemann, Mylady. Ich hoffe, Sie beide werden glücklich.«

Der restliche Tag verlief ruhig. Am Nachmittag zeigte Burke Arielle ein Kartenspiel, an dem sie nach kürzester Zeit sehr viel Spaß hatte.

»Mit knapper Not habe ich heute gewonnen«, bemerkte er, während er sich aufseufzend zurücklehnte. »In Zukunft werde ich wohl mein gesamtes Vermögen an dich verlieren!«

Während des Spiels hatte sie ihre Ängste vergessen können und sogar einige Male herzlich gelacht.

»Möchtest du noch einmal spielen?«

Sie stimmte zwar zu, doch er bemerkte, daß sie müde geworden war. »Nun, vielleicht doch lieber morgen. Du siehst aus wie eine bezaubernde Rose, kurz bevor sie den Kopf hängen läßt. Wenn wir morgen fahren wollen, schläfst du jetzt besser.«

Schweigend beobachtete sie, wie er die Karten und das Spielbrett wegräumte. Dann zog er sich aus, und als er sich nackt zu ihr umwandte, schnappte sie nach Luft: »Nein! Bitte, ich möchte nicht, daß du hierbleibst!«

Doch er schüttelte nur den Kopf. »Ich bin nur ein ganz gewöhnlicher Mann, Arielle. In den nächsten fünfzig Jahren wirst du mich noch so oft nackt sehen, daß du dich genauso gut auch gleich daran gewöhnen kannst.« Mit diesen Worten kletterte er ins Bett, worauf sie ganz zur anderen Seite hinüberrutschte. Fast körperlich konnte er ihre Abwehr spüren und wußte nicht genau, wie er sich verhalten sollte.

»Du hast mir bisher noch nicht erzählt, was dein Bruder gemacht hat, um Victor zu bekommen.«

Sekundenlang wußte er überhaupt nicht, wovon sie sprach. »Guter Gott, du erinnerst dich an die Geschichte von dem Pony?«

»Ja, natürlich. Also, was hat Montrose gemacht?«

»Wenn du mir einen Gutenachtkuß gibst, werde ich es dir verraten.«

Als sie die Luft anhielt, stützte er sich auf die Ellenbogen hoch. »Nun?«

»Nein«, hauchte sie ganz leise. »Bitte, bleib, wo du bist.«

»Ganz wie du möchtest.«

Als in der Nacht ein Sturm aufkam und die Temperatur merklich fiel, wachte er auf. Arielle lag an ihn geschmiegt und hatte beide Arme um seinen Nacken gelegt. Ihr Nachthemd war bis zur Taille hochgeschoben, und seine linke Hand lag auf ihrer nackten Hüfte. Im Halbschlaf streichelte er ihre unglaublich weiche Haut und stellte sich vor, wie er sie liebte. Ihre Schenkel waren ein wenig gespreizt, und er ließ seine Finger wandern, bis sie ganz leicht ihre Scham berührten. Die wunderbare Wärme und Weichheit brachten ihn beinahe um den Verstand.

Während er weiterträumte, schob sich ein Finger in ihr heißes, weiches Fleisch, und er stöhnte, als er spürte, wie eng sie war. Er sehnte sich danach, sie stöhnen zu hören, wollte hören, daß sie nach ihm verlangte, nach ihm schrie. – Wieder stöhnte er, und diesmal erwachte er endgültig.

»Arielle«, flüsterte er, ohne ganz zu begreifen, was geschah. Er fühlte nur, wie sie sich bewegte, doch in der Dunkelheit konnte er ihre Gesichtszüge kaum erkennen, als sie sich hochstützte. Aber er hörte einen sehnsuchtsvollen Seufzer und spürte, wie sich ihre Hüften bewegten.

»Arielle«, flüsterte er noch einmal. Dann rollte er mit ihr herum, bis er auf ihr lag.

11. Kapitel

In der Dunkelheit übermannten ihn seine lustvollen Gefühle, und er ließ ihnen freien Lauf. Arielles Nachthemd war noch immer bis zur Taille hochgeschoben, und seine Hände fühlten die unglaubliche Weichheit ihrer Schenkel. Als er einen kleinen, lustvollen Aufschrei hörte, wurde er von seiner Sehnsucht überwältigt und drückte sich heftig gegen sie. Doch plötzlich erstarrte sie.

»Arielle«, flüsterte er heiser. »Ich möchte dich gern ganz besitzen. Du sollst ganz mir gehören.« Doch der Klang seiner Stimme setzte seinen Verstand in Gang. Er erinnerte sich wieder daran, daß er Arielle nicht beunruhigen, sondern sehr behutsam erobern wollte. Ganz langsam zog er sich von ihr zurück und ließ sich auf den Rücken fallen.

»Schlafe weiter, Liebes«, murmelte er, »aber träume von mir. Ich habe deutlich deine Sehnsucht gespürt und würde dich so gern glücklich machen.« In der Dunkelheit fiel es ihm leicht, diese Sätze auszusprechen. »Ich möchte es wirklich und hoffe, daß du mir eine Chance gibst.«

Ganz unten in ihrem Bauch spürte Arielle Gefühle, die sie nicht kannte, die sie nicht kennen wollte. Sie hörte Burkes dunkle Stimme und die wundervollen Worte. Es schien ihm ernst zu sein, doch sie blieb mißtrauisch. Weshalb hatte er sie nicht geliebt, obwohl er es doch gekonnt hätte? Er hatte auf ihr gelegen wie in ihrem Traum. Doch laut sagte sie nur: »Ich verstehe dich nicht.«

»Vertraue mir, Arielle, und alles andere wird sich einstellen.«

Wieder diese Phrasen. »O, nein, ich habe nicht die Absicht, Mylord.«

Burke überhörte diesen Satz geflissentlich. »Aber wenigstens sind wir verheiratet, liegen miteinander im Bett und können uns mitten in der Nacht unterhalten. Das ist schon ein großer Fortschritt, Arielle.«

Er fühlte, wie die Matratze nachgab, als sie ihr Nachthemd herunterzog.

»Frierst du?«

»Weshalb?«

»Komm, ich wärme dich.«

»Nein.«

Nun gut, dachte Burke und beließ es dabei.

Ihr kleines Gesicht war weiß vor lauter Müdigkeit, und sie lehnte erschöpft den Kopf gegen seine Schulter. Zart küßte er ihre Stirn und hielt sie dabei fest im Arm.

»Gleich sind wir zu Hause, mein Liebes. Gleich hast du es überstanden«, sagte er, während die Kutsche, die von Tom Acre aus Shepherd Smeath gelenkt wurde, unter den vertrauten Bäumen die Auffahrt zu Ravensworth Abbey hinauffuhr. »Meine Dienerschaft wird sich freuen, dich als ihre Herrin begrüßen zu können, Arielle. Joshua hast du schon erobert, obwohl er Frauen normalerweise nicht besonders leiden kann. Mach dir nur keine Gedanken! Du kannst dich gleich wieder hinlegen, und wenn du es möchtest, kann sich Dorcas um dich kümmern.«

Arielle blickte aus dem Fenster und bemerkte dann ganz ruhig: »Ich wollte das alles nicht. Ich habe Angst.«

»Wovor hast du Angst?«

Sie zuckte die Achseln. »Ich bin nicht mehr das Mädchen, das ich damals war. Du wirst mich bald nicht mehr mögen. Und was soll dann werden?«

In diesem Augenblick hielt der Wagen vor dem Haus, und Burke war einer Antwort enthoben. Der Butler Montague stand unter der Haustür, und Burke wußte, daß auch alle seine anderen Anweisungen bis ins Detail befolgt sein würden.

»Fühlst du dich stark genug, um zu laufen?«

»Aber sicher«, versicherte sie tapfer, obwohl ihr die Knie zitterten.

Einer der Diener in der farbenprächtigen Livree von Ravensworth eilte herbei und riß den Schlag auf, worauf Burke hinaussprang und sich dann umdrehte, um Arielle die Hand zu reichen. Doch als er ihr leichenblasses Gesicht und ihre furchtsamen Augen sah, umfaßte er einfach ihre Taille und hob sie herunter.

»Du bist von jetzt an die Countess of Ravensworth«, flüsterte er ihr zu. »Vergiß das nie!«

Dorcas lief ihr aufgeregt entgegen. »Sind Sie endlich da, mein liebes Kind!« Doch dann hielt sie erschrocken inne und knickste tief. »Mylady.«

»Das Wetter hat ihr sehr zugesetzt, Dorcas«, erklärte Burke. »Ich werde sie sofort nach oben tragen. Montague, bitte schicken Sie nach Doktor Brody.«

»Bitte nicht, Burke!« bat Arielle zaghaft und zog ihn dabei am Ärmel.

»Ich möchte mich vergewissern, daß es dir gut geht.«

»Mir geht es gut, ich bin nur müde. Bestimmt.«

Ich werde ihr niemals widerstehen können, dachte er. »Also gut«, meinte er, während er sie auf die Arme nahm, »aber nur unter der Bedingung, daß du mir folgst.«

»Das verspreche ich.«

Nachdem sie die Eingangshalle betreten hatten, sprach Burke kurz mit Mrs. Pepperall, der Haushälterin, und mit Montague, die beide Arielle sehr herzlich begrüßten. Den anderen nickte er nur zu, während er seine Frau nach oben trug.

Das große Schlafzimmer des Hausherrn befand sich am Ende des östlichen Korridors, und direkt daneben lag das der Hausherrin, das Burkes Mutter in hellem Lavendelblau und zartem Pfirsichrosa hatte ausstatten lassen. Burke hatte sich immer noch nicht entschlossen, ob er Arielle bei sich behalten sollte, doch schließlich führte Dorcas unwissentlich die Entscheidung herbei.

»Hier hinein, Mylord«, sagte sie, während sie die Tür zum Schlafzimmer der Hausherrin aufstieß.

»Nein, Dorcas, das überlassen Sie bitte mir!« Damit ging er

zur nächsten Tür. »Du bist noch nie hier oben gewesen, oder?« fragte er, während er Arielle über die Schwelle trug.

Arielle schüttelte den Kopf, und er gab der Tür einen kräftigen Stoß, so daß sie hinter ihm ins Schloß fiel und Dorcas ausgesperrt war.

»Noch eine Sekunde, und dann bist du im Bett.« Sanft setzte er sie neben dem gewaltigen Bett ab, in dem er zur Welt gekommen war, und begann, sie auszuziehen. Erschöpft lehnte sie sich gegen ihn, was ihm sehr gefiel. In Hemd und Unterrock setzte er sie schließlich auf die Bettkante und kniete nieder, um ihr Schuhe und Strümpfe abzustreifen. »Das war doch nicht allzu schlimm, nicht wahr?« fragte er, als er abschließend die Decke glattstrich.

»Nein«, antwortete sie schlaftrunken und war fünf Minuten später tief und fest eingeschlafen.

Kurz darauf klopfte es energisch an der Tür. »Sie schläft«, sagte er kurz angebunden, als er sah, daß Dorcas vor der Tür stand. »Und ich möchte, daß sie nicht gestört wird.«

»Aber…«

»Sie können sich gern zu ihr setzen, aber wecken Sie sie bitte nicht auf!«

Die alte Frau warf ihm einen giftigen Blick zu. »Ich kenne sie gut und weiß, daß sie Sie niemals geheiratet hätte!«

»Dann haben Sie sich eben getäuscht!«

»Sie haben irgend etwas mit ihr gemacht!«

»Das habe ich nicht! Und ich habe noch weniger Lust, mich vor Ihnen zu rechtfertigen!« Mit diesen Worten machte er kehrt und ließ Dorcas stehen.

Er mußte unbedingt mit Geordie sprechen, den er auch kurz darauf im Stall bei Joshua antraf. Geordie warf Burke einen fragenden Blick zu und tippte sich dann grüßend an die Stirn.

Ohne weitere Umschweife kam Burke zum Thema. »Ich habe sie in keiner Weise verletzt, Geordie. Da ich weiß, daß Sie sich Sorgen um sie gemacht haben, wollte ich es Ihnen selbst sagen. Sie hat mich geheiratet. Danach wurde sie leider krank, doch sie erholt sich zusehends. Ich werde alles in meiner Macht Stehende tun, um sie glücklich zu machen.«

Geordie nickte zufrieden und sagte dann zu Joshua: »Los, erzählen Sie es ihm!«

»Was denn?«

»Dieser französische Dandy – dieser Etienne DuPons hat hier herumgeschnüffelt.«

»Der uneheliche Sohn von Cochrane?«

»Genau der«, bestätigte Geordie. »Er hat hier nichts erfahren, doch ich war beunruhigt und bin ihm gefolgt.«

»Und wohin?«

»Zu Evan Goddis. Ich habe ein wenig am Bibliotheksfenster von Leslie Farm gelauscht und erfahren, daß DuPons tatsächlich geplant hatte, Ihre Frau zu entführen und sie zur Ehe zu zwingen. Er war vor Zorn ganz außer sich, doch Goddis hat ihm den Tip gegeben, daß Sie vielleicht etwas damit zu tun haben könnten, da Dorcas und ich uns in Ravensworth aufhielten. Außerdem hat er ihm klargemacht, daß er seinen Teil der Abmachung erfüllt hätte und nichts für das ungeschickte Verhalten des Franzosen könne. Außerdem hat er jede weitere Hilfestellung abgelehnt.«

Burke rief sich ins Gedächtnis zurück, wie er auf Arielle Wagen gewartet hatte. Demnach hatte Etienne DuPons ebenfalls auf der Lauer gelegen, und Burke war ihm nur durch Zufall zuvorgekommen. »Guter Gott!« sagte er und fuhr sich mit den Fingern durch die Haare. »Eine verzwickte Geschichte!«

Grinsend meinte Joshua: »Ich habe alle Männer angewiesen, die Augen offenzuhalten. Wir wollen doch schließlich kein Risiko eingehen!«

»Glauben Sie wirklich, daß er noch einmal wiederkommt, wenn er weiß, daß wir verheiratet sind? Das halte ich für unwahrscheinlich.«

Geordie blickte unsicher von einem zum andern. Ach, verdammt, das Mädchen war wichtiger! »Er hat böse Absichten«, sagte er schließlich.

Fragend sah Burke ihn an.

»Ganz bestimmt, Mylord. Einige Wochen vor dem Tod seines Vaters ist er nach Rendel Hall gekommen. Ich weiß nicht genau, was vorgefallen ist und wozu der alte Mann sie gezwungen hat, aber... Nun, nachdem der alte Cochrane tot war, hat sie den Franzosen unverzüglich vor die Tür gesetzt. Daraufhin hat er sein Maul aufgerissen und widerliche Dinge über sie verbreitet.«

Burke konnte seinen Zorn kaum beherrschen. »Ich bedanke mich für Ihre Offenheit, Geordie. Keine Angst, ich werde sie beschützen!«

»Hm – da ist noch etwas. Ihr Halbbruder, Goddis, hat sie damals an Cochrane verkauft. Für fünfzehntausend Pfund. Als sie später einmal davongelaufen war und bei Goddis Schutz gesucht hatte, hat er sie ein zweites Mal verkauft, diesmal für fünftausend. Ich nehme an, daß auch DuPons bezahlen sollte.«

»Aber ihr Verwalter und ihr Anwalt haben doch den gesamten Besitz an sich gebracht!«

»Ich glaube nicht, daß sie das damals wußten.«

»Aber mittlerweile dürfte es ihnen bekannt sein. Damit ist die Sache für sie uninteressant geworden. Ich glaube, ich frage lieber nicht, woher Sie alle diese Informationen haben, Geordie«, meinte Burke und ging dann, tief in Gedanken, zum Haus zurück.

»Sie hatten schon recht, Joshua. Er ist wirklich ein anständiger Mann und wird bestimmt gut auf das Mädchen achtgeben und sich um sie kümmern.«

»Das ist auch meine Meinung.«

»Er wird ihr bestimmt nichts tun, nicht wahr?«

»Das paßt nicht zu diesem Mann, Geordie, aber das habe ich Ihnen nun schon fast zwanzigmal gesagt!«

Burke kochte vor Wut, während er zum Haus zurückging. Am liebsten hätte er DuPons und Goddis auf der Stelle erschlagen. In seinem Arbeitszimmer begrüßte er den Verwalter nur kurz, übersah geflissentlich die Papiere, die dieser mitgebracht hatte, und schickte ihn wieder weg. Dann entwarf er eine Anzeige für die *Gazette*, um seine Eheschließung bekanntzugeben, und schließlich schrieb er noch Briefe an Knight und an seine Schwester Corinne. Danach ging er nach oben, um nach seiner Frau zu sehen. Ganz leise öffnete er die Tür, weil er sie nicht stören wollte, doch zu seiner großen Überraschung hörte er Stimmen und hielt inne.

»Geordie hat sich wahnsinnig aufgeregt«, berichtete Dorcas gerade, »doch Joshua hat ihn beruhigen können, was wirklich nicht leicht war. Ich kann noch immer nicht glauben, daß Sie ihn tatsächlich geheiratet haben! Wenigstens ist er reich!«

Arielles Stimme klang zwar schwach, aber klar. »Ich wußte nicht, daß ich ihn geheiratet habe, und von mir aus kann ihm ganz England gehören. Ich möchte jetzt nichts mehr davon hören! Es ist erledigt. Er hat versprochen, mit mir nach Boston zu fahren, und er sieht aus, als ob er sein Wort hielte. In Amerika kann ich ihm vielleicht entwischen.«

»Und wenn er Sie schlägt, Sie zwingt…«

»Bitte, Dorcas! Falls das so ist, werde ich es wohl oder übel ertragen müssen. Als Frau hat man ja keine Wahl!« Sie sagte das völlig kühl. »Ich mißtraue ihm und glaube nicht, daß er schon sein wahres Gesicht gezeigt hat.« Sie seufzte tief. »Ich weiß nicht genau, weshalb er immer noch so freundlich zu mir ist. Schließlich bin ich doch jetzt seine Frau, und er muß die Fassade nicht länger aufrechterhalten. Ich verstehe ihn nicht.«

Was Dorcas antwortete, konnte Burke nicht mehr hören. Lautlos schloß er die Tür und ging wieder nach unten, in sein Arbeitszimmer. Dort ließ er sich in einen alten Lehnstuhl sinken und starrte lange Zeit in den leeren Kamin.

Das Abendessen ließ Burke nach oben bringen und leistete seiner Frau Gesellschaft. Nachdem sie eine Weile schweigend gegessen hatte, erklärte Arielle plötzlich aus heiterem Himmel: »Ich möchte gern in das andere Zimmer umziehen. Es gehört sich nicht, daß Ehemann und Ehefrau im selben Zimmer schlafen.«

»Du willst wohl neue Sitten einführen, mein Schatz? Männer und Frauen, die einander nahe sein wollen, schlafen sehr wohl…«

»Nein!« entgegnete sie heftig und starrte verbissen auf die restlichen Erbsen auf ihrem Teller.

»Sprich nicht mehr davon, Arielle!« entgegnete er sanft. »Dies ist unser Schlafzimmer, und wir werden jede Nacht hier gemeinsam schlafen.«

Nachdem Arielle eine Weile geschwiegen hatte, fragte sie plötzlich: »Gibt es hier einen Gemüsegarten?«

»Ja. Wenn es dich interessiert, wird dir Mrs. Pepperall bestimmt gern alles zeigen. Du bist schließlich die Herrin dieses Hauses und kannst tun, was du möchtest.«

Arielle konnte nicht ganz glauben, was sie soeben gehört hatte. Dazu war sie zu lange Lady Rendel gewesen! Alle Bediensteten waren immer nur dem Hausherrn ergeben, aber doch nicht seiner Frau!

Wie zufällig, fragte Burke einige Zeit später: »Sollen wir irgendwann einmal deinen Halbbruder zum Essen einladen? Ich habe ihn bisher noch gar nicht kennengelernt.«

Klappernd fiel ihre Gabel auf den Teller. »Nein! Das heißt, er und ich stehen einander nicht sehr nahe. Tatsächlich habe ich ihn erst kennengelernt, nachdem mein Vater gestorben war. Er war damals mein Vormund.« Doch sie wollte nicht so schroff ablehnen. »Vielleicht kann er uns ja später einmal besuchen.«

Burke nickte nur. Ihre Abneigung gegen Goddis war mehr als deutlich, und das sollte auch so bleiben. Wenn sie allerdings zusammengezuckt wäre, hätte er den Beweis gehabt, daß dieser Mann ihr wehgetan hatte, und er wäre wie ein Wilder nach Leslie Farm geritten. Doch so strich er sich nur Butter auf ein Brot und erkundigte sich ganz beiläufig: »Hattest du nicht auch einen Stiefsohn? Etienne irgendwie?«

Unter halbgeschlossenen Lidern beobachtete er ihre Reaktionen, die Blässe, die unruhigen Augen und das Zittern, das ihre Hände befiel. Dieser Mann hatte ihr etwas angetan!

Sie legte ihre Gabel nieder und antwortete mit ruhiger, beherrschter Stimme. »Ja, er heißt Etienne DuPons und ist Paisleys unehelicher Sohn. Seine Mutter war Französin. Ich nehme an, daß er inzwischen wieder nach Frankreich zurückgekehrt ist.«

»Soviel ich weiß, hat er das nicht getan. Ich dachte, du wüßtest, daß er in Leslie Farm lebt.«

»Woher weißt du das?«

»Was dich betrifft, betrifft jetzt auch mich. Vergiß das nie, Arielle! Hast du es gewußt?«

»Ja. Ich habe allerdings gehofft, daß er inzwischen fort ist, denn ich kann ihn nicht ausstehen.«

»Und weshalb? Hat er deine Position in Rendel Hall irgendwie gefährdet?«

Sie lachte schrill auf und konnte sich gar nicht mehr beruhigen. Doch schließlich lehnte sie sich zurück und schloß die Augen.

Für Burke war klar, daß dieser Mann ihr etwas angetan hatte. Hatte ihr Ehemann sie etwa seinem Sohn überlassen? »Kinder hattest du nicht, oder?«

»Nein.«

»Warst du eigentlich einmal schwanger?«

»Nein.«

Burke scheute vor seinen Gedanken zurück, doch vielleicht war es ja tatsächlich so gewesen. Vielleicht war der alte Cochrane ja tatsächlich unfähig gewesen, ein Kind zu zeugen, und hatte seine Frau gezwungen, mit seinem Sohn zu schlafen, um endlich schwanger zu werden. Nein, das war ja absurd! »Möchtest du noch eine Tasse Tee, Arielle?«

Seufzend nickte sie. »Willst du mir noch mehr Fragen stellen?«

»Im Augenblick nicht. Ich möchte lieber noch ein bißchen Karten spielen, und danach schläfst du dich einmal richtig lange aus.«

Und ich werde wieder eine höllische Nacht verbringen, dachte er, während er die Karten holte. Doch es war nicht so schlimm, wie er angenommen hatte. Er hatte nämlich vergessen, wie breit das riesige Bett war. Wenn er auf seiner Seite lag, mußte er den Arm schon weit ausstrecken, um sie überhaupt zu erreichen. Bewegungslos lag er auf seiner Seite und versuchte, seine Erregung nicht zur Kenntnis zu nehmen.

Arielle starrte indessen an die Decke und überlegte, weshalb er ihr alle diese Fragen gestellt hatte. Es war unmöglich, daß er etwas wußte! Als sie schließlich die Augen schloß, sah sie ihn vor sich, sah, wie er sich auszog, während er sich mit ihr unterhielt. Sie musterte seinen Körper von oben bis unten, bis schließlich die Vernunft überwog und sie den Blick abwandte. Er hatte einen wunderschönen, schlanken und zugleich starken Körper, doch er war ein Mann, und seine Stärke konnte schmerzlich sein.

Sie lauschte auf seine ruhigen, gleichmäßigen Atemzüge und erschrak entsetzlich, als er plötzlich sprach. »Ich werde dich jetzt küssen. Nur ein ganz kleiner Kuß! Du mußt keine Angst haben. In Ordnung?«

»Tu, was du möchtest.«

»Das werde ich, und im Augenblick ist es mir völlig gleichgültig, was du möchtest!« Er drehte sich zu ihr um, und obwohl er sie nicht berührte, konnte sie die Hitze seines Körpers spüren. Zart strichen seine Fingerspitzen über ihre Kehle. »Als ich dich zum ersten Mal geküßt habe, war ich nur wütend und unbeherrscht. Ich war grob, doch jetzt wird das ganz anders sein! Halte still!«

Sie fühlte seinen warmen Atem auf ihrer Wange und spürte, wie er ihr Kinn mit seiner Hand umschloß, so daß sie sich nicht abwenden konnte. Dann berührte sein Mund ganz leicht ihre Lippen. »Sehr gut!« sagte er ganz dicht vor ihrem Mund. »Und jetzt öffne deine Lippen ein wenig!«

Sie gehorchte, denn sie fürchtete sich entsetzlich. Im Augenblick sprach er so sanft und schmeichelnd, daß ihr bange wurde. Sie traute ihm nicht und wollte sich nicht einlullen lassen. Dann fühlte sie, wie seine Zunge über ihre Lippen glitt und sich zwischen sie drängte.

»So ist es noch viel schöner«, sagte er in ihren Mund. »Nein, bleib da! Ich tue dir nicht weh!« Dann verstummte er und küßte sie.

»Du bist so verkrampft, so verletzt!« bemerkte er einige Zeit später. Sie konnte sein Gesicht in der Dunkelheit nicht erkennen, sondern hörte nur seine Stimme und hatte entsetzliche Angst. »Doch weshalb eigentlich? Ich habe deinen wunderschönen Körper jetzt so oft nackt gesehen und kenne ihn in- und auswendig. Ich habe dich nicht vergewaltigt, nicht wahr? Obwohl ich es hätte tun können. Ich könnte es auch jetzt tun.«

»Dann willst du es also gar nicht. Denn wenn du es wolltest, würdest du es doch tun. Männer nehmen doch keine Rücksicht…«

»Pst! Küß mich noch einmal, und dann wollen wir schlafen.« Diesmal küßte er sie tief und innig. Es war ein wunderbares Gefühl, obwohl es ihn ein wenig kränkte, daß sie solche Angst vor ihm hatte. »Das war wieder ein großer Schritt«, meinte er und drückte ihr einen zarten Kuß auf die Nase. »Schlaf gut, mein Schatz!«

Arielle sah ihm noch eine Weile zu und wunderte sich, wie er so schnell einschlafen konnte.

Als er leise zu schnarchen begann, lächelte sie, doch am nächsten Morgen war ihr das Lächeln gründlich vergangen.

12. Kapitel

»Es kommt schon alles wieder in Ordnung, Arielle«, versicherte Burke tröstend, während er seine Frau zu einem Stuhl führte. »Ich verspreche es.« Er rieb ihre eiskalten Hände. »Du bleibst hier sitzen, ja? So ist es gut!«

Wie gelähmt starrte Arielle ihn an. »Aber, Burke, sie ist...«

»Ich weiß, mein Liebes«, entgegnete er rasch. »Ich werde mich um alles kümmern.«

Arielle beobachtete, wie Mrs. Pepperall die weinende Kammerzofe Mellie aus dem Zimmer führte. Man hatte dem Mädchen eine Decke umgehängt, die das zerrissene Kleid jedoch kaum verdeckte. Die Waschfrau, die sie gefunden hatte, berichtete Burke mit besorgten Worten: »Ich bin nicht rechtzeitig genug gekommen. Er war einfach zu schnell!«

Nachdem Burke sie ein wenig beruhigt hatte, fuhr sie fort: »Ich habe gehört, wie sie geschrien hat und bin sofort losgerannt. Als ich ihn gesehen habe, war er gerade fertig mit Mellie und hat über ihr gestanden und sich seine Hose zugeknöpft. Als er mich gesehen hat, ist er in Richtung auf den Wald davongelaufen.«

»Sie haben ihn nicht erkannt?«

Mrs. Tibbens schüttelte den Kopf. »Er war weder groß noch klein, ein Mann eben. Vielleicht nicht gerade der Dünnste. Er trug eine Kapuze über dem Gesicht, weshalb auch die arme Mellie nichts gesehen hat.«

Burke dankte ihr und schickte sie weg. Dann informierte er den Verwalter und bat ihn, sich mit mehreren Männern auf die Suche zu machen. Schließlich hockte er sich vor Arielle nieder und nahm ihre Hände. Zu dumm, daß so etwas ausgerechnet hier, in Ravensworth, passieren mußte!

»Ich muß fort, Arielle. Wir wollen den Mann suchen, der Mellie verletzt hat.«

»Er hat sie vergewaltigt«, korrigierte sie ihn mit harter Stimme. »Das ist weit schlimmer.«

»Ja, das stimmt, doch er wird bestraft werden.«

»Von wem?«

Er schwieg einige Augenblicke. »Mit Sicherheit gibt es Gesetze und schwere Strafen für Vergewaltigung.«

Fast mitleidig sah sie ihn an. »Ein Mann kann mit seiner Frau machen, was er will. Ich glaube, das bezieht sich auch auf alle anderen. Männer haben schließlich die Gesetze gemacht. Weshalb sollten sie einander für etwas bestrafen, das sie als ihr Recht erachten?«

Er schwieg, weil er den entsetzlichen Verdacht hatte, daß sie im Recht sein könnte. Dann erhob er sich, strich ihr leicht über die Wange und verließ den Raum.

Ein kleiner Fetzen eines dunkelbraunen Wollstoffs, den man in der Nähe der fraglichen Stelle an einem tiefhängenden Ahornast gefunden hatte, war die einzige Spur. Sein erster Weg führte Burke hinüber zum Haus von Sir Edward Pottenham, das etwa drei Meilen von Ravensworth Abbey entfernt lag.

Sir Edward war ein etwas wunderlicher, alter Mann, der sich mit Hingabe seiner Schmetterlingssammlung widmete, und es kostete Burke einige Überredung, eine Besichtigung abzulehnen. Den angebotenen Brandy nahm er jedoch gern an.

»Nun, mein Junge, was führt Sie her?«

Burke berichtete ihm, was sich ereignet hatte.

»O, das ist ja entsetzlich! Und von dem Mann gibt es keine Spur?«

»Nein, nur dieses kleine Stück Wollstoff. Er muß bei der Flucht mit seinem Mantel hängengeblieben sein. Glücklicherweise hat unsere Wäscherin so rasch auf die Hilferufe reagiert, daß er nicht ganz spurlos davongekommen ist.«

»Hoffentlich bekommt das arme Mädchen kein Kind, sonst findet sie womöglich keinen Mann.«

Burke hatte noch deutlich Arielles Worte im Ohr. »Was wird mit ihm geschehen, wenn wir ihn erwischen?«

Sir Edward brach in schallendes Gelächter aus. »Nun,

wenn er nicht verheiratet ist, wird er das Mädchen heiraten müssen.«

»Aber er hat sie doch vergewaltigt! Da wird sie ihn doch nicht wollen.«

»Ach, wissen Sie, meistens schreien diese Dinger so laut, wenn man sie erwischt! Bestimmt ist der Mann ihr Liebhaber, oder vielleicht hat sie ihn ja auch verführt. Sie wissen doch, wie diese Mädchen sind. Ich wette, sie hat ihn vorher schon gekannt!« Er lachte und schlug Burke kräftig auf den Rücken. »Jetzt kennt sie ihn noch ein bißchen besser, nicht wahr? Noch einen Brandy?«

Das ist nicht gerecht, dachte Burke, während er nach Ravensworth Abbey zurückritt, wo Mrs. Pepperall bereits auf ihn wartete.

»Wie geht es Mellie?« fragte er.

»Den Umständen entsprechend gut. Allerdings halte ich es« – sie druckste ein wenig herum – »für besser, daß wir sie aus dem Haus entfernen, um den anderen Mädchen eine Lektion zu erteilen.«

Fassungslos starrte Burke sie an, doch es schien ihr wirklich ernst zu sein.

»Kann ich sie entlassen, Mylord?«

»Aber es war doch überhaupt nicht ihre Schuld. Der Mann hat sie doch vergewaltigt!«

»Das behauptet Mrs. Tibbens«, bemerkte Mrs. Pepperall verächtlich.

»Ich habe keinen Grund, das anzuzweifeln. Sie haben das Mädchen doch selbst gesehen! Ihr Kleid war völlig zerrissen. Sie können sie doch nicht einfach für etwas verantwortlich machen, was man ihr angetan hat! War Doktor Brody schon hier?«

Mrs. Pepperall war entrüstet. »Aber natürlich *nicht*, Mylord! Weshalb denn auch?«

Burke fixierte sie. »Sie kann doch innere Verletzungen haben. Lassen Sie auf der Stelle Doktor Brody holen!«

Mrs. Pepperall begriff die Welt nicht mehr. »Wenn wir das tun, dann weiß es heute abend ganz East Grinstead.«

»Na wunderbar! Dann finden wir den Schuldigen vielleicht leichter. Richten Sie Doktor Brody aus, daß ich ihn sprechen möchte, wenn er Mellie untersucht hat.«

»Ja, Mylord.«

»Und noch etwas: Mellie wird selbstverständlich hierbleiben. Ich will nicht, daß Sie ihr die Verantwortung an dieser Vergewaltigung zuschieben, Mrs. Pepperall! Sie sind mir auch dafür verantwortlich, daß keines der anderen Mädchen sie auslacht. Montague wird dasselbe mit den Männern besprechen.«

»Ich habe gedacht, ich höre nicht richtig!« empörte sich Mrs. Pepperall einige Zeit später bei Montague. »Es ist doch absurd, daß dieses kleine Weib weiterhin hierbleibt!«

Montague schwieg klugerweise, denn er hatte deutlich gespürt, daß der Earl of Ravensworth außer sich vor Zorn war, und befürchtete sehr, daß möglicherweise einer seiner Untergebenen der Schuldige sein könnte. Als er mit den Männern sprach, gab es einige freche Kommentare, doch Montague ermahnte die Männer eindringlich und gab die Anweisungen des Earl of Ravensworth weiter.

Burke wollte gerade nach oben gehen, um nach Arielle zu sehen, als Doktor Brody von Montague in die Halle geführt wurde. Mark Brody war ein schlanker, jüngerer Mann, mit blasser Gesichtsfarbe und durchdringend blickenden, blauen Augen. Er war nur wenige Jahre älter als Burke und lebte mit seiner Mutter seit ungefähr drei Jahren in West Healthy. Burke mochte ihn und schüttelte ihm herzlich die Hand.

»Wir haben uns ja lange nicht gesehen, Mark.«

»Ja, das stimmt. Willkommen zu Hause, Burke, und meinen herzlichen Glückwunsch zur Hochzeit mit Lady Rendel! Eine wunderschöne, junge Dame.«

Nach einigen weiteren Höflichkeiten kam er zum Wesentlichen. »Ich habe Mellie untersucht. Der Mann hat sie tatsächlich verletzt. Ich kann nicht sagen, ob sie noch Jungfrau war, doch er hat sie schrecklich brutal behandelt.«

»Ich nehme an, daß Mellie noch Jungfrau war. Sie ist ja noch nicht einmal fünfzehn.«

»So jung ist das nun auch wieder nicht, Burke. Es ist mir jedenfalls gelungen, die Blutung zum Stillstand zu bringen. Im Augenblick ist Mellie natürlich ein wenig schwach, aber da sie gesund ist, wird sie sich rasch erholen. Haben Sie den Schuldigen schon gefunden?«

Burke schüttelte den Kopf. »Was meinen Sie, sollte man den Mann bestrafen?«

»Da ich das Mädchen gesehen habe, kann ich nur mit ja antworten. Sie hat ihn mit Sicherheit nicht ermuntert, sondern ist so brutal behandelt worden, wie man das keinem menschlichen Wesen wünschen kann!«

»Für diese Aussage bin ich sehr dankbar«, sagte Burke. »Werden Sie noch einmal nach Mellie sehen?«

»Aber selbstverständlich«, erwiderte Doktor Brody und verabschiedete sich.

Arielle war nicht im Bett, sondern saß in einem blaßblauen Seidenkleid am Fenster. Ihr Haar war zu einer Krone geflochten, und sie sah sehr schmal, hübsch und gleichzeitig ein wenig traurig aus.

»Hallo!« begrüßte Burke sie und küßte sie auf die Wange.

Sie zuckte nur ganz leicht zusammen, was ihn fast glücklich machte. »Mellie wird wieder gesund werden. Ich habe mich soeben mit Doktor Brody unterhalten.«

»Da bin ich aber erleichtert«, erwiderte Arielle. Dann sah sie zu ihm auf. »Es ist scheußlich, nicht wahr?«

»Ja.«

»So hilflos und schwächer als der andere zu sein – es ist zum Fürchten!«

»Ich verstehe dich«, erwiderte er, während er sie hochzog und zärtlich umarmte. »Ich werde den Mann finden, mein Schatz, und ich werde ihn bestrafen.« Es war ihm völlig ernst. Da es für dieses Verbrechen keine gesetzliche Strafe gab, hatte er als Herr von Ravensworth die Pflicht, auf seinem Besitz nach dem Rechten zu sehen. Schließlich war er für alles verantwortlich.

Sanft streichelte er ihren Rücken. Mrs. Pepperall und auch Sir Edward Pottenham hatten beide das Mädchen verantwortlich gemacht, das Opfer und nicht den Verbrecher! Wie hätte er wohl reagiert, wenn er nicht durch Arielle so empfindlich für dieses Thema geworden wäre? Hätte sie sich so viele Gedanken gemacht, wenn sie nicht selbst mißbraucht worden wäre? Er konnte nur hoffen, daß er in jedem Fall so reagiert hätte.

Am späteren Nachmittag spazierte Burke mit Arielle durch den Park zu einem kleinen Pavillon, den bereits Burkes Großvater errichtet hatte. Die Sonne stand schon tief, und die warme Luft duftete wunderbar nach frischem Heu. Burke fühlte sich großartig und beobachtete voller Freude, wie Arielle ihr Gesicht in die Sonne hielt.

Rasch holte er eine Decke aus dem Pavillon und breitete sie unter den tiefhängenden Ästen einer Eiche aus. Er bettete Arielles Kopf auf seinen Schoß, so daß sie sich ausruhen konnte. Dabei wanderten ihre Blicke zum sonnendurchfluteten Blättergewirr über ihren Köpfen hinauf.

»Hier ist es schön. Hier kann nichts Böses passieren.«

»Das würde ich auch nicht zulassen«, meinte Burke und lehnte sich gegen den Stamm. »Liegst du bequem?«

»Hm.«

Als er schon glaubte, daß sie eingeschlafen sei, sagte sie ganz plötzlich: »Dieses Warten ist unerträglich, Burke. Es scheint irgendwie kein Ende zu nehmen.«

»Wir werden den Mann bestimmt ausfindig machen, Arielle. Cerlew wird noch einige Fachleute engagieren.«

»Das meine ich nicht.«

»Was meinst du denn dann? Worauf wartest du?«

»Daß du endlich verlangst, daß ich dich befriedige. Oder wartest du nur, bis es mir wieder gutgeht?«

»Weshalb sprichst du ausgerechnet jetzt davon? Möchtest du, daß ich etwas gegen deinen Willen tue?«

»Ich bin ziemlich realistisch. Ich würde es nur gern vorher wissen, damit ich mich darauf einstellen kann. Darauf zu warten, daß du irgendwann…« Ihre Stimme erstarb.

Vielleicht wollte sie ihn dazu bringen, gegen ihren Willen zu handeln, um ihm leichter davonlaufen zu können. Nun, das sollte ihr nicht gelingen! Er wickelte sich eine Haarlocke um den Finger. »Dein Haar ist weich wie Seide.« Dann strichen seine Finger ganz sanft über ihre weiße, weiche Kehle. »Die Situation ist völlig verrückt, findest du nicht auch? Wir liegen hier friedlich auf der Decke und genießen die Ruhe, und plötzlich fragst du mich, wann ich dich endlich mißbrauchen werde!«

»Wann können wir nach Boston fahren?« erkundigte sie sich, ohne auf seinen letzten Satz einzugehen.

»Das weißt du doch. Sobald der Krieg vorüber ist. Außerdem muß ich noch einige wichtige Entscheidungen mit Cerlew treffen. Ich nehme an, daß wir im Herbst fahren können. Vorher ist es mit Sicherheit zu gefährlich.«

»Aber Baron Sherard und Nesta sind doch auch Engländer und leben augenblicklich sogar dort!«

»Ja, aber wir nicht. Ich will dich keiner Gefahr aussetzen.«

Arielle wußte nichts darauf zu sagen. Irgendwie wußte sie nie, woran sie bei ihm war. Einerseits machte er sich über ihre Sicherheit Gedanken, doch andererseits hatte er sie einfach entführt! Sie fand das ausgesprochen verwirrend, doch im Augenblick war sie viel zu müde, um sich weiter den Kopf darüber zu zerbrechen.

Als Burke sie einige Augenblicke später ansah, war sie eingeschlafen. Sanft berührte er ihre leicht geöffneten, weichen Lippen und lächelte. Sobald sie kräftig genug war, wollte er mit ihr nach London fahren, sie überall herumführen und sie allen seinen Freunden vorstellen. Seine Schwester erinnerte sich mit Sicherheit noch an Arielle und Lannie erst recht. Außerdem mußte er herausfinden, wann Lannie nach Ravensworth zurückkehren wollte. Er hätte Arielle zwar am liebsten für sich allein gehabt, doch es wäre ihm nie in den Sinn gekommen, Lannie deshalb endgültig nach London zu seiner Schwester zu verbannen. Dann dachte Burke wieder an den letzten Abend in London, bevor er zur Entführung aufgebrochen war. An diesem Abend hatte er mit Knight in dessen Stadthaus zu Abend gegessen.

Als sie beim Brandy angekommen waren, hatte Knight bemerkt: »Ich denke, daß es doch noch einen einfacheren Weg geben muß, um eine Frau zu erobern, alter Junge.«

»Das ist schon möglich, doch in diesem Fall nicht.« Burke hatte sein Glas erhoben. »Ich möchte auf meine zukünftige Frau trinken und auf das hübsche Haus, das Sie uns für die Flitterwochen zur Verfügung stellen.«

»Vorgezogene Flitterwochen ist wohl richtiger. Haben Sie tatsächlich die Absicht, sie so lange dort festzuhalten, bis sie zustimmt?«

»Wenn es nötig ist, bestimmt«, hatte Burke geseufzt. »Ich bin fest entschlossen, sie zu bekommen.«

Knight hatte verständnisvoll gelächelt. »Ich freue mich schon darauf, dieses traumhafte Wesen kennenzulernen, und hoffe und wünsche, daß alles gut wird. Wissen Sie, Burke, Frauen können manchmal richtige Teufel sein!«

Burke lächelte, als er sich an Knights Ausspruch erinnerte, und betrachtete das traumhafte Wesen. Sie hatte ihn damals geliebt, und er war überzeugt, daß sie diese Gefühle wieder entdecken würde.

Als Arielle sich für das Abendessen umzog, wählte sie ein blaßgrünes, einfaches Musselinkleid. Nachdem Dorcas den letzten Knopf geschlossen hatte, trat sie zurück. »Dieses Kleid ist so hochgeschlossen und zugeknöpft«, bemerkte sie, während sie eine Falte ausstrich, »daß man meinen könnte, Sie wollten ihn von sich fernhalten.«

»Stimmt genau«, gab Arielle zu, doch als sie etwa eine halbe Stunde später den Speisesaal betrat, konnte sie an Burkes Gesichtsausdruck ablesen, daß er sie vermutlich auch noch in Lumpen begehrt hätte.

Er empfing sie mit dem liebevollen Lächeln, das sie immer wieder verunsicherte und zugleich wärmte. Mit Mühe riß sie sich zusammen. Wie würde er sie wohl in einem Monat ansehen? In einem Jahr? In fünf Jahren?

»Du siehst zauberhaft aus«, sagte er bewundernd und küßte ihr Handgelenk und ihren Mund, bevor sie ihm ausweichen konnte. »Hast du Hunger?«

Sie nickte und trat rasch einen Schritt zurück. »Auch du siehst sehr gut aus, Burke. Ich habe das schon damals gedacht, aber...«

»Ich danke dir für das Kompliment. Doch jetzt wollen wir essen.«

Während sie als Vorspeise Pilzsuppe löffelten, fragte Arielle unvermittelt: »Weißt du eigentlich, was aus Rendel Hall geworden ist?«

»Nein, aber jetzt ist mir das auch gleichgültig.«

»Aber du wolltest doch einmal alles kaufen?«

»Nur, weil ich dich dadurch gewinnen wollte.« Dabei lächelte er ihr zu, um ihr jede Unsicherheit zu nehmen. »Wenn ich jetzt darüber nachdenke, weiß ich nicht mehr, ob dieser Gedanke überhaupt sehr vernünftig war. Wie hätte ich dich denn in meine Gewalt bringen sollen, wenn du soviel Geld gehabt hättest?«

»Was du getan hast, war überhaupt nicht spaßig, Burke!«

»Nein, doch ich wiederhole noch einmal, daß es mir äußerst ernst war!«

Kurze Zeit später erschien Montague, gefolgt von zwei Dienern, die große Silbertabletts hereintrugen. Nachdem alles serviert worden war, entließ Burke die Männer mit einem Nicken. Eigentlich war das ja Arielles Aufgabe als Hausfrau. Er mußte unbedingt mit ihr darüber sprechen, denn er wollte nicht, daß sie sich in ihrem eigenen Haus wie auf Besuch vorkam. Sie sollte spüren, daß sie wirklich die Herrin des Hauses war.

Nachdem sie allen Gerichten kräftig zugesprochen hatten und schließlich beim Zitronendessert angekommen waren, zog Arielle eine Grimasse. »Ich kann keinen einzigen Bissen mehr essen! Es war wundervoll!«

»Das mußt du Montague sagen, damit er es der Köchin ausrichtet.«

Sie nickte, während ihr Blick abwesend über die massive,

dunkle Eichentäfelung streifte. Der Kronleuchter über ihrem Kopf war so gewaltig, daß er gut und gern zwanzig Menschen hätte erschlagen können. Als sie feststellte, daß er völlig verstaubt war, wollte sie schon etwas sagen, doch dann zuckte sie gleichmütig die Achseln. Was ging es sie eigentlich an? Dann wanderte ihr Blick zu den drei hohen Fenstern, deren Gardinen aus schwerem, dunkelblauem und bereits etwas verschossenem Samt bestanden. Gleichzeitig stellte sie sich vor, wie luftig das Zimmer wirken würde, wenn man sie durch blaßgelbe, leichte Stoffe ersetzte. Doch wieder schüttelte sie den Kopf. Es war ihr völlig gleichgültig, ob dieser Raum traurig wie ein Grab wirkte.

Als sie irgendwann zu Burke hinübersah, stellte sie fest, daß er sie die ganze Zeit über gespannt beobachtet hatte. »Was willst du heute abend machen?« fragte sie und war froh, daß ihre Stimme sanft und gleichmütig klang.

»Das wirst du schon sehen«, antwortete er, worauf sie erbleichte. Doch irgendwie hatte er es nicht eilig, den Schauplatz ins Schlafzimmer zu verlegen.

Statt dessen bat er Arielle, ein wenig Klavier zu spielen, und sie sang einige traurige italienische Balladen. Als Montague mit dem Teetablett eintrat, war Burke völlig überrascht. Er hatte überhaupt nicht bemerkt, wie rasch die Zeit vergangen war. Dankend nickte er dem Butler zu und wandte sich dann an Arielle: »Wunderschön hast du gespielt. Ich danke dir. Komm, es gibt noch eine Tasse Tee, bevor wir uns zurückziehen.«

Arielle wollte den Zeitpunkt gern hinausschieben und hantierte umständlich mit ihrer Teetasse. »Kannst du auch Klavier spielen?«

»Nein, nicht besonders. Als feststand, daß ich Offizier werden würde, hielt mein Vater es nicht mehr für richtig, mich mit derartigem Unsinn zu belästigen. Irgendwie schade, denn ich habe gern gespielt.«

»Du kannst doch noch einmal von vorn anfangen.«

»Ja, das ist wahr«, stimmte er abwesend zu. »Jetzt haben

wir wieder dieselbe Situation: Für einen Betrachter sind wir ein glückliches Paar, doch insgeheim hast du schreckliche Angst, daß ich dir die Kleider vom Leib reiße und unsägliche Dinge mit dir anstelle! Schrecklich, nicht wahr?«

Sie überging diese Sätze. »Ich möchte jetzt gern zu Bett gehen, Burke. Darf ich in meinem Zimmer schlafen?«

»Nein, und frage mich bitte nicht noch einmal, Arielle! Auch in fünfzig Jahren wirst du keine andere Antwort von mir bekommen!«

»Gute Nacht!« sagte sie nur und erhob sich.

»Warte auf mich, Liebes, ich begleite dich.«

Über die Tatsache, daß Arielle einen chinesischen Wandschirm im Schlafzimmer hatte aufstellen lassen, ging er kommentarlos hinweg, denn er war sicher, daß er ihn in spätestens einem Monat wieder verschwinden lassen konnte, ohne daß sie Einspruch erhob. Jedenfalls hoffte er das. Als Arielle einige Zeit später in einem weißen Nachthemd hinter dem Schirm hervortrat, lag er bereits im Bett und schien fasziniert in einem Buch über die Borgias zu lesen.

Er war nackt und fest entschlossen, den eingeschlagenen Weg weiterzugehen. »Komm, setz dich zu mir!« Er hatte das Buch weggelegt und klopfte einladend neben sich auf die Matratze.

Zögernd und mit niedergeschlagenen Augen näherte sich Arielle dem Bett, bis Burke schließlich ihre Hand fassen konnte.

»Sehr gut. Jetzt möchte ich, daß du das Nachthemd ausziehst!«

Ihr Kopf sauste hoch, und sie sah ihn entsetzt an, doch sein Gesicht blieb ausdruckslos. »Soll ich dir helfen?«

Sie schüttelte stumm den Kopf und zerrte dann hastig an allen Bändern und den entsetzlich vielen Knöpfen. Seelenruhig beobachtete er, wie sie das Hemd über den Kopf zog und zu Boden gleiten ließ. Stocksteif und völlig ergeben stand sie vor ihm.

»Du siehst wunderschön aus.« Sie zuckte nicht einmal zurück, als er die Hand ausstreckte und sanft ihre linke Brust umschloß. »Setz dich zu mir!«

Mucksmäuschenstill saß sie mit leicht geöffneten Beinen da. Wie oft hatte Paisley Cochrane sie wohl zu dieser Haltung gezwungen? Sie hatte immer die Hände auf die Schenkel legen müssen, weil er sie ungestört hatte ansehen wollen. Im dämmrigen Licht konnte Burke die feinen, weißen Linien fast nicht mehr erkennen. »Sieh mich an, Arielle!«

Sie zuckte zusammen. Offenbar hatte Burke etwas gesagt, was sie nicht gewöhnt war. Ganz langsam hob sie den Kopf. Er erhaschte gerade noch den angsterfüllten Ausdruck ihrer Augen, bevor ihr Gesicht maskenhaft glatt und ausdruckslos wurde. Sanft tätschelte er ihre Hand und fühlte dabei die warme, weiche Haut ihres Schenkels.

»Wie fühlst du dich?« fragte er.

»Gut.«

»Komm jetzt ins Bett, sonst erkältest du dich noch!« Er schlug die Decke zurück, doch erst nach einigem Zögern krabbelte Arielle über ihn und schlüpfte unter die Decke. Er drehte sich zu ihr um, um sie anzusehen. »Du hast gesagt, daß du das Warten nicht mehr aushältst.«

Sie nickte mit geschlossenen Augen.

»Es tut mir leid, wenn ich dich enttäuschen muß, mein Liebes, aber mir ist so gar nicht danach zumute, mich heute abend wie ein Ungeheuer zu benehmen!«

Sie riß die Augen auf und schnappte nach Luft. »Weshalb spielst du so mit mir?«

»Sei still!« sagte er und beugte sich über sie, wobei er ihr Entsetzen und ihre Angst beinahe körperlich spürte. Sie atmete in kleinen, keuchenden Stößen. »Ich werde so lange mit dir spielen, bis du nicht mehr willst, daß ich damit aufhöre«, flüsterte er schließlich ganz leise.

»Kann ich es – nicht einfach machen? Ich möchte es wenigstens versuchen.«

Er schien sie gar nicht gehört zu haben. »Und heute nacht«, sagte er, während er mit den Fingern durch ihr Haar strich,

»werde ich jeden Zentimeter deines Körpers berühren. Ich werde dich auswendig lernen und dich mir einprägen.«

Sie sah ihn an, als ob er verrückt geworden wäre, und er konnte es ihr nicht einmal verdenken.

»Du hast die hübschesten Ohren«, hauchte er, während er ihre Ohrmuschel küßte und dann ganz leicht am Ohrläppchen knabberte. »So zart und klein und sehr weiblich!« Als er das kleine Loch entdeckte, fuhr er fort: »Ich muß dir unbedingt den Familienschmuck der Drummonds zeigen, damit du dir etwas aussuchen kannst. Falls dir nichts gefällt, kaufen wir dir, was du möchtest.«

Ungläubig sah sie ihn an. Wenn Paisley Gäste gehabt hatte, hatte sie gelegentlich den Schmuck seiner ersten Frau anlegen dürfen. Bei einer dieser Gelegenheiten war ihr einmal ein Smaragdarmband vom Handgelenk gerutscht, und er hatte sie wegen dieser Unachtsamkeit heftig geschlagen. Sie haßte das Spiel, das Burke mit ihr spielte. Es brachte sie aus dem Gleichgewicht und ängstigte sie.

Wieder glitt seine Zunge über ihr Ohr und machte schließlich einen kleinen Vorstoß nach innen. Es kitzelte, und Arielle erschauerte. Wenn er ihr tatsächlich den Schmuck gab, dann bestimmt nur, um ihr später Vorwürfe machen zu können, wenn sie ihn verloren hatte.

»Ich möchte aber keinen Schmuck!«

»Und weshalb nicht? Steht er dir nicht?«

»Ich – ich könnte ihn verlieren, und dann wirst du ärgerlich.«

»Ich verstehe«, murmelte er und verstand nur allzu gut. »Wo war ich stehengeblieben? Ach ja, an deinem rechten Ohr. Komm, rutsche näher! Ich möchte gern deine Brüste an meinem Körper spüren. So! Ist das nicht schön?«

13. Kapitel

Anfangs glaubte Burke nicht, daß er in dieser Haltung einschlafen könnte, doch schließlich übermannte ihn die Müdigkeit. Er hielt Arielle mit einem Arm umschlungen und fest an sich gedrückt. Daß sein erregtes Glied dabei ihren Bauch berührte, störte ihn nicht im geringsten, denn er wollte ja, daß sie sein Verlangen spürte. Sie sollte begreifen, daß er sie nicht bedrängte, auch wenn er sie noch so heftig begehrte.

Bisher hatte sie nur begriffen, daß er sich anders verhielt, als sie es von einem Mann erwartete. Mit der Zeit würde sie auch noch begreifen, daß er sie weder prügeln, noch sie auf die Knie zwingen wollte. Während er langsam in Schlaf sank, hoffte er inständig, daß Zeit, Geduld und Beharrlichkeit ihn schließlich zum Ziel führen würden.

Als Burke einen lauten Schrei hörte, träumte er gerade von einer Schlacht, doch als er den zweiten hörte, erwachte er und saß sofort senkrecht im Bett.

»Was war das?« flüsterte Arielle.

»Bleibe hier!« Rasch sprang er aus dem Bett und schlüpfte in seinen Morgenmantel. Draußen dämmerte es gerade, so daß er seinen Weg erkennen konnte. Am Ende des Korridors traf er auf Mrs. Pepperall, die entsetzt über das Geländer nach unten starrte und sich dabei die Hand vor den Mund hielt. Rasch war Burke an ihrer Seite.

Unten, in der Halle, lag Mellie am Fuß der Treppe. Sie trug ein weißes Nachthemd und war von einer großen Blutlache umgeben. Selbst von oben war unschwer zu erkennen, daß sie sich das Genick gebrochen hatte.

Obwohl Burke würgen mußte, war seine Stimme ganz ruhig und sehr beherrscht. »Holen Sie Montague, und schicken Sie einen der Männer zu Doktor Brody!«

Etwa eine Stunde später saßen Burke und Arielle mit Doktor Brody im Wohnzimmer.

»Ich würde schätzen, daß sie seit etwa fünf oder sechs Stunden tot ist«, erklärte der Arzt, während er an seinem Tee nippte.

»Weshalb haben wir eigentlich nirgendwo eine Kerze gefunden?« fragte Arielle. »Burke ist das sofort aufgefallen!«

»Das ist mit Sicherheit ein wichtiger Punkt«, ergänzte Burke. »Auf jeden Fall müssen wir Sir Edward Pottenham Bescheid geben, denn er vertritt den Magistrat – eine Hilfe wird er uns wahrscheinlich nicht sein!«

Nach einem Seitenblick auf Arielle, meinte Mark Brody: »Mellie hat stark geblutet. Meiner Ansicht nach wäre es möglich, daß sie aufgewacht ist, das Blut gesehen hat und versucht hat, Hilfe zu holen. Vielleicht war sie so entsetzt, daß sie die Kerze einfach vergessen hat.«

Natürlich kam man zu keinem Schluß. Nachdem Sir Edward etwa eine Stunde später den Bericht angehört hatte, saß er eine ganze Weile in Schweigen versunken da, bis er sich plötzlich auf die Schenkel schlug. »Nun«, begann er, »vielleicht ist es ja so für alle Teile das Beste: Das Mädchen hatte ohnehin keine Zukunft mehr. Ihr Tod war entweder ein Unfall oder Selbstmord.«

Arielle konnte sich nicht länger zurückhalten. Sie sprang auf, doch obwohl ihr schwindelte, blieb sie stehen und suchte an der Rückenlehne eines Sessels Halt. »Das Beste?!« schrie sie. »Ein unschuldiges, junges Mädchen hat sich das Genick gebrochen, und Sie gehen einfach so darüber hinweg? Gott schütze uns vor solchen Männern! Ich wünschte, Sie würden stürzen und sich das Genick brechen! Mit Wonne würde ich dann ebenso reden!«

Sie raffte ihre Röcke und rannte aus dem Zimmer, während Burke unter halbgeschlossenen Lidern Sir Edwards Reaktion studierte.

»Ich fürchte, Ihre Frau ist ein wenig hysterisch, aber dagegen läßt sich wohl nichts machen. Ich wette, daß sie schwanger ist! Frauen sind wirklich seltsame Wesen...«

»In diesem Fall, Sir Edward«, sagte Burke, während er sich erhob, »stimme ich voll und ganz mit meiner Frau überein! Weder glaube ich, daß Mellie sich das Leben genommen hat, noch, daß es einfach nur ein Unglück war! Ich nehme an, daß man sie ins Treppenhaus gelockt und sie hinuntergestoßen hat. Halten Sie Ihre Meinung auch aufrecht, falls das Mädchen ermordet wurde?«

Sir Edward schnaubte. »Und wer soll so etwas getan haben? Etwa Sie, Mylord?«

Burke lächelte nur. »Nein, doch es besteht immerhin die Möglichkeit, daß der Mann, der sie vergewaltigt hat, hier in diesem Haus als Diener beschäftigt ist. Ein Gedanke, der mir Gänsehaut verursacht! Vielleicht befürchtete er seine Entdekkung und hat sie deshalb lieber umgebracht.«

»Reine Theorie! Wie wollen Sie den geheimnisvollen Mann ermitteln?«

»Noch habe ich nicht die leiseste Ahnung, doch ich werde einen Detektiv hinzuziehen. Allerdings hat der Täter einen Denkfehler begangen«, fügte er nachdenklich hinzu. »Wenn man ihn erwischt hätte, wäre ihm wegen der Vergewaltigung nicht das Geringste passiert, doch bei Mord ist das natürlich etwas ganz anderes!«

»Es stimmt nicht, daß ihm nichts geschehen wäre, denn immerhin mußte der Mann befürchten, daß Sie ihm die Kehle durchgeschnitten hätten! Nun gut, ich habe jetzt Wichtigeres zu tun.«

»Ich werde Sie hinausbegleiten, Sir Edward«, sagte Burke. Dann ist es also im Grunde mein Fehler, daß Mellie ermordet worden ist, dachte er. Verdammt!

Am Tag nach Mellies Beerdigung wurde Burke von einem verwirrt dreinblickenden Montague aus seinem Arbeitszimmer gerufen. »Mylord, Sie haben Besuch. Nicht nur Besuch, sondern auch noch andere Leute.«

»Sehr klare Ausdrucksweise, Montague. Ich komme sofort.«

Als er die Halle betrat, sah er, was Montague gemeint hatte. Lannie war mit ihren beiden Kindern zurückgekehrt, gleichzeitig war Knight eingetroffen und außerdem noch ein Mann, den Burke noch nie im Leben gesehen hatte.

»Nun«, sagte er, »ich möchte alle herzlich willkommenheißen!«

»Onkel Burke! Onkel Burke! Wir sind wieder da und haben dir etwas mitgebracht!«

Burke fing die beiden heranstürmenden Mädchen auf und küßte sie ausgiebig.

»Und ich habe für jede von euch beiden ein Geschenk!«

»Die neue Tante?« fragte Virgie, die als Ältere gewissermaßen als Sprecherin der zwei fungierte. »Unsere Mutter hat uns erzählt, daß du ein Mädchen geheiratet hast, die ihren Mann ermordet hat…«

»Ach, du lieber Himmel!« fuhr Lannie errötend dazwischen. »So habe ich mich aber wirklich nicht ausgedrückt! Mrs. Mack wird euch jetzt ins Kinderzimmer bringen, und euer Onkel wird euch später dort besuchen. Nicht wahr, Burke?«

»Aber selbstverständlich.« Er küßte die kichernden Mädchen und übergab sie dann Mrs. Macks geduldiger Fürsorge.

»Burke«, begann Lannie, »darf ich dir Percy Kingstone, Lord Carver, vorstellen? Percy, dies ist mein Schwager Burke Drummond, der Earl of Ravensworth.«

Die beiden Männer schüttelten einander die Hand. Aha, aus dieser Richtung weht der Wind, dachte Burke. Der etwas untersetzte Mann wirkte ein wenig extravagant, doch er hatte einen liebevollen Gesichtsausdruck und kluge Augen. Danach wandte Burke sich an Knight. »Nun, alter Junge, was führt Sie denn hierher?«

»Ich möchte natürlich die Braut sehen«, entgegnete dieser. »Außerdem habe ich Lannie den Gefallen getan und Anstandsdame gespielt. Vier Stunden lang saß ich zwischen den beiden!«

Lord Carver faßte lächelnd nach Lannies Hand. »Das hat er

tatsächlich getan, Mylord, nur hat er drei Stunden lang tief geschlafen und geschnarcht.«

»Eine fürchterliche Lüge!« bemerkte Knight.

»Wir haben deinen Brief bekommen«, erzählte Lannie, »und dann auch die Anzeige in der *Gazette* gelesen. Corinne war wütend, daß du ohne die Familie geheiratet hast. Du kennst sie ja!«

»In der Tat«, bemerkte Burke und schenkte Lannie ein liebevolles Lächeln. »Montague wird sich um das Gepäck kümmern. Ich nehme doch an, daß ihr bleiben wollt, oder?«

Knight bestätigte diese Annahme, und etwa eine halbe Stunde später saß er mit Burke in dessen Arbeitszimmer, wo sie ungestört waren.

»Wo ist die Braut?«

»Sie schläft, jedenfalls hoffe ich das. Sie ist immer noch nicht ganz gesund und ermüdet rasch.«

»Ich wußte gar nicht, daß sie krank gewesen ist.«

»Doch. Sie ist in Hobhouse krank geworden, doch jetzt fühlt sie sich schon viel besser.«

Knight schlenderte zum Kamin hinüber und lehnte sich gegen den Sims. »Sie wollen mir wohl nicht verraten, was sich dort abgespielt hat, oder?«

»Um die Wahrheit zu sagen: Die Krankheit hat alles erleichtert. Ich habe Arielle geheiratet, ohne daß sie es recht begriffen hat. Wenn sie nicht krank gewesen wäre, hätte sie vermutlich niemals eingewilligt. Sie ist zutiefst verletzt, Knight, doch das hört sich alles reichlich seltsam an, nicht wahr?«

Schweigend betrachtete Knight den Freund.

Schließlich gab sich Burke einen Ruck. Er hatte mit Knight schon so viel erlebt, daß er sich ihm ruhig anvertrauen konnte. »Ihr erster Mann hat sie entsetzlich mißbraucht. Ihr Körper ist über und über mit weißen Narben bedeckt...« Er legte eine kleine Pause ein, und Knight war zutiefst betroffen, wieviel Schmerz und Wut sich auf dem Gesicht seines Freundes spiegelten. »Er muß sie entsetzlich brutal geschlagen haben! Jetzt verstehen Sie sicher die ganze Geschichte, nicht wahr? Ich möchte Sie von Herzen bitten, liebevoll mit ihr umzugehen. Ich freue mich, daß Sie gekommen sind. Wir hatten in der letzten Zeit noch einige scheußliche Vorkommnisse, doch Ihre Gegenwart wird Arielle bestimmt ablenken.«

Arielle war über die nette Gesellschaft geradezu entzückt. Während des Essens lachte sie sogar herzlich über Lord Carvers witzige Bemerkungen. Auf den ersten Blick hatte sie ihn eher für eine gut gekleidete Wurst gehalten, bis sie seinen Humor kennengelernt hatte. Er schien wirklich ein sehr freundlicher, liebevoller Mensch zu sein. Wenn sie lachte, verspürte Burke immer wieder den heftigen Wunsch, sie in die Arme zu nehmen und ihre Wärme und Weichheit zu spüren. Doch dann sah er regelmäßig ihr angsterfülltes Gesicht vor sich und tat es lieber nicht.

Im Dunkeln war es einfacher. Dann konnte er die Angst und die Ablehnung nicht von ihrem Gesicht ablesen. Er wußte zwar, daß sie nach jedem Kuß Schläge und Vorwürfe erwartete, doch es folgten immer nur weitere Küsse und Zärtlichkeiten. Manchmal hätte er gern gewußt, ob sein Benehmen schon etwas geändert hatte oder ob sie nach wie vor in Panik geriet.

Als zwischen zwei Gängen eine kleine Pause eintrat, meinte Lannie: »Du bist vielleicht ein Romantiker, mein lieber Schwager! Corinne hat erzählt, daß du während deines Besuchs in London gleich mehrere Damen unglücklich gemacht hast. Und dann fährst du nach Hause, wirfst einen einzigen Blick auf Arielle und heiratest sie auf der Stelle – wenn das nicht romantisch ist! Meinst du nicht auch, Percy?«

»Es macht den Eindruck, als hätte es ihm die Füße weggezogen.«

»Das war eine reife Leistung, Arielle!« meinte Lannie.

»So kann man es nennen«, bekräftigte Burke und lächelte Arielle zu. Doch sie reagierte nicht und fühlte sich in diesem Augenblick sehr verlassen.

»Du wirst jetzt ein braver Ehemann werden. Jedenfalls behaupten die Londoner Damen das. Ich habe gehört, wie Lord

Donovan von deiner Geliebten, Laura Irgendwer, geredet – Oh, entschuldige bitte! Ich wollte nicht – wirklich...«

»Du mißt Klatsch und Tratsch ein wenig zuviel Bedeutung bei, Lannie«, bemerkte Burke gleichmütig.

Als geborener Diplomat fragte Knight: »Stellt das Gemälde über Ihrer linken Schulter eigentlich einen Vorfahren dar?«

»Ja, es ist mein Ur-Ur-Urgroßvater, Hugo Everett Drakemore Drummond.« Während Burke das sagte, wanderten seine Augen zu Arielle, die den Kopf gesenkt hielt. Er war wütend auf Lannie und deren loses Mundwerk.

»Sie werden uns jetzt sicher entschuldigen«, sagte Arielle ganz ruhig, während sie sich von ihrem Platz erhob. Es kostete Burke schreckliche Überwindung, sie nicht beiseitezuziehen und sich mit ihr auszusprechen. Statt dessen stand er nur auf und sah zu, wie sie mit Lannie hinausging.

»O!« rief Lannie strahlend, während sie sich im Wohnraum umsah, »Sie haben ja überhaupt nichts verändert!«

»Nein.«

»Es ist ein seltsames Gefühl, daß das Haus jetzt eine neue Herrin hat. Es macht mir ganz bestimmt nichts aus, Arielle, aber es ist noch so ungewohnt für mich.«

»Lord Carver scheint ein reizender Mann zu sein.«

»Ja, ich glaube, ich werde ihn heiraten. Er ist sehr klug, müssen Sie wissen«, und dann fügte sie etwas unsicher hinzu: »Und außerdem sehr witzig und schlagfertig.«

Arielle lächelte in sich hinein. »Ja, das finde ich auch. Mögen Virgie und Poppet ihn?«

»Sie sind ziemlich kritiklos und umschwärmen jeden Mann, der sich in ihre Nähe wagt. Percys erste Frau ist im Wochenbett gestorben, und eigentlich hat er nicht gedacht, daß er sich noch einmal würde verlieben können. Ich glaube, wir beide werden gut miteinander auskommen«, erklärte Lannie und wurde sogar ein wenig rot.

»Das denke ich auch.«

»Jetzt erzählen Sie mir aber von der armen Mellie. Ich

konnte ja kaum glauben, was Mrs. Pepperall mir berichtet hat. Sich auf diese Weise umzubringen…«

Arielle wurde ernst. »Mellie wurde vergewaltigt. Bestimmt hat sie sich nicht umgebracht, Lannie! Ich hoffe, ich ängstige Sie jetzt nicht, doch ich muß Ihnen sagen, daß sie umgebracht worden ist. Wahrscheinlich von dem Mann, der sie auch vergewaltigt hat. Es ist doch äußerst unwahrscheinlich, daß sie mitten in der Nacht ohne Kerze die Treppe hinuntergehen wollte, oder?«

»Aber Mrs. Pepperall hat es doch so dargestellt, als ob Mellie voller Schuldgefühle…«

»Schuldgefühle? Weshalb denn? Sie wurde vergewaltigt! Sie hat nichts getan und war gerade erst fünfzehn!«

Lannie sah sie lange nachdenklich an. »Ich glaube, wir sollten jetzt lieber das Thema wechseln. Ich werde Sie mit einer französischen Ballade unterhalten.«

Kurze Zeit später erschienen die Herren, und danach erforderte es die Höflichkeit, daß Burke seine ganze Aufmerksamkeit seinen Gästen widmete, bis diese sich zurückzogen. Es war schon beinahe Mitternacht, als er endlich die Schlafzimmertür hinter sich schloß und sich auszuziehen begann. Arielle, die sich schon einige Zeit vorher zurückgezogen hatte, lag bereits im Bett und hatte sich die Decke fast ganz über den Kopf gezogen. Im schwachen Kerzenlicht konnte er gerade ihre Umrisse erkennen, doch er spürte, daß sie noch nicht schlief.

Er biß die Zähne zusammen und verlangte in barschem Ton: »Arielle, steh auf! Ich möchte dich ansehen.« Als keine Antwort kam, wartete er mit angehaltenem Atem. »Arielle! Ich habe gesagt, du sollst aufstehen! Ich will es nicht noch einmal wiederholen müssen.«

Als er nach seinem Bademantel griff, sah er, daß sie sich aufgesetzt hatte und ihn ansah. In der Hoffnung, daß sie um Gnade flehen würde, wartete er, doch Arielle stieg nur schweigend aus dem Bett.

»Zieh das Nachthemd aus, und zwar sofort! Ich habe dir doch gesagt, daß du keines tragen sollst.«

Zitternd fummelten ihre Hände an den Knöpfen.

»Beeile dich!«

Es schmerzte ihn sehr, sie so verzweifelt an den Knöpfen zerren zu sehen, doch schließlich hatte sie es geschafft und stand wie erstarrt vor ihm. Als er die Hand nach ihr ausstreckte, bewegte sie sich nicht und hielt die Augen geschlossen.

»Mach die Augen auf!«

Ohne das geringste Zögern folgte sie. Während seine Finger ganz leicht über ihre Brüste strichen, beobachtete er Arielles Gesicht. Mittlerweile kannte er sie gut genug und sah, welche Mühe es sie kostete, gleichgültig zu wirken.

Langsam glitt seine Hand über ihre weiche Haut zum Magen und dann zu den kleinen Löckchen, die ein wenig dunkler waren als ihr wunderschönes Haar. Er hörte, wie sie gebannt den Atem anhielt, und wußte, daß sie am liebsten davongelaufen wäre, doch sie beherrschte sich. Ohne auf seine erregten Gefühle Rücksicht zu nehmen, hob er sie ganz sanft auf und legte sie aufs Bett, wobei sie sich augenblicklich versteifte.

Burke setzte sich neben sie. »Arielle.«

Obwohl sie eigentlich nicht wollte, sah sie ihn trotzdem an.

»Was fühlst du?«

Sie starrte ihn an, als ob er verrückt geworden wäre. Verlegen fuhr sie sich mit der Zunge über die Unterlippe, weil sie nicht wußte, was sie darauf antworten sollte.

»Hast du Sehnsucht nach mir?«

Heftig schüttelte sie den Kopf und stieß gleichzeitig einen kleinen Schreckensruf aus.

»Bist du wütend auf mich?«

»Nein. Ich bin – müde! Sag mir einfach, was ich tun soll und…«

»Ich möchte dich in den Arm nehmen und mit dir einschlafen.« Als er unter die Decke schlüpfte, spürte er ihr Zittern. Verdammt! Rasch zog er sie an sich und hielt sie ganz fest. Geduld, dachte er. »Ich bin sogar zu müde, um deine schönen Ohren zu küssen. Verzeih mir!«

Als er schon glaubte, daß sie eingeschlafen wäre, fragte sie plötzlich: »Laura und weiter?«

Heiße Freude durchflutete ihn, doch er antwortete völlig unbeteiligt. »Laura Hogburn. Kein sehr reizvoller Nachname, doch dafür kann sie schließlich nichts.«

»Was hast du mit ihr gemacht?«

Im stillen überlegte Burke, was sie wohl mit dieser Frage meinte, doch laut fragte er: »Möchtest du wissen, ob ich ihr Geld gegeben habe?«

»Ja.«

»Aber natürlich. Möchtest du auch noch wissen, ob ich sie besucht habe?«

»Ja.«

»Nicht mehr, seit ich dich ins Jagdhaus entführt habe. Aber das habe ich dir schon gesagt. Erinnerst du dich? Möchtest du auch wissen, ob ich sie geschlagen habe?«

»Ja, verdammt!«

»Nein.«

»Aber wieso...«

»Ich habe sie geliebt, wie man das ja normalerweise mit einer Geliebten macht.«

»Und es hat ihr gefallen? Hat sie gemacht, was du wolltest?«

»Ja. Sie lebt doch davon, daß sie Männern gefällig ist.«

Arielle schwieg. Sie hatte also recht. Geliebte wurden nicht geschlagen, weil sie jederzeit davonlaufen konnten. Seufzend schloß sie die Augen und versuchte, ganz still zu liegen. Bevor Burke ins Bett gestiegen war, hatte sie sein erregtes Glied gesehen und fürchtete, daß er bei einer falschen Berührung die Kontrolle über seine Lust verlieren könnte. Sie seufzte.

»Willst du mir nicht endlich sagen, was los ist?« wollte er wissen.

»Ich habe Angst. Dein Glied...« Plötzlich brach ihre Stimme ab.

»Was ist damit?«

»Es ist so riesig und hart.«

Bei ihren Worten krampfte sich sein Inneres zusammen. »Dafür kann ich nichts. Ich möchte dich so gern besitzen, in dich eindringen.«

»Und warum hast du es nicht getan?« fragte sie.

»Weil du mich nicht darum gebeten hast«, antwortete er einfach. Als sie den Atem anhielt, lächelte er vor sich hin.

Ohne jede Vorwarnung fuhr sie jedoch plötzlich hoch und drängte von ihm fort. »Du bist grausam! Du machst dich über mich lustig und quälst mich...« Sie verstummte, weil sie plötzlich Angst vor ihrem eigenen Mut bekommen hatte. »Weshalb kannst du es denn nicht einfach machen? Ich kann es nicht länger ertragen! Bitte, Burke!«

Das hatte er nicht erwartet! Ganz offensichtlich hatte sie überhaupt kein Verlangen nach ihm und wollte es lediglich hinter sich bringen! Selbst wenn er ganz sanft vorginge, würde sie sich verletzt und mißbraucht vorkommen. »Leg dich hin, Arielle!«

Seine Stimme klang kalt und befehlend, so daß sie ihre Angst kaum beherrschen konnte und ein wenig keuchte. Ganz langsam streckte sie sich mit geschlossenen Augen neben ihm aus. Sie war froh, es endlich hinter sich bringen zu können, doch was sollte werden, wenn sie ihm nicht gefiel? Was soll schon werden? Natürlich wird er dich schlagen. Trotzdem war alles besser als diese entsetzliche Ungewißheit.

Sie fühlte, wie seine große, warme Hand über ihre Brüste, ihre Rippen strich und schließlich auf ihrem Bauch zur Ruhe kam. »Öffne deine Schenkel!«

Sie fühlte seine suchenden Finger, die Wärme seines Körpers, und als er sie dann auch noch auf den Mund küßte, wäre sie am liebsten schreiend davongelaufen, doch sie rührte sich nicht.

»Weißt du, was ich jetzt mit dir tun werde, Arielle?«

Sie schwieg.

»Mein Finger wird jetzt in dich eindringen. Spürst du ihn?«

Sie schwieg beharrlich und wurde stocksteif.

»Du bist so eng, daß nicht einmal mein Finger richtig Platz hat«, hörte sie ihn sagen, doch sie war wie gelähmt.

»Ich kann nichts dafür«, brachte sie schließlich heraus.

Er befürchtete, ihr wehzutun, und ahnte, daß sie es bestimmt nicht sagen würde. »Wofür kannst du nichts?«

»Paisley...«, stieß sie hervor, während sie ihr Gesicht an seiner Schulter vergrub.

»Was ist mit Paisley?«

»Er konnte nicht – eindringen – nicht weit...«

Burke starrte gegen die Decke, während die Gedanken in seinem Kopf herumwirbelten. Nein, es war einfach unmöglich. Oder vielleicht doch? »Bist du noch Jungfrau, Arielle?«

»Jungfrau? Weshalb? Nun, eigentlich weiß ich das nicht so recht.«

»Ist – ist Paisley in dich eingedrungen?«

»Er hat es versucht, aber: ja, ein bißchen... Er mochte meinen Körper nicht und hat immer gesagt, ich sei zu dünn und gar keine richtige Frau. Weil ich ihn nicht genug erregen konnte, hat er mich hinknien lassen. So mußte er mein Gesicht nicht anschauen, und dann hat er es versucht und versucht – O Gott!«

Burke zog seinen Finger zurück und nahm Arielle in die Arme. »Es ist ja schon gut!« beruhigte er sie wieder und wieder, bis ihr Zittern schließlich nachließ. »Hat er dich Etienne überlassen?«

»Er wollte, aber glücklicherweise ist er vorher gestorben. Allerdings mußte ich mich einmal vor seinem Sohn ausziehen und ihn mit dem Mund befriedigen, um ihm meinen Gehorsam zu demonstrieren...«

»Ich verstehe, Arielle. Doch das ist jetzt endgültig vorbei.«

»Er wollte, daß ich schwanger werde, und er hat Etienne versprochen, daß...«

Das alles war so entsetzlich und beinahe unglaublich! Doch Burke schluckte seinen Zorn hinunter und sagte ganz ruhig: »Ein Glück, daß dieser widerliche, alte Kerl vorher gestorben ist. Er war doch wirklich nicht normal, findest du nicht auch?«

»Ja, das stimmt«, pflichtete sie ihm bei. »Du hast wirklich recht.« Dann verstummte sie für einige Augenblicke. »Wenn ich nicht so schrecklich feige gewesen wäre, hätte ich ihn umgebracht. Ich habe manchmal mit dem Gedanken gespielt, doch es hat mir immer wieder der Mut gefehlt.«

Nein, dachte Burke. Du hattest viel zuviel Angst, um ihm nicht zu gehorchen. Ein Besitz wendet sich nicht gegen seinen Herrn.

»Auch ich hätte ihn gern erschlagen! Komm, küß mich, und dann schlafen wir.«

Zu seinem größten Entzücken drückte sie ihre Lippen scheu auf seinen Mund. Sie waren zwar geschlossen, aber es war dennoch ein Kuß.

14. Kapitel

»Oh, Lord Castlerosse, verzeihen Sie! Ich wollte Sie nicht stören…«

»Sie stören mich überhaupt nicht«, erwiderte Knight freundlich, während er sich vom Fenster abwandte. Wahrscheinlich zögerte sie, weil er allein im Raum war.

Doch schließlich besann sich Arielle. Sie befand sich in ihrem eigenen Haus, und Knight war ihr Gast und ein guter Freund von Burke, den sie gut behandeln wollte. Sie lächelte ihn an.

Gestern abend hatte sie festgestellt, daß er beinahe so gut aussah wie Burke, aber trotzdem… Er trug sein schwarzes Haar ein wenig länger, als die Mode vorschrieb, und besaß goldbraune Augen wie ein Fuchs. Wie Burke, strahlte er Macht und Stärke aus, was sie insgeheim erschreckte.

Knight spürte das erneute Zögern und fragte deshalb ganz beiläufig: »Wollen Sie mir nicht Gesellschaft leisten, Madam?«

Arielle kam sich fast ein wenig dumm vor. »Nun gut«, sagte sie und betrat den Raum.

Knight hätte ihr gern begreiflich gemacht, daß sie sich keineswegs auf dem Weg zum Schafott befand. »Ihr Kleid ist wunderschön, falls ich das sagen darf.«

»Herzlichen Dank für das Kompliment, Mylord.«

»Wollen Sie mich denn nicht einfach Knight nennen?«

»Ein sehr ungewöhnlicher Name.«

»Das ist wahr! Meine Mutter liebte die Artussage über alles, doch sie konnte sich wohl für keinen der Ritter entscheiden. Ich bin nur froh, daß sie mich nicht Artus genannt hat!«

Arielle lächelte. Knight war amüsant und charmant und wirkte ganz und gar nicht bedrohlich. »Mein Vater hat sich für Arielle entschieden, weil es so poetisch und ein wenig altmodisch klingt. Möchten Sie vielleicht eine Tasse Tee?«

Knight lachte leise vor sich hin. »Nein, eigentlich nicht. Ich habe gerade nur die wunderschöne Aussicht von hier bewundert.«

»Das kann ich verstehen. Ich habe diesen Raum besonders gern, weil er so hell und luftig ist und diesen wunderschönen Ausblick auf den westlichen Garten bietet.« Sie runzelte die Brauen. »Praktisch habe ich ihn schon annektiert, doch ich sollte wahrscheinlich erst einmal Burke um Erlaubnis bitten.«

»Weshalb sollte er denn etwas dagegen haben?«

»Schließlich ist es sein Haus, und seine Wünsche und Anordnungen haben Vorrang.«

»Aber Burke hat doch sein Arbeitszimmer und die Bibliothek zur eigenen Verfügung. Wenn er auch noch diesen Raum beanspruchen will, sollten Sie ihm aber energisch widersprechen!«

Einem Mann, der ihr Ehemann und somit ihr legaler Besitzer war, zu widersprechen, war für Arielle so undenkbar, daß sie laut lachen mußte. Knight stimmte zwar in ihr Lachen ein, aber im Grunde hatte er nichts begriffen. Er sah nur, daß der Stuhl, der zwischen ihnen stand, eine Art Barriere bildete, die ihr Sicherheit zu geben schien.

»Burke hat mir erzählt, daß er Sie zum ersten Mal getroffen hat, als Sie fünfzehn Jahre alt waren.«

»Ja«, erwiderte sie knapp. Sie mochte nicht an das unschuldige, dumme Ding erinnert werden, das von der Zukunft nur Wunderdinge erwartet hatte.

Doch Knight ließ sich nicht so leicht entmutigen. Er wollte gern alles über das Mädchen erfahren, das Burke offenbar über alle Maßen liebte. Ihre Vorsicht und Wachsamkeit appellierten an seine Beschützerinstinkte, was er gar nicht gewohnt war und sehr überrascht zur Kenntnis nahm. Gleichzeitig überlegte er, ob es Burke wohl ähnlich erging.

»Ihr Mann ist ein wunderbarer Mensch, Arielle. Wir kennen uns nun schon seit einer ganzen Ewigkeit. Da wir beide lange Zeit in der Armee verbracht haben, fühlen wir uns noch ein wenig fehl am Platz.«

»Ja, das weiß ich.«

»Sie dürfen mich nicht falsch verstehen. Natürlich wollen wir alle den Frieden, doch es ist nicht ganz leicht, plötzlich ohne das vertraute Offiziersleben auszukommen. Burke ist in der Schlacht von Toulouse verwundet worden.«

»Ja, das weiß ich«, erwiderte sie einsilbig. Sie hatte die Narben gesehen, jedoch kein Wort darüber verloren.

Verdammt, dachte Knight. Er kam ihr einfach nicht näher!

Arielle spürte, daß sie vor diesem Mann keine Angst haben mußte, doch sie war nicht dumm. Ganz offensichtlich wollte er herausfinden, ob sie für seinen Freund überhaupt gut genug war, und Burke nötigenfalls beschützen. Das war eine so neue Erkenntnis, daß Arielle in hemmungsloses Lachen ausbrach.

Knight begriff gar nichts mehr und hob nur fragend die linke Braue. »Wie bitte?«

»Ich habe mir gerade überlegt, welch seltsame Unterhaltung wir hier führen. Wenn Sie weiter das Lob Ihres Freundes singen wollen, so will ich Sie nicht daran hindern.« Dabei lächelte sie ihm zu.

Ein hübsches Lächeln, aber gleichzeitig voller Sarkasmus. Geflissentlich schnippte Knight eine Fussel von seinem Ärmel. »Für Burke gibt es jetzt keine anderen Frauen mehr. Er ist ehrenhaft und treu.«

»Arme Laura Wie-auch-immer!« bemerkte Arielle so schnippisch, daß sie schon selbst Gefallen daran fand.

»Burke hatte nur Sie im Sinn, als er vor Ihrer Hochzeit in London war. Er war – nun, wie soll ich das sagen? – nun, *ich* war es, der ihm Laura angeboten hat.«

»Sie haben sie *angeboten*? Du lieber Himmel! Verfügen Sie über Frauen, wie andere ihren Freunden ein Pferd *anbieten*?«

»So habe ich das doch nicht gemeint«, widersprach Knight und kam sich ein wenig dumm vor, was er überhaupt nicht leiden konnte. »Ich wollte doch nur sagen, daß ich diese Frau kannte und Burke damals vorgeschlagen habe...«

Arielle fuhr ungeduldig mit der Hand durch die Luft. »Ich möchte wirklich nichts mehr davon hören! Es ist ja absurd!«

»Was genau ist so absurd?«

»Alles.«

»Was alles?«

»Die Männer. Auch Ihr lieber Freund, der ach so anständige Burke Drummond, ist nur ein Mann, und er wird sich nicht ändern. Niemals. Doch jetzt müssen Sie mich entschuldigen, denn ich muß etwas mit Mrs. Pepperall besprechen.«

Knight beherrschte sich mit Mühe. »Es gibt wirklich keinen Grund, sich vor mir zu fürchten, Arielle!«

Sofort wurde sie hellhörig. Was hatte Burke seinem Freund alles erzählt? »Ich fürchte mich nicht vor Ihnen, Sir. Ich mag nur keine Heuchler.«

»Ich habe niemals behauptet, daß alle Frauen raffinierte, hinterlistige Biester sind«, erklärte er sanft, »und ich halte es auch nicht für gut, alle Männer über einen Kamm zu scheren und als Ungeheuer abzustempeln.«

»Dem kann ich nicht zustimmen. Sie haben doch hier auf mich gewartet, oder nicht? Nun, ich kann Sie beruhigen: Ich werde Ihren teuren Freund gewiß nicht umbringen. Ich habe auch meinen ersten Mann nicht umgebracht. Gibt es sonst noch irgendwelche Fragen, die Sie mir stellen möchten?«

»Nein, allerdings möchte ich betonen, daß ich Ihnen nicht zu nahe treten wollte. Ich wollte mich eigentlich nur mit Ihnen anfreunden.«

Sie starrte ihn an. Wieder eine neue Variante. »Nein, das ist ganz unmöglich.«

»Nur weil ich ein Mann bin?«

»Ich nehme an, Sie verstehen, wenn ich diese seltsame Unterhaltung nicht fortsetzen möchte. Sie sind Gast in diesem Haus und werden mit allem Respekt auch als ein solcher behandelt. Doch jetzt müssen Sie mich wirklich entschuldigen.«

Nachdenklich sah Knight Arielle nach, als sie den Raum verließ.

Sie war scharfsinnig und sehr intelligent, was er sich eigentlich hätte denken können, denn für Burke gab es nichts Unerträglicheres als dumme Menschen. Außerdem war sie bezaubernd schön. Aber leider schien sie alle Männer zu hassen. Der arme Burke! Er liebte eine Frau, die sich nicht nur vor ihm fürchtete, sondern ihn auch noch haßte. Nach den traurigen Erfahrungen in ihrer ersten Ehe konnte Knight sie zwar verstehen, doch es widerstrebte ihm zutiefst, daß sie alle Männer in einen Topf warf.

Minutenlang lehnte sich Arielle von außen gegen die geschlossene Tür und sammelte ihre Gedanken. Konnte man ihr ihre Gefühle wirklich so genau vom Gesicht ablesen? Knight hatte sie sehr schnell durchschaut. Ob Burke sich wohl über ihr unfreundliches Verhalten ärgerte, wenn Knight ihm von ihrer Unterhaltung erzählte? Als Arielle schließlich aufsah, bemerkte sie einen spindeldürren Mann mit scharf geschnittenem Gesicht, der sie mit seinen dunklen Mausaugen musterte. Er war ihr gänzlich unbekannt, und seine Uniform war ihm viel zu groß.

»Wer sind Sie?«

Der Mann lächelte, wobei eine Zahnlücke zwischen seinen Schneidezähnen sichtbar wurde, und verbeugte sich ungelenk. »Ich heiße Trunk, Mylady. Ollie Trunk. Der Earl of Ravensworth hat mich als Diener eingestellt.«

»Willkommen in Ravensworth Abbey, Trunk!« Arielle nickte dem Mann kurz zu und entfernte sich dann. Er sah überhaupt nicht wie ein Diener aus, dachte sie und überlegte, was Montague wohl zu dieser Neuerwerbung sagen würde.

Den restlichen Vormittag verbrachte Arielle bei Virgie und Poppet im Kinderzimmer. Das Mittagessen verlief ohne besondere Vorkommnisse. Kurz danach entschuldigte sich Lannie und zog sich zurück, während sich die Männer in Burkes Bibliothek versammelten. Arielle war eigentlich müde, doch sie wollte es sich nicht eingestehen, sondern ließ sich von Dorcas in ihr Reitkostüm helfen.

»Sie sehen ein wenig erschöpft aus«, bemerkte Dorcas. »Bei diesen vielen Leuten ist das ja auch kein Wunder.«

»So schlimm ist es nicht. Lannie und die Mädchen leben ja

hier, und Lord Castlerosse und Lord Carver sind wirklich keine Belastung!«

»Trotzdem...«, begann Dorcas, doch dann konzentrierte sie sich auf das Flechten von Arielles Haaren.

»Ich habe vorhin einen neuen Diener getroffen«, erzählte Arielle. »Ich glaube, daß es der Detektiv ist, den Burke einstellen wollte, um Mellies Mörder zu finden.«

»Halten Sie immer noch an diesem Unsinn fest?« fragte Dorcas ungeduldig. »Das Mädchen war doch nur eine kleine Hure, die wenigstens noch so viel Anstand besessen hat, so nicht leben zu wollen!«

Arielle traute ihren Ohren nicht. Nicht auch noch Dorcas! »Ich muß zugeben, daß ich die Kleine nicht gekannt habe, doch sie war schließlich erst fünfzehn Jahre alt!«

»Aber ich habe sie gekannt. Es stimmt schon, was ich sage. Es ist mir unverständlich, daß man nur wegen Mellies Tod einen Fremden hier herumschnüffeln läßt.«

»Der Gedanke, mit einem Mörder unter einem Dach zu leben, ist doch noch viel schrecklicher!«

»Das ist doch alles Unsinn«, bemerkte Dorcas abschließend, während sie die letzte Haarnadel an Arielles Frisur feststeckte.

Fassungslos sah Arielle Dorcas im Spiegel an. »Dann bin ich in Ihren Augen also auch eine Hure, oder? Paisley hat mich nicht vergewaltigt, aber nur, weil er nicht konnte. Doch er hat mich geschlagen und mich zu unaussprechlichen Dingen gezwungen. Glauben Sie etwa, daß ich das gewollt habe, daß ich selbst daran schuld bin? Hätte ich mich auch umbringen sollen?«

»Sie waren immer eine Dame, Miß Arielle, und hätten sich niemals so zur Schau gestellt. Nicht vor Rendel, nicht vor DuPons und erst recht nicht vor dem Earl of Ravensworth. Mellie dagegen hat diesen Mann – wer es auch immer sei – dazu aufgefordert. So, jetzt sind Sie fertig.«

Während Geordie Mindle sattelte, ertappte sich Arielle dabei, daß sie die Stallburschen musterte. Hatte vielleicht Jamie

Mellie vergewaltigt und ermordet? Er war ein großer kräftiger Mann. Oder war es vielleicht der schüchterne Lambert, der meistens den Mund hielt? Keinem von ihnen war es allerdings gestattet, das Herrenhaus zu betreten.

»Soll ich Sie begleiten, Mylady?«

»Nein danke, Geordie. Ich reite nur bis zum See. Der Tag ist einfach wunderbar.«

Geordie half ihr in den Sattel und sah ihr nach, während sie die gewundene Auffahrt entlangritt.

Während des kurzen Wegs dachte Arielle unentwegt an die Geständnisse, die sie in der letzten Nacht gemacht hatte, und erschauerte. Burke hatte bisher nichts dazu gesagt, doch schließlich hatte er ja auch Gäste, um die er sich kümmern mußte. Als sie am See angekommen war, band sie Mindle an einen Baum und ließ sich daneben ins Gras sinken. Das Wasser war still und klar, und die Luft duftete intensiv nach Wiesenblumen.

»Wach auf, Schwesterchen!«

Erschrocken fuhr sie hoch und erkannte Evan Goddis, der sie mit der Reitpeitsche an der Schulter berührt hatte. Ihr erster Gedanke war, daß sie Geordie hätte mitnehmen sollen, doch dann nahm sie sich zusammen, denn eigentlich hatte Evan keinen Grund, ihr etwas zu tun.

»Was möchtest du, Evan?« Sie setzte sich zwar aufrecht hin, doch weder stand sie auf noch wandte sie ihre Augen vom Wasserspiegel ab.

Er ließ sich neben ihr auf die Fersen nieder. »Ich wollte dich nur endlich einmal wiedersehen. Etienne war völlig außer sich. Der arme Kerl! Ich habe ihm ja gesagt, daß du ein ganz raffiniertes, kleines Biest bist! So zu tun, als ob du aus England verschwinden wolltest, und dich gleichzeitig mit dem Earl of Ravensworth zu verabreden! Wie hast du ihn denn dazu gebracht, dich zu heiraten? Ich habe schon immer gewußt, daß du klug bist, Arielle. Wie hast du ihn hereingelegt?«

»Wahrscheinlich bin ich eben sehr begabt, nehme ich an,

und außerdem berechnend und skrupellos. Also, was führt dich her?«

»Es stimmt, was ich gesagt habe! Etienne hat dir an der Straße nach Southampton aufgelauert. Er ist nämlich ein hoffnungsloser Romantiker und wollte dich entführen. Er wollte deinen kleinen Bauch füllen, damit du ihn heiraten mußt!«

Arielle starrte ihn wortlos an. Demnach hatte es an diesem Tag gar keinen Ausweg gegeben. Wenn Burke sie nicht entführt hätte, hätte es Etienne getan! »Wieviel wollte er dir dafür bezahlen, Evan?«

»Fünftausend – nun gut, ich sollte eine gewisse Summe erhalten. Du hättest mich wirklich über die Gaunereien deines Anwalts und deines Verwalters informieren müssen! Etienne ist verzweifelt, daß Rendel Hall verkauft werden muß. Du hättest wirklich sagen können, daß du überhaupt kein Geld mehr hast!«

»Ich wünschte, ich hätte es getan, denn dann hätte sich Etienne keine falschen Hoffnungen gemacht und mir nicht aufgelauert. Da bei mir also nichts zu holen ist, möchte ich wirklich wissen, was du von mir willst!«

»In dieser Beziehung kann ich dir nicht ganz folgen. Da du mit dem Earl of Ravensworth verheiratet bist, gibt es bestimmt einige Möglichkeiten. Schließlich bin ich dein Halbbruder und war dein Vormund. Ich werde also deinen Mann aufsuchen und mich überzeugen, daß er dich auch korrekt behandelt. Bekommst du eigentlich eigenes Geld? Das solltest du fordern.«

»Von Paisley habe ich auch kein eigenes Geld bekommen!«

Mißtrauisch sah Evan sie an. Zweifellos hatte sie sich verändert. Nach dem ersten Schrecken hatte sie sich sichtlich gefangen, doch das paßte überhaupt nicht in seine Pläne. »Paisley war gar nicht so schlecht für dich«, bemerkte er, während er absichtlich mit der Peitsche auf den Boden klopfte. »Er hätte zum Beispiel eine so vorlaute Antwort nicht geduldet und auch nicht zugelassen, daß du in einem solchen Ton mit deinem Bruder sprichst.«

»Halbbruder«, korrigierte sie ihn kühl, doch er hatte ihr Zucken beim Anblick der Peitsche sehr wohl bemerkt.

»Schlägt dich dein Mann eigentlich?»

Sie schwieg.

»Oder machst du es ihm gut genug mit dem Mund?«

Arielle erhob sich und schüttelte ihre Röcke aus. »Ich gehe jetzt, Evan, und ich möchte dir ausdrücklich sagen, daß du in Ravensworth nicht willkommen bist.«

Er packte ihren Arm und riß sie zurück. Dabei strich sein heißer Atem über ihr Gesicht. »Du kleine Hure! Du wirst tun, was ich dir sage!« Er schleuderte sie so heftig von sich, daß sie auf Knie und Hände fiel. Bevor sie es überhaupt begriffen hatte, hörte sie die Peitsche durch die Luft sausen und fühlte den beißenden Schmerz auf ihrem Rücken.

Rasch richtete sie sich auf. »Du bist ja verrückt!« stieß sie hervor, während ihre Augen gebannt auf die Peitsche starrten.

»Ich habe nie gedacht, daß mir das gefallen könnte«, begeisterte sich Evan und hob wieder seinen Arm.

»Lassen Sie augenblicklich die Peitsche fallen, oder Sie sind ein toter Mann!«

»Burke!« rief Arielle.

Evan wirbelte herum und sah, daß der Earl of Ravensworth eine Pistole auf ihn gerichtet hielt. »Sie ist meine Schwester!« stieß er zwischen zusammengebissenen Zähnen hervor. »Ihr Vater hat sie nicht gut erzogen. Sie ist widerspenstig und verdorben!« Wieder hob er die Peitsche. »Ein schreckliches...«

Dann schrie er auf, die Reitpeitsche fiel zu Boden und Evan umklammerte seine Hand, während Burke seelenruhig die Pistole in seiner Jackentasche verschwinden ließ.

»Wie hat sie es nur angestellt, daß Sie sie geheiratet haben? Hat sie Sie verführt, oder ist sie etwa schwanger? Paisley hat ihr ja eine Menge beigebracht, aber deswegen mußten Sie sie doch wirklich nicht heiraten...«

Weiter kam er nicht, denn Burkes Faust landete mit voller

Wucht an seinem Kinn, so daß er bewußtlos zusammensackte.

»Es tut mir so leid, daß ich nicht eher gekommen bin. Geht es dir gut?« fragte Burke ganz sanft, ohne sich Arielle zu nähern.

Sie nickte, doch sie konnte den Blick nicht von der Peitsche abwenden. Am liebsten hätte Burke laut geflucht, doch statt dessen forderte er sie nur freundlich zum Umdrehen auf. »Laß mich deinen Rücken sehen!«

Gehorsam drehte sie ihm den Rücken zu, worauf sie ihn ausgiebig fluchen hörte. Der Stoff ihrer Jacke war glatt durchgetrennt und ebenso die Bluse. Zu seiner Erleichterung stellte Burke allerdings fest, daß der Peitschenhieb nur eine äußerliche Schwellung auf der Haut hinterlassen hatte und kein Blut zu sehen war.

»Willst du, daß ich ihn umbringe?« stieß Burke hervor. »Ich werde ihn lieber zum Duell fordern, obwohl er soviel Ehre gar nicht verdient hat!«

»Tu es nicht!« bat Arielle ihn inständig und sah ihn flehend an. »Er ist hinterhältig, und ich möchte nicht, daß er dich verletzt!«

Er bebte innerlich vor lauter Freude. Sie sorgte sich um ihn!

Rasch umfaßte er ihr Kinn und hob ihr Gesicht empor. »Aber du hast doch nichts dagegen, wenn ich ihn aufwecke und dann noch einmal niederschlage?«

»Nein. Ich würde es sogar gern selbst tun.«

Na wunderbar, dachte er, das war doch immerhin etwas! Er nahm ihre Hand und ließ Arielle eine Faust machen. Dann befühlte er ihre Muskeln. »Also los!«

Burke zerrte Evan zum Ufer und mußte ihn dreimal untertauchen, bis dieser schließlich prustend um sich schlug. Dann zog er ihn hoch und schüttelte ihn. »Los, aufwachen!« kommandierte Burke und schüttelte ihn noch einmal. »Los, Arielle!«

Arielle holte weit aus und schlug ihrem Bruder die Faust so fest auf die Nase, wie sie nur irgend konnte.

Evan heulte auf, worauf Burke ihn losließ. Taumelnd wankte Evan daraufhin zu einem Baum hinüber, während Burke Arielle lobte: »Gut gemacht!« Dann wandte er sich an Goddis. »Wenn Sie es wagen, sich ihr noch ein einziges Mal zu nähern, werde ich Sie umbringen! Haben Sie mich verstanden?«

Evan war anfangs völlig mit seinem Schmerz beschäftigt, doch schließlich nickte er.

Dann nahm Burke Arielle bei der Hand. »Komm, wir gehen jetzt nach Hause, mein Schatz.«

»Ich hoffe, ich habe ihm die Nase gebrochen!«

»Durchaus möglich. Du warst großartig!« Er war wirklich stolz auf sie.

»Er wollte eine Vereinbarung mit dir treffen und meinte, Anspruch darauf zu haben, weil er doch früher mein Vormund war.«

Burke grinste sie an. »Ich nehme an, daß ihm dazu die Lust vergangen ist!«

»Außerdem hat er erzählt, daß Etienne mir auf dem Weg nach Southampton aufgelauert hat und mich entführen wollte. Für seine Hilfe sollte Evan fünftausend Pfund bekommen.«

Burke tat entsprechend erstaunt, obwohl er die Geschichte bereits erfahren hatte. Zum wiederholten Mal dankte er seinem Schicksal, daß er sie zuerst erwischt hatte.

Als sie das Haus betraten, hielt er sich dicht hinter Arielle, damit niemand den diagonal verlaufenden Riß auf ihrem Rücken sehen konnte. Unterwegs nickte er Montague kurz zu und sprach einige Worte mit Ollie Trunk. Nachdem sie das Schlafzimmer betreten hatten, schloß er die Tür ab.

»Zieh bitte Jacke und Bluse aus, damit ich mich um deinen Rücken kümmern kann.«

»Nein, Burke, das geht schon.«

»Du tust es auf der Stelle!«

Gegen diesen Ton wagte sie keinen Widerspruch und ließ sich aus Jacke und Bluse helfen. Schließlich streifte sie auch noch die Träger ihres Hemdchens von den Schultern. Als sie ihre Brüste bedecken wollte, hielt sie mitten in der Bewegung inne und ließ die Arme sinken.

Burke stand hinter ihr und besah sich den langen, roten Striemen, der sich diagonal über ihren Rücken zog. »Schmerzt es?«

Arielle schüttelte den Kopf. »Nein, nicht sehr.«

»Die Haut ist nicht verletzt, aber Kühlung kann bestimmt nicht schaden.« Während er ein nasses Tuch auf ihren Rücken preßte, schloß er die Augen. Er war für sie verantwortlich und mußte sie beschützen – und dann geschah etwas so Entsetzliches! Sanft tupfte er schließlich die Haut trocken. »Besitzt du auch ein einfaches Hemdchen ohne Spitzen, das nicht so drückt?«

Sie nickte.

»Warte, ich hole es.« Rasch ging er zur Verbindungstür hinüber und betrat Arielles Schlafzimmer, wo Dorcas wartete. »Ich brauche ein weiches, ganz einfaches Hemd, Dorcas. Und zwar auf der Stelle!«

Die alte Frau platzte zwar beinahe vor Neugier, doch Burke erklärte nichts. Seiner Meinung nach war es allein Arielles Sache, mit Dorcas zu sprechen. Wortlos nahm er das Hemd in Empfang und kehrte in sein Schlafzimmer zurück.

»Nun, wie fühlt sich das an?« wollte er wissen, nachdem er die Hemdchen ausgetauscht hatte.

»Wunderbar! Ich danke dir, Burke.«

»Es tut mir wirklich entsetzlich leid, daß ich zu spät gekommen bin! Weil ich dich sehen wollte, bin ich zum Stall gegangen. Geordie hat mir dann gesagt, wohin du geritten bist.«

»Weshalb wolltest du mich denn sehen?« fragte sie, während sie sich umdrehte.

»Ich habe dich vermißt und wollte dein Gesicht anschauen.«

Arielle nahm Jacke und Bluse und war schon auf dem Weg in ihr Zimmer, als sie sich noch einmal umdrehte. »Mister Ollie Trunk hat sich mir heute morgen vorgestellt. Ist er der Detektiv?«

»Ja. Montague mußte ich einweihen, aber sonst weiß niemand etwas davon. Könntest du dich darum kümmern, daß er eine passende Livree erhält?«

»Ja. Kann mir Mrs. Pepperall dabei helfen?«

»Ich denke schon. Stört dich seine Anwesenheit?«

»Nein. Mich stört höchstens der Gedanke, möglicherweise mit einem Mörder unter einem Dach zu leben.«

»Dafür ist Ollie Trunk ja da. Er wird ihn sicher bald entdecken, und ich werde dafür sorgen, daß Goddis dir nicht noch einmal zu nahe kommen kann!«

Arielle lächelte ihn ein wenig unsicher an. »Vielen Dank, daß ich ihn schlagen durfte.«

»Das war mir ein Vergnügen!«

»Ich habe es ihm gegeben, nicht wahr?«

»Das kann man wohl sagen. Einen geknickteren Menschen habe ich nie gesehen.«

15. Kapitel

Als Burke die geschminkte Puppe betrachtete, die Virgie ihm als Geschenk präsentiert hatte, staunte er ein wenig, doch er sagte nichts. »Ich kann beschwören«, flüsterte er Arielle zu, »daß sie vor kurzem noch mit Kanonen auf mich geschossen haben!«

»Nun«, meinte Arielle, »jetzt sind sie eben einen Schritt weiter.«

»Wahrscheinlich verstehst du davon mehr als ich. Sieh nur, wie man diese Puppe geschminkt hat! Falls du dich einmal so anmalen solltest, werde ich dir auf der Stelle davonlaufen!«

»Wie wirst du sie nennen, Onkel Burke?«

Er legte seine Stirn in Falten und sagte schließlich: »Was hältst du denn von ›Wellington‹?«

»Aber Onkel Burke!«

»Und wie ist es mit ›Josephine‹?«

Strahlend nickte Virgie. »Das gefällt mir.« Dann druckste sie einen Augenblick herum und fragte schließlich: »Onkel Burke, darf Josephine hier bei mir bleiben? Du kannst ja immer zum Spielen zu uns kommen, ja?«

»Was meinst du dazu, Arielle?«

Nachdenklich meinte Arielle: »Nun, ich kann mir Josephine auch sehr hübsch auf deinen Kissen vorstellen.«

Burke strich Virgie durch die Haare. »Ich glaube, daß es ihr bei dir viel besser gefallen wird.« Mit diesen Worten legte er ihr die Puppe in die Arme. »Und jetzt«, fuhr er fort, wobei er sich auch an Poppet wandte, »müßt ihr aber endlich mein Geschenk aufmachen!«

»Was ist drin?« schallte es im Chor.

»Ich weiß es nicht, aber wenn ich mir diese Puppenversammlung ansehe, bin ich mir gar nicht mehr sicher, ob es euch überhaupt noch interessiert.«

»Aber Onkel Burke!«

Er kniete sich hin und half den Mädchen beim Öffnen der großen Schachtel, die bis zum Rand mit Soldaten in verschiedenen Uniformen, Kanonen und Pferden angefüllt war.

Sprachlos starrte Virgie auf das Geschenk. »Wir sind doch keine Jungen, Onkel Burke! O! Laß mich die Kanone anschauen, Poppet! Sei vorsichtig, du dummes Mädchen! Du machst noch etwas kaputt.«

Voller Eifer kramten die Mädchen alles heraus und betrachteten es ausführlich. Es dauerte ungefähr eine Stunde, bis die englische Armee – kommandiert von Virgie, Poppet und Arielle – die Franzosen vernichtend geschlagen hatte. Burke stieß seine Kanonen um und sank stöhnend zu Boden, wobei er Arme und Beine von sich streckte.

»Ich habe nicht die geringste Ahnung, was Lannie dazu sagen wird«, meinte Burke, während sie später zusammen nach unten gingen.

»Vielleicht bekommen die Mädchen auf diese Weise einen Eindruck davon, was Krieg bedeutet.«

»Das bezweifle ich«, entgegnete Burke. »Aber wenigstens können sie alle ihre kleinen Freunde beeindrucken.«

Arielle kicherte, und Burke spürte, wie ihn ein warmes Gefühl der Freude durchströmte. »Habe ich dir heute eigentlich schon gesagt, daß du mir gefällst?«

»Ich weiß nicht...«

»Dann tue ich es eben jetzt. Nun wird es aber Zeit, daß wir uns wieder unseren Gästen widmen. Gleich gibt es Tee.«

Mitten auf der Treppe blieb Arielle stehen. »Ich habe mich heute morgen einige Minuten mit Knight unterhalten. Hat er dir das erzählt?«

»Ja, und er hat gesagt, daß du die schönste und hübscheste...«

Aus Spaß schlug sie nach seinem Arm, doch sofort zuckte sie zurück und erbleichte.

»Mein Arm ist noch ganz«, scherzte Burke. »Aber es stimmt, Knight hat es wirklich gesagt!«

Sie versuchte ein Lächeln. »Ach, das sagst du doch nur so!«

»Aber nein.« Die Unterhaltung mit Knight hatte ihn allerdings bewogen, nach Arielle zu suchen, doch durch den Zwischenfall mit Evan Goddis war alles in den Hintergrund getreten.

Als Arielle und Burke den Wohnraum betraten, fanden sie Lord Carver und Lannie in trauter Zweisamkeit vor, während Knight sich gänzlich selbst überlassen war und die beiden mit einer Mischung aus Spott und Sarkasmus betrachtete.

»Gut, daß Sie endlich kommen!« begrüßte er die Eintretenden. »Jetzt kann ich mich doch endlich wieder mit normalen Menschen unterhalten.«

»Sie sind ja nur eifersüchtig, Knight!« rief Percy.

»Ein Körnchen Wahrheit ist dabei«, gestand Knight ein, »doch jetzt ist Schluß! Unsere Gastgeberin wird jetzt den Tee einschenken.«

Burke beobachtete Arielle und bemerkte, daß ihr diese Pflicht offenbar nicht sehr geläufig war. Hatte Cochrane sie etwa von aller Welt ferngehalten? Das sähe diesem Monster ähnlich! Er dachte an den frischen Streifen auf dem Rücken und fühlte wieder die alte Wut in sich aufsteigen.

»Burke! Sie träumen ja mit offenen Augen!«

»Ich habe nur nachgedacht.«

»Und worüber, wenn ich fragen darf?« erkundigte sich Arielle lächelnd. Als er jedoch nicht antwortete, wandte sie sich an Lannie. »Ich glaube, er hat überlegt, wie er Ihnen am liebsten beibringen soll, daß Virgie und Poppet seit heute stolze Besitzer von Bataillonen und Kanonen sind.«

Percy strahlte. »Wunderbar, Burke! Ich habe schon befürchtet, daß ich nur mit Puppen Tee trinken muß. Soldaten sind natürlich etwas ganz anderes!« Dabei rieb er seine etwas plumpen Hände aneinander.

Der Anblick seiner Hände machte Arielle neugierig. Wie er Lannie wohl behandeln würde, wenn sie erst verheiratet waren? Lannie war offenbar ganz begeistert von Percy. Ob ihr gleichgültig war, was er nach der Hochzeit mit ihr machen würde? In diesem Augenblick bemerkte Arielle, daß Burke sie ansah, und fragte rasch: »Noch ein wenig Tee, Lannie?«

»Ja, gern. Ich bin richtig froh, daß Burke Sie geheiratet hat! Haben Sie denn schon Gäste eingeladen?«

Arielle schüttelte den Kopf.

»Wir werden vielleicht in einer Woche damit anfangen«, antwortete Burke an ihrer Stelle.

»Nun, für Arielle ist das ja nichts Neues«, fuhr Lannie fort. »Sie war ja schließlich schon einmal verheiratet. Irgendwie kann ich mich nicht erinnern, ob ich damals nach Rendel Hall eingeladen worden bin.«

»Versuchen Sie die Kekse, meine Liebe«, forderte Knight Lannie auf, während er ihr das goldgefaßte Tablett unter die Nase hielt.

»Herzlichen Dank, Knight«, quittierte Lannie seine freundliche Geste und wandte sich dann an Burke. »Ich habe heute einen etwas merkwürdig aussehenden Diener getroffen. Als ich ihn um einen Gefallen bat, hat er mich zurechtgewiesen und angedeutet, ich könne es mir selbst holen!«

»Das kann nur Trunk gewesen sein!« Arielle lachte. »Er ist wirklich ein seltsamer Vogel. Ich glaube, das ist auch der Grund, weshalb Burke ihn eingestellt hat. Ich hoffe, Sie waren nicht allzu entsetzt, Lannie, oder?«

»Nein, sie hat es vorgezogen, sich darüber zu amüsieren«, erläuterte Percy.

»Corinne hätte das mit Sicherheit nicht getan!«

Burke lachte. »Ich hoffe wirklich, daß sie vorläufig in London bleibt.«

In diesem Augenblick erschien Montague unter der Tür und fixierte Burke so lange, bis dieser zu ihm hinüberging. »Was ist los?« erkundigte er sich leise.

»Gäste, Mylord. Ich kenne sie nicht. Ein Baron Sherard und seine Frau.«

»Ach, du Himmel, welche Überraschung! Ich möchte nur rasch meiner Frau Bescheid sagen.«

»Aber wie ist das möglich?« rief Arielle erfreut, nachdem Burke ihr die Neuigkeit mitgeteilt hatte. »Sie sind doch in Boston.«

»Gleich werden wir es wissen.«

Arielle stieß einen kleinen Schrei aus, als sie ihre Halbschwester erblickte, und umarmte sie stürmisch. »Nesta! O, wie freue ich mich!« Sie drückte sie innig und trat dann einen Schritt zurück, um sie genau in Augenschein zu nehmen.

Burke beobachtete die Szene schweigend. Nesta Carrick war eine kleine Frau, mit aschblondem Haar und blaßblauen Augen. Er erinnerte sich nur sehr schwach an sie, doch an ihren Mann konnte er sich wesentlich besser erinnern. Er streckte ihm die Hand entgegen. »Wir sind uns einmal begegnet, und zwar im Jahr 1809, wenn ich mich nicht irre.«

»Sie haben recht. Es war bei White's!« Baron Sherard trat einen Schritt nach vorn und schüttelte Burkes Hand.

»Habe ich damals nicht Geld verloren?«

Alec Carrick lachte auf. »Ich glaube nicht. Wir haben damals um den Ausgang eines Schweinerennens gewettet, aber ich weiß nicht mehr, wer gewonnen hat.«

Burke schüttelte den Kopf. »Daran kann ich mich ebenfalls nicht mehr erinnern.«

In diesem Augenblick lösten sich die beiden Schwestern voneinander. »Alec! Wie schön, dich wiederzusehen!«

Der Baron umfaßte Arielles Hände. »Mir geht es ganz genauso, kleine Schwester! Wie ich sehe, hast du deinen Nachbarn geheiratet. Ich muß sagen, eine kluge Wahl. Er mag Kinder und auch Tiere, besonders Schweine.«

Fragend legte Arielle den Kopf auf die Seite. »Schweine?«

»Ach, nur ein Scherz. Du bist richtig groß geworden! Nicht wahr, Nesta? Eine richtige Frau ist sie geworden.«

»Eine sehr schöne Frau! Du siehst Mama sehr ähnlich, nur waren ihre Haare nicht annähernd so strahlend rot wie deine.«

Arielle machte eine wegwerfende Handbewegung. »Ach,

laß das. Wie ich sehe, bist du schwanger. Welche Überraschung!«

»Aus diesem Grund sind wir nach England zurückgekehrt«, erklärte Alec. »Ich möchte, daß mein Kind in England geboren wird.«

»Aber ihr habt doch geschrieben, daß ich euch in Boston besuchen soll! Beinahe wäre ich hingefahren.«

»Diesen Brief habe ich vor Monaten geschrieben!« wunderte sich Nesta. »Hast du ihn etwa jetzt erst bekommen?«

»Ja.«

»Als wir längere Zeit keine Antwort bekamen und ich dann auch noch entdeckte, daß ich schwanger bin, haben wir uns zur Rückkehr entschlossen.«

»Woher wußten Sie, wo sich Arielle aufhielt?« wollte Burke wissen.

»Wir haben in Leslie Farm nachgefragt«, erklärte Alec. »Goddis war allerdings in keinem guten Zustand. Er hatte eine gebrochene Nase und eine bandagierte Hand.« Nachdenklich fuhr er schließlich fort: »Gar zu gern hätte ich gewußt, woher seine Verletzungen stammten, doch er hat mich nicht aufgeklärt. Irgendwie war er noch rüpelhafter, als ich ihn in Erinnerung gehabt hatte.«

Arielle kicherte, was Alec und Nesta ein wenig irritierte, doch bevor sie noch fragen konnten, lud Burke die beiden ein, so lange in seinem Haus zu bleiben, wie sie nur wollten.

Freudig stimmte der Baron zu. »Herzlichen Dank! Nesta ist ziemlich erschöpft und sollte sich wirklich ausruhen, bevor wir zu meinem Besitz in Northumberland weiterreisen.«

»Dann werde ich jetzt meine Schwester nach oben in ihr Zimmer bringen«, sagte Arielle. »Du, mein lieber Schwager, kannst dich inzwischen mit unseren anderen Gästen unterhalten.«

»Knight Winthrop kennen Sie doch sicher? Und Percy Kingstone?«

»O ja. Das wird ja ein ganz besonderes Wiedersehen. Ruhe dich nur aus, mein Schatz!« Dabei tätschelte er Nesta die Wange.

Arielle führte Nesta in das große, luftige Schlafzimmer, das ihrem gegenüber lag.

»Es ist zauberhaft, Arielle! Irgendwie kann ich immer noch nicht ganz glauben, daß du mit dem Earl of Ravensworth verheiratet bist! Ich war damals, bevor Alec auftauchte, unsterblich in ihn verliebt und viele Mädchen aus der Nachbarschaft ebenfalls.«

Arielle umarmte sie. »Ich freue mich so, daß du da bist. Doch bevor wir lange erzählen und du keine Ruhe bekommst, will ich lieber ein Mädchen rufen, die dir beim Auskleiden helfen kann.«

Etwa eine Stunde später verließ Arielle ihre schlafende Schwester. Ihr Gesicht wirkte irgendwie bedrückt, dachte Burke, als er sie auf der Treppe traf. »Stimmt etwas nicht?« fragte er.

Überrascht sah Arielle auf. »Oh, Burke! Ja, ich mache mir Sorgen um Nesta. Sie sah so blaß aus. Meinst du nicht, daß wir vorsichtshalber Doktor Brody rufen sollten?«

»Wir werden die Entscheidung Alec überlassen.«

»Aber *er* ist doch nicht schwanger!«

»Aber er ist ihr Ehemann.«

»Irgendwie kommt es doch immer wieder auf dasselbe heraus.«

Burke überhörte die Bemerkung. »Hat Nesta noch etwas von Evan Goddis erzählt?«

»Man hat ihnen in East Grinstead erzählt, daß Rendel Hall zum Verkauf steht, und deshalb haben sie sich an ihn gewandt. Evan muß sich sehr abfällig über uns beide geäußert haben. Außerdem hat Nesta noch einen weiteren Mann erwähnt, der offenbar dort wohnt. Wahrscheinlich Etienne DuPons.«

»Das ist ja interessant«, bemerkte Burke. »Alec feiert mit Knight Wiedersehen, und Lannie und Percy haben sich verdrückt.«

Arielle lachte.

Welch wunderschöner Laut, dachte Burke. Dann beugte er

sich hinunter, umfaßte Arielles Schultern und küßte sie sanft auf den Mund.

Nachdem er sie losgelassen hatte und sanft über ihre Wange streichelte, sagte Arielle ganz unvermittelt: »Weißt du eigentlich, daß ich Alec Carrick für den bestaussehendsten Mann gehalten habe, bis ich dann dich getroffen habe?«

»Ist das wahr? Dann hattest du ja schon damals einen ausgezeichneten Geschmack!« Dann legte er ihr den Arm um die Schultern. »Komm, laß uns nach unten gehen! Oder möchtest du dich lieber hinlegen?«

»Nein, ich fühle mich ganz ausgezeichnet.«

Arielle dirigierte Burke zu dem kleinen Raum, in dem sie Knight am Vormittag getroffen hatte und fragte wie zufällig: »Ich mag dieses Zimmer zu gern, Burke, und würde es gern für mich beanspruchen. Darf ich?«

Doch sie konnte Burke nicht täuschen. »Ich weiß nicht recht«, meinte er gedehnt, während er um sich blickte. »Ich sollte es eigentlich mit Beschlag belegen, denn es ist luftig und hat eine herrliche Aussicht. Eigentlich habe ich ja nur die Bibliothek und mein Arbeitszimmer.«

Als Arielle schon nickten wollte, erinnerte sie sich an Knights Worte, doch sie brachte nur ein vorsichtiges »Meinst du, daß du deine Meinung noch ändern kannst?« heraus.

»Weshalb sollte ich das tun? Es ist mein Haus, und du kannst mir nicht dreinreden. Ich möchte diesen Raum ganz für mich allein.«

»...aber das ist nicht fair!«

»Ist es etwa nicht mein Haus?«

»Aber es ist auch meines, oder nicht?«

»Und du bist wohl die Hausherrin?«

Arielle nagte an ihrer Unterlippe. »Nun ja – doch, eigentlich bin ich das schon.«

»Na los, Arielle, deutlicher!«

Sie reckte ihr Kinn empor. »Ich bin hier die Herrin, und Haushalt und Dienerschaft unterstehen meiner Verantwortung. Ich liebe diesen Raum über alles und möchte ihn benutzen! Du hast schließlich schon die anderen beiden.« Als sie sah, wie er die Stirn runzelte, fügte sie noch rasch hinzu: »Falls es dir nicht allzu viel ausmacht.«

Er beugte sich hinunter und drückte ihr rasch einen Kuß auf die Lippen. »Natürlich macht es mir nichts aus, du Dummerchen! Und selbst wenn es so wäre, würde es nichts ändern. Du kannst mich aus jedem Raum verdrängen.«

Sie konnte ihn nur sprachlos anstarren. Hatte er das etwa in der Absicht getan, sie zu einer Forderung zu bewegen?

»Keine Angst, ich werde bestimmt nicht verzweifeln«, beruhigte Burke sie lächelnd. »Aber jetzt möchte ich mit dir spazierengehen, und vielleicht kann ich dich sogar zu einem Kuß unter dem Magnolienbaum überreden!«

Sie warf ihm einen flüchtigen Blick zu und senkte dann rasch die Augen. »Ich muß darüber nachdenken«, verkündete sie mit leisem Spott.

Burke hätte am liebsten gejubelt oder gesungen, doch statt dessen nahm er nur still lächelnd einen schüchternen Kuß unter dem Magnolienbaum entgegen.

»Miß Nesta ist völlig unverändert«, bemerkte Dorcas, während sie Arielle in ihr Abendkleid half. »Wenn nicht sogar schlimmer.«

»Was meinen Sie damit?«

»Ich glaube nicht, daß sie mit diesem Mann glücklich ist.«

»Mit Baron Sherard? Weshalb denn nicht?«

Dorcas zuckte nur die Achseln und wollte sich nicht äußern.

»Setzen Sie sich!« sagte sie dann und bemerkte ganz beiläufig, während sie Arielles Haar zu einer Krone flocht: »Ich habe Ihre Jacke und die Bluse gesehen – also hat er es doch getan!«

Arielle sah ihre Kammerzofe im Spiegel an.

»Ich wußte doch, daß es nur eine Frage der Zeit sein würde! Er hat versucht, sie zu zwingen, doch Sie haben ihm widerstanden. Sie haben einmal gesagt, daß wir das Haus verlassen werden, sobald er es tut, doch wohin sollen wir gehen?

Ihre Schwester ist nicht mehr in Boston, und Geld haben wir auch nicht, oder?«

»Burke hat mich nicht berührt, Dorcas. Es war Evan. Er hat mich am Bunberry Lake überrascht, und Burke hat mich gerettet.«

Doch Dorcas lachte nur verächtlich. »Er wird es schon noch tun. Warten Sie nur ab!«

Doch plötzlich wußte Arielle bestimmt, daß er es nicht tun würde. Sie hätte nicht sagen können, woher diese plötzliche Sicherheit kam, doch sie spürte sie ganz eindeutig.

Als Dorcas zum Abschluß Arielles Gesicht mit Puder bestäubte, trat Burke mit einer flachen Schachtel ins Zimmer. »Das haben Sie sehr schön gemacht«, lobte er Dorcas. »Doch jetzt lassen Sie uns bitte allein!«

»Ich werde mich inzwischen um Miß Nesta kümmern.« Mit diesen Worten verließ sie den Raum.

Arielle hatte die Samtschatulle sehr wohl bemerkt, doch sie versuchte, ihre Erregung nicht zu zeigen.

»Das gehört dir. Es hat zuletzt meiner Mutter gehört, die es von ihrer Mutter geerbt hat. Falls es dir nicht gefällt, können wir es gern umändern lassen.« Dann sah er zu, wie sie langsam die Schachtel öffnete und ungläubig auf die Diamanten und Saphire starrte.

»Oh, wie wunderschön! Noch nie habe ich etwas so Herrliches gesehen! Oh, Burke, nein – ich kann es nicht annehmen. Stell dir nur vor, ich verlöre…« Rasch klappte sie die Schachtel zu und reichte sie ihm zurück.

»Dann werden wir es einfach ersetzen.« Mit diesen Worten legte er ihr die Kette um den Hals, daß sie ihn nur noch wortlos im Spiegel ansehen konnte. »Die Saphire leuchten zwar zauberhaft, doch deine Augen strahlen noch heller!«

Zärtlich umfaßte er ihre Schultern, doch sie konnte die Augen nicht mehr von dem Halsband wenden. Wieder dachte sie an Paisley und sein Armband. Mit Sicherheit hatte er von dem defekten Verschluß gewußt und nur darauf gewartet, daß etwas geschehen würde, weswegen er ihr Vorhaltungen machen konnte. Doch so war Burke nicht. »Ich danke dir, Burke!« Dabei legte sie ihm die Hand auf den Arm und überlegte im stillen, was wohl sein Preis war.

Arielle genoß das Abendessen in vollen Zügen. Die Köchin hatte ihr Bestes gegeben und ein opulentes Mahl auf den Tisch gezaubert. Arielle brauchte gar nicht viel zu sagen, denn ihre Gäste waren in beschwingter Stimmung und unterhielten einander so ausgezeichnet, daß sie sich beruhigt zurücklehnen und einfach nur zuhören konnte. Irgendwann bemerkte sie, daß Burkes Blicke auf ihr ruhten, und unwillkürlich tasteten ihre Finger nach dem Halsband. Ob er bereute, es ihr gegeben zu haben? Nun, dann konnte er es genauso gut zurückfordern.

Doch plötzlich spürte sie einen Kloß im Hals und mußte heftig schlucken. Nein, das wollte sie nicht! Sie mochte das Halsband und wollte es gern behalten. Und dann dachte sie plötzlich, daß es eigentlich gar nicht um das Halsband ging, und war ziemlich verwirrt.

Als die drei Damen kurze Zeit später im Wohnraum saßen, lauschte Arielle der Unterhaltung zwischen Nesta und Lannie nur mit halbem Ohr.

»Doch, es geht mir wieder gut«, sagte Nesta. »Die Überfahrt war ein wenig unangenehm, weil ich seekrank wurde. Doch Alec war außerordentlich hilfsbereit.«

»Das will ich auch hoffen«, mischte sich Arielle ein. »Er ist doch schließlich an allem schuld.«

Lannie war zuerst ein wenig erschrocken, doch dann mußte sie lachen. »Ja, irgendwo stimmt das! Wünschen Sie sich einen Jungen?«

»Aber natürlich. Es ist Alecs größter Wunsch.«

»Aber bestimmen kann er es nicht«, bemerkte Arielle. »Ich stelle mir dich eher mit einem kleinen Mädchen vor.«

Nesta lächelte kopfschüttelnd. »Ich möchte auch gern ein Mädchen, aber das erste Kind muß ein Junge werden.«

Arielle runzelte die Stirn. »Weshalb? Lannie will doch auch weder auf Virgie noch auf Poppet verzichten.«

»Montrose war nicht so ganz glücklich, Arielle«, erklärte Lannie. »Durch den Wunsch nach einem Sohn wollen die Männer ihren Anteil an der Sache irgendwie aufwerten.«

»Und das Gesetz ist auch noch auf ihrer Seite«, ergänzte Arielle. »Ich würde gern einmal erleben, daß ein Mädchen einen Titel erben kann!«

»Nun, du kannst dich nicht beklagen«, hielt ihr Nesta vor. »Du hast sehr jung einen vermögenden Mann geheiratet, ihn beerbt und dich dann noch einmal gut verheiratet.«

»Lord Rendels Erbe ist längst nicht mehr vorhanden«, stellte Arielle richtig. »Soweit ich weiß, wird alles demnächst verkauft.«

»Oh, mein Liebes, wie schrecklich, es tut mir leid«, sagte Nesta. »Davon hatte ich ja keine Ahnung!«

»Ich auch nicht.« Lannie beugte sich aufmerksam nach vorn.

Arielle entschied sich für Offenheit. »Ich ebenfalls nicht! Der Anwalt meines ersten Mannes und der Verwalter haben alles veruntreut, Haus und Land belastet und England verlassen, als ich alles zu Geld machen wollte, um zu euch zu fahren.«

»Aber dann hast du Burke getroffen«, sagte Nesta strahlend, als die Herren den Wohnraum betraten.

Als die anderen ihre jeweiligen Damen überaus herzlich begrüßten, schüttelte Knight nur den Kopf. »Irgendwie komme ich mir im Augenblick sehr überflüssig vor!«

»Dagegen hilft nur der Weg zum Altar, mein Junge«, riet ihm Burke grinsend.

Gegen elf Uhr entschuldigte sich Alec. »Es ist schon spät, und es wird Zeit, daß Nesta ins Bett kommt.«

Kurz darauf verabschiedeten sich auch die übrigen Gäste, und Arielle folgte Burke ins Schlafzimmer. Als sie sah, daß man den chinesischen Wandschirm wegen verschiedener Reparaturarbeiten entfernt hatte, blieb sie wie angewurzelt stehen und blickte sich ratlos um.

Nachdem Burke einige Holzscheite in den Kamin gelegt

hatte, richtete er sich auf und lehnte sich gegen den Sims. »Hat es dir gefallen?« wollte er wissen, während er sie intensiv ansah.

»Oh, ja, sehr sogar.«

»Das freut mich. Und jetzt zieh dich aus, Arielle! Und zwar ganz!«

16. Kapitel

Arielle starrte ihn an und traute ihren Ohren nicht. Gerade war sie noch so glücklich und entspannt gewesen, doch jetzt...

Seine Stimme wurde schärfer. »Hörst du schlecht, Arielle? Ich habe gesagt, du sollst dich ausziehen! Ich möchte dich ansehen, wenn du nackt bist.«

Paisleys Worte! Ihre Hände tasteten nach den Knöpfen, doch dann ließ sie die Hände sinken. »Ich verstehe nicht, weshalb du das tust. Du warst so nett zu mir...«

»Glaubst du etwa, daß ich deswegen auf mein Vergnügen verzichte?« Er richtete sich zu voller Größe auf und trat einen Schritt auf sie zu.

Ein kleiner Angstlaut entrang sich ihrer zugeschnürten Kehle, und hastig öffneten ihre Finger die lange Reihe der Knöpfe.

»Wenn du nackt bist, kniest du dich hin! Und dann befriedigst du mich mit dem Mund, wie du es damals im Stall getan hast! Ich erinnere mich, daß du deine Sache sehr gut gemacht hast.«

Arielle verschränkte ihre Arme über ihren Brüsten und starrte in seine ausdruckslosen, kalten Augen. Fassungslos schüttelte sie den Kopf. »Weshalb tust du das?« flüsterte sie.

»Dein Gejammer beeindruckt mich in keiner Weise, Arielle! Tust du jetzt, was ich verlange, oder muß ich erst die Peitsche holen?« Er durchquerte den Raum, zog eine Schublade des Schranks auf und holte eine Reitpeitsche heraus.

Dumpf starrte Arielle auf die Peitsche. »Nein!« stieß sie hervor. »Nein!«

»Nein was?« Dabei ließ er die Peitsche sachte auf die Handfläche klatschen.

»Du wirst mich nicht schlagen.«

»Wirklich nicht? Ich denke, alle Männer sind gleich. Es gefällt uns doch, wehrlose Mädchen zu schlagen und unsere Frauen zu erniedrigen und zu quälen, oder etwa nicht?«

»Nein, nein, du bist doch nicht so!«

Er starrte sie an, während er einige Schritte auf sie zuging und sich dabei rhythmisch mit der Peitsche auf die Handfläche klopfte.

Arielle wich keinen Zentimeter zurück und fixierte unverwandt Burkes Gesicht. »Nein, so bist du wirklich nicht«, wiederholte sie mit kräftiger Stimme.

»Glaubst du das wirklich?«

»Ja, du bist kein solcher Mann, Burke.«

»Ziehe deine Kleider aus, Arielle!«

»Nein. Ich lasse mich nicht so erniedrigen.«

»Soll das heißen, daß du mir widersprichst? Daß du mir nicht gehorchst?«

»Genau das tue ich!«

Er umfaßte ihr Kinn und hob ihr Gesicht in die Höhe. »Ich kann dich blutig schlagen und machen, was immer ich möchte.«

»Ja, das kannst du.« Dann atmete sie tief ein. »Aber das wirst du nicht tun, denn du liebst mich.«

»Glaubst du das wirklich? Ich bin doch ein Mann, einer dieser verabscheuungswürdigen, grausamen und sadistischen Unholde.«

Sie sah ihm gerade ins Gesicht. »Nein, das bist du nicht.«

»Also glaubst du mir endlich und vertraust mir?«

Ihre Augen verdunkelten sich, und ihre Stimme zitterte ein wenig, als sie feststellte: »Du hast das mit Absicht gemacht.«

»Wovon sprichst du?«

»Seit unserer Hochzeit hast du alles mit Absicht gemacht.«

»Wie bitte? Kannst du dich nicht ein bißchen deutlicher ausdrücken?«

»Du hast mich immer wieder unter Druck gesetzt, bis ich…«

»…bis du dich gewehrt hast?«

»Ja.«

»Und was ist geschehen, als du es endlich getan hast?«

»Nichts, weil du mir nicht wehtun willst. Du hattest niemals die Absicht, ganz gleich, was du mir angedroht hast.«

»Das kannst du in aller Ruhe glauben«, meinte er lächelnd.

Hastig packte sie die Peitsche und warf sie quer durch das Zimmer. »Dieses verdammte Ding!«

Burke lachte aus vollem Hals. Dann packte er Arielle und hob sie hoch, bis sie sich ängstlich an seine Oberarme klammerte und erschreckt auf ihn hinunterstarrte. »Jetzt muß ich dich also nur ein wenig herausfüttern, dann...«

»Dann was?«

»Dann habe ich die perfekte Ehefrau.« Er ließ sie wieder herunter und drückte sie fest an sich.

Arielle umschlang ihn und legte das Kinn gegen seine Schulter. »Du hast mir soviel Angst eingejagt.«

Seine Arme umschlossen sie nur fester. »Wirst du mir vergeben?«

»Ich weiß nicht. Ich glaube...«

»Befürchtest du, daß ich dir in der fernen Zukunft vielleicht doch etwas antun könnte? Nein, mein Schatz, diese Ängste sind grundlos. Ich möchte dich glücklich machen.«

Als sie seufzte, hätte er gern gewußt, was sie dachte.

»Laß uns zu Bett gehen, ja? Du mußt dich nicht vor mir ausziehen, wenn du nicht willst, und du mußt mich auch nicht küssen, wenn du nicht möchtest. Wenn dieser dumme Wandschirm repariert ist, kannst du dich jeden Tag dahinter verkriechen.«

Sanft küßte er sie auf die geschlossenen Lippen und löste sich dann von ihr. Während er sich auszog und sorgfältig seine Kleider faltete, pfiff er ein Liedchen vor sich hin und beachtete Arielle überhaupt nicht.

Sie beobachtete ihn lächelnd und zog sich schließlich ebenfalls aus. Als sie die letzten Bänder an ihrem Nachthemd verknotete, bemerkte sie, daß Burke ihr zusah. Er stand völlig nackt vor ihr, und sie hatte große Mühe, ihre Augen von seinem herrlichen, schlanken Körper abzuwenden.

»Ich gehe jetzt ins Bett«, verkündete er, und als sie neben ihm unter der Decke lag, fügte er noch hinzu: »Wenn du möchtest, darfst du mir einen Gutenachtkuß geben.«

Er bekam seinen Kuß, und er war ein wenig intensiver als der, den er unter dem Magnolienbaum bekommen hatte.

Der bedächtige, ruhige George Cerlew war sehr aufgeregt, als er das Arbeitszimmer seines Herrn betrat. »Mylord?«

»Ja, George?«

»Dieser Mann, dieser Ollie Trunk möchte Sie ganz dringend sprechen.«

Burke erhob sich. »Er soll hereinkommen.«

»Ich habe ihn«, erklärte Ollie Trunk selbstgefällig, ohne jede Vorrede. »Ich habe den Kerl gefunden, der der Kleinen das angetan hat.«

»Wer war es denn?«

»Einer der Stallburschen. Arnold heißt er.«

»Guter Gott, endlich!« entfuhr es Burke. »Sind Sie Ihrer Sache sicher? Arnold ist schon seit sechs Jahren bei uns und sehr gewissenhaft, ruhig und...«

»Er hat sich damit gebrüstet, der dumme Kerl!« erklärte Ollie voller Verachtung. »Geradezu geprahlt! Ich habe das Stück Stoff mit Arnolds Mantel verglichen, Mylord, und es paßte haargenau. Danach habe ich ihn in der Kneipe in Nutley betrunken gemacht und ein wenig ausgehorcht. Er hat geprahlt, daß die Mädchen nicht die Hände von ihm lassen können.«

»Allerdings sehe ich ein Problem, Gentlemen«, meinte Burke.

»Das verstehe ich nicht«, begann Cerlew, doch Ollie Trunk fiel ihm ins Wort: »Es liegt doch klar auf der Hand! Wie konnte Arnold ins Haus gelangen, um das Mädchen die Treppe hinunterzustürzen?«

»Er hat sie vergewaltigt, doch ich glaube nicht, daß er sie umgebracht hat«, sagte Burke eigentlich mehr zu sich selbst. Daraufhin fluchte er ausgiebig, was ihm Ollie Trunks Respekt eintrug.

»Es ist natürlich möglich, daß es auch ein Unfall gewesen ist, Mylord.«

»Nein, das glaube ich auch nicht. Ausgezeichnete Arbeit, Ollie Trunk. Ich werde über alles nachdenken, und Sie schauen sich inzwischen weiter um! Joshua und Geordie sollen Ihnen dabei zur Hand gehen. Und bringen Sie mir Arnold. Mit dem werde ich jetzt ein Wörtchen reden!«

Burke war innerlich wütend, doch äußerlich sehr gefaßt, denn sein Entschluß stand bereits fest. Als Alec Carrick das Arbeitszimmer betrat, empfing Burke ihn freundlich und klärte ihn über die Vorgänge auf.

Alec war einigermaßen erstaunt. »Du lieber Himmel! Ich hatte das englische Landleben immer für langweilig gehalten. Das ist ja einfach unglaublich! Natürlich werde ich Ihnen helfen, wenn ich das kann. Ein Mann, der so etwas tut, verdient eine harte Bestrafung!«

Als Arnold schließlich von Ollie und Joshua hereingebracht wurde, hatte sich auch Knight zu den beiden Männern gesellt.

»Es ist alles nicht wahr!« schrie Arnold, nachdem man ihn auf einen Stuhl bugsiert hatte. »Dieser Kerl hier hat sich das alles ausgedacht! Kein einziges Wort ist wahr!«

»Stimmt das?«

»Dies ist sein Mantel, Mylord«, sagte Ollie. »Und hier ist das Stück Stoff, das man bei dem Mädchen gefunden hat.«

»Ich fürchte, es paßt einwandfrei, Arnold«, bemerkte Burke.

»Aber es war keine Vergewaltigung!« schrie Arnold. »Bestimmt nicht! Die kleine Mellie und ich haben uns schon öfter miteinander amüsiert. Meistens im Gartenpavillon. Sie war verrückt nach mir!«

»Weshalb haben Sie dann eine Maske getragen, Arnold?«

»Weil sie verrückt nach mir war, das habe ich doch gerade gesagt. Ich wollte nicht, daß sie überall herumerzählt, daß ich es war.«

»Arnold, Mellie war gerade erst fünfzehn Jahre alt!«

»Tatsächlich? Wir haben das aber schon länger als ein Jahr gemacht. Eine heiße kleine Hexe, die Mellie.«

»Sie haben sie vergewaltigt, gegen ihren Willen gezwungen! Das Mädchen stand unter meinem Schutz. Ich bin für alles verantwortlich und kann derartige Dinge nicht dulden! Soll ich Ihnen sagen, was Ihnen blüht?«

»Ich habe doch nichts getan! Sie war doch eine kleine Nutte, nichts weiter.«

Als Arnold begriff, daß der Earl of Ravensworth es ernst meinte, riß er sich plötzlich von Joshua los, boxte Ollie in den Magen und stolperte in die Halle, wo er genau vor Arielles Füßen landete.

»Arnold! Was ist denn los? Was machen Sie hier im Haus?«

Im selben Augenblick stürmten die Männer aus dem Arbeitszimmer, und kurze Zeit später war Arnold überwältigt. »Bringen Sie ihn zurück und bewachen Sie ihn!« befahl Burke und wartete, bis alle verschwunden waren. Dann wandte er sich an Arielle: »Arnold hat Mellie vergewaltigt. Ollie Trunk hat es herausgefunden.«

»O nein! Hat er sie auch umgebracht?«

»Ich bin mir nicht sicher. Das wird sich zeigen.«

»Was wirst du tun?«

Burke lächelte. »Mein liebes Mädchen, Arnold wird für die nächsten fünf Jahre ein stolzer Seemann in der Marine werden.«

»Das hört sich aber nicht sehr schrecklich an.«

»Aber es ist die Hölle, wenn nicht sogar schlimmer! Glaube mir, diese Strafe ist härter als ein Aufenthalt im Gefängnis!«

Als Arielle Augenblicke später Arnolds Aufschrei hörte, wußte sie, daß Burke es ihm gesagt hatte. Nun, mit Sicherheit geschah ihm recht, doch sie war nur teilweise erleichtert, denn Mellies Mörder war noch nicht gefunden.

Diese Frage klärte sich am späten Nachmittag, als Ollie Trunk sich bei Burke melden ließ, der gerade mit Arielle in deren Lieblingszimmer Umbaupläne wälzte.

»Es ist eindeutig ausgestanden, Mylord«, verkündete Ollie.

»Was genau meinen Sie damit?«

Ollie Trunk blicke ein wenig unsicher zu Arielle hinüber, doch Burke versicherte: »Vor meiner Frau können Sie frei und offen sprechen.«

»Ich habe den Schlüssel zur Seitentür gefunden, Mylord. Ein wenig rostig und alt, aber er paßt.«

Burke fühlte grenzenlose Erleichterung. »Und wo haben Sie ihn gefunden?«

»Im Stall, im Sattelraum. Arnold behauptet natürlich, daß er nichts von dem Schlüssel gewußt hätte, aber etwas anderes kann man ja auch kaum erwarten!«

»Ich verstehe.«

»Dann ist ja alles erledigt«, bemerkte Arielle und streckte Ollie die Hand entgegen. »Ich danke Ihnen sehr. Sie sind ein ausgezeichneter Detektiv, Sir.«

Zu Burkes Entzücken errötete Ollie wegen des Kompliments. »Nun, ja – es gibt allerdings noch ein Problem. Soll ich Arnold trotzdem zu Kapitän Mortimer bringen, oder wollen Sie ihn auch für das zweite Verbrechen zur Verantwortung ziehen?«

Burke dachte einige Augenblicke lang nach. »Ich meine, daß wir keinen schlüssigen Beweis dafür besitzen, daß Arnold tatsächlich Mellies Mörder ist. Der Schlüssel wurde ja nicht bei seinen Sachen gefunden, sondern lag im Stall, wo ihn jeder benutzen konnte. Solange wir keinen eindeutigen Beweis haben, ist Arnold bei der Navy gut aufgehoben!«

Mit diesen Worten reichte er Ollie Trunk einen Brief für Kapitän Mortimer, der zu den rauhesten Gesellen unter den englischen Kapitänen gehörte. Dann schüttelte er Ollies Hand. »Ich bedanke mich ebenfalls.«

Als sie wieder allein waren, lächelte Arielle ihren Mann schüchtern an. »Habe ich dir eigentlich schon gesagt, wie sehr ich dich bewundere?«

»Nein«, antwortete er, »heute noch nicht.«

»Dann hole ich das hiermit nach.« Sie lachte. »Es ist Zeit für den Tee. Unsere Gäste werden bestimmt neugierig sein.«

Beim Tee und während des Abendessens war Arnolds Schicksal allgemeines Gesprächsthema.

»Ich finde, daß ihm recht geschieht«, bemerkte Alec Carrick.

»Das arme Mädchen«, sagte Nesta bedauernd.

»Ich weiß nicht recht«, entgegnete Lannie. »Sie soll keinen einwandfreien Charakter gehabt haben, wie ich gehört habe. Auch ihre Mutter soll schon so gewesen sein und hat keinen Mann halten können.«

»Das ist doch nicht das Entscheidende«, warf Arielle ein. »Ich kenne auch Männer mit zweifelhaftem Charakter, aber deswegen werden sie trotzdem nicht vergewaltigt und ermordet!«

Einige Sekunden lang schwiegen alle, bis Burke schließlich Arielles Partei ergriff. »Meiner Meinung nach hat sie vollkommen recht. Wir Männer sind stärker, und ich habe tatsächlich noch nie gehört, daß man einen Mann vergewaltigt hätte! Dieses Thema betrifft uns einfach nicht.«

»Meiner Meinung nach gibt es noch eine weitere Ungerechtigkeit«, bemerkte Knight. »Seit dem Mittelalter gilt eigentlich der Grundsatz, daß nur reine Frauen auch gute Frauen sind. Hat eine Frau Liebhaber, so ist sie automatisch schlecht. Hat ein Mann dagegen viele Geliebte, so wirkt er dadurch auf Männer und auch auf Frauen gleichermaßen attraktiv.«

»Ein Weiberheld zu sein, würde mir keinen Spaß machen«, bemerkte Percy. »Ich gehöre zu denen, die gern treu sind. Ach, ich glaube, ich bin ein ziemlich zahmes Individuum.«

»In der Beziehung geht es mir ähnlich«, stimmte Burke zu. »Wie Percy schätze ich Heim und Herd und eine liebende Frau über alles.«

»Ich fürchte, Alec ist genau das Gegenteil«, sagte Nesta. »Er liebt aufregende Reisen und den ständigen Wechsel.«

»Das hört sich ja an, als ob ich mich nicht zum Ehemann eignen würde, meine Liebe«, widersprach Alec. »Hoffentlich ist es nicht ganz so schlimm, oder habe ich dir während der vergangenen fünf Jahre Grund zur Klage gegeben?«

»Aber all diese Reisen! Wo sind wir nicht überall gewesen!«

»Na, Alec«, lachte Arielle, »das hört sich ja an, als seist du ein Herumtreiber. Zwar ein sehr interessanter Herumtreiber, aber immerhin ein...«

»Ich bitte um Ihren Beistand, meine Herren!« flehte Alec spöttisch.

»Von mir bekommen Sie ihn aber nicht!« verkündete Knight. »Ich bin nicht verheiratet, und ich habe nicht die Absicht...«

Arielle unterbrach ihn. »Ich hatte ebenfalls nicht die Absicht...«

»...bis sie mich getroffen hat«, bemerkte Burke in scherzendem Ton. »Sie hat mich geradezu angefleht, sie zu heiraten. Ohne mich wäre sie gestorben. Ich hatte einfach keine andere Wahl!«

Statt einer Erwiderung widmete sich Arielle ihrem Teller.

»Wie dem auch sei«, fuhr Knight fort, »ich werde jedenfalls sofort unleidlich werden, sollte es einer Frau gelingen, mich in diese bedauernswerte Lage zu bringen.«

»Da haben wir also eines dieser selbstsüchtigen, höchst eingebildeten Exemplare männlicher Überheblichkeit«, lästerte Lannie. »Arielle hat völlig recht. Die Männer glauben doch alle, daß sich die ganze Welt – uns eingeschlossen – ausschließlich um sie dreht.«

Knight bedachte sie mit einem gequälten Lächeln. »Vielleicht war dieser Satz tatsächlich ein wenig voreilig, denn ich bin ja erst sechsundzwanzig Jahre alt. Mit vierzig werde ich vielleicht heiraten, denn dann brauche ich einen Erben. Mein Vater hat mir dieses Vorgehen wärmstens empfohlen.«

»Na, hoffentlich erfahren die Londoner Damen das nicht vorzeitig«, lachte Burke.

»Vielleicht werden sie ihm dann eine Absage erteilen«, freute sich Lannie.

»Das tun die Damen mir nicht an«, meinte Knight seelenruhig und prostete ihr mit seinem Glas zu.

Als sich die Damen einige Zeit später in den Wohnraum zurückgezogen hatten, fragte Arielle ihre Halbschwester Nesta: »Wann ist es eigentlich soweit?«

»Erst in dreieinhalb Monaten. Das ist noch schrecklich lang!«

»Möchtest du auch einen Jungen, oder ist das nur Alecs Wunsch?«

»Mir ist es eigentlich gleich, aber Alec möchte natürlich einen Erben. Das tun doch alle Männer. Als ob man das Geschlecht seines Kindes bestimmen könnte!« fügte sie seufzend hinzu.

»Ich glaube, Burke würde so etwas niemals tun«, bemerkte Arielle.

Lannie lächelte allwissend. »Da spricht die verliebte Braut, aber nicht die Ehefrau.«

»Hast du mit Burke schon über dieses Thema gesprochen?« erkundigte sich Nesta.

»Nein«, erwiderte Arielle. »Aber ich kenne Burke. Er ist sehr verständnisvoll und liebevoll...«

»Guter Gott!« rief Lannie und lachte ungeniert. »Du sprichst von meinem Schwager, meine Liebe, und nicht von irgendeinem überirdischen Wesen! Ich glaube, ich sollte jetzt ein wenig Klavier spielen. Daß Burke nur ja nicht erfährt, was Arielle gesagt hat, Nesta! Sonst wird er womöglich noch eingebildeter als Knight!«

Daraufhin stürzte sich Lannie voller Begeisterung auf eine Mozart-Sonate, so daß die beiden Schwestern sich leise weiter unterhalten konnten.

»Du bist jetzt schon fast fünf Jahre lang verheiratet, Nesta! Ich kann mich noch erinnern, wie verliebt du damals warst.«

»Ja, ich hätte sogar Drachen für ihn umgebracht, wenn er das verlangt hätte. Kannst du dich noch erinnern, wie hübsch er damals war? Irgendwie sieht er von Jahr zu Jahr besser aus.« Dann sank ihre Stimme fast bis zum Flüsterton herab. »Ich habe ein wenig Angst, Arielle.«

Fragend sah Arielle ihre Schwester an. »Und weshalb?«

»Ich werde allmählich unförmig. In wenigen Wochen wird Alec mich nicht mehr – du verstehst schon, was ich meine. Er wird sich langweilen.«

»Aber das ist doch Unsinn! Alec liebt dich doch.«

»Aber er ist auch ein Mann mit physischen Bedürfnissen. Er braucht diese Nähe. Ich weiß wirklich nicht, wie er es ohne...«

»Diese Nähe?«

»Ja«, sagte Nesta, »er wird nicht darauf verzichten wollen. Vielleicht sollte ich nicht mit dir darüber sprechen, doch schließlich bist du eine verheiratete Frau! Burke ist sogar schon dein zweiter Mann. Die Damen verlieben sich reihenweise in Alec, doch er scheint ihren erhöhten Pulsschlag überhaupt nicht wahrzunehmen.«

»Ihr kehrt doch jetzt auf euer Landgut zurück, nicht wahr? Da Alec seit einiger Zeit nicht mehr zu Hause war, wird er soviel Arbeit haben, daß er an nichts anderes mehr denken kann. Aber ich mache mir eher Sorgen um dich!«

»Mir geht es ausgezeichnet. Ich wünschte mir nur, daß es schon vorbei und das Kind gesund auf der Welt wäre!«

»Nesta, bitte, darf ich dich etwas fragen?«

»Ja, schließlich sind wir Schwestern und sollten keine Geheimnisse voreinander haben.«

»Hat Alec dich jemals – verletzt?«

»Mich verletzt? Was meinst du denn damit?«

Schlägt er dich? Zwingt er dich auf die Knie und erniedrigt dich?

»Ich – ach, denke nicht mehr daran! Lannie spielt wunderschön, nicht wahr?«

»Ja«, meinte Nesta gedehnt und runzelte die Stirn. »Aber du doch auch, wenn ich mich richtig erinnere.«

Nachdenklich sah Arielle ihre Schwester an. »Du siehst traurig aus, Nesta. Irgend etwas bekümmert dich, nicht wahr? Alec ist doch ein Ehemann und wird dich bestimmt niemals verlassen.«

Nesta lächelte gequält. »Das stimmt schon. Ja, aber drei

Monate nach unserer Hochzeit hat er sich plötzlich sehr gelangweilt, und ich mußte ihn mit... Oh, ich fürchte, ich werde immer indiskreter! Vergiß es, mein Schatz!«

Wie könnte ich das, dachte Arielle, doch sie schwieg. Sie war schließlich nicht dumm und wußte sehr genau, wie Nesta das sexuelle Interesse ihres Mannes gefesselt hatte. Und das war genau das, war Arielle sich nur schlecht vorstellen konnte.

Als die Herren kurze Zeit später den Damen wieder Gesellschaft leisteten, blickte Arielle zu ihrem Mann hinüber, der noch in ein Gespräch mit Percy vertieft war. Wunderschön sieht er aus, dachte sie und hatte plötzlich wieder das ganz sichere Gefühl, daß dieser Mann sie niemals verletzen würde. Sie erhob sich und ging zu ihm hinüber.

Burke begrüßte Arielle lächelnd und faßte sie bei der Hand.

»Ich nehme an, daß Sie jetzt meine Gesellschaft entbehren können«, bemerkte Percy. »Ich werde für Lannie die Seiten umblättern.«

»Der Mann hat sehr viel Taktgefühl...« Burke verstärkte den Druck seiner Finger. »Hallo, mein Liebes!«

»Nesta hat mir gesagt, daß die Frauen ohnmächtig werden, wenn sie Alec begegnen. Glaubst du, daß das stimmt?«

»Ich nehme an, daß es dir vor Ablauf dieser Woche auch noch passieren wird, wenigstens einmal.«

Ihr süßes Lachen füllte sein Herz mit Hoffnung, und als er sich ungefähr eine Stunde später neben sie ins Bett legte, empfand er so viel Sehnsucht, daß es schmerzte. Und Sekunden später war er völlig verblüfft. »Was hast du da eben gesagt?« fragte er.

17. Kapitel

Sie war froh, daß es dunkel war und er ihr Gesicht nicht sehen konnte. »Ich wollte wissen, ob du eigentlich Kinder willst.«

»Ich glaube, das habe ich schon gesagt.«

»Möchtest du auch zuerst einen Jungen?«

»Wenn ich verlangen würde, daß Kühe über den Atlantik schwimmen, hätte ich wahrscheinlich ebenso großen Erfolg!«

»Wärst du enttäuscht, wenn es kein Junge wäre?«

Seine Erregung wuchs von Sekunde zu Sekunde. Wußte sie eigentlich, was sie ihm mit dieser Fragerei antat? Höchstwahrscheinlich nicht. Er seufzte. »Nein, ich wäre mit Sicherheit nicht enttäuscht. Ganz nebenbei wünsche ich mir ein kleines Mädchen, das dir ähnlich sieht! Eines unserer Kinder sollte allerdings ein Junge sein, denn bekanntlich können Mädchen keinen Titel erben und außerdem gäbe es ohne männliche Nachfolger keine Drummonds mehr.«

»Das stimmt allerdings. Lannie hat gesagt, daß Montrose nach der Geburt von Poppet zwei Wochen lang nicht mit ihr gesprochen hat.«

»Montrose war ein Narr.«

»Ich denke manchmal, daß Lannie ihn vielleicht gar nicht so sehr geliebt hat.«

»Viele Frauen lieben ihre Ehemänner nicht, und natürlich umgekehrt.«

Arielle hörte, wie Burke sich zu ihr umdrehte und lag ganz still. »Burke?«

»Hm?«

»Du hat mich noch nicht um einen Gutenachtkuß gebeten.«

Er hielt den Atem an, und seine Augen glitzerten. »Machst du dich über mich lustig?«

»Ich weiß nicht, wovon du sprichst.«

»Aber natürlich. Ich höre es an deiner Stimme.«

»Also gut. Burke, werde ich ein Baby bekommen?«

Sie versetzte ihm an diesem Abend einen überraschenden Schlag nach dem anderen, so daß ihm schon schwindelte und er sich wunderte, wie ruhig er immer noch antwortete. »Reden wir darüber, weil Nesta ein Baby erwartet?«

»Nein. Nun, das stimmt nicht ganz. Wahrscheinlich hätte ich nicht daran gedacht, wenn wir uns nicht vorhin über Kinder unterhalten hätten. Ich liebe Virgie und Poppet sehr. Glaubst du, daß ich eine gute Mutter werde?«

»Weißt du denn überhaupt ganz genau, wie man eine Mutter wird?«

»Ja, aber natürlich. Ich bin doch nicht dumm!«

»Dann ist der Gedanke, daß ich dich berühre, in dich eindringe, dir nicht widerwärtig? Hast du keine Angst mehr?« Er hörte, wie sie heftig einatmete. »Ich hoffe, du nimmst mir meine Offenheit nicht übel, aber ich möchte, daß du alles verstehst.«

»Ich bin doch nicht dumm«, wiederholte sie, doch ihre Stimme klang ein wenig dünn.

»Also gut, weißt du auch, daß ich – nein, schon gut. Das kann ich dir nur zeigen, aber bestimmt nicht erklären.«

»Was denn?«

»Das wirst du schon sehen.« Der Gedanke, sie zentimeterweise zu liebkosen, ließ ihn beinahe überschnappen.

»Dann wirst du es also tun?«

Er lächelte entschlossen in die Dunkelheit. »Ich wüßte nicht, was mich daran hindern könnte.« Dann ließ er sich auf den Rücken fallen und lachte herzlich.

»Was ist daran so komisch? Mir ist es ganz ernst! Die Männer...«

Er rollte zu ihr herum, und sie fühlte seinen Finger auf ihren Lippen. »Pst! Nichts mehr über »die Männer«, einverstanden? Von Männern hast du nur sehr wenig Ahnung, jedenfalls von den guten.«

Da er in diesem Punkt ohne Zweifel recht hatte, schwieg sie.

»Was ist los, Arielle? Verlierst du den Mut?«

»Ein bißchen. Ich möchte nicht, daß man mir noch ein einziges Mal wehtut, das wirst du nicht tun, oder?«

Wird das denn niemals aufhören? Sie konnte ja nicht ahnen, daß er bei solchen Sätzen am liebsten vor Wut geheult und einen Toten noch einmal erschlagen hätte! »Ich werde dir niemals wehtun, außer…« Er schwieg. Nein, er mußte es ihr sagen, denn schließlich war sie noch Jungfrau. »Hör genau zu, Arielle. Ist Cochrane jemals – oh, Himmel, ist das schwierig!«

»Das macht mir nichts aus.«

»Also gut. Ist er jemals so weit in dich eingedrungen, daß du geblutet hast?«

»Nein«, antwortete sie zögernd.

»Das bedeutet, daß du noch Jungfrau bist. Wenn ich zum ersten Mal in dich eindringe, wird es ein wenig wehtun, aber dann niemals wieder. Das verspreche ich.«

»Also gut, Burke.«

»Bringen wir es hinter uns? Einfach so?«

»Du mußt nicht sarkastisch werden, weil *du* jetzt die Nerven verlierst. Du sollst dich nicht gedrängt fühlen! Es tut mir leid. Bitte, sei nicht böse mit mir. Können wir jetzt schlafen?«

»Ich bin überhaupt nicht böse. Weißt du, mein Schatz, ich liebe dich, und deine Gefühle sind mir sehr wichtig. Ich begehre dich sehr und möchte zärtlich mit dir sein. Doch du weißt vermutlich noch nicht einmal, was wirkliches Verlangen bedeutet. Du möchtest ein Baby, und dazu muß man sich lieben. Doch bei dir hört es sich so nüchtern an, als wolltest du ein neues Kleid bestellen. So geht das nicht, Arielle. Verstehst du das?«

»Das ist ein wenig schwierig. Ich werde darüber nachdenken.«

»Das ist in Ordnung«, stimmte er zu, obwohl er am liebsten genau das Gegenteil getan hätte. Doch Burke wollte nicht mit so ernsten Worten einschlafen. »Gib mir bitte einen Gutenachtkuß!« bat er sie.

Fast augenblicklich rollte sie sich herum, stützte eine Handfläche auf seine nackte Brust und küßte ihn. Im ersten Anlauf verfehlte sie seinen Mund, doch nach ausgiebigem Kichern und einigem Tasten preßten sich schließlich ihre fest geschlossenen Lippen auf die seinen.

»Gute Nacht, Arielle!«

»Es macht mir nichts aus, dich zu küssen.«

»Das ist gut. Weshalb versuchst du es dann nicht noch einmal und öffnest diesmal deine Lippen ein ganz klein wenig?«

Als ihre Zungen einander berührten, zuckte Arielle kurz zurück, doch gleich darauf breitete sich ein warmes, sehr süßes Gefühl tief unten in ihrem Bauch aus. Burke war diese wunderbare Reaktion keineswegs entgangen.

Am folgenden Morgen stand Arielle vor Nestas Zimmertür und wollte gerade klopfen, als sie plötzlich seltsame Geräusche vernahm. Sie legte ihr Ohr an die Türfüllung und hörte Nesta stöhnen und schreien. Verlor sie etwa ihr Baby? Ohne zu zögern stieß Arielle die Tür auf und stürzte ins Zimmer. »Nesta! Fehlt dir etwas? Bist du...« Ihre Stimme erstarb urplötzlich, und sie stand wie angewurzelt und starrte auf das Bild, das sich ihr bot.

Nesta lag auf dem Rücken, und ihr gutaussehender, kräftiger Mann lag aufgestützt zwischen ihren gespreizten Beinen und hatte den Kopf in den Nacken geworfen. Es dauerte einige Sekunden, bis Alec begriffen hatte, was vorging.

Während Nesta »Arielle!« rief und versuchte, sich von ihrem Mann zu lösen, blieb Alec ganz ruhig liegen und sagte nur: »Verschwinde, Arielle! Nesta geht es gut. Raus hier!«

»Komm, mein Liebes«, sagte Burke, der gerade hinzugekommen war, und zog Arielle sanft aus dem Zimmer. Dann schloß er die Tür.

Überrascht hörte Arielle, wie Alec laut und schallend lachte. Entsetzt preßte sie ihre Handflächen gegen die Wangen und stöhnte nur: »Ach, du lieber Himmel, wie peinlich!«

»Dem kann ich nur zustimmen.« Lachend schloß Burke

Arielle in die Arme und konnte sich überhaupt nicht mehr beruhigen. »Ich nehme nicht an, daß du damit gerechnet hast, als du einfach so in ihr Schlafzimmer gestürzt bist.«

»Oh, wie peinlich!« stöhnte Arielle wieder und verbarg ihr Gesicht an seiner Schulter. »Ich dachte, Nesta hätte Schmerzen, weil sie so schrecklich gestöhnt hat…«

»Ich verstehe«, brachte Burke mühsam heraus, bevor er wieder in Gelächter ausbrach.

Arielle holte aus und schlug Burke kräftig in den Magen, worauf dieser leise stöhnend ihre Faust packte. Doch er lächelte immer noch und stupste sie sanft auf die Nase. »Ich glaube, daß wir beide genauso hinreißend aussehen werden. Möchtest du es versuchen?«

Arielle kniff die Augen zusammen. »Noch nie in meinem Leben habe ich mich so sehr geschämt.«

»Ich nehme an, daß es deiner Schwester und deinem Schwager ähnlich geht.«

»Nesta hat gesagt, daß Alec ein Mann ist, der – nun – der das braucht…«

»In dieser Beziehung sind wir Männer uns alle sehr ähnlich.«

»Du auch, Burke?«

»Aber natürlich.«

Ein wenig ratlos sah sie ihn an. »Aber du hast doch nicht – ich habe nicht gewußt, daß du…«

Er umfaßte ihr Gesicht mit beiden Händen und drückte ihr einen Kuß auf die Lippen. Seine Stimme klang rauh und dunkel. »Ich begehrte dich in jeder Sekunde. Schon wenn ich dich ansehe, begehre ich dich. Wenn ich dein Lavendelparfüm rieche, bekomme ich Sehnsucht, und ich begehrte dich sogar, wenn ich dich nur reden höre oder mit dir bei Tisch sitze…«

»Hör auf! Das sagst du doch nur so!«

»Ich habe jede Nacht neben dir geschlafen, dich nackt in meinen Armen gehalten und an mich gedrückt! Kannst du dir eigentlich vorstellen, welche Qualen ich gelitten habe? Ich habe kaum ein Auge zugetan!«

»Oh«, war alles, was sie dazu sagte, während sie fasziniert die polierten Messingknöpfe seiner Jacke betrachtete.

»Ich wüßte gern, was du jetzt denkst, aber zuerst möchte ich hier aus diesem Korridor verschwinden. Was hältst du von einem Spaziergang?«

Es war ein warmer Morgen, und die Luft duftete nach Rosen und Hibiskus. Nach einer Weile faßte Burke Arielle bei der Hand. »Ich muß etwas mit dir besprechen, aber vorher wüßte ich gern, was du vorhin im Flur gedacht hast, während du so fasziniert auf meine Knöpfe geschaut hast.«

»Ich habe mir überlegt, daß du eigentlich sehr gut aussiehst, und daß mir dein Körper gefällt. Das ist alles.«

»Das ist *alles*?« Das war mehr, als er in seinen kühnsten Träumen erwartet hatte. »Ich danke dir für das Kompliment«, sagte er lächelnd, während er sie zu einem verschwiegenen Plätzchen zwischen dichten Bäumen führte. »Jetzt möchte ich dir endlich sagen, was ich auf dem Herzen habe. Du hast gesagt, daß du ein Baby möchtest, doch bevor wir uns in weitere Abenteuer stürzen, muß ich unbedingt etwas klarstellen.«

Nach einer kleinen Pause sprach er weiter, ohne Arielle anzusehen: »Bei deiner Hochzeit hattest du keine freie Wahl. Du warst sehr krank, und ich hatte beschlossen, dich unter allen Umständen zu heiraten, selbst wenn du sterben solltest.« Mit Mühe hielt er seine Rührung im Zaum. »Als der Pfarrer auf deine Antwort wartete, habe ich dir befohlen, ›ja‹ zu sagen. Ich habe es *befohlen*, Arielle! Und du hast augenblicklich gehorcht. Wenn ich dich liebevoll gebeten hätte, hättest du mit Sicherheit widersprochen. Ich habe also deine Angst ausgenutzt, und zwar auf dieselbe Art, wie Cochrane das getan hat. Mißverstehe mich bitte nicht! Es tut mir leid, daß ich es getan habe, aber ich bereue es keineswegs. Weil ich dir damals keine Wahl gelassen habe, möchte ich jetzt wenigstens den nächsten Schritt allein dir überlassen. Ich werde mich dir nicht nähern, solange du das nicht willst. Auch wenn ich dich ein wenig bedrängt habe, so hatte ich doch nie die Absicht, dir zu nahe zu treten. Diese letzte Entscheidung möchte ich ganz allein dir überlassen.«

»Und wenn ich nicht will, daß du mich berührst, wirst du dann für immer als Einsiedler leben?«

Nachdenklich zog Burke eine Augenbraue in die Höhe. »Für immer? Du lieber Himmel, du hast eine Art, die Dinge auf den Punkt zu bringen.«

»Nun, es gab schließlich Laura in London...«

»Das war vor unserer Hochzeit.«

»Nun?«

»Wahrscheinlich nicht. Wahrscheinlich würde ich alle Mittel, die mir zur Verfügung stehen, anwenden, um dich zu verführen.« Dabei betrachtete er sie so hungrig, daß sie schlukken mußte und rasch den Blick abwandte.

»Heute ist es sehr warm«, sagte Arielle, während sie verlegen auf ihre Zehen blickte. »Ach, ich bin richtig häßlich.«

»Wie bitte?« rief er entsetzt.

»Ich bin häßlich.« Sie sah ihm geradewegs ins Gesicht. »Du hast mich doch oft genug nackt gesehen, um zu wissen, wie ich aussehe.«

Am liebsten hätte er ihr gesagt, daß er sie für die schönste und herrlichste Frau hielt, doch er wollte sie nicht überrumpeln. »Meinst du die dünnen, weißen Narben, die von Cochranes Schlägen übriggeblieben sind?«

»Ja, man kann sie doch deutlich sehen.«

»Ich möchte den alten Bastard am liebsten aus der Hölle holen und ihn noch einmal töten! Wenn ich den schmerzvollen Ausdruck deiner Augen sehe, weiß ich, wie tief er dich verletzt und gedemütigt hat. Ich möchte dich immerzu halten und dich beschützen. Ich möchte dir sagen, daß du jetzt zu mir gehörst und die Vergangenheit endgültig vorbei ist. Du und ich leben allein in der Gegenwart, und wir haben eine schöne, aufregende Zukunft vor uns. Soviel zu deiner ›Häßlichkeit‹!«

»Weshalb hast du mich nicht damals schon mitgenommen, als wir uns zum ersten Mal getroffen haben?« fragte sie ruhig.

Er nahm sie in die Arme und drückte sie ganz fest an sich. »Schon oft habe ich gewünscht, ich hätte es getan! Ich habe zutiefst bedauert, so zurückhaltend und anständig gewesen zu sein!« Er schüttelte den Kopf. »Wir können die Vergangenheit nicht ändern, doch wir können sie endlich begraben und uns nicht länger von ihr beeindrucken lassen.«

Er gab ihr einen ganz sanften Kuß und fühlte dabei, wie sich ihre Brüste an seinem Körper rieben und ihre Arme ihn umschlangen. Als sich ihre Lippen leicht öffneten, reagierte er nicht, sondern ließ nur ganz zart seine Zunge über ihre Unterlippe gleiten. Sie schmeckte so süß und verführerisch, daß sich sein Verlangen ins Unerträgliche steigerte, doch als erfahrener Mann behielt er trotzdem die Kontrolle.

Und dann kam der Augenblick, in dem sie sein Werben plötzlich akzeptierte. Er spürte die Veränderung ihres Körpers so genau, als ob sich irgendwo eine Tür geöffnet hätte, und er wußte, daß sie keine Angst mehr vor ihm hatte. Ihre Lippen öffneten sich, und er stöhnte vor Lust, als ihre Zunge die seine liebkoste.

»Arielle!« Seine Stimme war tief und dunkel.

Ihre Arme umschlangen ihn fester, und sie reckte sich auf die Zehenspitzen, um sich enger an ihn schmiegen zu können. Er fühlte ihren weichen Bauch an seinem Glied, das sich hart gegen seine Hose drückte. Endlich vertraut sie mir, dachte er und küßte sie tief und besitzergreifend, bis sie sich seinem leidenschaftlichen Begehren überließ.

Erstaunt registrierte Arielle, wie zartfühlend, neckend und zugleich mitreißend ein Kuß sein konnte, und hätte am liebsten laut geschrien. Ihr Herz zog sich zusammen, und tief in ihrem Magen spürte sie die Sehnsucht, seinen Geschmack, seinen Körper, seine Haut und die harten Muskeln kennenzulernen. Ein fast schmerzhaftes Verlangen überkam sie, sich eng an ihn zu drücken und seine ganze Männlichkeit in sich zu spüren. Wie durch einen Zauber war alle Furcht verschwunden.

Als sie leise aufstöhnte, schraken beide zusammen. Burke

hob seinen Kopf ein wenig und lächelte auf Arielle hinunter. »Dies war der schönste Laut, den ich jemals gehört habe.«

Dann küßte er sie wieder. Seine Hände streichelten ihre Hüften, umfaßten ihre Brüste und hoben Arielle schließlich hoch, so daß sie gegen sein Glied gepreßt wurde. Stöhnend bäumte sie sich auf und krallte ihre Finger in Burkes Rücken.

»Burke«, murmelte sie, erstickt von Leidenschaft.

Burkes Lippen liebkosten ihr Kinn, ihre Augen, ihre Lippen, und dann nahm er sie auf die Arme. Lachend umschlang sie seine Schultern und legte vertrauensvoll den Kopf an seinen Hals. Dann trug er sie tiefer in das Gebüsch, wo das dichte Blätterdach nur noch an wenigen Stellen von den Sonnenstrahlen durchdrungen wurde. Dort sank Arielle gegen Burke und spürte seinen Körper und seine Erregung.

»Es ist allein deine Entscheidung. Möchtest du mich haben, Arielle?«

Schweigend öffnete sie Burkes Hemdknöpfe und betastete dann seine nackte Brust, als ob sie seinen Körper auswendig lernen wollte. Lächelnd sah sie zu ihm auf, während er eilig seine Jacke abstreifte und sie auf dem moosigen Boden ausbreitete. Dann entkleideten sie einander, doch ihre Bewegungen waren so hektisch und ungeschickt, daß sie immer wieder lachen mußten. Während Burke seine Stiefel abstreifte, sank Arielles letzter Unterrock zu Boden. Burke hielt inne und sah Arielle lange an. Dann streckte er schließlich seine Hand aus und umfaßte ihre Brust. Mit geschlossenen Augen wog er sie in der Hand. »Wie wunderschön!« flüsterte er beinahe andächtig. Dann umfaßte er beide Brüste und lächelte Arielle an, während seine Daumen sanft ihre Brustwarzen massierten. Schließlich zog er sie mit einer Hand an sich, während die andere über ihren weichen Bauch strich. Als sie sich endlich in Arielles heißer, weicher Scham vergrub, stöhnte Burke aus tiefster Seele auf.

»Ich fühle mich irgendwie seltsam«, sagte Arielle, während sie sich an Burkes Schultern klammerte. Während er sie küßte, fühlten seine Finger ihre wachsende Erregung. Sie bewegte sich ganz instinktiv und als sie leise keuchte, zog er sich von ihr zurück, denn sie sollte begreifen, daß er nichts ohne ihre Zustimmung tun wollte. Ihre Augen glänzten, ihre Lippen waren leicht geöffnet und in raschen Atemzügen hob und senkte sich ihre Brust. Als sie die Zärtlichkeit und das unverhüllte Verlangen in seinen Augen las, öffnete sie nur ganz einfach die Arme für ihn. »Burke.« Umarmt sanken sie zu Boden.

»Du wirst niemals mehr Angst haben müssen«, murmelte er, bevor er sie küßte. Als seine Zunge sich sanft und zärtlich zwischen ihre Lippen drängte und seine Finger wieder ihr Spiel begannen, schrie Arielle leise auf und zuckte ihm mit den Hüften entgegen. Dann küßte er ihre Brüste und fühlte ihre Reaktion. »Ah, das gefällt dir offenbar!« murmelte er, während sein heißer Atem über ihre Haut strich.

»Ja, ein wenig«, japste sie und meinte zu vergehen, als er ihre Warze in den Mund nahm und daran saugte. Mächtige, unwiderstehliche Gefühle schüttelten sie, bis ihr Schrei in seinem Mund explodierte. Jetzt streichelten seine Finger sie rhythmisch und versetzten ihren Körper in gierige Bewegungen, die ihm ihre Sehnsucht verrieten. Die Gefühle steigerten sich bis zur Unerträglichkeit, ihr Körper bäumte sich in wilder Verzweiflung auf und schließlich schrie sie laut seinen Namen, bevor sie sich den lustvollen Wellen ihres Höhepunkts überließ. Voller Zufriedenheit hatte Burke jede ihrer Reaktionen beobachtet und wußte, daß Arielle von nun an unwiderruflich ihm gehörte, und zwar für immer.

Nachdem das wilde Zittern ihres Körpers ein wenig abgeklungen war, legte er sich über sie und drang wortlos und ohne Vorwarnung mit einem mächtigen Stoß in sie ein. Als er ihr Jungfernhäutchen durchstieß, preßte er Arielle fest an sich und erstickte ihren kleinen, überraschten Aufschrei. Als er tief in ihr war und ihr enges, heißes Fleisch ihn umgab, stützte er sich auf die Ellenbogen hoch und sah sie an. Ihre Haut war schweißüberströmt und glänzte, und der Geruch nach Moos, Schweiß und Ahornblättern stieg ihm in die Nase.

»Sieh mich an!«

Sie öffnete die Augen.

»Tut es weh?«

Arielle hob die Hand und strich zärtlich über sein Gesicht. »Nein, überhaupt nicht. Du bist wunderschön, Burke.«

Er zitterte und mußte die Augen schließen, weil sie die unglaublichsten Gefühle in ihm weckte. Sie war so eng und klein – er biß die Zähne zusammen. »Beweg dich nicht! Bitte!«

»So? Ich fühlte dich ganz tief in mir!«

»O Gott!« stieß er hervor, doch es war längst zu spät, viel zu spät. Er hätte sie gern noch einmal erregt, um ihr noch mehr von sich selbst zu geben. Doch es überkam ihn, es riß ihn zurück und er ergoß sich ganz tief in ihr, bevor er über ihr zusammenbrach.

18. Kapitel

»Burke?« Ihre Stimme klang süß, sanft und sehr verletzlich. »Was ist mit mir geschehen?«

Als er wieder zu Atem gekommen war, stützte er sich auf die Ellenbogen. Verwirrtes Haar umgab ihr Gesicht, ihre Augen strahlten und ihr Mund war so weich, daß er sie einfach küssen mußte. Mühsam hielt er sein Gleichgewicht und versuchte zu ignorieren, daß er immer noch tief in ihr steckte und bereits wieder Sehnsucht nach ihr hatte.

»Was mit dir geschehen ist? Du hast mich verführt!«

Sie mußte lächeln und bewegte sich ein wenig, um es ihm bequemer zu machen.

»Mach das nicht!« Er schnappte nach Luft.

»Was ist nur geschehen? Diese Gefühle – ich konnte nicht aufhören, und es hat sich angefühlt, als ob alles in mir explodiert wäre. Ich war nicht mehr ich selbst, und du warst ganz nahe bei mir, ein Teil von mir! Es war einfach wunderschön!«

Sekundenlang konnte er nichts sagen, doch dann strich er ihr sanft das Haar aus der Stirn. »Es ist ganz einfach, mein Liebes. So sollte die Liebe zwischen Mann und Frau sein.« Und dabei dachte er an die vielen Frauen, in deren Betten er gelegen hatte, und schüttelte den Kopf. »Normalerweise ist es nicht ganz so intensiv. Zwischen uns ist es etwas Besonderes, Arielle, denn wir lieben uns.« Langsam zog er sich aus ihr zurück und fühlte, wie sie ein wenig zusammenzuckte.

Sie preßte die Handfläche auf seine Brust. »So schweißnaß gefällst du mir!« Dann atmete sie tief ein. »Du riechst gut, nach Mann – nach Burke…«

»Und du nach Arielle: ein wenig Lavendel, süßer Schweiß und der Geruch der Liebe.«

Sie vermißte ihn, das Ausgefülltsein, den Druck seines Körpers, und als sie etwas Feuchtes zwischen den Beinen spürte, preßte sie ihre Schenkel aneinander.

»Halte still, mein Schatz!« Er fummelte ein Taschentuch aus seiner Jackentasche und wischte sie ab, wobei er sich mit aller Macht zurückhalten mußte. Er wollte noch ein bißchen warten, ihr Zeit geben, sich daran zu gewöhnen. Sie hatte so natürlich reagiert, wie er sich das in all seinen Träumen immer vorgestellt hatte.

»Wirst du jetzt bei mir bleiben?« fragte er mit so tiefer, sanfter Stimme, daß es Arielle durchzuckte.

Sie blickte an ihm vorbei in das Blättergewirr über ihrem Kopf, in dem die Sonnenstrahlen tanzten, und erst nach einer ganzen Weile sah sie ihm in die Augen. »Ich glaube, ich möchte bei dir bleiben.«

Sanft berührte er mit den Fingerspitzen ihre weiche, seidige Brust und dann beugte er sich hinunter und umschloß sie mit dem Mund. Er saugte und liebkoste sie, bis er ihre Reaktion spürte. Lächelnd blies er auf ihre erhitzte Haut und die Brustwarze, die Arielles Gefühle deutlich offenbarte.

»Weißt du, was ich mir überlegt habe, Arielle? Wenn ich dich damals, mit fünfzehn Jahren, geheiratet hätte – ohne Zweifel gegen den Willen deines Vaters, was dir bestimmt Schuldgefühle verursacht hätte – und dich als Offiziersfrau mit auf den Kontinent genommen hätte, hätten wir wahrscheinlich ein völlig anderes Verhältnis zueinander gehabt. Ich hätte mich noch für deine Erziehung verantwortlich gefühlt und dich wahrscheinlich mehr als Kind statt als erwachsene Frau behandelt. Ich kann mir sogar vorstellen, daß dir das nach einer Weile nicht mehr gepaßt und du mich im Zelt bei Joshua sitzengelassen hättest!«

Sie lachte, denn sie mochte es, wie er ganz ernste Gedanken immer in humorvolle Reden verpackte.

»Nein, ich wäre dir bestimmt nicht davongelaufen«, versicherte sie mit leuchtenden Augen. »Ich hätte bestimmt treu für dich gesorgt und sicher große Mühe gehabt, die anderen

Offiziere, die sich natürlich Hals über Kopf in mich verliebt hätten, auf Distanz zu halten.«

»Und ich wäre eifersüchtig gewesen, bis du mir zuletzt das Geschirr auf dem Schädel zertrümmert hättest.«

»Ich wünschte manchmal, du hättest nicht so oft recht. Bestimmt hätte ich meinem Vater gegenüber große Schuldgefühle gehabt. Ach, ich denke oft an dieses verrückte, dumme Kind, das ich damals war.«

»Hör auf damit, Arielle! Sie lebt immer noch in dir. Wenn du lachst, so ist es ihr Lachen. Doch dieses junge Mädchen hat sich zu einer erwachsenen, ganz besonders wunderbaren Frau entwickelt, die ich mit all meiner Seele liebe.« Mit diesen Worten beugte er sich über sie und küßte sie, bis alle Geister der Vergangenheit gebannt waren. »Du bist jetzt meine Frau. Du gehörst zu mir.«

»Ja«, sagte sie ganz einfach und umfaßte sein Gesicht mit beiden Händen.

Als er sich wieder in ihrem Mund vertiefte, spürte er die Sonnenwärme auf seinem Rücken und Arielles Hitze an seinem Herzen.

Mit genüßlichem Lächeln beobachtete Burke Arielle, als sie an diesem Abend den Wohnraum betraten. Wie das Pech es wollte, waren nur Nesta und Alec anwesend. Obwohl Arielle sich zutiefst schämte, schaffte sie es, Nesta anzulächeln und auch Alec zu begrüßen. Ihn mochte sie allerdings nicht ansehen.

Alec dagegen schien nicht im mindesten verlegen, sondern sagte in völlig gleichmäßigem Ton: »Das war ein besonders schöner Tag, nicht wahr, Arielle?«

»Ja«, gab diese zurück, während sie den Blick unverwandt auf den Boden gerichtet hielt.

»Und auch ein schöner, höchst bemerkenswerter Morgen, nicht wahr, kleine Schwester?«

Arielle hob den Kopf und öffnete den Mund, doch als sie Alecs liebevoll spöttisches Grinsen sah, klappte sie ihn wieder zu.

»Was gibt es?« fragte Percy, der gerade mit Lannie hereingekommen war. »Gibt es Schwierigkeiten mit den Jungvermählten?«

»Nein, nein«, beschwichtigte Nesta. »Alec hat sich nur schlecht benommen, wie immer.«

In diesem Augenblick betrat auch Knight den Raum. »Ich habe eine Neuigkeit. Am Freitag findet vormittags in Chiddingstone ein Boxkampf statt. Ich habe uns Zimmer im Gooseneck Inn bestellt. Zufällig habe ich Rafael Carstairs und Lyon Ashton getroffen, die ebenfalls mitkommen werden.« Strahlend blickte er die anderen an.

»Heißt das, daß zwei Männer wirklich mit Fäusten aufeinander losgehen?« fragte Arielle.

»Ja«, antwortete Percy. »Es war eine ausgezeichnete Idee, Knight!«

»Na ja«, war alles, was Lannie dazu sagte.

»Gefällt dir so etwas?« erkundigte sich Arielle und sah Burke fragend an.

»Nun, ja, eigentlich schon, aber ich möchte dich nur ungern allein lassen.«

Sie lächelte ihn an. »Aber ich bin nicht deine Mutter, die dich am Rockzipfel festbindet und ich bin auch kein Invalide, Burke!«

»Nein, du bist nur eine jung verheiratete Frau und...«

Als Arielle hörte, wie die anderen lachten, legte sie Burke rasch den Finger auf die Lippen. »Bestimmt wirst du die Trennung überleben. Ich habe außerdem zwei Damen, die mir Gesellschaft leisten. Wir werden uns schon amüsieren. Das verspreche ich dir!«

Rasch faßte er ihre Hand. »Bist du sicher?«

»Er ist so verliebt«, bemerkte Alec, »daß er die Welt außerhalb seines Schlafzimmers...«

»Jetzt ist es aber genug!« meinte Nesta.

»Wer kämpft eigentlich?« fragte Burke.

»Der Champion Cribb gegen Molyneux. Molyneux ist der gewichtigere, wie ich gehört habe, und außerdem hat er wesentlich längere Arme als Cribb. Ich bin natürlich für Cribb, auch wenn er es mit Molyneux nicht leichthaben wird.«

»Weshalb sind Sie dann für Cribb?« fragte Arielle erstaunt.

»Das ist eine Wissenschaft für sich«, erklärte Knight. »Da hilft nur viel Erfahrung.«

In diesem Augenblick räusperte sich Montague. »Das Essen ist serviert, Mylady.«

»Für einen richtigen Kämpfer ist auch gutes und regelmäßiges Essen wichtig«, bemerkte Percy und bot Lannie seinen Arm.

»Mit Sicherheit gehört auch ein süßer Kuß vor jeder Mahlzeit zur guten Vorbereitung«, ergänzte Burke und küßte Arielle. Dann tippte er ihr leicht ans Kinn. »Das ist gut für die Verdauung.«

»Am allerwichtigsten und zugleich am schwierigsten ist es jedoch, unter all diesen verrückten Ehepaaren normal zu bleiben!« stöhnte Knight.

»Ihr Stündchen wird auch noch schlagen, alter Junge«, bemerkte Alec spöttisch.

»Niemals!« stieß Knight ziemlich heftig hervor. »Niemals! Kommt nicht in Frage. Doch jetzt habe ich Hunger!«

»Endlich sind wir im Bett, wo wir hingehören! Ist dir eigentlich aufgefallen, daß wir uns noch nie im Bett geliebt haben?

Arielle dachte an den süßlichen Geruch der Blätter und die kleinen Sonnenstrahlen, die ab und zu ihre Haut getroffen hatten. Sie erinnerte sich an Burkes Körper und wußte sehr genau, daß sie niemals vergessen würde, welches Feuer er an diesem Tag in ihr entzündet hatte.

»Mir hat es dort im Gebüsch gefallen«, sagte sie, während er langsam die Decke zurückzog und ihre Brüste entblößte. »Ich hatte nicht erwartet, daß es so schön sein würde.«

Seine Augen wanderten von ihren Brüsten zu ihrem Gesicht. »Du meinst mit mir, mit einem Mann?«

»Ja, ich habe mich so wohl gefühlt und überhaupt keine Angst gehabt.«

Ganz langsam strich er mit der flachen Hand über ihre Brüste. »Aber es ist immer noch ein sehr empfindliches Gefühl, nicht wahr?«

»Ich weiß nicht recht.« Ihr Atem ging ein wenig stockend, und er lächelte, weil er wußte, was sie empfand.

»Du bist so samtweich«, murmelte er und beugte sich hinunter, um ihre Brust mit dem Mund zu umfassen. Dabei spürte er, wie ihre Finger in seinen Haaren wühlten und seinen Kopf näherzogen. »Und so wunderschön«, keuchte er, während er an ihrer steifen Warze spielte.

»Du bist noch viel schöner.« Sie zog ihn am Ohr.

Daraufhin küßte er sie voller Hingabe, und sie schrie unter seinen Lippen auf, als gleichzeitig sein Finger in sie eindrang und Erinnerungen in ihr wachrief. Unruhig packten ihre Hände seinen Rücken und zogen ihn immer näher. Als beide irgendwann vor Lust keuchten, öffnete Arielle ganz unbewußt ihre Schenkel, und diese Geste ließ Burke erzittern. Er konnte sich nicht länger beherrschen und bohrte sich mit einem einzigen, tiefen Stoß in ihren Schoß.

Sein Begehren kannte keine Grenzen, und er wußte nicht, was er tat, bis er schließlich in ihr explodierte und laut ihren Namen rief. Erst als er erlöst auf Arielles Körper niedersank, wurde ihm klar, daß sie sich von seinem Sturm hatte mitreißen lassen, ihn angetrieben und gleichzeitig mit ihm den Höhepunkt ihrer Empfindungen erreicht hatte.

Als Arielle nach einer ganzen Weile die Augen öffnete, lag Burke immer noch auf ihr und sein Gesicht neben ihr auf dem Kissen. Zärtlich strich sie ihm über die Wange, doch dann zuckte sie entsetzt zusammen.

Nein, dachte sie nur. O Gott, nein!

Als Burke ihre Anspannung fühlte, rollte er sich sofort von ihr herunter. »Was ist los? Bin ich dir zu schwer?«

Sie schüttelte nur den Kopf und richtete sich auf. »Dorcas!«

»Dorcas!« Burke begriff gar nichts und versuchte krampfhaft, seine Sinne zusammenzusuchen.

»Sie hat dort drüben im Schatten neben der Tür gestanden

und uns beobachtet! Stell dir nur vor, sie hat uns beobachtet!«

Blitzartig war Burke aus dem Bett. »Bitte, bleib hier!« bat er sie, während er in seinen Bademantel schlüpfte und schon zur Verbindungstür und ins kleine Schlafzimmer eilte.

Arielle überlegte fieberhaft. Hatte Dorcas sie womöglich gehört und geglaubt, daß Burke sie quälte? Ja, das war eigentlich die einzige Erklärung, weshalb die alte Frau so etwas getan haben konnte. Himmel, wie lange hatte sie wohl zugesehen?

»Ich konnte sie nirgends finden«, berichtete Burke, als er kurze Zeit später zurückkehrte.

»Ich glaube, ich habe eine Erklärung für alles. Sie muß befürchtet haben, daß du mich quälst. Glaubst du nicht auch?«

Burke fluchte wütend vor sich hin, doch einige Aussprüche waren so fantasievoll, daß Arielle lachen mußte.

Er grinste sie an. »Es tut mir leid, aber das war ein wenig zuviel! So, komm, jetzt möchte ich dich endlich säubern. Bleib liegen, bis ich ein Tuch geholt habe.«

Während er ein warmes, feuchtes Tuch gegen ihre Scham drückte, fragte er: »Tut das weh?«

»Nein, alles fühlt sich nur ein wenig wund an. Aber das ist nicht schlimm.«

»Ich war völlig außer mir! Ist es so besser?«

Als er das Tuch fest gegen ihren Körper preßte, genierte sich Arielle ganz plötzlich. »Ja«, brachte sie mühsam heraus.

Ganz plötzlich beugte sich Burke hinunter, spreizte ihre Scham mit den Fingern und küßte sie.

»Burke!«

»Pst!« Seine Zunge streichelte und liebkoste sie, bis sie hochschoß und sich ihm entzog.

Lächelnd betrachtete er ihr zart gerötetes Gesicht. »Wunderschön siehst du aus!«

»Mein Gesicht?«

»Das auch.«

»Oh!«

»Eine etwas einsilbige Unterhaltung, nicht wahr, mein Schatz?« Er lachte und dann küßte er sie wieder, während seine Finger in den dichten, roten Locken spielten. Irgendwann rutschte er hoch und legte sich neben sie.

Verwirrt kuschelte sie sich an seine Schulter. Nie hätte sie gedacht, daß ein Mann so etwas überhaupt tat! Es war verwirrend und… Wenn sie daran dachte, wie sie auf Knien gelegen hatte und Paisley hatte befriedigen müssen, würgte es sie plötzlich und sie unterdrückte ein Schluchzen.

»Was ist los?« Burke war beruhigt. »Sag, mein Schatz, was quält dich?«

»Ich habe an die schlimme Zeit…« Sie brach ab.

Sofort drückte er sie ganz fest an sich. »Ich weiß, mein Schatz, doch die ist endgültig vorbei!« Seufzend küßte er sie auf die Haare. »Möchtest du morgen mit Dorcas sprechen, oder soll ich das tun?«

»Ich werde mit ihr sprechen.«

»Vielleicht konnte sie ja auch nur nicht glauben, daß du aus Lust geschrien hast.«

»Möglich«, erwiderte Arielle steif.

Burke löschte die Kerzen. »Und jetzt müssen wir ganz schnell schlafen, sonst bekomme ich wieder Lust…« Dann hörte er noch, wie sie in der Dunkelheit leise lachte.

Es dämmerte bereits, als er einmal von Arielle abrückte und die frische Luft auf seiner Haut ihn aufweckte. Als er die Augen öffnete, blickte er genau in Dorcas' Gesicht.

19. Kapitel

Im fahlen Licht schimmerten die winzigen, stecknadelgroßen Pupillen so bedrohlich, daß Burke auf der Stelle hellwach war. Er sah den erhobenen Arm und er sah das Messer, das auf Arielle gerichtet war. Laut schreiend schlug er nach dem Arm und wälzte sich gleichzeitig über Arielle, um Dorcas zu packen. Im selben Augenblick fühlte er einen kalten Schauer und wußte, daß das Messer ihn getroffen hatte. Nachdem es wieder herausgezogen worden war, breitete sich die seltsame Gefühllosigkeit in seiner Schulter aus, die er von früheren Verwundungen bereits kannte.

Durch Burkes Gewicht und sein Geschrei war Arielle aufgewacht. »Nein, Dorcas! Nicht!« Sie sah nur das bluttriefende Messer über sich, sah, wie die alte Frau den Arm hob und zustach.

Während Burke sich verzweifelt mühte, seine Frau mit seinem Körper zu schützen, sah diese nur das Blut und wußte, daß er verletzt war. Mit aller Kraft befreite sie sich von seiner Last und hob das Kopfkissen hoch, so daß das Messer bis zum Heft hineinfuhr und Arielles Kehle nur knapp verfehlte.

In panischer Angst um Burkes Leben, schrie sie aus Leibeskräften und trat gleichzeitig nach der alten Frau, so daß diese gegen den Nachttisch taumelte. Klirrend entfiel ihr das Messer und rutschte quer über das Parkett davon. Mit wütend gezischten Flüchen und Fäusten ging die alte Frau auf Arielle los, doch diese wehrte sich mit der Wut der Verzweiflung und schlug ihre Angreiferin irgendwann zu Boden. Keuchend blickte Arielle schließlich auf Dorcas nieder.

»Arielle!«

Sie wirbelte herum und sah, wie Burke sich an den Bettpfosten klammerte und eine Hand gegen die verwundete Schulter preßte, von wo das Blut über seine Brust strömte. Blitzartig schlüpfte Arielle in ihr Nachthemd, rannte in den Flur hinaus und schrie so lange nach Alec, Percy und Knight, bis endlich Alec die gegenüberliegende Tür öffnete.

»Was, zum Teufel, ist denn los, Arielle?«

»Rasch! Es geht um Burke!« Sie machte kehrt und rannte zurück ins Schlafzimmer, wo Burke immer noch am Bettpfosten lehnte. Seine Brust und seine Hand waren blutüberströmt und um seine Füße hatte sich bereits eine kleine Lache gebildet.

»O mein Gott! Was ist denn geschehen?«

Arielle fühlte sich plötzlich seltsam ruhig, doch Alec erkannte, daß sie unter Schock stand, und rieb ihre eiskalten Hände. »Dorcas wollte mich töten«, berichtete sie mit völlig gleichförmiger Stimme. »Burke hat mir das Leben gerettet, doch sie hat ihn verwundet. Oh, Knight, da sind Sie ja endlich! Bitte, lassen Sie sofort Dr. Brody holen!«

Sie stieg über die Bewußtlose. »Setz dich hin«, forderte sie Burke auf, bevor sie zum Waschtisch ging und ein Tuch holte, das sie ihm fest auf die Wunde preßte.

»Laß mich das tun!« bat Alec in sanftem Ton. »Ich bin kräftiger als du und kann die Blutung leichter zum Stillstand bringen.« Er mochte ihr nicht sagen, daß sie nicht an der richtigen Stelle drückte.

Als sie mit leerem Augenausdruck zu ihm aufsah, fühlte er tiefes Mitleid. »Es wird alles gut werden, kleine Schwester! Er ist zäh und hält schon einiges aus. Setze dich ein wenig hin, denn Burke wird deine Kraft noch brauchen.«

Gehorsam tat sie es, und Burke umschlang sie mit seinem gesunden Arm, während Nesta, Percy und Lannie ins Zimmer stürzten und nur stumm auf die Szene starrten.

»Was ist geschehen, Arielle?« fragte Nesta.

Langsam wiederholte Arielle noch einmal die ganze Geschichte.

Mit spitzen Fingern hob Percy das blutige Messer auf. »Mein Gott, ist sie verrückt geworden?«

»Ich glaube es«, preßte Burke unter großer Anstrengung heraus. Urplötzlich hatten ihn heftige Schmerzen überfallen, und die Wunde pochte und brannte. Er wußte genau, was folgen würde, und war empört, daß er ausgerechnet in seinem eigenen Haus niedergestochen worden war, wo er doch so viele Jahre in Spanien und Frankreich überlebt hatte.

In diesem Augenblick kehrte Knight zurück. »Ich habe Geordie zu Doktor Brody geschickt. Joshua ist bereits hier, und das ganze Haus ist auf den Beinen.«

Burke kämpfte mit seinem Bewußtsein. Er durfte jetzt keinesfalls schlappmachen, sondern mußte Anweisungen geben. Doch der Schmerz zerrte zunehmend an seinen Nerven. Im selben Augenblick hörte er, wie Arielle mit klarer, fester Stimme ihre Anordnungen gab.

»Joshua soll Dorcas wegbringen. Er kann sie im Nähzimmer am Ende des östlichen Flügels einschließen. Montague und Mrs. Pepperall sollen die Überwachung regeln. Dr. Brody wird sie untersuchen, sobald er sich um Burke gekümmert hat. Die anderen sollen aufstehen und an ihre Arbeit gehen, denn ich kann mir nicht vorstellen, daß jetzt noch jemand in Ruhe schlafen kann. O ja, bevor ich es vergesse: Lassen Sie im Kamin Feuer machen!«

Wie schön, dachte Burke, sie benimmt sich tatsächlich wie eine Hausherrin. Dann trübten dunkle Wolken sein Bewußtsein, und er stöhnte leise. »Arielle!« flüsterte er und griff nach ihrer Hand.

»Ich bin ja da«, beruhigte sie ihn. »Du wirst sehen, es wird alles gut werden.« Und nach einer Pause: »Lannie, die Köchin soll bitte das Frühstück richten! Danke. Atme nicht so hastig, Burke! Ja, so ist es viel besser.«

Einige Zeit später hob Alec vorsichtig das Tuch von der Wunde und sah, daß die Blutung merklich geringer geworden war.

»Gut hast du das gemacht, Alec. Noch ein bißchen länger, und wir haben es geschafft!«

Alec lächelte und bewunderte insgeheim, mit welcher

Energie Arielle sich aufrecht hielt. Doch das mußte sie auch, denn alles hing im Augenblick von ihr ab.

Vorsichtig deckte Arielle ihren Mann ein wenig weiter zu. Er hatte ihr Leben gerettet und war bereit gewesen, für sie zu sterben. Ein warmes und starkes Gefühl der Liebe durchflutete sie bei diesen Gedanken, und sie lächelte noch immer, als sie sich an Nesta wandte: »Bitte, Nesta, laß überall Kerzen anzünden, damit Doktor Brody genug sehen kann, und sorge für heißes Wasser, Tücher und Bandagen.«

Nachdem Nesta den Raum verlassen hatte, flüsterte Burke: »Ich bin sehr stolz auf dich!« Dann drückte er Arielles Hand, bis ihn wieder die Schmerzen übermannten.

Sie hatte ihn nicht genau verstanden, doch sie strich ihm liebkosend mit den Fingern über das Kinn. »Du mußt dich rasieren«, scherzte sie.

»So!« meinte Alec kurz darauf. »Die Blutung scheint zum Stillstand gekommen zu sein. Bewegen Sie sich nicht, alter Junge, denn ich möchte, daß der Arzt meine Fähigkeiten noch bewundern kann!«

»Das wird er bestimmt!« antworte Burke, doch dann stöhnte er mit schmerzverzerrtem Gesicht. Obwohl er Arielles leise, beruhigende Stimme nicht ganz verstand, fand er es angenehm, sich darauf zu konzentrieren, und dachte wieder daran, wie ihn die Erinnerung an sie nach seiner Verwundung in der Schlacht von Toulouse getröstet hatte. »Ich danke dir für alles, Arielle«, flüsterte er und sah, wie sich Arielle zu ihm hinunterbeugte und ihn küßte.

»Ich verspreche dir, daß wir dich wieder ganz gesund machen! Du bist schließlich mein Mann, und ich gestatte niemandem, dir etwas anzutun!«

Als Mark Brody eintraf, waren alle Vorbereitungen getroffen. Knight empfing ihn, und während sie die Treppe nach oben stiegen, berichtete er in Kürze, was geschehen war.

»Ich fürchte, Sie werden mich ein wenig zusammenflicken müssen, Mark«, begrüßte Burke den Arzt mit einem fast gespenstischen Lächeln.

»Lassen Sie mich einmal sehen.« Mark nahm das Tuch ab und untersuchte die Wunde so zartfühlend wie möglich. »Ich erinnere mich noch gut an Ihre Verwundung von Toulouse. Die ist in kürzester Zeit verheilt. Nun, dieser Stich ging offenbar nicht ganz so tief. Sie haben großes Glück gehabt, daß kein wesentliches Gefäß verletzt ist. Die Muskeln scheinen auch noch in Ordnung zu sein. Ich kann nichts weiter tun, als die Wunde mit einigen Stichen zu nähen und mit Basilikum-Puder zu desinfizieren. Haben Sie das verstanden, Arielle?« Nachdem diese genickt hatte, fuhr er fort: »Danach werde ich mich um die alte Frau kümmern, obwohl ich von derlei Dingen nicht allzu viel verstehe. Aber ich werde ihr ein Medikament zur Beruhigung verschreiben. Glauben Sie, daß sie möglicherweise verrückt geworden ist?«

»So einfach kann man es vielleicht nicht ausdrücken, Doktor«, antwortete Arielle. »Ich habe darüber nachgedacht und befürchte eigentlich, daß es eine langsame, schleichende Entwicklung war. Was die Tat ausgelöst hat, ist nicht ganz klar. Doch«, sie hielt einen Augenblick inne, »darüber möchte ich mich auch erst mit Burke unterhalten, wenn er sich wieder besser fühlt.«

Der Arzt nickte zustimmend und machte sich dann schweigend an die Arbeit. Nachdem er die Wunde genäht und abschließend reichlich Basilikum-Puder aufgetragen hatte, bandagierte er Schulter und Arm. »Ich werde Ihnen ein Schlafmittel verordnen. Schlaf und Ruhe sind das Wichtigste. Bleiben Sie still liegen, damit es nicht wieder blutet. Werden Sie darauf achten, Arielle?«

»Aber selbstverständlich. Außerdem ist Burke nicht dumm und wird mir bestimmt gehorchen.«

Alec lachte leise, und Burke stöhnte.

»Ich liebe Wetten über alles und setze auf Arielle!« bemerkte Knight.

Es war später Nachmittag und es regnete. Im Schlafzimmer war es fast so grau und düster wie draußen. Knight saß in einem hohen Lehnsessel neben Burkes Bett. Seit dem Attentat der alten Frau waren mittlerweile zwei Tage vergangen, und Burke ging es zusehends besser.

»Ah, sind Sie endlich aufgewacht! Wie geht es Ihnen? Sie müssen nicht unbedingt reden. Sie dürfen auch einfach weiterschlafen.«

Das Schlafmittel hat mich in eine Art Schwebezustand versetzt, dachte Burke und schüttelte leicht den Kopf. Doch diese Bewegung verursachte einen so höllischen Schmerz in seiner Schulter, daß er nur nach Luft schnappte und stocksteif liegenblieb.

»Mir geht es gut«, brachte er schließlich heraus.

Angesichts dieser Übertreibung mußte Knight grinsen. »Ich hoffe, daß dies endgültig die letzte Verwundung war, Burke! Möchten Sie etwas trinken?«

»Ja, Brandy.«

»Es tut mir leid, aber das wird Arielle nicht gestatten. Sie sollen Limonade trinken.«

»Das soll wohl ein Witz sein! Limonade? Ich mag dieses Kindergesöff nicht!«

Doch Knight überhörte den Protest und goß ein Glas ein. Dann half er Burke beim Trinken.

»Wunderbar«, meinte Burke, nachdem er das ganze Glas getrunken hatte. »Ich wußte ja gar nicht, wie gut das Zeug schmeckt!«

»Genau das hat Ihre Frau auch gesagt. Sie hat prophezeit, daß Sie strampeln und meckern würden, doch in der Verzweiflung würden Sie es sogar mögen.«

Burke lächelte. Mittlerweile war sein Kopf ein wenig klarer. Die Schulter schmerzte zwar, aber es war erträglich. Im Augenblick wollte er jedenfalls kein weiteres Betäubungsmittel. »Erzählen Sie mir, was geschehen ist! Wie lange habe ich geschlafen?«

»Heute ist Sonntag, der Überfall war am Freitag.«

»Ach, Sie armer Teufel! Dann haben Sie ja Ihren Boxkampf versäumt!«

»Das macht überhaupt nichts. Die gibt es schließlich öfter!« bemerkte Knight und beobachtete, wie Burke nachdenklich vor sich hin starrte.

»Ich muß rasch gesund werden«, stieß Burke plötzlich hervor, »und so schnell wie möglich aufstehen! Ich kann Arielle unmöglich mit allen Entscheidungen alleinlassen. – Es wird ihr über den Kopf wachsen!«

Knight lachte. »Haben Sie denn nicht begriffen, daß Ihre Frau diese Limonade für Sie bestellt hat?«

»So? Das bißchen Limonade! Aber das ist doch nicht alles, Knight!« Ein plötzlicher Schmerz ließ ihn innehalten, und er schloß die Augen und biß sich auf die Lippen. Nachdem er sich wieder gefangen hatte, fuhr er fort: »Hören Sie, Knight! Arielle kann unmöglich für alles die Verantwortung tragen! Sie ist so verletzlich und schwach, wie Sie ja wissen.«

»Da muß ich Ihnen ganz energisch widersprechen, Burke. Liegen Sie nur ganz still und hören Sie mir einen Augenblick zu. Gestern kam George Cerlew ins Haus, um sich von Ihrer Frau eine Anweisung zu holen. Ich wollte mich schon einmischen, doch glücklicherweise habe ich es nicht getan. Ihre Frau hat ihm nämlich sehr präzise und äußerst kluge Antworten gegeben. Als eines der Mädchen Lannie um Rat bitten wollte, hat Mrs. Pepperall sie zurechtgewiesen und zu Ihrer Frau geschickt. Montague war der erste, der sie unterstützt hat, und er ist ihr treu ergeben. Es ist wirklich eine fast unglaubliche Änderung mit ihr vorgegangen, Burke. Sie brauchen sich überhaupt keine Sorgen zu machen!«

Doch Burke schüttelte nur ungläubig den Kopf. »Das ist nur der Schock, Knight. Sobald sie ihn überwunden hat, wird sie wieder ängstlich und hilflos sein.«

»Das glaube ich nicht. Sie ist sehr ruhig, aber gar nicht so, wie unmittelbar nach dem schrecklichen Ereignis. Damals stand sie unter Schock, doch jetzt benimmt sie sich wie die Hausherrin von Ravensworth Abbey.«

Burke schwieg und versuchte sich an die vergangenen Tage zu erinnern. Schemenhaft hatte er immer wieder Arielles

Gesicht vor sich gesehen und ihre sanfte Stimme gehört. Ihre kühlen Hände hatten ihm beim Trinken den Kopf gehalten und ihn immer wieder zugedeckt. »Aber sie war doch die ganze Zeit über hier bei mir, oder?«

»Ja, meistens schon. Trotzdem hat sie den Haushalt wie ein General geführt! Glauben Sie mir, sie ist unglaublich stark. Ich würde Sie doch nicht anlügen!«

»Unglaublich«, brummte Burke und versank wieder in nachdenklichem Schweigen. »Bisher hat sie sich aus allen Verwaltungsdingen herausgehalten und auch den Haushalt weitgehend Mrs. Pepperall überlassen. Nun gut, aber wie nimmt Lannie das auf?«

»Lannie hat keinerlei Schwierigkeiten, Arielles Autorität anzuerkennen, und man könnte wirklich glauben, daß Arielle diesem Haus schon immer vorgestanden hätte.«

Burke lächelte noch immer leise vor sich hin, als Arielle, gefolgt von Doktor Brody, das Zimmer betrat. »Wie ich sehe, bist du endlich aufgewacht«, begrüßte sie Burke und warf Knight einen mißtrauischen Blick zu. »Oder haben Sie ihn aufgeweckt?«

Knight hob abwehrend die Hände. »Nein, Madam, ich würde mich hüten!«

Arielle nickte ihm kurz zu und beugte sich dann über ihren Mann. »Hallo!« Sie schenkte ihm das süßeste Lächeln, das er je auf ihrem Gesicht erblickt hatte, und strich ihm sanft das Haar aus der Stirn.

»Hallo, mein Liebling! Wie ich sehe, hast du den Folterknecht gleich mitgebracht!«

»Ja, aber ich verspreche, daß er dir nicht wehtun wird! Er muß sich nur die Wunde ansehen und den Verband wechseln. Mach dir keine Sorgen, Burke. Ich bleibe ja bei dir.«

Burke blieb vor Überraschung der Mund offen, und als Doktor Brody bei der Behandlung einmal aus Versehen an die Wunde rührte, entfuhr ihm ein kleiner Schmerzenslaut, den er eigentlich hatte unterdrücken wollen.

»Passen Sie doch auf!« sagte Arielle scharf. »Geht es wieder, Burke?«

»Ja«, erwiderte er, während er ihre Hand nahm.

Wie ein kleines Kind versuchte sie ihn von der Behandlung abzulenken. »Du siehst heute schon ein ganzes Stück besser aus. Wenn du willst, werde ich dich rasieren, obwohl ich dich eigentlich auch mit Bart mag.« Als sich seine Finger in einem schmerzhaften Augenblick fest um ihre Hand klammerten, tröstete sie ihn rasch: »Falls dein Magen keinen Einspruch erhebt, darfst du von heute an auch etwas anderes als Suppe essen. Magst du vielleicht Reispudding? Ich werde dir natürlich Gesellschaft leisten.«

»Reispudding«, wiederholte Burke und rümpfte die Nase.

»Ich habe ihn versucht und die Köchin gebeten, noch ein wenig mehr Vanille hinzuzufügen. Jetzt schmeckt er wirklich köstlich.«

Nachdem Doktor Brody fertig war, lobte er die Fortschritte seines Patienten. »In etwa zwei Wochen werden Sie wieder der alte sein, denke ich. Die nächsten drei oder vier Tage müssen Sie allerdings noch Bettruhe einhalten. Danach werde ich dann die Fäden ziehen. Passen Sie auf, daß er sich an die Anweisungen hält, Arielle?«

»Aber selbstverständlich. Mein Mann ist doch ein vernünftiger Mensch!«

Knight mußte lachen. »Aber nur, weil er ohnmächtig war!«

Burke lächelte nur und sagte überhaupt nichts. Als Arielle Doktor Brody hinausgeleitete, stellte er fest, daß sie aufrechter ging. Sie trug den Kopf hoch und strahlte eine Menge Selbstverständlichkeit aus. »Ich hätte es wahrscheinlich viel früher tun sollen«, murmelte er leise vor sich hin.

Knight hatte ihn gehört. »Ein wunderbarer Erfolg, nicht wahr? Es gefällt mir zwar nicht unbedingt, daß Sie hier so wehrlos auf dem Rücken liegen, doch Arielle hat es mit Sicherheit gut getan.«

»Ja, allmählich glaube ich es auch.«

»Bevor Ihre Frau zurückkommt, noch rasch etwas anderes: Die alte Frau ist immer noch in einem Zimmer im dritten Stock eingesperrt. Arielle läßt sie Tag und Nacht beaufsichtigen, weil sie unverändert schimpft und tobt. Als ich gestern oben war, war ich ganz schockiert. Die Alte hat uns beide verwechselt und mich als Satan und ähnliches beschimpft. Haben Sie eine Vermutung, weshalb sie Arielle umbringen wollte?«

»Ja. Im Grunde ist die Erklärung sehr einfach. Dorcas hat uns in der Nacht beobachtet, als wir uns geliebt haben, und gesehen, daß das ›arme Opfer‹ durchaus Spaß hatte. Ich glaube, daß nach ihrer Vorstellung jede Frau als Opfer ihren Mann hassen muß. Anfangs war Arielle durch ihr Widerstreben in Dorcas' Augen perfekt, doch in der fraglichen Nacht wurde Arielle durch ihre Zustimmung zu einer gewöhnlichen Hure, zu einer Kreatur, die man zerstören muß.«

»Mein Gott!«

»Es kann schon sein, daß alles in Wirklichkeit ein wenig komplizierter ist, aber mit Sicherheit ist das das Wesentliche.« Während er den Satz vollendete, sah er auf und erblickte Arielle, die lautlos hereingekommen war und ihn mit bleichem Gesicht anstarrte.

»Hallo, mein Schatz! Kommt jetzt scheußliche Medizin? Ein Kuß wäre mir allerdings viel lieber, doch wenn es sein muß, werde ich notfalls auch tapfer sein!«

Knight war von Arielles blasser Miene mindestens so überrascht wie von Burkes überschwenglicher Rede und zog es vor, ein ausdruckloses Gesicht zu machen.

Arielle schüttelte lächelnd den Kopf. »Nein, ich habe keine scheußliche Medizin für dich.«

»Um so besser, dann komm und setz dich zu mir. Ich habe Kopfschmerzen.«

Als Arielle seinen mitleiderregenden Tonfall hörte, eilte sie rasch an seine Seite. »Schließ die Augen. Ich werde dir die Schläfen reiben.«

»Das schmerzt«, beklagte sich Burke.

»Dann werde ich Sie jetzt Ihrem Schicksal überlassen«, verkündete Knight und grinste innerlich, während er das Zimmer verließ. Bald konnte er Ravensworth Abbey in aller Ruhe verlassen.

»Tut das gut?« Ihre Stimme hatte einen warmen, weichen Klang und der sanfte Druck ihrer Finger wirkte wahre Wunder, obwohl Burke überhaupt keine Kopfschmerzen hatte. »Oh, ja!«

»Ich habe gehört, daß du dich mit Knight über Dorcas und ihre Motive unterhalten hast. Ich wünschte, du hättest nicht ganz so – nun, nicht ganz so offen gesprochen!«

Burke riskierte ein Auge. »Bitte, sei nicht ärgerlich. Knight und ich kennen uns schon so lange. Wir sind sogar zusammen zur Armee gegangen.«

»Demnach weiß er alles über mich? Hast du ihm alles erzählt?«

»Ja, jedenfalls eine ganze Menge. Natürlich schätzt er dich sehr. Einige Einzelheiten über Dorcas hat er sich schon selbst zusammengereimt. Ich schätze seine Meinung sehr und hoffe, daß dir das eines Tages ähnlich gehen wird.«

»Deiner Meinung nach konnte Dorcas es also nicht akzeptieren, daß ich das Liebesspiel genossen habe und kein wehrloses Opfer war.«

»Genau das denke ich. Nein, hör nicht auf! Es ist ein wunderschönes Gefühl.«

Arielle lächelte ihn an, obwohl sie sich erst an den Gedanken gewöhnen mußte, daß Knight soviel wußte. Während sie ihre Augen von seinen dunklen, lockigen Haaren über die weiße Bandage auf seinen nackten Oberkörper gleiten ließ, fühlte sie plötzlich heftige Sehnsucht in ihrem Bauch. Das Gefühl kam völlig überraschend. Während der beiden vergangenen Tage hatte sie Burke zusammen mit Joshua versorgt und eigentlich nur als Patienten betrachtet und nicht als Mann. Doch jetzt… Sie atmete hörbar ein und versuchte, sich auf die Massage zu konzentrieren.

»Arielle, würdest du mir auch meinen Bauch kratzen?«

Sie zuckte zurück und fragte sich, ob er sie während der letzten Sekunden beobachtet hatte. Doch das war unmöglich, denn seine Augen waren fest geschlossen. Aufreizend langsam legte sie ihre Hand auf Burkes Bauch und begann, ihn zu kratzen.

»Weiter unten.«

Ihre Finger schlüpften unter die Decke.

»Ja, da ist es genau richtig. Nur ein wenig fester. Hör ja nicht auf!«

Seine Haut war so wunderbar weich und glatt. Ihre Finger rutschten noch ein wenig tiefer, spielten mit den dichten Haaren und streichelten ihn mehr, als daß sie ihn kratzten.

»Oh, das fühlt sich wundervoll an!« Er seufzte tief. »Aber ich schaffe es nicht.«

Langsam zog Arielle ihre Hand zurück und sah besorgt auf sein schmerzverzerrtes Gesicht. »Obgleich ich dich so sehr begehre, ist dieser Teil meines Körpers doch klüger als ich. Bei seinem nächsten Besuch werden wir Doktor Brody fragen, wann ich meine Frau wohl wieder lieben kann.«

Die Schmerzen hatten sich verstärkt, und Burke wußte, daß er sich ein wenig zuviel zugemutet hatte und doch noch viel Schlaf und Ruhe brauchte. Er bat Arielle um ein Schlafmittel, und nachdem sie es ihm, in Limonade aufgelöst, gereicht hatte, schmiegte er sich an sie und bat: »Bis ich einschlafe, kannst du mir eigentlich noch ein bißchen erzählen, was unsere Gäste so treiben.«

Arielle berichtete ihm von Alecs Spielstunden im Kinderzimmer, von Virgies und Poppets Entzücken, von Knights gnadenlosen Spötteleien und seinem guten Rat, die Kinder nach Möglichkeit zu ignorieren, so daß sie nicht die schlechten Eigenschaften ihrer Eltern übernähmen. Lannie und Percy kamen einander immer näher, weil sie sich völlig allein überlassen waren. Zu Burkes großer Erleichterung wurde Dorcas mit keinem Wort erwähnt.

Während er Arielles sanfter Stimme lauschte und die zarte Berührung ihrer Finger auf seiner Wange spürte, war er plötzlich eingeschlafen.

Am Mittwochvormittag kam Arielle gerade dazu, als Joshua leise Burkes Schlafzimmertür hinter sich zuzog und sehr bedrückt wirkte. »Was ist los, Joshua? Geht es ihm nicht gut?«

»Er benimmt sich wie ein Flegel!« beschwerte sich Joshua. »Er hat den Haferschleim nach mir geworden! Nach *mir*!«

Arielle runzelte die Brauen. Seit Burke gestern aufgewacht war, benahm er sich äußerst seltsam. Er war gegenüber jedermann unhöflich und grantig, aber mit Haferschleim nach Joshua zu werfen, war des Guten entschieden zuviel! »Ich werde mit ihm sprechen!«

Plötzlich war Joshua sehr besorgt. »Er ist aber in keiner guten Stimmung, Mylady. Ich weiß nicht, ob…«

»Er benimmt sich wie ein ungezogenes Kind. Machen Sie sich keine Gedanken, Joshua. Falls er etwas nach mir wirft, wird er es postwendend zurückbekommen! Er und sein ewiges Kopfweh! Ich werde ihn schon kurieren.« Voller Energie platzte sie ins Zimmer, stemmte die Hände in die Hüften und warf den Kopf in den Nacken.

Burke zog erstaunt eine Augenbraue in die Höhe. »Was gibt es, meine Liebe?« fragte er keck.

»Seit du gestern aufgewacht bist, benimmst du dich einfach entsetzlich! Ich kann es wirklich nicht länger durchgehen lassen. Das muß aufhören!«

Burkes Augenbrauen zogen sich finster zusammen. »Du willst *mir* in meinem eigenen Haus Vorschriften machen?«

»Joshua ist ganz verstört, daß du den Haferschleim nach ihm geworfen hast, und ich hatte alle Mühe, gestern die arme Joan zu beruhigen, nachdem du sie im hohen Bogen hinausgeworfen…«

»Ich habe Durst.«

»Ich werde dir ein Glas Limonade einschenken, sobald ich mit meiner Rede fertig bin! Dieses dickfellige, völlig idiotische Benehmen…«

»Ich möchte einen Brandy!«

»Mein lieber Burke, du bekommst aber keinen.«

»Ich will aber einen Brandy! Entweder holst du ihn mir

jetzt auf der Stelle, oder ich stehe auf und besorge ihn mir selbst!«

Einige Augenblicke lang schwankte Arielle, doch dann schüttelte sie entschieden den Kopf. »Nein, jedenfalls nicht sofort. In Kürze wird Mark Brody kommen. Den kannst du ja fragen.«

»Du weigerst dich also, meine Wünsche zu erfüllen?«

Sie lächelte über seinen drohenden Ton. »Laß es gut sein, Burke. Ich verstehe sehr gut, daß du dir schrecklich hilflos und ausgeliefert vorkommst, doch du mußt nicht übertreiben. Ich verspreche dir, daß du es bald überstanden haben wirst.«

»Hör doch endlich auf, mich wie einen Halbidioten zu behandeln!«

Ganz ruhig setzte sie sich neben ihn auf die Bettkante und legte die Handflächen gegen seine Brust. Dann drückte sie ihn sanft in die Kissen und küßte ihn zu beider Überraschung.

»Das ist unfair. Ich bin doch wehrlos.«

»Ja«, murmelte sie, »aber ich bin gern unfair.« Daraufhin küßte sie ihn noch einmal, worauf sich seine Lippen ein wenig öffneten und seine Zunge sanft über ihre Unterlippe glitt.

»Tu es nicht!« rief sie und richtete sich auf.

»Weshalb denn nicht? Ich liege hier hilflos herum, und du quälst mich!«

Sie grinste und küßte ihn noch einmal. »Glaubst du wirklich, daß ich so grausam sein kann?«

20. Kapitel

Zwei Tage später verabschiedete sich Knight, da er Lannie, Percy und die Kinder wieder zurück nach London begleiten wollte. »Nach allem Trubel werden Sie froh sein, endlich mit Ihrer jungen Frau allein zu sein.«

»Dieses Mitgefühl ist ja völlig ungewohnt und überrascht mich«, neckte ihn Burke, während er die Hand des Freundes schüttelte.

Während sie noch lachten, hielt Burke plötzlich mit schmerzverzerrtem Gesicht inne und wartete, bis der Schmerz nachgelassen hatte.

»Ich muß Ihnen noch zu der Vorstellung gratulieren«, fuhr Knight fort, nachdem er gesehen hatte, daß der Freund den Schmerz wieder unter Kontrolle hatte, »die Sie für Arielle inszeniert haben. Ich nehme an, daß sie es nicht gemerkt hat.«

Burke grinste. »War das so deutlich zu merken?«

»Nur für jemanden, der Sie sehr gut kennt! Joshua hat sich allerdings ein wenig Sorgen gemacht, daß Sie es übertreiben könnten und Ihre Frau sich rächen würde. Doch ich konnte ihn beruhigen und habe ihm versichert, daß Sie schon wüßten, wie weit Sie gehen könnten.«

Burke lachte ein wenig vorsichtig, doch der Schmerz hielt sich in Grenzen. Am gestrigen Tag hatte Mark Brody die Fäden gezogen und Burke noch einen weiteren Tag Bettruhe verordnet, der allerdings überhaupt nicht vergehen wollte.

»Ich danke Ihnen, daß Sie Lannie und Percy nach London bringen und sich um die Kinder kümmern.«

Knight blickte spöttisch drein. »Irgend jemand muß sie ja beaufsichtigen, damit sie nicht im nächstbesten Graben landen! Guter Gott! Wenn man die Turteltäubchen beobachtet, kann einem schlecht werden. Sobald ich mich davon überzeugt habe, daß Lannie und die Kinder bei Ihrer Schwester untergebracht sind, werde ich mich empfehlen. Ich nehme an, wir sehen uns dann bei der Hochzeit im September.«

»Ich bin froh, daß sie bereits im September ist, denn wenn mich die Anzeichen nicht täuschen, ist Lannie bereits schwanger.«

»Nach Percys breitem Grinsen zu urteilen, ist das durchaus möglich. Der Himmel bewahre mich vor einem ähnlichen Schicksal!«

»Ich glaube, Percy ist sehr glücklich«, meinte Burke milde. »Nun, dieser Zustand ist nicht zu verachten, Knight.« Er seufzte tief.

»Übertreiben Sie es nur nicht, bevor Ihre Schulter verheilt ist!« mahnte Knight ihn rasch.

»Ich glaube fest, daß sie heute abend pünktlich in Ordnung sein wird!«

Knight schüttelte den Kopf. »Passen Sie gut auf Arielle auf, ja?«

»Aber natürlich. Sie gehört ja zu mir.«

»Sobald Alec und Nesta fort sind, werden Sie beide ganz allein sein.«

»Amen«, ergänzte Burke und fügte dann zwinkernd hinzu: »Ich muß allerdings ausdrücklich sagen, daß mir die Gesellschaft so vieler, lieber Menschen gut bekommen ist!«

Nach einem kurzen Abschied verließ Knight den Raum, und etwa eine halbe Stunde später trat Arielle mit einem Glas Brandy ins Zimmer.

»Ja«, sagte sie und lachte, als sie seinen hoffnungsvollen Gesichtsausdruck sah, »es ist tatsächlich Brandy! Und er ist für dich! Ich denke, du hast ihn verdient.«

»Meine schöne Frau hat tatsächlich Mitleid mit mir!« Burke stürzte den Inhalt in einem Zug hinunter und ließ sich, genüßlich seufzend, in die Kissen zurücksinken. »Glaubst du wirklich, daß ich ihn verdient habe, wo ich dich doch so schikaniert habe?«

Sie lächelte so bezaubernd sanft, daß er heftig schlucken mußte. Dann setzte sie sich neben ihn und strich die Decke glatt. »Es ist doch kein Wunder, daß du dich gelangweilt hast. Wenn man so aktiv und kräftig ist wie du und einem so etwas Entsetzliches angetan wird, kann man bestimmt kein lammfrommes Benehmen erwarten.« Mit diesen Worten beugte sie sich über ihn und küßte ihn.

Burke war ein wenig verwirrt und ziemlich sprachlos, daß sie so selbstverständlich die Initiative übernommen hatte, doch nach einer Weile hatte er sich wieder gefangen und bettelte in seinem gewohnten Jammerton: »Es wäre schön, wenn du mir den Rücken reiben würdest. Er tut richtig weh, wenn ich den ganzen Tag liegen muß.«

»Also gut«, stimmte Arielle zu. »Ich hole nur noch eine Creme.« Sie erwähnte nicht, daß es dieselbe war, mit der Dorcas ihr immer den Rücken behandelt hatte. Wahrscheinlich ahnte Burke, was sie meinte, doch sie war froh, daß er schwieg.

Als er schließlich bäuchlings auf dem Bett lag und Arielles zarte Hände auf seinem Rücken fühlte, stöhnte Burke vor Wonne. »Weiter unten.«

Arielle zögerte ein wenig und zog schließlich die Decke ein Stück herunter.

»Ah«, murmelte er. »Wenn du das jeden Tag machst, werde ich immer dein williger Sklave sein!«

Ohne besondere Absicht beugte Arielle sich plötzlich vor und küßte Burke auf das Steißbein. Sie fühlte, wie er heftig zusammenzuckte und ein wenig zitterte. Daraufhin küßte sie ihn noch einmal und liebkoste seine Haut ein wenig mit der Zunge.

»Arielle...«, stöhnte er und war froh, daß er auf dem Bauch lag.

Nachdem Arielle noch einige Minuten lang weitergeknetet hatte, meinte sie: »Meine Hände werden allmählich müde, doch heute abend werde ich es noch einmal machen. Ist dir das recht?«

»O ja, und wie!« stöhnte er ins Kissen.

»Soll ich dir beim Umdrehen helfen?«

»Nein«, stieß er heftig hervor.

Sofort bot ihm Arielle voller Besorgnis ein Schlafmittel an.

»Nein«, erwiderte er, diesmal ein wenig sanfter. »Ich möchte nur ein Weilchen ausruhen.«

Sanft strich sie ihm über den Rücken. »Ich muß nur noch schnell einige Dinge erledigen. Beim Mittagessen leiste ich dir dann Gesellschaft.« Ihr Blick verweilte längere Zeit auf seinem Rücken, bis sie sich schließlich überwinden und die Decke hochziehen konnte.

Als sie ihm zum Abschluß einen leichten Klaps auf das Hinterteil versetzte, weiteten sich Burkes Augen vor Erstaunen. Dann hörte er ihre Schritte auf dem Parkett, das Rascheln ihrer Röcke, das Öffnen und dann das Schließen der Tür. Er blieb fassungslos liegen und konnte einfach nicht glauben, daß sie ihn ganz natürlich auf die Kehrseite geklopft hatte. Er freute sich riesig über diese spontane Geste und war bester Laune, als sie später mit dem Mittagessen zurückkehrte.

Schweigend beobachtete Burke, wie Arielle ihr Nachthemd nahm und hinter dem chinesischen Wandschirm in der Ecke des Raums verschwand. Blödes Ding, dachte er seufzend. »Arielle! Beeile dich, ich bin so einsam!«

Als sie schließlich in ihrem schneeweißen Nachthemd erschien, sah er sie nur an. »Wie wunderschön du bist!«

»Soll ich dir nachher wieder deinen Rücken massieren?« fragte sie, während sie die Haarnadeln löste.

»O ja, sehr gern!« Bei diesem Gedanken durchfuhr es ihn glühendheiß, doch er nahm sich zusammen und beobachtete statt dessen, wie Arielle ihre roten, schimmernden Locken bürstete.

Kurze Zeit später setzte sie sich zu ihm auf die Bettkante. »Ich muß mir deine Schulter ansehen und den Verband wechseln.« Sie küßte ihn auf die Nasenspitze. »Keine Angst, ich werde vorsichtig sein.«

Er litt schweigend, doch nicht weil er Schmerzen gehabt hätte, sondern weil er ihren zarten Lavendelduft kaum ertragen konnte, als sie sich nahe an ihn lehnte und sich über seine Wunde beugte.

»Ich kann weder Schwellung noch Rötung entdecken – offenbar heilt alles bewundernswert schnell! Ich werde nur einen leichten Verband auflegen.« Nachdem sie damit fertig war, bat sie ihn: »So, jetzt lege dich auf den Bauch! Aber schön langsam!«

Als Arielle das Leintuch bis zu Burkes Hüften herunterzog, spannte er alle Muskeln und wartete auf die Berührung ihrer Hände. Doch er mußte sich gedulden.

Irgendwann sagte sie mit ganz weicher, fast ein wenig träger Stimme: »Du bist wirklich wunderschön, Burke!«

In diesem Augenblick spürte er ihre Hände und stöhnte.

»Ich hatte große Angst, daß du sterben könntest«, flüsterte Arielle, während ihre Massage in immer zärtlicheres Streicheln überging. »Anfangs war ich fast böse, daß du mich gerettet hast, denn ich hätte es nicht ertragen, dich zu verlieren! Du bist der bessere Mensch von uns beiden…«

»Was sagst du da?« Empört fuhr er in die Höhe.

»Bleib liegen!«

»Dann sag nie wieder etwas so Dummes! Verdammt, du bist meine Frau, und zufällig liebe ich dich mehr als alles andere auf der Welt, mich eingeschlossen! Hast du das verstanden?«

Statt einer Antwort beugte sie sich über ihn und küßte ihn auf den Rücken. Sie fing ganz oben an und arbeitete sich langsam nach unten vor.

»O Gott!« stöhnte er und ballte die Fäuste. Dann fühlte er, wie sie das Tuch bis zu seinen Kniekehlen hinunterschob, und spürte einen kühlen Luftzug auf seiner Haut. »Arielle!«

»Sei einfach still!« flüsterte sie an seinem Rückgrat, während ihre Hände über sein Hinterteil und die Oberschenkel wanderten.

Er keuchte, seine Erregung steigerte sich und dann spannten sich alle Muskeln. Sein Magen vibrierte, während sich ihre Finger ganz sanft zwischen seine Schenkel schoben und ihn berührten, so daß er zu zerplatzen meinte. Dann folgte ihr Mund den Händen.

»Du bist so schön«, hörte er sie flüstern und fühlte dabei ihren warmen Atem an den Innenseiten seiner Schenkel. »So ganz anders als ich!« Dann rutschte sie zur Seite. »Komm, laß mich dich umdrehen!«

»Weshalb?«

»Weil ich auch deine Vorderseite bewundern möchte. Ich will dich überall küssen!«

Burke traute seinen Ohren nicht, doch schließlich war es geschafft, und er lag leicht keuchend auf dem Rücken. Als Arielle ihn nur schweigend betrachtete, schwoll sein Glied an, wurde feucht und zuckte immer wieder ihr entgegen. »Findest du mich häßlich?«

Sie schüttelte den Kopf. »Nein, überhaupt nicht!« Dann berührte sie sein Glied erst vorsichtig und umfaßte es schließlich ganz. »So warm und so lebendig!«

Als sie den Kopf herunterbeugte, hielt er den Atem an. Er konnte es nicht glauben! Er wollte nicht, daß sie meinte, sie müßte...

Laut stöhnte er, als sich ihr weicher Mund um ihn schloß und sich ihre Haarmähne über seinen Bauch und seine Hüften breitete. Es mußte aufhören, wenn er nicht jede Kontrolle verlieren wollte! Energisch packte er ihr Haar. »Du mußt aufhören!« keuchte er heiser. »Bitte, Arielle!«

Sie hob den Kopf. »Und weshalb?«

»Weil ich dich spüren möchte. Ich möchte, daß du dich auf mich setzt.«

»Oh, das gefällt mir! Ich spiele gern mit dir!« Verschmitzt lächelte sie ihn an und ließ ihn ihren weißen Schenkel sehen, als sie über ihn kletterte. Sekunden später fiel das weiße Nachthemd wie ein Vorhang herunter.

Sie schmiegte sich an ihn und küßte ihn, während er mit seiner gesunden Haut durch ihr wildes Haar fuhr und dann ihren Rücken entlangtastete, bis er endlich am Saum ihres Nachthemds angelangt war. Als sich seine Finger bis zu

Arielles Scham vorgetastet hatte, bäumte sie sich auf. Burke lächelte. Sie war bereit für ihn, ganz warm und feucht.

»Arielle! Du mußt mir helfen! Zeig mir den Weg und setze dich dann auf!« Nie hätte er gedacht, daß er in diesem Zustand so viele zusammenhängende Worte herausbringen würde.

»So, Burke?«

»O Gott!« Er fühlte, wie ihre Finger sein Glied umfaßten, und dann schob sie sich so langsam über ihn, daß ihn die Anspannung beinahe umbrachte.

»Oh, ist das schön, Burke, aber…«

»Was aber?«

»Ich möchte – ich möchte, daß du mich berührst!«

Er hatte nicht die geringste Verlegenheit in ihrer Stimme gehört und wußte, daß er gewonnen hatte. »Setze dich auf, Arielle! Ganz gerade! Und zieh endlich dieses verflixte Nachthemd aus!« Es durchzuckte ihn heiß, als er ihre Gebärmutter berührte, während sich Arielle über ihm reckte und das Nachthemd über den Kopf zog. Dann streichelte Burke über ihre Brüste und über ihren Bauch. »Ich werde wahnsinnig!« stöhnte er, als er ihre Scham fand und sich langsam unter ihr bewegte.

Die Berührung seiner Finger ließ Arielle zusammenzucken, so daß sie laut aufschrie. Sie bäumte sich auf, wand sich und geriet völlig außer sich. Burke beobachtete fasziniert ihr Gesicht, als sie ihren Höhepunkt erreichte, fühlte, wie sich ihre Muskeln um ihn zusammenzogen, und fühlte, wie die zukkenden Bewegungen das Letzte aus ihm herauspreßten. Er stöhnte und stöhnte, und es wollte kein Ende nehmen.

Wie hingegossen lag Arielle auf ihrem Mann, und ihre Haare ergossen sich über sein Gesicht bis aufs Kopfkissen. Ganz sanft streichelte Burke ihren Rücken. Sie zitterte ein wenig, als sie ihn noch in sich spürte, und er stöhnte bei ihrer Bewegung.

Schließlich schaffte sie es, sich aufzustützen. »Ich danke dir, Burke.«

»Wie bitte?«

»Ich danke dir. Das war so traumhaft schön, so verrückt! Ich hoffe jedoch nur, daß es dir nicht allzu weh getan hat.«

»Du hast mich zwar fast umgebracht, aber es war herrlich!«

Sie errötete zart und lachte. »Nun, dann wollen wir lieber kein weiteres Risiko eingehen.« Und bevor er noch protestieren konnte, war sie von ihm heruntergerutscht und schmiegte sich an ihn.

»Deck uns zu, mein Liebes!«

Bevor sie nach der Decke angelte, strich sie leicht über seinen Bauch und fuhr mit den Fingern durch seine dichten Haare.

»Die Decke«, erinnerte er sie erschöpft.

Arielle küßte ihn auf den Mund. »Aber sofort! Ich will dich ja nicht überanstrengen.«

Als Antwort klatschte er ihr mit der flachen Hand leicht auf die Hüften. Sie kicherte, und er fühlte sich großartig. Sie war nicht zurückgezuckt! Ganz offensichtlich hatten seine Bemühungen zum gewünschten Erfolg geführt, und er war der glücklichste Mann auf der Welt!

Als Mrs. Pepperall am folgenden Morgen leise das Schlafzimmer betrat, hatte Arielle gerade die Augen aufgeschlagen. Da Burke noch tief und fest schlief, legte sie nur rasch mahnend den Finger auf die Lippen und schlüpfte in ihr Nachthemd. Das ungewöhnliche Verhalten der Haushälterin ließ nichts Gutes erwarten. Leise schlüpfte Arielle hinter ihr aus dem Zimmer und schloß vorsichtig die Tür.

»Was ist los?« fragte sie ohne weitere Vorreden.

»O Mylady! O Gott, was sollen wir nur tun?«

»Das kann ich erst sagen, wenn ich weiß, was überhaupt geschehen ist.«

»Die alte – Ihr altes Kindermädchen ist verschwunden!«

Das war allerdings eine unerwartete Neuigkeit, über die Arielle erst einmal nachdenken mußte. Schließlich fragte sie:

»Wann haben Sie das entdeckt, und wie hat sie sich befreien können?«

Mrs. Pepperall rang verzweifelt die Hände und berichtete, daß sie vor wenigen Minuten erst das Zimmer betreten hätte. Charlie hätte mit einer Beule am Kopf hinter der Tür gelegen.

»Aha!« rief Arielle. »Demnach hat Dorcas ihn also irgendwie in den Raum gelockt und dann niedergeschlagen. Geht es Charlie gut?«

»Ihm? Irgendwie geschieht es ihm recht, denn er schaut immer nur den Weibern nach, statt sich um seine Arbeit zu kümmern!«

»Das kann alles sein, Mrs. Pepperall, aber ich möchte trotzdem wissen, ob Doktor Brody sich um Charlie kümmern soll.«

Inzwischen hatte sich Mrs. Pepperall wieder ein wenig beruhigt. »Nein, nein, ihm geht es gut, Mylady.«

»Lassen Sie Geordie holen. Wir müssen Dorcas unbedingt finden. Da Charlie noch ohnmächtig war, als Sie es entdeckt haben, kann sie noch nicht allzu weit sein. In zwanzig Minuten möchte ich Geordie im Wohnzimmer sprechen.«

Rasch kleidete sich Arielle in ihrem eigenen Zimmer an und war eine Viertelstunde später unten, um auf Geordie zu warten. Kurze Zeit später betrat er in Begleitung von Joshua und Montague den Wohnraum. Arielle berichtete den Männern in kurzen Worten von der Flucht. »Wir müssen sie unbedingt finden, denn sie ist sehr krank. Womöglich tut sie sich oder auch anderen etwas an!«

Geordie murmelte etwas, doch Arielle unterbrach ihn. »Sie darf keinesfalls verletzt werden! Ihre Krankheit ist schließlich nicht ihre Schuld! Bitte, beeilen Sie sich!«

Als sie aufblickte, sah sie Burke unter der Tür stehen. Lächelnd hob er die Hand, um ihren Tadel zu bremsen. »Heute darf ich endlich dieses verdammte Bett verlassen. Wie wäre es mit einem schönen Frühstück?«

Während sie Eier und Schinken aßen, berichtete Arielle die Neuigkeit. »Ich nehme an, daß Geordie und Joshua sie rasch finden werden. Ich hoffe es zumindest!«

Ein Hüsteln von der Tür ließ sie sich umwenden. »Was gibt es, Mrs. Pepperall?«

»Agnes hat dies hier gefunden, Mylady.« Das Zimmermädchen hielt sich schüchtern hinter Mrs. Pepperall, die Arielle ein altes, hübsches Goldkettchen übergab.

»Wo haben Sie es gefunden? Und wem gehört es?«

»Agnes hat es bei Dorcas' Sachen gefunden. Es gehörte Mellie. Das weiß ich mit Sicherheit!«

Arielle schloß die Augen. »O nein!« flüsterte sie.

»Mellie hat es von ihrer Großmutter bekommen und war sehr stolz darauf. Sie hat es immer als ihre Aussteuer bezeichnet.«

Arielle stiegen die Tränen in die Augen, und sie hörte, wie Burke Mrs. Pepperall dankte. »Soviel ich weiß, hat Mellie noch eine Tante. Ich werde dafür sorgen, daß sie die Kette bekommt.« Dann erhob er sich und trat neben Arielles Stuhl. »Es tut mir wirklich leid, mein Liebes.«

Arielle sah zu ihm auf. »Wahrscheinlich hat also Dorcas Mellie getötet. Sie muß alle diese entsetzlichen Klatschgeschichten geglaubt haben! Ich erinnere mich noch, daß sie auch mir gegenüber einmal so abfällige Bemerkungen gemacht hat! Ich war damals wütend auf sie, daß sie so engstirnig war. O du lieber Himmel!«

»Pst, mein Liebes!« beruhigte sie Burke. »Wir werden sie finden, und dann...«

»Was soll dann werden? Sie ist doch krank. Und jetzt irrt sie hilflos draußen herum!«

»Wir werden sie finden, Arielle«, versprach er noch einmal, worauf Arielle trostsuchend den Kopf an seine Seite lehnte.

»Was, zum Teufel, ist denn los?« fragte Alec, als er mit Nesta das Eßzimmer betrat, »Montague ringt seine arthritischen Hände und Mrs. Pepperall ist leichenblaß!«

»Setzt euch erst, dann werde ich es euch erzählen!« sagte Arielle.

»Dürfen Sie denn überhaupt schon aufstehen, Burke?« wollte Nesta wissen.

Burke grinste. »Wissen Sie, Nesta, meine Frau hat mich heute an den Ohren aus dem Bett gezerrt. Im Grunde bin ich ja noch sehr schwach, doch sie hat mich beschimpft, ich sei faul und zu nichts nütze…«

»Du bist scheußlich! Erzähl lieber, was geschehen ist!«

Als er geendet hatte, war allen das fröhliche Lächeln gründlich vergangen.

21. Kapitel

Alec und Nesta verließen Ravensworth Abbey am Freitag vormittag. Es war ein klarer, nicht allzu warmer Tag und somit geschaffen für eine längere Fahrt. Burke und Arielle standen auf der obersten Treppenstufe vor dem Haus und winkten, bis der Wagen um die erste Kurve der Auffahrt verschwunden war.

»Alec schien ganz zufrieden zu sein, nicht wahr?« bemerkte Arielle.

»Zufrieden womit?«

»Oh, mit allem. Mit Nesta, mit ihrer Schwangerschaft, mit seinem ganzen Leben.«

Burke legte den Arm um Arielles Taille und drückte seine Frau an sich. »Ich will dir sagen, was ich denke. Alec ist rastlos. Er beschäftigt sich gern mit möglichst verschiedenen Dingen und reist gern in der Weltgeschichte umher. Er ist sehr aktiv, und ich kann ihn mir wirklich nicht als Philosophen hinter den Büchern seiner Bibliothek vorstellen.«

»So wie mein Vater war?«

»Ja, genau. Alec hat sich auf Ravensworth gründlich umgesehen und, zugegebenermaßen, Geordie manch guten Rat gegeben, während ich mich erholt habe. Ich bin überzeugt, daß er jetzt all seine Energie darauf verwenden wird, Carrick Grange in Northumberland auf Hochglanz zu trimmen. Er braucht einfach etwas, womit er sich beschäftigen kann.«

»Außerdem werden sie ja noch das Baby bekommen.«

»Du hast recht, das wird auch allerhand Unruhe mit sich bringen, wenn ich an Kindermädchen, Lehrer und Erzieherinnen denke.«

»Glaubst du, daß er Nesta liebt? Sie ist ganz deiner Meinung und hat begriffen, daß er die Abwechslung liebt und den Sex. Sie hat gesagt, daß sie ihn nur damit hat halten können.«

Burke warf den Kopf in den Nacken und lachte aus vollem

Hals. »Sie hat dich bestimmt nur aufgezogen, Arielle! Alec ist ein Gentleman. Er würde seine Frau niemals verlassen.«

»Nein, das vielleicht nicht«, entgegnete Arielle gedankenvoll, »aber er könnte aufhören, sie zu lieben.«

»Siehst du dafür irgendwelche Anzeichen?«

Arielle schüttelte den Kopf. »Du hast recht, aber trotzdem mache ich mir immer wieder Sorgen um sie.«

»Ich bin davon überzeugt, daß Alec tun wird, was in seinen Kräften steht. Bestimmt wird er uns Bescheid geben, sobald das Baby geboren ist.« Er bemerkte, daß sie ein wenig traurig aussah. »Weshalb machst du so ein trauriges Gesicht? Du wirst die beiden doch bald wiedersehen, und dann wirst du Tante sein.«

»Ja, das stimmt!« erwiderte sie lächelnd, doch sofort wurde sie wieder ernst. »Im Augenblick habe ich mich allerdings gefragt, wo Dorcas wohl steckt. Ob sie noch lebt?«

»Wenn sie tot wäre, hätte man sie bestimmt inzwischen gefunden. Wir werden so lange suchen, bis wir Erfolg haben.«

Einige Zeit später hatte Arielle ihre Sorgen vergessen. Sie lag mit gespreizten Beinen rücklings auf dem Bett. Burke kniete vor ihr und liebkoste sie mit den Händen, wobei er jede Regung ihres ausdrucksvollen Gesichts genauestens beobachtete.

»Arielle!«

Sie stöhnte wohlig und öffnete langsam die Augen.

»Jetzt werde ich etwas tun, was dir ganz bestimmt gefällt. Warte…« Er packte ihre Hüften und hob Arielles Körper seinem Mund entgegen.

Seine rauhe, heiße Zunge konzentrierte Arielles Gefühle auf einen einzigen, winzigen Punkt. Schmerzhafte Schauer durchzuckten sie, und sie wäre bestimmt gestorben, wenn er aufgehört hätte. Doch Burke hielt immer denselben Rhythmus ein, bis sie schließlich laut aufschrie und sich nicht anders zu helfen wußte, als ihre Finger in seine Schulter zu krallen. Er genoß jeden ihrer Schreie, jedes Aufbäumen ihres Körpers, und als sie sich ganz langsam beruhigte, drang er mit einem einzigen Stoß in sie ein und erstickte ihren Lustschrei mit seinen Lippen.

»Oh, wie wunderbar!« rief Arielle.

»Ja, da kann ich dir nur zustimmen.« Er packte sie fester, doch sofort stöhnte er, weil seine Schulter schmerzte. »Warte, ich muß dich ein bißchen anders hinlegen! So, jetzt ist es besser.«

»Du solltest nicht ganz so gierig sein…«

Er lachte leise. »Wenn ich es nicht wäre, wärst du ganz schön enttäuscht. Das mußt du zugeben.«

Statt einer Antwort küßte sie seine Schulter und schmiegte sich an ihn. »Manchmal glaube ich, daß ich träume. Und diesen Traum verdanke ich dir. Ein anderer Mann würde mir niemals soviel Unabhängigkeit gestatten. Du allein hast diesen Traum Wirklichkeit werden lassen, und dafür danke ich dir.«

Seine Stimme klang rauh. »Und wenn mein Samen in dir wächst – wird dieses Kind dann auch nur ein Traum sein?« Er spürte, wie sich ihre Brüste an ihm rieben.

»Ein Kind?« fragte sie, während sie ihm einen leichten Kuß auf die Lippen hauchte. »Das gehört uns beiden. Ich glaube, das ist etwas sehr Reales, oder nicht?«

»Besonders, wenn es aufwacht und nach Nahrung schreit! Hör auf, dich so zu bewegen. Ich platze nämlich sonst…«

»Also gut.«

»Also was?«

»Dann platze! Ich möchte es gar zu gern erleben!«

Er drängte sich gegen sie und immer weiter in sie hinein, bis ihr Atem, ihre Hitze und ihre schweißnassen Körper ineinander verschmolzen. Sie stöhnte in seinem Mund und umschlang seinen Körper so fest, daß Burke bereits ahnte, wie sehr seine Schulter danach schmerzen würde. Lange versuchte er, sich zurückzuhalten, doch als ihn schließlich die Leidenschaft übermannte, hörte er die unglaublichsten Worte, so leise, daß er zuerst seinen Ohren nicht trauen wollte. »Ich liebe dich, Burke.«

An allem war nur diese dämliche Gans schuld, dachte Geordie, während er sich die Hände an der Hose abwischte und ausgiebig fluchte. Miß Arielle hatte vor einiger Zeit ein Dutzend bestellt, und zwar sechs Gänse und sechs Gänseriche, weil sie, wie sie ausführlich erklärt hatte, keines der Geschlechter hatte benachteiligen wollen. Doch schon nach dem ersten Tag in Ravensworth hatte sich ein Gänserich zwei Gänse geschnappt und sich mit ihnen still und heimlich aus dem Gehege entfernt.

Als es vernehmlich hinter ihm quakte, fuhr Geordie herum und fluchte noch lauter, als er sah, wie einer der verbliebenen Gänseriche in einer noch dramatischeren Flucht über den Zaun springen wollte. »Zurück, du blöder Kerl!« schrie Geordie und wedelte ungeduldig mit den Händen.

Arielle brach in schallendes Gelächter aus, doch als Geordie sich wütend umblickte, lachte sie nur noch lauter.

»Ich kann das nicht so witzig finden«, brummte Geordie und verschränkte die Arme.

»Das kann ich mir denken!« keuchte Arielle, als sie wieder zu Atem gekommen war. »Aber Sie sitzen schließlich friedlich zu Hause, während mein armer Mann Hannibal und seine Damen jagt.«

»Hannibal?«

»Nun, das ist schon ein Weilchen her, und damals ging es auch um Elefanten. Mögen Sie den Namen nicht?«

»Wenn Sie ihnen allen Namen geben, dann können wir ihnen doch unmöglich den Hals umdrehen und sie braten!«

»Genau das hat mein Mann auch gesagt. Ich werde mich jetzt auch noch ein wenig auf die Suche machen. Satteln Sie mir bitte Mindle, Geordie! Sie hat Fett angesetzt und ist träge geworden.«

»Kein Wunder. Sie hat ja in der letzten Zeit wirklich wenig Bewegung gehabt.«

Während Geordie davonging, lächelte Arielle vor sich hin. Sie fühlte sich herrlich. Der Nachmittag war sonnig und warm, und seit dem letzten Regenguß am Morgen war das Gras nur noch grüner geworden. Sie hoffte, daß Burke die

Anstrengung nicht übertrieb. Er hatte sich mit Joshua und George Cerlew auf die Suche nach Hannibal gemacht, obwohl seit dem schrecklichen Morgen erst zwei Wochen vergangen waren. Es schien ihm allerdings gut zu gehen, und besonders im Bett war er so leistungsfähig wie immer.

Sie lächelte Geordie zu und ließ sich von ihm in den Sattel helfen. »Ich werde nicht lange wegbleiben. Falls mein Mann eher zurückkommt, richten Sie ihm bitte aus, daß ich mich ebenfalls auf die Suche gemacht habe. Ich glaube, an Weihnachten werden wir doch lieber Fisch essen!«

»Soll ich Sie nicht doch begleiten, Miß Arielle?«

Sie zögerte einige Augenblicke und sagte dann entschieden: »Ich kann doch nicht mein Leben lang wie eine Gefangene leben! Evan und Etienne haben bestimmt längst kein Interesse mehr an mir. Lassen Sie es gut sein, Geordie! Mir wird schon nichts geschehen.«

Mit Zungenschnalzen trieb sie Mindle an und galoppierte in Richtung auf die östliche Weide davon. Der Wind zerrte an ihren Haaren, und nach einiger Zeit hatten sich prompt einige Strähnen selbständig gemacht. Mrs. Pepperall, die sich als Aushilfe für Dorcas angeboten hatte, bis Arielle ein neues Mädchen gefunden hätte, war eben lange nicht so geschickt und geübt wie die alte Frau.

Die arme Dorcas! Arielle zweifelte heftig daran, daß sie noch am Leben war. Wohin hätte die alte Verrückte denn auch gehen können, ohne daß sie den Leuten auffiel und man über sie tuschelte? Irgendwann wäre dieses Gerede mit Sicherheit auch nach Ravensworth Abbey gedrungen.

Nach einiger Zeit zügelte Arielle ihr Pferd und rief laut nach Hannibal, wobei sie sich allerdings ein wenig lächerlich vorkam. Nirgendwo antwortete ein Schnattern, und ein weißes Federkleid war erst recht nicht zu entdecken. Schließlich ließ sie Mindle in langsamem Schritt weitergehen und erst, als sie die Schornsteine von Rendel Hall sah, bemerkte sie, welchen Weg sie eingeschlagen hatte. Seit sie mit Burke in Ravensworth Abbey lebte, war sie nicht mehr hier gewesen.

War es Traum oder Wirklichkeit? Wenn sie sich in ihrer alten Umgebung umsah, würde sie bestimmt erkennen, daß ihr jetziges Leben mit Burke die Wirklichkeit war. Entschlossen ritt sie auf das Haus zu, das so stumm und tot dalag, als ob es nie bewohnt gewesen wäre und nicht erst seit zwei Monaten zum Verkauf stand. Niemand hatte das Gras geschnitten, und die Fensterläden waren dicht geschlossen.

Ich brauche keine Angst zu haben, sagte Arielle zu sich selbst, denn ich bin kein kleines Kind mehr. Trotzdem schlug ihr das Herz bis zum Hals, und die Finger in den Handschuhen wurden feucht. Doch entschlossen biß Arielle die Zähne aufeinander und dirigierte Mindle vor die Eingangstreppe.

Rendel Hall war ganz offensichtlich unbewohnt. Aus keinem der Kamine stieg Rauch auf, nirgendwo bewegte sich etwas und nichts war zu hören. Wenn das Haus nicht an Wert verlieren sollte, durfte man mit dem Verkauf nicht länger warten, dachte Arielle, während sie vom Pferd stieg. Dann band sie Mindle an einen Eibenbusch und strich ihr sanft über die Nase. »Es wird nicht lange dauern.«

Sie lächelte leise, weil ihr das eigene Benehmen plötzlich ziemlich dumm vorkam, doch andererseits lag ihr sehr viel daran, mit diesem elenden Haus und allen unerfreulichen Erinnerungen Schluß zu machen. Sie wußte, daß Burke diese Einstellung gefallen hätte.

Die Haustür war zwar verschlossen, doch das konnte sie nicht lang aufhalten. Mit geschickten Fingern tastete sie unter dem Sims eines Bibliothekfensters entlang und fand prompt einen verrosteten Schlüssel, den sie an ihrem Reitkleid abwischte. Nach einigen Versuchen gab das Schloß tatsächlich nach, und Arielle konnte die Tür öffnen. Kalte, feuchte Luft schlug ihr aus der Halle entgegen, so daß sie zögerte, doch dann rieb sie entschlossen ihre fröstelnden Arme und betrat das Haus. Sie mußte endgültig die Geister der Vergangenheit bannen, dachte sie, während sie die Halle durchquerte und die Schiebetür zum Wohnraum öffnete.

Im ersten Augenblick erschrak Arielle, weil man die Möbel

mit weißen Tüchern verhängt hatte, was sehr gespenstisch wirkte. Sekundenlang meinte sie, Paisley vor dem Kamin stehen zu sehen, doch dann schüttelte sie entschlossen den Kopf. Ihr drohte keinerlei Gefahr, denn Paisley war tot und sein böser Geist war mit ihm gestorben. In diesem Augenblick ließ sie ein leise scharrendes Geräusch aus dem oberen Stockwerk erstarren. Langsam ging sie zum Fuß der Treppe hinüber und horchte. Bestimmt waren es Mäuse, doch je länger sie zögerte, desto klarer wurde, daß sie sich fürchtete, in den ersten Stock hinaufzusteigen.

»So ein Unsinn!« Der Klang ihrer eigenen Stimme brachte Arielle wieder zur Vernunft. Schließlich befand sie sich in ihrem eigenen Haus und wollte lediglich nach oben gehen, um nachzuprüfen, ob sich dort Mäuse eingenistet hatten.

Doch Rendel Hall war niemals ihr Haus gewesen. Es war Paisleys Haus gewesen! Allein seines! »Aber du bist tot, du schrecklicher Alter!«

Rasch lief sie die Stufen hinauf und ging dann den Gang entlang, an dessen Ende ihr Schlafzimmer lag. Hin und wieder blieb sie stehen und lauschte, ob sie das Geräusch noch einmal hörte, doch alles blieb ruhig. Dann öffnete sie beherzt ihre ehemalige Schlafzimmertür. Auch hier hatte man alle Möbel mit Tüchern verhängt, wodurch der Raum sehr fremd und irgendwie beängstigend wirkte. Wenn Burke bei ihr gewesen wäre, hätte sie das bestimmt nicht so empfunden, und das ärgerte Arielle sehr. Sie war doch kein schwaches, hilfloses Dummerchen!

Als sie schließlich geräuschvoll die Tür zu Paisleys Schlafzimmer aufstieß und hineinschaute, erkannte sie im ersten Augenblick nur seltsame Umrisse und dunkle Schatten. Doch im selben Augenblick hörte sie wieder das seltsame Geräusch und hielt inne.

»Ach was! Das sind nur die Mäuse!«

Doch als sie über die Schwelle trat, klopfte ihr das Herz bis zum Hals. Solche Ängste, solche Hoffnungslosigkeiten und soviel Schmerz hatte sie hier ertragen müssen! Doch dieser

Raum konnte nichts dafür. Es war ganz allein Paisleys Schuld. Dann bemerkte sie etwas vor dem Kamin, nein, es war eine Gestalt, die in lange, schleierartige Gewänder gehüllt war und ihr verstohlen zuwinkte.

»Wer sind Sie? Was machen Sie hier?«

Als sich die Gestalt bewegte, streckte Arielle abwehrend die Hand aus und schrie aus Leibeskräften. Als die Gestalt jedoch plötzlich auf sie zusprang, dachte sie nur noch an Flucht. Sie fuhr herum und versuchte, durch die Verbindungstür zu entkommen. Doch als sie fühlte, wie Finger sich um ihren Oberarm legten, schrie sie wieder laut und drehte sich um, um ihrem Angreifer ins Gesicht zu sehen. Bevor sie richtig aufblicken konnte, fühlte sie etwas Hartes auf ihrem Kopf. Dann tanzten nur noch Sterne vor ihren Augen, und schließlich war es Nacht um sie. Bewußtlos sank sie zu Boden.

Sie hatten zwar weder Hannibal noch seine beiden Damen zu Gesicht bekommen, aber trotzdem waren sie bester Stimmung. George Cerlew, der normalerweise sehr zurückhaltend war, amüsierte sich köstlich über die Geschichten, die Joshua in einem fort zum besten gab.

Selbst Burke lächelte immer noch, als sie wieder in Ravensworth ankamen.

»Wir hatten kein Glück!« rief Burke den herbeieilenden Stallburschen zu. »Wir werden ein wenig verschnaufen und später noch einmal losreiten.«

»Ich glaube nicht, daß das noch sehr viel Zweck hat«, meinte George Cerlew. »Inzwischen hat sie bestimmt jemand eingefangen, und am nächsten Sonntag landen sie im Kochtopf!«

»Reiben Sie Ashes gründlich ab!« befahl Burke einem der Stallburschen, während er abstieg.

»Mylord.« Geordie räusperte sich.

»Nicht die geringste Spur von Hannibal, falls Sie das wissen wollten!«

»Nein, Mylord. Es geht um Miß Arielle.«

Burkes Muskeln spannten sich. »Was ist mit ihr?«

»Sie ist ebenfalls ausgeritten, um Hannibal zu suchen, und ungefähr seit zwei Stunden weg. Allmählich mache ich mir Gedanken.«

»Ist sie allein ausgeritten?«

»Ja. Sie hat darauf bestanden, weil sie nicht wie eine Gefangene leben wollte, nachdem doch nun das Schlimmste vorbei ist und niemand mehr Interesse an ihr hat.«

O Gott! dachte Burke im stillen und fragte dann ganz ruhig: »Seit zwei Stunden, sagen Sie? Nun, vielleicht hat sie ja irgendwo lediglich die Zeit vergessen. Aber trotzdem...« Er fluchte. »Satteln Sie mir Khan, Geordie. Ashes ist zu müde.«

Zehn Minuten später ritten Burke, George Cerlew, Joshua und Geordie in östlicher Richtung davon.

»Sind Sie sicher, daß meine Frau in diese Richtung geritten ist, Geordie?« vergewisserte Burke sich zum wiederholten Mal.

»Hundertprozentig!« lautete Geordies entschiedene Antwort.

Der Gestank war entsetzlich. Es roch faulig und feucht, so daß Arielle würgen mußte. Schließlich öffnete sie die Augen, doch sie lag mucksmäuschenstill und versuchte erst einmal, ihre Sinne zu sammeln. Offenbar lag sie auf einem harten, kalten Fußboden. Ihre Füße waren gefesselt, und ebenso hatte man ihr die Hände auf dem Rücken verschnürt. Als Arielle langsam den Kopf drehte, spürte sie einen tobenden Schmerz hinter ihrem linken Ohr.

Sie unterdrückte einen Aufschrei, denn direkt neben ihr, auf einem Tisch, lag Hannibal, mit säuberlich durchschnittener Kehle. Sein langer Hals hing über die Tischkante herunter. Und in gleichförmigem Rhythmus fielen kleine Blutstropfen in eine Pfütze direkt neben Arielles Kopf. Aufstöhnend warf sie sich zur anderen Seite herum.

»Pst, Kindchen. Es ist alles gut. Dorcas ist ja da. Niemand wird Ihnen etwas tun.«

Dorcas. Arielle erstarrte. Sie war vor Angst wie gelähmt

und konnte kein Wort herausbringen. Die alte Frau kniete neben ihr und strich Arielle mit den Fingern durch die Haare.

»Dorcas!« flüsterte Arielle. »Ich habe mir solche Sorgen um Sie gemacht!«

»Ich weiß, ich weiß. Doch jetzt ist alles gut.«

Das Haar der alten Frau war völlig verfilzt und stand in alle Richtungen ab. Ihr Körper roch unangenehm, und ihre Kleidung starrte vor Dreck und Flecken. Dem leeren Ausdruck ihrer Augen nach zu urteilen, war sie verrückt.

Ich muß unbedingt mit ihr sprechen, dachte Arielle, doch dann überfiel sie eine Welle der Hoffnungslosigkeit. Mit einer Verrückten reden? Dorcas hatte sie gefesselt und hierher gebracht, wo es überall Messer gab. Vielleicht mußte sie nur allzu bald Hannibals Schicksal teilen!

»Warum binden Sie mich denn nicht los, Dorcas?«

»Das würde ich ja gern tun, aber ich fürchte mich vor *ihm*. Bestimmt tut er mir wieder weh!« Dabei stand sie auf und blickte sich verschwörerisch um. »Ich werde nachsehen, ob er da ist«, flüsterte sie und schlurfte aus der Küche.

Diese Alte war nicht länger ihre Dorcas, dachte Arielle. Und wer war *er*? »Bitte, kommen Sie zurück und binden Sie mich los!« flüsterte sie, doch es war nur absolute Stille um sie. Stille und der Geruch nach Blut.

Allmählich verlor Arielle das Gefühl in den Händen, und sie versuchte, ihre Gelenke zu befreien. Wie eine Verrückte zerrte sie ungefähr fünf Minuten lang an ihren Fesseln, doch ohne den geringsten Erfolg. Denk doch nach, Arielle! ermahnte sie sich schließlich im stillen. Sie mußte die Stricke durchschneiden, doch dazu brauchte sie ein Messer. Sie rollte sich zu einem Ball zusammen und schnellte dann mit aller Kraft hoch, so daß sie auf die Füße kam. Mit Mühe hielt sie das Gleichgewicht, als sie versuchte, mit den gefesselten Füßen zu hüpfen. Doch nach dem zweiten Versuch verlor sie die Balance und fiel wie ein Stein zu Boden. Einige Augenblicke lang mußte sie sich von dem Schock erholen und den Schmerz in ihrer Hüfte verdauen. Erst dann sammelte sie noch einmal alle Kräfte und schaffte es tatsächlich noch einmal. Diesmal hüpfte sie rückwärts zum Küchenschrank und streckte ihre gebundenen Hände nach dem Messer aus, das sie dort erspäht hatte.

Aber es war unerreichbar, obwohl es nur wenige Zentimeter waren, die sie von der Freiheit trennten. Voller Verzweiflung kämpfte sie gegen die Stricke, aber es war genauso sinnlos wie vorher. Als sie schon in Hoffnungslosigkeit versinken wollte, dachte Arielle an Burke, der bestimmt nicht so schnell aufgegeben hätte, und schon faßte sie wieder Mut. Als ihr Blick auf den armen Hannibal fiel, schwor sie, allen Gänsen, die genauso hilflos gefangen waren wie sie selbst, die Freiheit zu schenken, und dieser Entschluß gab ihr Kraft.

Irgendwo mußte einfach eine scharfe Kante sein! Während Arielle ihre Augen über das Chaos aus Essensresten und schmutzigem Geschirr schweifen ließ, wurde ihr klar, daß Dorcas offenbar die ganze Zeit über hier wie ein Tier vegetiert haben mußte. Vor Abscheu stellten sich Arielles Haare auf, und genau da fiel ihr Blick auf ein kleines Gemüsemesser, das zwischen einem Topf und einem Sieb auf einem Tisch lag. Am Schrank entlang hüpfte sie hinüber, bis sie schließlich keuchend den Tisch erreichte. Ihr Herz klopfte zum Zerspringen, als sie das Messer endlich in der Hand hielt.

Während sie es mühsam hinter ihrem Rücken umdrehte, um mit der Schneide an den Strick zu kommen, schnitt sie sich zweimal leicht in den Arm. Doch schließlich war es geschafft. Wie eine Säge schnitt das Messer in das Seil, und bereits nach kurzer Zeit hatte Arielle den richtigen Rhythmus gefunden. Es war anstrengend, doch sie gab nicht auf und fühlte schließlich, wie der Strick nachgab.

In diesem Augenblick hörte sie Schritte, keine schlurfenden Schritte, sondern den festen, raschen Gang eines Mannes. Dann ertönte eine laute, energische Stimme auf dem Flur. Die Stimme eines Mannes. Wie gebannt blickte Arielle zur Tür.

22. *Kapitel*

»So, so, und ich habe gedacht, daß die alte Frau mir Märchen erzählt hat! Hallo, mein liebes Mädchen!«

Arielle war nicht wirklich überrascht. »Etienne«, stammelte sie, weil sie ihre trockenen Lippen kaum bewegen konnte. Aus Furcht, daß er die durchschnittene Fessel entdecken könnte, hielt sie absolut still und hoffte, daß er ihr die innere Spannung nicht anmerkte.

»Kannst du mir verraten, was du da tust?«

»Nichts. Ich konnte nur nicht länger auf dem Boden liegen und immer das Blut riechen!«

»Das verstehe ich«, bemerkte Etienne lächelnd. Daß sie ganz offensichtlich Angst vor ihm hatte, gefiel ihm. Wochenlang hatte er zusammen mit Evan Pläne geschmiedet, wie er sie aus dieser Festung Ravensworth Abbey befreien könnte, und mehr als einmal hatten sie sich dabei sinnlos betrunken. Und ganz unverhofft lag sie plötzlich gefesselt und geknebelt in der Küche von Rendel Hall! Ein höchst unerwartetes Geschenk! Er lachte, während er die Arme vor der Brust verschränkte und sich gegen einen Tisch lehnte.

»Ich bin schon seit einigen Tagen hier, um ein Inventarverzeichnis aufzustellen. Ich möchte verschiedene Dinge mitnehmen, denn schließlich hat das Haus meinem Vater gehört. Das ist nur gerecht. Dein Halbbruder hat seine Pläne wohl endgültig aufgegeben. Ich habe ihn nie so wütend gesehen wie damals, als er mit geschwollener Nase nach Leslie Farm zurückgekommen ist. Dein Mann hat es ihm ja ordentlich gegeben!«

»Ich habe Evan auf die Nase geschlagen.«

Etienne war ehrlich verblüfft. »Du?« Und dann lachte er. »Bei allen Heiligen! Das ist ja herrlich. Nun, du hast Glück, daß du bei mir bist! Dein Bruder ist nämlich ganz und gar kein Gentleman!«

»Haben Sie Dorcas hierher gebracht?«

»Ich? Nein! Als ich herkam, entdeckte ich, daß sie hier lebte. Durch sie bin ich auf den Gedanken gekommen, daß du hier nach ihr suchen könntest. Dein netter Ehemann hat ja die ganze Gegend umkrempeln lassen! Also habe ich ihr erlaubt, hier in der Küche zu leben.« Etienne warf einen Blick auf die tote Gans. »Aha, das wird wohl unser Abendessen sein. Ich muß ihr sagen, daß sie die Tiere in Zukunft draußen schlachten soll. Dieser Gestank ist ja unerträglich!«

»Mein Mann wird bald nach mir suchen, Etienne. Lassen Sie mich frei und geben Sie mir Dorcas mit. Sie ist krank. Man muß sich um sie kümmern.«

»Was sind denn das für Töne? Etwa Mitleid? Mit dieser alten Hexe? Sie hat doch versucht, dich umzubringen, und dabei beinahe deinen Mann erstochen! Nein, mein Schatz, ich werde dich nicht weglassen. Du wirst mein Gast sein. Ja, das gefällt mir: Mein Gast. Vielleicht werde ich Lösegeld für dich verlangen, denn dein Mann ist reich und wird mit Sicherheit liebend gern für dich bezahlen!«

»Nein! Das werden Sie nicht tun, Etienne!«

»Reg dich doch nicht auf, Arielle!« spöttelte er. »Oder gefallen ihm deine besonderen Fähigkeiten etwa nicht? Ich konnte den Gedanken nicht ertragen, daß er dich ganz für sich allein haben darf. Jedesmal, wenn ich mir vorgestellt habe, wie du auf Knien vor ihm liegst, bin ich wütend geworden!«

Arielle stöhnte, doch dann biß sie sich hastig auf die Unterlippe. Sie wollte sich keinesfalls von ihm einschüchtern lassen!

»Soll ich dir jetzt verraten, mein liebes Mädchen, was dich erwartet, bevor ich deinem Mann meine Lösegeldforderung schicke? Bist du denn gar nicht neugierig? Aber ich werde es dir trotzdem verraten, denn du sollst dich an den Gedanken gewöhnen. Du wirst jetzt doch noch meine Geliebte werden, und mich so zärtlich streicheln und küssen wie damals.«

Seine Stimme hatte bei den letzten Sätzen gezittert, und

Arielle starrte ihn fassungslos an. Insgeheim hatte sie nie daran geglaubt, daß Etienne so leicht aufgeben würde. »Ich kann Sie nicht verstehen! In meinem ganzen Leben habe ich Ihnen nichts getan! Ihr Vater hat mich zu dieser Sache gezwungen, doch ich habe es verabscheut! Weshalb sind Sie so grausam? Weshalb wollen Sie mich unbedingt verletzen? Ich möchte wirklich wissen, weshalb Sie das tun!«

Intensiv starrten seine graublauen Augen sie an. »Das habe ich dir bereits gesagt, aber du hast offenbar nicht zugehört. Mein Vater hat dich mir gegeben, und ich werde mich in dir fortpflanzen. Herr von Rendel Hall kann mein Sohn ja leider nicht mehr werden, aber als zukünftiger Earl of Ravensworth wird er ein reicher, mächtiger Mann werden. Sobald dein Mann das Lösegeld bezahlt hat, werde ich England den Rükken kehren.«

»Lassen Sie mich frei, Etienne, und zwar auf der Stelle! Burke wird Sie umbringen, wenn er das erfährt!«

»Burke? Ach, ja, Burke Drummond! Wie gefallen ihm eigentlich die Künste, die mein Vater dich gelehrt hat?«

»Schluß damit! Lassen Sie mich jetzt gehen!«

Er richtete sich auf, worauf sie sich näher an den Tisch drückte. Als er mit wütend entschlossenem Gesicht auf sie zukam, zerrte Arielle mit aller Macht an dem Strick, bis er endlich völlig nachgab. Doch Etienne kam immer näher. Als er schließlich die Hand nach ihr ausstreckte, stach Arielle mit voller Wucht mit dem Messer zu, doch Etienne duckte sich rechtzeitig und warf sich zur Seite, so daß das Messer nur sein Hemd aufschlitzte und seinen Oberarm leicht verletzte. Geschickt wirbelte er herum, schlug nach ihr und drückte sie krachend gegen den Schrank. Danach packte er ihr Handgelenk und verdrehte es so lange, bis sie das Messer fallen ließ.

»Du Hexe!« Wütend schlug er auf sie ein, bis sie, wegen ihrer immer noch gefesselten Fußgelenke, das Gleichgewicht verlor und zu Boden stürzte. Doch auch das hielt ihn nicht davon ab, weiter auf sie einzuschlagen. »Du wolltest mich also erstechen!«

Arielle gab keinen Laut von sich, und er prügelte sie, bis sie keine Luft mehr bekam. Ihr Rücken und ihre Schulter schmerzten von dem Sturz, und ihre Backe brannte wie Feuer.

Dann ließ er plötzlich von ihr ab. »Nein«, brummte er vor sich hin. »Nein, jetzt noch nicht.« Mit diesen Worten zerrte er Arielle auf die Füße. »Dorcas!« schrie er. »Kommen Sie her, Sie alte Hexe!«

Offenbar hatte Dorcas vor der Tür gewartet, denn sie schlurfte unmittelbar darauf kopfwackelnd ins Zimmer. »Es ist alles gut, Miß Arielle! Ich werde mich um Sie kümmern, wie ich das immer getan habe.«

»Halten Sie die Klappe!« fuhr Etienne sie grob an. »Richten Sie oben im großen Schlafzimmer ein Bad. Verstanden?«

»Ja, ich habe verstanden.«

»Nein, Dorcas! Hören Sie nicht auf ihn!«

Etienne quetschte Arielles Brustkorb zusammen, bis der Schmerz unerträglich wurde. Doch Schmerz konnte man aushalten. Arielle hatte gesehen, wie Burke es geschafft hatte. Man mußte sich nur konzentrieren und tief einatmen. »Versuch ja nicht, mir davonzulaufen!« Mit diesen Worten packte er ihr Kinn und küßte sie hart auf den Mund. Dann warf er sie wie ein Bündel über die Schulter und klatschte ihr kräftig auf das Hinterteil.

Am Fuß der Treppe blieb er plötzlich laut fluchend stehen. »Verdammt, das Pferd! Du wirst dich noch einen Augenblick gedulden müssen, denn ich muß erst deinen Gaul verschwinden lassen.« Er setzte sie auf der untersten Stufe ab und fesselte ihre Hände mit seinem Ledergürtel an das Geländer.

Verzweifelt ließ Arielle ihren Kopf auf ihre gefesselten Handgelenke sinken. Was sollte sie nur tun? Sich zu befreien, war unmöglich. Sie fühlte, wie ihr die Tränen in die Augen stiegen. Doch dann hörte sie, wie Dorcas die Treppe herunterkam.

»Es ist alles in Ordnung, Miß Arielle.« Sie fühlte, wie die alte Frau ihr über die Haare strich. »Ich werde Sie versorgen, wie ich das immer getan habe. Wo ist nur die Creme? Ich muß sie unbedingt finden, denn ich möchte nicht, daß Sie Narben zurückbehalten.« Mit diesen Worten schlurfte sie an Arielle vorbei und verschwand in Richtung Küche.

Arielle versuchte, nicht an ihre Worte zu denken, sondern konzentrierte ihre Gedanken ausschließlich auf Burke. Mit Sicherheit vermißte man sie inzwischen, und bestimmt war er bereits auf der Suche nach ihr. Er war hartnäckig und würde niemals aufgeben. Ob Geordie sich daran erinnerte, welche Richtung sie eingeschlagen hatte? *Was wird geschehen, wenn er dich findet und du von Etienne mißbraucht worden bist? Wird er dich immer noch begehren?*

»Alles erledigt, mein liebes Mädchen!«

Arielle blickte nicht auf, als Etienne die Haustür sorgfältig schloß. Zufrieden rieb er sich die Hände. Als er Arielle die Wange tätscheln wollte, wich sie vor ihm zurück.

»Du mußt zugeben, daß ich besser aussehe als mein Vater, nicht wahr? Ich bin nicht so fett und habe auch keine schlechten Zähne. Bisher haben mir alle Frauen bescheinigt, daß ich ein guter Liebhaber bin. Los jetzt!«

»Lassen Sie mich gehen!«

»Ich bin gespannt, wie lange du so stur bleibst.« Er löste den Gürtel vom Geländer und befreite Arielles Hände. Sofort beugte sie sich zu ihren Füßen hinunter. »O nein, mein Liebes! Das ist noch zu früh!« Mit diesen Worten zog er sie hoch und legte sie sich wieder über die Schulter. »Du bist so leicht, Arielle! Hoffentlich bist du nicht zu dünn. Ich erinnere mich noch gut an deine schimmernde Haut, aber am deutlichsten sind mir deine großen Brüste in Erinnerung und deine schönen, langen Beine. Oft habe ich davon geträumt, daß deine Schenkel mich umschlingen.«

Arielle konnte es nicht länger ertragen. Sie bäumte sich auf und prügelte mit den Fäusten auf seinen Schädel ein, worauf er sie herunterzerrte. »Noch einmal, und du wirst es bedauern!« drohte er und schüttelte sie so sehr, daß ihr Kopf willenlos hin und her schlackerte.

Arielle glaubte ihm aufs Wort und sackte zusammen, doch er riß sie hoch, packte sie um die Schultern und zwang sie, den Gang entlang neben ihm her zu hüpfen.

»Ich bin zwar nicht so brutal wie mein Vater, mein liebes Mädchen, und ich wollte dich eigentlich nicht auspeitschen…« Er machte eine kleine Pause und fügte dann mit fast träumerischem Ausdruck hinzu: »Wenn du mich allerdings dazu zwingst… So, da sind wir. Ich hoffe, die Alte hat alles vorbereitet.« Mit diesen Worten zerrte Etienne sie in das große Schlafzimmer.

Dorcas hatte die Vorhänge zurückgezogen, so daß das helle Sonnenlicht ungehindert in den Raum fluten konnte. Die kupferne Wanne stand genau vor dem Kamin. Hier gab es keine weißen Tücher, doch es roch muffig, und der Boden war staubig.

»Ich glaube, ich sollte deine Hände wieder fesseln. Keine Angst, ich werde dir nicht wehtun! Erinnerst du dich an den Haken? Mein Vater hat mir erzählt, wie er dich dort angebunden und dann stundenlang angeschaut hat.«

»Nein, Etienne, bitte nicht!«

»Na, endlich machst du den Mund auf! Aber ich möchte andere Worte hören. Ich werde tun, was mir beliebt, und du mußt es hinnehmen.«

In einem Schrank fand er ein dünnes Seil, mit dem er ihr die Hände fesselte. Dann stieg er auf einen Stuhl und knotete das Seil so an den Haken, daß Arielle mit hochgezogenen Armen gerade noch bequem stehen konnte. Anschließend löste Etienne ihre Fußfesseln und rieb die erstarrten Gelenke. Es schmerzte entsetzlich, doch Arielle schwieg verbissen. Als Etienne einen Augenblick lang unkonzentriert auf seinen Fersen hockte, trat Arielle ohne zu überlegen nach seinem Unterleib.

Sekundenlang starrte Etienne sie ungläubig an, bevor er gepeinigt aufschrie und rückwärts zu Boden stürzte. Gebannt sah sie ihm zu und fluchte insgeheim. Sie war hilflos und hatte seinen Zorn herausgefordert. Entsetzt schloß sie schließlich die Augen und wartete.

Sie mußte nicht lange warten. Als der entsetzliche Schmerz allmählich nachließ, rappelte Etienne sich hoch und strich Arielle ganz leicht mit den Fingerknöcheln über ihre leichenblasse Wange. »Armes, dummes Mädchen! Noch ein solcher Versuch, und du wirst teuer dafür bezahlen. Kapiert?« zischte er.

Sie hielt die Augen fest geschlossen und bewegte sich nicht.

»Hast du mich verstanden?« Er packte ihr Kinn und schüttelte ihren Kopf, bis sie die Augen aufschlug. »Ja?«

»Ja«, hauchte sie.

»Na, wunderbar.« Dann küßte er sie.

Sie schnappte nach Luft und wollte sich ihm entziehen, doch das gelang ihr nicht. Dann küßte er sie wieder und versuchte, mit der Zunge in ihren Mund einzudringen, doch Arielle hielt die Lippen fest geschlossen. Schließlich trat er einen Schritt zurück und schien nachzudenken.

»Es ist schon lange her, seit ich dich nackt gesehen habe! Ich kann mich einfach nicht entscheiden, was ich zuerst sehen möchte. Hast du vielleicht einen Vorschlag?«

Arielle wandte ihr Gesicht ab und schwieg.

»Also gut, dann werde ich von unten anfangen.« Er kniete vor ihr nieder und zog ihr die Reitstiefel aus. »Und jetzt den Rock!«

Sie fühlte, wie Etienne ihre Jacke aufknöpfte und dann den Rockverschluß löste. Rasch hatte er ihn über ihre Hüften heruntergestreift. Danach folgte der Unterrock, und schon fühlte Arielle die kühle Luft auf der Haut ihrer Schenkel. »Jetzt die Strümpfe!« Genüßlich langsam rollte er erst den einen und dann den anderen Strumpf herunter und streichelte dabei leicht über ihre Beine. Schließlich trug sie nur noch ihr kurzes Hemd, die Bluse und die Reitjacke.

»Das gäbe ein wunderschönes Bild!«

»Ich habe endlich die Creme gefunden, Miß Arielle!«

Wie entgeistert starrten sie beide auf die alte Frau, die mit einer geöffneten Cremedose in der Hand ins Zimmer geschlurft kam.

»Was wollen denn Sie hier, Sie alte Hexe?«

»Die Creme«, jammerte Dorcas. »Ich möchte nicht, daß das Kind Narben bekommt! Sie haben sie gefesselt! Das mag sie doch nicht. Sie hat immer geschrien, doch jetzt tut sie das nicht. Ich verstehe das nicht!«

»Raus! Und zwar sofort!«

Dorcas schien völlig verwirrt zu sein. »Also gut, ich warte in Ihrem Schlafzimmer, Miß Arielle.«

»Mein Gott, die Alte ist tatsächlich übergeschnappt!« Er folgte Dorcas zur Tür und befahl ihr, endlich das heiße Wasser zu bringen.

Nachdem die alte Frau einige Male die schweren Kannen hin und her geschleppt hatte und die Wanne endlich voll war, warf Etienne die Tür vernehmlich hinter ihr ins Schloß. Dann lächelte er Arielle zu. »Ich fürchte, daß wir die Bluse und die Jacke opfern müssen, doch du wirst sie bestimmt nicht vermissen! Vater hat mir erzählt, daß du manchmal stundenlang nackt gestickt hast und er dir dabei zugesehen hat!«

»Ihr Vater war verrückt, Etienne! Verrückt und böse. Wenn Sie angeblich so anders sind, dann lassen Sie mich jetzt auf der Stelle gehen.«

»Ich werde dich doch nicht behandeln, wie er das getan hat! Verdammt, das habe ich doch gesagt, oder? Das Thema ist langsam langweilig.« Dann ging er zum Schreibtisch hinüber und kam mit einem Papiermesser zurück. Der Griff bestand aus schneeweißem Perlmutt, und die Klinge war schmal und scharf. Bevor Arielle noch richtig begriffen hatte, hatte Etienne schon ihre Jackenärmel und die Schulternähte aufgeschlitzt und die Jacke heruntergezogen. Nachdem er dasselbe auch mit der Bluse gemacht hatte, trug Arielle nur noch ihr kurzes Hemdchen.

Lange starrte Etienne das zitternde Mädchen an. Dann berührte er ganz sacht mit der Fingerspitze eine Brustwarze und streichelte sie durch den dünnen Stoff. Arielle hielt die Luft an und wich so weit wie möglich zurück.

»So! Jetzt will ich dich sehen!« Blitzartig durchtrennte das scharfe Messer die beiden dünnen Träger. Ganz langsam zog Etienne das Hemdchen herunter und schob es schließlich über ihre Hüften, bis es zu Boden sank und ein weißes Häufchen um ihre Füße bildete. Dann trat er zurück und rieb sich nachdenklich das Kinn. »Herrlich!«

Diese entsetzliche Erniedrigung! Es war zwar einige Zeit vergangen, doch die war augenblicklich ausgelöscht. Arielle fühlte wieder Paisleys Augen auf ihrem Körper und spürte, wie seine Hand ihren Hintern streichelte...

»Schade, doch dein Badewasser wird kalt! Ich werde dich jetzt losbinden. Bei den geringsten Schwierigkeiten werde ich dich züchtigen müssen.« Dann zerrte er sie zur Wanne hinüber. »Setz dich und wasch dich!« Mit diesen Worten warf er ihr einen Schwamm und ein Stück Lavendelseife in den Schoß. Dann drehte er den Sessel vor dem Kamin so um, daß er sie sehen konnte und setzte sich. »Ein hübscher Anblick!« bemerkte er zufrieden.

Arielle saß regungslos in der Wanne. Erst als er ihr heftig drohte, wandte sie den Kopf ab und begann, sich zu waschen. Ihrer Meinung nach hatte Etienne sich verändert. Er war selbstbewußter geworden und hörte sich beinahe so an wie sein Vater. Außerdem war sein französischer Akzent beinahe verschwunden. Als sie dann plötzlich seine Stimme hörte, erschrak sie.

»Ist das Wasser schon kalt? Soll ich dir heraushelfen?«

Sie schüttelte heftig den Kopf, denn sie wollte ihn weder ansehen noch mit ihm reden. Sie wollte einfach so tun, als sei er nicht vorhanden.

»Tiefer, Arielle!« forderte er, als sie sich mit dem Schwamm den Bauch abseifte.

Arielle schluckte und gehorchte. Was hätte sie sonst tun können? Irgend etwas mußte ihr einfach einfallen! Ein passives Opfer – nein, das konnte und durfte sie nicht mehr zulassen! Sie mußte versuchen, stärker zu sein und die Initiative zu übernehmen.

Ganz langsam stand sie auf und wrang den Schwamm aus,

so daß das Wasser in kleinen Bächen über ihre Brüste lief. »Geben Sie mir ein Tuch!« befahl sie mit kalter Stimme.

Etienne zog zwar eine Augenbraue hoch, doch dann stand er auf und reichte ihr das Handtuch, das Dorcas über eine Stuhllehne gehängt hatte. Dabei betrachtete er fasziniert ihre Brüste, die nassen Wasserstreifen und die weichen Warzen.

»Gehen Sie wieder zurück!« fauchte sie ihn an.

Ungläubig starrte er sie an. »Was hast du da gesagt?«

»Sie haben mich genau verstanden, Etienne! Gehen Sie! Seien Sie ein lieber Junge! Ich möchte mich allein abtrocknen.«

Verwirrt kehrte Etienne zu seinem Stuhl zurück und setzte sich. Dann beobachtete er, wie sie sich gründlich und sorgfältig abtrocknete, als ob es nichts Wichtigeres auf der Welt gäbe und er gar nicht mehr vorhanden wäre.

»Sie sind ein Narr!« bemerkte Arielle, während sie das Tuch um ihren Körper schlang und über ihren Brüsten verknotete. »Das allerdings war Ihr Vater nicht! Er war vielleicht grausam, fett und gerissen, aber er war kein Narr! Sie dagegen benehmen sich wie ein dummer kleiner Junge!«

Mit hochrotem Kopf sprang Etienne auf. »Wie kannst du es wagen, so mit mir zu sprechen!«

Arielle zuckte nur die Schultern und sah ihn gelangweilt an. »Nun, stimmt das etwa nicht? Sie versuchen, einem anderen die Frau wegzunehmen, und wollen mit der Frau Ihres verstorbenen Vaters schlafen? Können Sie sich denn nicht selbst eine Frau suchen? Geben Sie doch endlich zu, daß Sie in England keinen Erfolg gehabt haben!«

Mit wutverzerrtem Gesicht kam er ganz langsam auf Arielle zu.

»Wagen Sie es ja nicht, mich anzufassen. Sie elender, kleiner französischer Bastard!«

Angesichts ihrer drohenden Stimme hielt Etienne tatsächlich inne und starrte sie nur schweigend an.

»Tja«, meinte Arielle schließlich, nachdem sie einander eine ganze Weile angestarrt hatten, »Sie sind wirklich ein trauriges Exemplar. Etienne, kehren Sie nach Frankreich zurück und suchen Sie sich dort eine Frau, oder vielleicht doch besser ein junges Mädchen, denn Sie sind ja gar kein Mann!«

Etienne zitterte am ganzen Leib. Evan hatte ihn einmal ähnlich verhöhnt, und jetzt seine Schwester! Plötzlich sah er auch wieder die Hure in Calais vor sich, die ihn wegen seines Versagens ausgelacht hatte. Er wollte weg. Verzweiflung und Hoffnungslosigkeit überkamen ihn, und er wandte sich zur Tür.

Doch im selben Augenblick trat Dorcas durch die Verbindungstür ins Zimmer. »Brauchen Sie mich, Miß Arielle? Das nasse Handtuch ist doch viel zu kalt! Läßt dieser schreckliche Mann Sie wieder hier stehen? Er ist heimtückisch! Aber keine Angst, ich werde schon für Sie sorgen!«

Arielle hätte am liebsten geschrien. Sie beobachtete Etiennes Haltung und sein Mienenspiel, während Dorcas redete, und sah, wie er allmählich seine Fassung wiedergewann und schließlich sogar lächelte. In diesem Augenblick sah er seinem Vater zum Verwechseln ähnlich.

»Das ist ganz richtig, Dorcas! Ich werde sie hier stehen lassen und mich an ihrem Anblick erfreuen. Und sie wird auch noch andere schöne Dinge tun! Wenn sie Sie braucht, wird sie rufen! Doch jetzt verschwinden Sie!«

»Nein, Dorcas!« rief Arielle. »Sie bleiben hier!« Doch die alte Frau hatte sich bereits umgedreht und war gegangen.

»So!« sagte Etienne, nachdem sich die Tür geschlossen hatte. »Womit soll ich anfangen, mein liebes Mädchen?«

23. *Kapitel*

Als Arielle den Glanz in Etiennes Augen sah, schwand ihr Mut zusehends. Deutlich spürte sie, daß er sein Selbstbewußtsein zurückgewonnen hatte und nicht zögern würde, seine Macht zu benutzen. Sie sollte ihm gehorchen, sonst würde er sie bestrafen, wie sein Vater das getan hatte. Etienne war wahrscheinlich zu allem fähig, und ihr Versuch, ihn kleinzumachen, hatte ihm noch den richtigen Vorwand geliefert. Fast hätte sie es ja geschafft, doch Dorcas hatte ihn wieder daran erinnert, daß er der Herr war!

Sie stand bewegungslos und wartete.

Als er sprach, war seine Stimme sehr sanft und beinahe liebenswürdig. »Ich denke darüber nach, was mir wohl am besten gefällt: Hier im Sessel sitzen und dich nur ansehen, während du nackt am Seil hängst?« Er lächelte, während er zu ihr trat und ihr das Handtuch herunterriß.

Als sie sich wehrte, schlug er sie heftig, so daß ihr Kopf nach hinten geschleudert wurde. Blitzartig hatte er ihre Hände gepackt und wieder mit dem Seil am Haken gefesselt. Dann trat er zurück und bewunderte sein Werk. »Sehr gut.« Als er jedoch Arielles gequälten Gesichtsausdruck bemerkte, runzelte er die Stirn. »Ich hoffe, ich habe dir nicht wehgetan. Das täte mir leid. Aber trotzdem mußt du endlich lernen, daß du dich nicht gegen deinen Meister auflehnen darfst!«

Arielle schwieg. Ihr Kopf schmerzte und ihr Mund war wie ausgedörrt. Mit geschlossenen Augen wartete sie, doch plötzlich fühlte sie Etiennes Hand auf ihrem Bauch, spürte, wie er ihre Haut knetete und streichelte. Als sie zurückwich, lachte er nur.

»So weich wie Seide.« Etienne schloß die Augen, als seine suchenden Finger ihre Scham fanden und sie liebkosten. Doch Sekunden später zog er seine Hand unvermittelt wieder zurück und riß die Augen auf. »Nein, nicht so schnell! Das gefällt dir viel zu gut, nicht wahr?«

»Nein«, entgegnete Arielle mit harter Stimme, »ich möchte mich am liebsten übergeben! Sie sind einfach widerlich, Etienne! Sie sind…«

»Halt den Mund!« schrie er und hob drohend die Hand. »Wenn du nicht augenblicklich schweigst, schlage ich dich!« Er atmete stoßweise. Verdammt, er wollte ihr wirklich nichts tun, doch sie brachte ihn tatsächlich dazu, sich genau wie sein Vater zu benehmen! Unwillig ließ er sich in den Sessel fallen und betrachtete sie, während er rhythmisch die Finger gegeneinander klopfte.

»Du siehst wirklich wunderschön aus! Ich kann jetzt verstehen, weshalb mein Vater dich so oft angesehen hat! Nackt wirkst du so verletzlich und so hübsch hilflos. Ich werde dich nicht mehr mit den Fingern liebkosen, aber erzähl mir nur nicht, daß dir das kleine Spielchen mißfallen hat. Das glaube ich nicht! Ich bin wirklich kein schlechter Liebhaber und habe schon viele Frauen gehabt!«

Arielle wunderte sich im stillen über das grenzenlose Vertrauen, das Etienne in seine maskulinen Talente setzte. Erst vor wenigen Augenblicken hatte er äußerst verwirrt und unsicher gewirkt. Zu gern hätte sie gelacht, doch sie hatte zuviel Angst und wollte ihn lieber weitersprechen lassen. Sollte er doch reden, bis er schwarz wurde! In der Zwischenzeit würde Burke sie finden.

»Na, hast du nichts zu sagen? Du hast dich überhaupt ziemlich verändert. Viel zu unabhängig und viel zu fordernd bist du geworden! Früher habe ich dich lieber gemocht. Damals hast du deinen Platz gekannt und gewußt, was du zu tun hast. So wie du jetzt bist, gefällst du mir nicht, doch ich denke, daß ich dir helfen kann, die Uhren zurückzudrehen. Du wirst wieder so werden, wie du einmal warst, mein Schatz!«

Arielle wußte, daß sie sich verändert hatte. Burke hatte ihr dabei geholfen. Sie durfte es niemals vergessen, ganz gleich was Etienne auch mit ihr vorhatte. Unter gar keinen Umständen!

»Eine Frau ist nur dazu da, um einem Mann Freude zu machen. Ich möchte, daß du mich jetzt wieder mit dem Mund befriedigst und mich streichelst und küßt!«

Sie sah ihn sehr genau an. Wenn er das wollte, mußte er sie losbinden. Er mußte ihre Fesseln lösen, und vielleicht war das ihre Chance...

»Überlegst du, mich zu verletzen? Das kannst du natürlich, doch ich muß dich warnen! Auch den geringsten Versuch wirst du mehr bedauern, als du dir in deinen kühnsten Träumen vorstellen kannst! Falls du es auch nur versuchen solltest, werde ich dich mit der Peitsche prügeln! Du erinnerst dich doch bestimmt noch an die häßlichen Striemen und den schneidenden Schmerz?«

»Ich werde Ihnen nichts tun, Etienne! Und zwar aus dem ganz einfachen Grund, weil ich mich weigern werde, Sie überhaupt zu berühren.«

Ganz offensichtlich hatte er damit nicht gerechnet, denn er starrte sie erst nur wütend an, doch dann wurde er unsicher. Sie dagegen wartete bewegungslos.

»Doch, das wirst du!« stieß er drohend hervor.

»Nein, ich werde Sie nicht berühren. Ich möchte, daß Sie mich gehen lassen!«

Er sprang auf, und Arielle mußte all ihren Mut aufbieten, um nicht vor ihm zurückzuweichen. Wütend packte er eine ihrer dicken Haarsträhnen und riß ihren Kopf zurück. Vor Schmerz hatte Arielle jedoch die Augen geschlossen. »Sieh mich an, verdammt!«

Gehorsam öffnete sie die Augen, in denen Tränen standen.

»Du wirst gehorchen, oder ich werde die Peitsche holen.«

»Sie sind ein Feigling, Etienne! Sie wagen nur, mich zu schlagen, weil ich gefesselt und völlig hilflos bin. Doch das machen nur Feiglinge. Anständige Männer tun so etwas nicht!«

Sie hatte mit Schlägen gerechnet, doch er riß sie nur noch

einmal wütend an den Haaren und stieß sie dann von sich. Sekundenlang glaubte sie schon, gewonnen zu haben, doch der Traum währte nur Momente. Dann sah sie, wie Etienne zu einem Schrank in der Ecke des Raums hinüberging und mit einer Reitpeitsche in der Hand zurückkehrte.

»Verdammt, ich glaube einfach nicht, daß die Richtung stimmt! Wo steckt sie denn? Wohin kann sie nur geritten sein?«

»Ich habe Ihnen doch gesagt, daß sie nach Osten geritten ist, Mylord!« entgegnete Geordie.

Burke schüttelte den Kopf, denn die vergebliche Suche ließ ihn allmählich verzweifeln. Er ahnte, daß etwas geschehen war. Er konnte es förmlich fühlen! Und dieses Gefühl hatte ihn in vielen Fällen nur selten getrogen. Sie suchten bereits seit fast einer Stunde nach Arielle und hatten noch nicht den geringsten Anhaltspunkt gefunden.

Ihm ging alles viel zu langsam! Falls Mindle sie abgeworfen hatte, lag sie womöglich die ganze Zeit über schon ohnmächtig in irgendeinem Gebüsch – oder sogar schlimmer!

Als Joshua laut Arielles Namen rief, zügelte Burke plötzlich sein Pferd, denn er hatte sich an Evan Goddis erinnert. »Wir reiten nach Leslie Farm!« rief er, während er seinen Hengst herumriß und bereits in entgegengesetzter Richtung davongaloppierte.

Kurze Zeit später starrte ein verwirrter Turp Burke ins Gesicht und versuchte verzweifelt, den staubbedeckten Gentleman richtig einzuordnen.

»Ist Ihre frühere Herrin, Arielle Leslie, anwesend? Los, Mann, antworten Sie!«

»Nein, Mylord. Soviel ich weiß, ist sie mit dem Earl of Ravensworth verheiratet und wohnt in dessen großem Haus weiter nördlich. Hier hat sie sich schon lange nicht mehr blicken lassen!«

»Ich bin der Earl of Ravensworth und...«

»Offensichtlich ist Ihnen Ihre Frau abhanden gekommen,

Mylord. Wie unvorsichtig! Oder hat meine kleine Halbschwester wieder einmal genug und sucht neue – Zerstreuungen?« Evan Goddis lehnte in lässiger Haltung unter der Tür des Wohnraums und blickte dem Besucher lächelnd entgegen. »Sonst wären Sie ja wohl nicht hier, oder irre ich mich?«

Burkes Wut und seine Sorgen standen ihm im Gesicht geschrieben. »Ja, meine Frau ist verschwunden. Haben Sie sie gesehen, Goddis?«

»Ich, Mylord? Was soll ich mit der Kleinen – nein, wirklich nicht!«

Burke rief George, Geordie und Joshua über die Schulter zu: »Alles durchsuchen!«

»Mylord!« empörte sich Turp, als Joshua ihn ohne größere Förmlichkeit beiseite schob und zur Treppe ging.

»Für diese Beleidigung werde ich Genugtuung fordern!« stieß Evan leichenblaß hervor.

»Das wird mir ein Vergnügen sein!« erwiderte Burke und runzelte die Brauen.

Nach kurzer Suche stellte sich heraus, daß Arielle tatsächlich nicht im Haus war.

»Wo ist dieser Franzose?« wollte Burke wissen.

»Er ist letzte Woche abgereist, ich habe ihn fortgeschickt, weil er mir allmählich auf die Nerven gegangen ist.«

»Ich habe keinen Hinweis darauf gefunden, daß noch ein anderer hier wohnt«, bemerkte Joshua.

»Nun gut«, meinte Burke und wandte sich an Evan. »Falls Sie mich angelogen haben, Goddis, werde ich Sie umbringen. Das schwöre ich!«

Etienne bog die Reitpeitsche in seinen Händen, während er Arielle hart auf den Mund küßte. »Ich überlege, ob es dir im Stehen gefällt.«

Sie schwieg beharrlich.

»Ich erinnere mich, daß mein Vater dich in dieser Position nie geschlagen hat. Er mochte es viel lieber, wenn du dich auf allen vieren vor ihm gewunden hast. Diese Haltung hat ihm gefallen!« Er legte die Peitsche aus der Hand und band Arielles Handgelenke los. »Du wirst jetzt dasselbe tun wie bei meinem Vater!«

Sie spuckte ihm wortlos mitten ins Gesicht.

Etienne zuckte zurück, doch er beherrschte sich, obwohl seine Augen vor Wut brannten. »Wirst du jetzt gehorchen?«

»Eher werde ich Sie umbringen!«

Blitzschnell trat Etienne einen Schritt zurück und ließ die Peitsche durch die Luft sausen. Arielle duckte sich und wich nach links aus, so daß der Schlag ihren Arm nur ganz leicht streifte.

»Los, runter auf die Knie!«

Doch statt ihm zu gehorchen, ging Arielle mit gespreizten Fingern auf ihn los. Etienne sprang beiseite und ließ wieder die Peitsche heruntersausen. Arielle ließ sich davon jedoch nicht abhalten, sondern drang schreiend und tretend weiter auf ihn ein. Sie hörte das Pfeifen, doch als der Schlag sie traf, fühlte sie fast überhaupt nichts. Etienne hatte ihren Arm gepackt und verdreht, so daß sie hinstürzte, doch Sekunden später war sie bereits wieder auf den Beinen und stürzte sich erneut auf ihn.

Tief gruben sich ihre Fingernägel in seinen Nacken, und sie spürte deutlich, wie die Haut nachgab. Er jaulte laut auf und schlug wieder zu. »Dir werde ich es zeigen!« schrie er.

Weshalb gab sie denn nicht nach? Weshalb gehorchte sie ihm denn nicht? Weshalb flehte sie nicht, ihm endlich gehorchen zu dürfen? Ganz langsam, aber unausweichlich drängte er sie gegen die Wand. Als er sah, wie sie zur Verbindungstür hinüberblickte, schnitt er ihr schnell den Fluchtweg ab und hatte sie kurz darauf in der Falle. Statt ihn wieder anzugreifen, bedeckte Arielle ihr Gesicht mit den Armen.

Keuchend warf Etienne die Reitpeitsche beiseite und drückte Arielle mit beiden Händen gegen die Wand. Dann holte er kurz Luft. »Nun, Arielle, wofür hast du dich entschieden? Wenn du mir gehorchen willst, werde ich dich nicht schlagen. Eigentlich bin ich nämlich ein umgänglicher Mann. Du mußt also nur ›ja‹ sagen.«

Langsam ließ Arielle die Arme sinken, doch dann ballte sie kurz entschlossen eine Faust und schlug Etienne mit aller Kraft auf das Kinn. Er stolperte nach rückwärts, trat dabei auf die Peitsche, verlor das Gleichgewicht und stürzte schließlich auf die Knie. Völlig außer Atem, sah Arielle auf ihn hinunter. »Lieber werde ich sterben, bevor ich noch einmal irgend jemandes Opfer werde! Haben Sie das verstanden, Etienne?«

Sie überlegte kurz, ob sie die Peitsche vor ihm erreichen könnte, doch im selben Augenblick hatte Etienne sie bereits aufgehoben. Während er zur Verbindungstür hinüberging, rieb er sich unaufhörlich das Kinn. Dann rief er nach Dorcas. Kurz darauf hörte Arielle die schlurfenden Schritte und dann das Gejammer.

»O je! Haben Sie sie wieder geschlagen! Sie elender, alter Mann! Das arme Kind!«

Als Dorcas sie umarmen wollte, befreite sich Arielle. Sogleich packte Etienne sie, stieß sie ins angrenzende Schlafzimmer und warf sie aufs Bett. »Verdammt, Arielle! Ich wollte dir nicht wehtun! Meinen Vater hast du doch auch nicht so behandelt, weshalb also mich?«

Sie hob ein klein wenig den Kopf. »Weil ich jetzt stark bin.«

Verblüfft sah er auf sie hinunter. »Kümmern Sie sich um sie!« herrschte er Dorcas an und verließ das Zimmer.

»Liegen Sie ganz still! Ich werde die Wunde behandeln, und gleich werden Sie sich besser fühlen. Er ist ein grausamer Mann! Wenn Sie es wünschen, werde ich ihn noch einmal umbringen«, murmelte die alte Frau.

Arielle war fast ohnmächtig vor Schmerzen, doch beim letzten Satz spitzte sie die Ohren. »Was haben Sie gesagt, Dorcas?« flüsterte sie.

»Ich sagte, daß ich ihn noch einmal für Sie töten würde, falls Sie das wünschen.«

Arielle versuchte, möglichst ruhig und vernünftig zu sprechen. »Paisley ist doch an einer Gräte erstickt.«

»Es ist durchaus möglich, daß er gerade eine Gräte im Mund hatte, aber vorher hatte ich ihm bereits eine hübsche Dosis Arsen verabreicht. Ich habe Sie vor ihm gerettet und kann es jederzeit wieder tun. Ich verstehe nur nicht…«

Arielle spürte, wie die Finger der Alten ganz vorsichtig die Creme in die Striemen einmassierten. »Was verstehen Sie nicht?«

»Daß er nicht gestorben ist! Er ist immer noch da und tut Ihnen weh! Es ist das *Böse*. Es regiert und ist nicht tot!«

Arielle schloß erschöpft die Augen. Das war zuviel für sie, entschieden viel zuviel! Doch bevor sie in Bewußtlosigkeit versank, schoß ihr der Gedanke durch den Kopf, daß sie nicht klein beigegeben hatte und das auch nie mehr tun wollte. Niemals mehr würde sie ein Opfer sein! Sie selbst wollte Etienne vernichten.

Erschrocken riß Arielle die Augen auf. Um sie herum war es beinahe dunkel. Wie viele Stunden waren vergangen? Wie lange hatte sie geschlafen? War sie die ganze Zeit über bewußtlos gewesen? Ihr Körper schmerzte vom Kopf bis zu den Zehen.

Plötzlich fiel sanfter Kerzenschimmer auf ihr Gesicht. »Wie fühlst du dich?« fragte Etienne mit leiser Stimme aus dem Dunkel.

»Mir tut alles weh! Was haben Sie denn erwartet, Sie elender kleiner Wurm?«

Etienne schnappte nach Luft. »Ich wollte das nicht, wirklich nicht! Ich wollte dich lieben, doch du hast mich regelrecht dazu gezwungen!«

Arielle erkannte die Spuren, die ihre Nägel auf seinem Hals und in seinem Gesicht hinterlassen hatten, und freute sich. Ganz offensichtlich hatte auch sie ihm Schmerzen zugefügt. »Hören Sie zu, Etienne! Wie Sie wissen, bin ich verheiratet, und zwar mit einem Mann, den ich liebe.« Ja, sie liebte Burke, und dieser Gedanke schenkte ihr ein Gefühl der Sicherheit und Wärme.

»Das ist mir gleichgültig! Ich will mit dir schlafen und kann nicht länger warten!«

»Hören Sie, Etienne: Falls Sie mich berühren, werde ich Sie umbringen. Das schwöre ich!«

Er lachte nur, doch der nervöse Unterton in seiner Stimme war nicht zu überhören. »Mach dich doch nicht lächerlich!« Dann stellte er die Kerze auf dem kleinen Tisch neben dem Bett ab und zog sich aus.

Arielle fühlte seine Hände auf ihren Oberarmen, fühlte, wie er das Laken wegzog, das ihren Körper bedeckte. »Du siehst wirklich zauberhaft aus!« Dann fühlte sie seinen nackten Körper neben sich.

»Fassen Sie mich nicht an!«

Er drehte ihr Gesicht zu sich herum und küßte sie. »Pst, bleib ganz ruhig! Ich möchte dir nicht noch einmal wehtun müssen. Halte einfach still, Arielle!« Mit diesen Worten drehte er sie auf den Rücken, drückte ihr die Beine auseinander und drängte sich zwischen ihre Knie, was sie verzweifelt zu verhindern suchte.

Und dann sah sie plötzlich Dorcas mit einem großen Messer hinter ihm stehen, das drohend auf Etiennes Rücken gerichtet war.

»Dorcas, nein!« schrie Arielle aus Leibeskräften. »Etienne! Vorsicht, hinter Ihnen!«

Im selben Augenblick stach Dorcas zu. Etienne erstarrte und öffnete den Mund. Seine Lippen bewegten sich, doch es kam nur ein Gurgeln heraus. Dann fiel er nach vorn. Sein Kopf landete auf Arielles Brüsten, und das Messer ragte aus seinem Rücken.

»So! Ich glaube nicht, daß das Böse jetzt noch einmal wiederkommt!« Fast träumerisch blickte Dorcas auf Etienne hinunter. »Ich wollte Sie nicht länger leiden sehen, denn Sie haben doch gehaßt, was er Ihnen angetan hat. Sie haben es wirklich nicht verdient, mit diesem niederträchtigen, alten Kerl verheiratet zu werden! Evan Goddis ist ebenfalls ein Werkzeug des Satans! Er...«

»Dorcas, helfen Sie mir, ihn wegzurollen!«

»Nein, ich muß erst sehen, ob er wirklich tot ist. Ich bin froh, daß ich kein Gift benutzt habe. Ein Messer gleitet so sanft und weich durch das Fleisch! Wenn er noch nicht tot ist, werde ich noch einmal zustechen. Er ist so böse…«

»Bitte, ziehen Sie ihn von mir herunter!« Arielle spürte, wie ihr übel wurde. In einer gewaltigen Anstrengung bäumte sie sich auf und es gelang ihr, Etiennes Leiche beiseite zu schieben, so daß sie unter ihm herauskriechen konnte. Hastig griff sie nach dem Nachttopf und übergab sich, bis ihr Körper nur noch von Krämpfen geschüttelt wurde.

Dies war keine Frage mehr von Traum oder Realität, sondern nur noch ein einziger Alptraum! Arielle rollte sich auf dem Fußboden zusammen und zog die Knie ganz eng an ihre Brust. Als Dorcas nach ihr rief, konnte sie kein Wort herausbringen.

Burke entdeckte den Rauch als erster. »Moment mal!« rief er Joshua und Geordie zu. Es war zwar bereits dunkel, doch glücklicherweise gab der Vollmond genügend Licht. Burke deutete in die fragliche Richtung. »Schauen Sie! Dort liegt Rendel Hall, nicht wahr?«

Hastig gab er seinem Pferd die Sporen, und Sekunden später waren die anderen an seiner Seite. Kalte Furcht überkam die Männer, als der Flammenschein immer heller wurde und schließlich den ganzen Himmel beleuchteten.

Instinktiv wußte Burke, daß Arielle sich dort befand und mit Sicherheit in größter Gefahr war. Er drückte sich tief auf den Hals seines Hengstes und trieb ihn zu immer größerem Tempo an.

Als sie sich dem Herrenhaus näherten, schlug ihnen die Hitze beinahe greifbar entgegen. Doch Burke ließ sich weder beirren noch aufhalten.

Er sprang vom Pferd und rannte die Stufen zum Eingang hinauf. Aus dem Dach schlugen bereits die Flammen in den Himmel, und aus den Fenstern quoll schwarzer Rauch.

»Mylord, warten Sie! Ich werde gehen!« rief Joshua.

Doch Burke hörte nicht auf ihn, sondern stieß die Tür auf und stürzte ins Haus. Die Halle war von dichtem Qualm erfüllt, und als Burke Arielles Namen rief, erhielt er keine Antwort. Auf dem Weg zur Treppe stolperte er über ein Hindernis, das sich bei näherem Hinsehen als tote Gans entpuppte.

Kopfschüttelnd lief Burke, dicht gefolgt von den anderen, die Stufen hinauf, wobei er immer wieder nach Arielle rief. Oben im Flur schickte er die beiden anderen Männer in den westlichen Flügel, während er sich den östlichen vornahm.

Plötzlich stolperte eine hustende Frau aus einem der Räume.

»Arielle!«

Doch es war Dorcas, die ein bluttriefendes Messer in der Hand hielt. Panik packte Burke, und als er einen beinahe tierischen Schrei hörte, wußte er sofort, daß er selbst ihn ausgestoßen hatte. »Wo ist sie?« schrie er die Alte an und schüttelte sie wie einen Lappen. »Verdammt, wo ist sie?«

Dorcas blickte Burke mit wäßrigen Augen an. »Ich weiß, daß das Böse nicht umzubringen ist. Zweimal habe ich es versucht, doch noch einmal wird es mir nicht entkommen!« Sie entwand sich seinem Griff und stach mit dem Messer nach ihm.

Doch Burke reagierte instinktiv und knallte ihr seine Faust so heftig gegen das Kinn, daß sie ohnmächtig zu Boden sank und das Messer ihren blutigen Händen entglitt. Dann rannte er in den Raum, aus dem die alte Frau herausgekommen war, und erblickte als erstes Etiennes nackten Körper, der noch halb im Bett und halb auf dem Boden lag. Mitten auf seinem Rücken klaffte eine blutige Wunde, und er schien tot zu sein.

Dann erst sah er Arielle, die auf Händen und Knien über den Boden kroch und wie wild hustete. Aus dem Augenwinkel entdeckte Burke im Nebenzimmer einen Haufen brennender Lumpen. Sollte die alte Frau etwa versucht haben, das Böse endgültig zu vernichten, indem sie es verbrannte?

»Mein Liebes!« Rasch packte Burke eine Decke und hüllte Arielles Körper ein. »Jetzt bist du in Sicherheit!«

Mühsam öffnete Arielle ihre blutunterlaufenen, brennenden Augen.

»Burke?«

Ihre Stimme klang sehr dünn, doch sie war am Leben! Überglücklich schloß er sie fest in seine Arme. »Jetzt wird alles gut, mein Schatz!«

»Ich wußte, daß du kommen würdest! Ich wußte es!«

»Ja, mein Schatz! Jetzt ist alles in Ordnung. Jetzt wird alles gut!«

Dann trat er mit seiner Last in den rauchgefüllten Korridor hinaus.

Ein kurzer Blick auf die verrückte alte Frau sagte ihm, daß sie tot war.

Schaudernd drückte er Arielle an sich und küßte sie auf die Haare.

»Weißt du, Burke, ich bin stark gewesen, ganz stark!«

Epilog

London, England
September 1814

»Endlich ist es vorbei!«

Burke grinste Knight an, der sich soeben die Stirn mit einem weißen Taschentuch abgetupft hatte. »Weshalb schwitzen Sie eigentlich, wo es doch Ihnen gar nicht an den Kragen gegangen ist? Eines Tages werden Sie noch wünschen, auch einmal an der Reihe sein zu dürfen!«

»Ich werde mich doch nicht zähmen lassen wie der liebe Percy! Bei dem Gedanken daran wird mir schon ganz kalt. Aber Sie haben doch allen Grund zur Freude, Burke. Sie sind die Verantwortung für Lannie und die Kinder losgeworden!«

»Ich glaube, ich werde Virgie und Poppet aus tiefstem Herzen vermissen.« Plötzlich sah Burke richtiggehend erstaunt drein. »Wenn ich es mir recht überlege, werde ich auch Lannie vermissen!«

»Wo ist eigentlich Ihre hübsche Frau?«

Genau dasselbe hatte Burke sich auch schon gefragt. »Ich denke, sie ist oben bei der Braut.« Doch er war sich nicht ganz sicher.

Seit der entsetzlichen Nacht, die nun fast vier Wochen zurücklag, hatte er sie keine Sekunde aus den Augen gelassen. Wenn er sich diesen Tag in Erinnerung rief, stockte ihm noch heute das Blut in den Adern. Immer wieder hatte er das Flammenmeer vor Augen, sah das Dach von Rendel Hall zusammenstürzen, während er mit Arielle in seinen Armen davonritt. Das leichenblasse Gesicht seiner Frau und ihre angsterfüllten Augen verfolgten ihn bis heute. Er hatte ihr keine einzige Frage gestellt, sondern sie immer nur ganz nah bei sich behalten. Kurz hatte er überlegt, ob Etienne sie wohl vergewaltigt hatte, bevor Dorcas ihn niedergestochen hatte. Wenn ja, so war das mit Sicherheit die Erklärung für die Tat der alten Frau.

Burke hatte Arielle mit keinem Wort danach gefragt, weil es im Grunde nicht zählte. Das einzig Wichtige war, daß sie in Sicherheit war.

»Möchten Sie ein Glas von Corinnes Champagnerpunsch versuchen?«

Knights Frage brachte Burke wieder in die Gegenwart zurück, und er schüttelte den Kopf. »Nein, danke. Erst möchte ich nach Arielle sehen. Falls sie tatsächlich bei Lannie ist, geht ihr das dauernde Geschwätz inzwischen bestimmt auf die Nerven!«

»Schauen Sie sich doch nur den armen Percy an! Die Ehe verändert den Verstand eines Mannes. Genau wie bei Ihnen, Burke. Sie können auch an nichts anderes mehr denken als an Ihre Frau! Übrigens, Laura hat mir neulich gestanden, daß sie Sie vermißt!«

»Das ist ja nett«, meinte Burke abwesend, worauf Knight nur traurig den Kopf schüttelte.

»Sie hat gesagt, ich sei der bessere Liebhaber!« frohlockte Knight und klopfte Burke auf die Schulter. Dann ging er hinüber, zu Percy und seinen Freunden, die dem Champagner bereits ausgiebig zugesprochen hatten.

Burke hatte angeboten, Virgie und Poppet mit nach Ravensworth Abbey zu nehmen, während sich das jungverheiratete Paar auf Hochzeitsreise befand, doch Corinne hatte darauf bestanden, die Mädchen bei sich in London zu behalten. Vielleicht sollte er mit Arielle ebenfalls eine Reise machen, überlegte Burke, die schwarze Ruine, die einmal Rendel Hall gewesen war, und auch Evan Goddis und alle entsetzlichen Erinnerungen hinter sich lassen.

Drei Wochen hatte es gedauert, bis Arielles Haut völlig verheilt gewesen war und alle Striemen und Beulen verschwunden waren. Arielle hatte es vermieden, sich Burke zu zeigen, und er hatte ihren Wunsch respektiert. Erst vor zwei

Tagen hatte er sie zum ersten Mal wieder nackt gesehen, und sie war so weiß, weich und schön gewesen, daß er sich am liebsten sofort auf sie gestürzt und sie umarmt hätte. Doch er hatte sich beherrscht. Ihr Körper war vielleicht geheilt, aber galt das auch für ihre Seele? Er hatte größte Angst davor, sie durch übereiltes Verhalten erneut zu verletzen. Seufzend wandte er sich der Treppe zu.

»Hallo, Burke!« Ihre sanfte Stimme riß ihn augenblicklich aus seinen Gedanken.

Entzückt lächelte er Arielle an. »Hast du von Lannies Geschwätz genug?«

»Nein, das nicht. Aber sie ist schrecklich aufgeregt.« Langsam stieg Arielle die letzten Stufen herunter und legte Burke die Hand auf den Arm.

Fieberhaft suchten seine Augen auf ihrem Gesicht nach Anzeichen von Müdigkeit oder Erschöpfung. »Geht es dir gut?«

»Ja.«

Das war die übliche Antwort, doch Burke wußte wieder einmal nicht, ob es auch tatsächlich die Wahrheit war. Was erwartest du eigentlich, fragte er sich insgeheim. Weshalb sollte sie ihre geheimsten Gedanken offenbaren, wenn er das auch nicht tat?

»Ich möchte gern ein bißchen Champagnerpunsch. Lannie hat eine ganze Menge davon getrunken und ist ziemlich lustig.«

»In dieser Beziehung geht es Percy wohl ähnlich.«

Arielle lachte leise und strich Burke mit der Hand zärtlich über die Wange. Ohne nachzudenken, küßte er sie, worauf sie sehr still wurde.

»Burke…«

Wieder küßte er sie ganz leicht, ohne sie im geringsten zu bedrängen. »Keine Angst«, murmelte er, während seine Fingerknöchel sanft ihre Kinnlinie liebkosten, »es war nur ein Kuß, und zwar von deinem Mann, der stolz auf dich ist und am liebsten der ganzen Welt erzählen würde, wie wundervoll er dich findet!«

Als er ein leises Räuspern hörte, blickte er auf und sah seine Schwester hinter Arielle auf der Treppe stehen. »Hallo, Corinne. Du hast dich selbst übertroffen. Ein sehr schönes Fest! Ich muß dir ein Kompliment machen!«

»Ihr beide seid mindestens ebenso schlimm wie Percy und Lannie! Nach zweiundzwanzig Ehejahren ist das ja überhaupt nicht auszuhalten.«

»Zweiundzwanzig Jahre«, wiederholte Burke und lächelte seine Frau an. »Ob du dich nach zweiundzwanzig Jahren wohl noch für mich interessierst?«

Arielle erwiderte sein Lächeln, doch es wirkte ein wenig verkrampft.

»Ihr kommt jetzt mit und kümmert euch bitte auch ein wenig um die anderen Gäste!« ermahnte sie Corinne und ging einfach voraus. Sie erwartete wohl, daß man ihren Anweisungen Folge leistete.

»Meine Schwester ist ein wahrer Dragoner«, bemerkte Burke. »Komm, mein Schatz, ich werde dir einen Champagnerpunsch holen.«

Erst fünfzehn Minuten später konnte Burke wieder ungestört mit Arielle reden. Sie stand im Schatten einer großen Palme und nippte an ihrem Punsch.

»Geht es dir eigentlich gut?« fragte er zum wiederholten Mal.

»Ja.«

Diese Antwort war zuviel. »Ich wußte, daß du so antworten würdest. Die ganze Zeit über sagst du immer nur ›Ja, Burke‹.« Er hielt inne, doch sie sagte nichts darauf. Sofort bedauerte er die Heftigkeit seines Ausbruchs. »Ich möchte mit dir sprechen, Arielle. Möchtest du vielleicht auch eine Hochzeitsreise machen?« Er beobachtete sie sehr genau, und als er sah, daß sie sekundenlang die Augen schloß und erschöpft aussah, bat er ganz ruhig: »Bitte, sag mir, was du denkst. Hab keine Geheimnisse vor mir, Arielle!«

Doch sie blieb stumm.

»Ich liebe dich, Arielle. Und ich bin dein Mann. Du mußt

nicht alles allein tragen. Stütze dich auf mich und vertraue mir!«

»Mich auf dich stützen? Das habe ich doch nun schon so oft gemacht. Zuletzt, als du mir das Leben gerettet hast. Wenn du nicht gekommen wärst, hätte ich bestimmt bald Hannibals Schicksal teilen müssen!«

»Hör auf!«

»Es ist aber die Wahrheit!«

»Verdammt! Es war doch wirklich das Wenigste, was ich tun konnte, nachdem ich so lange gebraucht habe, dich überhaupt zu finden! Wenn ich doch nur genauer überlegt hätte und wir nicht erst nach Leslie Farm geritten wären...«

Zart legten sich ihre Finger auf seine Lippen. »Du konntest doch nicht ahnen, daß ich in Rendel Hall war. Aber trotzdem hast du mich dort gefunden und mir das Leben gerettet!«

Ganz unvermittelt nahm er ihr das Glas aus der Hand und leerte den Inhalt in den Palmentopf. »Laß uns zum Hotel zurückfahren!«

»Ja, gern«, hauchte sie.

Für ihren kurzen Besuch in London waren sie nicht erst umständlich in ihr Londoner Stadthaus gezogen, sondern hatten sich im Pulteney Hotel am Picadilly einquartiert, und zwar in derselben Suite, die Zar Alexanders Schwester während des Sommers bewohnt hatte.

Nachdem sie sich von den Hochzeitsgästen verabschiedet und während der Fahrt zum Hotel nur über Belanglosigkeiten geredet hatten, waren sie in ihren Räumen endlich allein.

Aufatmend lehnte sich Burke gegen die Tür. »Ich kann es einfach nicht länger aushalten, Arielle!« begann Burke ganz ruhig. »Ich weiß, daß du Schreckliches erlebt hast, aber ich kann dir nur helfen, alles zu ertragen, wenn du mir dein Vertrauen schenkst. Versuche es wenigstens! Hast du mich wenigstens manchmal gern genug?«

Ihn gern haben? Sie lachte rauh. »Ja, ich habe dich gern,

Burke. Ich liebe dich. Es scheint schon so unendlich lange her zu sein, seit ich dir das zuletzt gesagt habe.«

Sie hatte rasch und aufgeregt gesprochen, und er hatte sie verstanden, doch er wollte es trotzdem noch einmal hören. »Wie bitte? Was hast du gesagt?«

»Ich habe gesagt, daß ich dich liebe. Viel mehr als dieses dumme, fünfzehnjährige Mädchen. Die hat dich verehrt und hielt dich für einen tapferen Krieger. Sie fühlte sich geehrt, daß du ihre Gegenwart überhaupt zur Kenntnis genommen hast.«

Er lächelte träge und ein wenig spöttisch. »Ist das wahr? Dabei war ich von diesem fünfzehnjährigen Mädchen hingerissen und fühlte mich unglaublich geehrt, daß sie mir ein Lächeln geschenkt hat. Ich hatte ja keine Ahnung von ihren Gefühlen, denn ich war viel zu sehr mit meiner Bewunderung für sie beschäftigt!«

»Ach, sei still! *Sie* ist nicht die, die heute vor dir steht! Ihre hingebungsvolle Verehrung war nichts im Vergleich zu dem, was ich fühle! Ich liebe dich – Burke Drummond. Einen feinen, guten…« Sie drehte sich um und ging einige Schritte, doch er faßte ihren Arm und drehte sie zu sich herum.

Dann nahm er sie ganz fest in die Arme und drückte ihr Gesicht gegen seine Schulter. »Du verrücktes Weib! Ich könnte zwei Leben mit dir leben und hätte immer noch nicht genug!« Dann küßte er sie besitzergreifend, und sie ließ es gern geschehn.

»Ich habe dich entsetzlich vermißt, Burke!« Sie hatte sich auf die Zehenspitzen gestellt und drückte sich ungeniert an ihn.

Sanft strich er über ihren Rücken, und dann brach alles aus ihm heraus, was er ihr schon längst hatte sagen wollen. »Du bist so zauberhaft, so weich und süß! Beinahe hätte ich dich im Stich gelassen! Wie sehr habe ich mich dafür gehaßt, und immer wenn ich mich an diese Nacht erinnere, verkrampft sich mein Magen und mir bricht der Schweiß aus! Niemals mehr lasse ich dich fort! Du lieber Himmel, Arielle, ich brauche dich!«

Sie lehnte sich in seinen Armen zurück und betrachtete ihn mit gerunzelten Brauen. »*Du* brauchst *mich*? Das hört sich so seltsam an, Burke!«

»Und weshalb? Glaubst du, daß ich unbesiegbar bin? Gewissermaßen völlig beherrscht und empfindungslos?«

Sie lehnte sich an ihn und spürte sein erregtes Glied an ihrem Körper. »Nein«, sagte sie lächelnd, »empfindungslos bestimmt nicht!«

Er mußte grinsen. »Das wirst du mir büßen!« Er hob sie hoch und trug sie in das riesige Schlafzimmer, das so luxuriös ausgestattet war, daß Arielle beim ersten Anblick geschlagene fünf Minuten lang nur gestaunt hatte.

Als er schließlich nackt neben ihr im Bett lag, flüsterte er: »Du bist die stärkste Frau, die ich kenne. Du bist stolz und tapfer und kannst mir und unseren Kindern noch viel beibringen! Willst du zu mir zurückkommen?«

»Ich habe dich niemals verlassen.« Sie sah ihm geradewegs in die Augen. »Niemals. Nur mich selbst habe ich einige Zeit verlassen.«

»Kannst du mir das genauer erklären?«

Sie lachte selbstbewußt. »Ich weiß, das hört sich ein wenig seltsam an, aber es ist mir soviel durch den Kopf gegangen, Burke. So vieles, das ich mit mir allein abmachen mußte. Du hast mir geholfen, Etienne zu überwinden. Nur durch dich bin ich zu der geworden, die ich jetzt bin! Ich habe nicht nachgegeben und war kein Opfer mehr. Im Gegenteil, ich hatte ihn in der Hand und war stärker, bis Dorcas ihn dann daran erinnert hat, daß er der Meister war und ich nur die arme, hilflose Arielle.«

Sie brach ab und schloß die Augen. Burke schwieg und strich ihr nur langsam das Haar aus der Stirn.

»Ich wollte dich nicht aus meinem Leben ausschließen, Burke, aber…«

»Aber du mußtest erst allein über alles nachdenken.«

»Ja, Burke. Etienne hat mich nicht vergewaltigt«, fügte sie hinzu. »Er hat es versucht und hätte auch Erfolg gehabt, weil ich in diesem Augenblick keine Kraft mehr hatte. Doch im letzten Moment hat Dorcas ihn erstochen.«

»Es ist vorbei.«

»Ja, endlich.«

Die ganze Zeit über hatten seine Hände sie liebevoll gestreichelt, und als sie sich jetzt weiter nach unten bewegten, stieß Arielle unwillkürlich einen kleinen Schrei aus. Als Burke sah, daß die Lust ihre Augen verdunkelt hatte, lächelte er.

»Soll das heißen, daß du jetzt wieder ganz nahe bei mir bist, daß du mich begehrst? Daß du geliebt werden willst?«

»Ja, genau das soll es heißen! Ich begehre dich, und mindestens noch für die nächsten zwanzig Jahre!«

»Du wirst mich nicht wieder verlassen?«

»Nur, wenn du mir nicht endlich sagst, was Montrose damals gemacht hat, um das Pony zu bekommen!«

Völlig verdutzt sah er sie an.

»Erinnerst du dich nicht mehr an all die schönen Geschichten, die du mir während meiner Krankheit erzählt hast? Damals hast du von Victor erzählt und wolltest mir verraten, was dein Bruder gemacht hat, um es zu bekommen.«

»Du denkst also tatsächlich an diese uralte Geschichte, wenn ich dich lieben möchte?«

»Willst du es mir nicht verraten?«

Er gab sich Mühe, möglichst ernst und nachdenklich zu wirken. »Ich werde dir sagen...«

»Ja?«

»Daß du deine Hand da wegnehmen sollst! Du treibst mich sonst zum Wahnsinn!«

»So, so«, sagte sie gedehnt und ließ ihre Hände über seinen Bauch wandern. Während sie ihn immer intensiver streichelte, hielt er den Atem an. Sie lächelte leise vor sich hin. »Ich möchte so gern, daß du wahnsinnig wirst, Burke!«

»Und die Geschichte mit Victor?« keuchte er, während er vor Wonne beinahe verging.

»Später.«

Dann küßte er sie ganz langsam und ausgiebig.

»Vielleicht beim Frühstück«, neckte sie ihn lächelnd, als er einmal eine Pause einlegte. »Doch vor dem Frühstück mußt du erst noch eine Menge erledigen, Burke Drummond!«

»So!« entgegnete er, während er ihren Körper vom Kopf bis zu den Zehen betrachtete. »Dann sei aber endlich still, mein Schatz! Du weißt, daß ich ein sehr gründlicher Mann bin, den man nicht dauernd ablenken darf!«

»Also gut«, lachte sie und zog ihn auf sich herunter.